EL CAFÉ DEL ÁNGEL

ANNE JACOBS

Escrito como Marie Lamballe

EL CAFÉ DEL ÁNGEL

Hijas de la esperanza

Traducción de
Laura Manero Jiménez

PLAZA JANÉS

Papel certificado por el Forest Stewardship Council®

Penguin
Random House
Grupo Editorial

Título original: *Café Engel. Töchter der Hoffnung*
Primera edición: marzo de 2024

© 2020 by Bastei Lübbe AG
Derechos negociados a través de Ute Körner Literary Agent – www.uklitag.com
© 2024, Penguin Random House Grupo Editorial, S. A. U.
Travessera de Gràcia, 47-49. 08021 Barcelona
© 2024, Laura Manero Jiménez, por la traducción

Printed in Spain – Impreso en España

ISBN: 978-84-01-02548-8
Depósito legal: B-21477-2023

Compuesto en La Nueva Edimac, S. L.

Impreso en Black Print CPI Ibérica
Sant Andreu de la Barca (Barcelona)

L025488

EL CAFÉ DEL ÁNGEL

Hijas de la esperanza

Swetlana

Wiesbaden, mayo de 1959

Ha sido un día cálido, uno de esos días de mayo que anuncian el verano y hacen brillar los edificios y los parques de la ciudad. Ya son cerca de las nueve de la noche, todavía quedan vecinos y clientes del Balneario paseando por Wilhelmstrasse, contemplando los escaparates de las tiendas exclusivas, caminando bajo las frondas de los plátanos en dirección al parque de Warmer Damm o sentados en las terrazas de los cafés. Sobre todo del Café Blum, que se encuentra frente al Balneario y desde hace unos años se ha impuesto con fuerza. No es solo que sus mesas, protegidas por la sombra de los toldos, ocupen gran parte de la fachada, sino que en su restaurante también se puede disfrutar de un almuerzo. Y en las plantas superiores ahora han abierto un hotel.

El Blum ha conseguido desbancar al Café del Ángel, el que fuera durante décadas «el mejor establecimiento de la ciudad». Y hoy tiene ocupadas casi todas las mesas exteriores; hay gente cenando, disfrutando de una copa de vino o probando el refrescante ponche de asperilla. Los camareros, de uniforme negro y con una servilleta blanca sobre el antebrazo, se apresuran por entre las sillas, y los clientes que van llegando tienen que sentarse dentro porque las mesas que quedan fuera están reservadas. Enfrente, en el Balneario, la famosa *prima donna* Maria Callas está dando un concierto y, en cuanto termine, una avalancha de público desbordará cafés y restaurantes.

El Café del Ángel está bastante más tranquilo. Fuera, únicamente hay sentada una pareja joven bebiendo vino; mantienen una animada conversación y solo de vez en cuando dan un sorbo a sus copas. Swetlana, que hoy atiende a los clientes en el café, ya les ha preguntado dos veces si desean algo más, pero por lo visto son felices y están más que satisfechos.

Dentro están los de casa nada más. Heinz Koch y su mujer, Else, se han sentado a la mesa del rincón con un Gotas de Ángel, un blanco seco del viñedo de su yerno. A ellos se ha unido el pianista Hubsi Lindner, el solitario solterón que continúa tocando en el café tres tardes a la semana y ha acabado por convertirse en un miembro de la familia. Lo mismo sucede con Addi Dobscher, que antes de la guerra cosechó un gran éxito como barítono en el Teatro Estatal. Addi sigue viviendo en su pequeño piso de la buhardilla e intenta ayudar todo lo que puede en el edificio. Es un hombre fuerte y de pelo blanco al que apenas se le notan los setenta y cinco años que tiene. Solo quien lo conoce de antes repara en que ahora sus movimientos son más lentos y camina algo inclinado hacia delante. Vive solo; Julia Wemhöner, la que fuera su gran amor, ha cambiado de domicilio.

—¿Pregunto a los de fuera si necesitan algo más? —le comenta Swetlana a Else con timidez.

Esta niega con la cabeza.

—No, déjalos. Igual piensan que queremos echarlos. Luego, si vienen más clientes, puedes preguntarles otra vez al pasar.

Swetlana asiente y hace amago de retirarse a la cocina, pero Heinz la llama.

—Saca otra botella de Gotas de Ángel, Swetlana, y siéntate con nosotros.

Ella duda y mira a Else, sin saber qué hacer. La relación con su suegra ha mejorado un poco con el tiempo, sobre todo tras el nacimiento de la pequeña Sina, que ya tiene ocho años, pero tampoco es que pueda hablarse de verdadero cariño. Else sigue sin entender que su hijo August, que tanto sufrió siendo prisionero de guerra de los rusos, terminara casándose con una rusa precisamente.

—En realidad, una camarera no debería sentarse a nuestra mesa, Heinz —objeta Else de inmediato—. No causa buena impresión a los clientes.

Su marido le acaricia el brazo con ternura.

—¡Oh, vamos! Si todavía falta una hora larga para que llegue el público del Balneario. ¿Se supone que la muchacha tiene que estar ahí de pie hasta entonces?

Como también Hubsi y Addi le hacen señas a Swetlana para que se acerque, Else da su brazo a torcer.

—Tenéis razón —dice con un suspiro—. Es que estoy chapada a la antigua. En mis tiempos, cuando yo era joven y trabajaba sirviendo en el café, mis padres jamás habrían permitido algo así. Ellos sí que eran estrictos.

Addi se ríe y le llena la copa.

—Tampoco te habrían dejado beber vino.

—¡Por nada del mundo! En eso eran inflexibles. Cuando el café estaba abierto, ni siquiera mi padre probaba una gota de alcohol…

Swetlana regresa de la cocina con otra botella y una jarrita de agua y se sienta a la mesa. Descorcha el vino y sirve a los demás; ella solo bebe agua. En su casa, en la pequeña pero preciosa villa modernista que August compró hace un año, Sina ya llevará un buen rato en la cama. Seguramente August le habrá leído su cuento preferido, uno que se titula *Pippi*

Calzaslargas y es de una autora sueca. A Sina le parece fantástico, y a August también. A Swetlana no le gusta mucho, más bien la escandaliza un poco. A una niña hay que educarla para que obedezca a sus padres, lleve buenas notas a casa y sea sincera, buena y trabajadora. Así se lo enseñaron a ella; así se convierte un niño en una buena persona. Ese libro, en cambio, anima a cometer travesuras peligrosas. Swetlana no logra entender que a August, tan serio para otras cosas, le parezca tan divertido y se lo lea a su hija a menudo. Sobre todo porque la niña es un auténtico ratón de biblioteca y sabe leer muy bien ella sola. Aunque debe de ser muy agradable estar arropada en la cama y que te cuenten un cuento.

Cuando el ocaso desciende sobre la ciudad y en el Teatro Estatal y el Balneario se encienden las luces, Swetlana sigue sentada con los demás, pero guarda silencio y solo escucha sus conversaciones. Siempre hablan de lo mismo, en realidad: de los nuevos tiempos, esos que tan poco gustan a sus suegros y que traen de cabeza a los dos simpáticos caballeros.

—La profesora se pinta las uñas de rojo —comenta Else con desagrado—. ¿Os lo podéis creer? ¿Qué van a pensar de ella los niños?

Swetlana se obliga a poner cara de indignación, pero por dentro opina otra cosa. A ella le encanta pintarse las uñas. En verano, incluso las de los pies. August la anima a hacerlo. Le parece bonito y hasta le compra algún frasco de esmalte de camino a casa. En el bufete de abogados gana un buen sueldo y está orgulloso de que su familia viva con desahogo. Solo tienen algún que otro problema con el hijo de Swetlana, Mischa, que ya ha cumplido los dieciséis.

—«Enaguas», las llaman —señala Else con ironía. La conversación ha seguido su curso—. Las jóvenes de hoy están mal de la cabeza. Se ponen varias de esas prendas, unas encima de otras, para levantar el vuelo de la falda y se las vea hasta no sé dónde. ¡Y cómo menean las caderas! Van demasiado provocativas. En mi época, si una chica se vestía así, la encerraban en casa.

Con este comentario se gana varias objeciones. Sobre todo por parte de Addi, que piensa que las jóvenes de ahora tienen mucho garbo, y Heinz le da la razón. Luego hablan de la moda de peinarse con una coleta y de esa espantosa «música espasmódica», el rocanrol. En ese punto, Hubsi Lindner está completamente de acuerdo con Else. ¡Cantantes como el tal Elvis Presley jamás harán sombra a grandes tenores como Richard Tauber o Enrico Caruso! Le resulta incomprensible que los jóvenes admiren a ese tipo e incluso imiten su corte de pelo.

Else mira entonces a Swetlana, porque Mischa también se peina con un alto tupé al que aplica un ungüento aromático todos los días. Es un joven apuesto; se parece a su padre, ese al que Swetlana no podía dejar de mirar cuando estaba en el campo de desplazados. Las chicas se lo comen con los ojos. Terminó los ocho cursos de la escuela elemental y después empezó de aprendiz en la cementera Dyckerhoff, pero lo dejó enseguida. Tampoco aguantó en la fábrica de vinos espumosos Henkell, en Biebrich. Ahora se gana algún dinerillo haciendo recados, pero no quiere entrar de aprendiz en ningún sitio más.

Ya ha oscurecido. Las farolas proyectan una luz suave y amarillenta sobre las calles y los edificios. El teatro, iluminado, tiene un aura de irrealidad tras los plátanos; una estrella brillante pende por encima de él en el gris del cielo nocturno. La pareja joven quiere pagar. Swetlana sale enseguida, recibe una pequeña propina y les da las gracias. Entonces ve a varias personas vestidas de gala que salen del Balneario y cruzan la calle; el concierto ha terminado.

—¿Ha leído lo que ha publicado el *Kurier* sobre la Callas? —pregunta el joven a Swetlana—. Dice que es una tigresa. Totalmente impredecible. Nunca se sabe si esa noche cantará o cancelará.

Ella sonríe con educación. Una mujer como Maria Callas puede permitirse semejantes excentricidades, es tan famosa que se lo perdonan todo. Pero Swetlana considera que así da mal ejemplo. Una artista de su categoría no debería comportarse como una tigresa, sino demostrar más humildad.

—De todas formas, las entradas eran demasiado caras para nosotros —comenta el joven—, así que hemos preferido venir a disfrutar de su excelente vino. ¡Dígale al señor Perrier que nos entusiasma!

—Muchas gracias. Se alegrará mucho.

Swetlana aguarda un momento con la esperanza de que algún grupo de espectadores ocupe sus mesas, pero, como de costumbre, toda la clientela se la queda el Café Blum, que está delante del Balneario.

Dentro también se han percatado del fiasco. Aunque se lo esperaban. Cuando hay actuación en el Balneario, el Café del Ángel tiene las de perder. En cambio, el público del Teatro Estatal sí suele acudir allí, puesto que se encuentra justo enfrente.

—En los buenos tiempos, los artistas como la Callas venían al Café del Ángel después de los conciertos —recuerda Heinz Koch con amargura—, porque aquí se sentían como en casa. Las fotografías de los grandes del teatro todavía cuelgan en las paredes del fondo. Los Gründgens y las Tilla Durieux… —Y aprovechando que Hilde y Jean-Jacques están en Francia con los gemelos visitando a la familia de él, añade en voz baja—: La reforma acabó con el ambiente del café. El aire artístico ha desaparecido. Esas grandes cristaleras y esas paredes claras… Resulta todo muy frío, poco acogedor. Por eso los grandes cantantes y los actores ya no quieren venir.

Else asiente, afligida. Hubsi comenta que ni siquiera los cantantes del Teatro Estatal se acercan en los descansos de los ensayos; y de los actores, mejor no hablar.

—Van todos al Blum —dice Else con un suspiro—. Allí tienen un menú por dos marcos con cincuenta, con sopa y postre incluidos. Pero el Blum dispone de restaurante, claro, con cocinero y una cocina de verdad.

Cómo celebraron en su momento que el Café del Rey tuviera que cerrar porque derribaron el edificio de al lado y tapiaron el solar resultante… Entonces pensaron que por fin se habían librado de la molesta competencia. Un error garrafal. Contra el Café del Rey resistieron a las mil maravillas durante años, en parte gracias a las numerosas representaciones que ofrecían en el pequeño escenario del Café del Ángel. ¡Por él habían pasado artistas excelentes! En su local, por intermediación de Wilhelm, actuaron maestros del cabaret y de la palabra como Heinz Erhardt y Werner Finck, músicos jóvenes de la Escuela Superior de Frankfurt y del Conservatorio de Wiesbaden, y también algún que otro actor del Teatro Estatal interpretó monólogos. Sin embargo, la vida cultural ha florecido en todo Wiesbaden, por todas partes hay ofertas interesantes y el público ya no acude a su café.

—Esto nunca volverá a ser como antes —comenta Else con tristeza—. La época dorada del Café del Ángel la vivimos tú y yo, Heinz, y doy gracias al Señor por ello.

Apoya la cabeza en su hombro y él le acaricia los rizos canosos. Swetlana se emociona. En otoño, sus suegros cumplirán cuarenta años de casados; menuda suerte que dos personas sigan así de enamoradas después de tanto tiempo. Hilde ya ha hecho grandes planes para celebrarlo, pero sus padres no pueden enterarse bajo ningún concepto porque quiere que sea una sorpresa. Se ha hablado de un crucero por el Rin hasta Eltville, con champán y actuaciones a bordo…

—Puede que Fritz Bogner se pase con un par de colegas a tomar un vino —dice Addi para consolarla, ya que le duele verla tan preocupada.

Sin embargo, Swetlana niega con la cabeza. Últimamente, Fritz Bogner rehúye a sus compañeros de profesión. Incluso después de un estreno, cuando todos salen a celebrarlo, él se marcha directo a casa. Según dice, porque prefiere no dejar tanto rato a Luisa sola con las dos niñas: Marion, de ocho años, y Petra, de cinco.

—Si quieres, puedes hacer caja y marcharte ya, Swetlana —dice Else—. Si al final vienen clientes los atenderé yo misma. Y dile a August que por favor se ocupe de ese asunto tan molesto con el ayuntamiento.

Swetlana asiente y entra en la cocina para quitarse el delantal blanco y recoger su chaqueta. Está molesta con su suegra porque ha vuelto a endosarle más trabajo a August. ¿No se jactaba Else Koch de haber llevado ella sola los libros, los impuestos y absolutamente todos los asuntos empresariales del Café del Ángel, mientras que Heinz se ocupaba más de la faceta humana y artística? Ahora le pide consejo a August por cualquier minucia y pretende que su hijo se encargue de la correspondencia. Porque una carta, en su opinión, es mucho más eficaz si en el encabezamiento se lee: «August Koch, abogado».

Hacer caja apenas le lleva unos minutos. También friega en un momento las copas de la joven pareja, luego se seca las manos, se despide y sale a la calle. Es una noche templada, las estrellas brillan en el cielo oscuro y aterciopelado, el tráfico de la amplia Wilhelmstrasse ha desaparecido. Las luces del teatro, salvo por el azulado resplandor de las luces de emergencia de la segunda planta, ya están apagadas. Más allá, en el Blum, se ve el destello de unas lucecitas de colores; han colgado farolillos, y en cada mesa hay también un pequeño farol. Como ya no circulan coches, las voces y las risas de los clientes llegan hasta el Café del Ángel. Swetlana busca la llave de su vehículo en el bolso de mano y va hacia donde lo dejó aparcado, no muy lejos de allí. Desde hace dos años es la orgullosa propietaria de un Volkswagen Escarabajo que August le compró para que no tenga que regresar en autobús a Biebricher Landstrasse cuando se le hace tarde por la noche.

Acaba de abrir la puerta del conductor cuando un coche pasa junto a ella tocando la bocina con insistencia. Swetlana, sobresaltada, se aprieta contra el lateral.

—¡No te vayas aún a casa! ¡Que traemos regalos! —exclama una voz masculina.

¡Pero si es Jean-Jacques!

El coche se detiene delante del Café del Ángel, las puertas se abren de golpe y los recién llegados de Francia se apean del minúsculo interior. Hilde se sacude la falda blanca de lino, que está toda arrugada; Frank cojea un poco y quiere recuperar su maleta cuanto antes; a Andi le cuesta sacar sus largas extremidades del asiento de atrás. Los gemelos ya han cumplido doce años y empiezan a ser muy diferentes. Mientras que Frank tiene una estatura media y es un poco regordete, Andi dio un estirón enorme a finales del año pasado. Ya le saca media cabeza a su padre.

Swetlana cierra otra vez el coche y se acerca corriendo para ayudarlos con los bultos. También sus suegros han salido del café. Addi lleva medio a rastras unas bolsas de viaje y Hubsi Lindner carga con una enorme planta de interior. Para Swetlana es un misterio cómo han conseguido meter semejante monstruo en el vehículo, aunque es cierto lo que dicen de que el habitáculo de un Escarabajo está hecho de goma y da de sí hasta el infinito.

El ambiente tristón del Café del Ángel se ha esfumado de repente. Todo el mundo da besos y abrazos a los viajeros. Sacan a la terraza farolillos, copas y botellas de vino, y Jean-Jacques abre una cesta que su madre ha llenado de exquisiteces francesas. Incluso hay que juntar dos mesas para que puedan sentarse todos.

—*Pas de vin pour les enfants!* —exclama Jean-Jacques, y se alegra al oír las protestas de sus hijos, porque eso demuestra que en esos pocos días han desempolvado su francés.

—*Nous ne sommes plus...* ¡Ya no somos niños! —se queja Frank, indignado—. ¡La *grand-mère* siempre nos da vino!

—Si es mezclado con agua con gas... ¡por mí, bien! —accede Else—. Aquí, la *grand-mère* soy yo, ¿entendido?

Como siempre que Jean-Jacques está con sus hijos, se arma bastante jolgorio. Brindan porque el viaje de vuelta ha finalizado sin incidentes. Salieron esa misma mañana muy temprano, y solo han parado dos veces para hacer un pícnic por el camino. Jean-Jacques reparte jamón curado, olivas negras, queso de cabra y *baguettes*; Hilde les habla de la encantadora Céline, que ya tiene once años y es más lista que los ratones. Frank y Andi la contradicen con vehemencia, pero da la sensación de que su prima pequeña los ha llevado por donde ha querido.

—No consigo entender que Jean-Jacques y Pierrot discutieran tanto en el pasado —comenta Hilde—. Han estado casi todo el tiempo juntos en los viñedos, y por las noches no hacían más que hablar de la explotación.

—Eso es mérito tuyo, *mon chou* —dice el aludido con cariño—. Los has domado a todos. Y *maman* te adora.

La reunión prosigue entre risas de alegría. Las copas entrechocan, Addi entona las báquicas estrofas de «Im tiefen

Keller», Heinz y Hubsi se suman a él y Hilde canta con ellos, pero una octava más alta. Allá, en el Café Blum, los primeros clientes se marchan ya a casa, mientras que aquí, en el Café del Ángel, empieza a animarse el ambiente. Abren los regalos que han traído: preciosas bolsitas con flores secas de lavanda para poner en el armario; dulces hechos por la *grand-mère*; copas y, por supuesto, vino tinto de los viñedos del cuñado; un jamón curado que Jean-Jacques ha pensado ofrecer a sus clientes en Eltville.

—Me lo ha conseguido Simone —explica—. Se lo ha comprado a un conocido.

Simone, la hermana pequeña de su cuñada Chantal, se ha casado y ahora vive con su marido en Marsella. Aun así, va a visitar a su hermana muy a menudo, lo cual, según opina Hilde, no dice nada bueno de ese matrimonio.

—Pero ha hecho buenas migas con mis hijos —comenta riendo—. Esto se va a poner feo, papá. Simone les ha regalado algunos discos a Frank y a Andi.

Desde Navidad, los gemelos están como locos con el tocadiscos que les regalaron y, también desde entonces, Else tiene que golpear el techo con el palo de la escoba de vez en cuando porque, por desgracia, en el edificio se oye todo.

—¿No serán de esos en los que no hacen más que chillar? —protesta el abuelo Heinz—. Eso no es música, ¡es un ruido infernal!

—¡Es colosal, abuelo! —dice Frank—. ¡Una auténtica pasada!

—¿No puedes expresarte como las personas normales? —reprende Hilde a su hijo—. Cuando hables con el abuelo… —Se interrumpe porque Jean-Jacques la agarra del brazo.

—¿Eso no es el teléfono?

Todos callan y aguzan el oído. Sí, en efecto, en el interior del café está sonando el teléfono. Hilde va corriendo hacia la puerta giratoria y empuja las hojas con fuerza para llegar a tiempo de contestar.

—Seguro que es August —señala Swetlana—. Estará preocupado porque aún no he vuelto a casa.

Hilde aparece otra vez en la puerta del café. Tiene el gesto serio.

—Es para ti —le dice a Swetlana.

—Voy.

Cuando están las dos solas al otro lado de la puerta, Hilde le pasa un brazo por los hombros.

—No te asustes, pero es la policía. Ha pasado algo con Mischa.

—Dios mío —susurra Swetlana con horror—. ¿No estará…?

De pronto le viene a la mente el horrible accidente en el colegio de Sverdlovsk. Cuando el pequeño Mischa yacía inconsciente ante ella y tuvo que esperar una eternidad a que llegara la ambulancia.

Levanta el auricular con mano temblorosa.

—¿Diga? Soy Swetlana Koch.

—¿Es usted la abuela de Michael Koch? —pregunta una ruda voz masculina.

—No, su madre. ¿Qué ocurre? Por favor, dígame qué le ha pasado a mi hijo…

—Tranquilícese, lo tenemos en comisaría con nosotros. Estaría bien que viniera a buscarlo.

Hilde

Hilde, por supuesto, no deja que Swetlana vaya sola a la comisaría de Friedrichstrasse. Jean-Jacques también se ha ofrecido a acompañar a su cuñada, pero Hilde le ha dicho que se quede para acostar a los gemelos y ayudar a su madre a recoger el café. Entonces él ha entrechocado los tacones y se ha llevado una mano rígida a la frente.

—¡A la orden, señor!

Sus padres y Addi le han reído la gracia. Jean-Jacques siempre hace esa clase de tonterías cuando está achispado. Cosa que, en realidad, sucede todas las noches desde que produce su propio vino. A veces Hilde se preocupa por su hígado, pero él se ríe de ella. En Francia, hasta los niños beben *vin rouge* con un poco de agua, y los viejos se sientan por las tardes delante de la casa a disfrutar de un vinito. Según ellos, es sano y mata todas las bacterias.

En la comisaría, las recibe un agente de pelo cano y mirada desdeñosa. Hilde nota que Swetlana se siente intimidada, y se enfada con ese presuntuoso que, antes que nada, comprueba sus datos con una lentitud exasperante.

—El chico necesita mano dura, señora Koch —le suelta a Swetlana—. No querrá usted que acabe yendo por el mal camino, ¿no?

Hilde se esfuerza por mantener la boca cerrada. Mira que echarle eso en cara nada menos que a Swetlana, cuando la pobre ya está muerta de preocupación por su adorado y mimado Mischa… Y el muy repelente aún añade algo más:

—Si usted sola no se las apaña con él, podemos aconsejarle varias instituciones adecuadas donde enseñan orden y disciplina a los chavales. ¡Les hace mucho bien!

Swetlana palidece y entonces Hilde explota.

—¿No se referirá a esos campos que había antes por toda Alemania? —pregunta con mordacidad.

La reacción del agente es inmediata. El cuello se le pone rojo y se le hincha hasta llenarle la camisa. Mira a Hilde con ira, como si fuera una delincuente a la que andaban buscando desde hace meses.

—Esos tiempos se acabaron, señora —espeta en respuesta—. Pero hoy en día tampoco viene mal enseñar modales a esos granujas.

Swetlana tira de la manga de su cuñada. Tiene miedo de que el policía, enfadado, pueda encerrar a Mischa en una celda toda la noche.

—Pero ¿qué es lo que ha hecho? —pregunta Hilde, que no se deja amedrentar tan fácilmente.

Se enteran de que Mischa, junto con otros tres amigos, se ha bañado borracho en una de las fuentes que hay delante del Balneario… justo cuando la policía estaba haciendo una ronda por el concierto de la Callas.

—¡Vaya por Dios! —exclama Hilde.

Como no quiere importunar más al agente, se obliga a reprimir una risa. El hombre se levanta y les indica que lo sigan. Recorren un largo y feo pasillo, y entonces les abre una puerta que da a una pequeña habitación con un banco de madera y un armario de obra.

Mischa, que está desplomado en el banco, levanta la cabeza y arruga la frente cuando se abre la puerta.

—No es tan grave... —masculla—. Solo ha sido un poco de agua... Para divertirnos...

Swetlana corre hacia su ojito derecho, lo abraza y se lamenta porque tiene la ropa mojada y seguro que pillará un resfriado.

—Ay, Mischa, pero ¿qué cosas haces? Solo le das quebraderos de cabeza a tu madre. Siempre con tus tonterías... ¡Discúlpate con el señor agente!

El chico se alegra de salir de allí. Se le nota en la cara. De hecho, le dice al policía que lo siente mucho y luego echa a andar junto a su madre con paso inseguro. Sin embargo, cuando esta pretende darle la mano, ya es demasiado para él.

—No hace falta, mamá. Puedo caminar yo solo.

Swetlana tiene lágrimas en los ojos cuando llegan al coche. Mischa se sube medio a rastras al asiento de atrás y lo inunda todo de un desagradable hedor a alcohol. Hilde se sienta delante, junto a su cuñada, e intenta calmar los ánimos.

—Solo ha sido una travesura estúpida, Swetlana. Tampoco es que haya cometido un crimen. August también lo entenderá así.

No obstante, cuando se apea frente al Café del Ángel, no tiene la sensación de haber ayudado mucho. Mischa le lanza una mirada indolente a modo de despedida y Swetlana le da las gracias, pero sigue al borde de las lágrimas.

En el café está todo apagado. Sus padres se han retirado ya. Mientras sube la escalera, Hilde oye el televisor encendido.

—«Deseamos a nuestros telespectadores una feliz noche...».

¿Tan tarde es? Ahora suena el himno nacional y, luego, solo interferencias. Entonces mamá apaga la «caja boba» y papá se va a la cama sin rechistar. De repente, Hilde nota lo exhausta que está. El viaje desde el sur de Francia hasta Wiesbaden ha sido largo y agotador, los gemelos no se han estado quietos en el asiento de atrás, peleándose todo el rato, y Jean-Jacques ha perdido los nervios en más de una ocasión y se ha puesto a gritar porque se les ha puesto delante un coche que iba demasiado despacio. Ella se ha pasado todo el viaje intentando que el ambiente fuera agradable. Y, para colmo, ese calor... No, lo único que quiere ahora es meterse en la cama, pero al recorrer el pasillo de su piso tiene que esquivar las maletas y las bolsas que sus hombres han dejado tiradas sin ningún cuidado.

Jean-Jacques está roncando en la habitación de matrimonio, pero los gemelos aún tienen la luz encendida. Frank se asoma por un resquicio de la puerta; siente curiosidad por saber qué ha pasado con Mischa.

—¿Irá a la cárcel?

—No, claro que no. ¿Cómo es que aún no estáis durmiendo? ¡Mañana hay que levantarse temprano para ir a la escuela!

El suelo de la habitación está cubierto de discos. Son un montón de sencillos con los últimos éxitos de Estados Unidos. Gracias, Simone. Mañana, su padre se quejará del ruido y su madre, por supuesto, le dará la razón.

—La abuela se ha puesto pesadísima —refunfuña Andi—. Nos ha obligado a bañarnos porque, según ella, estábamos mugrientos. ¡Y también hemos tenido que lavarnos el pelo!

A ninguno de los dos le va mucho eso de lavarse a conciencia. Por las mañanas se mojan un poco la cara y las manos y se lavan los dientes, pero hace años que ninguno de sus hijos se ha metido en la bañera por propia voluntad. Swetlana le ha comentado que eso cambiará dentro de poco. Ahora Mischa se baña tan a menudo que August ha protestado por lo mucho que ha aumentado el consumo de agua. Además, utiliza un jabón con un olor muy fuerte que les envía una amiga de Sverdlovsk y, desde hace un tiempo, también se afeita. «Todavía son inocentes, Hilde —le dijo Swetlana con una sonrisa—. Cuando empiecen a lavarse, será que hay alguna chica rondando por ahí».

—Pero ¿qué ha pasado con Mischa? ¡Cuéntanos, mamá!

Ella pone como condición que primero recojan los discos, luego se sienta en el borde de la cama de Andi y les explica lo sucedido.

—¡A esos policías les falta un tornillo! —opina Frank.

Hilde piensa lo mismo, pero eso no tienen por qué saberlo sus hijos, que aún no son lo bastante maduros. En lugar de eso, les ordena que apaguen la luz y se acuesten.

—¡Mañana a las siete, toque de diana!

—Hoy —dice Andi, orgulloso de poseer un reloj de pulsera—. Ya pasan de las doce.

Todavía soportan que les dé un beso de buenas noches. Luego los dos se arrebujan en sus camas y Hilde apaga las lamparitas. Es evidente que a los chicos les costará adaptarse, porque en Francia la gente tiene la costumbre de sentarse a la puerta de casa con amigos y vecinos hasta bien entrada la noche, e incluso los establecimientos están abiertos hasta tarde. No es como en Wiesbaden, donde parece que a las seis y media cierren las aceras.

Envidia a su marido, que está profundamente dormido y solo profiere algún ruidito de vez en cuando. Pese al cansancio, ella no consigue conciliar el sueño; da vueltas en la cama, se tapa con la sábana y luego la aparta otra vez porque tiene calor.

Allí abajo, en el sur de Francia, han pasado unos días bonitos y libres de preocupaciones. Hilde ha acabado por amar ese paisaje abrasado por el sol; conoce los lugares en los que uno puede bañarse en el agua cristalina del arroyo, ha aprendido qué viñas son de los Perrier y cuáles de los vecinos, e incluso ha trabado amistad con el sucesor del perro guardián color mostaza. Todavía no comprende todo lo que dicen sus parientes porque hablan demasiado deprisa, pero en general se defiende bastante bien con el francés: ella habla y los demás la entienden. Con Simone, que estuvo varios días de visita, se comunicaba en alemán porque la hermana de la cuñada de Jean-Jacques está aprendiendo el idioma. «Es que en nuestro bistró de Marsella tenemos clientes de muchos países. Así que me viene bien hablar inglés y también alemán», le dijo.

Con quien mejor se lleva es con Chantal, la mujer de Pierrot. Es una persona dulce y reservada que aprecia el carácter enérgico de Hilde. Mientras cocinaban juntas han charlado de todos los temas posibles. Así, Hilde se ha enterado de que los dos hermanos antes discutían mucho, pero que, desde que el padre murió y se arregló lo de la herencia, se llevan sorprendentemente bien. «Pierrot me contó que su padre siempre había querido más a Jean-Jacques, y eso le hacía daño. La madre, en cambio, tenía debilidad por Pierrot, cosa que tampoco era buena…», le explicó su cuñada.

Hilde lo pensó y decidió que ella jamás tendría un favorito entre sus dos hijos. Ambos son muy diferentes y, sin embargo, cada uno es su predilecto a su manera. A Frank siempre le pierde la boca, pero en el colegio saca notas mediocres; a Andi, que es más bien callado, le gusta leer libros y, en opinión de su profesor, tendría que haber ido al instituto. Pero él por nada del mundo quería ir a un centro diferente del de su hermano, así que lo enviaron a hacer formación profesional con Frank. August meneó la cabeza y comentó que habían destrozado el futuro de su hijo.

Al fin ha encontrado una buena postura para dormir, y ya iba siendo hora, porque la campana de San Martín acaba de dar las dos. Ay, a pesar de todo, es bonito estar de nuevo en casa… Mañana se encargará de la colada de las vacaciones y luego bajará al café.

Hilde se ha dormido y sueña con una gigantesca pila de camisas, pantalones y chaquetas, todo enredado entre sí. De ella sobresalen calcetines blancos y de cuadros azules, y en lo alto están las pieles de conejo de Else, que saludan como si tuvieran vida. «¡Antes tendrás que atraparnos!».

Por la mañana, Jean-Jacques la despierta de la manera más maravillosa y tierna, aunque hoy va con un poco de prisa. Los preliminares no son tan prolongados como los que han disfrutado durante las vacaciones, pero de todas formas Hilde disfruta de su pasión. Cuando entran en materia, su marido sigue siendo salvaje e impetuoso, como a ella le gusta. Aunque debe reconocer que también ella pone de su parte. Después, cuando se quedan tumbados el uno junto al otro, agotados y satisfechos, Hilde mira hacia la mesita de noche y comprueba que no son más que las cinco y media.

—Se acabó lo bueno —refunfuña él, y aparta las sábanas—. Es hora de levantarse. Los currantes tenemos faena, *ma colombe. Il faut que je travaille…*

Por supuesto. En el viñedo habrán crecido las malas hierbas y tendrá que enrodrigar los sarmientos jóvenes. Adiós a los preciosos días de vacaciones en pareja, la vida matrimonial cotidiana empieza de nuevo, y eso significa que ella se encarga del café mientras Jean-Jacques está ocupado en su pequeño viñedo. Así es desde la primavera hasta entrado el otoño, y hace dos años incluso hasta diciembre, cuando cosechó las últimas vides. Para hacer «vino de hielo». Jean-Jacques no quedó muy satisfecho con el resultado, pero eso no le impedirá intentarlo otra vez.

Hilde se levanta, se pone la bata y prepara café. El chico de los panecillos ha pasado ya. Ella pone la mesa y se sienta a tomarse la primera taza en lo que Jean-Jacques termina de afeitarse en el baño. Sabe que sigue allí porque, cuando se afeita, siempre silba la canción de la *petite galère*.

Mientras desayunan, le cuenta la historia de la última gamberrada de Mischa, pero él apenas la escucha; ya tiene la cabeza en sus vides. Jean-Jacques se sirve una cucharada de mermelada en el plato, parte el panecillo en trozos y los va untando en ella antes de metérselos en la boca. El café lo toma solo. Para él, el desayuno es un asunto breve y desapasionado; más tarde disfrutará de un *déjeuner* de verdad con sus trabajadores. Ya ha preparado un paquete con jamón y queso de Francia.

—*Adieu, ma petite Ilde...* Tráeme a los *garçons* el sábado, *d'accord?* Tienen mucho que aprender.

Un buen abrazo y un largo beso. Tiene pensado quedarse el fin de semana en Eltville y quiere que los gemelos vayan a ayudarlo con el trabajo. Jean-Jacques pone un gran empeño en convertir a sus hijos en fervientes viticultores, aunque hasta ahora no ha tenido mucho éxito. Frank detesta las duras tareas del viñedo, y así se lo hace saber. Andi está con su hermano, pero, por muy escaso que sea su interés en el ramo vitivinícola, no dice nada porque no quiere entristecer a su padre. Ahora mismo, su pasión es la astronomía; ha sacado de la biblioteca un sinfín de libros sobre el tema.

Hilde mira por la ventana de la sala de estar y ve a su marido alejarse en su Renault Goélette roja. Jean-Jacques compró la furgoneta en Francia a través de unos amigos. Es un vehículo robusto que se adapta a todo tipo de terreno y en el que se puede confiar. O eso opina él, al menos.

Pese al café, aún tiene sueño. El reloj marca las seis y cuarto; todavía podría echarse media horita. Pero entonces oye unos golpes en la puerta. Seguro que es Else, su madre, famosa por madrugar lo suyo. Habrá visto salir a Jean-Jacques y ha pensado que Hilde estaría despierta y podría hablar con ella.

—¡Ay, Dios mío! ¡Pero si todavía no habéis deshecho el equipaje! —exclama al ver las maletas y las bolsas en el pasillo.

Hilde, molesta, se contiene para no preguntarle cuándo esperaba que lo hiciera. En lugar de eso, le ofrece un café a su madre.

—Solo media taza, que ya me he tomado uno abajo.

Else se sienta con su hija a la mesa del desayuno y, por supuesto, quiere saber cómo acabó lo de anoche.

—¡Qué horror! —se lamenta uniendo ambas manos tras escuchar la historia—. ¡Pobre August! ¡La que le ha caído encima con ese golfo! ¿Por qué insistiría en adoptar al chico?

—A mí, la que me da pena es Swetlana —dice Hilde—. Está muy preocupada por Mischa.

—¡Motivos no le faltan! —opina Else—. ¿Queda algo de café en la cafetera? Me tomaría un dedito más…

Hilde escucha por enésima vez que el padre de Mischa fue un hombre sin escrúpulos; que el chico, por desgracia, no tuvo ocasión de crecer en una familia decente y que esas cosas, al final, se notan.

—Bueno, ¿y qué novedades hay por aquí? —le pregunta a su madre en cuanto tiene ocasión—. En el café, me refiero.

Else se encoge de hombros. Contesta que todo sigue igual, que lamentablemente hay pocos clientes, y eso que han hecho limpieza a fondo, han abrillantado el espejo, han redecorado el escaparate y Addi les ha dado una mano de pintura a las mesas de fuera.

—Las sombrillas se han quedado un poco descoloridas después del invierno, pero creo que aguantarán una temporada más.

Hilde no comparte esa opinión. Se plantea instalar dos coloridos toldos de rayas, igual que los del Blum. Allí, sus ocho toldos ofrecen buena sombra a los clientes que se sientan en los blandos cojines de sus sillones de mimbre. Alma Knauss, que de vez en cuando se deja ver por el Café del Ángel, les ha contado que los sillones del Blum crujen de una forma muy desagradable cada vez que te mueves, pero eso no le impide cenar allí a menudo con amigos y conocidos.

—¿Toldos? ¿Cómo se te ocurre? —se indigna Else—. ¿De dónde vamos a sacar el dinero?

Hilde tiene que volver a explicarle a su madre que, si quieren seguir al pie del cañón, deben invertir. Else le reprocha enseguida que la inversión de hace ocho años, que tan costosa resultó, destruyó el ambiente de café de artistas del Café del Ángel, y que por eso ya no van tantos clientes a su establecimiento.

Hilde está harta de luchar siempre las mismas batallas, así que se limita a decir que deben mirar hacia delante, nunca hacia atrás. Toldos de colores y sillas nuevas para la terraza; esas son las inversiones que ahora resultan imprescindibles.

—Esperemos un poco, Hilde —pide su madre, y se sirve lo que queda en la cafetera—. Dejemos que August resuelva primero ese desagradable asunto con el ayuntamiento.

—¿Qué asunto con el ayuntamiento?

Por lo visto, ha llegado una carta. No, Else ya no la tiene, se la ha dado a August para que se encargue él.

—Quieren que comprobemos la estabilidad del edificio, por los posibles daños sufridos durante la guerra. Porque a nuestra derecha todo quedó destruido por las bombas, ¿entiendes?

30

Sí, Hilde lo entiende. Recuerda muy bien el día que recorrió los escombros con su madre y las dos lloraron de alegría al ver que su edificio aún se mantenía en pie.

—En caso de que se detectaran daños importantes, habría que repararlos. Porque podría ser que un muro se viniera abajo e hiriera a alguien.

Lo cierto es que ya ocurrió hace un tiempo; por suerte, no hubo víctimas mortales. Pero no queda otra. El Café del Ángel se encuentra en una calle muy concurrida, y el tráfico, que va a más, solo agrava el problema. Cada vez que pasa un camión muy cargado por delante del edificio, arriba, en el piso de Hilde, la mesa de la sala de estar tiembla y los vasos tintinean un poco en los armarios.

—August tiene que rechazar la solicitud, porque a saber qué gasto supone eso. Podrían ser miles de marcos…

—Pero si la casa tiene daños, habría que hacer algo, mamá —objeta Hilde.

Else se altera. Según ella, es una soberana tontería.

—Esta casa se levanta firme sobre sus cimientos desde hace más de cien años —asegura—. Mis padres vivieron aquí, yo crecí aquí, igual que tus hermanos y tú…

—Pero antes no habían caído bombas, mamá.

—No, no… ¡August lo arreglará! —insiste Else—. ¡No podemos permitirnos ese dispendio, Hilde!

—Está bien. Primero pensaremos lo de los toldos y las sillas nuevas para la terraza.

Pero Else rechaza la hábil jugada de su hija. De momento no hay dinero para cambios; ya pueden dar gracias de que el café no esté en números rojos.

Hilde se lamenta porque no ha conseguido avanzar ni un centímetro. Por suerte, es hora de despertar a los gemelos y su madre se pone a prepararles los bocadillos para la escuela.

—Ahora mismo me bajo una tanda de ropa sucia —anuncia la mujer—. ¡Así tendréis algo que poneros!

Desde el año pasado están encantados con la lavadora que compraron y que ha encontrado su lugar en el lavadero del sótano. Sin embargo, solo la utilizan para la ropa de color. Para la blanca —camisas, manteles, servilletas y toallas—, Else se empeña en seguir hirviéndola en la caldera grande. Al terminar vierte el agua con lejía en un cubo para lavar los calcetines, y con lo que sobra friega la escalera del sótano.

Los niños se han ido a la escuela refunfuñando y Hilde por fin tiene tiempo de abrir el resto de las maletas y poner un poco de orden en el piso. Andi ha escondido en la suya una bolsita llena de piedras y conchas de río. Colecciona todo tipo de objetos; en su armario se apilan paquetes de tabaco cuidadosamente rotulados por la parte más estrecha: «Minerales, verano de 1958, Neuville, junto al río», o «Conchas y cangrejo muerto, verano de 1958, Neuville, junto al río».

En la maleta de Frank, Hilde encuentra un paquete de Gauloises y se lo guarda en el bolsillo del delantal. Vaya, vaya… Conque fuma a escondidas. Tendrá que contárselo a Jean-Jacques sin falta.

Hoy está Luisa sirviendo en el café. Hilde no baja hasta las diez y media, más o menos, y a esa hora también aparece por allí su padre para desayunar. Ya desde la escalera, Hilde oye que hay bronca.

—¡Esta nata está agria!

—Ay, mucho me extraña a mí eso…

—¡Pruébela usted misma! Sabe a rayos.

—Yo no noto nada…

—¡Pues cómasela usted!

La que protesta a voz en grito es Alma Knauss. Hilde se apresura a bajar los últimos escalones y llega justo a tiempo de saludar a la fiel clienta.

—¡Ah, Hilde! —exclama la mujer—. ¿Ya han vuelto de vacaciones? El sur de Francia todavía lo tengo pendiente. La Provenza, la que solía ser tierra de trovadores, la cuna de la literatura europea…

Hilde no ha visto nada de eso en casa de su suegra, pero asiente con entusiasmo y habla maravillas del sol, el agua cristalina del río, los buenos vinos y las pintorescas casitas de piedra natural. Luego le dice a la mujer que lamenta mucho lo de la tarta y que, por supuesto, el café corre a cuenta de la casa.

—Son cosas que pasan —comenta Alma Knauss con altanería, y asiente en dirección a Else, que está junto al mostrador de los pasteles con cara de pocos amigos.

Cuando la señora Knauss se marcha, Hilde se asegura de que no haya ningún otro cliente en el café antes de desatar su ira.

—¡Mamá, esas dos tartas estaban ahí antes de que nos fuéramos de vacaciones!

Luisa calla, cohibida. Else insiste en que están perfectamente, que para algo pagaron un buen dinero por la vitrina refrigerada. Como todas las semanas, ha hecho tres tartas y las ha puesto a la venta, pero no ha sido capaz de tirar las viejas a la basura.

—Te lo he dicho cien veces, mamá, no podemos servir nada que esté pasado. ¿Quieres que se nos echen encima los de Sanidad?

Entonces es Else quien se enfada. Contesta que en la guerra hacían pasteles con harina de maíz y huevo en polvo, y que todo el mundo daba las gracias y nadie se quejaba. Pero ahora la gente ya no tiene mesura, solo quiere lo mejor de lo mejor, y lo que no llega a su nivel de exigencia hay que tirarlo como si nada.

—¡Es un pecado! Esa nata no está agria, solo un poco reseca. ¡Todavía se puede comer!

Como Luisa ha salido corriendo a colocar los ceniceros en las mesas, Else mira a su marido en busca de ayuda. También él debería decir algo al respecto; al fin y al cabo, una vez le prometió estar siempre a su lado. Sin embargo, Heinz sabe que meterse en una disputa entre mujeres sirve de muy poco, así que hace un gesto con los brazos a la defensiva y se sienta en su silla de siempre.

—No dudo que todavía se pueda comer, mamá, ¡pero ya no se puede vender! ¿Es que no lo entiendes?

En el fondo, Else lo entiende, por supuesto, pero ahora mismo no está dispuesta a reconocerlo por nada del mundo. Hilde se acerca a la vitrina sin decir una palabra más, saca las tartas y se las lleva a la cocina. Pasa un dedo por la nata y la prueba. Agria. ¡Y no poco!

Abre la nevera y revisa los alimentos frescos. La nata está correcta, pero habrá que darle salida pronto. Retira la mermelada, que tiene moho. La mantequilla aguantará como mucho un día más. Dentro de los huevos, por desgracia, no puede mirar. El jamón cocido, el queso y el salami para los desayunos también están pasados.

—¿Y qué le voy a hacer si no vienen clientes? —pregunta Else con los brazos en jarras—. No puedo tirarlo todo a la basura.

—Si sirves comida en mal estado, ¡el café pronto estará completamente vacío!

—¡Bah! ¡Haz lo que quieras! —reniega su madre, y va hacia su marido para desfogarse con él.

Hilde cierra la puerta de la nevera con resignación y tira a la basura el bote de mermelada estropeada. No pueden seguir así. Antes, las tartas de su madre estaban muy solicitadas, pero ahora han pasado de moda. En el Bossong sirven tartaletas de piña con chocolate negro, de naranja con licor, y una tarta de grosella espinosa con merengue. Otra de licor de huevo. De mazapán. De crema de mantequilla y almendras. Los mostradores del Blum y el Bossong están repletos de exquisiteces que solo un par de años antes eran un lujo inimaginable.

Hilde se dice que tiene que encontrar nuevas recetas de repostería. Tal vez sea la solución. «Si conseguimos ofrecer las mejores tartas de todo Wiesbaden, los clientes volverán».

Luisa

Se oye un fuerte estruendo seguido de varias voces que gritan. Luisa, que está cortando pan en la cocina, se detiene sobresaltada. Ay, no, que no haya sido el bonito jarrón de cristal que Swetlana le regaló por su cumpleaños.

En la sala de estar se encuentra a las dos niñas de pie. Marion, de ocho años, se ha tapado la boca con la mano mientras Petra, la pequeña salvaje de cinco, señala con un dedo los añicos en el suelo.

—¡No hemos sido nosotras, mamá!

Luisa suelta un hondo suspiro. «¡Pues sí, era el jarrón! Tendría que haber puesto las flores en el viejo que tengo de barro…».

—¡Ha sido papá!

Luisa arruga la frente al mirar a su hija Petra, que ya está dando brincos, exaltada, haciendo saltar sus gruesas trenzas rubio rojizo arriba y abajo. Una pelirroja con la cara llena de pecas y los ojos verdes. Nadie se explica cómo les ha salido alguien así en la familia.

—¡No hay que decir mentiras, Petra!

—¡Dice la verdad! —exclama Fritz con tristeza—. He golpeado el jarrón sin querer cuando iba a coger la cafetera. Lo siento mucho. Te compraré uno nuevo, cielo.

—Ay, no hace falta —responde ella enseguida, y sonríe porque lo ve muy afligido—. Tenemos jarrones de sobra, Fritz. No te preocupes. ¡Los añicos traen buena suerte!

Va corriendo a la cocina a buscar la escoba y el recogedor, y al regresar tiene que regañar a Marion, que, empeñada en ayudar, ha empezado a reunir los cristales con las manos.

—Deja eso, Marion, que te vas a cortar con las esquirlas.

Fritz hace un torpe intento de colaborar, pero se da por vencido al instante. Debe cuidarse mucho las manos, sobre todo los dedos de la izquierda, con los que presiona las cuerdas del violín.

—Mamá, si el jarrón bueno lo hubiéramos roto nosotras, nos habrías gritado —declara Marion con retintín.

—A papá no puede gritarle —dice Petra.

Luisa se da prisa y, unos minutos después, los añicos están en el cubo de la basura y el charquito de agua del suelo ya ha desaparecido. Las flores que Fritz trajo a casa anoche del concierto han encontrado otro jarrón; todo vuelve a estar en orden.

En ese piso van justos de espacio. La mesa del comedor no solo se utiliza para comer; allí Marion hace los deberes, Luisa limpia la verdura, todos juegan al parchís por las noches, y también sirve para planchar la ropa. Hace muchos años que viven en el barrio de Bergkirche, porque el alquiler es barato y no queda muy lejos del Teatro Estatal, en cuya orquesta toca Fritz. Antes, Swetlana vivía con el pequeño Mischa en el piso de dos habitaciones de enfrente, pero al casarse con August Koch se marchó de allí. Al principio alquilaron un piso en Serobenstrasse, y hace un año se trasladaron a Biebricher Landstrasse, a una preciosa villa antigua. Luisa no está celosa, piensa que Swetlana y August se merecen esa casa tan bonita. Al fin y al cabo, ella tampoco tiene motivos para quejarse de su destino: son una familia feliz, tienen dos hijas sanas e inteligentes, y Fritz toca con los primeros violines de la orquesta. Gracias al dinero extra que ella gana en el Café del Ángel, perfectamente podrían permitirse un piso más grande, pero guardan en la cuenta de ahorros hasta el último penique. El gran sueño de Fritz es comprar algún día una casita en el campo. En algún lugar de la cordillera del Taunus, no demasiado lejos de Wiesbaden. Pero su hogar soñado tiene que estar rodeado de prados y bosques. Algún que otro fin de semana van al Taunus a mirar casas en venta. Sin embargo, sus ahorros siguen siendo muy escasos. Tendrían que pedir un crédito altísimo para comprar una de esas propiedades, y eso los asusta mucho a ambos. Prefieren seguir ahorrando un par de años más.

—¡Tenemos que irnos ya, mamá! —la apremia Marion.

Su hija mayor es una alumna muy aplicada. Es alta para su edad, tiene el pelo oscuro y las cejas pobladas, igual que Luisa. Se parece a su padre en lo reservada que es, a veces incluso tímida. Desde Semana Santa va a segundo de primaria, es estudiosa y tiene todas las libretas escritas a limpio. Cuando comete un error, se echa a llorar y arranca la hoja para empezar de cero. A Luisa le parece un poco exagerado, pero Marion es tozuda en ese punto.

Fritz todavía tiene tiempo antes de que empiece el ensayo. De camino dejará a Petra en el Café del Ángel, donde Luisa tiene turno hoy. Madre e hija se ponen la chaqueta y cogen el paraguas, porque de momento se ha acabado el buen tiempo de mayo. Una fría llovizna cae sobre las callejuelas, y arriba, entre las nubes grises, la legendaria Dama de la Lluvia inclina su regadera para empapar a las personas. En uno de los cuentos que Fritz solía leerles a las niñas hay una colorida ilustración de la furiosa dama, un dibujo que Petra ha copiado un sinfín de veces con lápices de colores. Por desgracia, no solo en el bloc de dibujo, sino también en el mantel blanco de Luisa.

Esta acompaña a su hija mayor al colegio todas las mañanas por miedo a que puedan atropellarla al cruzar la calle. Sina, bajita y regordeta, espera a su amiga en la puerta del patio. También ella lleva chaqueta, pero el lazo blanco que Swetlana le ha puesto en el pelo oscuro le cuelga torcido porque se le ha mojado. Las dos amigas se abrazan con cariño, pese a que las rígidas carteras de cuero les estorban un poco, y luego suben la escalera de la mano. Luisa las observa con una sonrisa. ¡Qué bonito es que se lleven tan bien! Ella, de pequeña, en la finca de su padre no tenía ni una sola amiga, y eso a menudo la entristecía. Pero, en cambio, allí había perros, gatos, gallinas y gansos; animales con los que de niña estaba muy familiarizada. ¡Y caballos, desde luego! Aquellas cabalgadas por el amplio y solitario paisaje se cuentan entre sus recuerdos más hermosos. Sí, Fritz tiene razón. Para las niñas sería precioso vivir rodeadas de naturaleza, y no en un piso estrecho y oscuro en plena ciudad.

Parece que hoy el ambiente está cargado en el café. Hilde no hace más que dar vueltas por la cocina y la tía Else pasa el plumero por los armarios y los alféizares, que en realidad no tienen polvo alguno. La mujer le encarga a Luisa colocar un paño en el suelo, delante de la puerta, para que los clientes no entren con los zapatos tan sucios. Apenas ha puesto ahí el trapo, Hilde sale de la cocina y se enfada al verlo.

—¿Qué imagen queremos dar? ¿Somos un café o una bodega? ¡Quita eso de ahí ahora mismo, Luisa!

¡Vaya por Dios! Tendrá que pasarse la mañana esquivando puñales, y eso que pensaba que las peleas entre Hilde y la tía Else se habían calmado. Si por lo menos hubiera clientes en el café, ellas dos tendrían que controlarse, pero de momento el local está vacío. Tampoco es de extrañar, con el tiempo que hace. Luisa va a la cocina a ponerse el delantal blanco y colocarse en el pelo la pequeña cofia de encaje.

—¡Si tuviéramos toldos, las mesas y las sillas de fuera no se mojarían! —grita Hilde a tal volumen que Else, en el café, por fuerza ha tenido que oírla.

—¡Y si nos saliera el dinero por las orejas compraríamos sillas de oro! —espeta en contestación.

Hilde mira a Luisa con una expresión que dice: «¿Has oído las tonterías que suelta?».

Esta se encoge de hombros y se apresura a poner flores frescas en los jarroncitos de las mesas. Al cabo de un rato aparece el tío Heinz con el periódico bajo el brazo y mira a su mujer con cautela.

—Buenos días a todas. ¡Vaya tiempo de perros! —saluda con una sonrisa prudente.

—¡Yo no lo he pedido! —Es la ruda respuesta de la tía Else.

Luisa va enseguida a servirle el desayuno a su tío. Café, panecillos, mantequilla, mermelada y dos lonchas de jamón ahumado. Apenas ha dejado la bandeja en la mesa, su tía sale de la cocina y le pone a su querido marido un trozo de pastel de nata delante de las narices.

—Otra vez no, Else —protesta él—. Ya es el tercer día...

—No me vengas con esas, Heinz. Hay que acabarse el pastel.

—Pero no yo. Me da acidez, Else.

Ella resopla y se lo lleva de nuevo a la cocina. Luisa ya está viendo lo que pasará a continuación.

—Te preparo un paquetito con un par de trozos de pastel de nata, Luisa. Fritz está muy flaco, no le vendrá mal. Y a las niñas también les gustará.

—Claro, tía Else...

Si con eso consigue instaurar la paz familiar, el sacrificio valdrá la pena. Por suerte, en el café entran entonces dos clientes: Sigmar Kummer, del diario *Tagblatt*, y Gerda Weiler, que suele reseñar las veladas operísticas. Dejan el suelo perdido de agua, cierran los paraguas y cuelgan las chaquetas mojadas en los ganchos del perchero.

—¡Buenísimos días tengan ustedes! —los saluda el tío Heinz mientras hace un ademán con la mano, invitándolos a ocupar las dos sillas libres de su mesa.

Ellos, sin embargo, prefieren estar a solas. Lo saludan con amabilidad, se interesan por su salud y se sientan junto a la ventana. Luisa les sirve dos desayunos con jamón y huevo, y sonríe cuando le dicen que hoy está especialmente guapa. Después le preguntan dónde se ha metido su pequeña y encantadora pelirroja.

—Mi marido traerá a Petra dentro de nada.

En efecto, justo en ese instante se mueve la puerta giratoria. Petra empuja con todas sus fuerzas el ala de madera y, como dar vueltas es tan divertido, completa dos veces la circunferencia antes de entrar en el café. Entonces se queda quieta y exclama:

—¡Mamá, está lloviendo a cántaros!

Con eso consigue hacer reír a los dos periodistas, e incluso el tío Heinz suelta una risilla. Solo la tía Else, que está sacándole brillo al mostrador de los pasteles, permanece seria. Petra deja que su madre la ayude a quitarse el anorak mojado, luego corre hacia el estrecho escenario que hay al fondo de la sala y se sube al taburete giratorio del piano.

—¿Has preguntado si te dejan tocarlo? —advierte Luisa tras ella.

La pequeña ya ha levantado la tapa del teclado, tira al suelo sin ningún cuidado el guardapolvo, el alargado paño de fieltro que lo protege, y estira el cuello para mirar a la tía Else.

—¿Puedo, abuela Else?

La mujer no contesta; hoy es inmune al encanto de su sobrina nieta. En cambio, el tío Heinz siempre está dispuesto a apoyar a una artista en ciernes.

—Tú toca, hija. Pero no muy fuerte...

Petra se aparta las trenzas, que le molestan, y pone las manitas sobre las teclas. Interpreta una canción infantil a dos voces y sin partitura, de memoria. Luisa siempre se queda perpleja con la facilidad que tiene esa niña para recordar melodías y notas. Fritz les da clases de violín a sus dos hijas en el escaso tiempo libre del que dispone, pero en poco menos de un año Petra ha adelantado de largo a su hermana mayor. Desde que la pequeña descubrió el piano del Café del Ángel, no hay quien la separe de él y lo único que quiere es aprender a tocar ese instrumento. Fritz se muestra totalmente a favor; está encantado con el oído musical de su hija. Sin embargo, en el piso no tienen sitio para un piano y, además, comprar uno sale carísimo. Tendrán que pensárselo mucho.

Addi Dobscher entra por la puerta lateral del café, da los buenos días y se queda de pie escuchando a la joven pianista. Luisa lo ve desmejorado. Ay, sí, Addi se hace mayor. Antes, a las seis de la mañana ya estaba dando vueltas por el edificio, había trasteado en el sótano, lijado la escalera, barnizado las barandillas o reparado las bicicletas de los gemelos en el cobertizo. Desde hace unos meses, sin embargo, por las mañanas se levanta más tarde que el tío Heinz, que siempre ha sido un dormilón.

—¿Qué, niña? —pregunta el hombre a media voz, dirigiéndose a Petra—. ¿Quieres que te enseñe algo?

Es el mayor admirador de Petra. «Esta pequeña es un fenómeno —dice a menudo—. Tiene un gran talento y una personalidad única».

Se coloca frente al piano, al lado de Petra, y le enseña va-

42

rios acordes con los que puede acompañar las melodías. Ella no siempre consigue que sus deditos lleguen a todas las teclas, pero entiende lo que Addi le dice y, como es tan emocionante y suena tan bien, prueba con otros acordes, solo que esos no complacen tanto al oído, porque son atonales y distorsionan más que otra cosa. Los dos periodistas tienen que levantar la voz para entenderse. Sigmar Kummer hace una mueca y se protege la oreja derecha con la mano. A Gerda Weiler se le congela la sonrisa.

Hilde sale de la cocina y mira indignada al escenario.

—¡Esto no puede ser, Addi! —exclama—. ¡Déjalo ya!

—Ya basta, Petra —dice Else casi al mismo tiempo—. ¡Estás molestando a los clientes!

Else y Hilde se miran. A ninguna le gusta estar de acuerdo con la otra de repente, así que Hilde vuelve a desaparecer en la cocina y le deja vía libre a Else. Luisa corre hacia el piano y, como su hija está enfurruñada y no quiere obedecer, le aparta las manos de las teclas a la fuerza y cierra la tapa.

—¡Pero es que no quiero parar! —protesta Petra—. ¡Yo quiero tocar el piano!

—Ahora te sientas a esa mesa y pintas un dibujo —le ordena Luisa, más que abochornada por la escena.

—¡Nooo!

—¡Si no, nos vamos a casa ahora mismo!

Petra se agarra al taburete del piano con ambas manos, tiene la cara colorada y desencajada; le está dando un auténtico berrinche. Addi permanece a su lado, impotente, mientras la niña berrea, y los dos periodistas miran a otra parte sin saber dónde meterse mientras Luisa aparta a su hija del piano y se la lleva a la cocina. Allí, Petra sigue llorando a tal volumen que deben de oírla hasta en Wilhelmstrasse.

Hilde, que está preparando la masa de un pastel, levanta la mirada un instante hacia la pequeña, que llora con rabia, y entonces se limpia las manos con un paño de cocina y abre la puerta del patio.

—Sal y desahógate —le dice con voz serena—. Cuando hayas terminado, vuelves a entrar. ¿Entendido?

Cuando Hilde habla así, está claro que no está de broma. Petra respeta mucho a su enérgica tía. Lo último que quiere es salir sola al patio, pero tampoco se atreve a contradecirla. Así que la puerta de la cocina se cierra tras ella y, en el patio, los gorriones levantan el vuelo porque la aparición de Petra los ha espantado. Luisa, junto a la puerta, aguza el oído, pero fuera todo está en silencio.

Hilde sigue mezclando la masa con el cucharón y luego incorpora el merengue. Permanece callada. Luisa, que se siente culpable, regresa al café, donde Addi coloca el guardapolvo sobre el teclado meneando la cabeza.

—¡No os entiendo! —dice, molesto, antes de marcharse.

Sigmar Kummer y Gerda Weiler piden la cuenta. Fuera ha dejado de llover, algún que otro rayo de sol cae sobre Wilhelmstrasse y se refleja en las lunas de los coches que pasan.

Luisa está de los nervios. Petra nunca le había montado una escena como esta, pero es una niña muy testaruda y en casa también suele replicar. Solo se porta bien y obedece cuando está con su padre. Como esto siga así, no podrá llevarla más al café, y entonces a ver cómo continúa trabajando allí…

—Esto no puede ser, Luisa —dice la tía Else de pronto, cuando el café vuelve a quedarse vacío—. Si mi Hilde se hubiera portado así alguna vez, se habría llevado unos buenos azotes.

El tío Heinz arruga la frente, pero no dice nada. Tampoco Luisa contesta. Se resiste a pegar a sus hijas. Algún bofetón, como mucho, pero no más.

—Hay que quitarle esa terquedad que tiene —sigue diciendo la tía Else—. Si no, hará contigo lo que quiera. —Pero tiene que callarse porque entran nuevos clientes.

Son tres músicos jóvenes a los que acaban de contratar en la orquesta; seguramente están en el descanso de un ensayo. Saludan a Heinz Koch con un amistoso ademán de la cabeza y se sientan junto a la ventana. Luisa les toma nota: tres cafés, dos tartaletas de piña y un panecillo con jamón y pepinillo. Menos mal; cinco clientes en una sola mañana, y el tiempo ha mejorado mucho. El sol lanza destellos coloridos desde los charcos de la acera, delante del café. Dentro de media hora podrán sacar las mesas y las sillas a la calle.

En la cocina, Hilde se ocupa de la comanda y deja que Petra la ayude. Se ha transformado en una niña obediente y está colocando las tazas de café en la bandeja, donde también pone tres cucharitas, dos tenedores y un juego de cubiertos grandes. Hilde le lanza una mirada divertida a Luisa y saca el jamón y los pepinillos en vinagre de la nevera. Cuando Luisa sale con la bandeja para los músicos, su hija va tras ella con sus lápices y un bloc de dibujo, y se sienta a la mesa que hay junto al mostrador de los pasteles. Luisa respira aliviada, aunque finge no haberla visto. Dedicarle una palabra de elogio ahora sería precipitado. En lugar de eso se sienta con el tío Heinz y la tía Else, que están probando una tartaleta de piña. El nuevo postre no les entusiasma demasiado. Al tío Heinz le cuesta partir la rodaja de piña con el tenedor; la tía Else niega con la cabeza.

—Demasiado dulce —masculla.

Mientras tanto, los tres músicos devoran la comida con placer y charlan despreocupados sobre sus cosas. Primero se quejan de la manía del director artístico de representar solo óperas de Wagner, luego critican al director de orquesta.

—Kaufmann no sabe dirigir. Los segundos violines están tocando una auténtica porquería...

El tío Heinz ha conseguido vencer a su tartaleta y se traga

las últimas migas con su tercera taza de café. La tía Else se toma una infusión de manzanilla. Demasiado café y, por si fuera poco, discusiones; nada de eso le va bien a su estómago. Los músicos piden tres cervezas y, cuando Luisa se las sirve, constata que los cotilleos han llegado a sus compañeros de trabajo.

—Bartosch, con esa nariz tan roja… —se exaspera uno—. ¿Habéis visto que siempre tiene una botella de cerveza cerca?

—Será para engrasar la maquinaria —bromea otro.

—En la orquesta hay un montón de viejos decrépitos. Están matando el tiempo hasta que se jubilen, pero, musicalmente, de ahí no puede salir nada.

—Que les aproveche —dice Luisa entre uno y otro, refiriéndose a la cerveza.

Los músicos asienten y siguen con su cháchara.

—Y el bajito de los segundos violines, ese que tiene el ojo a la virulé… No sé cómo aún siguen cargando con alguien así.

—Ah, te refieres a Fritz Bogner. Es un tipo simpático. Al principio me ayudó mucho.

—Vale, vale, pero es que casi no ve. Por una herida de guerra. Antes tocaba con los primeros violines, hasta que no pudo mantener el nivel.

—Es cierto. Deberían retirarlo. No aporta nada. Como mucho, podría seguir tocando en la orquesta del Balneario.

Luisa los ha escuchado conteniendo la respiración; también la tía Else y el tío Heinz se han enterado de todo. ¿Será cierto? ¿Fritz ya no toca con los primeros violines, sino con los segundos? No se atreve a levantar la mirada por miedo a encontrarse con los ojos horrorizados de sus tíos. Sí, claro, hace tiempo que ha notado que Fritz ve peor que antes, pero no se imaginaba que fuera tan grave.

De repente, una voz infantil, aguda y enfadada, interrumpe la conversación de los tres jóvenes.

—¡No hagáis eso! —exclama Petra, que salta de la silla tirando al suelo el bloc de dibujo y los lápices.

Los tres músicos se vuelven desconcertados hacia la niña.

—¿Qué has dicho, pequeña? —pregunta uno, divertido.

Petra no se mueve del sitio. Está tan furiosa que le falta poco para llorar.

—¡No habléis así de mi papá! —dice—. Mi papá toca el violín mejor que todos vosotros juntos. ¡Hala!

Y mira con ojos desafiantes a esos hombres que han hablado mal de su querido padre.

—¿Cómo? —dice uno, desconcertado—. ¿No serás... la hija de Fritz Bogner?

Petra está tan alterada que no es capaz de decir una palabra, pero asiente con la cabeza. Tres veces seguidas.

—¿Quién iba a pensar...? —susurra el joven, que mira turbado a sus compañeros.

—Lo sentimos muchísimo, por supuesto —se disculpa otro—. No pretendíamos ofender a tu padre.

La pequeña no dice nada. Sigue ahí de pie, mirando con reproche a los tres músicos.

—Bueno... —dice otro, avergonzado—. Tenemos que volver al ensayo. Oiga, señorita, la cuenta, por favor.

Tienen tanta prisa por abandonar el café que ni siquiera esperan el cambio. Se ponen las chaquetas corriendo y deprisa y se apretujan en la puerta giratoria para salir a la calle lo antes posible.

—No me lo puedo creer —dice la tía Else, indignada—. ¡Esta chiquilla es capaz de espantarnos a todos los clientes!

Luisa no la escucha. Corre a abrazar y consolar a su hija, que se ha echado a llorar.

—Lo que han dicho es mentira —le susurra al oído con cariño—. Papá es el mejor violinista de toda la orquesta, cielo. Ya lo sabes.

La niña solloza con tanta fuerza que le tiembla todo el cuerpo.

—No, Else —dice el tío Heinz desde su mesa—. No estoy de acuerdo. La niña ha hecho muy bien. Es de admirar la valentía con la que ha defendido a su padre. Ha sido magnífico.

Mischa

Lleva un rato remoloneando, indeciso entre darse la vuelta y dormir un rato más o levantarse para ir al baño. Al final se incorpora con lentitud, solo porque necesita mear. Pasa por encima de la ropa que ayer dejó tirada en el suelo de cualquier manera y cruza el pasillo. El cuarto de baño de la villa es grandioso. August, su padre adoptivo, mandó reformarlo antes de que se instalaran allí. Azulejos de un verde claro con lechada negra, una bañera, dos lavabos. Y lo mejor de todo: una ducha. Como las que tienen los yanquis. Te rodeas con la cortina, abres el grifo y dejas que el agua caliente te caiga encima desde la alcachofa. ¡Tremendo!

Cuando se seca, el cansancio ya se ha esfumado. El reloj que August colgó sobre la puerta marca las doce y media. ¡Mierda, qué tarde! A la una, August regresa del bufete para comer con ellos en la villa, luego descansa un rato y sobre las dos y media vuelve a subirse al coche. Todos los días lo mismo, sábados incluidos. Su padre adoptivo trabaja como una mula, y es tan puntual que puedes poner el reloj en hora cuando él aparece. Los domingos suelen salir en familia, y entonces Mischa se apalanca en el asiento trasero del coche, aburrido. Casi siempre le toca visitar alguna iglesia o algún museo con sus padres, o —peor aún— ir de excursión.

Se mira con ojo crítico en el espejo que hay encima del lavabo y constata que los pocos pelos negros que le salen en el mentón han vuelto a crecer. Menudo asco. Si por lo menos tuviera una barba de verdad… Eso suyo es ridículo. También le ha salido un grano rojísimo en el labio superior. Todavía no está maduro, quizá mañana pueda reventarlo, pero hasta entonces se hinchará algo más. ¡Puf! Usa los utensilios de afeitado de August, se peina y le da forma al pelo con los dedos. Luego tiene que aplicarse un gel para que el tupé aguante. Con su pelo sí que está contento; su onda natural cae como a él le gusta. También se le han desarrollado bastante los músculos de los brazos. Ha sucedido por sí solo. Nunca ha tenido que entrenar con pesas ni extensores, como algunos de sus compañeros. Eso lo ha heredado de su padre. De su padre biológico, al que no llegó a conocer.

Cuando cruza desnudo el pasillo para regresar a su habitación, percibe el olor: su madre está preparando comida rusa otra vez. Mischa detesta esas empanadillas que ella va formando con tanto amor y rellenando de todo lo imaginable. Son grasientas a más no poder y, además, él prefiere la carne tal cual, sin toda esa masa alrededor. ¡Una buena costilla o un delicioso asado de cerdo! Pero eso solo lo cocina los domingos.

Su habitación está bastante desordenada. Recoge los discos y demás trastos del suelo. Los tira al sofá, porque mañana vendrá la mujer de la limpieza y pasará la aspiradora por la moqueta. Desde hace un año, su habitación es igual de grande que todo el piso de dos habitaciones del barrio de Bergkirche donde antes vivía con su madre. Puede que incluso más. Aparte de la cama, el ropero y el escritorio, tiene un sofá, dos sillones y una mesita auxiliar, y en las paredes hay estanterías. Aunque todavía no ha leído la mayoría de los libros que le ha endilgado August. Mischa no es de los que mete la cabeza en un libro por gusto. Eso se lo deja a su hermana pequeña, Sina. Él está feliz con haber acabado el colegio. Quiere vivir, respirar aires de libertad, acumular experiencias. El escritorio es el único lugar de su habitación que está impoluto, porque hace meses que no se sienta ahí.

Se pone unos vaqueros, que August llama «pantalones de fracasado», y una camisa blanca con un chaleco de punto gris. Los viejos siempre se escandalizan con los vaqueros porque no son holgados como los pantalones de caballero normales, sino que se ciñen mucho al cuerpo.

A la una hace acto de presencia en el comedor y se sienta a la mesa junto con August y Sina. Su madre sale de la cocina con una fuente llena de blinis. Mischa repara en que sonríe al ver que ha sido puntual. Ayer le montó un escándalo porque había llegado unos minutos tarde. Un cuarto de hora, como mucho.

—¿Has dormido bien? —le pregunta August, sin mirarlo.

Eso significa que su madre le ha contado que ayer llegó tarde a casa otra vez y que por eso acaba de levantarse.

—Más o menos… —murmura él, y coge la botella—. ¿Quieres zumo de manzana?

August sabe que es una maniobra de distracción, pero de todas formas le acerca el vaso. Mischa sirve también a su madre y a Sina, después vierte apenas un dedo en su propio vaso. No le gusta el zumo de manzana.

Su madre reparte los blinis; hay verduras y ensalada para acompañar. Mientras comen, ella cuenta que, en el mercado, el frutero le ha comentado que su actual vecina es una engreída y ni siquiera da los buenos días, y que seguramente Fritz Bogner se quedará ciego y no podrá seguir tocando con la orquesta. Esa última noticia sobresalta a Mischa; les tiene cariño a Fritz y a Luisa. Antes, Fritz le daba clases de violín, pero ya hace tiempo que no practica. El violín que su madre le compró por entonces lo toca ahora Marion, la hija mayor de Fritz y Luisa, que además es la mejor y única amiga de su hermana Sina.

—¿Qué tal te ha ido hoy en clase, Sina? —pregunta August a su hija.

La niña acaba de masticar a conciencia y se sorbe los mocos. Por algún motivo, siempre tiene la nariz taponada.

—Ha estado muy bien, papá —responde seria y con su aguda voz infantil—. Nos han puesto un dictado y luego hemos hablado sobre los manantiales de agua caliente de Kochbrunnen. Wiesbaden tiene muchos manantiales calientes, por eso vienen aquí personas enfermas. Se bañan en las aguas y también las beben. Así se curan.

Seguro que algún día Sina será profesora, porque ya da largas conferencias y se expresa como una adulta. Es la mejor de su clase; solo se le da mal la gimnasia. El año que viene a lo mejor le hacen saltarse un curso. También hoy recibe grandes elogios por parte de August, y es evidente que le agradan porque está toda colorada. Su hermana no es nada guapa. Tiene la cara redonda, la nariz chata y poca frente, va siempre muy repeinada, con el pelo recogido en dos trenzas prietas. Su madre suele ponerle a la pobre en la cabeza un ridículo lazo blanco que parece una mariposa descomunal.

—Después de comer ven conmigo al estudio, Michael —le dice August cuando van por el postre y él ya está deseando levantarse.

Su madre vuelve a poner cara de preocupación, e incluso Sina lo mira con lástima; lo que le faltaba. Es su madre, sobre todo, quien le saca de quicio con sus constantes súplicas para que siente la cabeza de una vez y aprenda un oficio, que se convierta en una buena persona. Él nunca ha entendido lo que quiere decir con eso. Bobadas que se trajo desde Rusia.

Nadie puede «convertirse» en una buena persona. O lo eres o no lo eres. Y él, Mischa, no lo es.

August se levanta y le da las gracias a su mujer por la deliciosa comida. Lo hace todos los días, y ella siempre contesta: «Ay, hoy no me ha quedado muy bien. En realidad, tendría que...».

August menea la cabeza con paciencia.

—Si eres tan amable de traerme el café, Swetlana... —pide con una sonrisa, y le da un beso en la mejilla.

Los dos siguen haciéndose carantoñas y dándose besitos a pesar de llevar tanto tiempo casados. A Mischa le resulta penoso. El amor es para la gente joven, hombre, y August cumplirá cuarenta el año que viene. Su madre tiene treinta y seis. Antes era delgada y muy guapa, pero ahora ha engordado y parece... Bueno, parece una señora casada. Lleva el pelo corto y con permanente, y siempre se pone un delantal de colores para no mancharse el vestido cuando está en la cocina. Todos los días prepara la comida. Cuando tiene turno en el Café del Ángel, calienta algo que dejó listo a propósito la noche anterior.

A Mischa le da tiempo a devorar una segunda ración de natillas de vainilla con salsa de frambuesa antes de seguir a August al estudio. Allí, su padre adoptivo le indica que se siente en una silla de madera torneada que hay frente al gran escritorio mientras él toma asiento al otro lado. En su cómoda silla de oficina tapizada en piel.

—Vayamos al grano, Michael —dice, y se coloca las gafas—. Me parece que ni tú mismo estás contento con esta forma de perder el tiempo, ¿verdad?

Mischa tiene que reconocerlo. Incluso él ha pensado en hacer algo decente con su vida. Más adelante. En algún momento.

—¿No quieres independizarte algún día? ¿Tener tu propio piso, un buen puesto de trabajo, un coche?

Eso último sí, sin ninguna duda. Pero por desgracia todavía es muy joven para sacarse el carnet de conducir. Una Vespa; eso sería la leche. Una azul celeste, con rueda de repuesto y un buen sillín.

—Claro… —masculla.

—Entonces, ya va siendo hora de empezar a construir ese futuro —dice August—. Los chicos de tu edad te llevan dos años de ventaja como aprendices, Michael. Pero, aun así, si esta vez te esfuerzas, todavía puedes conseguirlo.

¡La misma cantinela de siempre! ¿Por qué tiene que ponerse de aprendiz? Existen miles de posibilidades diferentes de ganar dinero. Todavía le dura el hartazgo de Dyckerhoff, donde se pasaba todo el santo día de pie en una nave llena de polvo. Y en Henckel tenía que limpiar botellas. ¿Qué iba a aprender con eso? ¿A ser una fregona, tal vez?

—He hablado con Julia Wemhöner —empieza a decir August, que lo mira fijamente por encima de la montura de las gafas—. Sabes quién es, ¿verdad?

Claro que lo sabe. La señora Wemhöner vivió en el edificio de los Koch, y durante la guerra la escondieron porque es judía y, si no, Hitler la habría incinerado o algo así. Ahora tiene tres tiendas en Wiesbaden y se ha hecho muy rica. Wilhelm Koch, el hermano de August, está liado con ella. Siempre que está en la ciudad, va a visitarla. A Mischa le cae bien Wilhelm. Es muy diferente a August. No es tan recto, y para nada aburrido. Wilhelm Koch es actor y en estos momentos está en un teatro de Hamburgo, pero también hace cabaret. Una vez montó un espectáculo en el Café del Ángel, y Mischa se quedó fascinado y decidió que quería ser actor a toda costa, pero Wilhelm le dijo que los actores ganan poco dinero, y entonces pensó que prefería otra profesión.

—Pero… si la señora Wemhöner vende vestidos para mujeres —comenta con escepticismo.

—También tiene una tienda para caballeros. En Langgasse. Te contrataría allí como aprendiz. El gerente de la tienda, el señor Alberti, quiere conocerte primero para comentarte algunos detalles.

Menuda mierda. Acaban de estropearle la tarde, que pensaba pasar con sus amigos en el parque de Reisinger. Ahora tendrá que presentarse en la tienda a las tres en punto, y la señora Wemhöner también estará allí.

—¿Me compraréis una Vespa si me pongo de aprendiz? Langgasse queda bastante lejos.

¿Acaba de reírse August? Un breve estremecimiento ha recorrido su rostro, pero enseguida ha desaparecido.

—Puedes ir en bicicleta, Michael. Y si tu madre tiene turno en el café, te llevará en coche.

Su madre entra con una taza de café con leche y azúcar para August. Le ha puesto dos galletas en el platito y lo deja en el escritorio, delante de él.

—¿Ya habéis llegado a un acuerdo? —pregunta, y sonríe a Mischa con esperanza.

Él aparta la mirada, avergonzado. Detesta no cumplir las expectativas de su madre, pero es que resulta imposible. Algo lo reconcome por dentro y no le deja ser un aprendiz educado y trabajador. Tampoco una buena persona. Está convencido de que acabará dejando el puesto; tal vez ni siquiera empiece.

—Más o menos —dice, en respuesta a su pregunta. Como quiere salir ya de ahí, añade—: Bueno, voy a cambiarme de ropa.

—Ponte algo formal, Mischa —le aconseja su madre a su espalda—. Nada de vaqueros y cazadora de cuero, por favor. El traje gris y una camisa limpia.

Y encima eso. Claro, a una tienda de moda para caballeros tiene que ir hecho un pincel, planchado y acicalado, con corbata y los zapatos relucientes. Qué va… No saldrá bien. Seguro que el tal señor Alberti verá enseguida que el aprendiz Michael Koch solo le dará quebraderos de cabeza y que será mejor no contratarlo.

Aun así se pone el traje. Pero sin corbata. Los zapatos ya se los ha limpiado su madre, por supuesto; contra eso no puede hacer nada. También debió de entrar en su cuarto anoche, porque el paquete de tabaco y las cerillas que tenía en el bolsillo de la cazadora han desaparecido. Bueno, todavía le queda dinero; ayer le mendigó diez marcos.

Su madre lo detiene en la puerta de casa y lo hace volver a entrar.

—Déjame que te vea, Mischa. Abróchate el botón del cuello. Así está mejor. Y sé educado, te lo pido por favor. Y humilde. La señora Wemhöner ha sido muy amable accediendo a contratarte.

Tiene que soportar que su madre le enderece el cuello de la camisa y le sacuda un poco los pantalones porque ha visto una pelusa.

—¿No prefieres esperar? August podría llevarte en coche a la ciudad más tarde.

—No, mamá, me voy en bici. August acaba de decirme que tendré que ir en bicicleta.

Por fin lo deja marchar. Mischa pedalea con brío para notar el aire y disfrutar de la velocidad. En la esquina de Rheinstrasse con Wilhelmstrasse se detiene frente a Zigarren Engel, apoya la bici en el caballete y entra en el estanco. La señora Engel lo mira con asombro porque va vestido de «persona decente». Su amigo Gerd, uno de los que estuvo bañándose con él en la fuente del Balneario, está en la trastienda, atando etiquetas blancas con el precio en los nuevos cortapuros. Un auténtico fastidio, pero le está bien empleado. A Gerd y a Jochen les dio tiempo a escapar y la policía solo lo atrapó a él.

—Un paquete de Lux con filtro y unas cerillas. Para mi padre —pide.

La mujer le da los cigarrillos sin preguntar, aunque August nunca se ha pasado por el estanco. Porque no fuma. Sin embargo, Gerd le contó que el padre de Mischa es fumador. Hoy su amigo está callado. Contesta a su saludo con un ademán de la cabeza mientras recoge del suelo una etiqueta que se le ha resbalado de los dedos. Seguramente le han echado la bronca.

Mischa todavía tiene una hora, así que decide ir con la bici al parque de Reisinger a tumbarse al sol. Mala suerte si el traje se le mancha de verde con la hierba; de todas formas, no le interesa causar buena impresión. Por desgracia, allí no encuentra a ninguno de sus amigos, solo hay un par de escolares y un grupo de chicas que lo miran con interés. Pero a él no le apetece hablar con ellas, sobre todo porque se encuentra ridículo con ese traje. Otra vez será. Busca un lugar cerca del lago, comprueba que no haya hormigas en la hierba y, al no ver ninguna, se sienta. Saca del bolsillo el paquete de Lux con filtro y se enciende un cigarrillo. Empezó a fumar hace tres años, cuando todavía iba al colegio. Ahora ya se acaba dos paquetes a la semana, y se los compra con la paga que su madre le pasa en secreto. August no quiere que le dé dinero, pero ella lo hace de todos modos, porque podría ocurrirle algo cuando está fuera de casa, claro, y es mejor que lleve un par de marcos en el bolsillo.

Mischa fuma con placer, se tumba boca arriba y entorna los ojos para contemplar el claro cielo primaveral. Qué bonita puede ser la vida… ¿Por qué sigue en ese muermo de ciudad? ¿Por qué no hace la maleta y cruza el charco para irse a América? Allí, alguien como él podría hacer fortuna. Wilhelm le ha hablado de Hollywood y le ha dicho que le encantaría poder rodar películas allí. O Nueva Orleans, la cuna del jazz; esa sí que debe de ser una pasada de ciudad. Igual que Nueva York. Y luego está el Salvaje Oeste, donde un hombre puede demostrar su valía. Pero, por algún motivo, no consigue lanzarse. No es que le falte valor, pero no quiere hacerle eso a su madre. En realidad, tampoco quiere darle problemas al bueno y aburrido de August. Le cae bien, más o menos. Solo que no puede darles lo que esperan de él y punto. Es un caso perdido, un inútil. Miente, bebe cerveza y vodka, fuma, es un vago y duerme hasta el mediodía. No es lo que se dice un chico obediente y formal. Él siempre fastidia los planes. Sí, señor, ese es él. Y le gusta.

Bueno, la mayoría de las veces.

Dos policías pasan por el otro lado del lago y miran hacia él. Mischa apaga el cigarrillo enseguida, se levanta y se sacude las briznas de hierba de los pantalones. Lo último que quiere es tener otro lío con la poli; últimamente está bastante harto. Además, ya es hora de ponerse en marcha. Se monta en la bici y pedalea sin prisa a lo largo de Bahnhofstrasse, tuerce por Rheinstrasse y se mete en Kirchgasse, que más adelante se convierte en Langgasse. Tiene que ir con cuidado porque allí hay mucho tráfico y a menudo salen peatones por entre los coches que hay aparcados junto a la acera y cruzan la calle sin mirar ni a derecha ni a izquierda.

La tienda que le ha dicho August está bastante al final de la calle, casi en Kranzplatz. Es un establecimiento pequeño pero caro; se ve por lo que hay expuesto en los dos escaparates. Moda inglesa para *gentlemen*. El maniquí tiene las sienes entrecanas y bigote, lleva unos bombachos de cuadros y una chaqueta de verano de una tela fina pero noble. Delante del maniquí hay unos guantes de piel, tres billeteros y un cinturón expuestos sobre terciopelo verde, y en el segundo escaparate tienen un par de botas de cuero que con lo que cuestan podría comprarse una Vespa.

Los clientes deben de estar forrados. Mischa se piensa seriamente si entrar o no en el establecimiento, pero, ya que está ahí, sube los dos escalones y abre la puerta. Lo recibe un silencio agradable. No hay campanilla, como en la frutería; los clientes con pasta entran sin hacer ruido y son atendidos sin tener que exigirlo. Un joven dependiente con un traje gris de rayas se apresura desde el fondo de la tienda sonriendo con expectación. Cuando ve quién acaba de entrar, se le acaba la sonrisa; pese a su ropa «decente», Mischa se diferencia mucho de la clientela habitual.

—¿En qué puedo ayudarle? —pregunta el joven.

Mischa calcula que tendrá como mucho dos o tres años más que él, pero parece un figurín.

—Había quedado con la señora Wemhöner y el señor Alberti —contesta con arrogancia.

El dependiente desaparece tras una cortina y al poco vuelve a asomar la cabeza.

—Pasa por aquí —dice con desgana—. Y cuidado con no tirar nada al suelo.

«Este es el primero que querrá mangonearme», piensa Mischa, al que le entran ganas de dar media vuelta y largarse. Pero siente curiosidad por saber qué tesoros habrá detrás de la cortina que no pueden caerse al suelo, así que rodea el mostrador y se interna en la trastienda. Allí encuentra una gran cantidad de cajas y varias pilas de camisas y chalecos que, sin duda, el dependiente tendrá que colocar en los distintos compartimentos de las estanterías. Enseguida pasan a otra habitación en la que hay balas de tela almacenadas, y de pronto llegan a una puerta corredera blanca con cristales esmerilados. Mischa llama con educación.

—¿Sí? ¿Qué ocurre? —dice una voz masculina.

Su tono es extrañamente forzado. Como en el teatro. Ese Alberti parece un tío raro. Cuando corre las hojas de la puerta, Mischa ve a un hombre moreno en mangas de camisa y con un chaleco negro. Está sentado a un escritorio y le dirige una mirada escrutadora entornando mucho los ojos.

—Michael Koch, supongo.

—Sí. Muy buenos días.

—Siéntate en esa silla.

Le dice que la señora Wemhöner llegará tarde porque la han entretenido. Alberti lleva el pelo repeinado hacia atrás y es evidente que se aplica algún producto, porque brilla y se le pega mucho a la cabeza. Sus orejas algo puntiagudas le dan un aire diabólico. Es difícil calcular su edad; podría tener veinte años, pero también cincuenta.

—¿Alguna vez has trabajado en moda de caballero? —quiere saber.

—No.

—¿Te gusta lo que has visto en nuestra tienda?

—No.

El señor Alberti lo mira con disgusto.

—Entonces ¿por qué quieres entrar de aprendiz con nosotros?

Mischa abre la boca para contestar que solo ha ido porque su padre adoptivo se lo ha ordenado, pero la puerta corredera se abre de pronto tras él, así que se gira.

—Ah, ya estás aquí, Mischa —saluda Julia Wemhöner, y le sonríe.

Él no consigue decir palabra. Ya conoce a Julia, por supuesto, porque la ha visto un par de veces en el café. Pero, ahora que la tiene delante, es… impresionante.

—Creo que fuera hay un cliente —le dice ella a Alberti—. El señor Karlstadt tenía cita por lo de la americana.

¡Menuda mujer! Un ademán de la cabeza, y el emperifollado Alberti se pone en marcha mientras ella deja su bolso de mano en el escritorio con absoluta calma y se quita los ceñidos guantes negros.

«¡Pero si es mayor que mi madre!», piensa Mischa. Aun así, la encuentra tremendamente... guapa. ¡Y cómo va vestida! Es esbelta, con el pelo cobrizo...

Julia Wemhöner no ocupa la silla de Alberti, sino que rodea el escritorio y se sienta en una esquina. Endereza un poco la espalda y mira a Mischa de arriba abajo. Tiene unos ojos curiosos y afables, aunque lo repasa con cierta diversión.

—Así que has venido, Mischa —dice—. Puedo tutearte, ¿verdad?

Él asiente y nota que se pone colorado.

—¿Es cierto que quieres entrar de aprendiz en mi tienda?

Menuda pregunta. Antes de hablar tiene que carraspear un poco.

—En realidad... —Aún nota la garganta áspera—. Bueno, la verdad es que no...

Ella sonríe con calidez y pone cara ya lo suponía.

—Entiendo —comenta—. Entonces no deberías aceptar, porque no te va a hacer feliz.

Está desconcertado. ¡La señora Wemhöner lo está echando! En el fondo es lo que él quería conseguir, solo que no tan pronto.

Ella se mueve un poco, se inclina hacia atrás y se apoya en las manos. No deja de mirarlo con gesto pensativo.

—Verás —dice con serenidad—. Es muy importante escoger una profesión que le guste a uno. Si te pasas la vida haciendo algo que odias, acabas siendo una persona amargada, ¿no crees?

Él asiente. Julia Wemhöner dice cosas muy inteligentes. ¡Y cómo las dice...! En voz baja y con vehemencia. Como si se le acabara de ocurrir.

—¿Hay algo que te entusiasme, Mischa? —sigue preguntando—. ¿La maquinaria? ¿Los coches? ¿Los países lejanos? ¿Los dulces?

Como él no reacciona, ella mira al techo en busca de más ejemplos. Está verdaderamente irresistible y parece muy joven cuando levanta la nariz de esa manera.

—¿El deporte? ¿Los animales? ¿Te gustaría construir casas? ¿Rodar películas? ¿Entrar en la policía y resolver crímenes?

Él niega con la cabeza.

—No... No lo sé —dice con la voz ronca—. La verdad es que no tengo ni idea.

Menuda respuesta más idiota. Una vez le dijo algo similar a August y él se puso hecho una furia. Le gritó que si pensaba vivir el resto de su vida haciendo el vago con el dinero de los demás, se vería obligado a tomar medidas. Pero Julia Wemhöner no está ni mucho menos enfadada. Asiente para sí y se recoge tras la oreja un mechón cobrizo que ha escapado de su alto moño.

—No sabes lo que quieres —dice en voz baja—. Quizá sea porque no sabes quién eres.

Mischa la mira. Lleva unas gafas redondas con montura dorada y, tras los cristales, la mirada de sus ojos castaños resulta delicada, inteligente.

—Antes de nada, tal vez tengas que descubrir algo sobre ti mismo, Mischa —prosigue—. Y cuando lo descubras, también sabrás qué quieres hacer con tu vida.

Le sonríe como diciendo: «Primero piénsalo bien, Mischa. Es importante». Se desliza con elegancia para bajar de la mesa, recorre los pocos pasos que la separan de la puerta corredera y la abre.

—Siempre puedes venir a verme y hacerme alguna pregunta. O contarme qué es lo que has pensado, Mischa. Ya basta por hoy. Tengo cosas que hacer.

Él se levanta despacio. Ha estado tan tenso que le crujen

las articulaciones de las piernas. Pasa junto a ella con inseguridad, inhala su perfume un instante y luego, aunque con gran esfuerzo, consigue dirigirle unas palabras:

—Muchas gracias. Lo... Lo pensaré. Adiós, señora Wemhöner.

—¡Adiós, Mischa!

Jean-Jacques

Eltville, junio de 1959

Cuando sus dos jornaleros se han marchado, él ha continuado trabajando una hora más bajo la lluvia, solo, pero al final también se ha rendido. El suelo se ha convertido en un lodo pesado y molesto que se pega a las botas de agua y le hace resbalar. Además, con el chubasquero suda como si fuera un escalope en una sartén. Ya se encargará del resto entre mañana y pasado mañana con Max y Soldan. Se echa la azada al hombro y baja la pendiente a zancadas, deteniéndose aquí y allá para enderezar un sarmiento que brota, arrancar un par de hojas o constatar que ya es momento de podar los brotes inferiores para que las vides no malgasten energía. Prefiere tener pocas uvas pero de buena calidad y maduración. Solo apostando por la calidad podrá imponerse como viticultor en la región.

Poco antes de llegar a su furgoneta roja, resbala otra vez y aterriza sobre su trasero, pero se aferra con fuerza a la azada y reniega por lo bajo en francés. Su viñedo no se encuentra en un lugar muy elevado, pero desciende por la suave cuesta de una colina boscosa y se extiende en su mayor parte hacia el sur, con algunas hileras más hacia el este. Justo debajo queda el camino vecinal donde ha dejado aparcada la Goélette. También hay una cabaña de piedra y, no muy lejos de esta, un poste votivo. Es una estaca de madera sobre la que se sustenta una pequeña hornacina que guarda una colorida talla de la Virgen María. En el poste hay clavadas un par de tablillas cuyas inscripciones Jean-Jacques no es capaz de descifrar; seguramente serán agradecimientos a la Virgen por haber protegido a personas y viñedos de algún temporal. Él mismo se detiene a menudo a saludar a la pequeña Virgen y rezarle un avemaría. En francés, pero está convencido de que ella lo entiende. A Jean-Jacques lo educaron en el catolicismo. Sus padres siempre iban a misa, aunque ni él ni su hermano han salido muy creyentes. La pequeña Virgen del camino, sin embargo, es diferente. Es la protectora de su viñedo, y hay que respetarla. No hacerlo trae mala suerte. El río no queda ni a doscientos metros, y ahora que baja gris y perezoso por su amplio cauce parece inofensivo, pero también puede ser muy traicionero, y entonces hay que tener mucho cuidado con él.

La Goélette tiene las ruedas hundidas en la tierra empapada; Jean-Jacques tendrá que arrancar despacio para no quedarse atascado y vigilar las piedras que sobresalen en el camino. Repara demasiado tarde en que más le habría valido quitarse el chubasquero. El asiento ya está mojado y no se secará hasta mañana. Conduce de mal humor y a trompicones en dirección al pueblo, llega a la carretera y lanza una mirada a los viñedos saturados de lluvia. No queda nadie más trabajando, el último en rendirse ante el mal tiempo ha sido él. Ahora empieza a jarrear de verdad, los limpiaparabrisas apenas consiguen apartar la cortina de agua y a su alrededor todo queda sumergido en una bruma gris.

Durante sus cortas vacaciones le ha hablado mucho a su hermano de su viñedo del Rin. Han establecido comparaciones, han sopesado los pros y los contras. Menos días de sol pero, en cambio, nada de mistral. Un otoño más temprano y grandes cantidades de malas hierbas entre las vides, pero un suelo que parece hecho a medida para la variedad riesling, la que todos los alemanes cultivan aquí. Son vinos que no se encuentran en Francia. Afrutados, con una acidez muy característica, también secos y nobles. Como suele ocurrir, en el vino de aquí se percibe el sabor del suelo y del paisaje. Jean-Jacques ha sustituido parte de las viejas cepas y se ha arriesgado a plantar borgoña. El año pasado prensó las primeras uvas y, bueno, es un comienzo. Todavía no puede medirse con los grandes tintos que tan bien se dan bajo el sol del sur, pero no está nada mal. Y su vino tiene carácter propio.

La casa que compró con el viñedo se encuentra en una estrecha callejuela de las afueras de la localidad. Dispone de un pequeño patio con una terraza cubierta por un emparrado que la une al edificio adyacente. Por todas partes hay parras, y ahora, en verano, resulta muy pintoresco. Habría que arrancar las malas hierbas que crecen sin mesura entre las losas y por todas partes, claro. Los alemanes son horriblemente meticulosos; todo tiene que estar impecable. El primer día de primavera plantan flores de distintos colores en los parterres, las ventanas tienen que parecer espejos, los alféizares se adornan con maceteros, todo debe resultar tan colorido como una caja de lápices. Jean-Jacques no tiene tiempo para esas tareas, y tampoco ganas. Luisa, que le echó una mano el año pasado, opina que su patio es «romántico»; eso le gustó.

Aparca la furgoneta en el cobertizo, limpia la azada y la cuelga en su sitio. En eso, él también es meticuloso; lo aprendió de muy joven con su padre. Hay que guardar las herramientas en orden porque cuestan dinero y porque son necesarias para trabajar. Acaban de dar las tres de la tarde. De no ser por la lluvia, habrían terminado hoy, pero así son las cosas. Aquí, en el Rin, llueve más que en Neuville, y en general hay más humedad porque el río está muy cerca. El gran padre Rin sube de vez en cuando desde la orilla y se cuela a rastras en las casas. Entonces hay que vigilar los toneles del sótano, que podrían levantar el suelo que tienen encima y, en el peor de los casos, acabar derribando la casa. En los siete años que lleva produciendo vino aquí, por suerte, nunca ha vivido nada parecido.

Cuando Jean-Jacques, empapado y embarrado, se dirige a la puerta de la casa, ve la figura de una mujer esperándolo bajo el tejadillo. Es Edith, una joven del pueblo que atiende a los clientes los fines de semana, cuando él abre la tasca. Aunque de aspecto rollizo, tiene los brazos fuertes y se mueve con rapidez y seguridad entre la cocina y la terraza. Hoy lleva la cabeza cubierta por la capucha de su chubasquero azul y solo se le ven la nariz mojada y un mechón de pelo rubio.

—¡Ah, por fin llega usted, señor Perrier! —exclama al verlo—. Madre del amor hermoso, si parece que acaben de sacarlo del agua.

Jean-Jacques se extraña de que esté en su puerta un viernes, y más con el tiempo que hace.

—Hola, mademoiselle Edith —saluda, y se aparta con la mano la lluvia que le ha goteado del pelo a la cara—. Entre en la casa, deprisa. Si no puede que tengamos que salir nadando.

Ella se ríe de su broma con timidez, pero le explica que solo quiere comunicarle algo y marcharse enseguida.

—¡Resulta que voy a casarme dentro de tres semanas! —informa con orgullo.

—¡Qué buena noticia, mademoiselle! La felicito de todo corazón. *De tout mon coeur.*

«¿Estaba prometida?», se pregunta. Sí se había fijado en que a menudo iba a buscarla un joven después del trabajo, pero Jean-Jacques tenía la sensación de que cada vez era uno diferente. Ha debido de decidirse por alguno de ellos. Es una muchacha encantadora. Un poco infantil, quizá. Vivaracha. Inconstante. Las jóvenes de aquí... A las mujeres del Rin les gusta mucho la vida y no se quedan con el primero que encuentran; investigan a fondo y escogen con cuidado.

La chica se alegra de su felicitación, le da las gracias y comenta que la boda se celebrará en la iglesia de San Marcos y que han tenido que invitar a más de sesenta personas.

—Es que tenemos muchos parientes —explica—. Mis dos hermanas con sus familias, mis padres, mis padrinos. Y Joachim también tiene mucha parentela, así que, al juntarlos...

Jean-Jacques teme por un instante que su intención sea celebrar el convite de la boda en el patio de la tasca, pero no hay suficiente sitio para sesenta personas.

—Resulta que mi novio no quiere que siga sirviendo aquí —explica—, porque él también es viticultor y tiene un restaurante. —Levanta la mirada hacia él con culpabilidad y se seca una gota de lluvia de la nariz.

Entonces Jean-Jacques lo entiende. Si su prometido tiene un restaurante, es lógico que a partir de ahora Edith invierta sus horas de trabajo en el negocio familiar.

—Vaya, es una verdadera lástima —comenta afligido—. Pero lo comprendo, desde luego. Entonces ¿mañana ya no vendrá?

Ella niega con la cabeza. Por desgracia, lo deja desde ya. Mañana tienen a un grupo de turistas de Frankfurt en el restaurante, así que ella debe arrimar el hombro. Y, antes de eso, también ayudará en la cocina.

«Conmigo recibía una paga —piensa Jean-Jacques—. Ahora tendrá que trabajar gratis. Así son las cosas. Y ya puedo empezar a buscar, a ver dónde encuentro a otra camarera».

—Pues le deseo mucho éxito y que sea muy feliz. Felicite a su novio de mi parte. Ha encontrado a una mujer guapa, lista y trabajadora.

Está exagerando un poco porque tiene que disimular su disgusto, pero resulta tan encantador que ella no nota nada.

—He estado siempre muy a gusto con usted, señor Perrier. He disfrutado trabajando aquí. También yo le deseo lo mejor. Y a su mujer y sus dos hijos, y a todos los demás.

Dicho eso, cruza el patio corriendo y saltando los charcos. Con su amplio chubasquero parece una enorme ficha cónica azul de un juego de mesa. Jean-Jacques cierra la puerta con resignación, se quita el chubasquero y las botas en el vestíbulo y sube la escalera tiritando. La casa tiene unos muros gruesos que conservan el calor del sol durante días, pero todavía hace frío dentro y, además, hay humedad y huele un poco a moho. Es posible que la construcción, en su larga vida, haya quedado varias veces sumergida bajo el agua y el olor provenga de ahí. Han reformado las tres habitaciones de arriba, han cambiado el suelo, han empapelado las paredes, han instalado un pequeño baño y una cocina diminuta. Se pone ropa seca y vuelve a la planta baja, donde hay un salón para los clientes con una barra y paredes revestidas de madera al que Hilde, con sorna, llama «tu bar». La cocina está justo al lado y tuvo que equiparla por completo. También los baños para los clientes eran inaceptables y hubo que renovarlos. Solo las salas del sótano, donde almacena el vino, estaban en buen estado; eso era lo más importante para él cuando compró la propiedad. Los dueños anteriores, un matrimonio mayor, llevaban años sin hacer ninguna reparación en la casa y hasta hubo que retejarla. Es cierto que Jean-Jacques compró a muy buen precio, pero los costes de las reformas fueron bastante más elevados de lo que había calculado en un primer momento.

En la cocina, saca queso, jamón y olivas de la nevera, descubre que el pan blanco se ha quedado seco y, con un suspiro, lo corta en trozos pequeños. Entonces se sienta en la tasca con su almuerzo tardío y alcanza una botella empezada del borgoña del año anterior que hay en un estante. El vino se deja beber con la comida, pero, por desgracia, no está para más exigencias.

Mañana tendrá que ir a hacer la compra. Meta Rubik, su cocinera, le ha dejado una lista, como de costumbre, con lo que necesita «preparar». La carta de comidas de su pequeña tasca de vinos es muy alemana. No es que a él le entusiasme, pero a los clientes sí: «Plato de fiambres caseros», «Salchichas con ensalada de patata», «Rebanada de centeno con jamón y huevo frito», «Queso Handkäs con cebolla marinada». Sus patatas fritas, que tanto éxito tuvieron en Wiesbaden hace unos años, las sirven ya en todos los restaurantes. A Meta no le gusta hacerlas porque opina que el aceite no es sano; ella solo usa buena mantequilla. Meta llegó desplazada de la Prusia Oriental, es una empleada seria y de fiar. Su marido ayuda en el viñedo, aunque no sirve de mucho porque tiene una pierna anquilosada. A ambos les gusta trabajar para Jean-Jacques, y él está contento de tenerlos. Los lugareños siguen mostrándose algo reservados con él aun después de siete años, y algunos son incluso hostiles. Eso se debe a que los dos hijos de los anteriores propietarios se han dedicado a hablar mal de él. En su momento se enfadaron porque sus padres habían vendido la propiedad en vida, ya que opinaban que podrían haber sacado un beneficio mucho mayor tras la muerte de sus progenitores. En el pueblo fueron diciendo que «ese franchute» los timó y se quedó con sus tierras «a un precio de risa». Por culpa de eso, Jean-Jacques tuvo que contratar a operarios de Wiesbaden para las reformas, porque en el pueblo no encontró a nadie dispuesto a trabajar para él. No fue hasta dos años después cuando entabló un poco de amistad con su vecino, Jupp Herking, cosa que fue sobre todo mérito de Frank y Andi. La hija mayor de Jupp tiene tres hijos de la edad de sus gemelos. La menor, Edith, ha sido hasta ahora su camarera, aunque eso se ha acabado, por desgracia. Jean-Jacques tendrá que servir otra vez él mismo el vino y la comida a sus clientes.

No le apetece lo más mínimo. Prefiere estar detrás de la barra, abriendo botellas y charlando con la clientela. Mientras mastica el jamón y se bebe el vino a pequeños tragos, se le ocurre que podría preguntarle a Luisa si quiere volver a trabajar de camarera para él los fines de semana durante las vacaciones de verano. Podría traerse a las niñas sin problema, y también habría sitio para Fritz, aunque tendrían que apretarse un poco. De todos modos, él prefiere que la casa esté llena. Ahora, en la tasca vacía, se siente bastante solo.

Se levanta, saca el teléfono que hay debajo de la barra y busca el número de los Bogner en su agenda. Fritz y Luisa son de lo más ahorrador que hay; si se han permitido el lujo de tener teléfono propio —que cuesta nada menos que veinticuatro marcos solo la línea básica—, es porque Fritz lo necesita para el trabajo. Para organizar sus conciertos de verano.

—Residencia de los Bogner.

—Hola, Luisa. Soy Jean-Jacques, espero no molestar.

—Ah, hola, Jean-Jacques. No, claro que no molestas. ¿Cómo va todo?

Le da la sensación de que está algo distraída, pero de todos modos le hace la propuesta. No oculta que Edith se ha despedido, y añade que le pagaría la tarifa habitual, por supuesto.

—Eres muy amable, Jean-Jacques —dice ella, algo insegura—, pero todavía no sé si este año podré hacerlo.

¿Qué le pasa? El año pasado se mostró entusiasmada y aceptó enseguida.

—Seguro que Fritz querrá organizar otros dos o tres pequeños conciertos en el patio…

Ella tarda varios segundos más de lo normal en contestar.

—No puedo prometerte nada, Jean-Jacques. En principio sí, claro, pero es que ahora mismo está todo muy… en el aire.

—Pero ¿qué sucede? —se extraña él—. ¿Hay alguien enfermo?

—No, no —se apresura a asegurar ella—. Todo va bien. Solo tenemos que… planificarnos. ¿Sabes qué, Jean-Jacques? Te llamaré en cuanto sepa algo más, ¿de acuerdo?

—Claro, Luisa. Bueno, os deseo lo mejor. Si hay algo que pueda hacer por vosotros…

—Gracias, pero… todo va bien. Hasta pronto, Jean-Jacques. Te llamaré.

—Hasta pronto, Luisa. Y… saludos.

Sin embargo, ella ya ha colgado. Jean-Jacques deposita el auricular negro en la horquilla, pensativo, y le da vueltas a qué puede estar ocurriendo en casa de los Bogner. Una cosa tiene clara: cuando alguien no hace más que repetir que «todo va bien», es que algo no va bien. Mañana a primera hora se lo preguntará a Hilde, cuando venga a dejarle a los gemelos. Antes de sentarse de nuevo para acabar de comer, se asoma a una de las ventanas envueltas en parras y mira al patio. Sigue lloviendo, no con tanta fuerza como hace una hora, pero las nubes grises anuncian más precipitaciones. Seguro que mañana no habrá muchos turistas que se acerquen a su tasca de vinos, así que tampoco tendrá que preocuparse por estar sin camarera. En esta vida no hay mal que por bien no venga.

Termina de comer y se alegra de que Hilde llegue mañana con Frank y Andi. Así habrá algo de vida en la casa. Aún mejor sería que Hilde se quedara con ellos todo el fin de semana, pero eso lo hace pocas veces, porque en el café la necesitan. Él la echa de menos. Sobre todo ahora que en la tasca está más solo que la una y no tiene a nadie con quien hablar. Aunque también se siente bastante solo sin ella en otros momentos, en especial por las noches. Cuando vuelva el domingo por la tarde para llevarse a los gemelos a Wiesbaden, Hilde se quedará a pasar la noche allí. Siempre lo hacen así. Si no, no habría forma de aguantar esa vida matrimonial a distancia.

Hoy, sin embargo, Jean-Jacques no puede estarse quieto; la perspectiva de pasarse el resto del día sentado sin hacer nada más que leer el periódico le resulta insoportable. Echa un vistazo al reloj y constata que la oficina de Correos estará abierta todavía. Se pone el chubasquero a toda prisa y sale corriendo. ¿Cómo no se le ha ocurrido antes?

En Correos pedirá una conferencia con Neuville. No es un desconocido en esa oficina; la señora que atiende en el mostrador ya lo ha comunicado otras veces con Francia, así que arruga la frente al verlo entrar.

—Estamos abiertos pero por poco rato, señor Perrier. Diez minutos más tarde y habría tenido que echarlo, porque cerramos ya.

—Sabía que me entendería, madame.

Le ofrece una sonrisa encantadora porque sabe que a la mujer le gustan esas cosas y, en efecto, ve cómo se le relaja el ceño y se sonroja un poco. Tiene debilidad por la ropa de color rosa y las blusas que acentúan sus ya de por sí turgentes formas.

—Querrá hablar con su madre en Francia, ¿verdad? —comenta con afecto—. Ay, sí. Qué difícil debe de ser para una madre tener al hijo y a los nietos tan lejos… ¿Me recuerda su número de teléfono?

Las conferencias son un incordio porque hay que ponerlas desde la oficina de Correos, de modo que todo el que tiene interés se entera de la conversación. Jean-Jacques espera junto a la puerta mientras la mujer establece la conexión. Está impaciente y mira por la ventanita de cristal. En el centro de la plaza, a la sombra de un tilo majestuoso, hay una fuente de arenisca con otra pequeña Virgen. Allí se reúnen los jóvenes del pueblo, que se sientan en los escalones de delante de la fuente a beber Coca-Cola y gritarse tonterías unos a otros. A menudo han tenido problemas con los vecinos porque hacen demasiado ruido, y también porque chicas y chicos se sientan juntos. Pero hoy, con la lluvia, la plaza está vacía. Solo ve a un señor mayor con paraguas que lleva a un perro salchicha hasta el tilo para que pueda levantar la pata.

—¡Tiene su conferencia en la número dos, señor Perrier!

Jean-Jacques gira sobre sus talones y se apresura a la cabina indicada. Levanta el auricular del teléfono de pared y oye la voz de su hermano Pierrot.

—*Allo, allo... C'est toi, Jean-Jacques?*

Es agradable hablar en francés de nuevo. Aunque a estas alturas ya se defiende muy bien en alemán, le sigue resultando más fácil mantener una conversación en su lengua materna.

—Sí, soy yo. ¿Cómo estás? ¿Qué tiempo hace por allí?

Pregunta por el clima más que nada porque le afecta al vino, desde luego, y se entera de que el mistral vuelve a darles problemas, aunque esperan que pronto deje de soplar. Además, Chantal tiene dolor muelas y Pierrot la ha llevado hoy al dentista de Neuville.

—¿Y le han extraído a la culpable?

—Sí, pero sigue con la mejilla hinchada y no puede comer nada. Simone le ha preparado unas cataplasmas de vinagre que le alivian un poco el dolor.

—¿Simone vuelve a estar con vosotros? ¿Qué hace su marido tanto tiempo sin ella? ¿No la añora?

Su hermano contesta que no lo sabe. Debe de tener a Simone cerca y por eso no dice nada más, pero Jean-Jacques sabe que las frecuentes visitas de Simone le dan que pensar.

—Escucha, Pierrot. Llamo porque me gustaría mucho que este verano vengáis aquí, a Alemania. ¡No admito un no por respuesta! Sí, ya sé que las viñas te necesitan, pero piensa que yo he estado casi dos semanas en vuestra casa.

Su hermano se resiste. Jean-Jacques contaba con ello.

—Sabes que, precisamente ahora, La Médouille necesita especial atención. Las vides jóvenes han brotado bien, pero tengo miedo de que se extienda la araña roja.

«Al diablo con la araña roja», piensa Jean-Jacques. El vecino ha descubierto la plaga en algunas de sus vides y ha tenido que luchar contra ella, y ahora a Pierrot le da pavor que nada menos que el más adorado de sus viñedos, La Médouille, el que Jean-Jacques le vendió por fin tras la prolongada lucha por la herencia, pille esos parásitos.

—¡Es que quiero que *maman* vea mi viñedo, Pierrot! Ya no es joven que digamos. Hagamos una cosa: tú ven solo un par de días, pero deja que mamá, Chantal y Céline se queden más tiempo.

A Pierrot no le apetece nada ir a Alemania y Jean-Jacques es consciente de ello. Con su madre y con Chantal es diferente. A su cuñada, sobre todo, le gustaría mucho viajar, solo que no se atreve a pedírselo a Pierrot.

—No sé, Jean-Jacques —contesta su hermano, molesto—. Si me atosigas así, no puedo decidir nada. Primero tengo que comentarlo con *maman* y con Chantal... Espera. Simone quiere hablar contigo.

¡Vaya, hombre! La conversación dura ya más de tres minutos, y cada minuto que se alarga le cuesta un buen dinero. En interés de su exiguo presupuesto, tiene que asegurarse de que la conferencia no se le vaya de las manos.

—¡Hola, Jean-Jacques! —exclama la voz de Simone—. ¡Qué alegría que hayas llamado!

—Intento convencer a Pierrot para que venga a visitarme, pero el muy cabezota no quiere darme el gusto. A lo mejor tú podrías ayudarme, Simone.

Ella suelta una risa alegre y clara. Es un sonido agradable, sobre todo en un día triste y lluvioso. Como si alguien hubiese encendido la luz del sol.

—Puedo intentarlo. ¿Tendréis sitio para tantos invitados? Piensa que también estarán Frank y Andi. ¿Sigues teniendo en la cocina a la mujer del nombre raro?

Él mira el reloj con impaciencia, pero no quiere ser maleducado y cortar la conversación. Además, le gusta oír su voz, porque tiene una forma de hablar muy cariñosa y animada.

—¿Te refieres a Meta Rubik? Sí, sigue conmigo. Aunque hoy Edith me ha dicho que se va.

—Esa es la camarera, ¿verdad? Ay, qué pena, justo ahora que empieza la temporada. ¿Contratarás a otra?

—Eso espero. Seguro que encontraré a alguien. Y en Marsella, ¿tenéis mucho trabajo en el bistró?

Ella vuelve a reír, aunque esta vez suena algo artificial.

—Bueno, allí siempre hay trabajo, pero Robert se las apaña bien sin mí. Se pasa de la mañana a la noche en el bistró, y casi siempre es también su mejor cliente…

Ya ha comentado eso otras veces. Según parece, el bueno de Robert bebe demasiado, y es posible que su matrimonio se resienta por ello. Lo peor, sin embargo, es que no tienen hijos. Chantal le contó a Jean-Jacques que Simone nunca se ha quedado embarazada y que probablemente sea culpa de Robert.

—Tengo que colgar, Simone —dice—. Si no, esto saldrá muy caro y Hilde me cantará las cuarenta.

Los dos se ríen de su broma, luego él le da recuerdos para Chantal y su madre. A *maman* no le gusta hablar por teléfono. No se aclara con ese aparato tan moderno.

La empleada de Correos le lanza una mirada de reproche porque lleva casi un cuarto de hora en la cabina. Jean-Jacques paga el importe sin pestañear siquiera.

—Algunas conversaciones son importantes, ¿verdad? —se limita a comentar.

La mujer ni se inmuta. Ha estado escuchando, por supuesto, y por eso sabe que no ha hablado con su madre, sino con una pariente joven.

Wilhelm

Bochum, junio de 1959

A sus treinta y siete años se siente demasiado viejo para hacer de Romeo, pero, como aparenta menos edad, todavía podrá interpretarlo un par de años más. Las jovencitas lo adoran; en eso no ha cambiado nada. Y menos mal, porque Wilhelm necesita el entusiasmo de sus jóvenes admiradoras como el aire que respira. ¿De qué se alimenta el cómico? Del aplauso. Además es ahora cuando ha comprendido el personaje de Romeo, después de interpretarlo con muchos directores diferentes y adquirir una serie de conocimientos que de joven se le escapaban por completo. Desde hace un par de años, Wilhelm es un actor shakespeariano muy solicitado y recorre los teatros de toda Alemania.

Hoy repite en Bochum. No es que su teatro sea muy grande, comparado con Hamburgo o Berlín, pero tiene un público fiel y entusiasta. Ha estado varias veces aquí como actor invitado, casi siempre con obras de Shakespeare, y en una ocasión también con *Cándida*, de George Bernard Shaw. Después de pasarse toda la mañana en el tren expreso, ahora quiere hablar con el director, aunque solo sea un momento, y luego irse al hotel a descansar una horita antes de ponerse en marcha. Todo le resulta rutinario; hace ya tiempo que no siente pánico escénico. Y menos hoy, que es la última representación antes de las vacaciones de verano y, con el buen tiempo y el sol que hace, por desgracia, muchos habitantes de Bochum preferirán salir a las terrazas de los parques en lugar de ir al teatro. Pero, bueno, él es un profesional. Dará lo mejor de sí, como siempre. Y en Bochum tiene muchos admiradores que sin duda acudirán a verlo.

Entra en el teatro por la puerta de artistas y se detiene en el vestíbulo para echar un vistazo al tablón de anuncios. Ahí cuelgan los horarios de los ensayos de las diferentes funciones, fechas importantes, comunicaciones particulares de colegas, información sobre cuándo empezarán los primeros ensayos de la próxima temporada y mucho más. Se entera de que un conocido suyo se incorpora al Teatro de Cámara de Múnich, y de que un colega se retira y ofrecerá una última representación de despedida. Es triste, según cuentan, porque tiene cáncer y se ve obligado a dejar los escenarios. Si no, seguramente habría actuado muchos años más. En esta profesión no hay límite de edad, solo se va cambiando de especialidad.

Wilhelm agarra la maleta que había dejado en el suelo mientras leía y ya está a punto de abrir la puerta de cristal que conduce a las salas traseras cuando le llama la atención un anuncio. Vaya, parece que han desempolvado una obra de Klaus Mann. Qué valientes, estos de Bochum. El título le resulta desconocido: *Frente a China*. Suena bastante extraño. ¿Levantará al público de Bochum de sus asientos? Tiene sus dudas. Lo que más solicitado está en estos momentos son los clásicos o el entretenimiento ligero.

—La han desprogramado.

Se vuelve, sorprendido, porque no había oído a nadie acercándose por detrás.

—¡Karin! ¡Caray! ¡Madre mía, hacía una eternidad que no nos veíamos!

Delante tiene a Karin Langgässer, a quien conoce de su época en el Teatro Estatal de Wiesbaden. Ya han pasado ocho años de eso. Se conserva muy bien, se la ve más madura y también más expresiva. Los dos se ríen y se dan un abrazo.

—Cómo has adelgazado, querida —comenta él mientras la aparta un poco para observarla—. Pero sigues tan guapa como siempre. ¿Estás contratada aquí?

Karin asiente. También tiene el rostro más enjuto, los ojos se le ven más grandes, la barbilla algo puntiaguda. Lleva su espesa melena oscura recogida con un pasador en la nuca. Casi le gusta más ahora.

—El tiempo no perdona a nadie —contesta ella con una sonrisa—. ¡Aunque a ti te veo muy poco cambiado, mi Romeo!

Wilhelm sonríe de oreja a oreja porque esas últimas dos palabras las ha pronunciado con entonación teatral. Es cierto que durante una breve temporada fue «su Romeo». Él incluso estuvo a punto de seguirla a Hamburgo, pero al final se marchó a Múnich y, desde entonces, se habían perdido de vista.

—Tu Romeo ha envejecido por dentro —bromea—. El exterior aguantará todavía un poco más. O eso espero.

—¿Y qué pasa con los papeles de hombre maduro? —pregunta ella.

—Todo llegará. Tal vez interprete a Hamlet en Hamburgo esta próxima temporada, aunque todavía no hay nada seguro. ¿Y tú? ¿Actúas en la de Klaus Mann? ¿Cómo se titula? Sí, *Frente a China*. ¿Es muy pretenciosa?

Karin se encoge de hombros.

—La han desprogramado.

Es verdad, acaba de decírselo.

—¿Y eso por qué?

Ella se muerde el labio inferior y mira a lo lejos. De pronto se le tensan los rasgos, como si tuviera algo que ocultar. Algo que aún le duele.

—Hubo algunos problemas, y al final el director artístico tomó esa decisión.

Wilhelm la ve muy afectada y eso le entristece. Hacía mucho que no pensaba en Karin, pero, ahora que la tiene delante, comprende que aún la aprecia, y también intuye que ella necesita a alguien a quien abrir su corazón.

—¿Tan grave fue? —pregunta con tacto.

—Según se mire —responde ella con amargura—. Es algo habitual en el teatro. Pasa lo mismo en todas partes.

Él duda un instante, porque va muy justo de tiempo antes de la representación, pero de alguna forma conseguirá encajarlo.

—Me iría bien un café —le dice—. ¿Qué tal está la cafetería de enfrente?

Karin se lo piensa antes de contestar. ¿Acaso no le apetece contárselo? Es cierto que son viejos amigos, pero tanto tiempo separados ha hecho que se pierdan un poco la confianza.

—Esta tarde tienes función, Willi…

—¿Y qué? —Sonríe para animarla—. Me dará tiempo.

Le pone un brazo sobre los hombros y se la lleva hacia la puerta. Hará esperar al director media horita y luego le dirá que el tren ha llegado con retraso.

Es la hora de comer, así que en la cafetería apenas hay clientela. El mostrador de los pasteles exhibe los restos de una tarta de queso con nata y dos trozos de pastel de frutas medio resecos. Aparte de eso, solo hay barritas de frutos secos y unas bolitas de ron. Se sientan en un rincón y piden dos cafés.

—¿Cómo va todo por el Café del Ángel? —pregunta Karin—. Así se llamaba vuestro local de Wiesbaden, ¿verdad?

—Van tirando. Mi hermana se queja de vez en cuando, pero la conozco bien y conseguirá sacar adelante el negocio.

Karin suelta un suspiro y sonríe con tristeza.

—Fue una época muy bonita —dice en voz baja—. Qué lástima...

Él tiene que controlarse para que los sentimientos no lo desborden. Sí, fue una época maravillosa, pero desde entonces ha llovido mucho a orillas del Rin, como dicen en su casa.

—Bueno, cuéntame —dice, cambiando de tema con brusquedad—. ¿Por qué el director artístico ha desprogramado la obra?

Wilhelm se ha preparado para escuchar una historia de intrigas. Por desgracia, en el teatro siempre las hay y él ya ha aprendido a vivir con ellas. Lo único que se puede hacer es mantenerse al margen todo lo posible y no pisarle el terreno a nadie. No siempre da resultado, pero en principio es una buena táctica.

—La ha desprogramado porque es un maldito cobarde —estalla Karin—. Y porque antepone su ridículo cargo a todo lo demás.

¡Vaya por Dios! Parece que el asunto es serio. Qué lástima. Un director artístico debe actuar siempre con diplomacia y limar asperezas. En última instancia, el trabajo artístico siempre tiene prioridad y por eso, en ocasiones, hay que hacer sacrificios.

—¿Qué ha ocurrido?

Ella vuelve a apretar los labios y guarda silencio porque justo entonces les sirven los cafés. Vierte un poco de leche en la taza, despacio, y echa un azucarillo.

—¿Conoces a Berger? —dice después.

Wilhelm tarda un momento en atar cabos. Karin se refiere al director con quien él tiene que hablar dentro de un rato. Robert Berger. Ha trabajado varias veces con él. Un hombre capaz. Algo pagado de sí mismo, pero eso es normal en la profesión.

—Sí, hemos coincidido.

Ella levanta la cabeza bruscamente y lo mira entornando los ojos.

—Pretendía acostarse conmigo. Así, como lo oyes. Porque, según él, después interpretaría mejor mi papel. Dijo que lo hacía para desinhibirme…

—¿Ese carcamal? —se le escapa a Wilhelm—. Lo que me faltaba por oír. Y tú ¿qué le contestaste?

Percibe que su reacción la ha decepcionado, pero no lo considera tan grave. Un pecadillo venial. Al final, si esos tipos consiguen lo que quieren, es porque las chicas les siguen la corriente. La culpa es de ellas.

—Lo mandé a la mierda. Y al día siguiente, cuando llegué al ensayo, le había dado mi papel a otra.

Eso, en cambio, es una canallada. El tipo le tiró los tejos, eso nadie se lo podía impedir. Y no pasa nada por intentarlo, pero no podía quitarle el papel. Bueno, poder, claro que podía, pero…

—¿Con qué excusa?

Ella niega con la cabeza y él ve que tiene lágrimas en los ojos. Lágrimas de rabia.

—Siempre puede encontrarse algo. Dijo que, por desgracia, no estaba a la altura del personaje. Y punto, me despidió. Y Seeliger, que hacía tiempo que esperaba su oportunidad, se quedó con mi papel. Así de sencillo.

Wilhelm recuerda a Christine Seeliger. Una chica delicada con el pelo rubio y rizado. Supone que será menos tiquismiquis que Karin y se meterá en la cama con esa vieja momia.

—¡Eso es imperdonable! —exclama, y tan alto que la camarera levanta la cabeza desde el mostrador.

—Espera, que la cosa no acaba ahí —señala Karin, y da un sorbo rápido a su café—. Por supuesto, no me quedé de brazos cruzados. Fui a quejarme al director artístico, hablé con los compañeros y, al ver que así no conseguía nada, llamé a un par de buenos amigos. De esos que tienen influencia...

También habló con una antigua profesora de la Escuela de Arte Dramático de Frankfurt, Mathilde Einzig, que se indignó muchísimo al enterarse.

—Le apretaron bien las tuercas a Berger —explica con satisfacción en la voz—, pero, al final, los hombres siempre hacen frente común.

Wilhelm no dice nada, aunque, como hombre, ese comentario también lo incluye a él, desde luego.

—¿Lo entiendes? —prosigue Karin, mirándolo con tristeza—. En lugar de devolverme el papel y echar a Berger, el director artístico ha preferido desprogramar la obra. Si no hay obra, no hay problema. Se vuelven a repartir las cartas y el juego empieza otra vez. Como si no hubiera pasado nada.

Ella solloza y él retira las tazas para abrazarla. La estrecha un rato, hasta que se tranquiliza. Poco le importa lo que piense de ellos la camarera del mostrador.

—Te entiendo, Karin —susurra—. Pero, mira, en el fondo has conseguido mucho. Él también se ha quedado sin la obra. Puedes estar orgullosa de eso.

Al final, ella se aparta y saca un pañuelo del bolsillo de la cazadora. Se le ha corrido el rímel, y hace un intento por eliminar los borrones negros de los ojos y las mejillas. Él saca su propio pañuelo y se envuelve un dedo con la punta.

—Estate quieta —le dice en voz baja, y le frota la mejilla—. Aquí arriba. Y aquí también. Así... Ya está mucho mejor.

84

La limpia con tal seriedad que ella no puede evitar sonreír. Y a Wilhelm, al verla tan triste y llorosa ante él, le sobreviene una oleada de ternura. Le da un beso en la nariz con mucha delicadeza.

—Gracias —susurra ella.

—De nada —contesta él, y vuelve a besarla.

Esta vez en la boca. Pero muy deprisa, porque la camarera los está mirando.

—Gracias por escucharme, Willi. Me alegro muchísimo de haberme encontrado contigo —añade—. Me ha sentado muy bien soltarlo todo.

Él también se alegra. De hecho está muy contento con el reencuentro. Por nada del mundo quiere volver a perder el contacto con Karin.

—¿Seguirás trabajando aquí? —pregunta.

—No tengo más remedio, Willi. Por mi hija.

Eso lo descoloca. ¿Tiene una hija?

—Nora solo tiene seis meses. Ahora está cuidándola mi madre. Por eso me resulta tan difícil marcharme de Bochum.

—Lo entiendo.

No quiere preguntar quién es el padre de la niña. No es asunto suyo y, según parece, Karin ya no está con ese hombre. Intercambian direcciones y números de teléfono, luego él paga los cafés y regresan juntos al teatro.

—No bajes la guardia, cielo —le dice Wilhelm, acercándola una vez más hacia sí—. ¡Y da señales de vida, por favor! Me encantaría que volviéramos a vernos.

Durante un maravilloso momento percibe la cercanía de Karin, la sostiene entre sus brazos e inhala el aroma de su pelo, que le resulta conocido y al mismo tiempo excitante. Después se separan y se dicen adiós.

Bueno, y ahora tiene que hablar con Robert Berger sobre

su actuación de esa misma tarde. El arte es lo primero. Sin embargo, al término de la función no tiene ninguna intención de salir a tomar algo con ese hombre y los demás compañeros. Prefiere beberse una cerveza él solo.

Por la noche no consigue dormir. Es culpa de la diminuta habitación de hotel, del aire pegajoso y, sobre todo, de ese colchón apelmazado. Menudo fastidio. Además, no deja de darle vueltas a la conversación que ha tenido con Karin. Cuánto ha cambiado en los ocho años que han estado sin verse... Bueno, siempre fue una persona resuelta, alguien que sabe lo que quiere y expresa lo que no desea. Le gustan las mujeres así. Julia, su gran amor, a quien todavía regresa con asiduidad, también es de ese tipo. Una mujer inteligente que sigue su propio camino. Karin tiene carácter, y ahora más que entonces. Tiene algo que lo atrae; no hace más que pensar en ella, no puede quitársela de la cabeza. Qué valiente... Correr a quejarse al director artístico. Montar un escándalo, exigir justicia. Le ha conmovido mucho que al final fracasara. Ha despertado su instinto de protección. Qué lástima no poder ayudarla... Da vueltas hacia uno y otro lado en su duro camastro, aparta la almohada y vuelve a colocarla. Cada vez que cree que va a dormirse, algo se enciende en su cerebro y lo obliga a seguir rumiando. Karin tiene una hija. ¿Por qué le preocupa eso? ¿Acaso esperaba que llevase una vida de monja desde que se separaron? Es probable que incluso haya tenido más de una relación. Al fin y al cabo, tampoco él ha sido un ermitaño. Por mucho que venere a su amada Julia, de vez en cuando se ha permitido tener una pequeña «historia». Julia lo sabe, es generosa y mira hacia otro lado.

Así que Karin tiene una hija pequeña. Sin duda será de un compañero de trabajo. ¿Quería casarse con él, tal vez? ¿Estaría ella enamorada pero él no? ¿La dejó tirada con la niña? ¿O fue al contrario? ¿Quería ser madre a toda costa y, por decirlo de algún modo, «provocó» ese embarazo? Le pone nervioso no tener la respuesta a esa pregunta. ¿Qué clase de hombre era? ¿Qué le gustó de él? ¿Y qué piensa hacer Karin ahora? ¿Pretende criar a la niña ella sola? ¿Sin un padre? ¡Eso no puede salir bien!

Tras una noche con pocas horas de sueño, a primera hora de la mañana vuelve a subirse al tren. Han empezado las vacaciones de verano, Wilhelm dejará su habitación de Hamburgo y se trasladará un tiempo a Wiesbaden, con Julia y sus padres. Para disfrutar del verano. Reponer energías. Regresar a ver su antiguo hogar. Sin embargo, lo que más añora es estar con Julia, de quien sigue muy enamorado. Julia, que parece no tener edad, que posee un cuerpo esbelto y juvenil. A Wilhelm no le molesta que haya empezado a teñirse el pelo. No obstante, más importantes aún que el amor físico son las conversaciones que mantiene con ella. Julia posee la habilidad de contemplar las cosas desde una perspectiva diferente, siempre consigue poner nuevos planteamientos sobre la mesa y sacarlo de sus ideas preconcebidas. Cuando habla con ella sobre algo que le inquieta, de repente ve caminos y posibilidades en los que antes no había reparado.

Todavía tiene un par de cosas que resolver en Hamburgo. Queda una noche con compañeros de trabajo en un local del Binnenalster para celebrar un cumpleaños y al día siguiente prepara la maleta. Cuando vacía el buzón de la planta baja del edificio donde está de alquiler, entre postales de vacaciones y facturas encuentra una carta. La letra le resulta conocida. Le da la vuelta y lee el remitente: «Karin Langgässer».

Nota un pequeño subidón de energía, una sensación breve, cálida y muy agradable. ¡Ella le ha escrito!

Querido Willi:

He pensado mucho en nuestro breve aunque intenso reencuentro. Qué extraño sentir tanta confianza contigo después de todos estos años... Mientras estábamos juntos en el
café, me dio la sensación de hablar con un amigo muy querido que se preocupa por mis problemas. Es una lástima que
vivamos tan lejos el uno del otro, pero por desgracia eso no
puede cambiarse.

Sin embargo, es posible que en las próximas semanas me
encuentre cerca de tu zona durante uno o dos días, ya que
un conocido me ha recomendado a un productor cinema-
tográfico de Wiesbaden. Si sale bien, tendría que ir de vez
en cuando a tu ciudad. No es nada del otro mundo, pero sí
me supondría un dinerillo extra y tal vez la oportunidad de
probar suerte como actriz de cine.

Hasta aquí mis esperanzados planes de futuro.

Recibe una vez más mi profundo agradecimiento.

Un saludo y un abrazo,

Tu KARIN

Está encandilado. Lee la carta dos veces seguidas y, entre
líneas, cree adivinar toda clase de cosas que ella ha preferido
no confiarle al papel. Karin desea volver a verlo. Incluso ha
dado pasos ya en dirección a Wiesbaden. ¿Por él? Esa idea le
gusta. Karin estará en Wiesbaden uno o dos días. Eso ofrece
muchas posibilidades.

¿No se habrá enamorado de ella? ¿De la Karin nueva, que
le ha resultado mucho más atractiva que la que dejó marchar
años atrás? No, eso sería una tontería. No es mujer para un
flirteo pasajero, y él lo sabe. Pero tampoco puede ofrecerle
otra cosa. Tiene a Julia, el amor de su vida.

Dobla la carta con cuidado, vuelve a meterla en el sobre y

se la guarda en el bolsillo interior de la americana. Durante el trayecto en tren no hace más que sacarla y releerla mientras en su cabeza surgen toda clase de sueños locos. Tiene que hablar con Julia sobre esto. La necesita para aclarar sus ideas y sus sentimientos. Para poner un poco de orden en el torbellino que ahora mismo arrecia en su interior.

En la estación de Wiesbaden toma un taxi hasta la casa de Julia, en Geisbergstrasse. Ha demostrado tener talento como mujer de negocios; una habilidad de la que antes, cuando trabajaba de modista en el teatro, nadie la habría creído capaz. No solo dirige tres tiendas de moda en ubicaciones inmejorables, sino que también posee dos propiedades. La casa de viviendas de Idsteiner Strasse la ocupan cuatro inquilinos y la administra un conserje. La otra es una casa de ensueño en lo alto de Geisbergstrasse, una villa de ladrillo de lo más encantadora que Julia ha conservado en gran parte en su estado original. La ha arreglado con un gusto exquisito y, cuando Wilhelm está en Wiesbaden, casi siempre se aloja en una de sus habitaciones de invitados. Aunque también tiene que pasar un par de días en Wilhelmstrasse, en casa de sus padres, por supuesto, porque su madre todavía le guarda su habitación.

No le ha anunciado su llegada a Julia, pero ella sabe que irá a verla durante las vacaciones, desde luego. Cuando sube los escalones de la entrada, duda un instante si llamar o abrir directamente con la llave que ella le dio. Al final se decide por sorprenderla y saca de la maleta la cajita donde guarda la llave.

Ya son las ocho; seguro que Julia estará en casa. No le gusta mucho socializar. A lo sumo va a un concierto o a una representación teatral, pero casi siempre pasa las noches en casa, haciendo cuentas, preparando pedidos o viendo la televisión. Se compró el aparato hace ya tres años, cuando en Wiesbaden casi nadie tenía una de esas cajas bobas tan modernas. En muchos aspectos, Julia es sorprendentemente avanzada a su tiempo. También se sacó el carnet de conducir y tiene una furgoneta Volkswagen.

Wilhelm sube la escalera sin hacer ruido, pero no puede evitar que la madera cruja.

—¿Willi? —oye que llama ella.

—¡Me has pillado! —contesta con alegría, y sube los últimos escalones saltando.

Julia sale a recibirlo y de primeras le pone cara de reproche, porque lo cierto es que no le gusta que se presente por sorpresa. Después, sin embargo, abre los brazos y ambos se saludan como desde hace años, con una tierna amistad mezclada con una pasión sigilosa pero incontenible.

—Cómo me alegro de tenerte aquí —susurra Julia—. ¿Estás bien? Deja que te vea. Un poco pálido. Necesitas descansar y recuperarte, ¿verdad?

—Te necesito a ti. Una cena con vino, una larga conversación y una noche más larga todavía.

La besa lleno de impaciencia ante esa primera noche con ella, que siempre es la más bonita porque los dos se añoran y por fin vuelven a estar juntos. Quiere ir a la cocina para inspeccionar la nevera y preparar una cena para ambos, pero ella lo detiene.

—Lo siento mucho, Willi, pero tengo que marcharme. Lo he prometido.

Él la mira atónito; no se lo puede creer. Acaba de llegar, estaba deseando reencontrarse con ella, ¿y ahora tiene que marcharse?

—Durante los próximos meses viviré de nuevo en Wilhelmstrasse. Con Addi. Ya sabes que ha conservado el piso tal como estaba entonces.

—Pero... Pero ¿por qué? —balbucea él sin entender nada—. ¿Por qué tienes que volver a vivir con él, así, de repente?

Julia se le acerca y le acaricia suavemente la mejilla con un dedo. Un gesto de consuelo que él interrumpe, molesto, dando un paso hacia atrás y alejándose de ella.

—Él estuvo a mi lado cuando lo necesité —dice Julia en voz baja—. Y ahora quiero estar ahí para él.

Lo dice con un tono tan serio que lo deja angustiado.

—¿Es que... Addi no se encuentra bien?

Ella guarda silencio y se da la vuelta.

—¿Quieres ayudarme con las maletas, Willi, por favor?

Mischa

Wiesbaden, junio de 1959

«Antes de nada, tal vez tengas que descubrir algo sobre ti mismo, Mischa...».

No ha dejado de darle vueltas a esa frase porque intuye que en ella se esconde una gran verdad, pero solo da palos de ciego. Descubrir algo sobre sí mismo... ¿El qué? No encuentra nada. Tiene dieciséis años, es alto, rubio, fuerte. Sus ojos son oscuros. Le ha empezado a salir una pelusilla en el mentón y también un poco en el labio superior. Qué cosa más ridícula. Ah, sí, la nariz. Está al límite. A veces se asusta al mirarse en el espejo. Vista de frente es pasable, ¡pero de lado...! Una buena napia. ¿O solo se lo parece a él?

De modo que es un tipo alto con brazos y hombros musculosos y una nariz grande. Pues muy bien. Eso no necesita descubrirlo, ya se lo dice el espejo. Debe de tratarse de otra cosa. Eso que llaman «cualidades interiores», como dijo August una vez. Su postura ante la vida. Ser trabajador. Cumplir con sus deberes. Vivir con decencia. Poner esfuerzo y empeño. Convertirse en una buena persona... ¡Bah! Eso no son más que palabras vacías.

Le resulta mucho más sencillo descubrir lo que no es y lo

que tampoco quiere ser. De ninguna manera desea ser trabajador y decente como August. Una bestia de carga. Un modelo de puntualidad y fiabilidad. Siempre con un buen traje, corbata y maletín. Un escritorio lleno de libros, montones de documentos y todos esos textos legales aprendidos de memoria, como si fuera una enciclopedia.

No, qué va. ¡Eso no es para él!

¿Es que no conoce a nadie que le inspire respeto? ¿Algo así como un modelo a seguir? Los profesores que tuvo en la escuela, ni hablar. Todos eran personajes raros. ¿A quién más conoce? ¿Al capataz de Dyckerhoff? Aquel tipo era un cabrón. Siempre iba dando gritos y una vez se cabreó porque Mischa se bebió una Coca-Cola en el descanso. ¿Quién más hay? Fritz Bogner, el marido de Luisa. No… Es un flojo. ¿Wilhelm Koch? Hummm… Tal vez. Siempre está de buenas, y en el escenario lo admiran mucho, sobre todo las mujeres. Wilhelm Koch sí le gusta, pero no puede ser su modelo; Mischa no es capaz de imaginarse siendo como él algún día. ¿Quién le queda? Jean-Jacques, el marido de Hilde. El padre de Frank y Andi. A Mischa le cae bastante bien. Incluso juega al fútbol con ellos y es el que hace más tonterías. Él sí que es un buen padre. Uno como el que a Mischa le habría gustado tener…

Su padre. Quizá sea eso. Cuando piensa en su padre, nota una sensación ardiente en el fondo de la garganta, y le sube algo que él siempre intenta tragar de nuevo, pero que se queda atascado y quema. Su padre está muerto; la guerra lo engulló.

Algún día le gustaría llegar a ser como su padre. Eso es. Pero ¿cómo va a saber qué clase de hombre era? ¡Si no lo conoció! Y jamás podrá hacerlo. No en esta vida. ¿Era eso lo que tenía que descubrir sobre sí mismo? ¿Que no sabe lo que quiere porque no ha tenido un padre al que emular? Menuda tontería, la verdad. Casi todos los padres de sus compañeros de clase son unos auténticos idiotas.

«¡Mientras vivas bajo mi techo tendrás que obedecerme!». Frases como esa están a la orden del día en las casas de los demás. Al menos, August es un buen tipo y nunca le dice nada parecido. Tampoco es que pueda. La madre de Mischa se lo echaría en cara.

De nada le ha servido rumiar tanto. Más le vale encontrar un trabajo antes de que su madre y August le busquen otro puesto de aprendiz. ¿Por qué no le pregunta a Jean-Jacques? Seguro que necesita un par de manos en el viñedo. Será un trabajo de deslomarse, pero, si tiene suerte, podrá vivir en Eltville. Así saldría durante un tiempo del punto de mira. Ya no puede más con la cara de pena de su madre y las miradas de reproche de August.

Se sube a la bicicleta y acelera al máximo, adelanta a otras bicis a toda velocidad y toca la bocina que ha conseguido gracias a un amigo. Ese trasto monta tal escándalo que algunos ciclistas creen que llevan detrás un coche y se apartan despavoridos, momento en el que él pasa a toda pastilla riéndose con malicia.

En Rheinstrasse hay mucho tráfico y tiene que frenar un poco. Wilhelmstrasse está aún peor. Hoy en día todo el mundo tiene coche. «Todos en tropel a por el Opel», dicen. Aunque la mayoría conduce un Escarabajo. ¡Menuda lata que aún le falten cinco años para poder sacarse el carnet! Aunque, si trabajara para Jean-Jacques en Eltville, tal vez August le compre una Vespa. Deja la bici en el portal y entra en el Café del Ángel por la puerta lateral. Se conoce bien el sitio, porque antes solía jugar con Frank y Andi en el patio y luego salían a explorar los alrededores en bicicleta. Ahora han perdido un poco la amistad. Con dieciséis años, ya no le apetece jugar al fútbol o hacer bobadas como ir a tocar timbres.

El café está completamente vacío. Todos los clientes están fuera porque hace muy buen tiempo, y hasta el abuelo Heinz se ha sentado en la terraza. Mischa echa un vistazo rápido al mostrador de los pasteles. Hay dos de nata, uno de ellos con cerezas, una tarta de fresas y varias más pequeñas, redondas, con frutas y nata montada. Tienen buena pinta, pero son demasiado escasas para su gusto. Se acerca a la puerta de la cocina y llama con los nudillos.

—¿Tía Hilde?

—¿Mischa? —responde la voz de la abuela Else—. ¡Mira por dónde! ¡Entra!

Le encanta esa cocina porque allí siempre huele a café y a tarta. La abuela Else está preparando bolitas de ron con restos de pasteles; forma las pequeñas bolas con las manos y las echa en un cuenco lleno de virutas de chocolate.

—¿Quieres probar una?

Mischa está encantado de servirse. Mastica con placer y luego pregunta por Jean-Jacques.

—Está en Eltville.

Tendría que haberlo imaginado.

—¿Me das su número de teléfono?

La abuela Else señala con la cabeza la puerta de la cocina.

—Está en la lista que hay junto al teléfono. ¿Por qué buscas a Jean-Jacques?

—Ah, por nada…

Se apunta el número en un papel, se come otras dos bolitas de ron más y le da las gracias a su abuela. En el café se cruza con la tía Luisa, que hoy está atendiendo a los clientes. La saluda y se apresura a salir porque no puede soportar su mirada de compasión. Claro, todos se han enterado ya de lo de la comisaría, así que ahora lo consideran la oveja negra de la familia, el hijo descarriado al que hay que reconducir por el camino de la virtud. ¡Cómo detesta esas miradas maternales, entre preocupadas y resignadas! Le hacen sentirse pequeño y miserable.

Cuando va a sacar la bicicleta a la calle, ve llegar a Julia Wemhöner. ¿Qué hace aquí? Lleva tiempo viviendo en otra parte. Pero se alegra, porque Julia no es una madre preocupada, sino una mujer inteligente y maravillosa.

—¡Hola, Mischa! ¡Qué bien encontrarte aquí! —exclama, y le tiende una mano—. Tengo algo que proponerte.

Durante unos instantes, nota la mano pequeña y firme de Julia en la suya. Lleva varios anillos de oro con gemas de colores y, en la muñeca, un brazalete cincelado.

—¿A mí? —pregunta con sorpresa.

Ella sonríe con picardía y pensativa al mismo tiempo.

—Necesito a alguien en quien pueda confiar.

Eso, dicho por Julia Wemhöner, suena prometedor. Mischa vuelve a apoyar la bicicleta contra el muro de la casa y escucha lo que tiene que decirle. Addi está enfermo, su propuesta es pasar un par de horas con él en su piso, llevarle algo de comer, hacerle la compra, encargarse de los recados.

—Addi significa mucho para mí, Mischa. Por desgracia, no es un paciente fácil. Se negaría en redondo a tener a una enfermera en casa, pero contigo es diferente.

Mischa lo entiende. A Addi no le gusta que le hagan de madre; en eso, sin duda, los dos se parecen bastante. Aun así se ha llevado un chasco. Cuidar de un hombre enfermo no es precisamente lo que él había soñado.

—Te pagaré siete marcos a la hora.

Sin embargo, el sueldo sí es interesante. Hace cálculos y cree que en dos semanas ganará lo suficiente para comprarse una Vespa de segunda mano. Dinero fácil. Con Jean-Jacques tendría que partirse el lomo en el viñedo por una paga mucho menor.

—Podría intentarlo…

Conoce a Addi Dobscher desde hace tiempo, por supuesto, aunque nunca ha estado en su piso. Cuando Julia abre la puerta, los recibe una atmósfera densa y rancia. Hay poco espacio, las paredes están cubiertas de estanterías repletas de libros. Muebles anticuados, alfombras gastadas... Mischa descubre un piano negro bajo pilas de partituras. El dormitorio es diminuto y tiene una claraboya. Hay una cómoda y dos sillas llenas de ropa, además de la cama, claro. En ella está tumbado Addi, que duerme. Mischa se asusta al verlo porque lo encuentra muy cambiado: tiene las sienes hundidas, las mejillas debajo de una barba blanca de varios días, los ojos parecen más profundos y la piel que los rodea es de una tonalidad azulada.

—Lo mejor será que te sientes en una silla —sugiere Julia. Recoge la ropa y se la lleva a la habitación contigua—. Cuando se despierte, te preguntará qué haces aquí, pero seguro que se te ocurre alguna buena respuesta, Mischa. Yo volveré por la noche.

Dicho eso, se marcha. Le gusta que Julia confíe en él, aunque no cree haberle dado motivos para ello. No tiene ni idea de qué va a contarle a Addi. Allí todo le resulta inquietante: los trastos viejos que lo rodean, el olor a moho. Pero sobre todo el anciano dormido, que lleva la muerte escrita en la cara. Se sienta haciendo el menor ruido posible y mira un rato las fotos enmarcadas que cuelgan en las paredes y en las que se ve a varios cantantes de ópera. Muchos, fallecidos hace tiempo, sin duda. Entonces se le cierran los ojos y echa una cabezada.

Se despierta cuando oye un fuerte carraspeo y, como ha olvidado dónde está, se resbala de la silla y aterriza en el suelo de golpe.

—¿Qué estás haciendo tú aquí? —le pregunta el enfermo con brusquedad desde la cama.

Mischa se levanta como buenamente puede. Addi se ha incorporado un poco y lo mira con los ojos muy abiertos. Su mirada, que tiene algo de infantil, lo acongoja.

—Pues… Eh… Quería preguntarle si hay algo que necesite…

La mirada de Addi se vuelve hostil. Su gesto infantil desaparece en cuanto la ira une sus pobladas cejas blancas.

—¿Te ha pedido Julia que vengas? Para cuidarme, ¿no? ¡Ya le he dicho que no necesito ninguna enfermera!

—No, no —se apresura a explicar Mischa—. Solo estoy aquí para hacerle recados. Ir a la compra y eso.

—No necesito nada —replica Addi, que vuelve a dejarse caer en la almohada—. Ya puedes marcharte.

Eso a Mischa no le conviene porque entonces no ganará nada, así que permanece sentado. Addi cierra los ojos un rato, pero luego los abre un poco y observa al joven.

—Te paga, ¿verdad?

Mischa asiente. ¿El viejo está sonriendo o solo ha sido una mueca?

—¿Y qué harás con el dinero?

—Todavía no lo sé —responde él, inseguro.

Addi tose y la frente se le pone roja unos segundos. Al cesar la tos, recupera la palidez enseguida.

—¿Puedes prepararme un café? —pregunta.

—Claro.

Mischa se alegra de tener algo que hacer. Pone agua a hervir, busca la lata del café molido, echa dos cucharaditas en una taza y vierte agua hirviendo por encima.

—Cuidado —dice al pasarle la taza—. Quema.

Addi sorbe despacio el brebaje negro y se bebe hasta la última gota. Mischa teme que vaya a tragarse incluso los posos.

—¡Qué bueno está el café! —exclama el hombre, y le devuelve la taza.

Al hacerlo le tiembla la mano, pero los ojos le brillan y le dedica una gran sonrisa.

—Lava la taza, muchacho. Ella no puede enterarse, ¿entiendes?

Mischa cae en la cuenta. Addi no debería beber café; padece del corazón y la cafeína podría ser mortal. Maldita sea. El viejo lo ha metido en un lío.

—¿Se encuentra bien? —pregunta preocupado.

—¡Me encuentro de fábula! Pásame ese cojín de ahí. Sí, ese... Pónmelo en la espalda. Fuerte. Más fuerte. ¿Qué pasa? ¿No tienes fuerza en los brazos? Así está bien. Ahora puedes sentarte ahí.

«No le quites el ojo de encima —piensa Mischa—. Si se pone raro, vete corriendo a buscar a un médico. Puedes llamar por teléfono desde abajo, desde el café».

De momento Addi está muy animado, tiene la tez rosada y el pelo blanco todo revuelto. A Mischa le parece algo raro, pero decide esperar un poco más.

—Cuando tenía tu edad —dice el viejo, de pronto con ganas de hablar—, me largué de casa. Vivía en Bremerhaven, donde nací, y me enrolé de grumete en barcos que hacían largas travesías...

«¿Me está contando la verdad o es que delira?», se pregunta Mischa. Pero lo escucha entusiasmado, porque Addi le habla de sus viajes a la India y a África, de las tormentas que sacudían el barco, de las rudas costumbres de a bordo, donde el grumete era el último mono. Addi llegó a viajar en barcos de vela, subido a la cofa.

—Era muy duro, pero también bonito —recuerda con aire nostálgico—. Unos años salvajes, una época salvaje. Mucho tiempo después, cuando regresé a Bremerhaven, fui a visitar a mis padres, pero entonces ya solo vivía mi madre; mi padre había fallecido. Eso me dolió, muchacho. Porque me marché lleno de ira y, de pronto, él estaba muerto y yo ya no podía decirle cuánto lo sentía.

Como Addi lo mira con insistencia, Mischa asiente.

—Es muy… triste —dice.

El hombre se queda callado un rato, absorto en sus pensamientos. Luego parpadea y lo mira.

—Tu padre cayó en la guerra, ¿verdad?

¿A él qué le importa? Pero, como no quiere que se moleste, asiente. Sí, su padre falleció en el conflicto.

—¿Y tus abuelos?

Mischa inspira hondo y resopla. ¡Menudas preguntas hace!

—No tengo abuelos. Solo a mi madre.

Addi niega con la cabeza. Esa respuesta no le satisface.

—Has de tener abuelos, muchacho. Los padres de tu madre quizá vivan en Rusia, pero los padres de tu padre viven aquí, en Alemania.

—Puede, pero no los conozco.

—¿Y por qué no?

Eso, ¿y por qué no? Porque hay un muro. No es un muro de piedra dura, sino más bien de goma. Antes, cuando preguntaba por su padre, su madre le hablaba de él. Le contó que era un oficial alemán, que era rubio, y que se alegró mucho cuando Mischa nació. Que lo tuvo en brazos cuando era un niño de pecho, y también que quería casarse con ella. Pero nunca mencionó a sus abuelos. Como si no existieran. ¿Alguna vez le preguntó por ellos? Si lo hizo, su madre eludiría la respuesta a su manera. Sencillamente esquivaría el asunto. Dejaría la pregunta en el aire.

Addi ya se ha cansado del tema. Inquieto, desliza las manos por las mantas y murmura que seguro que quieren matarlo de hambre.

—Baja un momento, Mischa, y sube dos trozos grandes

de pastel de nata. Uno para ti y otro para mí. Di que ya iré yo a pagarlos.

Ese encargo sí que le gusta.

—¿Con fruta?

—Con todo. Lo principal es que sean grandes —insiste Addi.

—Enseguida vuelvo.

Mischa tiene la precaución de llevarse las llaves del piso, que cuelgan en un gancho junto a la puerta, y corre escalera abajo. Salta los escalones de tres en tres y hasta de cuatro en cuatro. En los descansillos se agarra a la barandilla para girar con impulso. La vieja madera cruje de manera alarmante, pero a él le da igual. No quiere dejar a Addi solo mucho rato.

En el café sigue sin haber clientes. La abuela Else está en la mesa del rincón con la tía Luisa, tomando un café.

—No, de verdad que no puede ser —le dice—. Nos espanta a la clientela.

—Sí, eso lo entiendo —replica la tía Luisa con un suspiro—. Pero, ay, es que la niña se muere de ganas de aprender a tocar el piano. Es lo que más desea en el mundo.

Mischa supone que hablan de la hermana de Marion, Petra. El monstruito pelirrojo que siempre molesta a su hermana Sina y a Marion cuando están jugando. Sina no la soporta, pero también ella es una niña rara…

A la abuela Else le cuesta creer que Addi quiera dos trozos de pastel. Mira a Mischa con suspicacia, y seguramente piensa que le está mintiendo y que es cosa de él. Por fin se levanta y corta dos trozos que coloca en sendos platitos con tenedores de postre y unas servilletas decoradas con una cabeza de ángel.

—Luego bajará a pagar.

—No pasa nada —dice la abuela Else—. Espero que lo disfrute. Y dile que le mando un saludo. Que se recupere.

Ha cortado dos trozos bien grandes, sin duda el doble de lo que sirve a los clientes. Mischa sube la escalera haciendo equilibrios con los dos platos. Una vez arriba, tiene que dejarlos en el suelo para abrir la puerta del piso. Addi está sentado en la cama, muy quieto, mirando el techo.

—¿Va todo bien? —pregunta Mischa, preocupado—. ¿Se encuentra bien?

El enfermo vuelve un poco la cabeza hacia él y sonríe al ver los trozos de pastel.

—Por supuesto que me encuentro bien. Ponme ese otro cojín en la espalda, muchacho, y luego dame ese pastel.

Mischa hace malabarismos con los platos y los cojines del sofá, y por fin consigue que Addi esté incorporado casi del todo en la cama y con el trozo de pastel de nata en el regazo.

—Ah, y un saludo de la abuela Else. Que se recupere usted.

El hombre asiente. La mano le tiembla tanto que le cuesta llevarse el tenedor a la boca. Parte cae en el edredón, pero como tiene cara de estar disfrutando, Mischa no se atreve a ofrecerle ayuda.

—¿Qué pasa? —pregunta Addi sin dejar de masticar—. ¿No te gusta el pastel de nata?

—Sí, claro.

Mischa se sienta otra vez en su silla y coge el otro trozo. No tarda en terminárselo, e incluso rebaña los restos de nata del plato antes de dejarlo en el suelo. Addi apenas ha conseguido comerse la punta, pero le hace un gesto con el tenedor para que se acerque.

—Yo ya tengo bastante. ¿Quieres lo que queda? Sería una pena desperdiciar algo tan rico.

Mischa duda porque no le apetece comerse un trozo de pastel mordisqueado, pero hace de tripas corazón; nota que Addi se alegra de verlo comer con apetito. El pastel de la abuela Else está delicioso. Este va relleno de mermelada de grosella y tiene grosellas frescas. Una maravilla. Cuando termina, siente que está a punto de explotar.

—Así me gusta —comenta Addi—. Quítame dos cojines, que tengo la espalda muy tiesa. Y luego llévate los platos a la cocina y prepárame otro café. Esta vez más pequeño, ¿está claro?

—Pero… —balbucea Mischa—. ¿Le permiten beber café? Lo digo solo… por su corazón y eso.

Ahora que está otra vez plano sobre la almohada, Addi parece agotado. Levanta la mano un momento y la vuelve a bajar con cansancio.

—Cuando ya solo te queda una pizca de vida, ¿por qué no vas a divertirte un poco? —dice, y tose—. Qué más da un día antes o después, Mischa… Venga, haz lo que te he pedido.

Abatido, Mischa se arrastra hasta la cocina y pone agua a calentar. ¿Cómo puede estar tan tranquilo sabiendo que la muerte se acerca? Pero Addi tiene razón. ¿Para qué va a seguir la dieta si ya no tiene sentido? Esta vez solo echa una cucharadita de café molido y llena la taza de agua. Mientras la lleva al dormitorio con cuidado, le da sin querer con el codo a una pila de partituras y provoca un pequeño terremoto que hace que toda la columna se tambalee y se desmorone. La madera negra y brillante del piano ha quedado a la vista.

—¿Se ha caído algo? —pregunta la voz ronca de Addi desde el dormitorio—. No importa. Tíralo. Ya no necesito esos trastos.

Mischa le acerca la taza de café y sostiene el asa con firmeza mientras Addi sorbe la bebida revitalizante. De repente se le ocurre una idea. Es algo peculiar, pero ¿por qué no?

—Petra Bogner quiere aprender a tocar el piano —comenta—, pero no tiene instrumento. Y la abuela Else no la deja tocar el piano del café.

Addi da dos tragos más y luego se le escapa un eructo. Mischa deja la taza en una silla.

—Petra —dice el viejo, y parpadea mirando a Mischa, pensativo—. Sé quién es. La pelirroja. La que defendió a su padre. Una niña fantástica. Rara vez te cruzas con alguien así…

A pesar del café, Addi se ha cansado mucho. Cierra los ojos, le tiemblan los párpados, se le marcan unas venas azuladas en las sienes. Mischa vuelve a llevarse la taza a la cocina, tira los posos y la friega. Cuando regresa al dormitorio, el anciano abre los ojos.

—La pequeña… —le dice a Mischa en voz baja—. La pequeña puede subir a tocar el piano. Bueno, si ella quiere. Si no tiene miedo de un viejo fantasma como yo…

—Se lo diré —susurra Mischa—. Seguro que se alegrará.

No está seguro de que Addi haya escuchado esa última frase. El hombre se ha quedado dormido y ronca un poco. A veces solo respira fuerte. Mischa se sienta y lo observa. «¿Soy ahora "una buena persona"?», se pregunta, y se siente ridículo. Arruga la frente y calcula cuánto ganará hoy. Veintiún marcos. Tal vez algo más. Depende de la hora a la que llegue Julia Wemhöner.

Ojalá Addi quiera seguir teniéndolo ahí. No solo por el dinero. Esto le gusta. Addi le cae bien. Le habría encantado tener un abuelo como él.

Luisa

No es nada sencillo planchar la ropa sobre la pequeña mesa de la cocina. Lo que más le cuesta son las camisas blancas de Fritz. Luisa utiliza dos toallas extendidas como base y una tela de hilo por encima, y para las mangas usa una pequeña tabla especial para que no quede ninguna arruga. ¡Todavía hay dos camisas más! Suspira y mira por la ventana de la cocina con desánimo. La lluvia resbala por el cristal, las fachadas de las casas de enfrente están oscuras y sucias. ¿Por qué se siente tan abatida? Con la nueva plancha eléctrica, el trabajo resulta mucho más fácil. Antes tenía que dejar un rato la vieja plancha de hierro sobre el fogón para calentarla. Desde que tienen la eléctrica puede planchar también en la mesa del salón, donde dispone de más espacio. ¿Cómo es que no lo ha hecho hoy? Porque quería estar a solas consigo misma. Porque hace días que carga con una gran preocupación y quería reflexionar sobre qué hacer.

Tampoco en la cocina puede pensar con claridad, porque incluso ahí percibe el torbellino de la vida familiar a su alrededor. Fritz está en el salón dando clase de violín a su hija Petra, y en la habitación de las niñas están Sina y Marion, metidas en un emocionante juego de fantasía. Luisa solo ha oído algunas frases a medias y, pese a sus preocupaciones, no ha podido contener una sonrisa. Siempre es Sina quien tiene las ocurrencias y arrastra a Marion en sus fascinantes viajes de aventuras.

—Ahora seré Pippi Calzaslargas.

—¡Yo también quiero ser Pippi!

—Pues entonces serás mi hermana.

—¿Y cómo me llamo?

—Te llamas… Lotti Calzaslargas.

—¡No! No quiero llamarme como Lotti Lehmann, la de nuestra clase.

—Bueno, pues Lilo Calzaslargas.

—Vale, eso sí. ¿Y qué hacemos?

—Construimos una balsa y navegamos con ella por el océano.

—¿Al país de los aborígenes?

—Sí. La cama será nuestra balsa y ahora izaremos la vela.

Luisa sigue la conversación a retazos porque las notas del violín se entrometen desde el salón. Petra está avanzando a pasos agigantados; ya toca los *Aires gitanos* de Sarasate, y despliega una habilidad que es inaudita en una niña de cinco años. La pequeña posee un gran talento que hay que fomentar como sea, tanto más porque ella misma se aplica con fervor. Si sigue progresando así, se abrirá camino en el mundo de la música profesional. Adónde la llevará ese camino, si será violinista, pianista o quizá incluso cantante, es algo que aún no puede saberse, desde luego.

—¿Por qué enciendes la lámpara, papá? —la oye preguntar en el salón—. Si todavía no está oscuro. Mamá ha dicho que tenemos que ahorrar electricidad.

—Y mamá tiene razón, Petra, pero necesito un poco más de luz. ¿Dónde he dejado el lápiz?

—¡Papá! Lo tienes delante de las narices, en el atril.

—Es verdad. No lo había visto. Empieza otra vez por el compás dieciocho.

—¿Y por qué por ahí? Es mejor aquí, en el dieciséis.

—Sí, exacto. Eso quería decir.

Luisa deja la camisa planchada en el cesto de la ropa limpia y vuelve a mirar por la ventana. Ese es el problema que arrastra consigo desde hace días. La preocupación que apenas la deja dormir por las noches. Cuántas veces no habrá intentado hablar con Fritz sobre su pérdida de visión… Pero él, que en todo lo demás es un hombre honesto y escrupuloso, evita sistemáticamente la conversación. Lleva meses ocultando que lo han pasado a los segundos violines. ¿A qué viene semejante pantomima? Eso también implica cobrar un sueldo menor, pero puede encubrirlo porque es el único que se ocupa de los asuntos del banco. A Luisa eso nunca le molestó; entre ellos siempre había existido una confianza absoluta. Todas las semanas Fritz le deja el dinero para la casa en la mesa de la cocina y él efectúa las transferencias bancarias para los pagos del alquiler, la contribución, la electricidad y los seguros. Los gastos extras, como la ropa, los libros del colegio y demás, los sufraga Luisa con el dinero que gana en el Café del Ángel y, a final de mes, Fritz ingresa en la cuenta de ahorros lo que les ha sobrado.

Estos últimos meses han sido cantidades pequeñas, y ella lo sabe porque consultó la libreta que guardan en el cajón de la cómoda. Esperó a que él no estuviera en casa; no quiere que descubra que lo está controlando.

De hecho, eso ha provocado una grave crisis en su matrimonio. Por primera vez tienen secretos el uno con el otro. Fritz le ha ocultado su cambio de categoría y ella ha empezado a espiarlo. Entre ellos nada es como antes. La confianza que Luisa le tenía se ha quebrantado. Peor aún: está a punto de perder el respeto y la estima por la persona a quien ama por encima de todo. ¿Por qué Fritz es tan cobarde? Entierra la cabeza en la arena y finge ante su familia que todo va de perlas, pero se estará diciendo a sí mismo que no podrá alargar la farsa mucho más.

Luisa plancha las últimas prendas —tres paños de cocina de hilo que ha rociado con agua para conseguir que queden lisos— y luego se lleva las camisas dobladas a la pequeña habitación de matrimonio, donde apenas hay sitio para la cama y un armario. Guarda las camisas de Fritz apiladas; el cuello y los puños, sobre todo, tienen que verse siempre limpios y bien planchados. Su traje negro cuelga en la percha; de vez en cuando hay que cepillarlo y comprobar que no tenga manchas ni alguna costura abierta. La ira la invade unos instantes. Para todas esas labores sí que le parece lo bastante buena: puede organizarle la ropa, prepararle la comida, limpiar la casa. Sin embargo, cuando tiene un problema serio, algo que además afecta a toda la familia, no quiere compartirlo con ella, sino que se lo guarda dentro.

«No, esto no puede seguir así —se dice—. Con el silencio, la situación solo irá a peor. Cuanto más dure, más nos distanciaremos. Tengo que ponerle fin, aunque resulte amargo. Si él es demasiado cobarde, me toca a mí ser la valiente».

Sale al pasillo y piensa cómo ingeniárselas para quedarse a solas con Fritz sin que las niñas los molesten. Lo mejor sería hablar por la noche, pero él quiere ir a casa de un compañero de trabajo a ensayar para los conciertos de verano.

En la habitación de las niñas, mientras tanto, Pippi Calzaslargas y su querida hermana Lilo Calzaslargas navegan hacia la isla de Taka Tuka. Marion, siguiendo instrucciones de Sina, ha colocado una escoba y una fregona a cada lado de la cama, entre el somier y el colchón, y han extendido por encima una sábana blanca que han sacado de la cama de Petra. Tras la improvisada vela, las dos niñas están agazapadas en un acogedor camarote hecho de edredones y almohadas. Abrazadas, se inclinan unas veces a la derecha y otras a la izquierda entre los cojines; parece que hay bastante marejada.

—¡Ahí delante están los gigantescos Acantilados Asesinos! —exclama Sina—. Si nos estrellamos contra ellos, nos devorarán los tiburones.

—Pero no vamos a estrellarnos, ¿verdad? —pregunta Marion con miedo.

—Tenemos que remar con fuerza —insiste Sina—. Venga, Lilo Calzaslargas. ¡El cansancio no existe! ¡A los remos!

Luisa se detiene junto a la puerta con el cesto de la colada y las mira sonriendo y meneando la cabeza mientras cada una rema a un lado de la cama con las pantuflas de Fritz. Sina pone tanto ímpetu que cae rodando sobre la alfombrilla.

—¡Socorro! —exclama—. ¡Pippi al agua! ¿Dónde está el salvavidas?

Marion rebusca entre los cojines y le lanza el extremo de su camisón rosa a la navegante en apuros. Sina se agarra a él y realiza imaginarios movimientos de natación. El camisón se estira y parece a punto de rasgarse, pero Sina lucha contra el oleaje, que la aparta una y otra vez, y tiene que esforzarse mucho para alcanzar la balsa. Al final consigue subir de nuevo a la cama con la ayuda de Marion.

—¡Por los pelos! —declara—. El tiburón ya me estaba mordisqueando. Quería arrancarme el dedo gordo del pie con los dientes.

Pese a sus problemas, Luisa no puede evitar deleitarse con ellas. ¡Qué maravilloso mundo de fantasía han creado las dos! Un mundo en el que pueden determinar el curso de los acontecimientos. ¡Ojalá la realidad fuese también así! Regresa a la cocina a buscar los vestidos de verano de las niñas recién planchados para llevarlos a su habitación.

—No gritéis tanto —pide mientras abre el armario para colgar las prendas—. Ayer, la señora Grulich volvió a quejarse.

—Bah, esa vieja bruja…

—¡Marion! ¡No quiero oírte hablar así!

Su obediente hija agacha la cabeza y se ríe por lo bajo. Solo dice esas cosas cuando está con Sina.

—Y luego lo recogéis todo, ¿de acuerdo? —ordena Luisa a las dos marineras antes de irse.

En el salón, Fritz ya ha dado por finalizada la clase, pero Petra no ha dejado de tocar y ahora ensaya una pieza nueva con empeño.

—Déjala —le dice Luisa a su marido—. Ven conmigo a la cocina. Prepararé café. Quiero hablar contigo de un asunto.

Él sonríe con evasivas y guarda torpemente el violín en su estuche.

—Más tarde, cariño. Ahora tengo que hacer un par de llamadas. Es por los conciertos de verano que están pendientes. Todavía no los tenemos del todo atados.

—¡Fritz, esto es importante para mí!

Él la mira sobresaltado, porque su tono ha sido inusualmente duro.

—No tardaré —asegura—. Petra, por favor, ve un momento a nuestro dormitorio, que tengo que hablar por teléfono.

—Ay, papá… —protesta la pequeña.

—Petra, por favor.

La niña tarda un rato en llevarse el violín, las partituras y el atril. Luisa espera en la puerta con los brazos cruzados, mirando a su marido mientras este hojea su agenda. Con el ojo izquierdo no ve prácticamente nada; eso fue cosa de la guerra y no tiene remedio. Sin embargo, hasta ahora, el derecho estaba sano y con él veía incluso mejor que la propia Luisa, a cuyos ojos no les pasa nada. ¿Por qué no ha ido a hacerse unas gafas, si ha perdido agudeza visual?

—Las niñas hacen demasiado ruido, Luisa —dice Fritz con un suspiro—. Por favor, pídeles que bajen el volumen.

«¿Por qué no se lo dice él mismo? —piensa ella, enfadada—. No quiere que vea lo mucho que tiene que acercarse a la libreta». Aun así renuncia a comentarle nada y, en lugar de eso, va a la habitación de sus hijas. Dejará que Fritz llame tranquilo por teléfono. Ya hablará con él más tarde, pero está decidida a hacerlo hoy sin falta.

—Chisss… —En la puerta de la habitación se lleva un dedo a los labios—. Tenéis que estar muy calladas para que los aborígenes salvajes de Taka Tuka no os oigan.

Sina pone cara de fastidio; no le ha gustado la intromisión. Marion lo ha entendido y susurra algo al oído de su amiga:

—Mi padre está hablando por teléfono. Tenemos que estar calladas…

Luisa cierra la puerta y regresa a la cocina. Se asoma al salón con cuidado por un resquicio de la puerta y ve que Fritz se acerca tanto la libreta de direcciones que casi la toca con la nariz. «Ay, Dios mío», piensa. Es más grave de lo que creía. Ahora, para marcar, palpa el dial con los dedos y encuentra los números contando los agujeros. La conversación con su compañero de trabajo, sin embargo, se desarrolla con absoluta normalidad; comentan fechas, acuerdan un programa, debaten si este verano deberían pedir un aumento de sus honorarios o si es mejor seguir siendo modestos.

Ella hace el café, recoge los trastos de planchar y coloca dos tazas en la mesa de la cocina, además de leche y azúcar. Todavía no saca de la despensa el resto del bizcocho de fruta escarchada que hizo ayer. Espera. Él sigue hablando por teléfono. ¿No le había dicho que no tardaría? Impaciente, deja la cafetera en el fogón, que aún está caliente, y vuelve a sentarse. Oye una mezcolanza de voces y sonidos. Petra, que está tocando el violín, se interrumpe y empieza de nuevo; Marion y Sina saltan en la cama y por el suelo; Fritz, animado, habla en voz baja con su compañero.

Cuando está a punto de levantarse para ir al salón, él aparece de pronto en la puerta de la cocina.

—Cielo, lo siento. Tengo que ir a casa de Herbert Seibold a ensayar una pieza nueva para el próximo domingo.

Se acerca con una sonrisa casi tímida para darle un beso en la mejilla, pero ella aparta la cara.

—¡No! —exclama con decisión—. Tú no te vas a ninguna parte.

Él no parece comprender. La mira como si no la hubiera oído bien, y eso que, sin duda, en el fondo sabe de qué va el asunto.

—Pero, Luisa, podemos tomarnos ese café más tarde —aduce con un tono inofensivo—. El ensayo es muy importante. Este domingo tocamos en Königstein, en una fiesta de verano, ¡y nos pagan un buen dinero!

«Pero ¿qué le sucede a este hombre? —piensa ella, desesperada—. ¿Cómo puede salir huyendo otra vez?». Siente que la invade una ira incontenible y entonces dice algo que jamás habría querido decir:

—¿Cómo vas a ensayar una pieza nueva si ni siquiera ves la partitura, Fritz?

Él se queda paralizado. Por fin comprende que no tiene escapatoria. Baja los hombros, suelta todo el aire, se acerca una silla despacio y se sienta. Se queda allí muy rígido, como un colegial al que han pillado en falta y espera su castigo.

—Lo has notado, ¿verdad? —dice, y la mira con culpabilidad—. Sí, por desgracia he perdido algo de visión en el ojo derecho.

—¿Desde cuándo te ocurre? —lo interroga ella.

—Desde hace unos meses. Me di cuenta antes de Navidad, pero lo achaqué al resfriado. De repente empecé a verlo todo con una neblina blanca. A veces también veía doble, pero había días que estaba mejor.

—¿Y cómo no me has dicho nada?

—No quería preocuparte, Luisa. Además, esperaba que fuese algo pasajero.

—Precisamente por eso tendrías que haberme…

Las palabras de Luisa quedan interrumpidas por un fuerte portazo. A continuación, la cara llorosa de Petra aparece por la puerta. La niña irrumpe en la cocina y se pone a gritar con furia:

—¡No me dejan jugar con ellas, papá!

Fritz se levanta para mediar en la pelea, pero Luisa lo retiene y lo obliga a sentarse de nuevo.

—Quédate aquí, Fritz, por favor. Todavía no hemos acabado.

Con Petra de la mano sin dejar de sollozar, va a la habitación de las niñas, donde las hermanas Calzaslargas han transformado su balsa en una especie de tienda. Bajo las sábanas extendidas, las dos se están comiendo una tableta de chocolate que Swetlana le ha dado a su hija.

—¡Sina! —exclama Luisa, alto y claro—. Seguro que se te ocurre alguna idea para que Petra pueda participar en vuestro juego, ¿a que sí?

—¡No, no puede! —es la abrupta respuesta de su hija mayor.

—¡Pero yo quiero jugar! —se lamenta Petra, que patalea furiosa con un pie y está a punto de echarse a llorar otra vez.

—¡Petra siempre nos ordena lo que tenemos que hacer! —dice Marion, explicando la situación.

—¡Eso no es verdad! —miente su hermana pequeña.

—Que sí. Siempre quieres mandar.

Petra, obstinada, no se mueve del lado de Luisa. Las dos niñas mayores siguen dentro de su tienda. Ninguna parece dispuesta a ceder.

—¿Quién podría ser Petra, Sina? —pregunta Luisa—. ¿Una aborigen? ¿O una pirata?

No tiene mucha fe en que su táctica dé resultado. Si no funciona, Petra tendrá que volver a la cocina con ella, y ya no podrá reanudar la conversación que se ha quedado a medias con Fritz.

—¡Seré la maga! —exclama Petra—. Cuando diga «karabum», no podréis moveros. Hasta que os libere de nuevo.

Para gran sorpresa de Luisa, Sina y Marion están de acuerdo. Es un viejo juego que han puesto en práctica en muchos cumpleaños, sobre todo mientras se comían el pastel. Cada vez con alguien diferente haciendo de mago, por supuesto.

—Pero también tenéis que darme un poco de chocolate.

Después de oír la exigencia de Petra, Luisa las deja solas en la habitación con la esperanza de que no se peleen durante un rato.

Fritz ha sido obediente y la ha esperado en la cocina. Ha tenido tiempo para preparar sus palabras. Está sentado con los codos apoyados en la mesa y la mira mientras habla.

—Tienes toda la razón, Luisa. Tendría que haberte contado lo que me preocupaba desde el principio. Y pensaba hacerlo, pero siempre lo dejaba para más adelante. Seguro que sabes cómo es esto: una vez empiezas con excusas, llega un momento en que estás tan metido que ya no sabes cómo salir.

«¿Es eso una disculpa? —se pregunta ella—. ¿Qué es, un adulto o un niño?».

—¿Hablas de excusas o de mentiras?

Fritz se entristece porque ve que su dulce Luisa no acepta su confesión tan fácilmente como él esperaba.

—Nunca te he mentido, Luisa. Solo...

—Te has callado —lo interrumpe ella—. Has ocultado la verdad con mucha astucia. ¿Acaso no es eso mentir? Vamos, ¡pero si es lo mismo!

Él no dice nada. Solo mira al frente, abatido. Vuelven a

oírse gritos en la habitación de las niñas. ¿No pueden estar tranquilas ni durante un cuarto de hora? Luisa no hace caso de las voces infantiles y prosigue.

—¡Tendrías que habérmelo dicho, como muy tarde, cuando te pasaron a los segundos violines!

Debe mantenerse firme, porque ahora él ofrece un aspecto lamentable, ahí sentado sin saber qué decir. Ay… Ya es bastante malo que se haya quedado casi ciego, ¿por qué tiene que torturarlo de esa manera?

—He visitado a tres médicos, Luisa —empieza a explicar Fritz en voz baja—. Todos me han dicho lo mismo. Son cataratas. Pueden operarse, pero el éxito no está ni mucho menos garantizado. Johann Sebastian Bach murió a consecuencia de una operación de cataratas, Georg Friedrich Händel se quedó ciego…

—Pero eso fue en el siglo diecisiete —señala ella.

—Claro —reconoce Fritz—. Hoy, por suerte, la medicina ha avanzado bastante. Ya no perforan la catarata, sino que extirpan el cristalino del ojo. También en mi caso podrían hacerlo. Pero, como te he dicho, no es seguro que dé resultado. Además, es probable que no recuperase la visión al completo.

No son buenas noticias. Pero al menos no ha enterrado la cabeza en la arena, como había temido ella al principio, sino que ha dado algunos pasos. Aunque sea sin decirle nada. Tres consultas médicas, y ella sin enterarse.

—Mi caso es particular porque solo tengo un ojo, el que hasta ahora estaba sano —sigue explicando Fritz—. Si la operación saliera mal, me quedaría ciego del todo.

Ella asiente. Desliza la mano despacio sobre la mesa y la posa en el brazo de él. Fritz parece algo aliviado y sonríe con gratitud.

—¿Por qué me has ocultado todo esto?

—Quería decírtelo, Luisa, solo que no encontraba el momento oportuno. Me faltaba el valor. Perdóname, por favor.

Debe aceptarlo tal como es. La imagen que tenía de su Fritz no ha quedado destruida, pero tampoco es la de antes. Antaño, cuando los dos recorrían la ciudad en ruinas, las bombas empezaron a caer y tuvieron que protegerse en una casa medio derruida, él le pareció increíblemente valiente. ¿Lo había convertido en un héroe? ¿Lo había subido a un pedestal sin pensar que en la vida real no existen los héroes? Puede. Fritz es un hombre con muchas cualidades valiosas, pero también tiene sus defectos.

—Soy tu mujer —dice—. Pase lo que pase, lo afrontaremos juntos. Te lo pido por favor, sé sincero conmigo a partir de ahora.

Él se lo promete. También le confiesa cuánto lo ha angustiado toda la situación y el alivio que siente ahora que ya no hay secretos entre ellos. Se dan la mano por encima de la mesa. Están contentos porque todavía se tienen el uno al otro. Pero no hay nada más; ningún abrazo, ningún beso de reconciliación.

—Me he informado sobre si el seguro médico cubriría la operación —explica él—, y sí, la cubre. Ahora solo debo decidir en manos de qué médico me pongo.

—¿Me dejas que te ayude a elegir?

Ella nota el nerviosismo de Fritz en su mano. Aun así sigue sin soltarla.

—Por supuesto, Luisa. Comentar contigo los detalles me facilitará la decisión, sin duda.

—Entonces dime cuál de los tres te ha parecido más solvente.

Él arruga la frente e inclina la cabeza hacia uno y otro lado.

—No es tan fácil. Dos tienen consulta en Wiesbaden, el otro está en Frankfurt y…

La puerta de la cocina se abre de repente y aparece Petra. Está exultante y empuña una regla en la mano.

—¡Karabum! ¡Ya no os podéis mover! —exclama.

Fritz obedece, se interrumpe a media frase y permanece quieto en la misma posición. Luisa solo participa en el juego unos segundos, a regañadientes.

—Ya vale, Petra —dice después—. Vuelve a la habitación, por favor. Papá y yo estamos hablando de algo.

—¿De qué?

—No es asunto de niñas.

La pequeña pone mala cara, se cuelga de la manija de la puerta y se balancea de aquí para allá.

—Déjalo ya, Petra, que vas a romper la puerta.

—Pero es que me han dicho que me esfume.

—Eso no puede ser —declara Fritz, que suelta la mano de Luisa—. Espera aquí, cielo.

Por suerte, la intervención paterna resulta innecesaria porque en ese instante llaman al timbre. En la puerta está August Koch, que viene a buscar a su hija Sina.

—Espero que no hayan causado muchos destrozos —comenta con una sonrisa—. ¡Sina! Papá está aquí. ¡Recoge ya!

Ahora es cuando se demuestra aquello de que los últimos serán los primeros. Sina y Marion tienen muchísimo trabajo para dejar la habitación ordenada otra vez. Petra, en cambio, solo tiene que llevar la escoba y la fregona de vuelta a la cocina.

Media hora después, los cuatro se sientan a cenar. Las niñas están cansadas; Fritz, callado; Luisa, pensativa.

—Hoy os acostará mamá —dice él cuando terminan—. Yo tengo que salir un rato.

Petra y Marion le dan las buenas noches a su padre con un

beso enorme y un cariñoso abrazo. Luisa se dispone a llenar de agua el fregadero.

—No vuelvas muy tarde —dice con frialdad.

—No, no…

Fritz cierra la puerta sin hacer ruido al salir.

Swetlana

Wiesbaden, julio de 1959

¡Las vacaciones de verano son un horror! Tiene a la niña pegada a sus faldas todo el santo día. Sina es adorable, pero muy dependiente. Ya de buena mañana, antes de que suene el despertador, se cuela en la habitación de matrimonio, trepa por encima de August y se tumba entre sus padres. Si al menos se quedara dormida... Pero no.

—¿Mamá? Mamá, ¿estás despierta?

De poco sirve que Swetlana cierre los ojos con fuerza y haga como si estuviera profundamente dormida. Unos segundos después nota la suave mano infantil sobre la frente. Su hija le desliza los dedos por la nariz, el labio superior, la boca, la barbilla... Y sin dejar de soltar risitas todo el rato.

—Ji, ji, ji... Tienes la nariz respingona, mamá.

—¡Déjame! —rezonga Swetlana, y le aparta la mano.

Se da la vuelta e intenta dormir algo más, pero ya es tarde porque August se ha despertado.

—Dime, cielo, ¿has dormido bien?

La pregunta no va dirigida a ella sino a su hija, que le está tirando del cuello del pijama.

—No he podido dormir nada de nada —explica Sina con su

tono de marisabidilla—. Porque resulta que en mi habitación había una mosca enorme y gorda que no paraba de zumbar. Pasaba volando por encima de mi cama y chocaba contra la pared. Después daba media vuelta y chocaba contra la ventana.

—Pues haberle abierto la ventana, Sina —dice August—. La moscarda quería salir.

Swetlana espera que su hija corra a su habitación para echar a la mosca, pero por desgracia no es así. En lugar de eso sigue interrumpiendo el duermevela matutino de su pobre padre. Y eso que August trabaja muchísimo y va muy falto de sueño. A veces se queda hasta altas horas de la noche en su estudio con sus actas procesales.

—Papá, sé una cosa...

—Ah, ¿sí? ¿Qué sabes?

—Sé lo que es un logaritmo.

—Eso vas a tener que explicármelo.

—Nos dice a cuánto tenemos que elevar un número para obtener un resultado en concreto. Por ejemplo: ¿diez elevado a cuánto es cien?

—Diez por diez es cien.

—Mal, papá. Diez elevado a dos es cien.

—Eso es fantástico, Sina. ¿Dónde lo has aprendido?

—Me lo ha explicado el profe de aritmética. También me ha dado un libro con ejercicios y otro que contiene todos los logaritmos.

Esta niña no es normal. Cuando Swetlana tenía ocho años, jugaba con los hijos de los vecinos a saltar a la comba y a dar brincos, pero su hija lee libros y calcula logaritmos. Eso no puede ser sano. A Sina no le gusta moverse, saca malas notas en gimnasia. Como siempre está sentada leyendo libros, tiene problemas de visión y también está un poco gordita. Cuando Marion va a su casa, nunca juegan con las muñecas como hacen otras niñas de su edad. Tampoco con los preciosos juegos de mesa que August le ha regalado a su hija. No, ella juega a imaginar las historias que ha leído, y las dos amigas convierten la habitación en un auténtico caos.

—¿Puedo ir hoy también al bufete contigo, papá?

—Claro que sí, cielo.

August bebe los vientos por su hija. Le concede todos sus deseos, le compra libros nuevos, la lleva al zoo y a casa de su amiga Marion. Si tuviera solo la mitad de tiempo y paciencia para Mischa… En cambio, con el chico es muy estricto. Para él solo tiene exigencias, y se enfada si no consigue satisfacerlas.

Sina no deja en paz a su padre; susurran y se ríen hasta que es hora de que August se meta en el baño. Swetlana va a la cocina a prepararle el desayuno.

Mischa sigue durmiendo, por supuesto. Ayer volvió tarde otra vez y no le dijo dónde había estado. August ya ha dejado de salirle al paso para hablar con él, pero ella, su madre, se queda sentada en el salón hasta altas horas de la noche, hojeando revistas o tejiendo, y espera angustiada hasta que por fin oye pasos en la entrada y Mischa abre la puerta de casa.

—¿Qué haces levantada, mamá? —le pregunta entonces de malas maneras.

—Estaba esperándote, Mischa. ¿Dónde has estado hasta tan tarde? ¿No sabes qué hora es?

—Claro, para algo tengo reloj. Buenas noches, mamá.

Así de brusco es con ella. Ay, ya no es su pequeño Mischa, al que llevaba en brazos y se sentaba obediente a la mesa con su amiga Jekaterina a comerse su *kasha*. Ha cambiado, tiene la voz profunda y le ha crecido la nariz. Todo rastro de ternura infantil ha desaparecido de su rostro; se ha convertido en un hombre joven, pero sin dejar de ser su Mischa. ¡Su niño! Ojalá no fuera por el mal camino y no se juntara con malas compañías. Ojalá fuera sensato y aprendiera un oficio al fin.

A August le gusta charlar en el desayuno. Hablan del día

que tienen por delante, del viaje de las vacaciones y de un vestido que a Swetlana le gustaría comprarse. Por desgracia, Sina no hace más que interrumpirlos y desviar la atención de su padre hacia ella, así que Swetlana se queda con ganas de más. Cuando August sale de casa, Sina corre tras él en camisón para que vuelva a levantarla en brazos frente a la puerta.

—No le dedicas suficiente atención a la niña —le reprochó August hace un tiempo.

—¡Eso no es verdad!

Swetlana se indignó. No es mala madre. Se esfuerza, quiere a sus hijos. A los dos. No es cierto que quiera más a Mischa que a Sina. Pero es que Mischa ha tenido una vida más difícil, lo pasó mal de pequeño. Sina está creciendo en una casa bonita con sus dos padres, tiene todo lo que una niña puede desear, su habitación está repleta de juguetes y de libros; el armario, lleno de ropa cara. Es evidente que Mischa necesita más atención que la niña.

August y ella se pasaron una tarde entera discutiendo por eso y no hicieron las paces. Al día siguiente, Swetlana seguía enfadada y no le preparó el desayuno, y al mediodía, cuando él volvió a casa a comer, no le dirigió la palabra. Por la noche, August le pidió perdón y reconoció que no tenía ningún motivo para hacerle esos horribles comentarios. Ella no es rencorosa y lo perdonó. Porque lo ama, claro.

La mañana se le está haciendo insoportable. Son las diez y media y Mischa sigue durmiendo. Swetlana ha llamado tres veces a la puerta de su habitación, pero él ni se inmuta. No se atreve a entrar porque su hijo se pondría hecho una furia. Hace poco le lanzó un zapato.

Sina, que no deja de correr tras ella de aquí para allá, la saca de quicio.

—¿Por qué no se levanta Mischa, mamá?

—Porque todavía está cansado.

—Pero si ya son las diez y media…

—Sí, Sina.

—Ahora tienes que preparar la comida, mamá. ¿Puedo ayudarte?

—Como quieras. Puedes pelar patatas.

Sina empieza a pelarlas despacio y a conciencia, así que Swetlana le echa una mano para no perder tiempo. También tiene que explicarle cómo se cocina la col: se sofríe un poco de panceta con cebolla muy picadita, luego se añade la col lavada y se deja cocer todo a fuego lento. No, Sina no puede encender el fogón, es peligroso, podría quemarse los dedos. Cuando Swetlana fríe la carne, tiene que apartarse un poco porque salpica. Sina nunca replica, pero siempre tiene una nueva pregunta, una propuesta descabellada o algo que ha leído y quiere contarle; cocinar con ella es muy estresante. Swetlana se alegra de que saque el cubo de la basura, porque así tendrá un par de minutos de tranquilidad. Su hija también puede poner la mesa. Coloca los platos a tres centímetros exactos del borde. El tenedor, a la izquierda; el cuchillo, a la derecha y con el filo mirando al plato. Por encima del plato van, primero, la cucharilla del postre y, a continuación, la cuchara sopera, si hay sopa. Después pone el salvamanteles trenzado en el centro y regresa corriendo a la cocina.

Mischa consigue levantarse justo antes del mediodía, pero por suerte aparece vestido cuando August llega a casa. Hoy la comida transcurrirá sin peleas. August está de buen humor; ha ganado un juicio para un cliente. Sina no deja de hacerle preguntas y Mischa come sin decir ni mu. Al terminar, mientras August se echa una siesta y Sina seca los platos, Swetlana oye que su hijo baja la escalera y sale de casa. Enseguida abre la ventana de la cocina.

—¡Mischa! ¿Adónde vas? ¿Por qué no avisas a tu madre antes de salir?

Él se gira con un gesto desenfadado y se despide con la mano.

—Tengo un compromiso. Un trabajo nuevo. A lo mejor hoy llego tarde.

Y se marcha. ¿Un trabajo nuevo? ¿Lo ha dicho solo para que se quede tranquila o será verdad? Pero ¿qué clase de trabajo? ¿Y dónde? ¿Para quién? Swetlana decide que no puede ser nada bueno, porque no les ha contado nada.

Mientras se toma el café y se prepara para ir al bufete, August no pregunta por Mischa. Ella sabe que no dice nada porque no quiere discutir. Su marido se despide de ella con un beso en el vestíbulo.

—Esta tarde estamos invitados a casa del señor Brinkmann, cariño. Cómprate ese vestido que te gustó tanto. Toma. —Y le da un fajo de billetes.

Siempre es generoso; le gusta que se ponga guapa. Por desgracia, está poco en casa porque trabaja casi todo el tiempo. Esta tarde Sina puede acompañarlo al bufete, así que la niña ha ido a buscar un libro y corre tras August hasta el coche, como un cachorrito.

Swetlana se queda sola en la villa. No tiene nada más que hacer; la cocina está recogida y mañana por la mañana vendrá Susanne Wegener, la mujer de la limpieza, a pasar la aspiradora por la moqueta y limpiar las ventanas. Se pone un vestido bonito, elige unos zapatos que combinen bien y coge el dinero que le ha dado August. Después se monta en su coche y sale hacia la ciudad. De compras. Un placer que antes le era del todo desconocido. En Kirchgasse hay tiendas para aburrir y allí puede comprar vajillas caras, artículos de moda, joyas o zapatos a placer. Aunque tampoco puede pasarse de la raya, desde luego; August gana un buen sueldo, pero no es millonario. De todos modos, nunca olvida los duros días de cuando vivía sola con Mischa en un minúsculo piso del casco antiguo y tenía que ganarse el pan como mujer de la limpieza…

Hace sol, en el cielo apenas se ve alguna que otra nube blanca, la gente tiene una sonrisa en la cara. Swetlana pasea por la animada calle y contempla los escaparates. El vestido que tanto le gustó es de un maniquí de una tienda de moda para señoras. Se ciñe al talle, la falda es estrecha y llega hasta las rodillas; ese corte le sienta mejor que las faldas anchas con enaguas que tan de moda están ahora. También el color, un azul claro que tira un poco a violeta, combina bien con su pelo oscuro, y hay una chaqueta tres cuartos de la misma tela… Un conjunto que podría estrenar esta misma tarde. Entra en la tienda para probarse el vestido y, como le queda que ni pintado, se lo lleva.

No cae en la cuenta de que la tienda es de Julia Wemhöner hasta que paga, y entonces la invade una vaga ilusión. Tal vez Mischa haya entrado en razón y aceptado el puesto de aprendiz con la señora Wemhöner. ¿Sería ese su «compromiso»?

—¿Tienen a alguien que pueda llevarme las bolsas al coche? —le pregunta a la joven dependienta—. ¿Un aprendiz, quizá?

—No, me temo que no. Pero puedo pedirle a mi compañera que la ayude.

—Da igual, gracias.

Su corazón de madre no quiere renunciar a esa ilusión, así que decide recorrer la calle hasta la fuente de Kochbrunnen, donde está la tienda de caballeros. Si Mischa está contratado, será ahí.

En la tienda de moda para caballeros se está fresco y la luz es muy tenue. Huele a tabaco y a un perfume acre que a Swetlana le resulta desagradable. Un hombre de pelo oscuro y con las orejas puntiagudas le está mostrando una selección de finos guantes de piel a un señor mayor. El caballero lleva un abrigo de verano de color claro y ha dejado el sombrero en el mostrador.

—Buenos días, señora —la saluda el dependiente mientras despliega los guantes ante el comprador—. Un momento, por favor, mi compañero la atenderá enseguida.

Se da la vuelta y llama a alguien, luego se inclina con una sonrisa zalamera sobre el mostrador y le explica a su cliente qué guantes son de cabritilla y cuáles de napa. ¿Ha dicho «Mischa», o ella lo ha oído mal? Sin embargo, no conoce de nada al joven larguirucho que retira la cortina y se acerca servicial a atenderla.

—¿En qué puedo ayudarla, señora?

—Pues… Me gustaría ver la corbata de rayas grises. La del escaparate.

Le compra una corbata de seda a August por puro compromiso. Nada muy llamativo, más bien formal, porque sus clientes deben confiar en él y, además, August no suele dejarse llevar por las modas. El precio va en consonancia con el ambiente exclusivo del establecimiento, pero, a cambio, ofrece una calidad excelente, nada que ver con las corbatas que venden en los grandes almacenes. El joven dependiente envuelve su adquisición en una cajita de cartón granate que cierra atándole una cinta blanca. Se lo ve inseguro, sus dedos se enredan con la cinta, tiene que repetir el lazo hasta que por fin aguanta. Su compañero, el de las orejas puntiagudas, mira varias veces hacia él arrugando la frente, pero con eso solo pone más nervioso al pobre chico.

«No, esto no es para Mischa», piensa Swetlana. Su hijo no tendría paciencia para algo así. Además es un trabajo estúpido. De todos modos se decide a preguntar.

—Disculpe, me han dicho que aquí trabaja un joven que se llama Michael Koch…

El hombre de las orejas puntiagudas ha vendido dos pares

de guantes que ahora envuelve con habilidad en sendas cajitas rojas. Levanta la cabeza en dirección a ella.

—Lo lamento, señora —dice con educación—. Me temo que ese nombre no me suena de nada. Tal vez se haya confundido.

Se vuelve de nuevo hacia su cliente con un movimiento grácil y comenta lo bien que sientan esos guantes, que son especialmente elegantes. Swetlana paga la corbata y sale de la tienda. Se ha llevado un chasco, pero también siente alivio. No, pretender que Mischa trabajara en una tienda así ha sido una idea pésima. No está hecho para un trabajo como ese. Su hijo no es un lacayo dispuesto a adular a señores mayores mientras les prueba guantes de napa.

Pero ¿para qué profesión está hecho Mischa? Su padre fue oficial del ejército alemán, pero jamás le contó qué trabajo había ejercido antes, en su vida civil. Swetlana esperaba que su Mischa se sacara el bachillerato para estudiar Medicina. Que fuera médico, como el padre de ella. Sin embargo, Mischa tuvo que dejar el instituto después de un solo curso allí. Porque, en lugar de esforzarse en aprender, no hacía más que cometer auténticos disparates, como conseguir cigarrillos y vendérselos a sus compañeros. Su profesor le dijo que el chico era un caso perdido. Que se las sabía todas. Que necesitaba mano dura.

Piensa con amargura que, si el padre de Mischa no hubiera caído en la guerra, tal vez se hubiera casado con ella. Y entonces su hijo habría tenido a su verdadero padre y todo habría sido más fácil. Sin embargo, ese es un destino que Mischa comparte con muchos otros chicos de su generación. La guerra, esa maldita guerra que se tragó a tantos hombres y dejó huérfanos a tantos hijos…

Duda si regresar por Kirchgasse para volver al coche o dar un rodeo por Wilhelmstrasse. Al fin y al cabo existe la remota posibilidad de que Mischa esté con Frank y Andi. Es cierto que su amistad con los gemelos era mucho más intensa antes, cuando quedaban los tres para jugar y hacían tonterías juntos. ¿No dijo Hilde que los gemelos habían traído discos nuevos de Francia? Seguro que a Mischa le encantaría que se los prestaran.

Decide pasarse por el Café del Ángel. Aunque su hijo no esté allí, al menos podrá tomarse un café y comer un trozo de pastel. La caminata la ha agotado y necesita un pequeño tentempié.

Al torcer a la derecha desde An den Quellen para incorporarse a Wilhelmstrasse, enseguida saltan a la vista las numerosas mesas del Café Blum, protegidas por la sombra de los toldos de rayas. Swetlana pasa de largo y, por desgracia, constata que allí hay muchos clientes que antes preferían el Café del Ángel. Ve a Alma Knauss disfrutando de una copa de helado variado con nata montada junto a su amiga Ida Lehnhard, y a la cantante Jenny Adler, que bebe una limonada. Ella hace como si no reparara en las damas y aprieta el paso para llegar al Café del Ángel. Allí le aguarda una sorpresa: ¡han puesto unas flamantes sombrillas rojas! Seguro que Hilde las ha adquirido en contra de la voluntad de su madre, pero el éxito no se ha hecho esperar: todas las mesas de debajo de las sombrillas están ocupadas.

Swetlana es recibida con alegres saludos. El director de coro Firnhaber está sentado junto al maestro repetidor del Teatro Estatal, Alois Gimpel, y también está con ellos Hans Reblinger, que antes escribía reseñas para el *Tagblatt*. Ya es un señor de edad avanzada y tiene que ayudarse de un bastón para caminar, pero todavía le gusta disfrutar de una copa de Gotas de Ángel y dedicarles cumplidos a las mujeres del café.

—Vaya, pero si nuestra guapa rusa está hoy por aquí —declara al verla—. ¡Entonces tengo que pedirme otra copa de vino!

A Swetlana no suele gustarle que la llamen «rusa», pero es incapaz de enfadarse con el simpático caballero. Se detiene y, con una sonrisa, le explica que hoy, de manera excepcional, ha ido como clienta porque le apetecía un trozo de tarta.

—Pues pida la de queso y nata —le aconseja el señor Gimpel a media voz—. Esas tartaletas de piña que ha hecho la señora Perrier… están más duras que una piedra. Pero no le diga nada, que se la ve la mar de orgullosa con sus creaciones.

¡Vaya por Dios! Otra vez le han salido mal las tartas a Hilde. Aun así es tan cabezota que no se deja aconsejar por nadie; ni por su madre ni por Swetlana, que cocina de maravilla.

También la saluda su suegro, Heinz, que está sentado dentro, en la mesa del rincón, algo cabizbajo y con una taza de café delante. Salvo por dos muchachas del ballet, en la sala no hay más clientes. Swetlana deja sus bolsas con un suspiro y se sienta con él.

—Qué bien que te hayas pasado, Swetlana —dice Heinz, algo más animado—. Estaba a punto de salir a sentarme con Hans Reblinger, pero todavía hace frío para mí. Últimamente tengo la espalda fastidiada, ¿sabes?

Ella lo consuela, le aconseja unos masajes y baños calientes y le pregunta por los gemelos. ¿No se aburren los chicos durante las vacaciones?

—Están con Jean-Jacques en Eltville —contesta él riendo—. Y si conozco a mi yerno, no tendrán ni un minuto para aburrirse. En un viñedo siempre hay algo que hacer.

Ah, claro, no había pensado en eso. Los gemelos pasan casi todas las vacaciones en Eltville, donde echan una mano en la tasca y las viñas. Jean-Jacques está empeñado en que le cojan gusto a la profesión de viticultor.

Luisa aparece con una bandeja llena de copas y frascas de vino. Se detiene un momento junto a la mesa del rincón para saludarla, pero enseguida se apresura hacia la puerta giratoria. Lo cierto es que esa vieja puerta no es muy práctica, sobre todo cuando hay que salir cargando con una bandeja llena de vajilla y copas, pero es algo así como una tradición de la casa.

—Las sombrillas son preciosas —comenta Swetlana con reconocimiento—. Llaman la atención desde lejos y seguro que atraen a muchos clientes.

Heinz suelta un hondo suspiro. Por lo visto, ha vuelto a haber jaleo en casa.

—Hilde y Else se han peleado porque mi hija ha comprado esas sombrillas sin consultarlo con nadie. También por las tartaletas. Y, por si fuera poco, ahora tenemos malo al pobre Addi. Es la tensión. Al parecer, le ocurre todas las primaveras.

—Vaya… —dice Swetlana, preocupada—. ¿Lo está cuidando Sofia Künzel?

—No, está demasiado ocupada en el Conservatorio, pero Julia ha vuelto a instalarse en el piso y a Addi le ha sentado bien. Al fin y al cabo, siempre ha sido su gran amor. Y ahora, además, tienen a Mischa echando una mano.

Swetlana se queda mirando a su suegro sin dar crédito. ¿Qué ha dicho?

—¿A… Mischa? ¿Te refieres a… mi Mischa?

Esta vez es Heinz quien la mira desconcertado.

—Claro, ¿a quién si no? ¿Es que no te lo ha contado? En fin, tenéis una vida familiar un poco rara. Viene por las tardes y se encarga de hacerle la compra a Addi. Luego se sienta arriba con él y espera hasta que Julia vuelve del trabajo. Es que ella no quiere que esté solo tanto rato.

Swetlana no se lo puede creer. Mischa no le ha mentido, era cierto que tenía un compromiso. E incluso está haciendo algo de provecho: ayudar a un enfermo. El corazón se le acelera y su esperanza vuelve a resurgir. ¿Acabará haciéndose médico algún día?

—Es que mi Mischa es muy buen chico —comenta entusiasmada—. ¡Cómo me alegra que cuide de Addi con tanto cariño!

—Bueno, bueno —replica Heinz con una sonrisa—. Sí que se ha prestado a ello, pero no olvides que Julia Wemhöner le paga muy bien.

Hilde

—Qué se le va a hacer, *ma colombe* —dice Jean-Jacques con un suspiro, y aparta la sábana para levantarse de la cama—. El trabajo me llama y debo obedecer.

Hilde se acurruca con gusto en la cama y contempla a su marido, que va al cuarto de baño en cueros. No le sobra ni un gramo de grasa, tiene las caderas estrechas, unos hombros fuertes y la piel bronceada por los primeros rayos del sol de primavera. «Qué chico más guapo —piensa divertida—. Creo que volvería a casarme con él».

En la habitación de los gemelos no se oye ni un ruido; no es de extrañar, apenas son las ocho de la mañana y los chicos están de vacaciones. Jean-Jacques ha pasado dos días con todos ellos en Wiesbaden porque «añoraba mucho a su *douce colombe*». Hoy es sábado y tiene que regresar a Eltville, puesto que esta noche, y también el domingo, tendrá clientela en su tasca de vinos.

«*Un jour...* —dice siempre—. Un día, la gente tendrá libre los sábados y entonces el fin de semana será más largo... ¡y yo me haré de oro!». ¡Como si con su pequeña tasca fuese a ganar algo! Que Hilde sepa, el viñedo apenas logra esquivar los números rojos. Oye que abajo, en la acera, ya están abriendo las sombrillas, así que se levanta y va al baño también.

—Mi madre ya está preparando las mesas —informa a Jean-Jacques, que se está afeitando ante el espejo y tiene las mejillas llenas de espuma blanca.

—¿Por qué no espera? ¡Yo puedo ayudar! —refunfuña mientras aclara la espuma de la cuchilla.

—Ya la conoces... —dice Hilde con un suspiro, y coge el cepillo de dientes.

Antes era Addi el que plegaba y guardaba las mesas y las sillas de la calle por las noches. Por las mañanas también era el primero en bajar: barría la acera, colocaba de nuevo mesas y sillas y abría las sombrillas. Pero Addi lleva una semana sin salir de su piso; tiene problemas de tensión y necesita reposo. Por lo menos eso les ha dicho.

Cuando se está vistiendo a toda prisa, Hilde oye una acalorada discusión procedente de la habitación de sus hijos.

—¡Esta semana queremos quedarnos en Wiesbaden, papá! —protesta Frank con la voz todavía ronca.

—¿Y eso por qué? Vuestros amigos de Eltville os esperan, y yo quería enseñaros las primeras uvas, bien pequeñitas...

—Ya nos las enseñaste el año pasado.

—Pero no os expliqué cómo cuidar de los racimos. Hay que retirar las hojas para que les dé bien el sol.

—¡Ay, papá! ¡Eso hace tiempo que lo sabemos! —insiste Frank.

—Y al final acabamos arrancando malas hierbas todo el rato —opina Andi.

A Hilde le da un poco de lástima su marido. Se esfuerza por introducir a los gemelos en el mundo del vino, pero de momento no tiene mucho éxito.

—¡Solo una semana, papá! —suplica Frank—. Queremos ir de acampada con Heiner y sus padres. Tienen un huerto familiar en Sonnenberg.

Jean-Jacques todavía no se da por vencido.

—*Une tente...* En Eltville también podéis montar una tienda de campaña. En el terreno de Jupp Herking.

—¡Venga, papá, por favor! —ruega Andi.

Hilde oye que la puerta de la habitación se cierra. Jean-Jacques carraspea en el pasillo, molesto, rebusca en el zapatero y por fin sale de casa. Regresará a Eltville sin sus hijos, y eso no le hace ninguna gracia.

Abajo, en la cocina del café, Else ya está colocando el filtro sobre el enorme termo que mantiene caliente el café recién hecho. En días como hoy, cuando está reunida gran parte de la familia, desayunan todos juntos.

—Buenos días, mamá —dice Hilde—. ¿Has dormido bien?

Else se limita a asentir porque está contando las cucharadas de café que echa en el filtro.

—Hoy ya puedes comerte tú tus tartaletas —comenta—. Están como piedras. Y además son demasiado dulces.

Justo lo que más le gusta a Hilde; apenas ha dicho «buenos días» y ya está recibiendo quejas.

—Es que todavía estoy en la fase de pruebas, mamá. No tengo ni idea de por qué me quedan tan duras.

—Porque las tienes demasiado tiempo en el horno.

Hilde, enfadada, guarda silencio y llena los cuenquitos con mermelada. Si su madre, en lugar de criticarla, se pusiera de su parte y le ofreciera consejo y ayuda, hace tiempo que habrían dado con la receta perfecta.

—Y son muy pequeñas —continúa Else—. Con eso no hay ni para empezar. ¿Quién va a hartarse con tan poca cosa?

—El que quiera hartarse que pida pastel de queso y nata, o un trozo de Selva Negra. Los *petits fours* son delicias que hay que saborear...

Cuando el hervidor borbotea, Else lo aparta del fuego y vierte el agua en el filtro, despacio. El revitalizante aroma del café recién hecho se extiende por la cocina.

—¿Cómo has dicho que se llaman?

—*Petits fours*. Es francés.

—*Petits fours*... Puaj. ¡No podemos ofrecerles eso a nuestros clientes!

—¿Y por qué no? —pregunta Hilde sin entender nada.

—Porque suena a «puturrú».

—¡Mamá!

Hilde opta por no discutir y sale al café. Fuera, Jean-Jacques ha abierto las sombrillas que faltaban y ha colocado los ceniceros en las mesas. Ahora entra por la puerta giratoria con la bolsa grande del pan, pero trae el gesto huraño pese a que hace un día soleado.

—De acampada... —rezonga—. A Sonnenberg...

Hilde le quita unos cuantos panecillos y le da un beso en la mejilla para consolarlo.

—Déjalos. Dentro de dos días estarán hartos, aunque solo sea por las hormigas y los escarabajos. Además, han anunciado lluvia.

Jean-Jacques se anima enseguida y silba una cancioncilla mientras la ayuda a llevar el desayuno a la mesa del rincón.

—¿Addi no baja?

—Me temo que no —contesta ella—, pero puede que Sofia Künzel sí.

Heinz, su padre, aparece recién acicalado, con una camisa blanca de nailon y una chaqueta de punto. La camisa se la compró la propia Hilde porque decían que ese tejido nuevo no hacía falta plancharlo. Jean-Jacques, sin embargo, comentó que se sentía como plastificado ahí dentro. Que la tela no dejaba pasar nada de aire. Por otra parte, después de lavarlas, las camisas ya no han vuelto a ser del todo blancas.

—¿Qué tal has dormido, papá?

—Salvo por el intento de asesinato que sufrí en el pasillo, de maravilla.

—¿Qué intento de asesinato? —pregunta Else desde la cocina.

—Alguien extendió una cuerda para que me partiera el cuello esta noche al ir al baño.

—¿Una… cuerda?

Como el actor experimentado que es, Willi aparece en escena justo cuando le toca. Suelta un alegre «buenos días» a la concurrencia y se muestra compungido al enterarse de que su padre anoche tropezó con el cable del teléfono. Fue él quien se llevó el aparato del salón al dormitorio porque tenía que hacer una llamada.

—¿En plena noche? —se extraña Jean-Jacques.

—Sería algo profesional, ¿no? —pregunta Hilde con malicia.

—Más bien privado —replica Willi sin inmutarse, y se echa tres azucarillos en el café.

—¡Willi, nuestro donjuán! —bromea Hilde, implacable—. ¿No se derritió el auricular con tus ardientes promesas de amor?

—Calla —ordena Else—, que los chicos están en la escalera. No me echéis a perder a esos niños inocentes.

—Tampoco es que hayan nacido ayer —murmura Jean-Jacques.

Los susodichos entran entonces en el café alborotando.

Frank, rápido y certero como un pequeño misil; Andi, desgarbado, con aspecto de joven saltamontes y, pese a esas piernas tan largas, más bien lento. Además, casi siempre tropieza con algo. Es increíble la cantidad de variantes que pueden tener los caprichos del destino. En esta ocasión, don Torpón golpea una silla sin querer, la silla choca con una mesa y, por supuesto, vuelca el jarrón con flores que había en ella. Y no queda ahí la cosa: el jarrón de porcelana cae rodando por el borde y se estrella en el suelo mientras el agua se esparce por toda la superficie.

—¡Andi! ¡Alma de Dios! —se lamenta Hilde—. Ya no nos quedan jarrones de repuesto. Ahora tendremos que comprar unos nuevos para todas las mesas.

El chico se queda quieto ante su silla, abatido, frotándose el codo.

—Perdón...

—¡No pasa nada, muchacho! —dice el abuelo Heinz—. De todas formas, no soportaba esos jarrones.

Hilde va a por algo para recoger los añicos. Su madre retira el mantel mojado y las flores, y luego seca la superficie de madera. En la puerta de la escalera casi tropieza con Sofia Künzel, que entra en el café con su habitual brío.

—Buenos días a todos —saluda, y se quita su capa rojo fresa, la que le cosió Julia Wemhöner en la época en que todavía era modista del teatro. Lleva también una falda verde y botines negros. Le gusta ir colorida—. ¿No tendrían un cafecito rápido para una pobre profesora de piano? Dentro de nada tengo a dos alumnos en el Conservatorio: un ama de casa que huele a desinfectante y un pasmarote de Biebrich. Me chupan tanta energía que más me vale hacer acopio primero.

—Siéntese con nosotros —la invita Heinz haciendo entusiastas gestos con un brazo.

Está contento porque esa mesa del desayuno tan animada le recuerda a los viejos tiempos, cuando los artistas del teatro abarrotaban el Café del Ángel y él se sentaba entre todos ellos.

—Tiene unos alumnos muy curiosos —comenta Wilhelm, divertido.

Sofia Künzel sonríe con gratitud a Jean-Jacques, que le sirve café, y luego comenta que algún día escribirá un libro sobre todos sus pupilos.

—Solo que nadie creerá una palabra —señala riendo—. Eso dijo Addi hace poco. Que las rarezas que te encuentras por ahí sobrepasan el poder de la imaginación.

—¿Qué tal está Addi? —pregunta Else, preocupada—. ¿Ha hablado con él? ¿Se ha levantado hoy?

La Künzel, afligida, deja la mitad de panecillo que estaba untando con mantequilla y suelta un suspiro.

—No. Sigue en la cama. Anteayer llamé a su puerta y me abrió ese joven, Mischa. Se ha convertido en un muchacho muy apuesto, y eso que hace nada era un chiquillo flacucho. Pues ahora, de repente, está hecho un hombre. Ha crecido por lo menos diez centímetros, tiene los brazos musculosos y la nariz…

—Que se desvía usted del tema, señora Künzel —advierte Else—. Le había preguntado por Addi.

—Sí, es verdad —dice la mujer, y se pone un poco de mermelada de fresa en el panecillo—. Bueno, pues Mischa me abrió la puerta y me miró como si pretendiera cobrarles la contribución. Que el señor Dobscher no podía recibir a nadie, que estaba indispuesto, me dijo. Y se le ocurre decirme eso a mí. Increíble, ¿verdad?

—Seguramente es lo que le ha ordenado Julia —opina Wilhelm—. Ayer quise subir a visitarla, pero me dio largas. Parece que ahora solo tiene ojos para Addi.

Al decirlo, pone una mueca muy divertida, pero Hilde se da cuenta de que se llevó un chasco. Julia, su gran amor, no tiene tiempo para él. «Madre mía, hermanito. Espabila y madura de una vez. No puedes pasarte la vida yendo de flor en flor y, luego, cuando te has hartado, regresar para descansar sobre el firme hombro de Julia».

Sofia Künzel mastica gustosa su panecillo con mermelada y agita la mano para indicar que tiene más que contar.

—Aun así, entré, por supuesto —informa, y bebe un sorbo de café—. Menuda soy yo. Aparté al chico a un lado y me fui directa al dormitorio. Ahí estaba el bueno de Addi, tumbado en la cama y casi tan blanco como la sábana. Me dio la mano y me dijo que se alegraba de verme una vez más…

—¿Eso le dijo? —pregunta Else, abatida—. Ay, Dios mío. ¿Tan mal está?

La Künzel deja el panecillo mordisqueado en el plato y asiente, apesadumbrada.

—A mí también me pareció extraño —confirma—. Por eso le contesté: «Caray, Addi, no me vengas con bobadas. Hace treinta y tres años que vivimos puerta con puerta y ni me planteo que no lleguemos a los cuarenta por lo menos». Entonces me sonrió de una forma muy rara y añadió que lo intentaría.

—*Ça ne va pas* —opina Jean-Jacques—. Si tan mal se encuentra, tendría que ir al hospital. ¿Y si necesita una operación? Dice que es la tensión, pero yo creo que podría ser otra cosa.

Todos están de acuerdo, asienten y se preguntan qué mal podría ser el que padece Addi. Heinz teme que se trate de una neumonía, Wilhelm se decanta por un trastorno estomacal. Else recuerda que, hace años, Addi acabó ingresado en la clínica de Paulinenstift por un ataque al corazón.

—Aunque tampoco entiendo a Julia Wemhöner —dice Hilde, indignada—. Si tan preocupada está por él, ¿por qué no lo lleva al hospital?

—¿Y por qué tiene que hacerlo Julia? —objeta Wilhelm—. Addi es un hombre adulto y puede decidir por sí mismo si quiere ir al hospital o no.

—¡Ese es el problema! —exclama la Künzel entre el uno y

el otro—. Resulta que Addi ya fue al médico y le dijeron que era el corazón, pero él ha decidido guardar cama y punto. No quiere que lo ingresen, y es tozudo como una mula. Estuve gastando saliva en balde y no conseguí nada. Y luego, para rematarlo, ese Mischa...

—¿Mischa? ¿Qué le hizo? —quiere saber Else—. Está hecho una buena pieza, según he oído decir.

Sofia Künzel hace un gesto negativo con la mano y se termina el café de golpe porque tiene que marcharse ya.

—No, no. Hacer, no hizo nada. Se colocó junto a la cama de Addi y me dijo con voz clara y enérgica que nadie puede obligar a otra persona a ir a un hospital. Que todo el mundo tiene derecho a elegir por sí mismo.

—¿Eso le dijo? —se sorprende Wilhelm—. ¡Bravo! Por una vez tiene razón. También yo creo que esa decisión le corresponde solo a Addi.

Jean-Jacques asiente con aquiescencia, y Heinz es de la misma opinión. Else, sin embargo, niega con la cabeza.

—Cuando alguien se obstina en no querer curarse, hay que ser enérgico con él —señala—. No hacer nada es omisión de auxilio, y eso es un delito.

Hilde opina igual. Se propone interceptar a Julia Wemhöner en la escalera esa misma tarde para hablar con ella. Si alguien puede convencer a Addi, esa es Julia.

Sofia Künzel ya se ha levantado, les agradece «la comida y la bebida» y se marcha a toda prisa para entregarse a sus agotadores alumnos de piano. Jean-Jacques también se pone en pie.

—¿Y qué pasa con vosotros? —les pregunta a los gemelos—. ¿No os venís ninguno conmigo a Eltville? ¿Frank? ¿Andi?

A Hilde le parece una idea espantosa, así que intercede.

—Déjalos ya, Jean-Jacques. Sobrevivirás una semana sin ellos.

Con eso se gana una mirada de enfado por parte de su marido, pero los gemelos le sonríen con gratitud.

—*À bientôt, ma chérie* —murmura él cuando le da un beso raudo en la mejilla.

Jean-Jacques sube al piso a recoger sus cosas y ella oye cómo cierra la puerta con rabia. «Qué cabezota —piensa—. No siempre va a ser todo como tú quieres, cielo».

Wilhelm se levanta también de la mesa del desayuno. Quiere ir a los estudios cinematográficos que han abierto en Unter den Eichen.

—Tal vez me salga algo allí —comenta con una gran sonrisa—. Sería un nuevo reto al que enfrentarme.

Else está entusiasmada. Si la cosa va bien, volvería a tener a su Willi con ella en Wiesbaden. ¡Ay, qué bonito sería eso!

—Ya veremos —dice él, riendo—. ¡La vida está llena de sorpresas, mamá!

Se dispone a salir por la puerta giratoria, pero tiene que esperar porque en ese momento está entrando una clienta. Es una mujer joven de estatura media y con el pelo oscuro, que lleva un abrigo claro de verano y arrastra un bulto enorme. Una bolsa de viaje de cuadros azules y rojos.

—*Bonjour!* —saluda cuando la puerta giratoria la escupe.

Hilde tiene que mirar dos veces porque no puede creer lo que está viendo.

—¡Simone! ¿Qué...? ¿Cómo...? *Bienvenue chez nous. Quelle bonne surprise!*

Se ríe y la abraza. Habla mezclando el alemán y el francés, le quita la pesada bolsa de viaje de las manos y la lleva consigo a la mesa del desayuno. Los gemelos se abalanzan sobre ella y le dan dos besos en las mejillas, como se hace en Francia.

—Siéntate con nosotros, Simone. *Attends: ce sont mes parents...* Estos son mis padres. Mamá y papá, esta es Simone, la hermana de la cuñada de Jean-Jacques. *Et ça, c'est mon frère Willi*. En francés, Guillaume, *si tu veux*. Willi, esta es Simone.

Se dan la mano. Todos sonríen a la joven, extrañados de que se haya presentado sin avisar. Los gemelos reaccionan con toda naturalidad y la asedian a preguntas. Si va a quedarse, si ha llegado en tren o en coche, si Chantal y Céline también están en Wiesbaden.

—*Mais non. Je suis toute seule*. Solo yo. Quería visitaros. En el tren.

—Seguro que le apetece un café, ¿verdad? —comenta Else, y va a por otra taza.

Willi, como el hombre de mundo que es, enseguida la ayuda a quitarse el abrigo. Debajo, Simone lleva un sencillo vestido azul cielo con un cuello de encaje claro. Es bastante vergonzosa, sonríe a todos con timidez y sus ojos no hacen más que regresar a Hilde en busca de ayuda.

—Quería daros… *surprise*. Porque Jean-Jacques nos ha… *invité*. Invitado.

Hilde se alegra. Sí que les ha dado una sorpresa. Claro que invitaron a los parientes de Neuville a Wiesbaden cuando estuvieron allí, pero Pierrot siempre decía que no podía abandonar los viñedos. Así que Simone se ha decidido a viajar ella sola.

—Es maravilloso, Simone. Estoy muy contenta. Te alojarás aquí con nosotros, por supuesto.

Lo cierto es que Else utiliza la antigua habitación de August como cuarto de la pancha, pero eso puede arreglarse enseguida.

—Había pensado… —dice Simone después del primer sorbo de café—. *Je peux vous aider*. Puedo ayudaros. A servir a los clientes.

—¡De eso ni hablar! —interviene Wilhelm, encantador, y le acerca los dos últimos panecillos y el plato de fiambres—.

¡Aquí no permitimos que nuestros invitados se pongan a trabajar! Cuando hayas descansado del viaje, Simone, me encantará enseñarte Wiesbaden.

Ella lo mira con detenimiento y luego sonríe. Qué guapa está cuando sonríe así.

—Eres muy… amable, Guillaume. *J'accepte avec plaisir.* Será un placer.

Jean-Jacques

Eltville, julio de 1959

Cuando detiene la furgoneta delante de la casa, ve que en el patio ya hay clientes y maldice en voz baja. Todavía faltan unos minutos para las doce; ni siquiera es mediodía. En realidad, no abre la tasca hasta las cuatro, pero los clientes representan ingresos, así que verá lo que puede hacer. Aparca junto al cobertizo, se apea y se acerca a ellos con una sonrisa desenfadada.

—Buenos días. ¿Quieren tomar algo? Aún no hemos abierto, pero tratándose de ustedes...

Tiene un carácter simpático y alegre que cae bien a la mayoría de la gente. Son un matrimonio mayor, de Frankfurt, que están de viaje por la región del Rin con una buena amiga y quieren comer algo. Además de tomar un vaso de vino, desde luego.

—Pero solo algo de picar —explica el hombre—. Esta tarde estamos invitados a cenar en Kiedrich y no queremos perder el apetito.

Jean-Jacques les ofrece una de las mesas exteriores bajo las parras, saca cojines para las sillas y les pone un mantel. Lo cierto es que debería haber limpiado primero la mesa y las

144

sillas, porque de las parras cae toda clase de porquería, pero no queda bien hacerlo delante de los clientes, así que lo ha pasado por alto. A las tres llegará la nueva camarera. Es una chica de Sonnenberg que estudia en la universidad y quiere sacarse algún dinero durante las vacaciones. Hasta entonces tendrá que apañárselas solo.

Antes que nada, la carta de platos y la de bebidas. Piden una copa de Gotas de Ángel para cada uno, además de una jarrita de agua, y él lo prepara enseguida. Cuando les sirve el vino, resulta que los clientes tienen ganas de charlar. El precioso paisaje, los viñedos, el río iluminado por el sol... Comentan que es un hombre afortunado por poder vivir allí.

—En Frankfurt, el tráfico está cada vez peor. En la orilla del Meno, apenas puede uno cruzar la calle sin jugarse la vida. Y toda esa suciedad...

Jean-Jacques se entera de que el caballero era director de una aseguradora, pero ahora está jubilado y espera disfrutar aún de un par de años buenos con su querida esposa. La amiga va de luto; su marido murió antes de Navidad y hoy se ha permitido un pequeño placer por primera vez.

—Tampoco puede una estar siempre en casa, sola, ¿verdad? —comenta con una mirada de disculpa.

—C'est ça, señora. Con este tiempo tan bueno sería un pecado —responde él mientras le sirve la copa.

Respira aliviado al ver que no piden ensalada de patata ni crema de queso a las finas hierbas; eso no lo tiene porque Meta lo prepara fresco del día. Un plato de fiambres caseros, una rebanada de centeno con jamón y huevo frito, pan con queso y rodajas de tomate; todo eso sí puede prepararlo. Se afana en la cocina, coloca los platos en una bandeja y está a punto de sacarlos cuando suena el teléfono.

—¿Señor Perrier? Soy Beate Kanther.

La universitaria. Maldita sea.

—Por desgracia, tengo que renunciar al puesto. Mi padre me ha ofrecido trabajar en su empresa y ahí ganaré más...

¿Y para qué trabaja en vacaciones si tiene un padre rico? ¡Menuda faena! Ahora se ha quedado solo con Meta, hoy y mañana. ¿Y si llama otra vez a Luisa Bogner?

—En fin, contra eso no hay mucho que pueda hacer —dice al auricular—. Gracias por avisar. *Bonne chance, mademoiselle. Adieu.*

—Adiós, señor Perrier.

Ni una disculpa por decírselo con tan poca antelación. ¡Una hija consentida y malcriada! Cuelga el teléfono de golpe y sale con la bandeja. Los tres jubilados están algo achispados a causa del vino, incluso la viuda está contenta, y todos piden una segunda copa de Gotas de Ángel. ¡Pues claro! No es que sea un vino selecto, pero a los clientes les gusta. Mientras sirve los fiambres caseros, el pan con queso y la rebanada de centeno con jamón y huevo frito, un autocar azul claro pasa por delante del patio. Seguro que va a Rheingauer Hof, el restaurante que está más abajo, en la orilla, y tiene buenos contactos con una agencia de viajes que le envía grupos enteros. Incluso han construido una gran sala anexa con vistas al río y una terraza en la azotea. Él les ofreció su vino una vez, pero el dueño dictaminó que el Gotas de Ángel no encajaba en su exclusivo establecimiento. Ese fue el último intento de Jean-Jacques de hacer negocios con los lugareños. A partir de entonces, por él, que se vayan a freír espárragos.

Sus tres clientes comen con placer, así que le da tiempo a preparar las demás mesas y bajar al sótano a buscar varias botellas de vino. Tal vez debería preguntarle a Meta si puede llegar una hora antes. Parece que hoy hay muchos grupos de excursión por la zona, así que le iría bien tener a alguien en la cocina, porque él solo no dará abasto. Se enfada por segunda vez al recordar que los gemelos no han querido acompañarlo a Eltville. Esos dos le habrían venido de perlas. Sobre todo Frank, que se maneja muy bien en la cocina. Andi, sin embargo, es mejor que no se acerque a las copas de vino ni a las bandejas llenas, aunque es muy eficiente tomando nota a los clientes y llevando cubiertos y servilletas a las mesas.

Hoy Jean-Jacques tendrá que hacerlo todo sin ayuda alguna. *Merde.*

Cuando regresa del sótano con un cesto lleno de botellas, desde la escalera oye el teléfono. Como sea Meta y le diga que tampoco puede ir, cierra la tasca y se bebe el vino él solo.

Se alegra muchísimo al oír la voz de Hilde.

—¿Estás muy liado, cielo? Solo quería contarte una cosa, será rápido.

—Dime.

—¡Adivina quién ha venido!

Jean-Jacques suspira. ¿Cómo va a saberlo? No le gustan esas adivinanzas tontas.

—*Le huissier...* El alguacil —bromea de mala gana.

Hilde se ríe.

—No es tan grave la cosa. ¡Ha venido Simone!

—¿Simone? *Tu plaisantes.* ¡Estás de broma!

—Ahora mismo ha salido al parque del Balneario con Willi, que le va a enseñar Wiesbaden.

Jean-Jacques está perplejo. Simone en Alemania. ¿Qué habrá dicho de eso Robert, su marido? Igual ni se lo ha comentado. Su matrimonio no va bien; eso lo vería hasta un ciego con bastón.

—Si le apetece, puede venirse a Eltville conmigo —propone—. Me hace mucha falta alguien más en la tasca.

A Hilde eso no le hace mucha gracia.

—¡Mira qué bien! Por fin viene a Alemania alguien de tu familia... ¡y tú pretendes que trabaje para ti! No. Deja que se recupere del viaje y se divierta un poco primero.

—Lo que tú digas, *ma colombe* —accede él, algo molesto—. Pero creo que aquí también se divertiría. Sobre todo si vienen Frank y Andi...

—Ya los he llevado a Sonnenberg.

Qué rápida es Hilde. Hoy no se alegra mucho de ello, pero quiere llamar a Meta enseguida, antes de que los clientes paguen, así que no alarga la conversación.

—*À bientôt, mon petit chou.*

—¡Hasta pronto, cielo!

Meta, por suerte, ya está lista para salir y lleva la ensalada de patata preparada de casa. Sí, se pondrá en marcha dentro de nada, solo tiene que regar las plantas para que las flores no se le sequen durante el día.

Bueno, por lo menos puede confiar en la buena de Meta. Eso lo tranquiliza un poco. Con Meta y su incombustible energía en la cocina, él puede servir a los clientes y, si nada se desmadra, todo acabará bien. Ajá, los tres jubilados quieren pagar ya. Va a por la cartera con el cambio, mete la libretita y el lápiz y se dispone a salir al patio.

Los tres han quedado muy satisfechos con el servicio y se han propuesto volver otro día. El vino, sobre todo, les ha parecido excelente. Van a los lavabos con paso algo bamboleante para después tomar la carretera hacia Kiedrich, donde los esperan unos espárragos con jamón. Jean-Jacques recoge la mesa, limpia las migas del mantel y está a punto de entrar en la casa con la bandeja cuando, de repente, en su pequeño patio se materializa una muchedumbre.

—*Look, darling!* —exclama una dama vestida de color lila—. *It's open! Oh, it's so nice...*

Un grupo turístico. Estadounidenses, sin duda; se ve por cómo visten. Un joven, a todas luces el guía, va corriendo hacia Jean-Jacques. Le cuenta que han tenido un error de planificación, que en el Rheingauer Hof hay otro grupo y está completo, así que buscan un sitio donde beber un buen vino y comer algo.

—¿Cuántas personas?

Son treinta y cuatro. Si saca dos mesas más al patio, podría sentarlos a todos.

—¡Eso sería maravilloso! —se entusiasma el guía, que ya se enjuga el sudor de la frente—. Es usted mi salvación.

Jean-Jacques arrastra más sillas y mesas fuera, y luego entra a toda prisa en la cocina, donde ya está Meta.

—Tiene que ayudarme a servir las bebidas.

—¡Ay, Dios santo! ¡Pero si no voy vestida para eso! —se lamenta la mujer.

Él descuelga el teléfono con brusquedad y llama al Café del Ángel. Contesta Else, que no sabe dónde está Hilde.

—Dile que tiene que venir. Con Simone. *Tout de suite...* Enseguida. *La patrie est en danger...* La patria está en peligro.

—¿Has estado bebiendo, Jean-Jacques? —pregunta Else.

—¡Estoy con el agua al cuello!

Nada más decir eso, cuelga y sale a colocar otras dos sombrillas y tomar nota de las bebidas. Meta, mientras tanto, empieza a descorchar botellas. Si consiguen servir aceptablemente a ese grupo, quizá pueda llegar a un acuerdo con la agencia de viajes. Entonces ampliaría el tejadillo del patio para dar cabida a un mayor número de clientes incluso con lluvia, y tal vez podría aumentar también la capacidad de la sala interior. Sueños de futuro... Pero hay que tener sueños para cambiar un poco el mundo.

Los turistas están sedientos. Piden sobre todo cerveza, limonada y agua con gas; Jean-Jacques espera que sus provisiones alcancen. El vino lo toman mezclado con agua helada. A él le horroriza la idea de aguar su vino, pero el cliente siempre tiene la razón. Aunque sea un yanqui cateto.

¿Cuánto pueden tardar en llegar Hilde y Simone? Hilde suele recorrer el trayecto entre Wiesbaden y Eltville en veinte minutos; es rápida al volante. Sin embargo, primero Else tendrá que encontrarlas, luego comentarán qué hacer, y a saber cuándo se pondrán en marcha. Mira el reloj. Ya ha pasado media hora desde que ha llamado por teléfono.

Meta se quita el delantal y se da unos pequeños tirones en la blusa.

—Esto no lo habíamos hablado, señor Perrier —protesta—. Yo no soy camarera, y ya me dirá cómo voy a hacer luego para preparar todo lo que pidan de comer...

—Saldrá bien, querida Meta. Llévese esta bandeja, por favor, que va a la mesa tres.

La mujer no sabe cuál es la mesa tres, así que él se lo indica. En esta profesión hay que tener unos nervios de acero.

—Y cuidado con esos escalones de ahí, no vaya a caerse...

Mientras él sirve a la mesa cuatro, no le quita el ojo de encima a Meta. A la mujer no se le da nada mal, aunque va muy despacio porque es una persona concienzuda. Tarda bastante en dejar los posavasos en su lugar correspondiente, después pregunta quién ha pedido qué y luego —¡no puede ser!— revisa cada copa de vino a contraluz antes de dejarla en la mesa.

Si continúa a ese ritmo, los últimos clientes no beberán nada hasta la noche. Además, tiene que regresar a la cocina lo antes posible. Cuando tengan las bebidas, él les tomará nota de lo que quieren para comer.

Jean-Jacques, sudando, está sirviendo a los últimos clientes cuando ve pasar a uno de los vinateros locales por delante de su verja. El hombre se detiene, apoya las manos en las caderas y echa un vistazo al patio abarrotado antes de seguir su camino. Jean-Jacques piensa una malicia justificada. Con su pan se lo coma... Hoy es él, «el franchute», el que va a hacer negocio.

Hilde y Simone siguen sin aparecer. Él se lamenta en voz baja mientras anota las comandas. Lo que más triunfa es la rebanada de centeno con jamón y huevo frito. Los estadounidenses tienen serios problemas para pronunciar los nombres de la carta en alemán, y las mujeres, sobre todo, se lo pasan en grande. Hay que reconocerlo, cada vez están más relajados. Son un grupo simpático. Muy diferente a algunos alemanes. La ensalada de patata con salchicha también sale mucho. El plato de fiambres caseros les gusta. Todo lo que tenga que ver con «salchichas alemanas» les parece maravilloso. Jean-Jacques va corriendo con la libreta llena de comandas a la cocina, donde Meta lo espera arremangada.

—Haré lo que pueda, señor Perrier, ¡pero no le garantizo nada!

—*Je vais vous aider* —asegura él, aunque con los nervios le ha salido en francés.

—¿Cómo dice?

—Que yo la ayudo...

El caos sigue su curso. No hay suficiente ensalada de patata, por supuesto. Las salchichas también se están acabando, igual que el tartar de ternera. Trabajan a toda prisa, los primeros platos salen ya y entran nuevas comandas de bebidas.

—¡Se me van a caer los brazos, señor Perrier! —se lamenta Meta.

La buena mujer ha hervido más patatas y las está cortando por si acaso, pero se necesitarían cuatro manos para picar pepinillos y cebollas y al mismo tiempo preparar las rebanadas de centeno.

En el patio, los clientes empiezan a impacientarse. ¿Dónde están las bebidas que han pedido? Ahí falta todavía una rebanada de centeno. ¿Dónde está la mostaza? El guía del grupo va de mesa en mesa, explica algo y luego toma nota. Qué bien, así estarán entretenidos un rato.

—*Where are the toilets, please?*

¿Habrá papel higiénico? Maldita sea, el paquete nuevo todavía está en la cocina.

—*Can I have a glass of water, please?* —pregunta una voz temblorosa desde la puerta de la cocina.

Jean-Jacques se vuelve con enfado… y, de pronto, ve allí a Wilhelm, que le sonríe de oreja a oreja.

—¡Has picado, cuñado! —exclama riendo—. Menudo jaleo tienes montado aquí. Acabo de llevar a Simone a ver la orilla del Rin y el palacio de Biebrich.

—¿La has…? *C'est formidable!*

Le retorcería el cuello a su querido cuñado, el frívolo, pero ahora no tiene tiempo. Además, Wilhelm ha comprendido enseguida la gravedad de la situación.

—¡Trae! —dice, y le quita la bandeja de las manos—. ¿Adónde va?

—Al fondo del patio. Te llamarán a gritos en cuanto te vean.

—Mis fans siempre lo hacen…

Entonces entra Simone, que le dedica una gran sonrisa y se le abraza al cuello. Se saludan con un par de besos bajo la mirada de reproche de Meta, y luego Simone pide un delantal.

—Puedo ayudar. Dime qué hago —le dice a la cocinera.

—Picar —responde Meta, pragmática—. Cebollas, pepinillos en vinagre, perejil. Deprisa. ¡Ahí dentro!

La cosa coge ritmo. Wilhelm demuestra ser un camarero habilidoso, y la reacción que provoca en las mujeres de cierta edad va muy bien para el negocio. Jean-Jacques resuelve la falta de papel higiénico y después traza un plan estratégico. Simone y él sirven las mesas, Meta mantiene la posición en la cocina, a Wilhelm lo envía al carnicero, puesto que allí nadie lo conoce. El carnicero también es lugareño y es probable que, por puro despecho, no quiera venderle nada «al franchute».

—Tres libras de carne de ternera, quince pares de salchichas, seis morcillas, seis salchichones ahumados. Un tarro de carne en gelatina. Tres botes de mostaza. Y no salgas por el patio, ve por la puerta de atrás.

Wilhelm anota el pedido en un papel.

—¿Quieres que te sacrifiquen un cerdo entero? —comenta sonriendo.

—*Vite, vite!* Y no digas que vas de parte de Perrier. ¿Está claro?

—Diré que cultivo plantas carnívoras.

—Di lo que quieras.

¡Simone sabe lo que hace! ¡Con qué naturalidad se dirige a los clientes! Qué rapidez y qué destreza en el trabajo… Es por lo menos igual de perfecta que Hilde. Aunque Hilde es algo más brusca en el trato y Simone, en cambio, los hechiza. ¿Será por su acento francés? Con los estadounidenses suele ayudar, según ha comprobado él mismo. Sin embargo, sobre todo se debe al adorable encanto de la joven.

—Se te da estupendamente —le dice cuando la ve regresar a la cocina con una bandeja llena de vasos vacíos.

—En el bistró no hago otra cosa —contesta ella, encogiéndose de hombros, antes de salir otra vez.

Wilhelm, para variar, se ha dado prisa y las últimas comandas salen ya. Jean-Jacques mira el reloj y no puede creer que hayan hecho todo eso en solo una hora y media. El ajetreo va disminuyendo, los clientes están llenos y ahora disfrutan de un poco más de Gotas de Ángel mezclado con agua, o de una cerveza. Después quieren café. Jean-Jacques prepara el brebaje revitalizante, porque Meta tiene que sentarse un rato a causa de sus varices.

—Echa más agua —le susurra Wilhelm—. Nuestro café tumba a los yanquis. En su país beben aguachirle.

Unos minutos más tarde, Simone y él sirven el café con

cara de estar ofreciendo pura moka. Los clientes se encuentran muy a gusto y querrían quedarse un rato más allí sentados, pero el guía insiste en que se tienen que poner en marcha. El programa incluye la localidad de Rüdesheim, con una visita a la callecita típica de Drosselgasse, donde ya tienen reservada la cena, y mañana irán en barco hasta el risco de Lorelei. Jean-Jacques va cobrando de mesa en mesa, con el monedero ya a rebosar. Y menos mal, porque la factura del carnicero ha sido sustanciosa.

Antes de irse se forman las habituales colas en los lavabos. Una señora mayor no encuentra sus gafas de sol, pero Wilhelm las localiza debajo de la mesa. Un joven compra tres botellas de Gotas de Ángel a toda prisa. Dos ceniceros y tres copas de vino desaparecen furtivamente como «souvenirs»; Simone ha sido rápida y ha guardado ya las frascas. Cuando la muchedumbre abandona por fin el patio y ella recoge las últimas tazas de café en la bandeja, el guía regresa con cara de angustia.

—Me falta uno… ¿Ha entrado alguien en la casa? Un señor de pelo blanco con sombrero vaquero y camisa de colores.

Encuentran al desaparecido en el lavabo de caballeros. Ha echado el cerrojo de una forma tan complicada que cuesta mucho abrirlo. Jean-Jacques consigue liberar al prisionero con un destornillador.

—En esta vida no hay nada fácil —se lamenta el guía—. Siempre pasa algo. Vamos con media hora de retraso. Muchísimas gracias…

—¡Hable bien de nosotros!

—¡Lo haré, con mucho gusto!

Un breve apretón de manos y el joven se marcha con el rescatado. A Jean-Jacques solo le queda la esperanza de que todo ese esfuerzo tenga su recompensa algún día.

En la cocina se apila la vajilla sucia. Meta ha vuelto a ponerse en marcha con energías renovadas y está ante el fregadero de piedra. Simone seca los platos.

—Bueno —comenta Wilhelm—, yo tengo que volver. Quería pasarme por los estudios de cine.

Jean-Jacques le da las gracias, alaba sus habilidades como camarero y sus conocimientos en cuanto al café estadounidense.

—Si lo del cine no sale bien, puedes trabajar para mí —bromea.

—Me lo pensaré. De momento te dejo a Simone, que ha decidido quedarse unos días en Eltville. Espera, voy al coche a buscar su bolsa.

Wilhelm ha ido con el Escarabajo de Hilde, se lo prestó porque ella no tenía tiempo de llevar a Simone hasta Eltville. Hoy había mucho que hacer en el Café del Ángel, y Swetlana estaba más rato arriba, con Mischa, que abajo, con los clientes.

Tardan una hora larga en dejar la cocina en condiciones. Los cubiertos, en el armario; las copas, en las estanterías. Mientras tanto, llegan más clientes. Van entrando comandas sueltas y, poco antes del anochecer, cuando empieza a hacer fresco para estar sentado fuera, los últimos visitantes pagan y se van. Son las diez cuando la buena de Meta se quita el delantal y declara que ha sido un día la mar de bonito.

—Cuando hay mucho que hacer —comenta con el cuenco de la ensalada de patata bajo el brazo—, el trabajo es divertido. Hasta mañana a los dos.

—*À demain.* ¡Hasta mañana!

Y entonces Jean-Jacques y Simone se quedan solos. Después del ajetreo, en la casa reina un silencio extraño. Él está un poco aturdido cuando se sientan a una mesa del salón.

—¿Tienes hambre? —pregunta él.

—¡Uy, sí!

Jean-Jacques va a la cocina y prepara dos platos con sobras, añade pan y abre una botella de vino.

—Me has ayudado mucho, Simone.

—Me alegro.

Entrechocan las copas y beben. Ella ya conocía el vino; Jean-Jacques llevó un par de botellas de cada clase a Neuville.

—Aquí tu vino sabe diferente a como sabía en Francia —comenta Simone.

Él responde que es normal.

—A cada vino le corresponde el paisaje en el que se ha producido. Todo influye y pone de su parte.

Comen en silencio. Ninguno de los dos ha probado bocado mientras estaban trabajando, y ahora Jean-Jacques constata que tenía un hambre canina. También repara en que hoy, y las próximas noches, estará él solo con Simone en la casa. Seguro que eso dará que hablar en el pueblo.

—¿Puedo tomar otra copa? —pregunta ella, devolviéndolo a la realidad.

—¡Perdona!

Avergonzado, rellena las dos copas y se alegra de que su vino esté tan bueno.

—¿Ya sabes cuánto tiempo vas a quedarte?

Ella lo mira por encima de la copa mientras bebe. Tiene unos ojos bonitos, almendrados. Es una mujer con un atractivo nada convencional. Ya no queda en ella ni rastro de la muchacha que tanto lo adoraba en Neuville.

—No lo sé —contesta—. Depende de cuánto estéis dispuestos a soportarme.

Él se ríe y afirma que, de ser así, puede quedarse todo el verano.

—¿Y Robert no te echará en falta? —pregunta con cautela.

Simone niega con la cabeza, y Jean-Jacques, por la hermética expresión de su rostro, comprende que es mejor no seguir indagando.

—Entonces te enseñaré tu habitación. Debes de estar cansada.

—Ay, sí… ¡Ha sido un día muy largo!

Simone saca lo imprescindible de la maleta y enseguida se mete en el cuarto de baño. Él oye la ducha y se sienta en su cama a esperar a que acabe. Lo cierto es que le resulta muy extraño tenerla durmiendo pared con pared. Compartir el baño con ella. Si estuvieran los gemelos, sería otra historia…

—*Bonne nuit!* —le desea ella por la puerta entreabierta.

—*Bonne nuit, Simone!*

Jean-Jacques, de reojo, ve que lleva un camisón muy corto de color lila.

Luisa

En el edificio de la Escuela Superior de Música de Frankfurt
se respira un agradable frescor. Se escucha música de piano en
varias aulas, piezas de compositores diferentes que se mez-
clan unas con otras, fragmentos que quedan interrumpidos y
empiezan de nuevo, escalas repetidas una y otra vez. En algún
lugar, de fondo, suena un clarinete, también una flauta. Luisa
se siente como una intrusa. Lleva a Marion de la mano con
firmeza mientras Fritz, que va delante con Petra, encuentra
las escaleras, las guía por largos pasillos y se detiene al fin.

—Comprueba el cartel, Luisa, por favor.

Él no puede leerlo. Dios mío, pero si el nombre está impreso en letras negras mayúsculas sobre papel blanco. Aun
así, a su marido se le difumina ante los ojos.

—Dice «Ludwig Bünger».

—¡Pues hemos acertado! —se alegra Fritz—. Todo sigue
igual. ¡Es como si no hubieran pasado los años!

Él se sacó el título de violín con Ludwig Bünger hace
tiempo. No obtuvo una calificación brillante, pero llevaba
varios años sin poder tocar a causa de la guerra y, además, las
clases que recibió antes de eso fueron de una calidad más bien

mediocre. Aun así, Fritz Bogner, el muchacho de un pequeño pueblo del Taunus, consiguió graduarse gracias a su esfuerzo y su tenacidad, y obtuvo su diploma. Hoy quiere presentarle al profesor a su hija de cinco años.

Lo estuvieron discutiendo en casa toda una noche. Luisa, igual que Fritz, opina que hay que fomentar el talento musical de Petra, pero ¿no es muy pequeña todavía para perseguir la meta de convertirse en «violín solista» profesional? ¿Y si luego quiere tocar otro instrumento? El piano, por ejemplo. O la flauta. Aún está a tiempo de probar algo diferente. Sin embargo, Fritz le explicó que un talento tan excepcional como el de Petra debe ponerse en manos competentes como muy tarde a esa edad; si no, le ocurrirá lo mismo que a él, que solo recibirá clases mediocres y tendrá problemas para superar a la competencia.

—¿Y crees que soportará la presión? —objetó Luisa—. El año que viene empieza en el colegio, Fritz. Si le sumamos esto, tendrá que enfrentarse al doble de exigencias.

—Otros niños lo hacen, Luisa. ¿Por qué no va a conseguirlo Petra?

No había manera de hablar con él; se cerraba en banda ante cualquier argumento sensato. Luisa sabe muy bien por qué. Se vuelca en el desarrollo musical de Petra justamente ahora que tiene otros problemas que afrontar. Se trata, hasta cierto punto, de una maniobra de distracción. Ya le ha preguntado tres veces si se ha decidido a operarse y, en tal caso, qué médico o qué clínica le merece más confianza. No ha recibido respuesta. En cambio, no dejaba de elogiar a su antiguo profesor de violín.

—Si alguien puede conseguir que Petra desarrolle su talento al máximo, es él. Contar con Ludwig Bünger es una suerte para cualquier alumno. Todo al que acepta bajo su tutela tiene un gran futuro ante sí.

—Todavía está por ver si el talento de Petra bastará para que haga carrera como violín solista —señaló ella con pragmatismo.

Al oírla, Fritz negó con la cabeza sin poder creer que se fiara tan poco de su juicio profesional.

—Mañana llamaré para preguntar si todavía acepta pupilos. Si me dicen que sí, concertaré una cita para una audición.

Luisa esperaba que la oportunidad pasara de largo, pero, por desgracia, el maestro aún tenía plazas y Fritz fue convocado para presentarle a su talentosa hijita el 15 de agosto a las once de la mañana.

Era evidente que Luisa tendría que acompañarlos, porque la vista de Fritz ha ido a peor. Se ha pedido el día libre en el Café del Ángel, lo cual es una lástima, ya que con ese dinero pensaba comprar una tela colorida en los grandes almacenes para coserles unos vestidos de verano a las niñas. Como Marion no quería quedarse sola, también se la han llevado. Han ido en tren a Frankfurt los cuatro, luego han tomado un tranvía delante de la estación y han cruzado la ruidosa y polvorienta ciudad. Petra está muy inquieta. Han tenido que vigilar que no se alejara, que no perdiera el estuche del violín, que no empujara a nadie, y también que no se cayera y tropezara mientras iba corriendo. Marion, por el contrario, va agarrada con miedo al brazo de Luisa; el viaje en tren y todas esas novedades la han impresionado mucho. Al cruzar la calle, Luisa también ha tenido que vigilar a Fritz, que no distinguía los coches de color gris o azul oscuro, y se movía con inseguridad. Una nueva preocupación con la que carga a partir de ahora. Cuando por fin han llegado al lugar indicado, ella ya estaba agotada. ¿Para qué tanto esfuerzo? ¿De verdad le están haciendo un favor a su hija con esas clases?

Sus educados golpes en la puerta no reciben contestación, así que Fritz abre. Entran en una sala pequeña donde, además de un escritorio y un armario viejísimo, hay unas pocas sillas. Todas están ocupadas. Petra no es la única violinista que tocará hoy ante el maestro. Aparte de ella, hay dos niños más con sus respectivos padres.

—Buenos días —saluda Luisa con cortesía.

La respuesta llega en tonos apagados. Los otros padres contemplan de arriba abajo a los aspirantes recién llegados; nadie parece alegrarse de tener más compañía. Los dos posibles alumnos son claramente mayores que Petra: un niño pálido y flaco con un traje azul oscuro que tiene por lo menos doce años, y una niña con trenzas rubias que sostiene una libreta apretada contra el pecho y no tendrá menos de nueve. Los dos muestran buenos modales, sentados en sus sillas con la vista fija al frente. «Como en el dentista», piensa Luisa. Espera que por lo menos sea rápido.

—Disculpen —dice—, ¿también vienen a ver al señor Bünger?

—Así es —responde la madre del niño—. Enseguida nos tocará a nosotros. Entonces podrán sentarse.

De momento tienen que quedarse de pie porque no quedan sillas libres. A la derecha hay una puerta que conduce a una sala anexa, donde tienen lugar las audiciones. Sin embargo, no se oye música de violín, sino dos voces masculinas que mantienen una conversación. Una de ellas debe de ser la del gran maestro: Ludwig Bünger. El hombre con el poder de convertir a niños con talento en famosos violines solistas.

Esperan un buen rato de pie, y Luisa tiene tiempo de observar a los padres de los otros dos aspirantes. La madre del chico lleva un traje primaveral verde lima y la melena rubia recogida con un pasador de carey. Va muy maquillada y tiene las uñas pintadas de rosa. Su marido es más bajo que ella y viste con elegancia. Lleva gafas, y casi no le queda un pelo en la cabeza. Parece bastante mayor que su mujer.

Los padres de la niña llevan ambos un abrigo de verano gris y calzado gastado. Se los ve muy impacientes, sobre todo al padre, que no hace más que mirar el reloj. De vez en cuando, la madre saca un termo de su gran bolso de asas y le sirve a su hija una infusión de menta.

La conversación al otro lado de la puerta se alarga.

—Papá, ¿no podemos sentarnos en el escritorio? —pide Petra.

Fritz está junto a la puerta de entrada y es evidente que se siente incómodo. Por lo visto, no sabía que habría otros alumnos compitiendo por la plaza con Ludwig Bünger.

—No, Petra —contesta nervioso—. Los escritorios no son para sentarse. Tenemos que esperar un poco más y luego quedarán libres varias sillas.

Marion escucha sin decir nada; está contentísima de no ser la protagonista del día. Petra, en cambio, no puede evitar replicar.

—Pero es que yo quiero sentarme, papá. ¡Estoy cansada y quiero descansar!

Los padres de los otros dos niños arrugan la frente mirando a la pequeña pelirroja que, claramente, no sabe comportarse. «Quiero» es una palabra que un niño bien educado no dice jamás. Solo los mocosos de la calle hablan de esa forma.

—¡Petra! —la riñe Luisa—. ¡No es de buena educación gritar así!

—¡Yo… quiero… sentarme! —insiste la niña levantando la voz y subrayando cada palabra.

Como Fritz no hace nada, Luisa agarra a su hija del brazo para sacarla al pasillo. Con audición o sin ella, se ha ganado una regañina. Sin embargo, antes de que pueda empujar a su reticente hija hacia la puerta, sucede algo inesperado. El niño pálido se levanta y señala su silla.

—Por favor —dice—. Siéntate aquí si quieres.

Habla con la cara muy seria, como un adulto, y durante un instante se hace el silencio. Incluso los padres del niño callan, sorprendidos.

—¡Muchas gracias! —contesta Petra sin pudor—. Eres muy amable. Es que estoy muy cansada.

Se acerca con toda naturalidad a la silla que ha quedado libre y se sienta entre los padres del niño. No le preocupan en absoluto sus miradas de indignación. Se apoya en el respaldo, suelta un suspiro y deja las piernas colgando.

—A mí no me importa —dice el niño—. De todas formas, prefiero estar de pie.

En ese momento se abre la puerta de la derecha. Una mujer joven empuja a un niño regordete por delante de ella; los dos tienen la cara colorada. Es evidente que el niño ha llorado. Tras ellos sale también un hombre de cierta edad. Sostiene en la mano el violín y el arco, y parece muy disgustado.

—Serénate de una vez —le dice al pequeño.

Acto seguido, el pobrecillo rompe a llorar. Los tres tienen prisa por salir de ahí.

Luisa se angustia; le da lástima el niño. Los padres de los otros dos aspirantes lo miran con cierta satisfacción. Las probabilidades de que sus hijos consigan la plaza han aumentado.

Los padres del niño flaco se levantan entonces de sus asientos. La madre le entrega el violín a su hijo, el padre tensa el arco. El niño se pone a afinar las cuerdas; se concentra y lo hace de oído. Unos instantes después la puerta se abre y un hombre bajito y con el pelo gris, vestido con una camisa azul de cuadros, se asoma a la sala.

—Ah, aquí está usted, Bogner. ¡Me alegro de verlo! —le dice a Fritz, sonriéndole con simpatía.

Luego se dirige al niño flaco y le ofrece una mano.

—Estoy impaciente por oírlo, joven —dice.

Los cuatro entran en la sala de audiciones, la puerta se

cierra y Luisa ocupa una de las sillas libres. Fritz sigue de pie, así que también Marion puede sentarse al fin.

—¿Falta mucho, mamá? —susurra.

—Después de estos señores.

—Tengo hambre…

—Luego.

—¡Ese niño toca muy bien, papá! —dice Petra en voz alta—. Yo también quiero tocar esa pieza.

Luisa reconoce el concierto para violín de Bach que Fritz practica una y otra vez, y tiene que admitir que el niño interpreta los pasajes difíciles sin cometer ningún error. Los padres de la niña cruzan miradas de preocupación; la cría escucha la música abriendo mucho sus ojos azules.

—Es que tiene tres años más… —comenta.

—Sí, cielo —la tranquiliza su madre—. ¿Quieres otro poco de infusión? ¿O una tostadita?

—No, gracias, mamá.

Luisa oye cómo le ruge el estómago a Marion y saca del bolso el paquete de galletas de mantequilla que ha tenido la precaución de llevar. Su hija mayor toma una galleta con cuidado y la mordisquea sin hacer ruido, como un ratoncillo. Petra se levanta con tal ímpetu que casi tira la silla al suelo, coge dos galletas y se acerca a la niña de las trenzas.

—¿Quieres? —dice ofreciéndole una—. A mí tampoco me gustan las tostaditas.

La niña mira a su madre pidiendo permiso antes de aceptar, luego da las gracias y devora la galleta con ganas.

—No te eches migas en el vestido, Susi —le advierte su madre—, que enseguida nos toca.

—Se te quedarán los dedos pringosos —protesta el padre—. ¿Tenías que ponerte a comer justo antes de una audición importante?

El hombre se levanta y sale de la habitación. Poco después

regresa con un pañuelo mojado y le limpia los dedos a su hija con cuidado, uno a uno. Cuando la puerta vuelve a abrirse, Susi está sentada en su silla, masticando y con las manos húmedas. Su madre le aguanta las partituras.

El niño pálido sale escoltado por sus padres, todavía con el violín y el arco en las manos. La madre sonríe de felicidad, el padre tiene prisa. En la puerta del pasillo, el niño se detiene y se gira.

—Adiós —dice mirando a Petra, que se está comiendo su tercera galleta—. ¡Y buena suerte!

Luego se pone firme y sigue a sus padres.

—¡Señorita Petra Bogner, por favor! —se oye desde la derecha.

Los padres de Susi, la niña de las trenzas rubias, se quedan de piedra. El padre lanza el pañuelo mojado al escritorio y se dirige a la puerta con paso firme.

—¡Disculpe, pero nosotros estábamos antes!

—Ah, lo siento mucho —dice la voz del maestro—. La siguiente de mi lista es Petra Bogner. Si son ustedes tan amables de esperar un poco más…

—Pero… ¡es que mi hija ya está preparada!

Ludwig Bünger aparece en la puerta. Delgado, canoso, un hombre que en la calle pasaría inadvertido. Ignora al padre de Susi y le hace a Fritz un gesto de ánimo.

Petra tiene que darse prisa. Saca el violín del estuche y tensa el arco mientras la cuarta galleta desaparece en su boca. Se limpia las manos en el vestido.

—'a 'oy… —mascula sin dejar de masticar.

Marion se sonroja de vergüenza porque su hermana es una maleducada. Fritz está contento; su antiguo profesor le estrecha primero la mano a Luisa y luego a él. Después saluda a Marion, que hace una especie de reverencia. Petra da vueltas al arco de su violín.

—Cuando quiera, jovencita —indica el maestro, que se descubre como una persona afable—. Y también el resto de la familia. ¡Adelante!

Los cuatro entran en la sala de audiciones ante las ofendidas miradas de los que quedan atrás.

—¡Un piano de cola, papá! —exclama Petra—. ¡Como en el Balneario!

El piano de esa sala de ensayos ha sobrevivido a los dedos de incontables alumnos. Es un Steinway, aunque ya es un viejo veterano y no puede compararse con el piano de cola de concierto del Balneario de Wiesbaden.

—¡Quiero aprender a tocar el piano! —explica Petra.

—Muy buen propósito —opina el profesor Bünger con una sonrisa de satisfacción—. Pero hoy vas a tocarnos algo con tu violín, ¿verdad?

La niña asiente y tañe varias veces las cuerdas. Luego gira las clavijas, vuelve a tañer las cuerdas y gira las clavijas una vez más.

Luisa y Marion se han sentado en unas sillas, Fritz está de pie junto a su hija y le quita el instrumento de las manos para afinarlo. Después se lo devuelve. Luisa, de pronto, está nerviosísima. Petra es muy pequeña. Es imposible que pueda competir con niños como el joven de antes. ¡Ojalá no hagan el ridículo!

—¿Y dónde tienes la partitura? —se interesa el señor Bünger.

—No la necesito —responde ella, que se retira las trenzas pelirrojas hacia atrás—. Toco sin partitura.

Sin esperar indicación alguna, Petra se lanza. Interpreta una pieza de su adorado Sarasate, los *Aires gitanos*, aunque en realidad es demasiado difícil para ella. Toca con pasión y sacándole notas fuertes, dulces, oscuras y delicadas al violín. Comete algún que otro fallo, pero no se inmuta y sigue adelante. Fritz casi tiembla de emoción; ha practicado mucho con ella, pero Petra nunca toca buscando sentirse segura, sino que quiere «oír» la música. Así es como lo expresa.

De repente se atasca y baja el instrumento.

—Me he equivocado —dice—. Ahora lo haré bien.

Repite con soltura, esta vez sin cometer ningún error. Interpreta la pieza hasta el final y mira a su padre con ojos interrogantes.

—¿Toco algo más? ¿La de Beethoven?

—De momento es suficiente, Petra —responde Ludwig Bünger.

El hombre la ha escuchado de pie, con un brazo apoyado en el piano. Se acerca a la niña y quiere saber cuánto hace que toca el violín.

—Hace mucho… Cuando empecé, todavía tenía cuatro años.

—¿Y cuántos tienes ahora?

—Cinco. En octubre cumpliré los seis.

El señor Bünger asiente y sonríe en dirección a Fritz.

—No suele tocar de una forma tan impetuosa… —señala este con timidez.

El profesor apenas escucha lo que dice. Le pregunta a Petra si quiere ser violinista.

—Prefiero maga —contesta la niña—. Así, todos tendrían que quedarse quietos y no podrían moverse hasta que yo quiera.

—Eso también puedes conseguirlo con un violín, Petra —opina el señor Bünger—. Pero tendrás que practicar unos cuantos años más.

Ella lo mira dubitativa y entorna los ojos.

—Sí que quiero tocar el violín, pero también quiero aprender piano. Y el timbal. Ese tan grande, el gigantesco.

El señor Bünger se echa a reír y se vuelve hacia Fritz.

—Bueno, empezaremos por el violín —anuncia—. Si es que la joven dama está dispuesta a venir a mis clases. Les propongo dos veces por semana. Una en grupo y otra en solitario. Si ya va al colegio, habrá que ver cómo encajarlo.

Fritz resplandece de alegría y alivio, habla sin parar, explica que descubrió el talento de su hija hace ya más de un año, que está dispuesto a lo que haga falta para proporcionarle la mejor formación. Luisa está conmovida; hacía mucho que no lo veía tan feliz. Fritz tenía razón, es el momento oportuno para que su hija empiece con una formación sistemática. La niña debe tener a su disposición todas las oportunidades que él no tuvo de pequeño.

«Pues ya está», piensa Luisa cuando salen de la escuela superior y se quedan esperando en la parada del tranvía. Petra seguirá la carrera musical que a su padre le fue negada por diversos motivos. Pero ¿es eso lo que quiere la niña? En el tren tienen un compartimento para ellos solos y Luisa reparte las provisiones que ha llevado consigo. Galletas, cuatro bocadillos de queso y fiambre, cuatro manzanas pequeñas, huevos duros y una botella de limonada casera. Comen con apetito y disfrutan del florido paisaje del Taunus que se ve por la ventanilla. Fritz no deja de repetir lo maravillosa que ha estado Petra en la audición.

Marion está callada, como siempre. Mira el paisaje con aire soñador mientras mastica su bocadillo de queso. En un momento dado se vuelve hacia su hermana.

—Espera a que empieces en el colegio —le dice.

Luisa comprende lo que le sucede. A Marion le cuesta asimilar que todo gire siempre alrededor de Petra. La rodea con un brazo y le dice que todas las personas tienen un talento especial, y que el de Petra es la musicalidad.

—¿Y el mío?

—Eso tendrás que descubrirlo tú —le dice sonriendo.

Cuando la primera oleada de entusiasmo ha pasado, en el compartimento se hace el silencio. Petra se ha acurrucado en su asiento con la cabeza en el regazo de su padre. Duerme como los niños pequeños, plácida y profundamente. Marion mira por la ventanilla, Fritz ha apoyado la cabeza en el respaldo y tiene los ojos cerrados.

Luisa también nota el cansancio, pero las preocupaciones la mantienen despierta porque se abalanzan sobre ella como una bandada de cornejas negras. Dos horas de clase de violín a la semana. Eso son ciento veinte marcos al mes. Más los gastos de desplazamiento. Y, además, esos días no podrá trabajar en el Café del Ángel porque tendrá que acompañar a su hija a Frankfurt. ¿Cómo se imagina Fritz que podrán con todo? Ya van justos de dinero. ¿No pretenderá recurrir a la cuenta de ahorros que reservaban para la casita en el campo? ¿Renunciará al gran sueño de tener un hogar en propiedad a cambio de fomentar el talento de su hija? ¿Así, sin consultarlo siquiera con su esposa? ¿Acaso no ha trabajado ella también para conseguirlo? Llevan años ahorrando al máximo, sin comprarse casi nunca algo bonito que ponerse, aceptando sin quejarse las apreturas del piso. Sí, ella ha compartido con él el sueño de vivir en la naturaleza, ha contribuido a hacerlo realidad. ¿Y de pronto tienen que sacrificarlo todo por la altamente improbable carrera de solista de su hija pequeña? ¿Y si Petra, dentro de dos años, ya no quiere seguir tocando el violín? O, peor aún, dentro de cinco. Entonces todo habrá sido en vano y estarán con una mano delante y otra detrás.

Sin embargo, por encima de esas consideraciones se cierne otra preocupación que eclipsa a todas las demás. ¿Qué ocurrirá con la vista de Fritz? Si su marido acaba quedándose ciego, ¿de qué vivirán? Lo que ella gana en el Café del Ángel es solo un pequeño extra. No hay más remedio; esta noche, cuando las niñas estén en la cama, tendrá que volver a hablar con él muy en serio.

«Y esta vez no tendré piedad —se dice—. Le exigiré que me explique todo lo que concierne a sus ojos. No, jamás lo abandonaría si sucediera lo peor. Lo amo. Pero no pienso seguir aceptando que entierre la cabeza en la arena. Quiero que nos enfrentemos al destino juntos».

¿Y por qué hay que inculcarles a las niñas que decir «quiero» es de mala educación? En realidad es el verbo más importante en la vida de una mujer.

Wilhelm

Wiesbaden, agosto de 1959

Resulta que Karin se aloja en el hotel Alma, en Bahnhofstrasse. No es el mejor establecimiento de Wiesbaden, pero sí bastante económico. Seguro que no tiene mucho dinero. Bueno, lo principal es que ahora sabe dónde encontrarla.

Wilhelm se ha pasado la mitad de la mañana en diferentes mesas del Café del Ángel, esperando su llamada. No podía estarse quieto. Ha devorado tres tartaletas de Hilde y siempre respondía distraído a las preguntas de su padre.

—Pero ¿se puede saber qué te pasa, Willi? —Se ha extrañado Heinz—. Estás más inquieto que un caballo de carreras cuando truena.

En efecto, cada vez que sonaba el teléfono, se levantaba sobresaltado y se acercaba al mostrador de los pasteles. Aunque se ha llevado un chasco tras otro, porque primero era Jean-Jacques, que quería contarle algo a Hilde; luego el fontanero, que tiene que hacer una reparación arriba, en el piso de la Künzel; también Swetlana, que mañana no podrá venir a trabajar porque Sina está con fiebre. Cuando por fin ha llamado Karin, se ha sentido liberado.

—Una nueva novia… —ha dicho Else con tono de saberse la historia cuando su hijo ha colgado—. ¿Cuándo sentarás la cabeza, Willi? Con todas esas mujeres no vas a ninguna parte.

Él le ha dedicado una de sus sonrisas infalibles y ha comentado que solo se trata de una compañera del teatro que también quiere probar suerte en el cine.

—¡Ay, eso dices siempre!

—¡Pero esta vez es verdad!

Su madre se ríe burlándose de él y Wilhelm se enfada. ¿Por qué no lo cree? Karin no es una de sus habituales aventuras. Es una buena amiga, una persona inteligente y cariñosa con quien es capaz de charlar durante horas y que, después de cada una de sus conversaciones telefónicas, lo deja alegre y casi diría que feliz. La factura del teléfono, sin embargo, acabará con sus padres, así que Wilhelm tendrá que contribuir. No sería decente no hacerlo. Bueno, Karin ya ha llegado a Wiesbaden, esta tarde tiene que presentarse a la gente del cine y le ha pedido que vaya a verla a su hotel un poco antes. Cosa que él hará de inmediato.

Menuda faena no tener coche justo hoy. Hilde necesita su Escarabajo, así que, por desgracia, él tendrá que ir en autobús. Le habría encantado llevar a Karin en coche a Unter den Eichen, la calle donde se encuentran los estudios cinematográficos. Porque sí, por echarse una mano entre colegas, para que le resultara más cómodo. Aunque también podría llamar a un taxi para ambos.

Sube al piso, se pone una camisa limpia, se peina y sopesa si afeitarse en un momento, pero lo deja correr. La americana clara tiene una mancha de aceite… ¡Mierda! La gris, entonces. Con esa está terriblemente formal, así que se asegura de ponerse una corbata llamativa, la del estampado rojo. Tras ladearse un poco sobre la cabeza el sombrero de paja, sonríe audaz al espejo y se sobresalta al constatar que tiene los dientes teñidos de violeta. ¡Las tartaletas de arándanos de Hilde! ¿Cómo puede servir eso a los clientes? Ni siquiera estaban buenas. Los arándanos parecían… pastosos. Tiene que lavarse los dientes tres veces hasta quedar más o menos satisfecho. Mira el reloj con fastidio; ya ha perdido media hora. Bueno, pues en marcha. ¡Karin lo espera!

Justo en ese instante se pone a llover, por supuesto. No le apetece regresar a por un paraguas, así que corre hasta la parada del autobús, donde hay un portal en el que puede cobijarse. No tarda en tener compañía, ya que el cielo ha abierto sus compuertas y llueve a cántaros. El autobús salpica un montón de agua sucia al frenar. Wilhelm busca la salvación en el interior del vehículo con los bajos de los pantalones mojados y los zapatos húmedos, le compra el billete al revisor y luego, puesto que todos los asientos están ocupados, se queda de pie, apretado entre más viajeros medio empapados. ¡Menudos efluvios! Naftalina. Grasa de freír. Cuarto trastero. Sobaquera sudada. Agua de colonia. La mezcla de todo ello forma una combinación espantosa. Espera que el olor no se le impregne a la americana. Por suerte, hasta Bahnhofstrasse solo son tres paradas y, aunque todavía llueve, se alegra de bajar del autobús.

El hotel Alma es un establecimiento pequeño. No tendrá más de diez habitaciones, quince a lo sumo. Está situado en uno de esos edificios antiguos de estilo guillermino. Una descabellada combinación de barroco, arquitectura balnearia y modernismo que en Wiesbaden se encuentra allí donde la guerra no dejó un solar arrasado. «Habitaciones con desayuno», se lee en la entrada. Wilhelm se detiene bajo el estrecho tejadillo para sacudir su sombrero empapado y limpiarse los pies en el felpudo que han dispuesto.

Dentro hay poca luz. Distingue algo parecido a una recepción hecha de madera oscura y decorada con una moldura roja. En la pared del fondo hay unos ganchos alineados para las llaves de las habitaciones. Veinte en total. Deben de alquilar también las buhardillas. Más o menos la mitad de las llaves cuelgan en sus ganchos, y por ninguna parte se ve a un portero ni a nadie que pueda ayudarlo.

—¿Hola?

Se asoma al pasillo, a la escalera, toca la campanilla del mostrador con impaciencia. Al cabo de lo que le parece una eternidad, una puerta lateral se abre y aparece un hombre pequeño y encorvado, calvo y con un bigote gris. Lleva unos pantalones oscuros que le quedan demasiado anchos y un chaleco rojo.

—Calma, calma, joven. Ya estoy aquí —dice mientras arrastra los pies en dirección al mostrador.

—Vengo a visitar a una conocida que se aloja aquí. La señorita Karin Langgässer.

El portero asiente y lo mira fijamente. ¿Qué estará pensando? ¿Que quiere subir a echar una cana al aire? En fin, es posible que la clientela del hotel sea de lo más variopinta.

—Habitación diecisiete. En la segunda planta, nada más subir a la izquierda. Y, por favor, pise los escalones con cuidado, que a veces las varillas de la alfombra se sueltan.

—Muchas gracias.

La escalera es empinada y está cubierta por una alfombra rojo oscuro sujeta con finas varillas de latón. En algunos escalones tintinean un poco. Se detiene ante la habitación diecisiete, se endereza la corbata a toda prisa y llama a la puerta.

Karin abre, contenta de que haya acudido. Se saludan con un breve abrazo, como dos viejos amigos que se reencuentran. Qué bien sienta… ¿Había esperado él algo más? Tal vez.

—Cómo me alegro de que estés aquí, Willi —dice ella—. Me haces mucha falta. De hecho, tengo que salir ahora mismo.

A él le agrada oír eso y, por supuesto, también está encantado de ayudarla. Estuvo con la gente del cine anteayer y sondeó un poco la situación, así que puede acompañarla para que hable directamente con las personas adecuadas.

—¡Qué guapa estás! —exclama—. ¡Sonja Ziemann palidece a tu lado!

Karin se ríe y le dice que exagera, pero Wilhelm se percata de que le ha gustado el cumplido.

—Por desgracia, está lloviendo —informa—, pero seguro que el cancerbero del bigote gris puede llamarnos a un taxi.

—También se llega en autobús, ¿no?

—La línea dos, sí. Pero con este tiempo… Bajo y aviso al portero. Tú no te preocupes, invito yo.

Ya está a punto de girarse para bajar corriendo la escalera cuando ella lo detiene.

—Espera —dice, y lo toma de las manos—. Tengo que pedirte un favor enorme.

«¿Y ahora qué?», piensa él.

Karin lo acerca hacia sí y le clava una mirada intensa.

—Eres mi amigo, ¿verdad?

Wilhelm está desconcertado, sobre todo a causa de esa inesperada cercanía, pero también por la gravedad de su expresión.

—Sabes que sí, Karin…

—Entonces ¿estás dispuesto a ayudarme? ¿Aunque te pida algo fuera de lo común? ¿Algo que seguramente no has hecho nunca?

—Eso… depende —tartamudea.

—Hay que ser valiente para aceptar.

Wilhelm empieza a inquietarse. ¿Quiere que se pelee por ella? ¿Que salte por una ventana? Al menos solo es la segunda planta.

—¡Dispón de mí! —exclama con teatralidad, y se ríe algo avergonzado.

—Ven.

Lo hace pasar a la pequeña habitación. Delante tienen la ventana, a la derecha hay un armario y un sillón tapizado en verde que ha dejado atrás sus días de gloria. A la izquierda está la cama. Una cama francesa, amplia, que dice mucho sobre la clientela del hotel. Las sábanas están revueltas. Y ahí hay alguien.

Un bebé. Un pequeño ser con la cabecita cubierta de una pelusilla oscura. Tiene el dedo gordo metido en la boca y duerme.

—Estaré fuera dos horas como mucho —oye decir a Karin en voz baja junto a su oído.

No puede apartar la mirada de esa cabecita oscura entre las almohadas blancas.

—Lo más probable es que duerma plácidamente todo el rato.

Wilhelm quiere decir algo, pero su cerebro se niega a articular las palabras.

—Si se despierta, tal vez llore un poco, pero puedes cogerla en brazos y pasearla por la habitación. Así se calmará y volverá a dormirse enseguida.

Por fin cae en la cuenta: ¡quiere que haga de niñera! Mientras ella se reúne con la gente del cine, él tiene que quedarse allí sentado cuidando de su hija. La niña de vete tú a saber qué tipo que no se preocupa de su prole. ¡Es increíble! ¡No puede estar pidiéndole eso!

¿O sí?

—Si crees que seré capaz… Por supuesto. Por ti, lo que sea —se oye decir.

Karin le da un beso. Con una ternura increíble. ¿Alguna vez lo habían besado así? Lo que le gustaría es abrazarla con fuerza y no soltarla jamás, pero ella se aparta y retrocede dos pasos.

—¿Qué tal estoy? —pregunta mientras se alisa la estrecha falda.

—Maravillosa. Ya te lo he dicho.

—Perfecto. Si tiene hambre dale el biberón, que está ahí envuelto en trapos para que se mantenga tibio. Y si hubiera que cambiarle el pañal...

—¿El pañal?

—Es poco probable, pero puede ocurrir. En ese caso, por favor, ten cuidado, porque podría girarse y caerse de la cama.

—¿Girarse?

—Está bocarriba y se pone bocabajo. Aprendió a hacerlo hace una semana y le encanta... Bueno, ¡portaos bien los dos! Volveré enseguida. ¡Ay, Willi, nunca olvidaré lo que estás haciendo por mí!

—Faltaría más —masculla él, aunque Karin ya ha salido por la puerta.

«Dos horas —se dice—. Eso no es nada, puedo hacerlo con los ojos cerrados. Además, está dormida». Se acerca a la ventana y mira a la calle. Karin, protegida por un gran paraguas negro, va hacia la parada del autobús, donde acaba de detenerse uno de la línea dos. Llega justo a tiempo de plegar el monstruoso paraguas antes de subir, y entonces la puerta se cierra y el autobús arranca.

«Mucha suerte —piensa—. No lo tienes fácil en la vida, querida. Por una vez estaría bien que lo consiguieras. Ojalá que sí».

Se aparta de la ventana con un suspiro y dirige una mirada a la niña, que parece minúscula en esa cama tan grande, para comprobar si sigue durmiendo. Intenta pensar en los gemelos de Hilde, que a fin de cuentas también fueron así de pequeños. Sin embargo, cuando los veía, casi siempre iban sentados en su cochecito y, además, el resto de la familia estaba siempre alrededor, todos pendientes de ellos. Sobre todo su madre,

Else, la feliz abuela. Pero también el abuelo Heinz. Y Jean-Jacques, el orgulloso papá. Y Hilde, por supuesto. Incluso Addi, que se llevaba a los dos en el cochecito a dar un paseo por el parque del Balneario. Él, Wilhelm, en realidad apenas tuvo relación con sus sobrinos durante aquella época.

Contempla con desconfianza varios objetos que están colocados sobre un trapo blanco a los pies de la cama. Un montón de pañales. Unos calzones con botones, de un tejido que parece plástico. Chaquetitas y camisitas diminutas, un pelele. Un aro rojo de madera. Un pato de tela amarilla. Junto a la cama hay un cubo metálico con tapa; casi prefiere no saber qué contiene. Se aparta y se sienta en el sillón verde. Los muelles están dados de sí, de modo que se hunde y no se siente cómodo. Un bebé es una especie de bomba de relojería; nunca sabes si está a punto de despertar.

La pequeña sigue dormida. Wilhelm se levanta sin hacer ruido para mirarla. La verdad es que es una monada. Qué satisfecha se la ve. Tiene la cabecita vuelta hacia un lado, observa la oreja rosada y la pelusilla oscura pegada a la cabeza. Está sudando. Qué mofletes más regordetes… De pronto resuella y el pulgar se le sale de la boca. Wilhelm se asusta. ¿Se despertará y se echará a llorar? Pero no, es una niña muy buena. Sigue durmiendo como si nada. Mejor.

Vuelve a sentarse, estira las piernas y busca una postura cómoda. Karin ya habrá llegado al estudio de cine, irá al edificio principal, le dirá al portero quién es y por qué está allí. Lástima no haberla acompañado; podría haber dejado caer un par de nombres, personas con influencia a quienes Karin debería presentarse. Aunque seguro que lo logra sin su ayuda. Es muy buena actriz, de eso no hay duda. Sin embargo, todo dependerá de si encaja o no con el perfil que estén buscando. Esbelta, pelo oscuro, muy expresiva. No es una chica dulce, sino más bien una mujer angulosa, peculiar.

No está hecha para el papel protagonista de una de esas películas sentimentaloides. Como mucho, para interpretar a la antagonista.

Él mismo no ha conseguido más que una ficha abierta a su nombre. «Le avisaremos si lo necesitamos», dijeron. Pero tal vez Karin tenga más suerte. Imagina que a ella le dan un pequeño papel y regresa al hotel exultante de alegría. Entonces él la abrazaría y la felicitaría, y ella reiría y lloraría y se acurrucaría contra su cuerpo, lo besaría… Movida por la amistad, desde luego. Aunque la amistad no excluye el amor. Wilhelm todavía conserva un vivo recuerdo de sus cariñosos encuentros de ocho años atrás. Fueron pocos, por desgracia, pero los disfrutó mucho. Ahora Karin tendrá más experiencia y sabrá corresponderle mejor, complacer sus deseos…

—¡Bua, bua!

El llanto lo sobresalta y lo arranca de sus fantasías. La tierna niña se ha convertido de repente en un ser iracundo y rojizo reducido prácticamente a una boca muy abierta. ¡La pequeña se ha despertado! ¡Y llora! Bueno, llorar… ¡Sus berridos tienen que oírse en todo el hotel!

—¡Bua, bua!

«Buena voz», piensa Wilhelm, angustiado. Podría ser actriz teatral. O cantante de ópera del Festival de Bayreuth. Ay, Dios, que vuelve a tomar aliento…

—¡Bua, bua!

No hay más remedio, tiene que hacer algo. ¿Qué le ha dicho Karin? Que la cogiera en brazos y la paseara por la habitación. Bien, no puede ser tan difícil. Se levanta del sillón con impulso, se acerca a la cama y aparta la manta de la pequeña soprano. La niña no solo grita, también patalea. Y menuda fuerza tiene para ser tan poca cosa… No sabe muy bien cómo agarrarla, pero al final constata que lo más práctico es sentarla en su brazo izquierdo y apoyarla contra su hombro.

Su brazo derecho la sostiene con firmeza, cosa que es muy necesaria porque se agita sin parar.

—Tranquila… Calla, por favor… No hay por qué gritar tanto…

Por desgracia, no parece muy receptiva a sus educadas peticiones. Le está destrozando el tímpano izquierdo y le babea la americana gris. ¡Lo que faltaba! Más vale que su madre consiga quitar esas manchas, porque de lo contrario se quedará sin ninguna chaqueta decente. Recorre la habitación con la pequeña bocina humana a cuestas; al principio despacio, más deprisa después. Camina en círculos, luego hacia delante y hacia atrás. Da saltitos. ¡Por fin! Parece que los saltitos le gustan, porque ha apagado la sirena.

Y entonces la niña se ríe. Increíble. Hace un momento estaba gritando a pleno pulmón y ahora se está riendo. Wilhelm se detiene para dejarla de nuevo en la cama. Pero no, enseguida protesta. Pues nada, a seguir dando saltitos. En cuanto para, la pequeña empieza a gimotear, luego sube a un lamento y, al final, llega a un llanto apoteósico. ¡Qué personita más pérfida…! ¡Es una tirana consumada! Wilhelm comprende que no podrá seguir dando saltitos indefinidamente, sobre todo porque el suelo cruje mucho y la vieja alfombra despide polvo de décadas anteriores.

¿No tendrá hambre? Claro, ¿cómo no se le ha ocurrido antes? ¿Dónde estaba ese biberón envuelto en paños? Ah, ahí, en la mesita de noche. ¡Vamos a por él! Cuando se inclina, la alborotadora está a punto de caérsele del brazo. Wilhelm, por si acaso, se sienta en la cama y se coloca a la niña en el regazo mientras, con una sola mano, desenvuelve el biberón. Al hacerlo, por desgracia, vierte un poco de leche. Vaya, no es hermético. No puede serlo, claro, ¿cómo si no iba la niña a beberse la leche? Confía en que su madre consiga quitar también las manchas de los pantalones.

—Ahora viene lo bueno, pequeña…

Introduce la tetina con habilidad en esa boquita abierta que no deja de berrear. La niña abre los ojos y lo mira desconcertada un instante, pero luego agarra el biberón con las dos manitas, lo sostiene con fuerza y empieza a chupar con ansia. Por favor. Qué fácil ha sido. ¡Alimentar a la bestia! Aunque la palabra «bestia» no es nada apropiada, ya que cuando chupa y traga de esa manera vuelve a estar monísima.

—¡Qué bien lo haces! —le susurra Wilhelm—. ¿Ves? Papi sabe lo que necesitas, ratoncito…

«Pero ¿qué tonterías digo?», piensa, y no puede evitar reírse de sí mismo. Papi… ¡Y un cuerno! Aunque… en aquella época fácilmente podría haber ocurrido. En eso también tuvo suerte. Por lo menos en su situación de entonces, porque no era más que un bala perdida que quería disfrutar de la vida. Ahora, en cambio…

¡Uy! Un burbujeo. La niña se ha acabado el biberón y mira al mundo satisfecha y con los mofletes algo hinchados. Lo mejor será ponerla derecha. Así podrá eructar; tal vez la leche tenga que encontrar el camino para llegar a su tripita. Cuando la levanta de su regazo, nota una extraña sensación de frío en las rodillas. ¡Maldita sea! Una fuga en el pañal. Y encima lleva los pantalones buenos. ¡Esto no puede estar pasando! Sostiene a la pequeña en alto y comprueba que tiene el culito e incluso parte de la espalda completamente mojados. Vaya, hombre… Así no puede acostarla otra vez en la cama. Ni hablar. Lo empapará todo y, al final, Karin aún tendrá que pagar ese colchón desgastado. No hay más remedio, tiene que secarla de alguna forma.

O cambiarla. Desnudarla y vestirla de nuevo. Aunque no tiene ni idea de cómo desvestir a un bebé. Las mujeres se le dan mejor.

Lo primero es encontrar un lugar hasta cierto punto impermeable. Ajá, debajo del paño que Karin ha extendido al pie de la cama hay un trozo de hule. Muy lista. O sea que hay que apartar los cachivaches y poner a la niña sobre la tela. ¿Cómo se abre ese pelele tan complicado? Ah, sí, arriba, en los hombros, hay unos botoncitos minúsculos. Pero a quién se le ocurre… Se deja uno las uñas en ellos y, para colmo, la mocosa no hace más que patalear y reír con placer porque Wilhelm tiene que empezar desde el principio una y otra vez. Bueeeno, por fin. Buf, menudo aroma. Está todo empapado. Se necesitan nervios de acero. Acerca el cubo, abre la tapa y tira el pastel dentro. No, eso no es para él; prefiere regresar a la guerra antes que volver a cambiar un pañal. ¿Y cómo se dobla ahora el pañal limpio para colocarlo? ¿En triángulo, en cuadrado…?

¡Puñetas! ¿Dónde se ha metido la niña? ¿No estaba ahí tumbada? Ah, se ha girado y ha acabado debajo de la colcha. «Venga, sal de ahí, fugitiva, y vuelve a tu hule. ¡En la cama no se hace pis! ¡Al menos, no mientras te esté cuidando Willi!».

Ahora la pequeña está de buen humor. Se ríe sin parar y da fuertes patadas contra las manos de él, que se esfuerza por colocarle el pañal de alguna manera que tenga sentido. Ya le han salido dos dientecitos blancos como de ratón; parece una liebre.

—Estate quieta de una vez. ¡Si no, no puedo abrocharte los calzones de plástico!

La niña suelta grititos de entusiasmo y agita los brazos mientras él se pelea con los cierres de presión. Ha conseguido abrochar uno, pero no en el lugar correcto, así que tiene que abrirlo de nuevo y entonces el maldito pañal se le resbala otra vez, por supuesto.

—¡Willi! Pero ¿qué estás haciendo? —oye tras de sí—. Eso está al revés.

¡Ya ha vuelto Karin! ¡Justo ahora que estaba a punto de conseguirlo!

—¿Cómo que al revés?

Ella, riendo, se arrodilla a su lado y le enseña lo que quiere decir antes de terminar la faena con sus seguras manos de mujer.

—Muy bien. Los calzones estaban al revés, pero, por lo demás, me he apañado de maravilla —comenta él, secándose el sudor.

—¡Eres el papá perfecto!

—¡Eso, ríete de mí!

Se sientan en la cama el uno junto al otro. Karin tiene a la pequeña en el regazo y le explica cómo ha ido la audición. Ha recitado un texto y le han dicho que quizá tengan un papel para ella. Que se pondrán en contacto.

—¿Me dejas que la coja un rato? —pregunta él.

La pequeña Nora está contenta en sus brazos. Solo le escupe un poco de leche en la camisa, pero ya no importa.

—Está cansada —señala su madre—. Voy a acostarla.

Truco diecisiete. La niña duerme sobre una superficie impermeable que protege el colchón. ¡Si lo hubiera sabido! Aunque tampoco ha pasado nada. Wilhelm contempla a Karin mientras arropa a su hija con amor y le acaricia la cabecita.

—Eres un hombre maravilloso, Willi —le dice ella después—. No sé cómo agradecértelo.

Él disfruta de su sonrisa y se le ocurre una forma, pero no dice nada. Ahora mismo resultaría poco apropiado.

—Me gustaría mucho invitarte a cenar, Karin —propone, en lugar de eso.

—¿Tú a mí? —replica ella, sacudiendo la cabeza—. Ni hablar. Te invito yo. Cuando tus pasos te lleven a Bochum, vente a cenar a casa. ¿Me lo prometes? Mi madre es una cocinera estupenda.

Se siente decepcionado. Esperaba salir con ella a cenar esta noche, pero Karin no quiere dejar sola a la pequeña bajo ningún concepto.

—Bueno, pues…

—¡Hasta la próxima, Willi!

En esta ocasión, el abrazo y el beso son algo más que amistosos. A Wilhelm se le va la cabeza un instante, pero se controla. No quiere cometer ningún error. Esto es demasiado importante para él.

Cuando sale a la calle, brilla el sol. Todo reluce como si estuviera recién lavado, los charcos reflejan un sinfín de colores, la humedad del pavimiento asciende en forma de vapor.

Ya se le han secado los pantalones; solo tiene un borde un poco húmedo, y también un par de manchas de leche en la chaqueta. Tal vez sea mejor llevarlo todo a la tintorería. Así se ahorrará las preguntas curiosas de su madre.

Hilde

—Es *merveilleuse*. No sé cómo he podido vivir sin ella. Y *toujours de bonne humeur...* Siempre de buen humor, siempre con una sonrisa en la cara.

—Me alegro mucho por ti, cielo.

Hilde se encuentra en el Café del Ángel, sentada tras el mostrador de los pasteles, hablando por teléfono con su marido, que está en Eltville. En realidad iba a preguntarle cuándo tenía pensado regresar a Wiesbaden, porque ya lo añora un poco, pero Jean-Jacques apenas la deja hablar y no hace más que cantar alabanzas de Simone.

—Desde que está aquí, en la tasca tenemos clientes incluso entre semana. Al que Simone le sirve el vino, ese vuelve seguro.

«Madre de Dios», piensa Hilde. Es verano y ya han empezado las vacaciones escolares, seguro que hay turistas por todas partes, y los habitantes de Wiesbaden que no pueden permitirse unas vacaciones en Italia también se suben al tren para recorrer la región del Rin. ¿Cómo es que Jean-Jacques cree que, si tiene clientes, es gracias al encanto sin igual de Simone?

—¿Sabes cuándo vendrás a Wiesbaden, cariño? Acaban de entregarnos dos sacos de harina que se han quedado en el pasillo y necesitamos tus fuertes brazos...

Normalmente muerde enseguida ese tipo de anzuelos y le promete pasarse lo antes posible. A Jean-Jacques le encanta que Hilde le haga saber lo mucho que lo necesitan. Es algo vanidoso, como todos los hombres. Hoy, en cambio…

—Pídeselo a Willi, *mon trésor*. Tu hermano pequeño tiene buenos músculos, aunque con esa ropa no lo parezca. —Su propio chiste le resulta muy divertido y suelta una risa entrecortada.

Hilde no mueve ni una ceja. «Ahí lo tienes —piensa—. No tiene intención de venir. Está tan a gusto en Eltville que prefiere quedarse allí, y eso solo puede deberse a Simone, la mujer maravilla».

—Ah, sí, también tenía que decirte de parte de Frank que el tocadiscos se ha roto. Pregunta cuándo vendrás a arreglarlo.

—*Mon Dieu! Encore!* ¡Otra vez! Pero ¿qué hacen esos dos? ¿Es que no pueden llevar más cuidado? *Bon. Il leur faut attendre…* Tendrán que esperar un poco. Además, el silencio os vendrá bien a todos.

Hilde ya está harta. Tiene más cosas que hacer además de estar hablando por teléfono con su terco marido.

—Por favor, dime cuándo piensas venir a Wiesbaden, Jean-Jacques. Quiero saberlo para planificarme mejor.

Eso ha sido claro. Hilde no consiente que le den largas; quiere saber lo que hay. Lo oye carraspear. Lo hace siempre que está enfadado o abochornado.

—*Peut-être…* la semana que viene. Aunque si llueve, antes. Sería una lástima, porque están viniendo muchos clientes. *Tu comprends?* Alguna vez tenía que sonreírme la suerte, *ma colombe…*

A Hilde no le gusta esa respuesta, pero no quiere insistir. Podría dar a entender que está celosa, y nada más lejos de la verdad. Simone le cae bien; lo que le preocupa es que Jean-Jacques la haga trabajar demasiado. En Wiesbaden, en cambio, Willi podría enseñarle el Taunus y la región del Rin, e incluso llevarla a Frankfurt a pasar el día. Su hermano es un guía encantador..., cuando no está colgado del teléfono.

—Está bien, cielo —dice al auricular—. Dale muchos recuerdos a Simone de mi parte, por favor, y dile que se queje si la tienes todo el día trabajando.

—¡Pero si le encanta!

—A todos nos encanta nuestro trabajo, *chéri!* Hasta pronto. *Je t'aime.*

—*Bisoux. À la prochaine. Moi, je t'aime encore plus. Adieu!*

Hilde cuelga y reprime un suspiro de enfado. En fin, ahí está su retahíla de melosas frases de despedida. Jean-Jacques las suelta con generosidad, sobre todo cuando tiene cargo de conciencia, como sin duda sucede hoy. Justamente un día que le habría venido de perlas contar con el apoyo moral de su marido. Aunque ya está acostumbrada a salir adelante ella sola.

Es casi mediodía y, como hace buen tiempo, todas las mesas exteriores del Café del Ángel están ocupadas. Dentro también hay bastante ajetreo. Luisa, que tiene turno, no se ha sentado ni un minuto, así que Hilde va a ayudarla. Su madre y su padre ocupan la mesa del rincón, como de costumbre, donde charlan con Paul Reblinger y el director de coro Firnhaber. Por lo que Hilde ha creído oír, están hablando de un nuevo órgano para la iglesia del Mercado. Desde que ella está empeñada en crear nuevas recetas, Else apenas pone un pie en la cocina, así que ahora Hilde tiene que pedirle que prepare uno o dos pasteles de nata porque el mostrador se ve demasiado pobre.

—¿De verdad crees que los clientes querrán mis anticuados pasteles cuando podrían pedir tus «puturrús» y esos otros inventos?

«Esos otros inventos» son unos buñuelos rellenos de nata y confitura de cereza, y unos rollitos de bizcocho recubiertos de chocolate que también van rellenos de nata montada. Bueno, los rollitos han vuelto a quedarle un poco duros, pero los buñuelos ya le salen muy bien. Los clientes los piden y parecen quedar satisfechos. Aunque nadie ha mostrado entusiasmo todavía. Más bien lo contrario. En fin, mejor correr un tupido velo. Había que intentarlo. Hilde es perseverante por naturaleza, pero reconoce que no ha nacido para la repostería. Lo cual no significa que tenga intención de rendirse y abandonar su plan, ni mucho menos. El Café del Ángel debe desbancar a la competencia gracias a una exquisita oferta de dulces.

—¿Os traigo algo más? —pregunta a la mesa de sus padres.

Heinz quiere otro café, el señor Reblinger pide una copa de Gotas de Ángel, y el director de coro, una manzanilla. Tiene el estómago revuelto por culpa de los disgustos que le está dando el nuevo órgano.

—Lo siento mucho —dice Hilde—. ¿Y tú, mamá?

—¡Nada, gracias!

Por el tono con el que contesta, Hilde intuye que ocurre algo.

—¿Ya has visto el periódico, hija?

—Todavía no he tenido tiempo.

—Bueno, pues yo te ayudo.

Else ha doblado la página de tal forma que el anuncio queda justo en el centro.

Se busca joven pastelero
Empleo fijo con buen sueldo
Teléfono: 6845

Hilde echa un vistazo y ve que el anuncio es bastante pequeño, pero se lee muy bien. La aguda mirada de su madre lo ha encontrado enseguida.

—¡Ese es nuestro número de teléfono! —exclama Else con una voz tras la que se esconde una tormenta.

Hilde se alegra de que Paul Reblinger y el director de coro Firnhaber estén en la mesa con ellos, porque así su madre no le montará un escándalo. Con una rauda mirada constata que su padre también está al tanto; contempla a su hija con reproche por encima de las gafas. Aunque ese reproche no va dirigido tanto al anuncio que Hilde ha publicado en el periódico sin consultarles nada como al hecho de que ahora volverán a discutir. Heinz es una persona que ama la armonía y sufre sobremanera cuando sus dos mujeres no se ponen de acuerdo.

—Solo es por probar —aduce Hilde con ligereza—. Seguro que no llama nadie.

—Dinero tirado a la basura, entonces —opina su madre bajando la voz.

Después sonríe a Hans Reblinger y comenta que tiene toda la razón, que ya deberían haber comprado un órgano nuevo para la iglesia del Mercado hace tiempo.

—Estamos más que dispuestos a hacer un donativo para ese órgano —señala su padre.

El director Firnhaber asiente con alegría.

«¿Y lo mío es "dinero tirado a la basura"?», piensa Hilde mientras va a la cocina a preparar lo que le han pedido. Apenas ha llenado la frasca de vino cuando suena el teléfono.

—Café del Ángel, habla con Hilde Perrier.

—Hola, llamo por lo de su anuncio…

¿En serio? La voz no parece muy joven, es más bien algo ronca, pero, aun así, es posible que el aspirante tenga ideas nuevas.

—Soy maestro pastelero con un contrato vigente, pero busco un cambio.

Quiere saber cuánto está dispuesta a pagar. Es un tema delicado, porque Hilde no puede ofrecer mucho. Cuatrocientos marcos al mes es un dineral para el Café del Ángel. Swetlana y Luisa ganan bastante menos que eso, aunque ellas solo trabajan unas cuantas horas.

—Si está interesado, se trata del Café del Ángel, en Wilhelmstrasse.

—Muchas gracias, me lo pensaré.

¿Eso ha sido un sí o un no? Bueno, da igual. Tampoco le ha dado la impresión de que ese tipo fuese a encandilar a sus clientes con creaciones pasteleras modernas e imaginativas. Más bien le ha parecido un tahonero de la vieja escuela.

Cuelga el auricular con un suspiro y se encuentra con la mirada triunfal de su madre. «Un dispendio innecesario», dicen sus ojos. Nada más que eso.

La puerta giratoria se mueve y entran dos nuevas clientas. Dos señoras mayores cargadas con bolsas que quieren disfrutar de una tacita de café después de haber ido de compras y se instalan en una mesa libre detrás del ficus. Tras ellas aparece Swetlana, con un elegante vestido de verano. También ella carga con varios bultos, además de ir seguida de las tres niñas. Como Luisa tiene turno, hoy Swetlana cuida de Petra y de Marion. Lo hace a su manera: Petra lleva un suave osito de peluche en brazos, Marion sostiene una muñeca que es un bebé, y Sina va la última con un paquete envuelto en papel de colores que sin duda contiene libros.

Todos las saludan con cariño. Else reparte besos de abuela entre las pequeñas, Heinz deja que le enseñen los regalos recién comprados y quiere saber los nombres de la muñeca y del osito de peluche.

—La muñeca se llama Adele y el oso es Pu —explica Sina.

—¡Mi oso no se llama Pu! —protesta Petra.

—Pues ¿cómo?

—Se llama Ludwig.

Heinz está a punto de preguntar por qué justamente Ludwig, pero en ese instante Luisa entra desde la calle con una bandeja llena de platos y tazas.

—¡Mamá, mira lo que nos ha comprado la tía Swetlana!

Luisa se detiene y contempla los regalos con congoja.

—Swetlana, te pedí que no volvieras a hacer algo así —le reprocha en voz baja.

La interfecta pone cara de enfadada, pero luego suspira con remordimiento.

—Ay, es que estaban de oferta... —se justifica—. Han salido baratísimos, Luisa, y las dos se han puesto muy contentas.

Luisa no tiene tiempo para discutir porque debe llevar la bandeja a la cocina y salir enseguida para cobrar, así que se limita a agitar la cabeza, contrariada, y sigue con su tarea. Hilde entra en la cocina tras ella para preparar las nuevas comandas. Lo normal sería que ayudara a Luisa a servir, pero hoy no quiere alejarse demasiado del teléfono.

—Siempre actúa sin pensar —señala Luisa mientras deja platos y tazas en el estante de los cacharros sucios—. ¿Qué les voy a regalar por su cumpleaños, si Swetlana les compra cosas así un día cualquiera? Ay, me duele verlo. Por Navidad le regalaron a Sina una casa de muñecas enorme, y Petra y Marion se la quedaron mirando con unos ojos enormes y anhelantes...

—Las niñas tendrán que entenderlo —opina Hilde—. Algunas personas pueden comprarles juguetes caros a sus hijos, pero otras familias no se lo pueden permitir.

Luisa calla y pone en la bandeja las tres tazas de café que Hilde acaba de preparar, pero se nota que contiene las lágrimas. Últimamente está muy sensible, y sin duda se debe también a Fritz y sus problemas con la vista. Sin embargo, cuando le preguntan, siempre responde con evasivas.

—¿De verdad crees que Sina, con su enorme casa de muñecas, es más feliz que tus dos hijas? —dice Hilde en voz baja.

Ha sido la pregunta oportuna. Luisa la mira y suspira. No, la pequeña Sina no es una niña feliz. A pesar de su desbordante fantasía y las buenas notas que saca, le falta lo más importante: el amor de su madre. Ningún regalo, por caro que sea, puede compensar eso.

Cuando Hilde sale de la cocina, ve que Swetlana agarra a Petra de la mano y, con la otra, carga una bolsa.

—Acompaño a Petra arriba —informa.

—¡Puedo ir yo sola! —se defiende la niña.

Pero su tía no cede. Está decidida a subir al piso de Addi, donde la pequeña tiene permiso para practicar con el piano siempre que quiera. Sina y Marion, las dos amigas, se han sentado con los abuelos, y Hilde les sirve dos Blunas, esos refrescos de naranja que tanto les gustan. Se los beben en la botella de cristal verde y con una pajita de colores, lo que aumenta el placer por lo menos al doble.

Ya son las doce y media, así que Else entra en la cocina para empezar con las comidas. Algunos trabajadores aprovechan su menú de mediodía: tienen salchichas con pan, consomé con huevo, ensalada con jamón cocido o albondiguillas frías con pepinillos y mostaza. Hilde sabe que el margen de beneficio que sacan de eso es mínimo, que se trata más bien de un servicio para la clientela habitual. Casi siempre sobra comida y la familia se la termina más tarde, en la cena.

—¿Qué haces ahí plantada? —pregunta su madre con tono mordaz—. No va a llamar nadie, porque seguro que Willi tiene la línea ocupada en el piso.

Hilde levanta el auricular y, en efecto, no hay señal porque su hermano, arriba, ha vuelto a monopolizar el teléfono.

¿Cuántas veces les ha insistido a sus padres para que contraten una línea exclusiva para el café? Pero no, hay que ahorrar y ese teléfono ya cuesta una barbaridad. Aún recuerda la que se montó para conseguir esa línea…

En realidad, Hilde debería ayudar a Luisa a servir, pero en lugar de eso sube por la escalera de la cocina hasta el piso de sus padres.

—¿Willi?

No hay respuesta, aunque lo oye hablando en el salón. Su hermano realiza llamadas de larga distancia casi a diario y a costa de sus padres, pero, tratándose de su Willi, Else es dócil como un corderito. A lo sumo, suelta un suspiro y le pregunta si de verdad tiene que hablar tanto rato.

—Tal vez solo se haya resfriado, yo no me preocuparía mucho… ¿Fiebre alta? ¿Y no puede ser que le estén saliendo los dientes? Me han dicho que algunos niños…

Hilde, que ya tenía el pomo de la puerta en la mano, se queda perpleja. ¿De qué está hablando su hermano?

—Es una niña encantadora, la echo mucho de menos.

Le cambia el humor. ¿No tendrá Willi una hija? ¿Dejó embarazada a alguna de sus novias? ¡Ay, madre mía! Claro, tampoco sería tan extraño. Y no le ha contado nada a nadie, cómo no. Menuda cara. Su madre seguramente se caería de espaldas. En fin, es problema de él. Carraspea para que la oiga antes de abrir la puerta.

Su hermano se calla a media frase.

—Perdona un momento —dice al auricular—. ¿Qué quieres? —pregunta con brusquedad.

—Deja la línea libre, por favor. Estoy esperando una llamada para el café.

A Willi no le hace gracia y tuerce el gesto, pero, como sabe que contra su hermana no tiene nada que hacer, cede.

—Sí, sí. Enseguida.

—Ahora mismo —exige ella.

—Está bien… ¡No te des tantos aires, hermanita!

Le indica con la mano que espere y sigue hablando por teléfono en voz baja.

—Lo siento, pero tengo que dejarte, Karin. Mañana volveré a llamar. Y dale a la princesita un beso enorme de mi parte.

Hilde aguarda en la puerta hasta que él por fin cuelga, y entonces no es capaz de reprimir un comentario.

—¿Ya sabe mamá lo de tu princesita?

Él la mira con sorpresa y luego se echa a reír.

—Lo que sea que te estés figurando, Hilde, es completamente… —Se interrumpe porque en ese instante oyen un estrépito y fuertes voces en la escalera.

—¡Que no, mamá! Ni necesitamos nada ni tampoco queremos nada.

Es Mischa. Vaya, hombre… Suena bastante enfadado.

—Pero ¿qué haces, Mischa? He preparado esa comida para vosotros. Asado de ternera con verduras…

Esa es Swetlana. Está al borde de las lágrimas y se la oye por toda la escalera. Hilde corre a la puerta del piso para impedir que el drama familiar adquiera mayores proporciones. Willi vacila un instante, pero luego la sigue. Los dos suben despacio por la escalera hasta que ven a Swetlana. Está arrodillada en el suelo, delante de la puerta del piso de Hilde, recogiendo varias cosas que hay tiradas por ahí. Arriba, en el siguiente descansillo, está Mischa con el rostro congestionado de ira.

—¿Cuándo te vas a enterar? —vocifera desde las alturas—. No tienes que cocinar nada para nosotros, mamá. ¡Nos las apañamos muy bien sin ti!

—Pero es que hace días que solo comes pasteles, Mischa. Eso no es sano.

—¡Te lo digo por última vez! —grita el chico, fuera de

sí—. Addi no te quiere en su piso. Y yo tampoco. Así que...
¡largo de aquí!

Por entre su furiosa diatriba se oye música de piano. Parece que la discusión no ha conseguido desconcentrar a Petra. De pronto, Hilde sube los escalones decidida y se detiene junto a Swetlana, que levanta la mirada sobresaltada.

—¡Ya basta, Mischa! —exclama Hilde hacia arriba—. ¡Tu madre lo ha hecho con buena intención y no hay motivo para que seas tan maleducado!

Su tono enérgico impresiona al joven, que retrocede sin decir nada y cierra la puerta del piso de Addi. El piano ahora se oye amortiguado. Willi se ha puesto a ayudar a Swetlana, que está llorando; entre los dos recogen la comida que con tanto amor había preparado y que Mischa ha tirado sin ningún miramiento por la escalera, con platos incluidos. Hilde entra en su piso a buscar unos trapos y un cubo con agua. No debe quedar ni una mancha de aceite en los escalones porque cualquiera podría resbalar y caerse.

—Escucha, Swetlana —oye que le dice su hermano con delicadeza a la infeliz madre—, Mischa es un chaval joven y va por buen camino. No te preocupes por él de manera innecesaria.

Hilde admira esa serenidad de Willi. Aunque ella misma acaba de reconvenir a Mischa, también le parece que Swetlana se ha ganado que le digan cuatro cosas. Su amor incondicional por Mischa está bastante fuera de lugar; más le valdría preocuparse más por la pequeña Sina.

—Pero es que vuelve a casa muy tarde por la noche —se lamenta Swetlana mientras limpia con un trapo la comida de los escalones.

—No me extraña —estalla Hilde—. Si sigues tratándolo como a un niño pequeño, pronto no querrá ni pasar por casa siquiera.

Ella misma se da cuenta de que acaba de traspasar un límite. Swetlana empieza a sollozar. Su caro vestido está lleno de manchas y se le ha hecho una carrera en las medias de seda al arrodillarse sobre el suelo de madera; es la viva imagen de la desgracia. Willi le lanza una mirada de reproche a su hermana.

—Pero si es verdad... —se defiende Hilde, aunque con cargo de conciencia—. Cuanto antes lo comprenda, mejor para los dos.

—Seguro que abajo, en el café, tienes cosas que hacer —dice él—. Ya me quedo yo aquí.

Hilde sabe que su hermano tiene razón. Asiente con gratitud y baja otra vez al café. Hans Reblinger y el director Firnhaber se han marchado ya. En la mesa del rincón, Sina conversa animadamente con su abuelo Heinz mientras Marion está sentada a su lado, portándose bien y mordisqueando su sombrero rojo de paja artificial de puro aburrimiento. Sina debe de estar hablando de algún libro que ha leído hace poco, porque en su abuelo siempre encuentra un interlocutor interesado en cualquier tema.

—Ha venido alguien preguntando por ti —informa su padre.

—¿Quién?

—Un pastelero, creo.

¡La mala suerte de hoy no acaba! Seguro que era el que ha llamado antes.

—¿Y adónde ha ido?

—Pregúntale a tu madre —dice Heinz, que vuelve a prestarle atención a Sina.

Else está en la cocina preparando dos platos de salchichas con pan. Al entrar Hilde, levanta la vista y la mira enfadada.

—¿Dónde te has metido tanto rato?

Su hija se encoge de hombros. No tiene la menor intención de contarle el pecadillo de Willi; que lo haga él mismo.

—Swetlana y Mischa se han peleado. Willi y yo hemos tenido que intervenir.

—¡Otra vez! —exclama Else con un suspiro—. Toma, salchichas para la mesa ocho.

—¿Qué ha pasado con el pastelero que ha venido antes? —quiere saber.

—Ah, ese... —dice su madre con indiferencia—. Nuestra cocina le ha parecido muy pequeña. Ha comentado que él solo trabaja en cocinas profesionales.

«Menudo idiota engreído», piensa Hilde, y sale con las salchichas. El café se ha vaciado. Fuera, Luisa ha cobrado a los últimos clientes y ha recogido las mesas; dentro quedan un par de jóvenes, pero casi no hay trabajo. En fin, al menos hasta ahora no se ha dado mal del todo. El buen tiempo hace salir a la gente y, además de la clientela habitual, han servido a varios turistas. Más tarde, para la hora del café, seguro que un par de personas pasarán de largo por el Blum y llegarán al Café del Ángel con ganas de pastel. Hilde es obstinada, así que no se aparta del teléfono y, en efecto, recibe dos llamadas más. Un joven que solo ha trabajado en una panadería, haciendo panecillos, pero al que le gustaría probar con la repostería, y otro que afirma ser pastelero de formación, pero a quien los cuatrocientos marcos le parecen muy poco dinero.

—¿Y bien? —pregunta su madre con cara de burla cuando Hilde, decepcionada, cuelga.

—Todavía no ha terminado el día —replica ella.

Swetlana regresa al café más serena, llama a Sina y le dice a Luisa que, como pronto acabará su turno, le deja a Petra y a Marion en el café.

—Desde luego —responde enseguida—. Y muchas gracias por dejar que las dos pasen la mañana contigo.

—No hay de qué —dice Swetlana—. La verdad es que, sin Marion, Sina se pone insoportable.

Pasa junto a Hilde sin despedirse de ella, y Sina va trotando detrás de su madre con el libro nuevo bien sujeto bajo el brazo.

«Swetlana está enfadada conmigo —piensa Hilde, molesta—. Porque soy la única que le dice sinceramente lo que piensa».

La tarde les trae pocos clientes; el mostrador de pasteles del Blum está mejor provisto de exquisiteces que el del Café del Ángel. Los pasteles de nata de su madre se venden con cuentagotas. Los buñuelos son lo que más salida tiene, porque solo quedan dos. De los rollitos de chocolate, que hoy también están algo duros, apenas se han vendido tres. Y el teléfono sigue en silencio; ni una llamada más. Hilde no quiere creerlo, pero parece que su madre tenía razón. ¡Qué rabia! ¿Por qué no puede acertar por una vez?

Petra aparece en el café con Mischa. Piden tres trozos de pastel de nata y se suben con los platos llenos. Addi está contentísimo de tener a la pequeña pianista y quiere que vaya todos los días. Incluso le ha regalado partituras. Marion pasa el rato ayudando en la cocina. Le han pedido que seque las cucharillas y que ponga cuidado para que no quede ninguna marca de agua.

Hacia las cuatro y media, Luisa se prepara para marcharse a casa con las niñas. En el café solo quedan dos señoras mayores que han pedido los dos últimos buñuelos y, como el día parece estar gafado, enseguida vuelve a haber problemas.

—¡Esto es inaudito!

—Déjame ver, Hermine. ¡Es cierto! ¡Parece increíble!

Una de las señoras se levanta y se acerca al mostrador de los pasteles.

—¡Señorita! —exclama—. Tengo una queja. Mi amiga se ha dejado un diente al morder uno de sus buñuelos.

—¿Cómo dice? —pregunta Hilde, incrédula.

Es verdad que los dulces le quedan algo duros de vez en cuando, ¡pero no como para hacerle saltar los dientes a nadie!

—¡Mire! —insiste la mujer, y le sostiene una cucharita de café delante de las narices—. ¡Véalo usted misma!

Un hueso de cereza. Debía de estar en la confitura. La compró hecha.

—Lo siento muchísimo, señora —dice.

La mujer sigue despotricando y comenta que el café debería pagar la factura del dentista. Entonces interviene Heinz, que es especialista en estos casos y suele llevarse bien con las damas de edad avanzada. En efecto, consigue calmar los ánimos, aunque solo proponiendo que las señoras no tengan que pagar la consumición, faltaría más.

Hilde ha tenido suficiente por hoy. Hay días en los que debería quedarse una en la cama, porque todo lo que toca acaba en desastre. Resignada, se sienta junto al teléfono, pero Willi vuelve a tener ocupada la línea.

—Disculpe —dice alguien desde el otro lado del mostrador de los pasteles—. ¿Estos rollitos de chocolate son de masa de bizcocho?

Hilde se levanta de la silla con brusquedad y mira de mala manera al joven rubio que lo pregunta.

—De masa de galleta. Con cobertura de chocolate y relleno de nata. También los tenemos con nata a la moka.

El chico sonríe intimidado; puede que el tono de ella haya resultado algo arisco.

—Qué interesante —dice—. Verá, he llamado tres veces pero siempre comunicaban.

Hilde no puede creerlo. ¡Está ahí por el anuncio!

—Seguro que el puesto ya estará ocupado.

—Eso... depende.

El joven acaba de llegar a Wiesbaden desde Berlín, porque

tiene aquí a una hermana con la que va a vivir. Cuatrocientos marcos al mes le parecen bien; comparte el alquiler con ella. Se llama Karl-Richard Wagner.

—Sobre todo, necesitamos a alguien que aporte nuevas ideas. Una repostería que sea única en Wiesbaden, ¿entiende?

Él estudia la cocina, abre todos los armarios, comprueba el horno y asiente con satisfacción.

—Déjeme trabajar dos días a prueba, señora Perrier. ¡Se sorprenderá!

Jean-Jacques

Eltville, agosto de 1959

El despertar por las mañanas en Eltville se le hace muy solitario. En Wiesbaden estira el brazo, atrae a Hilde hacia sí y, entonces, inauguran juntos el nuevo día, como debe hacer una pareja enamorada. Luego se quedan abrazados, para regresar poco a poco a la realidad y, si aún les queda algo de tiempo, se susurran al oído.

Aquí está solo. Es un «viudo de paja», como dicen los alemanes. Lleva una existencia triste, en especial por las mañanas, cuando más intenso es su anhelo. Durante el día, como está ocupado en los viñedos o en la bodega, con sus toneles, lo sobrelleva mejor. Sin embargo, por las noches el deseo regresa.

Tant pis... Es el precio que paga por su libertad. En el Café del Ángel no sería más que un empleado; aquí es su propio jefe. Ama a Hilde y ella a él, pero su amor se sostiene mejor en la distancia.

Esta mañana su añoranza es tal que lamenta amargamente la conversación telefónica de ayer. ¿Por qué no fue a Wiesbaden? ¿A pasar por lo menos un día y una noche? La pregunta de Hilde fue una clara invitación, y él lo captó enseguida, pero no le siguió la corriente porque todavía está enfadado con ella por causa de los gemelos. Sus dos hijos aún no se han presentado en Eltville, y ya están en su tercera semana de vacaciones. Frank ha ido a casa de un compañero de clase cuyos padres tienen una segunda residencia en el Lahn, y Andi ha descubierto su pasión por el ajedrez. Todos los días queda con tres amigos para jugar largas partidas. Él les concede esos caprichos a sus hijos, pero opina que las vacaciones no están solo para pasárselo bien. Su hermano y él tuvieron que arrimar el hombro en el viñedo familiar desde muy jóvenes. Según su fuerza y sus habilidades, el padre los ponía a trabajar en uno u otro lugar; era lo más normal en aquella época, y él, el mayor, siempre se sintió orgulloso de echar una mano al viejo. Así aprendió el oficio de vinatero desde abajo, que es justo lo que desearía que hicieran sus hijos. Uno de los dos debería recoger el testigo del viñedo y continuar con el negocio. Es como lo ha planeado. Porque ¿para qué se desloma él todo el año si las viñas han de acabar un día en manos de un desconocido?

El hilo de sus pensamientos se ve interrumpido por una serie de ruidos raros. Mira el reloj y constata que son más de las ocho; ya es hora de levantarse. Se sienta en la cama y aparta la manta, luego aguza el oído y sacude la cabeza. Suena como si abajo, en la tasca, estuvieran arrastrando muebles. ¿Serán ladrones? A estas horas no es probable. Como mucho, una broma de mal gusto o una jugarreta de los lugareños, que envidian su éxito. ¡Espera un momento! Se pone a toda prisa la camisa y el pantalón por encima del pijama y baja corriendo la escalera. En el vestíbulo agarra el bastón nudoso que se dejó allí el abuelo del propietario anterior y abre de golpe la puerta de la tasca.

—*Bonjour*, Jean-Jacques —saluda Simone con alegría—. ¿Te he despertado? Lo siento mucho.

Ve un cubo de fregar, sillas apiladas, las mesas cambiadas de sitio. Las ventanas resultan extrañamente desnudas, pero la sala, que en general suele ser oscura, de pronto está luminosa. El sol de la mañana entra por los cristales.

—¿Qué has organizado aquí? —pregunta asombrado mientras deja el bastón en un rincón con disimulo.

Simone suelta una de sus contagiosas risas juveniles. A él le gusta oírla reír; ahuyenta las penas y sumerge el mundo en la luz rosada del sol matutino. Hoy está guapísima. Lleva una falda negra y ancha, y una camiseta roja bastante ajustada. Con escote. Aunque discreto, por supuesto. No es nada atrevido, pero Simone se inclina entonces hacia delante para mover una mesa y Jean-Jacques consigue ver algo. Algo muy bonito. Aun así no está hecho para él, por mucho que hoy se haya despertado con ciertos anhelos.

—Espera, que te ayudo. ¿Qué quieres hacer con las mesas?

Ella se planta ante él y levanta el índice como si fuera a explicarle a un grupo de niños pequeños cómo cruzar la calle.

—He pensado que sería más agradable que las mesas estuvieran colocadas de otra forma —dice—. ¿Ves? Así no estorban a los clientes al levantarse y sentarse, y desde casi todas las sillas se puede mirar por una ventana.

Ha fregado el suelo, ha recogido y abrillantado la barra, también ha limpiado los cristales.

—¿Cómo es que hay tanta luz?

Simone se ríe de él. Con buena intención, claro, aunque algo burlona.

—He quitado las cortinas. Necesitaban un lavado urgente. También he podado un poco la parra. No puede ser que tape las ventanas, y ya casi había que encender la luz incluso en pleno día.

Vuelve a reírse de él porque es un hombre y no se ha dado cuenta de que las ventanas no tienen cortinas. Jean-Jacques la ayuda a recolocar las sillas en las mesas, y luego ella saca manteles limpios y también quiere poner los cubiertos.

—No —dice él—. Basta por hoy, Simone. Si no, tendré problemas con Hilde. Justo ayer me decía que no te haga trabajar tanto.

Ella se indigna. Está alojada a pensión completa en su casa, lo más normal es que le eche una mano trabajando. Además, disfruta atendiendo a los clientes.

—Y también aprendo alemán —insiste—. Eso es impagable.

—Entonces deberíamos hablar en alemán entre nosotros —propone él.

—De ninguna manera —contesta Simone—. Contigo prefiero hablar en francés, porque hablas como la gente de casa, y eso me ayuda a combatir la nostalgia…

—¿Tienes nostalgia?

Ella le resta importancia con un gesto de la mano. Alisa los manteles y dice que era una forma de hablar. No, claro que no echa de menos su casa.

—Se está muy bien aquí contigo, Jean-Jacques —afirma—. Me alegro mucho de estar aquí.

Él no acaba de entenderla, pero también se alegra de tenerla en Eltville y de que se ocupe tan divinamente de sus clientes. En cuanto se lo dice, ella se anima.

—Gracias. Eres muy buen marido y muy buen jefe. Es importante alabar a los empleados. Así nos tienes contentos y nos das alas. Con el matrimonio sucede lo mismo. Marido y mujer deberían apoyarse entre sí, ¿verdad? No puede ser que uno tire por tierra a la otra.

—¿Alguna vez te ha pasado eso? —se interesa él.

—¡Claro que no! Es solo una teoría —exclama ella riendo—. Verás, a veces pienso sobre la vida, es una costumbre que tengo, y de ahí salen esas frases. Es extraño, ¿verdad?

—A mí me parece inteligente —opina Jean-Jacques.

Propone un *petit déjeuner* tardío, o sea, más bien un *déjeuner*, y a ella le parece una idea estupenda.

—¡Pondré una mesa fuera para los dos! —exclama, y desaparece en la cocina.

«Ese Robert es tonto de remate», se dice Jean-Jacques. Contar con una mujer así en un bistró es una suerte. ¿Y qué hace él? Dejarla escapar. ¡Menudo idiota!

—¡Espera! —grita en dirección a la cocina—. ¡Te ayudo!

No quiere que Simone piense que es de los que deja trabajar a las mujeres mientras él se tumba a la bartola. Tal vez Robert sea ese tipo de hombre, pero Jean-Jacques no. Entre los dos preparan una bandeja con exquisiteces que encuentran en la nevera y la despensa. Mientras él corta varias rebanadas de un pan alemán de pueblo, le explica que allí no se estila el *petit déjeuner*, sino un almuerzo sustancioso.

—Da igual cómo lo llames. ¡Estará buenísimo! —comenta ella con alegría antes de salir con la bandeja.

¿Cómo es que precisamente hoy se da cuenta de que comprando ese viñedo se llevó un pequeño paraíso? Ahí están, sentados al sol, comiendo con placer mientras los mirlos y los gorriones cantan, el café esparce su aroma, el mundo irradia belleza, calma y bondad, e incluso los huevos duros están en su punto. Cocidos, pero con la yema un poco líquida.

—¡Muy buenos días tengan! —les desea alguien desde la verja.

Es Corinna, la hija mayor de Jupp Herking, que va con dos de sus hijos.

—¡Buenos días, buenos días! —exclama Simone saludando con la mano—. Sentaos con nosotros. Solo un momento. Ahora saco más tazas y platos.

Enseguida son cinco a la mesa, y el ambiente íntimo de antes se ha transformado en un animado bullicio. Los chicos preguntan por Frank y Andi, y Jean-Jacques les promete que los dos vendrán a Eltville la semana próxima sin falta. Los dos rubios están un rato sentados, disfrutando del pan con jamón y un refresco, pero enseguida descubren un balón de fútbol olvidado entre los arbustos y se ponen a chutarlo.

Mientras tanto, Simone charla con Corinna sobre asuntos domésticos. Hablan de plantas para los maceteros, de cómo planchar los manteles de lino y de una receta de buñuelos de sabayón. Jean-Jacques echa una mano con el vocabulario alemán sin dejar de quitarles el ojo a los dos pilluelos, porque le preocupan los cristales de sus ventanas. Al cabo de un rato, el abuelo Jupp aparece por la esquina porque echa en falta a su hija para que le dé un masaje en las contracturas de la espalda.

—¡Ay, de eso entiendo bastante! —exclama Simone—. ¿Puedo arreglarle la espalda?

Hoy Jupp recibe dos masajes; primero de la forma habitual y luego con un tratamiento especial, *à la Simone*. Y, como es muy listo, afirma que cada uno le ha resultado agradable a su manera. Se quedan sentados un rato más, tomando café y galletas, hasta que Corinna dice que debería meterse en la cocina a preparar la comida.

—Seguro que mi suegra ya estará pelando patatas y lavando lechugas. ¿Necesitáis lechugas? En el huerto nos crecen hasta decir basta...

—Te las aceptamos con mucho gusto —responde Jean-Jacques—. Y a cambio te daré un bote de olivas de mi país, *Corinne*.

Cuando la vecina se marcha con sus hijos, Jupp deja que le sirvan otra copa de Gotas de Ángel, y Jean-Jacques y Simone lo acompañan.

—Cuídala bien —dice Jupp cuando por fin se despide—. En todas partes hablan de tu Simone y dicen que vale su peso en oro. Ojo, no te la vayan a quitar.

—¡Lo dudo mucho! —comenta Jean-Jacques riendo.

Sigue con la mirada al hombre, que cruza el patio despacio y un poco encorvado para salir a la calle. Ha trabajado en su viñedo durante más de cuarenta años; arriba, en las pendientes, donde crecen las mejores uvas y donde hay que realizar todos los trabajos a mano. Así se destrozó la espalda. Al principio, Jean-Jacques lamentó no contar con terrazas empinadas, pero ahora ya no le quita el sueño.

—¿Qué ha querido decir? —pregunta Simone en francés.

—Que me ande con cuidado, no vayas a buscarte otro jefe.

Ella lo mira sobresaltada y no se tranquiliza hasta que él sonríe de oreja a oreja.

—Menuda tontería —dice sin levantar la voz—. Yo jamás te dejaría plantado.

Ese comentario lo conmueve tanto que le da un abrazo y la estrecha con cariño. Entonces ve que ella se ha puesto colorada, así que duda de si ha hecho bien. Jupp le ha dicho que la gente habla de Simone. Por supuesto, habrá algunos cotillas que inventarán que tiene una aventura con la guapa pariente francesa. Debe ser prudente.

Simone se lleva la bandeja a la cocina.

—Voy a lavar las cortinas —anuncia—. Si el tiempo sigue así, se secarán hoy mismo y mañana podré plancharlas y colgarlas otra vez.

¡Lavar y planchar cortinas! No le hace gracia que se cargue con esos trabajos. Sobre todo porque seguro que por la noche tendrán clientes a los que atender.

—¡No! —exclama con decisión—. Hoy te voy a enseñar la región del Rin. Prepárate, que salimos dentro de quince minutos.

—Pero si quería poner los manteles…

—¡Catorce minutos!

Ella accede, riendo, y al poco aparece con un vestido muy colorido y una cámara fotográfica colgada al hombro. Se montan en la Goélette y salen en dirección al río. Pasan por Erbach y Oestrich-Winkel, y siguen camino hacia Rüdesheim. Allí pasean por las estrechas callejuelas, se asombran de los horrores que se exhiben en las tiendas y ambos consideran que hay demasiada gente y demasiado ruido.

—Me gustaría ver el gran río —pide ella—. Y las colinas de alrededor. Con los castillos en lo alto. Es como antaño, cuando los trovadores cabalgaban de corte en corte para cantar y encandilar a las damas.

Siguen la ruta en coche, conduciendo despacio. Jean-Jacques busca un sitio para aparcar de vez en cuando, y así pueden apearse y bajar hasta la orilla del Rin. Él se divierte saludando con la mano a la gente de las gabarras que pasan de largo y viendo a los patos y los cisnes que nadan cerca de la orilla. Simone escucha con atención mientras él le cuenta la leyenda de la bella Lorelei, de quien dicen que se sentaba sobre un risco desde el que conducía a todos los barcos a su perdición.

—Siempre las mujeres… —comenta ella con tono de reproche—. Siempre tenemos nosotras la culpa de todo. Si ahí arriba se hubiese sentado un joven, nadie le habría echado en cara que se estrellase ningún barco.

Llegan hasta Kaub, luego dan la vuelta y paran en Assmannshausen, para tomar algo en el Krone. El local tiene un aspecto señorial, como un pequeño palacio lleno de rinconcitos, con numerosas torrecillas, gabletes y balcones. Los clientes pueden disfrutar de una vista excepcional del río desde su largo emparrado. Jean-Jacques explica que se trata de uno de los restaurantes de mayor tradición de toda la región del Rin. Escritores, músicos y reconocidos políticos han comido en él a lo largo de cuatro siglos. Hoy el Krone está muy concurrido, hay numerosos turistas sentados bajo las parras, devorando pasteles y bebiendo café mientras disfrutan del panorama del río y las boscosas laderas de la orilla contraria. Tienen suerte: un matrimonio se marcha y ocupan su sitio.

—Te invito yo —dice Simone en francés—. Para agradecerte esta preciosa excursión.

Pero Jean-Jacques no quiere ni oír hablar de ello. ¿Qué va a parecer si una mujer le paga la cuenta? Resultaría bochornoso.

—Aquí, en Alemania, eres mi invitada, Simone. ¡Y no admito réplica!

Ella se queja, pero, como él no da su brazo a torcer, al final cede. Comen pastel de queso en silencio y se toman un café mientras contemplan el río que baja parsimonioso y cuya agua, de un marrón amarillento, reluce bajo el sol. Ven pasar por delante barcos de recreo con pasajeros vestidos de un sinfín de colores, también largas gabarras negras y estilizados botes de remos impulsados por jóvenes deportistas a gran velocidad.

—¡Esto es precioso! —comenta ella con un suave suspiro—. ¿Sabes que el agua siempre me ha atraído? Ya de niña me gustaba ir al riachuelo a meter los pies.

Está preciosa, observando el Rin ensimismada. Ensimismada y, sí, también triste.

—¿No echas de menos el animado puerto de Marsella?

La expresión de su rostro se vuelve hermética un instante.

—¡Ahora mismo no lo echo nada de menos!

Él reflexiona si es sensato seguir preguntando. No quiere estropear el ambiente alegre de la tarde. Por otro lado, tal vez a Simone le ayude hablar de sus penas.

—Tu matrimonio no va bien, ¿me equivoco?

Ella toquetea su pastel de queso con el tenedor y se toma un tiempo antes de contestar.

—Es muy evidente, ¿verdad? —dice al fin.

No da la sensación de que necesite a alguien con quien hablar de sus problemas. Aun así, él no se rinde.

—¿Es porque le da demasiado a la botella?

Simone niega con la cabeza.

—¿Tiene alguna amiga? ¿Te engaña? Eso sí que no soy capaz de imaginarlo.

Ella no puede evitar reír un poco. ¡Robert con una amante!

—No, ni mucho menos.

Jean-Jacques hace un gesto de impaciencia y, sin querer, tira sus gafas de sol al suelo. Simone se agacha a recogerlas. Comprueba que los cristales no se hayan rayado y vuelve a dejarlas sobre la mesa.

—Si te lo cuento, Jean-Jacques, tienes que prometerme que guardarás silencio. Nadie más debe saberlo. Ni siquiera tu familia. Ni siquiera Hilde…

«Uy, esto tiene mala pinta», piensa Jean-Jacques.

—Te lo prometo, Simone.

—Está bien —dice ella en voz baja.

Habla con la cabeza gacha y solo de vez en cuando levanta la mirada hacia él.

—Fue el verano pasado. Una noche, no podía dormir y me levanté a beber un vaso de agua. Ya sabes que nuestro piso queda justo encima del bistró.

—Claro. He ido a visitaros dos veces.

—Mientras bebía agua, de pronto oí unos ruidos. Me sobresalté y quise despertar a Robert, ya que el bistró estaba cerrado desde hacía rato y pensé que serían ladrones. Sin embargo, cuando fui al dormitorio vi que no estaba en la cama.

Se detiene y da un sorbo de café. Después mira al frente sin decir nada. Jean-Jacques se impacienta.

—¿Y dónde estaba? ¿En el bistró? ¿Qué se le había perdido allí a esas horas?

—Bajé la escalera hasta el vestíbulo y escuché unos susurros —prosigue Simone—. La puerta se abrió de golpe y varios hombres entraron en la casa cargados con bultos. Luego los bajaron al sótano y los almacenaron allí.

Jean-Jacques lo ha entendido. Robert oculta material de contrabando en su sótano. ¿Quién habría pensado algo así? Tiene cara de persona decente, el tal Robert.

—Ellos no me vieron porque me escondí en un rincón. Cuando todos estaban abajo, en el sótano, subí la escalera deprisa y miré por la ventana. Ahí volvían a estar, con más paquetes. Eran tres. Vestían con ropa oscura y llevaban las gorras caladas, de modo que no pude verles la cara.

—¿Y qué hiciste entonces?

—Esperar a Robert. Pretendía meterse en la cama sin hacer ruido, como un ratoncillo, pero encendí la luz y se llevó un buen susto. Insistí en que teníamos que hablar y me confesó que llevaba dos años ocultando cigarrillos y otros productos en un agujero de nuestro sótano.

—¡Menudo canalla! —exclama Jean-Jacques, indignado—. Con eso no solo se pone en peligro a sí mismo, sino también a ti. Pero ¿en qué está pensando? ¿Tanto dinero saca del contrabando como para correr ese riesgo?

Simone sonríe con acritud y dice que eso mismo fue lo que le recriminó ella.

—¿Y qué te contestó?

—Que no tenía más remedio. Son los mismos que cobran dinero a los negocios a cambio de protección. También se dedican al contrabando, y el que no colabora no sale bien parado.

—¡Vaya faena! —opina Jean-Jacques—. Es una situación muy desagradable. ¿Sucedía ya antes de que os casarais? ¿Te lo ocultó desde el principio?

—Según él, en aquel momento todo iba bien. Sí daba dinero a cambio de protección, eso es normal en el puerto de Marsella, pero nada más.

Jean-Jacques repara en que no está convencida de que eso sea cierto. Se alegra mucho de poder hablar en francés, porque así nadie del local los entiende.

—Es complicadísimo conseguir salir de una situación así... —comenta.

Simone levanta la cabeza y lo mira entornando mucho los ojos.

—Le dije que tiene dos opciones: o vende el bistró y empezamos juntos en otro sitio, o...

—¿O?

—O lo dejo.

Él se queda de piedra. Nada de medias tintas. Justo lo que habría hecho Hilde en un caso similar.

—¿Y qué decisión tomó?

Simone resopla con rabia.

—Me pidió un tiempo para pensarlo. Porque el bistró pertenecía a su padre y le tiene mucho apego.

Pobre tipo, el tal Robert. Está en un buen aprieto. No es fácil renunciar a todas tus posesiones, a tu hogar. Por otra parte, Simone tiene razón, desde luego.

—Esperé. Me fui a casa de mi hermana, pero él seguía sin decidir nada. Así que le he puesto un ultimátum: tiene todo agosto para decidirse. Si no deja el bistró, lo nuestro habrá terminado.

Ha hundido los dientes en el labio inferior y ahora mira al frente, a su platito de pastel. Jean-Jacques comprende que no le ha resultado fácil recurrir a una medida tan drástica. Está claro que ama a ese hombre, a pesar de todo.

Le toma la mano y se la aprieta con cariño.

—Siento mucho esta situación, Simone. Has de saber algo: nos tienes aquí para lo que necesites. Y tu marido también. Lo digo por si entra en razón y empezáis juntos de cero.

Ella, emocionada, se sorbe un poco la nariz y asiente. No

es capaz de decir nada, está sobrepasada por esos sentimientos que lleva reprimiendo tanto tiempo.

Jean-Jacques también guarda silencio. Le rondan pensamientos oscuros. Dejar el contrabando podría incluso poner en peligro la vida de Robert. Esos clanes mafiosos no permiten que sus miembros se marchen así como así, porque saben demasiado. ¡Pobre Simone! Menos mal que ahora está con él en Alemania, a salvo. ¡Qué historia tan terrible!

—Regresemos ya, Jean-Jacques —pide ella—. Pronto llegarán los primeros clientes y aún tengo que preparar las mesas.

Él la mira con ciertas dudas, pero Simone ha recuperado la compostura y hasta sonríe un poco.

—Me alegro de que sepas lo que hay —reconoce—. Todo este tiempo me he sentido como una estafadora, pero ahora eso se acabó. Estoy contenta de poder ayudarte, y de que me dejes trabajar contigo. Así me olvido un poco de mis penas, ¿entiendes?

Lo entiende muy bien; el trabajo ahuyenta las preocupaciones. Al menos a ratos, y eso siempre es mejor que nada. Quiere mucho a Simone y siente que debe protegerla. ¿Cómo es que se casó con un tipo tan miserable, para empezar? Si en su día lo hubiera consultado con él, sin duda se lo habría desaconsejado. El caso es que tiene que divorciarse de Robert. Cuando uno ha delinquido una vez, siempre será un delincuente. Sabe Dios que Simone merece un marido mejor.

—Sí, vámonos —dice, y le hace una señal a la camarera—. Seguro que Meta ya está en la cocina. ¡Y mis clientes te esperan!

Swetlana

—Mamá, ¿me traes algo de beber, por favor?

Swetlana iba al salón a poner la mesa para comer, pero se detiene y entra en la habitación de Sina, que está tumbada en la cama. ¡Otra vez le ha subido la fiebre! ¡Cómo le arde la cara! El médico dice que son las amígdalas, se le inflaman continuamente, y entonces la fiebre le sube a cuarenta grados, a veces incluso más.

—Ahora mismo te traigo algo.

Ha preparado un asado de ternera al horno para toda la familia. La carne ha salido cara, pero es domingo y hay que poner algo bueno en la mesa. La salsa también le ha quedado muy rica, y hay patatas y guisantes con zanahorias de guarnición. Swetlana comprueba cómo van las verduras, baja todo lo posible el fuego de la olla para que no se le queme y luego abre la nevera para sacar la jarra de infusión de menta. Las infusiones frías van bien para la sed que causa la fiebre, según el médico. Llena un vaso y lo deja en la mesa.

Oye que August aparca el coche en el garaje y, poco después, se abre la puerta de casa. Ha ido a visitar a un cliente. Así es su marido; trabaja incluso el domingo, que en realidad debería ser un día para estar en familia. El primer sitio al que le llevan sus pasos es a la habitación de Sina. Le dice algo en voz baja y la pequeña contesta con su aguda vocecilla infantil y su peculiar tono de sabelotodo.

—¡Sina vuelve a tener fiebre! —exclama August al entrar en la cocina—. ¿Has llamado al médico?

—Hoy es domingo, cariño.

Él hace un gesto molesto con la mano.

—Si le ha subido mucho, lo llamaré de todos modos. ¿Le has tomado la temperatura?

—Esta mañana tenía treinta y nueve y medio.

August no se contenta con eso y va a ponerle otra vez el termómetro. Swetlana lo sigue y deja el vaso en la mesita de noche. La niña se vuelve de lado y mira encandilada a su padre. Los ojos le brillan a causa de la fiebre, tiene las mejillas muy coloradas y el pelo pegado a la cabeza a causa del sudor.

—Mamá, esta noche he soñado con Rusia. Estaba todo blanco y de la nieve sobresalían unas cúpulas de iglesia doradas. La capa de nieve era tan gruesa que todo el pueblo estaba enterrado…

—Eso no pasa, Sina. En invierno hay mucha nieve, es verdad, pero nunca es tan alta como una iglesia.

—¿No añoras Rusia alguna vez, mamá?

Qué preguntas hace… A Sina siempre se le ocurre algo nuevo. Que si añora Rusia. ¿Qué se supone que ha de responder? Sí, la añora. Pero no, no quiere regresar allí jamás. Aunque a menudo siente nostalgia de su hogar. Sin embargo, nadie es capaz de poner en palabras semejante batiburrillo de sentimientos. Swetlana, por lo menos, no.

—Tienes que estarte tumbada y quieta, Sina —dice—. Si no, el termómetro no puede medir la fiebre.

Sina se está quieta unos segundos porque August le acaricia la mejilla con cariño y le susurra que su madre tiene razón.

—Estoy leyendo un libro sobre Rusia —le dice a Swetlana—. Se titula *El correo del zar*. ¿Lo conoces, mamá?

Ella niega con la cabeza. No es muy lectora. Cuando era pequeña, ocupaba su tiempo de otra manera y, al cumplir los dieciséis, la deportaron a un campo de trabajos forzados en Alemania.

—Yo sí lo conozco, Sina —contesta August—. Es de Julio Verne. Un libro fascinante, aunque en realidad eres demasiado pequeña para leerlo. —Se sube las gafas a la frente porque así puede ver mejor lo que marca el termómetro—. Treinta y nueve —dice, y mira a Swetlana muy serio—. Es mucho para ser mediodía. El punto más alto no se alcanza hasta la tarde, y luego vendrá la noche, y entonces no podremos llamar a ningún médico.

¿Por qué August siempre se preocupa tanto por Sina? Su hija tiene fiebre a menudo, y hasta ahora lo ha soportado bien. Es lo que pasa con los niños: enferman, pero enseguida se ponen buenos otra vez.

—Después le aplicaré unas compresas en las pantorrillas. Seguro que así le bajará un poco —propone, y le quita el termómetro de la mano a August para agitarlo—. Ahora vamos a comer, cariño.

A él le cuesta apartarse de la cama de su hija enferma. Le promete un regalo si come un poquito, y que luego irá a verla para leerle algo.

—Ya me he leído todas estas páginas, papá —dice ella con orgullo tras sacar el libro de debajo de la almohada.

Ha puesto un marcapáginas señalando el lugar en el que se ha quedado.

—El médico ha dicho que no deberías leer tanto en la cama —comenta August, y suspira porque sabe que su hija seguirá haciéndolo de todos modos—. No es bueno para la vista, Sina. Espera a que venga yo a leerte, ¿de acuerdo?

—Sí, papá. Deja la puerta abierta, por favor, mamá. Así puedo veros en el salón.

August se quita la americana y la cuelga con cuidado en su silla. Luego quiere ayudar a Swetlana a llevar los platos.

—Deja… Mejor ve a avisar a Mischa de que vamos a comer.

Su hijo solo ha aparecido brevemente por la mañana para desayunar con ellos. Lo hace porque August se enfada si los domingos se queda en la cama hasta tarde. Entre semana, por suerte, se levanta a las siete y media en punto, desayuna con los demás y se prepara para ir a su «trabajo». Aunque Swetlana opina que Mischa debería hacer algo de provecho, y no pasarse el día entero en casa de un anciano.

—¡Ya voy! —exclama el chico desde su cuarto cuando August llama a la puerta.

En efecto, un instante después sale con camisa y pantalón, y el pelo desgreñado porque seguro que se ha peinado con los dedos. En los pies solo lleva calcetines. Se sienta en su sitio sin levantar la mirada y, en general, se esfuerza en hacer como si su madre no estuviera allí. Desde que Swetlana fue a verlo al piso de Addi para llevarles comida, no le ha dirigido la palabra.

—¿Sina vuelve a estar enferma? —le pregunta a August.

—Sí, qué se le va a hacer.

—Tendrían que extirparle las amígdalas —opina Mischa—. Así se acabaría.

También el médico se lo ha aconsejado, pero August tiene sus dudas. La operación no está exenta de riesgos. La niña podría sufrir una hemorragia e incluso morir. Una vez le confesó a Swetlana que la idea de que alguien cortara a su niña con un bisturí le resultaba espantosa.

—¿Qué tal se encuentra Addi? —se interesa August mientras sirve una pequeña ración de carne, verduras y patatas en un plato para Sina.

—Más o menos —murmura Mischa—. Ayer por la noche

se asfixiaba y la señora Wemhöner fue a buscar al médico. ¡Pues no veas cómo se puso Addi! En cuanto pudo respirar algo mejor, le echó una bronca que para qué.

—Viejo loco —opina Swetlana meneando la cabeza.

Mischa la mira un instante con los ojos entornados y llenos de rabia. Luego prosigue.

—Es un viejo magnífico. Ojalá le queden todavía muchos años. ¡La de cosas que ha vivido! Estuvo en la Primera Guerra Mundial. En la marina de guerra. Llegó hasta África y allí tuvo una amante negra.

—¡Dios nos asista! —exclama Swetlana, horrorizada—. ¿Esas cosas te cuenta? ¿Acaso está mal de la cabeza?

August no se ha enterado porque ya se había levantado para llevarle a Sina su plato a la cama. Cuando vuelve a la mesa, se ha instaurado un silencio incómodo. Swetlana no entiende que sus palabras le hayan sentado mal a su hijo. ¿Por qué se toma Mischa todos sus comentarios tan al pie de la letra? No lo ha dicho con mala intención y, además, es bastante raro que un hombre tan mayor, y encima moribundo, se dedique a explicar sus inmorales aventuras amorosas.

—¿Puedo hablar luego contigo un momento, August? —pregunta Mischa, rompiendo el silencio.

August mira a Swetlana con vacilación y luego asiente.

—Después de comer, en mi despacho.

Ella no dice nada, pero está dolida. Su hijo quiere contarle algo a August a solas, y su madre no puede estar presente. Eso es muy duro. Pero ¿qué ha ocurrido? ¿Por qué de repente se ha abierto un abismo tan grande entre Mischa y ella?

Mientras recoge la mesa y saca de la nevera el postre —requesón con fresas—, August va a ver a Sina.

—No has comido nada, cielo.

—Sí. Un trozo grande de carne y uno pequeño de zanahoria, pero me duele mucho la garganta al tragar.

Él se lleva el plato a la cocina y regresa a la mesa con el semblante gris y preocupado. Absorto en sus pensamientos, se acaba el requesón y las fresas del pequeño cuenco de cristal que le ha preparado Swetlana, aunque seguro que ni sabe lo que está comiendo. Ella está al borde de las lágrimas. Ha cocinado con muchísimo amor, pero nadie parece apreciarlo. Para eso, bien podría haberles puesto delante un plato de col hervida o una sopa de lentejas. August solo se preocupa por Sina, Mischa le hace el vacío y, para colmo, ahora quiere confesarle a su padrastro algo de lo que ella no debe enterarse.

De pronto estalla. Lanza su servilleta a la mesa, rompe a llorar y se marcha corriendo. En la habitación de matrimonio se lanza sobre la cama y llora amargamente en las almohadas.

—Pero ¿qué le pasa? —oye preguntar a Mischa.

No hay respuesta. Swetlana oye que August se levanta y se acerca a la habitación. Cuando llama a la puerta, llora aún más fuerte.

—Swetlana, ¿qué ha pasado? —pregunta su marido en voz baja.

Ahora oye cerrarse la puerta de la habitación de Mischa. Su hijo no siente compasión por su madre. Ya puede estar llorando y sentirse todo lo desgraciada que quiera… que él se va a su cuarto y se encierra. ¿Qué le ha hecho que sea tan horrible? Antes, su Mischa era diferente. Antes se acercaba a ella y la acariciaba, le apartaba de la cara el pelo mojado de lágrimas y le preguntaba por qué lloraba así.

August se sienta en el borde de la cama. No la acaricia; solo le habla despacio y en voz baja.

—Cálmate, Swetlana, por favor. Piensa un poco en Sina. La niña se asusta cuando montas estas escenas.

—¡Sina, Sina! —solloza—. No piensas más que en tu hija. A Mischa lo has dado por perdido. Puede ignorarme, puede insultarme, y a ti te da completamente igual.

Por fin nota la mano de su marido en el hombro. Es firme y apenas se mueve. No se trata de una caricia, sino más bien de una carga que se ha posado sobre ella.

—No me da igual, Swetlana, ni mucho menos. Lo que me preocupa es tu indiferencia hacia la niña. Está enferma, tiene mucha fiebre…

—Eso no es verdad —se defiende ella, y se sienta en la cama con brusquedad—. Solo que no hago un drama de ello.

Lo mira furiosa. Esperaba consuelo y, en cambio, August le viene con esas historias. ¿Acaso no ve su desesperación porque está a punto de perder a su hijo?

—No discutamos por esto, Swetlana —dice él, resignado—. Sé que amaste al padre de Mischa, y que ves en tu hijo el legado que te dejó. Lo supe desde el principio y lo acepté. Sin embargo, esperaba que también por mí y por la hija que tenemos en común pudieras sentir cariño, o algo parecido al amor.

Ahora debería asegurarle que se equivoca, que ella lo ama, que es feliz viviendo con él. Pero el miedo a perder a Mischa le cierra la garganta. No es capaz de hablar de amor; solo se siente desgraciada. August espera un rato, pero, como ella guarda silencio, se levanta con un suspiro y carraspea.

—Te propongo lo siguiente: ahora voy a hablar con Mischa y luego te informaré con exactitud del contenido de esa conversación. También a él se lo haré saber. No quiero secretos. Mientras tanto, te pido por favor que llames al doctor Steiner y le expliques cómo se encuentra Sina. ¿Podemos ponernos de acuerdo en eso, Swetlana?

No hay que olvidar que es abogado; mantiene la cabeza fría y hace propuestas sensatas. En lugar de abrazarla con cariño y consolarla, quiere llegar a un trato con ella. ¡Será bobo! Podía haberlo conseguido todo. Swetlana le habría confesado su amor, sus remordimientos de conciencia, sus cuitas. Le habría suplicado perdón. Le habría prometido ocuparse más de la niña. Se lo habría entregado todo a cambio de un solo abrazo cariñoso. Él, sin embargo, prefiere mostrarse sensato, así que no ha obtenido nada.

—Como quieras —dice, y se seca la cara con la esquina de la colcha.

Se levanta y pasa junto a él sin mirarlo.

Sina se ha comido el cuenquito de requesón con fresas. Ahora está tumbada boca arriba. Se ha quedado dormida con las gafas en lo alto de la nariz y el libro abierto sobre la tripa. La preocupación de August no es infundada: la niña respira deprisa, debe de haberle subido la fiebre. Swetlana piensa que, con esas gafas y el pelo mojado, parece una vieja solterona. La deja durmiendo y va al salón, donde está el teléfono, para marcar el número del médico. Tiene que esperar un momento hasta que el hombre se pone al aparato. Mientras tanto, oye retazos de frases que vienen del estudio. Es la voz de Mischa, que suena grave y un poco ronca. Habla de manera entrecortada y con exigencia. A Swetlana se le encoge el corazón. Se ha convertido en un extraño para ella.

—Steiner, diga.

Se sobresalta cuando el médico contesta al teléfono. Últimamente ha estado mucho en su casa, conoce a Sina y casi siempre le ha recetado penicilina, que le ha ido muy bien.

—Esta tarde estoy invitado a una cena, señora Koch. Si la fiebre no le baja, apliquele compresas en las pantorrillas. Llámeme mañana a primera hora a la consulta y, si hace falta, iré a su casa.

—Muchas gracias.

La puerta del estudio se abre y acto seguido se cierra otra vez. Mischa se ha metido en su cuarto; la conversación parece haber terminado. Swetlana resiste la tentación de correr al estudio de August para preguntarle. En lugar de eso, va a la habitación de Sina sin hacer ruido y le pone una mano en la frente.

—¿Mamá? —susurra su hija—. Tengo sed...

Le da de beber y vuelve a tomarle la temperatura. Sigue sin bajar; será mejor que empiece ya con las compresas. Conoce ese viejo remedio casero de cuando era pequeña y la vieja niñera de Sverdlovsk le envolvía las piernas con paños mojados. Luego colocaba otro seco encima y, al cabo de un rato, se los cambiaba. Sina se deja poner las compresas sin protestar y suelta alguna risilla porque están muy frías. Entonces comenta que son como las polainas que los rusos se ponían en las piernas para protegerse del frío.

—¿Explican eso en tu libro? —pregunta Swetlana.

—Sí, y también cómo se puede deslumbrar a una persona con una espada brillante.

—Qué cosas lees... —la reprende—. La guerra ya fue bastante horrible. No deberías leer sobre temas tan espantosos, encima.

—Pero si es todo inventado, mamá.

—Esas cosas no hay ni que pensarlas, Sina.

De pronto August está en el umbral mirando qué hacen.

—¿Te lo ha aconsejado el médico? —quiere saber.

Cuando ella se lo confirma, él sugiere que deberían turnarse para cuidar de la enferma durante la noche. Ella asiente y lo mira con ojos interrogantes.

—Vamos al estudio —dice August.

Se sienta a su escritorio y le ofrece la silla que hay delante, como si fuera una clienta. Swetlana se asusta porque él tiene el gesto muy serio y le tiembla la ceja derecha. Le pasa siempre que algo va mal.

—No me extenderé mucho —dice su marido—. Mischa quiere conocer a la familia de su padre. Me ha pedido que los localice para que pueda presentarse.

Swetlana siente como si a sus pies se hubiera abierto un agujero enorme. Como si cayera hacia una oscuridad insondable. El padre de Mischa. Gerhard Stammler. El director del campo, el hombre que tenía poder sobre todos ellos. El hombre del que se enamoró. El que no le propuso matrimonio. El que cayó en Brandemburgo sin haber visto nunca a su hijo.

—Eso... ¡no puede ser! —exclama—. Es imposible, August. ¡No quiero!

Él le dedica una mirada seria y delicada; seguramente esperaba esa reacción.

—A la larga, no podrás evitarlo —dice sin levantar la voz.

Ella se tapa la cara con las manos. La invade el horror. ¡La familia de Gerhard! No saben nada de la existencia de Mischa. Seguro que, en aquel entonces, él ocultó a sus padres que había tenido un hijo ilegítimo con una rusa del campo de trabajos forzados.

—Yo... le... le conté a Mischa que su padre quería casarse conmigo... —susurra, desesperada—. Que lo tuvo en brazos de pequeño, que habría sido un buen padre de no haber caído en la guerra.

Mira a August en busca de ayuda. Él se levanta y se acerca a ella, se detiene junto a su silla y le posa un brazo en los hombros. Esta vez su gesto es suave.

—¿Y nada de eso es cierto? —pregunta.

Swetlana niega con la cabeza. Ni siquiera a August le ha contado lo que ocurrió en realidad, y él nunca ha preguntado. Es un tema que ambos consideraban zanjado; un mal recuerdo del pasado que les gustaría olvidar. Solo que ahora los fantasmas han resucitado.

—Se ocupó de que me quedara un tiempo con mi hijo en la clínica y no tuviera que regresar enseguida al campo. Si más adelante pude tener a Mischa a mi lado, ya no fue por orden suya, porque lo trasladaron a otro destino. Una vez me escribió una postal. Solo un par de palabras. No sé si él recibió mis cartas. Supe que había muerto porque vi su nombre en una lista. Eso es todo.

August la ha escuchado en silencio y ahora se aparta de ella y recorre la sala. Camina inquieto, como si necesitara reflexionar.

—Te lo pido por lo que más quieras —se lamenta ella—. No puede presentarse a esa gente. No quiero. Solo puede acabar mal.

August se detiene, inspira hondo y expulsa el aire, y ella se da cuenta de que está a punto de decir algo que no va a gustarle.

—Antes me has reprochado que Mischa me es indiferente —declara su marido—, pero en eso te equivocas. Lo que voy a decirte es por el interés de tu hijo. Aunque para ti sea duro, Swetlana, Mischa tiene derecho a conocer a la familia de su padre. Podemos prohibírselo, podemos intentar impedirlo, pero estoy seguro de que nada lo detendrá. Incluso sin mi ayuda, averiguará dónde viven e irá a verlos.

Ella no quiere seguir escuchando, se tapa los oídos y llora de impotencia. Todo vuelve a aflorar en su interior: el rostro de él, su sonrisa, sus manos apresuradas y ansiosas, el bochornoso calor nocturno, el asombro de ella, la pasión, el deseo insensato y estúpido por un hombre que la olvidó. ¡Mischa no debe conocer a esa gente! Lo despreciarán. Un niño ruso. Un infrahumano...

Se pone en pie con brusquedad. Quiere salir corriendo, encerrarse en el dormitorio a llorar de desesperación contra las almohadas, pero entonces nota los brazos de August, que la estrecha contra él y le besa las mejillas cubiertas de lágrimas.

—Entiéndelo, Swetlana —susurra—. Pronto será un hombre adulto. Eso es bueno y está bien, pero su camino no será fácil. Debemos confiar en él y dejarlo marchar, pero también estar a su lado cuando nos necesite. Ese es nuestro deber, cariño.

Es un alivio enorme sentir su calidez. El apoyo que le proporciona su abrazo. Su ternura. Swetlana no ha entendido del todo sus palabras, pero intuye que desea lo mejor para Mischa. August es un hombre bueno y muy listo.

—Tienes razón —susurra, y se acurruca contra él—. Te quiero. Te quiero muchísimo, August. Antes no he podido decírtelo, pero te lo digo ahora… y mil veces.

Wilhelm

Ahí está, apartado. Como en una vía muerta. Julia no tiene tiempo para él porque debe ocuparse de Addi, pero Wilhelm se contenta con esperarla pacientemente en su pequeño salón. Julia, su amor. Idolatrada, maravillosa, eterna… Ella está en el piso de Addi, junto a su cama, y Wilhelm, en el de ella, oye todo lo que están diciendo porque la puerta que los comunica está abierta.

—Eso era *Las bodas de Fígaro*, yo cantaba el papel del Conde. Mira qué faldones me cosiste para el vestuario. Y ese lazo. Qué ridículo…

¿De qué habla Addi? Ah, deben de estar mirando fotos antiguas. De su época dorada como barítono de la ópera, cuando era el preferido de la sociedad femenina de Wiesbaden. Por entonces era guapo, alto y fuerte, pero delgado, con una buena cabellera. Un barítono robusto y moreno. Wilhelm lo vio en el escenario una o dos veces antes de la guerra. Siempre tenían entradas gratis porque su padre se codeaba con todos los artistas. Es una lástima que ya no sea como antaño, la verdad. Algún que otro músico va todavía al Café del Ángel, pero solo los mayores, los que conocen a Heinz Koch. Los jóvenes frecuentan el Blum.

—¿Esa es la Herbert?

—Elisabeth Herbert, exacto. Una gran artista. Canté mucho con ella.

—Y Weber haciendo de Sarastro, con esa barba ondeante. Fue en el treinta y nueve, cuando ya me habían despedido. Les aconsejé que le cosieran una faja, para que no le sobresaliera tanto la barriga.

—La época más bonita fue la del mandato de Hagemann. Con él canté mi primer Don Giovanni, y también reclutó al joven Klemperer como director de orquesta. El viejo Hagemann tenía mano para encontrar a gente buena.

Wilhelm tiene que reprimir un largo suspiro. Como esto siga así, se quedará ahí sentado hasta mañana sin haber podido cruzar ni una sola palabra con Julia. Y eso que necesita con urgencia una de sus conversaciones. Su intuición femenina. Su delicada inteligencia. Ay, es que Julia es la única persona de este mundo que puede ayudarlo ahora mismo…

—Sírveme otro trago, niña. Si el barco ya se acerca al abismo, quiero hundirme por todo lo alto. Las velas izadas, a todo trapo.

—¡Deja de decir esas cosas, Addi! O no te daré más champán.

—Pero si es verdad, niña. Y tú lo sabes. He disfrutado de una vida larga y preciosa. Me han pasado cosas malas, pero la suerte me ha sonreído muchas más veces. Y tú eres mi estrella, la que estará conmigo hasta el final, iluminando mi camino.

—Esta sí que es la última copa, Addi. ¡Ay, mira! Pero si es la cartita que te escribí cuando cantabas el Don Giovanni… ¿Sabes lo perdidamente enamorada que estaba de ti?

—¡Hurra por el amor! ¡Y por la vida!

Wilhelm se conmueve con lo que llega hasta sus oídos. Addi Dobscher es un tipo estupendo, sin duda. Siempre ha estado ahí, en realidad, porque ha vivido en la buhardilla desde que él tiene memoria. ¿Por qué no se buscaría un piso más grande? Seguro que habría podido permitírselo. Tal vez porque desde aquí solo tenía que cruzar la calle y ya estaba en el Teatro Estatal. O quizá fuera por su padre, Heinz Koch, el alma del Café del Ángel, amigo y figura paternal para todos los artistas.

No es agradable pensar que el bueno de Addi se dispone a abandonar este mundo. De algún modo, con él termina una época. Una generación se retira. Igual que sus padres, que hace tiempo que no llevan la voz cantante en el Café del Ángel, sino que es su hermana Hilde quien lo decide todo. También en el teatro hay otros actores, el relevo de los que hace años salían al escenario. Los compañeros de entonces están repartidos por todos los confines del mundo. ¿Y él? Dentro de tres años cumplirá los cuarenta. Todavía conserva ambición, desde luego. Aún puede llegar muy lejos y su profesión sigue fascinándolo. Su vida privada, en cambio, ya no le gusta tanto. Esa libertad que tan valiosa le resultaba antes, ahora la siente cada vez más como un vacío. Cuando llega a su piso de Hamburgo, no tiene a nadie esperándolo. Está Julia, cierto, su gran amor. Willi siempre regresa a ella. Sin embargo, Julia no puede llenar el vacío del piso de Hamburgo. Para eso es demasiado… etérea. Un ideal. La reina de su corazón. Maravillosa pero inaccesible. Lo que él necesitaría es a alguien como la princesita. Nora. Y también a la mamá de Nora, Karin. Esos dos seres tendrían el poder de convertir su piso vacío en un hogar maravilloso y acogedor.

—Abre ese armario de ahí —dice Addi en la otra habitación—. Pero ten cuidado, que está bastante abarrotado.

—Pero si aquí hay vestuario… ¡Dios mío! Eso lo cosí yo. ¿De dónde lo has sacado?

—Lo compré cuando subastaron los viejos trajes. Ese era el de Fígaro, el del chaleco pequeño. Dijiste que no me abriera tanto la camisa porque se me veía toda la mata del pecho.

Los dos se ríen y a Addi le da un ataque de tos. Jadea e inspira con dificultad para tomar aire. ¡Pobre tipo! ¿Por qué no querrá ir a un hospital? A pesar de compadecerlo, Wilhelm piensa que ya va siendo hora de que Addi se duerma. ¿Cómo lo aguanta Julia? Se pasa todo el día de una tienda a otra, diseña bocetos, trata con clientes importantes, con los empleados, se ocupa de la contabilidad. A menudo visita ferias para comprar telas nuevas. Una vez al año organiza un pequeño desfile de moda en el Balneario, con invitados selectos. Y por las noches, cuando una persona normal caería derrengada en la cama, se sienta con Addi a mirar álbumes de fotos, a beber champán con él y a contemplar sus viejas piezas de vestuario, como ahora. No es de extrañar que tenga el minúsculo piso tan desordenado. En la mesa se apilan prospectos y portafolios con todo tipo de documentos. Entre ellos hay tazas de café, latas de galletas, un bote de aceitunas negras, varias cajitas de medicamentos, un ramo de flores marchitas y una tableta de chocolate con leche a medio comer. En una silla tiene su bolso, y en otra hay varias prendas de ropa. Da la sensación de que apenas pase por su bonita villa. Ha montado su cuartel general aquí, cerca de Addi. Todo un detalle por su parte. Es conmovedor. La pregunta es cuánto aguantará. Ya son las diez de la noche y Addi, para colmo, empieza a cantar *Don Giovanni*. No está nada mal. Suena bastante bien, de hecho, para ser un veterano.

—*Là ci darem la mano... Là mi dirai di si.... Vedi, non è lontano...*

De repente le entra la tos y le falta el aire. A Wilhelm se le cierra la garganta solo con oírlo; es angustioso cuando jadea de esa manera. Morir asfixiado debe de ser horrible. Oye a Julia, que habla con él de forma insistente, con una voz suave pero al mismo tiempo firme, y luego entra deprisa en la habitación a buscar una de las cajitas de medicamentos de la mesa y sale corriendo otra vez sin decirle una palabra.

—¡No quiero esa porquería! —protesta el enfermo.

—Solo una. Para que puedas dormir. Hazlo por mí…

—Por ti… lo hago… casi todo…

Tose un rato más. Julia abre las ventanas para que entre un poco de aire y entonces Wilhelm solo oye susurros. Lo que se digan al darse las buenas noches no ha de llegar a oídos extraños, así que se esfuerza por dejar de escuchar. Seguro que ahora ella le dará un beso tierno y cariñoso, como quien besa a un niño al acostarlo. La verdad es que Addi es un hombre con suerte.

—Luego pasaré a verte otra vez —oye decir a Julia, que cierra entonces la puerta que comunica ambas viviendas y entra en su salón.

¡Qué pálida está! Cuando enciende la lámpara, Wilhelm le ve unas arrugas alrededor de la boca que no estaban ahí hace un par de semanas.

—¡Willi! —exclama, y le toma la mano—. Siento mucho no tener apenas tiempo para ti.

—¡Ay, pero qué dices! —contesta él, quitándole importancia—. Me doy perfecta cuenta de lo necesario que es que estés a su lado ahora. Te admiro mucho, Julia. Seguro que nada de esto es fácil para ti.

—No —dice ella en voz baja—. Me duele perderlo. Fue mi primer gran amor. Estaba loquita por la figura de los escenarios, Don Giovanni, el gran seductor. Tardé tiempo en aprender a amar al verdadero Addi, al amigo íntegro, leal y valiente…

Se le llenan los ojos de lágrimas y sonríe. Wilhelm le acaricia la mano y piensa que no es momento de importunarla con sus tribulaciones. No, con lo preocupada que está por Addi.

—¿Quieres un poco de champán? —pregunta Julia, que se levanta a buscar las copas—. Aún queda media botella.

Lo cierto es que no le apetece demasiado compartir con ella las sobras de Addi, pero tampoco desea ofenderla, así que recibe las flautas de champán de su mano y las llena. Ha comprado una marca cara… En fin, era para su leal amigo. ¿Acaso empieza a estar algo celoso? «¡No seas tonto, Willi Koch! ¡Vergüenza debería darte!».

—¡Por la vida! —dice Julia al levantar su copa para brindar.

—¡Y por el amor! —añade él.

Es más una confesión encubierta que un brindis entusiasta. Se miran mientras beben, y entonces ella deja la copa y quiere saber cómo le va.

—Pues todo va estupendamente. El teatro ha cerrado por vacaciones. Un poco de relax, recargar energías. Visitar a mis queridos padres y demás parentela, por supuesto. Ah, sí, también he hablado con la gente del cine.

—¿De verdad? ¿Y te ha salido algo?

Él contesta con rodeos. Por desgracia, no ha ido como le hubiera gustado, pero al menos le han abierto una ficha, han dicho que lo llamarán y que tal vez pueda trabajar haciendo doblaje, que es poner la voz en alemán a un papel de una película extranjera.

—No es poca cosa —señala presuntuoso—. Un nuevo reto, y pagan un buen dinero.

—Qué bien —comenta ella—. Entonces, tal vez pases más tiempo en Wiesbaden, ¿no?

—Es probable.

—Disculpa…

Se levanta, se acerca a la puerta y se asoma sin hacer ruido para ver si Addi está bien. Cuando abre, se oyen sus ronquidos regulares. Aun así, Julia entra y se queda allí un rato. ¿Qué estará haciendo? ¿Le alisará la colcha? ¿Le acariciará el pelo para retirarlo de su amplia frente? Wilhelm da otro trago generoso y decide despedirse ya. Al fin y al cabo, Julia necesita dormir.

—Parece que será una noche tranquila —comenta al regresar—. No siempre es así. Ojalá hiciera caso al médico y se tomara los medicamentos, pero Addi es un cabezota... Y yo quiero respetar su voluntad mientras sea posible.

«Eso es bastante egoísta por parte de Addi», piensa él. Otros van al hospital, donde les dan el tratamiento y los cuidan, pero don Cantante de Cámara prefiere tener una cuidadora particular. Por supuesto, no comparte con Julia esas consideraciones; en su lugar, le pregunta cómo lo lleva ella.

—Voy tirando. Hay que organizarse bien. En las tiendas, los gerentes han asumido más responsabilidades y ahora deciden muchas cosas por sí solos. A veces vengo aquí y me permito una pequeña siesta. Por suerte, he encontrado a alguien que se ocupa de Addi durante el día y a quien él ha aceptado.

—¿Mischa?

—Sí, Mischa. Me parece que es bueno para ambos. Y casi todos los días viene también la hija pequeña de Luisa a practicar con el piano. En resumidas cuentas, que esto se ha convertido en un hospital muy animado.

Julia ha recuperado su sentido del humor. Los dos se ríen y la tensión del ambiente se disipa. Es una mujer extraordinaria. Incluso en esa difícil situación mantiene la cabeza bien alta.

—Dime, ¿puedo ayudarte en algo? —pregunta Willi—. Ahora tengo tiempo.

Ella le agradece el ofrecimiento. Lo avisará si alguna vez lo necesita, cosa que a él le provoca una leve decepción. ¿Acaso no lo considera lo bastante serio como para ayudar en el cuidado de un enfermo? En fin, no es un talento innato en él, sin duda, pero lo haría por ella.

—También podría acompañarte a la feria de tejidos —le propone—. Para que te relajes durante el trayecto.

—Qué buena idea, Willi. Eres un encanto.

Julia bebe a su salud y él vacía su copa. La deja de golpe y se levanta para despedirse. Son casi las once, ya va siendo hora.

—Espera —dice ella cuando él se inclina para darle un beso en la mejilla—. Hay algo más, ¿verdad?

Esta mujer tiene un sexto sentido.

—¿Qué te hace pensar eso? —pregunta, haciéndose el inocente.

Julia se quita las gafas y lo mira de reojo. Interrogándolo, castigándolo y con una sonrisilla encantadora. Nadie en el mundo puede mirarlo de esa forma. Solo ella.

—Te lo veo escrito en la cara, Willi.

—Nos llevaría demasiado tiempo.

—¡De ninguna manera!

Julia lo retiene, lo obliga a sentarse otra vez y le exige que le cuente lo que le preocupa.

—Es complicado.

—Eso lo decidiremos cuando me lo hayas explicado todo.

Willi tiene que poner en orden sus ideas; no sabe por dónde empezar. Le inquieta que ella lo malinterprete y crea que no se trata más que de otro amorío. En estos asuntos siempre fue muy sincero con Julia, nunca tuvo pudor para confesarle sus aventuras y ella miraba hacia otro lado. A veces, incluso le ha dado consejos sobre cómo poner fin a una relación sin escenas desagradables.

—Esta vez es algo muy serio para mí, ¿entiendes? No es una mujer con quien me apetezca vivir una historia simpática. Eso ya ocurrió en su día. Ahora se ha convertido en una persona muy diferente. Ha acumulado experiencia, ha luchado, se ha enfrentado con valentía a los reveses del destino, tiene una hija pequeña, es… Es la mujer con quien me gustaría compartir mi vida.

Por supuesto, lo ha soltado todo de sopetón, como le ocurre siempre que tiene que hacerle alguna confesión a Julia. Esa última frase le ha salido así, sin más. No lo había reflexionado y, de hecho, antes de decirlo no lo tenía muy claro. Pero es cierto. Quiere compartir su vida con Karin y con la pequeña Nora.

—Visto así parece una locura, ¿verdad? —pregunta él, titubeante.

Ella lo ha escuchado con atención y ahora lo mira con ojos serios. Sabia y pensativa, y también un poco triste.

—¿Se lo has dicho ya?

—¿Si le he dicho el qué?

—Que quieres compartir tu vida con ella.

—¡Claro que no!

Julia asiente. Lo sospechaba. A veces su adorada Julia se da un aire de profesora.

—Pero en algún momento habrá de enterarse, ¿o no?

En eso tiene razón, claro. Por otra parte, hasta ahora no ha tenido oportunidad de decirle nada a Karin. Al fin y al cabo, una confesión así no puede soltarse a toda prisa. Hay que encontrar el momento oportuno. El lugar adecuado.

—Es que ella está en Bochum y yo aquí, en Wiesbaden.

—Vaya —replica Julia.

—Pero hablamos por teléfono casi todos los días.

—Ya veo…

—Karin no tiene teléfono, pero su madre sí. Vive con ella, y la mujer cuida de la pequeña cuando Karin está en el teatro. Si no, no podría salir adelante.

—Y en todas esas conversaciones telefónicas, ¿nunca le has dicho nada?

—Pero ¿qué quieres que le diga?

Ahora Julia pone la cara de alguien que está hablando con un niño difícil y un poco lento. Concentrada, pero también algo burlona.

—Que la amas y quieres compartir tu vida con ella. ¿Le has dicho ya eso por teléfono?

—¡Por supuesto que no! ¿Cómo voy a soltarle eso por teléfono? Qué falta de estilo. No quiero que, precisamente Karin, se lleve la impresión de que soy un tipo vulgar que despacha sus declaraciones de amor por vía telefónica.

—Entiendo —dice ella—. ¿Nos tomamos lo que queda?

Levanta la botella de champán y sirve sin esperar su respuesta. Él alcanza su copa y se la bebe de un trago.

—¿Y sobre qué habláis tanto por teléfono? ¿Sobre el día a día?

Willi se encoge de hombros. En realidad hablan de todo lo imaginable. De la gente del cine de Wiesbaden. De la próxima temporada teatral en Bochum. Y mucho de la pequeña, porque él quiere saberlo todo y a ella le encanta explicárselo. A veces también de la madre de Karin. Y él le habla de su familia.

—Entonces, ya tenéis bastante... confianza el uno con el otro, ¿no?

Wilhelm asiente. Sí, eso es verdad. Conoce bastantes cosas de Karin y, al revés, ella de él.

—Es que somos buenos amigos —comenta melancólico—. Pero nada más que eso, ¿entiendes? Ella nunca me dice que vaya a visitarla. Que quiere verme. Tampoco que me echa de menos...

—¿Y tú?

—¿Yo?

—¿Alguna vez le has dicho que tienes ganas de verla?

Niega con un gesto de la mano y a punto está de tirar de

la mesa la copa de Julia. Ella tiene la presencia de ánimo suficiente para salvarla de la caída.

—¡Eso estaría fatal! Algo así se le dice a una chica con quien quieres tener una aventura. «Te añoro muchísimo, cielo. ¿Puedo ir a verte? ¿Cuándo? No aguanto más sin ti». ¿No lo entiendes? A Karin no puedo irle con un truco tan manido.

—¡Vaya, conque así estamos! —exclama Julia, asintiendo con comprensión.

—¡Sí, así estamos!

—Pues tal vez ella esté esperando una frase similar.

—¿Karin? Jamás. Ya no es una chiquilla. ¡Es una mujer independiente!

Ella apura su copa sin quitarle los ojos de encima. ¿Lo mira pensativa? ¿Trama algo? ¿Por qué a veces le da la sensación de que se ríe de él?

—También una mujer adulta e independiente quiere que la cortejen, Willi. Si siempre te comportas con ella como un buen amigo, al final creerá que no sientes nada más.

—¡Eso es absurdo! —protesta él—. Si ella quisiera algo, me lo habría dicho hace tiempo.

—¿Tan seguro estás de eso?

No, de repente ya no está tan seguro. El problema es que no sabe cómo confesarle a Karin lo que siente… de una forma que suene sincera. Por alguna razón, solo se le ocurren frases trilladas que le parecerán muy tontas.

—Mira —dice Julia—, si Karin siente algo parecido por ti, para ella es mucho más difícil dar el primer paso.

—¿Y eso por qué?

—Está soltera y ha tenido una hija. Si te tirara los tejos, podrías pensar que solo busca a alguien que se case con ella. Es lo que la mayoría de las mujeres intentarían conseguir en su situación.

Wilhelm nunca se lo había planteado desde esa perspectiva.

—Pero… eso es justo lo que quiero. Casarme con ella. Karin no lo sabe aún, claro, pero…

Se calla porque acaba de confesar algo que en realidad quería ocultarle a Julia. Porque sabía que le dolería. Un amorío es una cosa; el matrimonio es algo muy distinto. La mira consternado.

—Entonces deberías decírselo, Willi —señala ella, sonriendo—. Ve a Bochum. Te deseo mucha suerte.

—¿No estás enfadada conmigo?

—No —dice, y se levanta para abrazarlo—. Sé desde hace tiempo que esto sucedería algún día.

Él percibe su calidez, nota su cuerpo esbelto pero firme, y siente que lo invade una oleada de pasión. La besa con una impetuosidad que hacía mucho que no sentía. No es capaz de soltarla. Se aferra a ella, aunque sabe que se está despidiendo.

Ella lo aparta un poco. Con dulzura, con amor.

—Siempre me tendrás aquí, Willi.

Y, con eso, lo deja libre.

Luisa

A las ocho y media en punto, Hilde llama a la puerta del piso. Luisa, que está llenando el termo de café, vierte un poco fuera a causa de los nervios.

—Abre, Petra, por favor.

Saludos a todo volumen en el recibidor. Hilde entra en la cocina y abraza a Luisa.

—¿Emocionada? Ay, todo irá muy bien —dice, y la estrecha un poco más.

—Claro, claro —responde ella—. Seguro que sí.

En el baño se oye el grifo. Es Fritz, que está preparándose. Marion está en la habitación de las niñas metiendo juguetes en una mochila, y Petra aguarda ya con su fajo de partituras debajo del brazo.

—¿Puedo llevarme ya esto? —pregunta Hilde señalando una bolsa marrón de la compra que hay en la silla de la cocina.

Luisa ha preparado galletas, fruta y tostaditas. Por si acaso. Porque les han dicho que a lo mejor tienen que esperar un poco hasta que les toque.

—Un momento. Falta el termo. Y los vasos. La leche ya está dentro, también el azúcar.

Fritz sale del cuarto de baño. Muy pálido pero sereno.

Lleva la americana doblada sobre el brazo y se pone el sombrero de paja. Dicen que hoy hará calor.

—Es muy amable por tu parte que nos lleves en coche, Hilde.

—Faltaría más, Fritz. Hay que ayudar a la familia.

Hilde es la primera en salir del piso. La siguen las niñas y Luisa, y por último Fritz, que cierra la puerta con cuidado y le entrega la llave a su mujer. Después de la intervención no verá nada durante todo un día porque tendrán que vendarle el ojo operado. A Luisa le tiemblan las manos de lo nerviosa que está. Fritz se ha decidido por fin a operarse de la vista y ha escogido a un oftalmólogo de Wiesbaden. El doctor Brucker, en Rheinstrasse. Ella, que lo acompañó al examen previo, se quedó impresionada con lo grande que es su consulta y la cantidad de empleados que tiene, pero sobre todo le pareció un buen detalle que el médico, un hombre mayor, se tomara su tiempo para explicarles la operación a ambos. En el ojo derecho de Fritz realizarán una «extracción intracapsular del cristalino», lo que significa que le extirparán la lente turbia junto con su cápsula. Con ello, el velo gris que tanto ha mermado la visión de Fritz desaparecerá, aunque tendrá que llevar unas gafas gruesas que sustituirán la función del cristalino. Pero ese es un problema insignificante; lo principal es que volverá a ver con nitidez, e incluso con cierta agudeza. El doctor Brucker también les ha dado esperanzas de que pueda recuperar algo de visión en el ojo izquierdo mediante una operación. La semana pasada, los dos salieron muy ilusionados de la consulta.

Hoy, Luisa tiene el miedo agarrado a la garganta. ¿Y si la intervención no va bien? Fue ella quien lo animó e insistió en que se operara. Podrían surgir complicaciones, el médico no se lo ha ocultado. Una infección. O lo que llaman «catarata secundaria», que significa que la capa turbia reaparece y entonces sería necesaria una segunda operación.

Abajo, frente al portal, está el Escarabajo azul de Hilde con su ángel dorado. Las niñas y Luisa van en la parte de atrás, Fritz se sienta junto a la conductora. Primero harán una parada en Biebricher Landstrasse, en casa de Swetlana, donde dejarán a Marion. Sina está sin fiebre desde ayer, pero todavía tiene que guardar cama, así que Marion se ha llevado todos los juegos de mesa para entretener a su amiga. No le importa en absoluto que Sina, jueguen a lo que jueguen, gane siempre. Ya se ha acostumbrado a que la niña, de su misma edad, la supere en todo, tanto en la escuela como en los juegos.

—Siento muchísimo que por nuestra culpa tampoco Swetlana pueda trabajar hoy en el café —le dice Luisa a Hilde cuando Marion ha desaparecido con su mochila en el interior de la villa—. Seguramente tu madre tendrá que echar una mano, ¿verdad?

Hilde acelera por Biebricher a ochenta por hora. Los adoquines hacen vibrar el coche, la cadenita con una piedra azul que lleva colgada del retrovisor se balancea de un lado a otro.

—No te preocupes —asegura—. Jean-Jacques y Simone estarán aquí hasta mañana y, además, Richy también nos ayuda por las tardes, después de terminar su jornada.

Les habla de los últimos cambios en el Café del Ángel. Richy es el pastelero, que ostenta el sonoro nombre de Karl-Richard Wagner. Hilde explica entusiasmada que es un genio, que solo tiene que describirle un dulce que ha imaginado y él lo hace realidad.

—Dice que mis ideas le sirven de estímulo para poner a prueba sus conocimientos técnicos y sus habilidades —comenta—. De momento estoy contentísima con él. Nuestras tartaletas de piña le salen muy jugosas. La base es firme pero no dura, y tienen un sabor absolutamente divino.

—¡Pues la tarta de licor de huevo es aún mejor! —grita Petra al oído de Hilde desde el asiento de atrás—. Addi no quiso comerse la corona de Frankfurt, pero los *baisers* con chocolate y nata montada... ¡mmm!

—El licor de huevo lleva alcohol —dice Hilde—. ¡Tú no puedes comer eso!

—¡Ayer me acabé el trozo entero yo sola! —informa la niña con orgullo—. Y ya he aprendido a tocar dos sonatas de Mozart. Me las ha enseñado Addi. Toca muy bien el piano. De vez en cuando tiene que toser un poco, y entonces se sienta en la cama y, de repente, está cansadísimo...

—No deberías molestarlo, que es muy mayor —la regaña Luisa—. Está enfermo y necesita descansar.

—¡Nooo! —protesta su hija con vehemencia—. Dice que cuando hay tanto ruido es cuando mejor se encuentra.

Hilde se ríe y comenta que empieza a sospechar que el bueno de Addi, en realidad, solo finge estar enfermo para llevar una vida la mar de divertida allí arriba.

—Eso sería bonito —comenta Fritz, que hasta ahora no ha participado en la conversación—. Ojalá pronto recupere la salud, de verdad.

Hilde pasa un cruce con el semáforo en ámbar. A la derecha se ve la estación principal; Rheinstrasse ya no queda lejos. Dejará a Luisa y a Fritz en la consulta del médico y se llevará a Petra al Café del Ángel, donde Addi la está esperando en su piso de la buhardilla.

—¿Sabéis qué? —continúa Hilde con alegría mientras atraviesa Kaiser-Friedrich-Ring y se incorpora a Adolfstrasse—. Jean-Jacques está celoso del bueno de Richy. Dice que ese «tartaletero» se pega a mí como un perrito faldero.

A Luisa, ahora mismo, le falta sentido del humor para reírse de la ocurrencia con Hilde. Tampoco Fritz consigue ofrecer más que una débil sonrisa. Madre de Dios, si está pálido como la pared, el pobre. Según les ha explicado el médico, van a ponerle anestesia local, pero por lo visto hay personas a las que el fármaco no les hace efecto. ¿Era cocaína? Hilde no lo recuerda con exactitud. No, eso no puede ser. La cocaína es una droga y está prohibida... Sería un fármaco con un nombre parecido.

Tuerce a la derecha y enfila Rheinstrasse. Ya casi han llegado.

—Tres portales más allá, Hilde. ¿Ves ese cartel blanco? Esa es la consulta.

Hilde tiene que parar un poco más adelante, porque frente a la consulta hay coches aparcados. Fritz se apea sin decir palabra y busca con la mano la palanca para plegar el asiento del acompañante. Luisa le dirige una última advertencia a Petra y baja también del coche.

—¡Quiero sentarme delante! —protesta su hija, intentando bajar.

—¡No! —ordena Hilde—. Es muy peligroso. Quédate ahí atrás.

Petra se conforma. Por mucho que en casa, con sus padres, se salga siempre con la suya, a la tía Hilde la obedece al pie de la letra. La enérgica Hilde es incluso su tía preferida, aunque la riña a menudo.

—¡Adiós, mamá, adiós, papá! —se despide de sus padres—. No tengas miedo, papá. ¡No te harán nada de daño!

—¡Que vaya muy bien! —les desea Hilde—. Cuando hayáis terminado, llamadnos. Jean-Jacques vendrá a buscaros y os llevará a casa. ¡La cabeza bien alta y sin bajar la guardia!

Luisa se esfuerza por sonreír y cierra la puerta del acompañante. Se quedan un momento en la acera, quietos, mientras ella sigue con la mirada el coche azul que se incorpora al tráfico y enseguida desaparece de la vista.

Aferra la mano de Fritz y lo conduce a la entrada principal. Ya se conocen el camino hasta la consulta. Hay que subir dos escalones y se llega a una puerta pintada de blanco que tiene unas ventanillas de cristal esmerilado a cada lado por las que entra luz en el vestíbulo de la consulta. En el descansillo ya huele a centro médico. Es por los desinfectantes.

—Todo irá bien —le dice a Fritz en voz baja, y le da un beso en la mejilla antes de apretar el timbre.

Él se inclina hacia ella y la rodea un momento con un brazo. No es capaz de decir nada. Mejor, porque ya se oye el zumbido y tienen que empujar la puerta para abrirla. Ante ellos está el pasillo alargado, pintado de blanco y decorado con modernas láminas artísticas. A la izquierda aparece un cartel que dice: RECEPCIÓN. Es una salita donde hay una joven auxiliar sentada a un escritorio. Tiene plantas con flores en el alféizar, y tras ella se ven unas estanterías con carpetas de diferentes colores.

—¡Buenos días, señor Bogner! ¿Cómo se encuentra?

Es simpática y parece acostumbrada a tratar con pacientes asustados poco antes de una operación. El volante médico ya está listo, el seguro se hace cargo de los gastos, todo está correcto, solo tendrán que esperar unos minutos porque en estos momentos el médico está examinando a otro paciente.

Van a la sala de espera. Fritz deja el sombrero y cuelga la americana en el perchero, después se sienta y mira al frente. Luisa toma asiento a su lado y deja la bolsa mientras piensa en algo que decir para animarlo. Pero es Fritz quien se pone a hablar.

—Imagínate, Luisa —dice—. Si todo sale bien, pasado mañana volveré a ver. Es un milagro, ¿no crees?

—Sí —responde ella, que carraspea porque tiene la garganta seca—. Solo unos minutos más y lo habrás conseguido, Fritz.

Los minutos se alargan y se convierten en un cuarto de hora. Luego, en media hora. Varias auxiliares con bata blanca se apresuran por el pasillo. Una o dos veces ven al doctor

Brucker, que va a preguntar algo a recepción. Otros pacientes entran en la sala de espera. Una joven con una niña pequeña que lleva gafas gruesas. Un hombre mayor con un parche negro en un ojo. Una mujer que guía del brazo a su anciana madre. La señora se sienta algo inclinada hacia delante en su silla y mascula para sí. Lleva gafas de sol. La hija ha cogido una revista de la mesa y hojea un artículo sobre el sha de Persia, que un año antes había repudiado a su esposa, Soraya, porque no le daba hijos. Luisa le sirve un vaso de café a Fritz, aunque él solo da pequeños sorbos y es la propia Luisa quien tiene que acabárselo.

—¡Señor Bogner, por favor!

¡Al fin! Un apretón de manos más y Fritz se va con la auxiliar. Luisa tiene que quedarse en la sala de espera. El café la ha puesto más nerviosa aún. Se levanta y mira por la ventana, escoge una revista y se sienta en su sitio, la hojea, no es capaz de concentrarse en nada. Un anuncio de jabón. Una entrevista con Freddy, cantante de éxitos populares alemanes. Se interesa por una crítica de la película documental *El Serengueti no debe morir*, del naturalista Bernhard Grzimek. Piensa que tal vez pronto pueda ir al cine con Fritz. La película es para mayores de seis años; incluso podrían llevarse también a las niñas. Rara vez se han permitido un lujo así. Sin embargo, si la operación sale bien, habrá que celebrarlo. Además, eso hará posible que Fritz se reincorpore a los primeros violines y ella trabajará un par de horas más en el café. Tienen que esforzarse si quieren pagar las clases de Petra y al mismo tiempo ahorrar un par de marcos para la casa en el campo. Qué ganas tiene de que la operación haya pasado. Entonces estarán un paso más cerca.

Uno tras otro van llamando a los demás pacientes a la sala de tratamiento; no hay ni rastro de Fritz. Cuando vuelve a quedarse sola, bebe otro poco de café por pura impaciencia.

No es capaz de comer nada, nota como si tuviera una piedra en el estómago. Se levanta y se acerca a la simpática auxiliar, que ahora teclea diligentemente en una máquina de escribir.

—Disculpe, señorita, por favor... ¿Podría decirme cuándo acabará mi marido?

—¿El señor Bogner? ¿El de la operación de cataratas? Tiene que estar tumbado un rato más antes de irse a casa.

La joven le sonríe y sigue escribiendo con total despreocupación, como si solo le hubiera preguntado dónde está el baño.

Luisa siente cierto alivio.

—¿Ha salido todo... bien? —pregunta.

—Por supuesto. Todo de maravilla. Ninguna complicación. No tiene usted de qué preocuparse —dice la joven sin interrumpir su trabajo.

Luisa regresa a la sala de espera vacía, se sienta y se permite comer una galleta. Al saber que todo va bien, un aluvión de ideas inunda su mente. Si Fritz ya ha terminado, debería preguntar si puede usar el teléfono. Para llamar al Café del Ángel. Menos mal que ha cerrado las contraventanas del dormitorio, porque así estará fresco cuando lleguen y Fritz podrá descansar. Mañana por la mañana Swetlana los acompañará a la consulta del médico. Primero llevará a Sina al bufete con August, y Marion y Petra, excepcionalmente, se quedarán solas en casa. Seguro que el tratamiento no durará mucho. Swetlana esperará a que terminen, los llevará de vuelta a casa y después piensa ir directa al Café del Ángel para hacer sus horas. Ay, todo se complica tanto cuando no tienes coche propio... Pero subir a un autobús polvoriento con el calor que hace y el ojo recién operado de Fritz sería peligroso.

Se abre una puerta.

—Despacio, señor Bogner —dice alguien—. Espere aquí un momento. Su mujer vendrá enseguida a por usted.

—Muchas gracias. Puedo solo.

Luisa se pone de pie y sale corriendo al pasillo. Ahí está Fritz, sano y salvo; una auxiliar de más edad lo sostiene del brazo y asiente en dirección a ella con un gesto de ánimo. Fritz lleva el ojo derecho vendado con gasas blancas. Tiene la cara colorada y, como ha oído los pasos de su mujer, se vuelve hacia ella.

—Ya está, Luisa. No ha sido tan terrible. El doctor Brucker dice que he sido un paciente modélico.

Se ríe, parece de muy buen humor. Luisa lo agarra del brazo, le acaricia la mejilla, se alegra de que todo haya salido a pedir de boca. Por supuesto que puede llamar por teléfono. La tía Else ya estaba esperando la llamada y le promete que Jean-Jacques estará allí en diez minutos.

—¿Ha ido todo bien?

—Sí, tía Else. ¡Estamos contentísimos!

—¡Vaya, al menos hay una buena noticia!

Luisa está demasiado feliz para preguntar por el significado de esa frase. Regresa enseguida a la sala de espera para recoger la americana y el sombrero de Fritz, y también la bolsa. Cuando ya lo tiene todo, el doctor Bruckner sale para asegurarles una vez más que la operación ha sido un éxito.

—No se incline, no levante peso y, si puede, métase en la cama a descansar —aconseja a Fritz—. Nos veremos mañana por la mañana. Y se lo digo literalmente, señor Bogner.

Se ríen. Están exultantes. Mientras Luisa guía a Fritz con cuidado por la escalera, él le cuenta que el médico le ha dado un medicamento que levanta el ánimo. Ella comprende entonces por qué está tan parlanchín. Fuera hace calor, el ambiente es seco, sopla un viento suave que apenas refresca. Jean-Jacques se hace esperar. Ha debido de encontrarse todos los semáforos en rojo, que es lo que pasa siempre que uno lleva prisa. Cuando su Goélette roja aparece por fin entre el tráfico, se detiene justo delante de la consulta y provoca un pequeño embotellamiento.

—*Allez, allez!* —vocifera Jean-Jacques a los conductores que lo insultan mientras, por señas, les dice que lo adelanten y punto.

Luisa se esfuerza por hacer entrar a Fritz lo más deprisa posible en ese vehículo que no conocen, luego sube ella también, pero tiene que bajar de nuevo porque se ha dejado olvidada la bolsa en la acera.

—La gente tiene cada vez menos paciencia —protesta Jean-Jacques mientras arranca la Goélette—. Todo el mundo lleva prisa, los demás sobramos, solo piensan en sí mismos.

¡Qué enfadado está! Luisa y Fritz van en el asiento trasero, algo abochornados y en silencio. Luisa agarra a su marido del brazo con firmeza porque él no puede prever los movimientos de la furgoneta. Van a Biebricher Landstrasse, a casa de Swetlana, para recoger a Marion, y luego al Café del Ángel, donde Petra está en la mesa del rincón con Frank y Andi, comiendo salchichas con mostaza. Han sobrado y hay que acabárselas.

—Hoy Addi estaba muy cansado. He tocado bajito, pero, aun así, Mischa me ha echado —explica la niña, compungida. Después quiere saber si a su padre le duele el ojo y, cuando él dice que no, comenta—: ¡Lo sabía, papá!

Le dan a Marion una salchicha para que se la coma con la mano, y luego Jean-Jacques quiere llevarlos a todos a casa, pero Fritz les propone ir caminando.

—Es que no debería entrarte nada de polvo en el vendaje —objeta Luisa.

—El vendaje está muy prieto, Luisa. ¡Necesito aire fresco y moverme un poco!

Avanzan por Wilhelmstrasse, despacio, y se detienen en la heladería porque Fritz quiere comprarles una bola de helado de vainilla a las niñas. Luego siguen por las callejuelas hasta el barrio de Bergkirche. «Por fin en casa», piensa Luisa.

—El dormitorio está fresco, Fritz. Túmbate enseguida, que el médico ha dicho que tienes que descansar.

Pero él sigue demasiado excitado y no quiere echarse en la cama. Les dice a Petra y a Marion que vayan a por sus violines, que les dará una clase. Luego cenarán todos juntos y después ya se acostará.

Luisa cede, aunque no está de acuerdo. Fritz está animado, cuenta toda clase de anécdotas que ha vivido con la orquesta o en conciertos, hace tocar a las niñas, las interrumpe, les enseña con su propio violín cómo tendría que sonar, se alegra de que sus hijas entiendan lo que pide de ellas y no termina la clase hasta que Luisa los llama desde la cocina porque la cena está lista.

Mientras sus tres mujeres ponen la mesa, él se sienta en su sitio con una sonrisa.

—Mañana podré ayudaros con eso. Hoy todavía estoy aquí sentado como un bobo…

Luisa ha preparado bocadillos, y también hay rabanitos frescos y limonada casera. Las niñas se divierten mucho cuando Fritz pone la mano por encima del plato de los bocadillos y anuncia que quiere uno de queso en lonchas. El que le toca en suerte, sin embargo, es de fiambre. Él se ríe con ellas, contento, y se alegra de que sus hijas se lo pasen tan bien. Tras la cena ya está más callado. Se queda sentado escuchando cómo parlotean las pequeñas, sonríe y de vez en cuando tuerce algo el gesto.

—¿Te duele?

—Solo un poco. Creo que voy a acostarme.

—¡Buena idea!

Luisa recoge la mesa con ayuda de Marion. Entre las dos friegan los platos y dejan la cocina limpia. A Petra le toca secar, cosa que odia a muerte. Después Luisa juega con las niñas un par de partidas al parchís y luego las envía al baño y las acuesta. Sabe que les costará conciliar el sueño porque hace mucho calor y, además, fuera todavía hay demasiada luz. Aun así está completamente agotada y solo desea una cosa: tumbarse junto a su marido y dormir del tirón hasta la mañana siguiente.

Sin embargo, no va a poder ser. Hasta tres veces tiene que levantarse para ir a la habitación de sus hijas y pedirles que se callen. Las dos están muy alteradas. Saltan en las camas, se meten en el armario, juegan al pillapilla y a guerras de almohadas. También abajo, en la calle, hay mucho jaleo. Los clientes del bar Zum Eimer van dando tumbos por las callejuelas; unos cantan viejas canciones marineras, otros empiezan una pelea que no termina hasta que un vecino les tira un cubo de agua fría por la ventana.

Fritz duerme intranquilo. Da vueltas en la almohada, se levanta varias veces para ir al baño y, cuando se acuesta, ella lo oye gemir en voz baja.

—¿Qué tienes? —susurra Luisa—. ¿Te duele?

—Estoy bien —murmura él—. No te preocupes, cariño. Tú también necesitas dormir.

«Es normal que le duela», piensa ella, angustiada. Seguramente ha dejado de hacerle efecto la anestesia, pero mañana ya se le habrá pasado.

Se equivoca. Sobre las seis de la mañana, Fritz está sentado en la cocina, tomándose dos pastillas para el dolor de cabeza.

—Ya no aguanto más —dice sin fuerzas.

Jean-Jacques

Hacía tiempo que no les sucedía eso. En lugar de disfrutar de la noche de tierno reencuentro que con tantas ganas esperaban ambos, se han pasado horas discutiendo. Lo cual, según Hilde, solo es culpa de él, por supuesto. Qué típico… No se da cuenta de lo mucho que ha metido la pata. No, claro, Hilde siempre lo hace todo bien. La culpa es de él porque, por lo visto, está celoso.

¡Qué reproche más ridículo! ¿De quién debería sentir celos? ¿De ese calvo bajito que se ha hecho con el mando de la cocina? ¿Ese canijo saltarín con el estúpido nombre de Karl-Richard Wagner, que prepara unas tartaletas minúsculas, las baña en chocolate negro y escribe «Café del Ángel» por encima con cobertura de azúcar? En algunas, las de piña y mazapán, incluso dibuja un angelito. También con cobertura. No es que le falte talento, ¡pero menudas ínfulas se da!

—Quisiera pedirle, señor Perrier, que durante la próxima hora limite sus ocupaciones en la cocina, por favor. Aquí no sobra sitio.

¡Ha tenido la cara dura de echarlo de la cocina! ¡A él, el marido de la jefa! Porque quería decorar las tartas, el enano tiquismiquis. Para ello utiliza el plato giratorio de Else, aunque tiene unos dedos condenadamente hábiles; y, por si fuera poco, tiñe la nata de verde o de rosa. No solo adorna los pasteles de nata con flores de azúcar y hojitas de mazapán verde hechas por él mismo, también consigue que la cobertura de nata no se derrita. Pues que no esté tan orgulloso de sus *baisers*, porque en Francia son mucho mejores… En general, ese tipo monta mucho teatro y Hilde se deja encandilar como una boba.

¡Quién lo habría dicho! Su mujer, la que suele mantener la cabeza fría, ahora se pasa horas en la cocina con el calvito rubiales, pesando mantequilla, acercándole la harina o el almidón de maíz, fundiendo chocolate al baño maría, abriendo latas de piña en rodajas y caramelizándolas con un poco de mantequilla.

—¡Con lo caro que es todo eso! —comenta su suegra, indignada—. Almendras, azúcar glas, chocolate, fruta en almíbar y mantequilla a kilos…

—Pero se venden, Else —aduce Heinz, que siempre intenta desactivar cualquier amenaza de conflicto en cuanto la ve venir—. Por las tardes, la gente hace cola en el mostrador de los pasteles.

—¿Y qué? Compran los «puturrús» esos y se marchan. El café se lo toman en casa, los muy rácanos. ¿Qué somos, una pastelería?

—Yo hace tiempo que digo que deberíamos servir los *petits fours* solo en el café, ¡no venderlos para llevar!

La suegra de Jean-Jacques suelta un suspiro, porque en el Café del Ángel es una tradición que los pasteles y los dulces puedan comprarse también para llevar. Antes era buena idea, explica, porque así vaciaban el mostrador y siempre tenían repostería del día. Ahora, en cambio, la gente solo se lleva esos ridículos pastelitos que, por mucha pinta de tarta en miniatura que tengan, apenas llenan una caries.

—Son como de juguete —añade—. Antes no existían estas cosas, y se ponía una bien contenta si tenía en el plato un buen trozo de pastel de nata o de crema de mantequilla.

Jean-Jacques no comparte del todo la opinión de la mujer, pero le da la razón porque está enfadado con Hilde y su obsesión con el nuevo pastelero. Hoy, de buena mañana, cuando Simone y él han llegado al Café del Ángel, ha saludado al joven con un afable apretón de manos, como hacen los alemanes, y le ha preguntado de dónde es.

—De *Leipzsch* —ha cuchicheado el tipo con un marcado acento regional y una dócil sonrisa.

Jean-Jacques habla un alemán bastante aceptable, la verdad, y normalmente lo entiende todo, pero no ha reconocido ese lugar, así que ha insistido.

—*Pardon*, no comprendo…

—¡De *Leipzsch*!

Después le ha preguntado dónde se encontraba esa ciudad, albergando ya la fuerte sospecha de que el hombre tenía un defecto del habla, pero entonces ha aparecido Hilde, que se lo ha quedado mirando como si esa pregunta fuera una grave ofensa contra su flamante repostero.

—De Leip-zig —le ha dicho, pronunciando con exageración—. Es una ciudad de Sajonia. Está en el este, ¿entiendes?

Luego le ha explicado a «Richy», como lo llama ella con familiaridad, que su marido es francés y que por eso a veces no lo entiende todo.

—Ah, yo sé un poco de francés —le ha soltado el tonto de las tartas con su sonrisa inocentona—. *Un bon vin blanc. Vive la France! Le roi est mort… Vive le roi!*

—¡Tururú, tarará! —ha respondido Jean-Jacques.

Entonces sí que se ha liado una buena. Hilde lo ha fulminado con una mirada iracunda, ha agarrado al pigmeo pastelero de la manga y se lo ha llevado a la cocina. Antes de cerrar la puerta, aún le ha dado tiempo a mirarlo con odio por el resquicio. Si las miradas matasen, Jean-Jacques se habría caído muerto ahí mismo.

Pero ¿qué esperaba? No iba a dejar que lo trataran de francés idiota sin ofrecer resistencia, ¿no? Simone, que lo ha oído todo, no ha podido reprimir una carcajada antes de regresar al mostrador de los pasteles para atender a los clientes. También han llegado risitas desde la mesa del rincón. A su suegra, Else, su respuesta le ha parecido descarada, pero al mismo tiempo muy divertida. Incluso a Heinz, su suegro, le ha hecho gracia. Este, sin embargo, ha señalado que Jean-Jacques debería pensar en la forma de reconciliarse con Hilde. Pero en ese instante ha sonado el teléfono y le han pedido que fuera a recoger a Fritz y a Luisa a la consulta del médico. No es de extrañar que durante el trayecto estuviera de tan mal humor.

Por la tarde, en el Café del Ángel podría cortarse el aire con un cuchillo. Al menos en lo tocante al personal. Los clientes no notan nada porque Simone y Swetlana irradian pura alegría. Sobre todo Simone. Es tan jovial que Swetlana, quien casi siempre tiene cara de vinagre, se ha contagiado de su buen humor. Las dos se llevan muy bien y se ayudan en el trabajo; da gusto verlas sirviendo juntas. A Jean-Jacques le sorprende mucho que precisamente Simone, pese a la gravedad de su situación, desprenda una energía tan positiva.

El humor del resto de la familia, por desgracia, es muy diferente. Hilde está tan enfadada con él que no le dirige la palabra y casi no ha salido de la cocina, donde sigue con su fabricante de tartas. Jean-Jacques se ha atrevido a asomarse dos veces y, por supuesto, ella enseguida le ha dejado claro que molesta. La primera vez, los dos estaban muy ocupados haciendo rositas de azúcar, bien juntitos y con las mejillas encendidas. El pastelero calvo guiaba las manos de Hilde mientras ella iba formando pequeños pétalos de rosa con una manga pastelera. La segunda vez que ha mirado, maese Wagner incluso había rodeado a Hilde con un brazo. Porque se supone que así el casanova de Leipzig puede dirigirle mejor la mano izquierda. Y menuda mirada de indignación le ha echado Hilde porque ha osado volver a molestarlos. Después de eso, Jean-Jacques ya ha tenido más que suficiente, ha subido al piso y se ha entretenido con el tocadiscos de los gemelos. Como estaba furioso, al principio ha metido la pata, pero al final ha conseguido que el trasto funcionara y, orgulloso de sí mismo, se ha recompensado con una botella de Gotas de Ángel para él solo. A la caída de la tarde han aparecido Frank y Andi, que habían salido en bicicleta por la orilla del Rin, y se han alegrado una barbaridad de poder poner sus discos de jazz otra vez. Se han divertido mucho los tres juntos; han bajado al patio a jugar un rato al fútbol, luego han atado una cuerda bien tensa y han echado un partido de vóleibol con otros tres chicos del barrio. Los gemelos han aprendido a jugar hace poco, en clase de gimnasia. Más tarde han regresado al piso y él, como buen padre, se ha asegurado de que sus hijos se bañaran y se lavaran el pelo antes de enviarlos a la cama. Ellos querían escuchar un par de discos más, desde luego, y él se lo ha permitido. Jean-Jacques ha bajado al café a preguntar por Simone, pero ya se había acostado. Duerme en el piso de los padres de Hilde, en la antigua habitación de August. Todavía quedaban un par de clientes fuera con una copa de vino, así que ha decidido unirse a sus suegros y a Hilde en la mesa del rincón, pero, en cuanto ha tomado asiento, su mujer se ha levantado para ir a la cocina. Jean-Jacques no sabe qué habrá hecho allí dentro. El *pastelelo*, en cualquier caso, ya no estaba.

—Bueno, pues que tengáis buena noche —le ha deseado Heinz con una mirada de compasión.

Su suegra le ha agarrado del brazo para consolarlo.

—Ya se le pasará —ha dicho la mujer.

Jean-Jacques estaba a punto de estallar de rabia. Todo por culpa de ese repostero canijo. ¡Pero si él había ido a Wiesbaden con las mejores intenciones! Llevado por el anhelo de reencontrarse con su mujer y ver a sus dos hijos. Por eso estaba convencido de que esa pelea tan tonta se resolvería enseguida bajo las sábanas, convertida en placer. Desgraciadamente se equivocaba.

En cuanto Hilde ha entrado en casa, ha ido directa a la habitación de los niños y ha desenchufado el cable del tocadiscos de un tirón.

—¿Os habéis vuelto locos poniendo la música tan alta a estas horas? Basta ya. ¡Es hora de dormir!

Dicho eso, ha cerrado la puerta de golpe y Jean-Jacques se ha imaginado a sus hijos metidos en la cama como dos cachorros empapados.

—Yo les he dado permiso —ha dicho.

Por supuesto, tenía muy claro que con eso solo atizaría la ira de Hilde, pero se lo debía a los chicos. Además, podía haberle preguntado antes de pagarlo con ellos.

—¡No sé por qué has tenido que arreglar ese aparato del demonio!

Él se da cuenta enseguida de que no es momento para argumentos lógicos. De pronto ella ni se acordaba de que hacía nada le había pedido que reparara el tocadiscos. Incluso le ha dicho que lo entendería mal, que ella jamás le habría pedido semejante estupidez.

¡Ay, sí! Y eso solo ha sido el preludio. Habría necesitado mucha buena voluntad para, pese a todo, reconducir la pelea hacia una reconciliación. Pero él mismo es de los que se dejan llevar por la ira con facilidad, y lo sabe. Es cosa de familia: a su padre y a su hermano siempre les ha ocurrido igual. Así que han estado discutiendo hasta pasada la medianoche. Hilde echándole en cara sus alabanzas a Simone, él dejándole muy claro que no le ha gustado nada lo que había ocurrido en la cocina, a lo cual ella ha estallado en carcajadas de burla. No han parado de gritar hasta que Frank ha dado unos golpes en la puerta del dormitorio y se han sobresaltado.

—¿Podríais hacer un poco menos de ruido? —ha pedido su hijo—. No hay forma de dormir con tanto jaleo.

—Lo siento —ha contestado Hilde—. Ya nos callamos.

Eso tiene que reconocerlo; su mujer es muy capaz de recular y disculparse. Aunque no con él. En la cama se ha vuelto de espaldas, se ha recolocado la almohada y ha fingido quedarse dormida. Él ha hecho lo propio, pero le ha costado mucho conciliar el sueño porque no le gusta cuando se acuestan enfadados.

Por eso ahora, a la mañana siguiente, se acerca a Hilde despacio, le acaricia el cuello y el hombro, al principio con cuidado, con ternura, y al ver que ella no protesta, pasa a zonas del cuerpo más íntimas. Ella rezonga un poco, pero entonces todo vuelve a ser como siempre y él hace un sincero esfuerzo por complacerla al máximo. «Todo vuelve a ir como la seda», piensa cuando ya están animados.

Y así es. Empieza él, y le dice que siente mucho haberse enfadado tanto ayer. Ella señala que, en el fondo, no fue más que «un calentón». Preparan el desayuno en armonía, luego él despierta a los niños, ella pone la mesa, baja y pregunta si sus padres, Simone y Wilhelm quieren desayunar con ellos. Sus padres ya han tomado el desayuno, Simone acepta encantada y Wilhelm sigue aún muy dormido, así que no pueden hablar con él. En la escalera, Hilde se cruza con Julia Wemhöner, que se marcha presurosa a trabajar. Jean-Jacques oye su breve conversación porque la puerta del piso se ha quedado abierta.

—No, ahora mismo no muy bien.

—¿Y sigue sin querer ir al médico?

—Ay, es un cabezota, ya lo conoces. He ido a buscar al doctor Walter varias veces, pero él siempre se pone a despotricar...

—Pero no puede seguir así. No puede quedarse en la cama sin más. Seguro que en un hospital podrían ayudarlo a recuperarse.

—Discúlpame, Hilde, por favor. Tengo prisa. Mischa llegará enseguida, y le he dicho que vaya a buscar al médico si ve que empeora.

Jean-Jacques oye los pasos apresurados de Julia, que baja la escalera con sus zapatos de tacón alto. Abajo, la puerta de la calle se cierra de golpe.

—Con esos tacones de aguja nos destrozará los escalones —refunfuña Hilde al entrar de nuevo.

Entonces se altera porque el pobre Addi está tirado ahí arriba sin asistencia médica y porque Julia, en realidad, debería llevarlo a un hospital. Jean-Jacques se cuida mucho de contradecirla, aunque no comparte su opinión. La voluntad férrea de Addi lo tiene impresionado. ¿No es mejor morir tranquilo en tu propia casa que despedirte de la vida conectado a un montón de tubos en una cama de hospital?

En ese instante llega Simone, recién arreglada y parlanchina. Los niños entran arrastrando los pies, medio dormidos, y Hilde los envía primero al baño a que se laven la cara y los dientes. Simone ha subido los panecillos que han sobrado del desayuno de abajo y confiesa que ella va a repetir.

—¡Puedes permitírtelo! —comenta Hilde, y mira con cierta envidia a Simone, que hoy lleva unos pantalones claros muy estrechos y una blusa sin mangas metida por dentro.

¡Qué caderas más estrechas tiene! Jean-Jacques calcula que podría rodearle la cintura con ambas manos, aunque no lo dice, desde luego; su Hilde ha ganado algo de volumen en las caderas y la cintura estos últimos años. Y la verdad es que a él le gusta mucho. A ella, por el contrario, le molesta y a menudo comenta que quiere ponerse a dieta.

—Swetlana ya ha llegado —informa Simone mientras se sirve en el plato una generosa ración de la deliciosa mermelada de fresa de Else—. Traía una noticia triste. De Luisa. La madre de la niña que siempre toca el piano arriba, donde Addi.

—¡Ay, no! —exclama Hilde—. ¿Qué os ha contado? Pensaba que la operación había salido muy bien y que Fritz mejoraría enseguida.

—Swetlana ha ido al médico con Fritz y Luisa esta mañana. En Rheinstrasse. Se llama doctor Bruck, o Brack, no me acuerdo. El hombre ha dicho que el ojo se ha infectado y que por eso le duele tanto.

Todos se quedan preocupados. Cuando por fin Fritz se decide a someterse a la operación, que no carecía de cierto riesgo puesto que solo veía con un ojo, va y le pasa esto...

—¿Se quedará ciego del todo? —pregunta Frank.

Andi pone cara de pena mientras un pegote de mermelada resbala desde su panecillo al mantel.

—¡No, no! —aclara Simone—. Swetlana dice que tiene que echarse gotas en el ojo y se curará. Pero el ojo enfermo le duele y lo ve todo... *emborrosado*. ¿Cómo se dice? Como con niebla.

—Borroso —corrige Andi—. Lo ve todo borroso. Como si tuviera mucha agua en el ojo.

—¡Sí, eso! —dice Simone, y asiente con la cabeza en dirección al chico—. Lo has explicado muy bien, Andi.

Este agacha la cabeza, se ha puesto colorado. Jean-Jacques, afligido, piensa que ayer Fritz quiso regresar caminando a toda costa. ¿No tendría razón Luisa, y se le metió polvo en la herida sin cicatrizar? ¡Ay, maldita sea! ¡Tendría que haber insistido en llevar a los Bogner en coche hasta la puerta de su casa!

—Al pobre Fritz le duele mucho —comenta Simone—. Qué pena. Tal vez podríamos ir con las niñas a la piscina, Jean-Jacques. Es mejor que estar en casa, donde todo es tan triste…

A Hilde también le parece muy buena idea entretener a las niñas para que no alboroten y Fritz pueda descansar tranquilo en casa.

—¿Tú qué dices, Jean-Jacques? ¿Te apetece ir a la piscina de Kleinfeldchen con toda la tropa? Pero hay que vigilar mucho a Petra, porque solo tiene cinco años y se le ocurre cada cosa…

A él le gustaría mucho ir con sus hijos a la piscina, aunque tener que llevarse a las dos niñas no le entusiasma. Simone debe de habérselo visto en la cara, porque propone a los chicos que los acompañen.

—¿Has traído traje de baño? —pregunta Hilde.

—No, solo un biquini.

—Un biquini… Bueno, si no es muy extremado.

—¡No, no! Es de mi hermana. Demasiado grande.

En la cabeza de Jean-Jacques surgen toda clase de imágenes extrañas. Chantal es bastante más ancha que la esbelta Simone. ¿Cómo puede ser que le valga su biquini? En fin, ya se verá. Los gemelos dan gritos de júbilo y corren a su habitación para meter los bañadores y la pelota inflable en una bolsa. Hilde les entrega varias toallas gastadas para extender sobre la hierba, y él saca su bañador azul marino del armario.

—¡Luisa está de acuerdo! —exclama Hilde, que ya está hablando por teléfono—. Enseguida pasarán a buscarlas. Tú envía a las niñas abajo, que los esperen en la calle —dice al auricular.

Cuando cuelga, le cambia la cara.

—Fritz tiene un dolor horrible —le dice en voz baja a Jean-Jacques—. Ya se ha tomado tres pastillas, pero no le hacen efecto. Luisa está desesperada. No ve prácticamente nada con el ojo operado y está con el ánimo por los suelos.

—Hay que esperar —dice Simone—. El tiempo cura las heridas.

Jean-Jacques se despide de Hilde como siempre, con un besito. Ahora sí está seguro de que la discusión de ayer está olvidada. Se alegra; no merece la pena pelearse. Las peleas matan el amor.

Petra y Marion, obedientes, esperan con sus bolsas en el portal. Cuando ven la Goélette, empiezan a dar saltitos de emoción. Será un día extraordinario. Aunque todavía es temprano, la piscina ya está abarrotada de gente, pero consiguen un sitio a la sombra donde extender las toallas y dejar las bolsas. Simone se va con las niñas a los vestuarios de señoras y poco después aparece con un biquini negro sugerentemente escaso. Se ha hecho un par de nudos en los lugares adecuados y ha transformado la aburrida prenda de baño de su hermana en un modelito a la última.

—*C'est formidable, mademoiselle!* —bromea él con reconocimiento.

—*Merci, monsieur!* —replica ella con una delicada reverencia.

—¡Es tope! —exclama Frank, que observa embobado a su tía de Neuville.

Andi tampoco le quita los ojos de encima, pero no dice nada.

Jean-Jacques sabe cómo entretener a sus hijos en la piscina; él es muy buen nadador y de pequeños les quitó el miedo a las aguas profundas. Bucear, saltar del trampolín o nadar a crol no les supone ningún problema. Mientras Simone se ocupa de las niñas, él propone a los chicos echar una carrera a nado, aunque resulta un poco caótica porque en el agua hay mucha gente. Mientras nadan, hace un descubrimiento sorprendente: los dos se han hecho muy fuertes, así que le cuesta bastante erigirse vencedor. Maldita sea, ¿acaso lo han relegado ya a la vieja guardia? Frank no ha terminado en cabeza por los pelos. Hacia el mediodía se sientan en las toallas a comerse los bocadillos, unas manzanas y unos trozos de pastel mientras beben las Coca-Colas heladas que Jean-Jacques ha comprado en el quiosco. Después todos participan en un juego de pelota que dirige Simone, y enseguida es la hora de cambiarse y recoger.

En el Café del Ángel hoy hace más calor que de costumbre y se debe a que el horno lleva horas encendido. Jean-Jacques se asoma un momento a la cocina con buenas intenciones, solo para informar de que ya están de vuelta.

Ahí se encuentra ese mezclador de masas, cadera con cadera con Hilde. Tiene un cazo en la mano y los dos prueban un poco de confitura a la vez.

—¡Buen provecho! —exclama Jean-Jacques, y cierra la puerta.

La ira se le dispara con tal intensidad que tiene que controlarse para no volver a entrar en la cocina y volcarle el cazo de confitura en toda la calva al repostero retaco. Así que decide subir al piso para desahogarse, pero entonces oye las voces agudas de sus hijos tras de sí.

—¡No te lo vas a creer, mamá! ¡El biquini era tan pequeño que se le veía casi todo!

¡Estos chicos son imposibles! Hace nada eran unos críos y

ahora están hechos dos buenos gamberros. Y con solo doce años.

Hilde no ha reaccionado a la noticia. Ay, madre mía, ¡eso no puede significar nada bueno!

Mischa

Wiesbaden, finales de agosto de 1959

—No te dejes convencer, muchacho —dice Addi, y tiene que parar para toser.

Mischa le pone un cojín más en la espalda, porque sentado soporta mejor los ataques de tos que lo torturan. Addi jadea y toma aire con un pitido mientras levanta el índice derecho, lo que significa que quiere decir algo más.

—Tienes que seguir tu camino, Mischa. Tu propio camino. Es importante. Aunque te equivoques y te des de morros diez veces. Pues te levantas otras... once... y... continúas...

Se ha quedado sin aliento. Mischa está preocupado, abre el tragaluz para que entre más aire en la habitación, pero el alivio es poco, por desgracia. Hoy hace mucho calor y en el pequeño piso de la buhardilla te asfixias incluso estando sano. Le acerca un vaso con té frío, pero Addi no tiene sed. Se ha quedado en los huesos. Los pómulos le sobresalen, la barbilla se le ha vuelto alargada, y la nariz, puntiaguda. Parece tener los ojos muy hundidos en el rostro. Está inmóvil, encajado en los cojines. Respira superficialmente, resuella un poco y ha cerrado los ojos.

—¿Quieres dormir, Addi? —pregunta Mischa.

Hace unos días, Addi le dijo que lo tuteara y Mischa está muy orgulloso de ello. Tiene miedo por él. Jamás un hombre adulto se había dirigido a él como lo hace Addi. Le ha hablado de los éxitos y los fracasos de su vida, también del amor, y le ha confesado lo que significa Julia para él. Pero Addi además sabe escuchar largo rato y con paciencia. Mischa le ha contado toda clase de disparates, le ha hablado de su ira, de sus deseos, de su arrogancia; un caos que Addi tuvo que desenmarañar. Pero, por extraño que parezca, no le resultó difícil. Mischa tiene la sensación de que es la única persona del mundo capaz de entenderlo.

¡Addi no puede morir! Todas las mañanas, cuando Mischa llega a Wilhelmstrasse a toda pastilla en su bicicleta, sube la escalera corriendo y se detiene ante la puerta del piso, siente un miedo horrible de que el viejo haya muerto durante la noche. Entonces abre y lo ve sentado en la cama con una taza de café en la mano que Julia ha tenido tiempo de prepararle. Y Addi le sonríe de oreja a oreja.

—¿Qué, muchacho? Entra de una vez. ¿Qué tal día hace? Vienes todo sudado...

Entonces sufre un ataque de tos. Hace tiempo que Mischa se ha acostumbrado a ello, solo que los ataques se vuelven más largos y dolorosos según pasan los días, y Addi dormita cada vez más.

—Si la situación te desborda, Mischa —le dijo Julia una noche, hace poco—, puedes dejarlo en cualquier momento. Seguro que para ti no es plato de buen gusto verlo tan desmejorado.

—Eso no me importa —respondió él—. Vendré mientras Addi quiera. No es... No lo hago por el dinero. Quiero venir.

Entonces, de repente, ella lo abrazó y lo estrechó contra sí.

—¡Eres un muchacho estupendo! —le dijo.

Mischa se sintió turbado al oler el perfume de Julia y notar su cuerpo durante unos segundos. Cuando lo soltó, no fue capaz de decir nada, luego tartamudeó un «gracias» y se marchó corriendo.

Por la noche, su madre está sentada en la cocina, llorosa. Él se asoma solo un instante; sabe que si le pregunta qué ocurre, se echará a llorar de verdad, así que intenta subir directo a su habitación, pero entonces August sale a la escalera y lo llama.

—Mischa, ven a mi estudio, por favor.

Vuelve a bajar los escalones y se pregunta qué será lo que ha hecho ahora. ¿Las noches en el bar con los amigos? Una vez tuvieron que pirárselas porque se presentó la policía para comprobar la documentación de todo el mundo. Si no es eso, no sabe a qué puede deberse. Al menos no se le ocurre nada.

Se acomoda en la silla que hay ante el escritorio de August y vuelve a sentirse como un acusado. Su padrastro saca una carpeta verde del cajón de la mesa y la abre. Dentro hay una carta mecanografiada y una postal antigua. August se quita las gafas y apoya los codos mientras habla con él.

—He hecho unas cuantas averiguaciones y he dado con tu abuela, Mischa. Lieselotte Stammler, setenta y tres años, viuda, residente en Hannover. Su único hijo, Gerhard, murió en Brandemburgo en octubre del cuarenta y cuatro.

De pronto Mischa está aturdido. ¡Su abuela! ¡Tiene una abuela de verdad! La madre de su padre. ¡Menuda noticia!

Seguramente August se ha dado cuenta de que casi lo ha dejado noqueado, porque sonríe y levanta la carta.

—He preparado un escrito en el que le comunicamos a tu abuela que tiene un nieto. Esta carta es solo una propuesta. Si prefieres redactarla de otra manera, eres libre de hacerlo.

Le pasa la hoja por encima de la mesa y Mischa se la acerca para leerla.

Arriba, a la izquierda, aparece su nombre y su dirección. Debajo, el nombre de August y que es abogado. El número de teléfono es el del bufete. La carta dice lo siguiente:

Lieselotte Stammler
3 Hannover/Bothfeld
Varrelheide, 9

Estimada señora:

Mediante estas líneas le hago saber que su hijo Gerhard Stammler, teniente del ejército alemán, caído el 10 de octubre de 1944 en Brandemburgo, dejó un hijo natural. La madre del chico, Swetlana Koch, de soltera Kovaleva, fue deportada a un campo de trabajos forzados de Alemania en el año 1941. La relación con su hijo tuvo lugar en la época en que Gerhard Stammler era director del campo de Wiesbaden. Su nieto Michael nació allí el 7 de abril de 1943.

Doy por hecho que esta noticia la sorprenderá, puesto que probablemente hasta ahora desconocía la existencia de Michael. Es deseo de su nieto conocer a su familia paterna. En sus manos queda la decisión de si permitírselo o no, estimada señora.

Muy atentamente,

Mischa lee la carta dos veces porque hay algo que no es correcto. ¿No le había contado su madre que estaba casada con Gerhard Stammler? Desde luego. Al principio, antes de que August lo adoptara, él se llamaba Michael Stammler. Entorna los ojos y la lee una tercera vez.

August lo ha estado observando y ahora se inclina hacia delante y le habla en voz baja, como a un niño enfermo.

—No debes recriminarle a tu madre que mintiera, Mischa. No quería que se burlaran de ti en el colegio, por eso dijo que

266

estaba casada con Gerhard Stammler. Además, sin duda se habría casado con ella de no haber fallecido.

Su madre mintió. ¿Cómo lo hizo? Debió de conseguir documentación falsa. Ahora casi siente respeto por ella. No la habría creído capaz de algo así.

—¿Y la postal? —quiere saber.

August toma la postal amarilleada y se la entrega. Apenas es más gruesa que el papel de carta. En la parte de delante pone «Correo Militar». Debajo hay un dibujo de un ramo de flores con una banda ondeando a su alrededor en la que está escrito «Hasta que volvamos a vernos…». Todo bastante deslucido y barato. La postal va dirigida a «Swetlana Karlowna Kovaleva, Campo de Landgraben, Wiesbaden». En la parte de atrás solo hay unas pocas palabras escritas a mano que le cuesta trabajo descifrar: «Saludos desde el frente nacional. Con amor. Gerhard».

—¿La… escribió mi padre?

August asiente. Esa postal parece afectarle mucho, porque se ha puesto muy serio.

—Es, por así decir, la única prueba escrita de la relación con tu padre. Tu madre, por suerte, la ha conservado.

Mischa le da la vuelta varias veces. Tiene la sensación de que el suelo se mueve. Eso abre una puerta que hasta entonces se le había mantenido cerrada. La luz ahuyenta la oscuridad. Su padre. Esa es su letra. «Con amor». ¿Se refería solo a su madre o también a su hijo pequeño?

—¿Por qué no me la había enseñado?

August inspira hondo. Se obliga a sonreír un poco y se encoge de hombros.

—Imagino que pensaba hacerlo en algún momento, Mischa. En cualquier caso, deberías darle las gracias. Para ella no ha sido fácil aceptar tu deseo.

Mischa guarda silencio. Tal vez se lo agradezca algún día,

pero todavía no. Porque el hecho de que su madre sea tan sentimental no le sirve de ayuda. Lo frena. Addi tiene razón. Debe seguir su camino. Su propio camino.

—Creo que la carta está bien así —dice.

—Entonces puedes firmarla y la enviamos.

Mischa escribe su nombre al final. «Michael Koch». Es como se llama ahora, y le parece correcto que sea así.

—¡Gracias! —le dice a August—. Gracias por ayudarme.

Su padrastro asiente. Después estampa su propia firma al pie del escrito y dobla la hoja.

—Esperaremos a ver qué pasa —señala—. Pero no te hagas muchas ilusiones, las señoras mayores son imprevisibles.

Mischa sale del estudio y quiere subir a su cuarto para estar a solas y reflexionar, pero su madre está esperándolo en el pasillo. Ya no llora, aunque todavía tiene el pañuelo arrugado en la mano.

—Gracias, mamá —dice, y tiene que carraspear porque nota un nudo en la garganta.

Ella no responde, solo se acerca a él y lo abraza. Lo aprieta mucho contra sí. Solloza. Mischa se queda quieto. Le gustaría decir algo agradable, pero no consigue pronunciar palabra. Al cabo de nada se aparta y sube la escalera corriendo. Aún le da tiempo a oír que abajo se abre la puerta del estudio.

—Es un chico sensato, Swetlana —dice August—. No tienes de qué preocuparte.

Mischa no entiende qué ha querido decir su padrastro con eso. Se pasa la mitad de la noche despierto, dándole vueltas a la cabeza. ¿No le habrá mentido su madre en algo más? ¿Puede que su padre no lo tuviera nunca en brazos, como le ha contado siempre? Pero su padre quería a su madre, de eso no hay duda, porque, si no, no le habría escrito esa postal. Calcula cuánto tiempo puede tardar una carta en llegar a Hannover, le da a su abuela un día para pensárselo y se pregunta si tal vez llamará por teléfono. Si es así, podría suceder ya pasado mañana. Aunque quizá escriba. En ese caso, la carta debería llegar entre tres y cuatro días más tarde. Si llama, la que contestará al teléfono será la secretaria de August, y luego la mujer hablará con él. Ha sido inteligente por su parte dar el teléfono del bufete, porque en casa la que cogería el teléfono sería su madre, y seguro que eso acabaría mal. Él, además, suele pasarse el día entero en casa de Addi. No se queda dormido hasta la madrugada, así que a las ocho le cuesta salir del catre, pero en eso es inflexible. A las nueve, como muy tarde, está abriendo la puerta de Addi con su llave.

Pasan los días sin que ocurra nada. Ni una llamada ni una carta. August le explica que es posible que la mujer primero tenga que sobreponerse a la impresión. El sábado sigue sin suceder nada y a Mischa ya no le apetece esperar más. Los domingos es Julia quien se queda con Addi, él tiene el día libre y piensa aprovecharlo. Solo se ha gastado una pequeña parte del dinero que le ha pagado Julia cuando ha salido por las noches. La mayoría lo ha ahorrado para cumplir su mayor deseo: comprarse una Vespa. Ahora, por desgracia, tendrá que sacrificar esos ahorros. Saca de la estantería su ejemplar de *A través del salvaje Kurdistán* de Karl May y coge los billetes que guarda dentro. Se los queda mirando y, por si acaso, los mete todos en la cartera. Después se pone sus mejores pantalones y una camisa blanca, calcetines oscuros y los zapatos negros. También una americana gris holgada. Se mete la postal que escribió su padre en el bolsillo interior. Se plantea si ponerse corbata, pero decide que no. Tampoco tiene que emperifollarse tanto, aunque —tal como dijo August— a veces las señoras mayores son raras. A su madre le cuenta que ha quedado con unos amigos en la orilla del Rin para celebrar un cumpleaños y que estará fuera todo el día. No, no necesita ningún regalo, ya ha comprado algo con los demás. Sí, si ella insiste, se llevará un paraguas. No, seguro que no volverá muy tarde a casa, y tampoco tiene que guardarle la comida del mediodía…

Siempre le monta esas escenas hasta que por fin puede salir. En la estación pone la cadena a la bicicleta y pregunta cuánto vale un billete de ida y vuelta a Hannover. Es mucho más caro de lo que pensaba, más de trescientos marcos; casi todos sus ahorros. Aun así paga sin dudarlo y le informan de que primero tiene que ir a Frankfurt y, allí, hacer transbordo al tren de Hamburgo. Es la línea que pasa por Hannover. Está tan nervioso que durante el trayecto de Wiesbaden a Frankfurt se queda de pie junto a una ventanilla del pasillo. ¿Por qué no ha contestado su abuela? ¿Estará enferma? ¿O es que la noticia la ha descolocado tanto que no ha sido capaz de reaccionar? ¿Y si le ha escrito una carta y la han traspapelado en Correos? Esas cosas pasan. En Frankfurt tiene que esperar media hora. Se toma una Coca-Cola en el bar y luego echa a correr para averiguar de qué vía sale el expreso a Hamburgo. Sudado y sin aliento, recorre el tren buscando un asiento libre. Por fin encuentra uno en un compartimento donde van tres señoras mayores y dos hombres. Para que pueda sentarse, retiran dos bolsas de viaje del asiento y, suspirando, suben a la red portaequipajes una bolsa de la compra con dos botellas de zumo de frambuesa. El viaje se le hace eterno, la impaciencia lo tortura. A eso se le añade la aburrida conversación de las mujeres, que hablan de cómo hacer mermelada, cómo preparar sirope de saúco y de un sinfín de variedades de hortalizas que tienen plantadas en sus huertos. Una calcula los peniques que se ahorra con cada bote de zanahorias con guisantes en conserva hecho por ella misma en comparación con una lata de la misma capacidad comprada en la tienda, y así demuestra a las demás que, al cabo del año, con lo que ha ahorrado puede comprarse un par de zapatos. Los dos hombres leen el periódico y después se fuman sendos puros. Sus esposas bajan un poco la ventanilla para que salga el humo. Desde Frankfurt, Mischa tiene un hambre canina. Lamenta no haberse llevado consigo ni un mísero panecillo. Y, para colmo, las hacendosas amas de casa sacan ahora bocadillos y huevos cocidos que toman acompañados de zumo de frambuesa diluido con agua. De su propio huerto, cómo no. Mischa sale al pasillo porque el estómago le ruge tanto que se hace oír.

Piensa que tal vez en casa de su abuela le ofrezcan café y pastel, aunque no lo cree probable. Cuando vuelve a entrar en el compartimento, huele a una mezcla de huevos duros y al agua de colonia con la que las mujeres han mojado sus pañuelos para refrescarse. Se marea un poco. El resto del viaje se queda sentado en su sitio, prácticamente inmóvil, mirando cómo pasa el paisaje por la ventanilla del pasillo mientras intenta contener las náuseas. Se alegra cuando el tren llega por fin a Hannover y puede apearse. El aire de la estación no es ni mucho menos fresco, pero de todos modos inspira hondo y, en cuanto compra dos panecillos de leche en una panadería y los devora, enseguida se encuentra mejor. Pregunta por la calle Varrelheide y le indican varias veces el camino hasta que encuentra un cartel con un plano de la ciudad. Bothfeld, un barrio que queda en el norte de Hannover. Ahí está Varrelheide. Ajá, tiene que tomar la línea siete del tranvía hasta la estación término de Fasanenkrug. Frente a la parada, justo tras pasar el puente de la autopista, Varrelheide se bifurca desde Sudlerstrasse. Es muy fácil. Encuentra la parada del tranvía, toma la línea siete —cuyo vagón lleva escrito «Fasanenkrug» en lo alto— y paga el billete al revisor. El tranvía le gusta, es mucho más espacioso que los autobuses que circulan por Wiesbaden. Está el conductor y, detrás, en el vagón, hay un estrado elevado con una barandilla donde va sentado el revisor que vende los billetes.

Se apea en la estación término, compra otra botella de Coca-Cola en un quiosco y se la bebe con una pajita. Ya casi ha llegado a su destino y está hecho un flan. Pero es por la Coca-Cola, que lleva cafeína y lo pone nervioso. Devuelve la botella, se limpia la boca y se pone en marcha.

La calle es estrecha, pero está asfaltada. En el lado izquierdo hay jardines bordeados de altos setos, de modo que apenas se ven las casas. A la derecha hay campos de cereales y prados con vacas lecheras blancas y negras. Más allá se extiende la autopista. Le cuesta encontrar los números de las casas porque los carteles están oxidados. Tres. Cinco. Siete. Nueve.

El nueve se ve muy bien: un número de latón soldado a una verja de hierro. No es una entrada que dé la bienvenida a los extraños, sino más bien una verja defensiva con barrotes que parecen lanzas alzadas. También la valla está hecha de esas lanzas; si alguien intentara saltarla, sin duda acabaría con los pantalones rotos, y quizá algo más. No hay ningún nombre, el buzón solo es una tapa negra instalada en uno de los postes de piedra. Encima hay un timbre redondo de latón.

Mischa respira hondo una vez más y aprieta el timbre. No se oye nada. Tal vez no funcione. Pero entonces llegan hasta él ladridos de perro. Dos grandes pastores negros y pardos aparecen al otro lado de la verja, saltan contra ella y le ladran violentos y amenazantes. Él, instintivamente, retrocede un paso. Los animales tienen unos dientes afiladísimos y, según parece, están entrenados para ahuyentar a las visitas no deseadas. Ahora escucha una voz de mujer.

—¡Alf! ¡Fasolt! ¡Aquí!

Los perros desaparecen entre los arbustos del amplio jardín y una mujer rubia se acerca a la verja. Es imposible que sea su abuela; es demasiado joven.

—No compramos nada puerta a puerta —dice con brusquedad.

Él reúne todo su valor.

—Buenos días. Soy Michael Koch, de Wiesbaden, y me gustaría hablar con la señora Stammler.

La rubia se aparta un mechón de pelo con permanente y lo mira con sus pequeños ojos azul claro. Es regordeta y lleva un delantal rosa sobre la falda oscura.

—¿De qué se trata, si puede saberse? —pregunta.

—Eso prefiero decírselo yo mismo.

La mujer levanta una ceja con desdén, da media vuelta y se va. Los perros gruñen desde algún lugar al fondo, pero ya no se atreven a acercarse a la verja. Mischa espera sin estar seguro de si la mujer ha ido a transmitir el mensaje o si lo ha dejado ahí plantado. Ya está decidido a llamar una segunda vez cuando ve que regresa la rubia. Su expresión es hermética.

—La señora Stammler no recibe a nadie.

Dicho eso, vuelve a desaparecer entre la vegetación y él se queda sin saber qué hacer. ¿Qué significa eso de que no recibe a nadie? ¡Es su nieto! Más le vale recibirlo. Hablar con él. Tiene derecho. Sí, señor. Tiene derecho y no piensa dejar que esa gorda lo eche con cajas destempladas.

Los perros, en cambio, son otro cantar. Recorre la valla despacio y decide esperar un rato hasta que Alf y Fasolt se hayan tranquilizado. La valla es difícil de saltar, cierto, aunque los postes de piedra son bastante anchos y solo tienen una bola de arenisca decorativa en lo alto. Por precaución, mira en todas direcciones antes de empezar a trepar. Tras alzarse haciendo fuerza con los brazos, aterriza en los setos de carpe que hay plantados al otro lado. Nota varios arañazos y se ha hecho un roto en la americana. Enseguida busca en el bolsillo interior; la postal sigue ahí. Entonces constata que el jardín, tras los setos, da la sensación de estar muy cuidado. Los pies se le hunden en un césped suave, hay parterres con flores, rocas colocadas con gusto aquí y allá. Más atrás se ve un joven sauce llorón cuyas ramas cuelgan sobre un estanque. La casa, construida con ladrillo rojo, es más bien una villa, tiene numerosos gabletes y tejadillos en punta, y está cubierta de hiedra en algunos sitios. Mischa avanza con cuidado, se esconde tras un abeto blanco y piensa si, en lugar de entrar por la puerta principal, no sería mejor ir a la parte de atrás y mirar por una ventana. Con un poco de suerte, su abuela lo verá y entonces podrá convencerla de que lo deje pasar.

Resulta más fácil de lo que pensaba. Detrás de la casa hay una terraza, y en ella, una señora sentada en un sillón blanco de mimbre. Junto a la mujer ve una mesa redonda con varias revistas apiladas y una cafetera de florecitas. Se acerca con sigilo. ¡Tiene el pelo gris! ¡Es su abuela! Tiene que serlo. ¿Quién más podría estar sentada en su terraza? A pesar del calor del verano, lleva un vestido negro de manga larga. ¿Estará de luto? Da igual. Ahora tiene que intentar no asustarla demasiado. Se detiene a cierta distancia de la terraza, en el césped.

—¿Señora Stammler? —pregunta a media voz.

La mujer se sobresalta, se le cae la revista que estaba leyendo y mira con espanto al desconocido que se ha colado en su jardín.

—¿Quién es usted? ¿Qué quiere? ¡Inez! ¡Suelta a los perros!

Él se acerca un poco más y pone un pie en el murete que delimita la terraza.

—¡Por favor! —suplica—. No se asuste. Solo quiero hablar con usted. Soy Michael Koch. Su nieto.

Apenas ha terminado de hablar cuando los dos perros salen corriendo por la puerta abierta de la terraza dispuestos a abalanzarse sobre él. Mischa agarra una silla de mimbre y la sostiene ante sí para protegerse, pero, por suerte, la mujer llama a los animales. Lo hace en voz baja, pero las dos fieras babeantes obedecen de inmediato.

—Ya le he hecho saber que no estoy para nadie —dice, y se levanta del sillón—. Si no sale ahora mismo de mi propiedad, llamaré a la policía.

No se había imaginado a su abuela así. Ante él tiene a una mujer delgada y pálida, vestida de negro, erguida y rígida en su postura, con un tono de voz cortante.

—Pero... si soy su nieto —insiste Mischa—. Gerhard Stammler era mi padre. ¿No ha recibido nuestra carta?

La mujer hace un gesto airado y mira hacia la puerta de la terraza, donde ahora aparece la empleada del delantal rosa.

—¡Llama a la policía, Inez! ¡No permitiré que un extraño me acose en mi jardín!

Mischa está al borde de la desesperación. ¿De verdad no ha recibido la carta? ¡Es imposible!

—No puede librarse de mí tan fácilmente —suplica—. Mire, esto se lo escribió su hijo a mi madre en aquel entonces.

Saca la postal del bolsillo interior y salta el murete para dársela. La mujer retrocede ante él como si fuera un leproso, así que Mischa deja la postal en la mesa y se sienta en el césped, a varios metros de ella. Dobla las piernas, las rodea con los brazos y espera.

—¡Léala, por favor!

Se hace el silencio. La mujer del delantal rosa sigue en la puerta de la terraza y la mujer del pelo gris y el vestido negro no sabe qué hacer. Mira a su empleada, luego otra vez a él, que está sentado en el césped sin moverse, y al final vuelve la mirada hacia la mesa. Alarga un brazo despacio y levanta la postal con dos dedos.

—¡Dame mis gafas, Inez!

La mujer rubia recoge unas gafas de montura dorada que se le han caído a su jefa al lado del sillón de mimbre, en las baldosas de arenisca. La mujer de negro se las pone, vuelve a mirar a Mischa por precaución y echa un vistazo a la postal.

—¡Puedes irte! —le dice a su empleada.

Inez obedece. «Que llame a la policía si quiere», piensa Mischa. Lo principal es que su abuela comprenda que no es un desconocido que ha entrado a robar. Es su nieto.

La mujer se queda inmóvil mientras descifra las pocas palabras que hay ahí escritas. Mueve los labios, gira la postal hacia uno y otro lado, después se sienta. Mischa ve que se echa a llorar.

No sabe cómo reaccionar. Abatido, ve que la mujer se quita las gafas y se seca las lágrimas. «Por fin lo ha entendido», se dice. Ha reconocido la letra de su hijo y llora porque ya no está. Eso puede entenderlo, pero al menos ahora tiene un nieto…

La mujer saca un pañuelo y se suena la nariz. A continuación levanta la cabeza y lo mira.

—¡Es mentira! —exclama con dureza—. Un embuste malicioso. ¡Márchese de una vez! ¡Fuera de mi propiedad!

¡Es increíble! La mujer lo niega. No quiere aceptar algo que es más que evidente. ¡Pero si tiene la prueba en sus manos!

—No, su hijo escribió eso —tartamudea—. Se lo envió a mi madre. Yo entonces ya había nacido y…

Ella se yergue. ¡Es una anciana arrogante! Sus labios se han convertido en una línea recta, pero en las orejas lleva perlas.

—Mi hijo estaba prometido con una joven de los círculos más selectos —dice con frialdad—. Era de sangre aria. Jamás se habría liado con una rusa. Murió defendiendo la patria contra la invasión de esos infrahumanos…

Mischa se la queda mirando e intenta comprender qué le pasa a la vieja. ¿Cómo puede decir semejantes tonterías? Está manipulando la postal de tal manera que teme que vaya a romperla.

—¡¿Cómo se atreve a afirmar que mi hijo engendró un bastardo con una rusa?!

Con eso se ha pasado de la raya. Aunque esté completamente tarada, Mischa no piensa dejar que lo humille así. Se levanta y se acerca a ella. Entra en la terraza, le demuestra que no tiene miedo ni de la policía ni de sus perros. La mujer retrocede un poco, hasta que el sillón de mimbre le impide seguir huyendo.

—Puede gritarme todo lo que quiera —le dice Mischa a la cara—. Su hijo era mi padre. Y hay algo que sé muy bien: si él estuviera aquí, le diría que debería darle vergüenza.

Ella lo mira horrorizada. No encuentra palabras para contestar, solo aprieta la postal contra su pecho.

—Descuide —dice Mischa—. ¡No volverá a verme!

Va hacia la verja y la zarandea hasta que encuentra el botón que la abre. Los perros ladran tras él, pero no lo siguen porque los han llamado.

No repara en que se ha dejado la postal hasta que llega otra vez a la parada del tranvía. No le importa. Ya no la necesita.

Swetlana

Wiesbaden, septiembre de 1959

—La he hecho venir para hablar con usted de Sina.

El director del colegio es un hombre bajito y de pelo gris con las orejas demasiado grandes. Mira a Swetlana con preocupación por encima de sus gafas de pasta.

—¿Qué ha hecho? —se interesa ella—. ¿Ha sido maleducada? ¿Se ha peleado con otros niños?

Sabe que sus preguntas caen en el vacío porque ya sospecha de qué se trata. Aun así está muy alterada. Ay, esa niña es imposible. Sina siempre encuentra algo nuevo con lo que atormentar a su pobre madre.

—Muy al contrario, señora Koch. Estamos preocupados porque su hija hace tres días que se niega en redondo a hablar.

—Ah... —contesta sorprendida.

—Supongo que en casa no se comporta así —sigue diciendo el director—. El señor Rutzen, su profesor, no lo entiende en modo alguno. Hemos preguntado a sus compañeros si ha sucedido algo que pueda haber alterado a Sina, pero al parecer no ha ocurrido nada. Ni siquiera su mejor amiga, Marion Bogner, ha podido darnos ninguna explicación.

Swetlana se siente a merced del hombre. ¿Qué puede decir? Pasea la mirada por la sala, recorre las estanterías llenas de libros y folletos, los cuadros de las paredes, pintados por los alumnos para el señor director, el lavabo con la jabonera y la toalla de cuadros a un lado, la ventana que da al patio…

—Yo tampoco lo entiendo —dice en voz baja.

—Mire —vuelve a tomar la palabra el hombre—. Por eso me ha parecido importante tener esta reunión. Sina es una de nuestras mejores alumnas, sus notas son muy superiores a la media en todas las asignaturas. Solo le cuesta un poco la gimnasia. Aun así debo confesar que al principio nos llevamos una impresión muy equivocada de la niña.

Swetlana se alegra de que el director se explaye y ella no tenga que contestar. Los profesores son así; nunca paran de hablar. Lo sabe por los de Mischa. Mira las orejas del hombre, que se le mueven al gesticular. Tiene unos pabellones auditivos extrañamente flácidos, grandes y de un gris amarillento. Los lóbulos, muy arrugados. Qué feos…

—Como Sina a menudo hablaba en clase y casi siempre parecía aburrida, con la cabeza apoyada en los brazos, al principio el señor Rutzen pensó que era desobediente. Sin embargo, después constató que Sina solo se aburre porque entiende la lección muchísimo antes que sus compañeros.

El director le dice que su hija, en realidad, cumple todos los requisitos para ir ya al instituto y que han comentado su caso entre el cuerpo docente.

—Algunos de mis colegas opinan que Sina debería entrar en el instituto femenino el próximo curso. Otros, en cambio, entre los cuales me cuento, creemos que con ello no le haríamos ningún favor, porque entonces la separaríamos de su amiga Marion. Además, le costaría encontrar su lugar entre las alumnas del instituto, que serían dos años mayores que ella.

Swetlana asiente con aquiescencia a todo lo que le cuenta

el director. Ojalá no empezara otra vez con lo mismo, pero es justo lo que está haciendo.

—Verá, señora Koch, solo queremos lo mejor para su hija, y por eso le rogamos que no sea demasiado estricta con Sina. Sea lo que sea lo que ha provocado su negativa a hablar, el problema no debería abordarse con dureza, sino con indulgencia y comprensión. Sina es una niña muy sensible.

El hombre la mira con insistencia. Sus ojos quedan agrandados por las gafas, lo cual hace su mirada todavía más intimidante.

—Por supuesto —se apresura a contestar Swetlana—. Comentaré este asunto con mi marido.

—Sería aconsejable —comenta él.

Después se extiende explicando que el rendimiento de Sina por escrito sigue siendo sobresaliente, que se trata solo de la cuestión oral... Pero seguro que pronto encontrarán una solución. Le tiende la mano por encima de la mesa y sonríe con amabilidad.

—¡Le agradezco muchísimo esta reunión, señora Koch!

—Adiós.

Swetlana recorre los silenciosos pasillos del colegio, pasa por delante de numerosos percheros instalados en las paredes junto a las puertas de las aulas. Aquí y allá cuelga aún alguna chaqueta, un paraguas olvidado, un gorro azul. Sus pasos resuenan a un volumen exagerado. En la entrada está el conserje, que le abre la puerta. Por las tardes no hay clases y el edificio se mantiene cerrado con llave para que no entren personas no autorizadas.

Cuando vuelve a sentarse en el coche, la invade la ira. ¿Acaso no tiene ya bastantes preocupaciones con Mischa, que la rehúye desde hace semanas, evita toda conversación y no quiere tener nada que ver con ella? ¡Ay, cómo la hace sufrir! Sabe que se ha enterado de ciertas cosas que ella habría querido ocultarle siempre. Las mentiras que se vio obligada a contar y que solo inventó por el bien de él. Si mintió, fue por amor a su hijo, que era pequeño. Quería protegerlo. En cambio, eso se ha vuelto en su contra. Mischa la desprecia, la castiga evitándola. ¿Cómo va a soportarlo?

Y ahora, encima, Sina. ¡Esa personita pérfida que no hace más que llevar a su madre al borde de la locura con sus descabelladas ocurrencias! De repente no habla. Y no es solo en el colegio, como supone el director, sino también en casa. Al principio, Swetlana no reparó en ello. Hace tres días, Sina desayunó en silencio. Asentía o negaba con la cabeza cuando le preguntaban algo, pero no decía nada.

No fue hasta que volvió del colegio y se sentaron a comer los tres cuando se dio cuenta. Sina no respondía a las preguntas de August sobre cómo le había ido en clase. Primero pensaron que era un nuevo juego de su hija, que tal vez lo había leído en un libro y lo estaba imitando. Se encogieron de hombros, se extrañaron y opinaron que la tontería pasaría pronto, pero no ha sido así. August se llevó a Sina al bufete, y allí la niña estuvo todo el rato sentada en un rincón, leyendo. Cuando la secretaria le preguntaba algo, ella no contestaba. Tampoco a August le dijo una sola palabra. Daba lo mismo que se dirigiera a ella con simpatía, con preocupación o con enfado, ella solo meneaba la cabeza. Como si alguien le hubiera cosido la boca. O como si le hubieran cortado la lengua.

Al día siguiente Marion fue a su casa. Las dos niñas estuvieron dibujando juntas, jugaron a las cartas y a juegos de mesa, pero, cada vez que Swetlana escuchaba a escondidas desde la puerta de la habitación de su hija, solo oía la voz de Marion. Después, cuando acompañó a la niña a casa en coche, le preguntó cuánto alargaría Sina ese juego.

—¿Qué juego?

—Lo de no hablar —aclaró Swetlana con impaciencia.

—No es ningún juego —contestó Marion, muy seria—. No piensa hablar nunca más.

—¿Y ha dicho por qué?

—No.

Swetlana está convencida de que Marion sabe más de lo que dice. Su hija se ha inventado ese juego malvado para perjudicarla a ella. A saber por qué. Hace como si ya no pudiera hablar y, por supuesto, todos creerán que la única culpable es su madre. Es lo que piensa el director, y por eso ha concertado esa reunión. Y, desde luego, August también lo cree.

¿Por qué tuvo una hija así? Esa niña es una diablilla que la pone enferma. Siempre abriendo una brecha entre August y ella. Quiere tener a su padre para ella sola. Eliminar a su madre. Eso es lo que quiere.

La ira de Swetlana aumenta mientras conduce hasta Biebricher Landstrasse y aparca delante de la villa. En la puerta de casa se cruza con la mujer de la limpieza, que acaba de terminar sus horas.

—Oiga, señora Koch —dice—. ¿Qué le pasa a su hija? Se niega a hablar conmigo. ¡Y yo no le he hecho nada!

—¿Sina? No se preocupe, señora Wegener, es solo un juego.

—Ah, vaya —comenta la mujer sonriendo—. ¡Qué cosas se les ocurren a los niños! Bueno, hasta el viernes, señora Koch.

No es ningún juego. Ahora, por su culpa, incluso tiene que mentir. Entra en casa furiosa, sube la escalera y abre la puerta la habitación de Sina de golpe. Ahí está, en su sofá, leyendo un libro con los dedos metidos en los oídos.

—¡Sina! ¡Deja de leer y contéstame!

Su hija se estremece con fuerza y levanta la mirada. ¿Por qué es tan poco agraciada? Tiene el pelo fino, como de pelusa, y las gafas le ocupan toda la cara. Además está muy gorda.

—¡Quítate los dedos de los oídos cuando te hablo!

Sina obedece y sigue mirando a su madre con los ojos abiertos del susto. ¿A qué espera? ¿A que se acabe el mundo?

—Vengo de tu colegio. ¡El director se ha quejado de ti!

El rostro de su hija sigue impasible. Por lo visto, le da igual que su madre haya tenido que aguantar protestas por su culpa.

—¿Por qué haces esto? ¿Por qué inquietas tanto a tus padres?

Ni un movimiento. Solo esos ojos tan abiertos, que miran como si esperaran algo. Algo terrible.

—¿Por qué? ¡Dime de una vez por qué! ¡Habla conmigo!

No lo soporta más. Su hija es mala. Está jugando a un juego perverso con ella. Se acerca y la agarra del brazo. La levanta del sofá a la fuerza. La zarandea.

—¡Ahora… verás… como… sí… puedes… hablar!

Sina es un peso muerto en sus manos. Se deja zarandear y arrastrar de aquí para allá. El libro se le ha caído al suelo. Las gafas le cuelgan torcidas. No grita.

—¡Tienes que decir algo! ¡Ya! ¡Ahora mismo! —grita Swetlana.

Toma impulso para darle un bofetón, pero justo entonces la puerta se abre detrás de ella.

—¡Swetlana! ¡Por favor! —exclama August—. Así no conseguirás nada.

Le sujeta la mano con fuerza y se coloca ante su hija para protegerla. Swetlana suelta a la niña.

—Estás haciendo precisamente lo que busca —dice August—. ¿Es que no te das cuenta?

Ella no entiende a qué se refiere. Estaba a punto de pegar a Sina. ¿Qué niño quiere que le peguen? ¡Eso es una tontería!

—¡Se ha ganado un buen bofetón! —protesta.

Pero August no quiere que le ponga la mano encima. ¿Por

qué? Todos los niños reciben alguna bofetada cuando son desobedientes. Así lo hacían en su casa, y en la familia Koch no era distinto.

—Déjala —dice August con suavidad, y le pasa un brazo por los hombros—. Quiero hablar contigo. Por favor.

La saca de la habitación. En la puerta, Swetlana se gira hacia Sina una vez más y ve que sigue en el mismo lugar, mirándolos fijamente. Todavía lleva las gafas torcidas y el vestido desarreglado. En el brazo derecho, por donde Swetlana la ha agarrado, tiene marcas rojizas. Está grotesca. Es la viva imagen del reproche. Swetlana siente la necesidad de huir de esa niña.

August baja la escalera delante de ella. Hace rato que debería estar en el bufete y a Swetlana no le ha dado tiempo a prepararle su café porque tenía la reunión en el colegio. ¡Ay, hoy todo va mal!

—Swetlana —le dice con delicadeza—. Sé que te resulta difícil comprender la conducta de Sina. Tampoco yo estoy seguro de qué se propone, pero tengo mis sospechas.

¡Ya estamos! Tiene sospechas. Eso solo significa que cree que es culpa de ella.

—Una niña que importuna a sus padres de esta manera se merece una buena azotaina —dice ella, furiosa—. Mis padres me habrían molido a palos, pero tú no quieres que le dé ni un bofetón...

August no responde a eso. Es su forma de desactivarla. Simplemente ignora lo que acaba de decir.

—Vamos a pensar los dos juntos qué ha podido ocurrir —dice entonces, y se sienta en un sillón.

Hace un gesto en dirección a ella, invitándola, pero Swetlana está demasiado enfadada y se queda de pie.

—Que es mala y quiere hacerle daño a su madre. Eso es lo que ha ocurrido.

Él no dice nada. Sigue reflexionando, no pierde los papeles. Es abogado de la cabeza a los pies.

—¿Te acuerdas de cuándo habló por última vez?

Ella se encoge de hombros. Puede que haga tres días. No, cuatro.

—Creo que el lunes todavía hablaba.

—Sí, lo recuerdo —coincide él—. En la comida nos habló del colegio. Dijo que estaba contenta de que se hubieran acabado las vacaciones, y que era una lástima que no hubiéramos ido a ningún sitio de viaje.

Sí, dijo eso. Y Swetlana contestó que era por culpa de su padre, que siempre tenía mucho trabajo y no le quedaba tiempo para bonitos viajes de vacaciones.

—Entonces preguntó si alguna vez iríamos a Rusia —recuerda Swetlana.

—Eso es —dice él—. Quería conocer el país del que viene su madre, y yo contesté que es muy difícil viajar allí, por cuestiones políticas.

—Una conversación muy normal —señala Swetlana—. No tenía motivos para tomárselo a mal.

August asiente. Está de acuerdo con ella.

—Esa noche tuve una reunión con compañeros de trabajo. ¿Hablasteis de algo, o ya estaba callada?

Swetlana se sienta e intenta recordar. Acostó a Sina y discutieron un poco. Todo muy normal. Discuten a menudo.

—Otra locura de las suyas —informa negando con la cabeza—. Me enseñó un libro. Uno que había sacado de la biblioteca. Un manual de ruso.

—¡Ah! —exclama él sorprendido—. ¿No querrá aprender ruso?

—Pues sí. Me dijo que quería aprender mi lengua materna, y que yo tenía que ayudarla, ya que soy rusa.

August se pone serio de repente. Swetlana intuye que está a punto de endilgarle a ella la culpa.

—¿Y después? —inquiere su marido.

De pronto está alterada. Le palpita el corazón. La respiración se le acelera. Le dijo a Sina que eso no valía para nada y la niña se puso a llorar.

—¿Cómo voy a permitir que estudie precisamente ruso? —exclama—. Rusia está muerta para mí. Desde que Jekaterina ya no vive, en Rusia no me queda nada. Por eso tampoco quiero volver a oír esa lengua. Porque me pone demasiado triste.

Él alarga un brazo y posa una mano sobre la de ella. La aprieta para demostrarle que la entiende.

—Creo que la niña lo hacía por amor a ti, Swetlana. Debió de decepcionarla mucho que la rechazaras.

Lo dice en voz baja pero vehemente. Swetlana rechazó a su hija, y ahora Sina ya no quiere hablar.

Le aparta la mano y se pone en pie con brusquedad.

—Ya lo he entendido —replica molesta—. Soy una mala madre. También soy mala persona. Nadie puede vivir conmigo. Lo mejor sería que me marchara. Así os iría mucho mejor a todos.

—¡Swetlana, por favor! Eso es un auténtico disparate —dice él, y va a abrazarla.

Pero ella se resiste. ¡Así no! Primero, como el abogado que es, le demuestra que todo es culpa de ella y de nadie más, y luego pretende abrazarla… por pura compasión.

—¡Déjame en paz! —grita—. ¡Vete de una vez al bufete! ¡Márchate! ¡No me toques!

Sale del estudio y sube corriendo la escalera hasta el dormitorio, echa el pestillo y se lanza sobre la cama, donde solloza desesperada contra la almohada. Al cabo de un rato oye unos golpes en la puerta.

—¡Vete! —exclama—. ¡Vete de una vez!

—Ya me voy, Swetlana. Esta tarde volveré pronto a casa. Entonces estarás más tranquila y podremos hablar con sensatez.

Swetlana guarda silencio. Está harta de sus conversaciones sensatas. Todas terminan igual: ella tiene la culpa y él lo hace todo bien.

—No olvides que te quiero, Swetlana.

August baja la escalera y ella no puede evitar seguir llorando. «¿Qué voy a hacer? —piensa, sintiéndose desgraciada—. Me he equivocado en todo. Lo he estropeado todo. Mis hijos no quieren saber nada de mí y mi marido me demuestra que soy mala madre. ¿Por qué no hay nadie que me entienda?».

Antes compartía sus penas con Luisa. Cuando eran vecinas, sí, en aquellos años felices en los que Mischa todavía era un niño y también sus problemas eran pequeños. ¿No tendría Luisa aunque fuera una hora para ella?

Se mete en el cuarto de baño y se lava la cara. Se cambia y evita pasar por delante de la puerta de Sina. No quiere verla. No sabría qué decirle. Necesita los buenos consejos de Luisa. Se apresura a salir de casa y cruza la ciudad en coche hasta el barrio de Bergkirche, donde aparca justo delante del viejo edificio en el que vivió una vez. Sube la escalera llena de esperanza y llama a la puerta. Tardan mucho en abrir. Es Fritz, que lleva unas gafas gruesas y tiene el ojo derecho tapado por un parche.

—¡Buenos días, Fritz! —saluda—. ¿Está Luisa en casa? Tengo que comentarle algo.

—Ah, eres tú, Swetlana —responde él—. Perdona, pero todavía veo muy mal. No, Luisa se ha ido a Frankfurt con Petra, a su clase de violín. No volverán hasta entrada la tarde.

—Vaya —tartamudea ella, decepcionada—. Sí, claro. Tendría que haberlo pensado.

—¿No quieres entrar un momento? —le ofrece—. Acabo de hacer café.

—No, muchas gracias. En otra ocasión. Saluda a Luisa de mi parte.

«Pobre Fritz», piensa mientras baja la escalera. Hace semanas que está con esa historia del ojo. Ya se ha sometido a una segunda operación, pero apenas ve nada. Qué terrible para todos… «Yo estoy sana, veo y oigo bien, ¡y aun así me muero de preocupación!».

Se sienta en el coche y arranca sin más. No sabe adónde ir. Se deja llevar por el tráfico y acaba en Biebrich, en la orilla del Rin. El gran río la atrae como si tuviera magia. Aparca, se apea y se acerca a la zona verde de la orilla. Pasea un tramo río abajo y se detiene muy cerca del agua. Las corrientes marrones fluyen indolentes pero imparables. De vez en cuando se ve un movimiento en el agua, un remolino provocado por algún obstáculo invisible, y luego la superficie queda lisa de nuevo. El agua es mate, no refleja el cielo, solo destella a veces por algún rayo de sol. Es un caudal feo, lleno de cieno y aguas residuales de las fábricas.

Swetlana se pregunta a cuántas víctimas se habrá tragado el gran río y habrá vuelto a escupir después. Lo ha leído en los periódicos, a veces incluso salía una fotografía. Los cuerpos se veían abotargados, con los rostros hinchados y casi irreconocibles. Morir en el río debe de ser horrible. La muerte es tan horrible como la vida. Se aparta de la orilla y se sienta en un banco. Se queda mirando el río sin saber hacia dónde tirar.

«No puedo acercarme a ella —piensa—. No puedo ir y decirle que lo siento. Que estoy dispuesta a ayudarla con el ruso. No puedo. No quiero».

No sabe cuánto tiempo se queda ahí sentada. Cuando empieza a tener frío, se levanta, sube al coche y vuelve a casa.

Ante la villa está el coche de August; de modo que ya ha llegado. Swetlana entra en la casa sin hacer ruido y lo oye en el estudio, hablando exaltado por teléfono. Sube la escalera para encerrarse en el dormitorio. No quiere hablar con él. No quiere hablar con nadie. Y menos aún con Sina, que de todas formas no contesta.

En el pasillo oye voces y se detiene, sobresaltada. Es Mischa.

—No estás bien de la cabeza. ¡Esto es dificilísimo! —exclama con su nueva y profunda voz de hombre.

—No, qué va —responde la clara vocecilla de Sina—. Solo tienes que aprenderte las letras. Luego es más fácil.

Swetlana tiene que apoyarse en la pared. Su hija está hablando. Sina habla con su hermanastro, Mischa. ¿Cómo es posible? Mischa, que casi nunca se ha interesado por su hermana pequeña.

—Pues no está mal pensado —dice—. Yo también quiero aprender. ¿Quieres que lo hagamos juntos?

—Es que mamá no quiere que aprenda.

—Déjala. Yo sí quiero.

—¿De verdad quieres?

—Te lo prometo.

—Entonces te escribiré tres palabras y tienes que aprendértelas. Mañana te daré tres más. ¿Crees que podrás?

—¿Me tomas por idiota?

—No.

A Swetlana se le mueven los pies solos. Llega a la puerta de la habitación de Sina, la empuja un poco y mira dentro. Mischa está sentado en el sofá con su hermana, los dos inclinados sobre un cuaderno en el que Sina escribe palabras en ruso. Cuando ven a Swetlana, se sobresaltan como dos colegiales sorprendidos en plena gamberrada.

—Está bien —dice Swetlana en voz baja—. No pasa nada.

—Mischa quiere aprender ruso conmigo, mamá —dice Sina—. Ya nos sabemos seis palabras. La semana que viene sabremos frases enteras.

—Me alegro… —susurra ella.

Y se va sin hacer ruido para no molestar más a sus hijos.

Hilde

Lo cierto es que tiene motivos de sobra para estar contenta. Y lo está. Bueno, hay un par de sombras que empañan su felicidad, pero la vida es así. Si no, ¡qué aburrida sería!

Lo más importante es que el Café del Ángel vuelve a ir viento en popa. Sobre todo por las tardes, cuando apenas dan abasto. Todo el mundo quiere probar las tartaletas de Richy. Hay quien pide dos o incluso tres y se las come de una sentada, y en el café todos cantan alabanzas del nuevo pastelero. Han seguido el consejo de su padre: no se venden tartaletas para llevar hasta las cinco de la tarde, cuando ya no es tan grave que el mostrador de los pasteles se quede vacío, porque entonces Richy saca una nueva hornada.

Richy es una auténtica maravilla. Conoce su oficio y, al mismo tiempo, está abierto a nuevas sugerencias. Con él se pueden discutir las ocurrencias más alocadas, y siempre escucha sonriendo y asiente, o te mira pensativo, pero nunca contesta que «no puede ser». Con Richy, todo es posible. Porque saca lo mejor de una idea y lo convierte en un dulce absolutamente delicioso. Y eso que es un hombre muy reservado. Le da apuro que los clientes lo elogien o pidan que salga de la cocina para estrecharle la mano.

—Es modesto, como todos los grandes artistas —dice Heinz.

—Es una suerte tenerlo en el café —opina Else.

Hilde se contiene para no restregarle a su madre por las narices que en su día protestó y se burló de su idea de contratar a un pastelero. Sin embargo, ella no dio su brazo a torcer y ahora se ha demostrado que fue lo correcto.

También ha ayudado que por fin hayan terminado las vacaciones de verano. No solo porque muchos clientes habituales han regresado de su veraneo y ahora llenan el Café del Ángel, sino porque Frank y Andi vuelven a tener un horario. Hilde opina que a sus hijos no les sienta bien tanta libertad. Cuando estaban en Wiesbaden, desaparecían de buena mañana con las bicicletas y quedaban con sus amigos para montar tiendas, jugar al fútbol o incluso construir cabañas. Ella les ha permitido disfrutar, les ha prohibido muy pocas cosas. Es consciente de que los dos han tenido que trabajar duro con su padre en Eltville. Pero ¿qué tiene Jean-Jacques en la cabeza? ¿De verdad cree que va a despertar en sus hijos el amor por la viticultura obligándolos a partirse el lomo en el viñedo de la mañana a la noche? Podar los brotes rebeldes, refinar el vino retirando las uvas jóvenes más enclenques, apartar los pámpanos para que los racimos reciban suficiente sol… Puede que todo eso le parezca importantísimo a él, pero Frank y Andi lo viven como una especie de trabajos forzados que deben aceptar por amor a su padre. Cuando regresan a Wiesbaden, se quejan de que les duelen todos los huesos y tienen las manos llenas de ampollas. En fin. Ahora, los fines de semana les toca hacer deberes y su padre ya puede refunfuñar todo lo que quiera, que el colegio es lo primero.

Hilde no lamenta demasiado que su hermano Wilhelm haya tenido que marcharse otra vez. Le gusta estar con Willi, pero no había quien aguantara sus constantes conversaciones telefónicas. Por lo visto, en Hamburgo van a empezar los ensayos y tiene un par de compromisos profesionales más, según ha dicho. La obra de una compañía teatral invitada o algo así.

—Nuestro Willi no sale de sus andanzas amorosas —comentó su madre con preocupación—. Ay, cómo me alegraría que sentara la cabeza de una vez y encontrara a una mujer hogareña, cariñosa y decente... ¡Y no una de esas actrices!

—¿Por qué no? —repuso Heinz con extrañeza.

—Porque los matrimonios entre artistas siempre acaban mal —sentenció Else—. Uno de los dos debe estar en su sano juicio. Si no, la cosa no funciona.

Tras eso, su padre tuvo que oír que también entre ellos era así. Que él siempre tenía la cabeza en las nubes, pero que, por suerte, ella tenía los dos pies bien pegados a la tierra.

Hilde confirma eso último. Se alegra mucho de que sus padres se mantengan todavía activos. Su madre, que es madrugadora, abre el café por las mañanas y, así, ella tiene tiempo de encargarse de los gemelos, prepararles el desayuno y comprobar que lleven todo lo necesario para el colegio. Cuando baja, Mischa ya ha sacado las mesas y las sillas a la calle y ha abierto las sombrillas. Por encargo de Addi.

—Sé que para las mujeres es una labor muy pesada —le dijo al muchacho—, por eso estaría bien que lo hicieras tú mientras yo me recupero.

De hecho, puede que esa sea la mejor novedad de todas en esos últimos días: Addi se está recuperando. Y sin la ayuda de ningún médico, de lo cual está más que orgulloso. Es cierto que no es el de siempre, pero todas las mañanas baja al café como buenamente puede, ayudado por Mischa, y se instala con Heinz y Else a desayunar en la mesa del rincón. Se ha quedado en los huesos, el pobre. Casi parece un fantasma, y muchos de sus conocidos se espantan al verlo, pero a Addi no le molesta.

—Jamás he sido una belleza —bromea—, pero Julia ha

insistido en cortarme el pelo. Porque dice que con la cabellera larga parecía un duende maligno.

Addi se ha vuelto un poco extraño, la verdad. Ha redescubierto su pasión por el skat y le ha enseñado el juego de cartas a Mischa. Y Heinz también se apunta. Los tres se pasan horas en la mesa del rincón, peleándose con la baraja, mientras Else se aburre como una ostra. A veces también se les une Hans Reblinger, si tiene un buen día; ahora vive en casa de su hija, en Adelheidstrasse, porque a sus ochenta y seis años ya no se las apaña bien solo. Entonces juegan al skat de cuatro mientras disfrutan de varias copas de Gotas de Ángel. Hacia el mediodía, Addi ya se nota cansado, y entonces Mischa lo ayuda a subir la escalera para que duerma una siesta. Pero entrada la tarde vuelve a levantarse, baja y se queda en la mesa del rincón hasta que el último cliente abandona el café. A veces lo acompaña Julia, aunque ella suele acostarse temprano y deja que sea Mischa quien lo suba de vuelta al piso de la buhardilla. Pese a que Addi ha mejorado claramente, ella sigue viviendo arriba y no parece tener intención de regresar a su villa.

Aunque ya están en septiembre, el verano se resiste a dar paso a un otoño que ha arrancado con titubeos. El sol está más bajo y ha perdido un poco de fuerza, cosa que resulta beneficiosa para el negocio, porque ahora se está muy a gusto fuera, en las mesas exteriores, también a la hora de comer. Muchos trabajadores han vuelto a acudir al Café del Ángel para disfrutar de una ensalada con huevo y jamón, una salchicha cocida con ensalada de patata o alguna otra cosilla, y casi siempre piden una deliciosa tartaleta con un café de postre.

Hoy, Swetlana está agobiada de trabajo, así que Hilde la ayuda a atender a los clientes. Su madre, Else, mantiene la posición en la cocina, y justo entonces aparece su hermano August, impecable como siempre con un traje gris y sombrero, corbata y cartera, para hablar con ellos sobre un asunto importante.

—¡Hijo, ya sabes cómo se pone esto a la hora de la comida! —protesta su madre cuando se asoma a la cocina.

—Bueno, pues hablaré con papá y que él te lo cuente luego.

—Si puedes esperar media horita, me acerco a la mesa del rincón.

—Lo siento mucho, mamá, pero tengo una cita en el bufete.

—¡Por supuesto! —se lamenta Else—. ¡Los demás siempre son más importantes que tu propia familia!

Hilde siente curiosidad. Le pasa una bandeja con tres ensaladas de patata y tres cervezas para la mesa siete a Richy, que en realidad está en la cocina disfrutando de su pausa para comer, pero se muestra dispuesto a ayudar si ella se lo pide. Hilde se sienta con August y con su padre a la mesa del rincón.

—Se trata del asunto del ayuntamiento —explica su hermano—. El requerimiento para que revisemos la estabilidad del edificio, porque es posible que haya consecuencias tardías a causa de los daños producidos por las bombas.

—Menuda tontería —refunfuña Hilde—. Eso fue hace una eternidad. La casa tendría que haberse caído hace tiempo. ¿Cómo nos vienen ahora con esa bobada?

August le recuerda que hace un año se derrumbó un muro cerca de la iglesia de Ringkirche y sepultó a dos personas. Se trataba de un edificio dañado durante la guerra que el propietario reconstruyó a toda prisa y sin asesoramiento profesional.

—Pero nuestra casa no sufrió daños —objeta Hilde—. Las bombas cayeron en los edificios de la derecha, y los levantaron de nuevo. Lo hizo una constructora, o sea, personas que entendían de su oficio.

August asiente a todo lo que ella va diciendo, pero luego suspira y saca un expediente de su portafolios.

—He presentado todos esos argumentos ante el ayuntamiento e incluso he conseguido hablar con el responsable del Departamento de Obras y Construcciones. Por desgracia, no está dispuesto a retirar la medida decretada, de modo que tendréis que contratar a un ingeniero para que compruebe si hay daños estructurales en el edificio.

Su padre se enfada mucho. Maldice y afirma que en este país ya no hay justicia.

—Primero se lanzan a una guerra que acaba con infinidad de vidas humanas y destruye ciudades enteras con sus bombas. Luego, que cada uno vea cómo salir adelante y, cuando por fin te has recuperado, ¡aún te vacían más los bolsillos!

August lo tranquiliza. Dice que no es más que una medida preventiva y que, al fin y al cabo, es en su propio interés. Seguramente no encontrarán nada y el asunto quedará zanjado.

—Y si descubrieran algún daño estructural en la casa, es mejor ponerle remedio y no que cualquier día suceda una desgracia —argumenta.

Hilde ha comprendido que no hay forma de eludir esa traba, de manera que tendrán que contratar a un ingeniero. Y pagarle, claro. Qué fastidio… Justo ahora que han tenido un par de semanas de buenos ingresos, el dinero ya se les va por el desagüe. Y, encima, ¡por un asunto tan innecesario!

—Muchas gracias de todos modos —le dice a su hermano—. Ha sido un detalle que lo intentaras.

Él se alegra de que su hermana lo entienda y le deja el expediente; también le pide que se lo explique a su madre de la forma más suave posible. Después vuelve a ponerse el sombrero y, antes de marcharse, saluda con una sonrisa a Swetlana, que está sirviendo una ensalada con jamón en la mesa de al lado.

—Estaba pensando, papá —dice Hilde mientras empuja el

expediente por encima de la mesa—, que, de los dos, tú eres el más diplomático.

El hombre no parece entusiasmado, pero a Hilde no le falta razón. La diplomacia nunca ha sido el fuerte de su hija.

—¿Me estás endilgando el muerto? —dice con un suspiro—. En fin, para algo tiene que servir todavía un viejo como yo.

Lo ha dicho con resignación, y eso hace que Hilde le dé a su padre un beso en la mejilla y unos golpecitos en el hombro para animarlo.

—¡Lo harás muy bien, papá!

Luego se dirige a la cocina para preparar las siguientes comandas. Tres salchichas hervidas con ensalada de patata, dos naranjadas Bluna y una Coca-Cola. Para la mesa uno, que está fuera, a la izquierda, ocupada por tres clientas habituales: Alma Knauss, que engorda varios kilos con cada año que pasa, su amiga íntima Ida Lenhard, antigua actriz sin recursos, y Jenny Adler, que antes era *soubrette* de la ópera, pero que ahora ya no se sube a los escenarios, sino que da clases de canto en el Conservatorio.

—¡Ay, la ensalada de patata de aquí es la mejor! —comenta Alma Knauss con elogio—. La ha preparado tu madre, ¿verdad?

Hilde asiente con la cabeza. Su madre está especialmente orgullosa de su ensalada de patata, a la que añade daditos de jamón asado y pepinillos en vinagre picaditos.

—La única que está a la altura es la que sirve tu marido en Eltville —comenta Jenny con una sonrisa—. Aunque aquella está más condimentada, porque la hacen con tocino y cubitos de caldo.

—Sí, Meta se trajo la receta de la Prusia Oriental —señala Hilde mientras les pone a las señoras los platos y los cubiertos, envueltos en servilletas de papel.

Lo normal sería preguntar cuándo han estado ellas en Eltville, pero no le apetece. La relación con su marido sigue muy tensa. Sin embargo, tiene la mala pata de que Alma lo cuente sin que le hayan preguntado.

—Es una delicia sentarse bajo las parras de ese patio. Y la decoración es preciosa: las flores en las mesas, los bonitos manteles... Por las noches encienden velas.

Hilde sirve las bebidas en los vasos y quiere desearles buen provecho a toda prisa, pero no hay forma de callar a Alma.

—... y esa chica tan encantadora que sirve a los clientes. A alguien así no lo encuentras ni debajo de las piedras. Es muy guapa. Esbelta como un abeto, ágil como una gacela, y qué mirada... Querida Hilde, yo que tú ¡vigilaría muy bien a mi marido!

Ella se ríe.

—¡Ah, se refiere a Simone! Es de la familia. Ha venido a visitarnos y está echando una mano.

—Sí, ya se nota —se entromete Ida Lenhard—. ¡Se ve que tiene mucha confianza con el señor Perrier!

A Hilde no le gusta el tono mordaz de ese comentario. Y menos aún que Simone siga en Eltville. Una visita familiar está muy bien. Tres semanas, o cuatro como mucho. Más de eso ya es poner a prueba a la familia; no es apropiado. Además es raro que su marido no la necesite en el bistró.

—Sí, la ayuda nunca está de más cuando hay tanto que hacer —replica con una sonrisa—. Bueno, que les aproveche.

En la cocina han superado la hora punta. Solo quedan un par de rezagados que tienen que pedir ensalada con jamón o salchicha cocida con pan; la ensalada de patata se ha terminado. La mayoría, sin embargo, ya va por los postres. Richy está en el mostrador de los pasteles sirviendo con cariño sus tartaletas en platos pequeños mientras Swetlana llena jarritas y tazas del gran termo de café.

Hilde releva a su madre en la cocina porque a Else se le hinchan las piernas si está mucho rato de pie. Hay que lavar la vajilla y colocarla en el escurreplatos, limpiar las encimeras, guardar los alimentos sobrantes en la nevera. Luego subirá las salchichas que han quedado en la olla, porque los gemelos se alegrarán de tenerlas para cenar.

Mientras friega la olla grande, no puede quitarse de la cabeza las malvadas palabras de las tres mujeres. «Yo que tú vigilaría muy bien a mi marido»… «¡Se ve que tiene mucha confianza con el señor Perrier!»…

No, Jean-Jacques no es de los que tendrían algo con una mujer casada. Además, jamás la engañaría. Aunque solo fuera por los gemelos. No, por nada del mundo. Él la ama.

Entonces ¿por qué le han hecho esos comentarios las tres cacatúas? ¿Se lo han sacado de la manga o hay algún motivo?

«Bah, solo se divierten lanzando dardos envenenados. Y tú eres tan tonta que picas», se dice.

Pero el dardo ha dado en la diana. A lo largo de la tarde lo va notando cada vez más. ¿Cómo es que llama tan poco Jean-Jacques? Suelen hablar por teléfono a menudo, él pregunta cómo va todo, anuncia cuándo vuelve, le cuenta las novedades que ha habido en Eltville. ¿Cuánto hace de su última llamada? Por lo menos dos semanas. En fin, discutieron. Él dijo que tenía la Goélette en el taller y ella comentó que más le valía llevar esa vieja tartana a la chatarrería y comprarse un Opel o un Volkswagen. Él se ofendió. Después Willi le dijo que, con los hombres, el tema de los coches había que tratarlo con mucha delicadeza.

—Tienes la sensibilidad de una piedra, hermana —sentenció.

Y eso que la intención de Hilde era buena. Pretendía darle dinero porque en el café habían aumentado los ingresos, pero, si tanto lo ha molestado, que siga conduciendo su viejo cacharro hasta que se caiga a trozos.

A última hora de la tarde ya entran pocos clientes. Su padre ha recurrido a Addi para que lo ayude en su misión diplomática y, antes que nada, han pedido un aguardiente blanco para la agitada Else. Ellos dos beben para acompañarla, por supuesto, y la tormenta va amainando. Los gemelos ya están en la cama y tienen permiso para escuchar discos media hora más. Hilde saca la llave del coche de la cómoda, juguetea con ella, vuelve a dejarla en su sitio, pero al final se la mete en el bolsillo de la chaqueta.

—Salgo un momento.

Quiere ir a buscar dos cajas de vino a Eltville, porque el Gotas de Ángel se ha terminado. No es de extrañar; hace tres semanas que su marido no pasa por Wiesbaden. Conduce hasta allí con los ojos cerrados, por así decir. Todavía hay luz, pero a esas horas las carreteras están casi vacías, así que puede ir a buen ritmo. En Eltville tiene que reducir la velocidad. Las calles del casco antiguo son estrechas y están llenas de peatones que visitan las bodegas. Aparca en la acera junto al muro del patio de Jean-Jacques. Ahora no puede entrar con el coche porque seguro que todavía hay clientes. No pasa nada, tienen una carretilla para transportar las cajas de vino. Hilde nota que se le acelera un poco el corazón porque no ha anunciado que iba, como suele hacer. Ha sido una decisión repentina.

El patio está lleno de mesas y sillas, pero no se ve a nadie. Aun así, como la mayoría de las mesas están sin recoger, piensa que Jean-Jacques debe de haber atendido a un grupo grande de turistas que se habrá marchado hace poco a seguir su ruta. Sin duda encontrará a su marido dentro, en la cocina. Se acerca a la casa y, de pronto, oye un ruido tenue. Suena como si un perrito gimiera. No, ¡más bien un niño! Hay alguien llorando. Se queda quieta y entonces descubre a dos personas sentadas a una mesa del fondo, bajo el emparrado. Un hombre abraza a una mujer que solloza, le acaricia el pelo para consolarla y le aprieta la cabeza contra su pecho.

El hombre es su marido. La mujer que solloza es Simone.

Hilde tiene la extraña sensación de encontrarse fuera de sí misma. De estar viendo una película. Entonces se dice que tiene que haber una explicación para esa escena. Jean-Jacques no haría algo así sin un motivo. Puede que haya ocurrido algo terrible. Alguien ha muerto. Alguien se ha suicidado. Alguien se ha enamorado...

Ella no es de las que dan media vuelta sin decir nada por consideración. Quiere saber lo que está pasando.

—¡Muy buenas tardes! —exclama en voz alta.

Los dos se separan, sobresaltados. Eso no es buena señal.

—¿Hilde? —pregunta Jean-Jacques. Parece más enfadado que sorprendido—. ¿Qué estás haciendo aquí?

Ella se acerca despacio y ve que Simone se seca las lágrimas con la amplia falda.

—He venido a buscar dos cajas de vino. En el sótano ya no nos queda y hace bastante que no vas a Wiesbaden.

Eso ha sonado más cargado de reproche de lo que pretendía.

—¿Cómo no has llamado antes?

La pregunta equivocada.

—¿Por qué? ¿Llego en mal momento? —replica.

Ahora Jean-Jacques sí que se ha enfadado porque el tono de ella es desafiante.

—¡Qué cosas preguntas! —dice exaltado—. Espera aquí, que te subo vino de la bodega.

—No quería molestar —sigue ella, provocando—. ¿Habéis recibido una mala noticia? ¿Por qué estabas consolando a Simone?

—*Mais non* —dice esta, y se sorbe la nariz—. Solo estoy... *confuse*... confundida. Ahora... ya está. No ha sido nada. *Rien.*

No quieren decírselo. Su marido comparte con Simone secretos de los que ella no debe enterarse. ¡Es increíble!

—¡Muy bien! —dice con acritud—. No quiero entrometerme. Tengo el coche en la esquina, puedes dejar las cajas en el asiento de atrás.

Dicho eso, sale del patio con paso raudo y enérgico. No quiere que él piense que el encuentro la ha afectado. Mantiene la cabeza alta. Realiza una salida regia. Ella no es de las que pierden los nervios y montan una escenita. ¡Ni hablar!

Jean-Jacques aparece con la carretilla al cabo de un rato y carga las cajas en el asiento trasero.

—*Écoute* —dice—. No creas que yo... que nosotros...

—*Bonne nuit!* —lo interrumpe ella, y cierra la puerta del coche.

Su marido se queda en la acera junto a la carretilla vacía y la sigue con la mirada mientras arranca con mucho ruido y avanza por la callejuela en dirección a la carretera. Que le dé vueltas a la cabeza. Tiene motivos para ello. Al llegar a la carretera va a más velocidad de la permitida, acelera en la curva y no se da cuenta de que no ha puesto el intermitente hasta que ya es demasiado tarde.

Entonces sucede. Es solo una fracción de segundo. Deja de sostener el volante con firmeza para dar el intermitente. La fuerza centrífuga de la curva la empuja a la izquierda, hacia el lateral, y el coche roza un poste kilométrico, empieza a dar tumbos, se sale de la calzada y acaba en mitad de un campo. Hilde se aferra al volante. Se ve sacudida de un lado a otro y teme que el coche vaya a volcar, pero solo da unos cuantos trompicones por el terreno hasta que se detiene.

Se queda un rato sentada, mirando la oscuridad a través del cristal, mientras oye cómo le martillea el corazón y todavía siente las sacudidas en la cabeza. Entonces percibe un olor a vino y comprende que las botellas de las cajas se han roto.

¿Cómo ha podido pasarle algo así? Nunca había tenido un accidente y, de pronto, se estrella contra un poste en un tramo despejado.

En fin, el caso es que ha pasado y ahora tiene que hacer algo. Vuelve a encender el motor, pero el coche está hundido en el barro y no se mueve ni un centímetro. Tarda un buen rato en abrir la puerta atascada, y entonces se encuentra en el campo oscuro y mira a su alrededor. A cierta distancia se ven unas luces; eso debe de ser Walluf. Reniega para infundirse ánimos, busca el bolso dentro del coche, encuentra una linterna en la guantera y avanza por la tierra blanda hasta un camino rural. Las luces del pueblo se acercan con una lentitud torturadora. Pasa más de media hora hasta que por fin logra ver las siluetas de las casas en la oscuridad. Completamente agotada, se adentra en el pueblo, encuentra un bar abierto y le explica al camarero que ha tenido un accidente y que necesita hacer una llamada.

—Mujer al volante, cómo no… —es su comentario.

Hilde está tan exhausta que no se le ocurre qué contestar. Marca el número con dedos temblorosos, espera y desea con fervor que descuelgue la persona adecuada.

—Koch, buenas noches.

—¿Swetlana? Soy Hilde. Tienes que ayudarme, por favor.

Entonces le salen todos los nervios y se echa a llorar.

—¡Hilde! —exclama su cuñada al otro lado de la línea, asustada—. ¿Qué has hecho? ¿Dónde estás?

—En Wa… Wa… Walluf. En un bar…

—En diez minutos estoy allí.

Cuando cuelga, tiene delante un vasito de aguardiente.

—Échese esto entre pecho y espalda, joven. ¡La tranquilizará! —dice el camarero con un tono afable.

Wilhelm

«Rojas», piensa. El rojo simboliza el amor. Un amor apasionado y eterno. No, justamente por eso sería poco apropiado. Demasiado abrumador. «Blancas». El blanco es mejor. La inocencia. La pureza. Aunque eso tampoco encaja…

Está en una floristería de Bochum y es incapaz de decidirse. Nunca se había preocupado tanto por un simple ramo de flores. Él no es de los que se presentan con flores. Ni le han interesado nunca los ramos que le han regalado en el teatro. Ahora se da cuenta de que sus admiradoras escogían con suma atención el tipo de flor y el color, y él, como un patán, los dejaba tirados en la bañera sin reparar en ellos.

—Buenas tardes, joven —dice la regordeta florista, que lleva una bata verde y floreada—. ¿Puedo ayudarle en algo?

—Ah… Sí, tal vez. Necesito un ramo de flores.

La mujer le dedica una sonrisa maternal.

—¿Y cuál es la ocasión? ¿Una visita a un enfermo?

—No precisamente —responde él, y carraspea—. Es para… una conocida.

—¡Vaya! —exclama la florista, que ensancha su sonrisa—. ¿Una persona mayor o joven?

Empieza a ponerle de los nervios con tanta preguntita. Más le valía no haber pedido ayuda.

—Joven. Más o menos de mi edad.

—Entiendo —dice ella, y parpadea como si lo hubiera calado—. En tal caso, le aconsejaría unas rosas. Tenemos unas de un rojo intenso...

Saca tres rosas de la cuba y las sostiene con mano hábil mientras añade otra blanca y lo mira para ver qué opina.

—No sé —dice él, inseguro—. Quizá algunas más, pero no rojas.

La mujer deja las rosas rojas en su sitio, saca varias de un color rosado y más blancas.

—Demasiado cursi —señala él.

La florista lo castiga con la mirada, pero no dice nada.

—También podría llevarse unas amarillas —propone entonces—. Es un color más neutro y con mucho estilo.

—¿Amarillas? Uy, no. El amarillo simboliza la envidia. No, mejor rojas. Blancas y rojas, pero más blancas que rojas.

La mujer se limita a sacar una rosa blanca tras otra del contenedor lleno de agua, luego añade varias rojas y lo mira de vez en cuando para ver qué le parece. En total llevan unas veinte.

—Con eso basta... Creo yo.

—¿Le pongo también un poco de velo de novia?

A Willi le parece que eso de «velo de novia» suena bien. Hace pensar en una boda. Una sutil insinuación de sus intenciones.

—Sí, velo de novia, por favor. Todo el que quiera.

La mujer ata el ramo y lo envuelve en un papel de seda blanco que lleva estampado el emblema de la floristería. Es enorme. Le cuesta sus buenos diez marcos, pero la ocasión lo merece.

Al salir de la tienda, consulta su reloj de pulsera. Le ha

dicho a Karin que llegaría a su casa sobre las tres y media, aunque ella le ha pedido que fuera un poco más tarde porque no sabía si a esa hora estaría ya de vuelta. Willi, sin embargo, está demasiado impaciente y no puede esperar. Para que no se le estropee el bonito ramo, decide tomar un taxi hasta su casa, que está en Springerplatz. No es un buen barrio. Es una zona obrera, pero sabe que Karin no tiene mucho dinero. En estos momentos no está contratada en el teatro, así que trabaja de dependienta por horas en una tienda de ropa. Es una lástima, porque es muy buena actriz y, para él, se está acercando al cénit de su carrera artística. Sin embargo, una mujer con una niña pequeña no lo tiene fácil en esta profesión.

Le pide al taxista que lo deje frente al portal, paga y se apea. Está ante una casa de dos plantas, algo deteriorada, que apenas se diferencia del resto de construcciones de la calle. El revoque, que en su día fue blanco, se ha vuelto marrón a causa del humo de las chimeneas de las fábricas. Las ventanas son pequeñas y muy pocas tienen cortinas. Los niños juegan en la calle. Hay rayuelas pintadas en el pavimento y saltan sobre ellas. Algunos, más mayores, tienen hula-hops de colores que hacen girar alrededor de la cintura. Más allá, en un césped con trozos medio secos, ve a unos chavales jugando al fútbol. El aire está cargado de humo, como en toda la cuenca del Ruhr. Se debe a los altos hornos que dan empleo y pan a la región, y surten de acero a todo el país.

En la puerta hay una hilera de timbres. Wilhelm busca el cartelito con el apellido de ella y lo localiza entre los habitantes de la primera planta: LANGGÄSSER, KURT. Ese era su padre. Karin le contó una vez que dejaron el nombre masculino en la puerta de la casa porque daba mejor impresión y ofrecía cierta protección. Wilhelm se endereza el cuello de la camisa, se sacude una mota de polvo del abrigo y vuelve a arreglar un poco el papel del ramo de flores. En ese portal tan humilde, su ofrenda floral resulta exageradamente opulenta. Con diez rosas menos habría valido. ¡Espera que no lo tome por un fanfarrón!

Llama al timbre y aguarda para ver si arriba se mueve algo. De hecho, alguien baja por la escalera, pero es un hombre mayor con pantalones de chándal que lleva un perro salchicha atado con correa. El perro ladra al ver a Wilhelm. Su amo mira el ramo de rosas y suelta un tenue silbido entre dientes.

—¡Muy buenos días! —saluda él con especial cortesía.

—Qué hay…

El hombre se aleja con su molesto animal. En el pasillo de la planta baja hay dos bicicletas. Delante de una de las puertas ve unas botas de goma y unos botines. Wilhelm mira arriba mientras sube a la primera planta, pero no ve a nadie. En el pasillo de arriba hay un cochecito de niño. Ajá, es aquí. «Kurt Langgässer», lee en la puerta. Está cerrada; tal vez no abran nunca cuando llaman desde abajo. Está bien que lo hagan así, porque podría ser cualquiera.

Llama a la puerta y espera. Se acercan pasos, se oyen unos gritos infantiles. Vaya, la princesita vuelve a estar de ánimo protestón.

—¡Un momento! —exclama una voz de mujer al otro lado de la puerta.

Es evidente que no se trata de Karin; solo puede ser su madre. Willi intenta recolocar el papel del ramo una última vez a toda prisa, pero solo lo consigue a medias. Entonces se abre la puerta y una mujer mayor aparece en el umbral. Tiene el pelo gris y corto. Va vestida de manera descuidada, con una falda y una bata sin mangas. En los pies lleva unas pantuflas de cuadros.

—¿Es usted el señor Koch? —pregunta mirándolo de arriba abajo.

Al menos, Karin le ha anunciado su visita. Se alegra de ello.

—El mismo. Wilhelm Koch. Un buen amigo de su hija.

Al fondo se oyen gritos de enfado y unos golpes de madera contra madera. La madre de Karin reacciona con visible nerviosismo.

—Pase, señor Koch. Tengo que cambiarle el pañal a la niña, que está en su parque.

—Por supuesto —contesta él enseguida—. La princesita. Ya nos conocemos.

—¿De verdad? —se extraña la mujer—. Ah, muchas gracias por las flores. No era necesario.

Está a punto de decir que en realidad eran para Karin, pero ya se las ha quitado de las manos y se las lleva a la cocina. Bueno, tal vez sea buena idea hacerse querer por su futura suegra. ¿Cómo es eso que dicen? ¡Alimentar a la bestia! Aunque esa señora parece inofensiva. Se quita el sombrero y también el abrigo, y se queda algo desconcertado porque no sabe qué hacer con ellos. En la cocina se oye agua correr; la mujer debe de estar poniendo las flores en un jarrón.

—¡Cuélguese en el perchero! —exclama por el resquicio de la puerta.

No lo dice de forma literal, desde luego. Willi sonríe. Parece que la señora tiene sentido del humor.

—¡Muchas gracias!

Sale de la cocina con las rosas en un jarrón de cristal y abre una puerta con el codo. Ah, el salón. Es bastante pequeño y está lleno de trastos infantiles. En un rincón hay un parque de madera, y dentro está arrodillada la princesita con la cara colorada de ira y las manos aferradas a los barrotes. La madre de Karin deja el jarrón en la mesa, entre revistas y tazas de café olvidadas, y recoge del sofá ropa de la niña, juguetes y dos biberones vacíos.

—Siéntese, por favor. Mi hija ha llamado. Por desgracia, hoy tiene que trabajar hasta un poco más tarde. Como si estuviera en su casa. Enseguida vuelvo.

Saca a la niña del parque y se la lleva en brazos. Un olor tenue pero inequívoco invade la sala. Parece que el cambio de pañal era urgente. Wilhelm se sienta en el sofá y se hunde en él. El mueble está bastante desgastado. Se ve como un niño pequeño que apenas llega con los brazos a la mesa, y piensa si no debería haberse sentado en una silla. Pero están todas ocupadas, porque la mujer las ha usado para dejar los trastos que estaban en el sofá. Espera que Karin llegue pronto a casa; se encuentra bastante incómodo.

Desde la habitación de al lado se oyen ahora alegres gritos infantiles. La pequeña Nora parece contenta de que le hayan cambiado el pañal. Qué mona. ¿Por qué no se le habrá ocurrido traerle un juguete a la niña, en lugar de comprar ese enorme ramo tan poco apropiado? Ay, qué calamidad. En los asuntos serios del corazón es un auténtico patán.

Como no tiene otra cosa que hacer, recorre la sala con la mirada. El mobiliario es muy humilde. Los muebles son sin duda de los años veinte y han tenido una larga vida. Además del sofá hundido, hay una mesa de comedor y tres sillas tapizadas con el mismo terciopelo verde que el sofá. El tejido está desgastado en algunos puntos, por donde se ve el forro gris. También hay una vitrina marrón con copas y baratijas, y un carrito de servir que está cargado de vajilla y toda clase de trastos. A la izquierda, junto a la pequeña ventana, el parque que la niña ha empujado antes contra el armario. A la derecha, la estufa con un cajón para el carbón.

Está contemplando la alfombra estampada que hay bajo la mesa cuando la madre de Karin aparece con su nieta en brazos. La pequeña Nora patalea primero con alegría, pero, en cuanto su abuela quiere dejarla en el parque, se resiste.

Es comprensible. ¿A quién le gusta que lo encierren en una cárcel?

—Déjemela a mí —propone Wilhelm—. La princesa y yo nos conocemos un poco.

La abuela no parece tener muy claro si confiarle su nieta al desconocido.

—Pero tenga mucho cuidado para que no se caiga del sofá. Y que no se golpee la cabeza contra el borde de la mesa. Está excitada porque enseguida le daré el biberón.

—¡Nos las apañaremos! —comenta él con seguridad, y alarga los brazos hacia la pequeña Nora.

La niña deja que la siente en su regazo y se queda un rato tranquila. Seguramente está sorprendida con la nueva situación. Mientras la madre de Karin prepara el biberón en la cocina, Wilhelm aprovecha para mirar más de cerca a la criatura que tiene en las rodillas. ¡Caray, lo que pueden cambiar en solo tres meses! Cómo pesa, y también le ha salido más pelo. Cuando se menea, como ahora mismo, hay que sujetarla con firmeza porque ha desarrollado una fuerza asombrosa. Y no le gusta que coarten sus movimientos, porque entonces grita. Pero Willi no es tonto; alcanza una muñeca de trapo que hay en una silla y se la da. La pequeña Nora agarra el juguete cerrando sus dos manitas, lo zarandea y luego se lo mete en la boca. Él se pregunta si será malo que muerda la tela, pero de todos modos es casi imposible arrancarle a su víctima de las fauces. La tiene bien agarrada con sus fuertes puños infantiles. Por suerte, enseguida llega la abuela con el biberón. Se sienta en una silla, alcanza un paño blanco con un gesto raudo y le pide que le pase a su nieta. La muñeca de trapo cae al suelo y la niña se agarra a la tetina.

—Menos mal que se los toma muy bien, y se come toda la papilla —comenta la madre de Karin con una mirada amorosa hacia su nieta, que hace ruido al succionar—. Con Karin fue muy diferente. ¡Ay, qué preocupados nos tenía porque no quería comer nada…! No se bebía más que una cuarta parte del biberón, y solo quería la papilla si le ponía miel. Estaba flaquísima. Hasta teníamos miedo de que se nos muriera en los brazos.

Él pone una expresión compungida, aunque en realidad le parece precioso descubrir esos detalles de Karin.

—Verá, nuestra Karin fue una niña difícil —sigue contando la abuela—. Nunca estaba contenta. ¡Siempre insistía en salirse con la suya! Podía ser terca como una mula cuando no quería algo. Por ejemplo, no le daba la gana comer queso.

—¡Vaya! —comenta él, divertido—. Son cosas que pasan. Mi hermano mayor, antes se negaba a comer tomate; decía que por dentro tenían una consistencia gelatinosa.

La pequeña Nora sujeta el biberón ella sola con ambas manos. Suda bastante a causa del esfuerzo que hace para chupar. En el biberón ya no queda mucho.

—Nosotros no teníamos tomates, pero sí un buen queso fundido con comino, que es muy sano para los niños. En fin, mi difunto marido no se lo consentía; se quedaba sentado con ella hasta que se acababa el pan con queso. Y tardaba el día entero, ¡imagínese!

«Qué barbaridad —piensa Wilhelm—. La pobre Karin tenía un padre muy intransigente».

—¿Y por la noche conseguía acabárselo? —quiere saber.

—Se lo tragaba a medias y luego volvía a escupirlo en el plato. Ya le digo que era una niña difícil. Bueno, cielo, ¿te has terminado la leche? Pues ahora soltaremos un eructito.

Karin ya tenía carácter de niña; eso le gusta. La abuela ha levantado a la pequeña Nora, se ha colocado el paño con cuidado sobre el hombro, y el aire que ha tragado la princesa sale de forma audible, acompañado de un poco de leche. La niña ahora está satisfecha y feliz, quiere que le den su perrito de peluche y lo golpea contra la superficie de la mesa. Wilhelm se pregunta cómo sería si Karin y él trajeran al mundo a una tierna criaturita como esa. En un entorno más agradable, por supuesto. Un piso como el que tienen sus padres en Wiesbaden, con cuarto de baño, habitación de matrimonio, cuartos infantiles y un salón espacioso. Sí, eso le gustaría.

—Téngame a la niña un momento. Quiero enseñarle algo.

La madre de Karin se levanta para abrir el armario y saca varios álbumes de fotos.

—Verá, mi difunto marido era un apasionado de la fotografía. Revelaba las tomas él mismo. Usaba nuestra cocina, y yo siempre tenía que tapar la ventana para que no entrara la luz. Eso fue antes de la guerra, cuando todavía no había papel especial para oscurecer las ventanas, así que utilizaba las mantas de lana.

De pronto tiene ante él una avalancha de imágenes de la infancia y la juventud de Karin. Mientras sostiene en el regazo a la pequeña, que patalea y da grititos de alegría, la madre de Karin va pasando una página tras otra. Karin de bebé, desnudita en una bañera de hojalata. Karin en un cochecito de niño con un gorro de lana que le va enorme. Karin con un lazo en el poco pelo que tenía, vestida con falda escocesa y con sus piernas flacas. Casi siempre parece de mal humor, o eso piensa Willi. No le extraña, ¡con ese padre…! Pocas veces sale riendo.

Antes de abrir el segundo álbum, la mujer acerca el parque y deja a su nieta dentro. Para que el señor Koch pueda ver mejor las fotos. La señora Langgässer le sirve un vaso de zumo de manzana y le explica que lo ha hecho ella misma. Con frutas caídas que ha recogido.

—Ahí tenía cinco años. Bajaba a la calle y solo jugaba con los chicos. Al fútbol y cosas así. Siempre se raspaba las rodillas. ¡Ay, cuántas tiritas tuve que ponerle!

El primer día de colegio de Karin. Con cartera y una bolsa. Llevaba dos trenzas y seguía terriblemente flaca. Karin con su madre. La mujer estaba bastante pasable por entonces. Se la ve algo apesadumbrada, pero, bueno… Karin con una amiga. Karin en su confirmación. Karin con el traje tradicional bávaro. Karin disfrazada de bruja por carnaval. Bien maquillada y muy creíble. Wilhelm se entera de que ya en las funciones del colegio tenía que interpretar siempre a la protagonista.

El segundo álbum se ha acabado; quedan dos más. Él está muy interesado en el pasado de Karin, pero todo tiene un límite. Sobre todo porque la señora Langgässer da larguísimas explicaciones en cada fotografía y el zumo de manzana está agrio. La pequeña Nora anima un poco la escena. Se agarra a los barrotes con habilidad y tira para intentar ponerse de pie una y otra vez sobre sus piernas regordetas. De momento, siempre vuelve a caer sobre el pompis, amortiguado por el pañal, aunque sin duda no tardará mucho en tenerse en pie. A Willi le invade la curiosidad por saber quién es el padre de la niña, pero no se atreve a preguntar. Karin se ha mostrado muy reservada en ese punto, así que seguro que no le gustaría que intentara descubrirlo a través de su madre. Ahora contempla a Karin en una ceremonia de entrega de diplomas. El bachillerato, en plena guerra. A su padre le dieron permiso para volver a casa e hizo las fotos.

—Teníamos la esperanza de que encontrara un buen partido, pero ella no quería casarse. Solo tenía ojos para el escenario. Y como mi marido seguía en el campo de prisioneros de guerra, al final transigí. Porque, además, la aceptaron en la Escuela de Arte Dramático. Entre más de cien aspirantes escogieron solo a seis, y nuestra Karin fue uno de ellos. ¿Qué podía hacer?

Willi se entera de que al señor Langgässer no lo liberaron de su cautiverio ruso hasta 1950. Pobre tipo. Él mismo fue testigo de las dificultades que tuvo su hermano August tras regresar de Rusia, pero el señor Langgässer, al principio, les hizo la vida imposible a su mujer y a su hija. ¡Una actriz! Para él, aquello era casi tan horrible como si estuviera haciendo la calle. Y eso que por entonces Karin ya estaba contratada en Wiesbaden, ganaba un sueldo y tenía éxito. Wilhelm da gracias a Dios en silencio por haber tenido unos padres tan cariñosos y comprensivos. El señor Langgässer disfrutó de cuatro años más para llenar otro álbum de fotografías y luego murió de una afección renal.

—La pilló en Rusia —explica su viuda con un suspiro—. Porque allí siempre hacía mucho frío y no tenían calzado decente.

Antes de que se ponga a detallarle los males de su difunto esposo, Wilhelm le pregunta cuándo llegará Karin a casa.

—En realidad, hace rato que debería estar aquí. Ay, nunca se puede contar con ella. Antes era aún peor. Cuando estaba en Hamburgo apenas llamaba. Pero desde que la relación con ese hombre terminó, todo empezó a mejorar.

«¡Vaya! —se dice él—. Pues ya ha salido el tema».

—Seguro que para su hija tuvo que ser duro —comenta.

La mujer levanta las manos en un gesto de súplica.

—Fue un drama. Y mire que yo se lo dije desde el principio: «Karin, de ahí no saldrá nada serio. Con un actor, no. Esa gente no está hecha para el matrimonio». Pero, claro, ella no quiso hacerme caso.

De modo que era un compañero de trabajo. Debería haberlo imaginado. Y, según parece, ella estaba bastante enamorada del tipo. Eso lo deprime. ¿No lo querrá Karin solo como paño de lágrimas para superar su ruptura sentimental?

—Verá, los artistas son terriblemente vanidosos y narcisistas —continúa la mujer—. Egoístas a más no poder, eso es lo que son. Ninguna mujer puede ser feliz con un actor.

Wilhelm carraspea porque le gustaría discrepar con educación, pero ella sigue hablando.

—¿Y a qué se dedica usted, señor Koch?

¿Karin no le ha dicho a su madre que son antiguos compañeros? ¿Por qué se lo ha ocultado? Por otro lado, eso podría apuntar a que se toma en serio lo suyo con él. ¿O quizá todo lo contrario? Maldita sea, ojalá pudiera poner fin a ese caos de esperanzas y desilusiones.

—¿Yo? Ah... Pues... Mis padres tienen un café en Wiesbaden.

La noticia provoca una sonrisa en su interlocutora.

—¡Un café! ¡Qué maravilla! La pastelería es un oficio la mar de respetable. Será usted repostero, entonces, ¿no?

—No, no. Más bien... me encargo de la organización. De la parte empresarial, ¿entiende? Trabajo de oficina y muchas llamadas telefónicas.

También eso obtiene la aprobación de la mujer.

—Mi hija, por desgracia, no tiene talento para los asuntos laborales. Antes estaba contratada en el teatro, pero lo tiró todo por la borda para vender moda y ropa interior en esa tiendecita.

La puerta del piso se abre y se oyen pasos en el recibidor. Wilhelm se estremece y quiere levantarse del maldito sofá, pero le cuesta horrores ponerse de pie porque la señora madre ha acercado demasiado la mesa.

—¿Mamá? —llama Karin desde el pasillo.

—Aquí, en el salón. El señor Koch lleva una hora y media conmigo, y hemos disfrutado mucho de la conversación.

¡Ahí está! Se la ve cansada y delgadísima con ese vestido oscuro que lleva. Sonríe al verlo, y de pronto Willi tiene que sostener a toda prisa el jarrón, porque se ha levantado del sofá con demasiado impulso. Un apretón de manos; no habrá nada más ante la recelosa mirada de su madre, pero él nota que a Karin se le ilumina la cara al mirarlo. Está contenta.

—Lo siento muchísimo —dice—. Hemos tenido que colocar los artículos nuevos y no dejaban que me fuera.

Enseguida coge en brazos a la niña, que ya la estaba reclamando, y él se queda embobado al ver la ternura con que se saludan madre e hija.

—Le habrás ofrecido un café al señor Koch, ¿verdad?

—Oh, me ha servido un vaso de zumo de manzana buenísimo —se apresura a contestar él.

Una mirada de reojo de Karin, que tuerce el gesto, le dice que es muy consciente de a qué sabe el zumo de manzana de su madre.

—Pero ahora cenaremos todos juntos —anuncia la señora Langgässer—. He comprado morcilla y queso en lonchas. También hay calabaza agridulce encurtida y cebollino fresco. Tenemos un huerto familiar, señor Koch. A mi marido le gustaba mucho la horticultura.

Sin embargo, Wilhelm tenía otros planes para esa noche. Debe aclarar las cosas de una vez por todas y confesarle a Karin su amor, tras lo cual espera recibir una confesión por parte de ella. Todo eso, desde luego, no podrá suceder mientras cenan morcilla y calabaza agridulce bajo la supervisión materna.

—Es usted muy amable, señora Langgässer —dice—, pero me gustaría mucho invitar a Karin a cenar fuera.

La madre está consternada. Se había preparado para recibir invitados. Además, no le hace gracia que su hija vuelva a endilgarle a la niña cuando se ha pasado el día entero en casa con ella y ha tenido que encargarse de todo.

—Por favor, mamá. Solo será hoy.

—¡Eso, aprovéchate de tu vieja madre, Karin! Algún día te arrepentirás amargamente.

A la señora madre le sale de maravilla la escenita. Wilhelm da su brazo a torcer; no quiere provocar una pelea familiar. De modo que toca cenar en casa. Vaya, Karin acabará enterándose de que se ha dado a conocer como el gerente del Café del Ángel. ¡Qué vergüenza!

La cena a cuatro resulta bastante tensa. La única que disfruta es la pequeña Nora, que está sentada en el regazo de su madre y mordisquea trocitos de pan con morcilla y calabaza encurtida.

Wilhelm se despide nada más terminar y da las gracias con profusión. La madre de Karin los deja un par de minutos a solas en la puerta del piso porque tiene cosas que hacer en la cocina.

—Ha sido horrible, ¿verdad? —le dice Karin en voz baja—. ¡Lo siento de veras, Willi!

Él la abraza y nota cómo ella se acerca. Se besan a toda prisa y con una pasión que surge del largo periodo de abstinencia. En lo erótico se entienden muy bien.

—Me alegro de que hayas venido, Willi.

—Tenía muchas cosas que decirte —empieza a confesar él, y le da igual si es el momento menos oportuno para declararle su amor.

La vajilla tintinea en la cocina, la pequeña lloriquea en el salón.

—Te amo, Karin. Quiero casarme contigo.

—Estás loco —susurra ella, y vuelve a besarlo.

—¿No vas a darme una respuesta? —insiste él.

—Eres maravilloso, Willi —le dice en voz baja al oído—. Te llamaré.

Mischa

—¿Por qué no nos habías dicho nada?

Hoy Mischa se ha repantingado en uno de los sillones de piel que hay en el estudio de August. Está harto de sentarse frente a su escritorio, encogido, como un acusado. Ya no es ningún niño.

—¿Por qué habría de hacerlo?

Su tono es obstinado. Hasta él se da cuenta. No, ya no es ningún niño, pero tampoco es un adulto. Y le remuerde la conciencia. August se sienta a su lado, lo mira fijamente a través de sus gafas y deja pasar el tono provocador.

—Habría sido más inteligente por tu parte, Mischa. Le has dado un susto de muerte a esa anciana al presentarte de una forma tan repentina. Me ha escrito que se ha pasado dos semanas enferma. Padece del corazón.

August le ha enseñado la carta de su abuela, pero Mischa no la ha leído. Porque ya no quiere saber nada de esa mujer. Que escriba todas las cartas que quiera; para él se acabó.

—Pues mala suerte. También podría haber sido más educada.

August respira hondo y levanta las cejas, pero mantiene la calma.

—¿Y qué te dijo? Si puedo preguntar.

Mischa resopla con ira. Solo con recordar las últimas frases de esa vieja arpía se enciende otra vez de rabia.

—Me llamó «bastardo» y dijo que para ella los rusos son «infrahumanos». O sea que mi madre también es infrahumana, ¿no?

August está consternado. Niega con la cabeza, abatido.

—¿Eso te dijo?

—Eso y más cosas.

Los dos callan un momento. Oyen a su madre, que está hablando con Sina en la cocina. Charlan en ruso. Dentro de un rato la llevará en coche al colegio.

—Te entiendo, Mischa —dice August, retomando la conversación—, pero tienes que pensar que la mujer estaba muy asustada. En su carta dice que lo siente.

Él hace un gesto de indiferencia.

—¡Dijo lo que dijo!

August no comparte su opinión.

—¿Nunca en la vida has dicho algo de lo que luego te has arrepentido?

—Claro —reconoce Mischa—, pero ella es una anciana y debería saber mejor lo que hace.

Por la cara de August, ve que su padrastro no acepta esa argumentación, aunque no insiste.

—Afirma que lo ha pensado largo y tendido, y que la postal con la letra de su hijo la ha conmovido mucho…

—Pues que la enmarque —interrumpe Mischa, terco.

—También dice que te pareces mucho a tu padre.

—Ah, ¿sí? Menuda hipócrita. Cuando estuve allí, no dijo nada de eso.

Se hace el indiferente, pero en realidad esas palabras le han afectado. ¡Se parece a su padre! Su madre se lo ha dicho muchas veces, es verdad, pero su madre habla sin parar. Que su abuela lo corrobore le genera cierto orgullo.

—No quiero presionarte, Mischa —dice August—. Debes decidir por ti mismo si quieres romper el contacto definitivamente o darle otra oportunidad a esa anciana. Al fin y al cabo sería una posibilidad de saber un poco más sobre tu padre.

Eso lo convence, pero es una situación de doble filo. También podría descubrir cosas que no le gustan. Cosas que no quiere saber, porque cambiarían o incluso destruirían la imagen que se ha formado de su padre.

—Me importa un bledo —replica con tozudez—. A mí esa vieja bruja no me va a decir cómo era mi padre. A mi padre lo llevo aquí dentro. Está conmigo. En mi corazón.

Ve que sus palabras han conmovido a August, que asiente y le pone una mano en el brazo.

—Está bien, Mischa. Nadie te obliga a nada. Guardaré la carta aquí, bajo el cartapacio de mi escritorio. Siempre puedes entrar y leerla si cambias de opinión. Si no, olvídala. ¿Lo dejamos así?

Mischa sabe que el astuto señor abogado le está poniendo un cebo. Lo mejor sería llevarse la carta, leerla y quemarla. Pero, por otro lado, está bien que se quede ahí. Tal vez algún día le entren ganas de leerla. Eso no puede hacerle ningún daño, y es evidente que tampoco le hará cambiar su decisión.

—Como quieras —dice magnánimo—. ¿Puedo irme ya? Addi me está esperando.

—Vete, sí. Y saluda a Addi de mi parte. ¿Sigue encontrándose bien?

—Claro.

Aún llega a ver cómo August dobla la carta y la guarda bajo el cartapacio verde del escritorio. Después sube corriendo la escalera para buscar su chaqueta y la llave. Cuando vuelve a bajar y se está poniendo las pinzas en los pantalones para montar en bicicleta, alguien llama al timbre. Piensa que será la mujer de la limpieza y abre.

—Hola, Mischa —saluda su tía Hilde—. Veo que ya estás listo para salir, ¿no?

Se queda algo sorprendido porque normalmente su tía solo se pasa por allí en cumpleaños y demás fiestas familiares.

—Buenos días, tía Hilde. ¿Querías hablar con mamá? Acaba de llevar a Sina al colegio, pero seguro que vuelve enseguida.

Va a decirle que puede esperarla en el salón si quiere, pero entonces August sale de su estudio y saluda a su hermana con un abrazo.

—Menudas tonterías se os ocurren, Hilde —dice.

—En algún momento tenía que pasar —contesta ella—. Menos mal que quieres ayudarme.

—A mí me parece innecesario, pero no irá mal que sepas dónde te estás metiendo…

Los dos desaparecen en el estudio y Mischa corre hacia su bici. ¿Tendrá que redactar August un escrito legal para la tía Hilde? ¿O representarla en un juicio? La familia suele acudir a él con toda clase de peticiones y encargos, y el bondadoso August nunca les ha pedido ni un penique a cambio.

Addi ya está sentado en la cama, esperándolo con impaciencia. En cuanto Mischa entra, deja la taza de café en la mesita de noche y guarda una caja de medicamentos blanca y roja en el cajón.

—Buenos días, don Dormilón —saluda el hombre—. Llevo aquí sentado desde las ocho, compuesto y sin novio. Acércame los pantalones. Ya he ido al baño.

—Lo siento mucho —dice Mischa—. He tenido una conversación con August. La vieja loca ha enviado una carta.

Addi sabe de qué se trata porque Mischa le contó lo de su visita a Hannover. Solo a él. No se lo ha confiado a nadie más, y Addi le ha guardado el secreto.

—Al final entrará en razón —le dijo para consolarlo, y le dio unas palmadas en el hombro.

—¿Esa? ¡Qué va! —contestó Mischa—. Seguro que no.

Y ahora resulta que Addi tenía razón, pero tampoco se regocija por ello. Solo murmura un «¿Lo ves?» en voz baja y deja que Mischa lo ayude a ponerse los pantalones. También una camisa limpia, luego los calcetines y unos zapatos gastados y cómodos. Ah, y la chaqueta de punto, que Addi enseguida tiene frío. Después Mischa lo ayuda a levantarse del borde de la cama, le da su bastón y entrelaza un brazo con el suyo.

—¿Y qué quiere? —pregunta Addi mientras bajan la escalera despacio, escalón a escalón.

—No está bien de la cabeza. Quiere conocerme mejor y eso.

—Primero te grita y luego quiere calmar los ánimos —mascula Addi, que se queda quieto en el siguiente descansillo, delante del piso de los Perrier—. Tienes que pensártelo bien, muchacho.

—No la necesito —replica Mischa—. Mejor que se quede bien lejos.

—Bueno —señala Addi, que tiene que toser—. Tal vez sea ella quien te necesita.

Mischa no había pensado en eso. ¿Su abuela lo necesita? ¿Para qué? ¿De chico de los recados? ¿De pararrayos? ¿Para tener a alguien contra quien despotricar?

—En la carta dice que me parezco a mi padre...

—¿Lo ves? —contesta Addi con una sonrisa—. Las viejas son muy sentimentales.

Tardan sus buenos veinte minutos en bajar hasta el Café del Ángel, acercarse a la mesa del rincón y que Addi se siente en su sitio. El abuelo Heinz todavía no ha llegado porque siempre se despierta tarde, y la abuela Else está en la cocina preparando el café. Huele que da gusto; seguro que el nuevo pastelero, ese Richy, ya tiene algo en el horno. De momento no hay ningún cliente.

—Ve a ver si hace buen día, muchacho —pide Addi mientras se recoloca en su silla—. Pero antes ponme un cojín en la espalda, que me duele todo ahí detrás. Es que el esqueleto ya no tiene colchón natural en esa zona.

Mischa alcanza el cojín que está reservado para Addi y se lo remete por la espalda. Después sale a colocar las mesas y las sillas de fuera. De los manteles, los ceniceros y demás trastos suele ocuparse la tía Hilde, pero hoy no está. Supone que seguirá en el estudio de August. De manera que pone también los manteles y saca los ceniceros y los soportes con las cartas de comida y bebida. Cuando vuelve a entrar, la abuela Else está sentada con Addi, y lo felicita por su iniciativa en el trabajo.

—Espero que no llueva —dice la abuela con un suspiro—. ¿Quieres un café, Mischa?

—Mejor una Coca-Cola.

—Ese veneno ya de buena mañana… —Se indigna la mujer—. Sabe igual que un peine de carey. ¡Bah!

Aun así le da permiso para sacar una Coca-Cola de la nevera y, ya que va a la cocina, le pide que le lleve el desayuno a Addi. La abuela Else ya lo ha preparado, así que solo tiene que llenar una jarrita con café del termo. Mientras el aromático líquido marrón sale por la espita, ve a Richy recortando formas redondas de una plancha de masa amarillenta con una taza de café puesta del revés. Lo hace con mucha atención, cada círculo pegado al siguiente para que sobre la menor cantidad de masa posible. En la encimera hay varios cuencos, grandes y pequeños, con fruta cortada, azúcar de colores, yema de huevo y otros ingredientes que necesita para sus tartaletas.

En la mesa, la abuela Else y Addi están inmersos en una conversación de la que solo consigue oír las últimas frases.

—¡Es que no nos escucha! —se lamenta la mujer—. Mira que hacerles eso a los niños…

—Bueno, tú espera un poco —contesta Addi.

—Cuando a Hilde se le mete algo en la cabeza…

Entonces ven que Mischa vuelve de la cocina con la bandeja y se callan. «Algo pasa», piensa él, y seguro que no es nada bueno. En ese momento llega la tía Luisa, que también trae cara de funeral, pero seguro que es porque el tío Fritz sigue sin ver bien del todo. Y porque tienen miedo de que pierda su puesto en la orquesta por ello. El mundo es muy injusto. Ahí está su abuela, vieja y cascarrabias, con una casa bonita, con un café con empleados y todo, y quién sabe si una buena cantidad en la cuenta del banco. Los Bogner, en cambio, que son unas personas encantadoras y honradas, ni siquiera pueden permitirse un piso decente. La tía Luisa está agobiada y se disculpa por llegar tarde. Marion se encontraba mal esta mañana y ha tenido que prepararle una manzanilla. La ha dejado en la cama. Fritz tenía cita con el doctor Bruckner y se ha ido en autobús, así que ella lo ha acompañado a toda prisa hasta la parada.

—No te preocupes —dice la abuela Else—. Todavía no hay clientes.

La tía Luisa cuelga el abrigo y el sombrero, y corre a la cocina, donde se pone el pequeño delantal blanco y se coloca la cofia. El abuelo Heinz baja al fin por la escalera de la cocina y gime en voz baja porque, como él dice, le duele la pata de palo. Debe de ser muy raro ir haciendo ruido al caminar por ahí con una pierna ortopédica. Aun así, su abuelo es de los que tuvieron suerte; él regresó. El padre de Mischa, en cambio...

Forman el grupo para la partida de skat. El abuelo desayuna mientras juega a las cartas, cosa que saca de sus casillas a la abuela Else.

—¡Siempre con la cantinela del skat! Apenas ha dado una los buenos días y ya empiezan que si «dieciocho, veinte, dos, tres, ¡paso!»...

Ellos ni se inmutan. Mischa admira al abuelo Heinz, que es capaz de comerse el panecillo con mermelada a la vez que echa un Grand de cuatros. A él, jugar a las cartas tampoco le gusta tanto, pero se presta por Addi. Le falta ambición para querer ganar. Es solo un juego, al fin y al cabo. Mischa preferiría charlar con Addi, explicarle sus planes y escuchar lo que el viejo tuviera que decirle. Se está planteando alistarse en el ejército para hacer carrera de oficial. Como su padre. También ha oído hablar de la Legión Extranjera, pero dicen que eso es muy duro, que en la guerra de Indochina, y ahora en Vietnam, perdieron la vida más de la mitad de los legionarios. Otra opción sería hacerse a la mar, como Addi. En cualquier caso, quiere vivir experiencias y no marchitarse sentado en una oficina o trabajando en un taller ruidoso.

Se pasan más de una hora jugando y él se bebe una segunda Coca-Cola. Eso propicia un comentario de la abuela Else:

—¡Este chico ya va borracho de cafeína!

¡Y lo dice ella, que se toma un café detrás de otro! Addi está eufórico porque disfruta mucho jugando al skat. Qué raro; antes nunca jugaba a las cartas.

Sobre las once, por suerte, Sofia Künzel entra en el café y se sienta con ellos. Todavía tiene algo de tiempo antes de irse al Conservatorio a dar clase, así que se toma una jarrita de café con tres tartaletas: de piña, de melocotón y de cerezas con nata.

—Y trae aquí esas cartas —dice con su aire jovial—. Skat de cuatro. Mischa es el primero que queda fuera.

Addi ríe complacido, el abuelo Heinz esboza una sonrisa y Mischa se reclina con alivio contra el respaldo de la silla. ¿Se ha dado cuenta Addi de que no le apetece jugar?

—Mientras, podrías ir a hacerme un recado, Mischa —dice el hombre—. Arriba, en el cajón de la mesita de noche, está mi cartera. Cógela. Dentro hay dinero y también un resguardo. Para recoger un encargo. ¿Lo has entendido?

Mischa asiente y se alegra de escaparse de la partida durante un rato. Corre escalera arriba hasta el piso de Addi y abre el cajón. Ahí está la manoseada cartera de Addi, junto a una cajita de medicamentos blanca y roja. Dentro hay unas pastillas pequeñas, blancas, que seguramente tiene que tomar para la insuficiencia cardiaca. Parece que funcionan. Mischa saca la cartera. Cuando la abre, casi se cae del susto. Dentro hay un montón de billetes. Los cuenta: son quinientos marcos. ¿De dónde ha sacado Addi tanto dinero? ¿No decían que solo recibía una pensión minúscula? Aunque tal vez sean ahorros. Antes, cuando trabajaba en el teatro, ganaba un buen sueldo. También está el resguardo. Mischa vuelve a poner los ojos como platos. Es de un joyero de la calle An den Quellen. Una tienda carísima. Addi le resulta cada vez más misterioso. ¿Qué dice el resguardo? Vaya mierda, el joyero tiene un letra espantosa y Mischa no consigue descifrar lo que pone.

Se guarda la cartera en el bolsillo interior de la chaqueta y baja otra vez. Cuando está en la entrada del patio, a punto de desatar su bicicleta, ve a Frank y a Andi fuera, sentados en el banco verde con las mochilas del colegio a un lado. Los saluda con la mano. Frank levanta la mirada un instante y enseguida vuelve a mirar al suelo. ¿Ha estado llorando? Tiene la cara hinchada. Tampoco Andi parece de muy buen humor. Está sentado con los hombros encogidos y la cabeza gacha, mirando el pavimento del patio. ¡Vaya, hombre! Seguro que ha habido bronca. A Mischa le caen muy bien esos dos. Antes jugaban mucho juntos y todavía se siente un poco como su hermano mayor.

—¡Eh, vosotros! —exclama, y sale al patio—. ¿Por qué tenéis esas caras tan largas?

Frank se pasa la mano por el rostro, Andi sigue mirando al suelo sin reaccionar.

—Mamá y papá van a divorciarse —dice Frank con una voz plana.

Mischa no se lo puede creer. Entonces recuerda que esta mañana la tía Hilde ha ido a ver a August a primera hora. ¿Tendría que ver con lo del divorcio? ¿Se necesita a un abogado para eso? Es posible. Se sienta en el banco entre sus dos primos y les pregunta cómo lo saben.

—Papá estuvo aquí anteayer —explica Frank, que vuelve a enjugarse las lágrimas—. Discutieron mucho y mamá le dijo que quería el divorcio.

—Bueno, pero no lo diría en serio —señala Mischa para consolarlo.

Frank niega con la cabeza. Andi sigue callado; es de los que prefiere tragarse las preocupaciones.

—Mamá siempre hace lo que dice. Papá no, nunca. Pero en esto basta con que uno quiera divorciarse. La abuela ha dicho que, en todo caso, nosotros nos quedaríamos aquí con ella.

Mischa pasa un brazo sobre los hombros de cada uno y los zarandea para animarlos. Ellos se dejan hacer como dos marionetas.

—No me lo creo —insiste Mischa—. Solo es una discusión matrimonial, se quedará en nada. La gente casada se pelea. Mi madre y August también lo hacen, y no por eso van a divorciarse enseguida.

—¿Tú crees? —pregunta Frank, ilusionado.

—Claro. Esperad un poco. Seguro que se reconcilian. ¿Nos apostamos algo?

—¿El qué?

Mischa lo piensa un momento y luego propone que se jueguen unos discos de jazz. Si él tiene razón, podrá escoger tres.

—¿Y si ganamos nosotros? —quiere saber Frank.

—Entonces os quedáis con mi navaja.

Se la compró a un amigo por diez marcos. Es una navaja yanqui con dispositivo de seguridad. De treinta centímetros y afilada como una cuchilla de afeitar.

—¡Trato hecho!

La apuesta queda sellada con un apretón de manos. Ahora también Andi participa porque, si no, la navaja solo sería de Frank.

—Aunque más valdría que ganaras tú, Mischa —dice, y sonríe con tristeza.

Él está de acuerdo, y entonces recuerda el encargo y les dice que debe marcharse ya. A ocuparse de un recado para Addi.

Serpentea con su bicicleta por entre el tráfico de las calles. Le tocan la bocina con ira cuando hace ciertas maniobras arriesgadas y luego, con fastidio, tiene que detenerse en un semáforo en rojo. Deja la bici delante de la joyería y entra. En el establecimiento hay vitrinas de cristal que contienen broches de oro y de plata, anillos relucientes, cadenas con colgantes que llevan engastadas piedras preciosas de diferentes colores. La dependienta entrecana que atiende tras el mostrador le dedica una mirada recelosa y lo hace esperar un poco porque está con otra clienta. Se trata de una joven rubia con abrigo y sombrero que ha pedido que le enseñen pulseras de oro. Se prueba varias y no se decide por ninguna.

—Vendré el sábado con mi marido.

—Por supuesto, señora.

La clienta se marcha y la dependienta con canas guarda el cajón de las pulseras en su lugar del mostrador.

—¿En qué puedo ayudarte? —le dice a Mischa.

—Vengo a recoger algo —contesta él, molesto por el tono despectivo de la mujer.

Antes, cuando hablaba con la clienta rubia, ha sido muy atenta, aunque la mujer no haya comprado nada. Él saca la cartera y le entrega el resguardo. La dependienta lo comprueba un instante, se va con él y regresa con un estuchito negro.

—Aquí tienes —dice—. Hemos seguido las indicaciones del señor Dobscher. Tres brillantes. Y hemos grabado la inscripción.

Abre la cajita y dentro hay un pequeño corazón de oro. En él brillan tres pequeñas piedras preciosas, y en el centro dice:

Con amor
Addi

Mischa se emociona porque sabe de sobra para quién es ese regalo. Es un colgante; la cadena de oro está al lado.

—Cuatrocientos noventa y siete marcos con cincuenta peniques —dice la dependienta canosa, prosaica, mientras él sigue turbado—. ¿Traes el dinero?

—Por supuesto. ¿Acaso piensa que solo quería mirarlo?

Los rasgos maquillados de la mujer se tensan, pero al verlo contar los billetes sobre el mostrador vuelve a mostrarse complaciente. Menuda arpía. Se parece un poco a su abuela. La dependienta recuenta el dinero a conciencia y le devuelve dos marcos con cincuenta. Él los mete en la cartera de Addi y se la guarda. Entretanto, la mujer de las canas ha cerrado la cajita y la está envolviendo en papel de regalo rojo para luego ponerle un lazo dorado alrededor.

—Ten cuidado —le advierte—. Es mejor que no se mueva mucho, intenta llevarlo lo más recto posible.

—¡Muchas gracias! —dice él, y lo introduce como puede en el bolsillo interior de la chaqueta.

De lado. No cabe de otra forma. ¿Cómo va a llevarlo en la bici, si no?

Cuando llega al Café del Ángel, encuentra a Addi muy cansado ya. Es hora de que se eche una siesta. Además hay muchos clientes, y la tía Hilde y la tía Luisa no paran de sacar ensaladas de patata con salchichitas y platos de ensalada verde.

—Llegas justo a tiempo, Mischa —exclama Addi al verlo—. Esto empieza a estar abarrotado. ¿Has hecho lo que te pedí?

—Sí —confirma él, y se da unos golpecitos en el pecho, en el bolsillo interior, donde lleva la cajita.

—¡Entonces sube a este carcamal a su cama!

Para subir tardan aún más que para bajar. Casi media hora hasta llegar arriba. Addi tiene que parar de vez en cuando, en los descansillos, para tomar aliento. Julia ya lo está esperando en su piso. Hace unos días que también se deja caer al mediodía; lleva algo de comer para los tres y se queda hasta que Addi termina y se ha quedado dormido. Hoy, excepcionalmente, Addi quiere estar a solas con Julia, así que le pide a Mischa que le dé la cajita y se vaya a comer a la cocina.

—No te enfades, muchacho, pero son asuntos del corazón. Esto es cosa de dos.

—Lo entiendo, Addi —dice, y le sonríe con comprensión—. ¡Mucha suerte!

Sabe lo que se propone, por supuesto, y tiene curiosidad por saber cómo recibirá Julia el valioso regalo. Se sienta a la mesa de la cocina y se queda mirando el plato con asado de cerdo, col lombarda y patatas que Julia ha preparado a toda prisa para él. Lo cierto es que tiene un hambre canina, pero no consigue tragar ni un bocado. No puede dejar de pensar en que ese corazón es una especie de regalo de despedida para ella, algo que le recuerde a Addi cuando él ya no esté. Eso quiere decir que Addi intuye que se acerca el final. Cuando todos creían que estaba mejor... «Ay, Addi —piensa—. No te mueras. Eres mi único amigo. ¡No quiero que te marches tan pronto y me dejes solo!».

Julia se queda con Addi mucho rato, y Mischa está tentado de acercarse a la puerta del dormitorio a escuchar, pero decide no hacerlo. Después no aguanta más y se abalanza sobre la comida, la engulle y hasta friega el plato. Luego saca una Coca-Cola de las provisiones que ha comprado para Addi y se la bebe entera. Como no tiene nada que hacer, recoge la cocina y va a buscar un libro del salón. Karl May, *El tesoro del lago de la Plata*. Pero no es un gran lector y se queda dormido tras las primeras páginas.

—¿Mischa?

Se despierta sobresaltado y constata que está en la mesa de la cocina, con la cabeza encima del libro abierto. Delante tiene a Julia, que no puede reprimir una sonrisa al verle la cara de desconcierto.

—Ya puedes irte a casa —le dice—. Hoy me quedaré toda la tarde con Addi.

Lleva un vestido muy refinado, como siempre. Este es azul oscuro y combina especialmente bien con su melena pelirroja. Y le ve el corazón de oro colgado al cuello.

—Es... Es un regalo precioso, ¿verdad?

—Sí, Mischa —dice ella, y toca el colgante con el dedo índice—. Creo que me lo pondré a menudo. Siempre pensamos que nos queda mucho tiempo, cuando en realidad cada minuto es valiosísimo. Nunca hay que desaprovechar la ocasión de hacer bien a un ser querido, porque algún día será demasiado tarde...

Mischa no tiene contestación para eso, así que se limita a asentir y se despide deprisa. Recorre la ciudad en bicicleta. Sin rumbo. Se cruza con algún amigo, también ve a dos chicas que le caen bien y a las que hace mucho que quería invitar a un helado. Pero hoy no. Hoy no le apetece. La cabeza le da vueltas, necesita reflexionar, pero no encuentra la serenidad para ello. Ya es de noche cuando regresa a casa, a Biebricher Landstrasse, y se mete en su habitación. Allí camina un rato en círculos, cavilando, toma una decisión y la desecha al instante. «Claro —piensa—. Podría morirse. Ya es una anciana. ¿Pero a mí qué me importa? ¿Acaso voy a dejar que me insulte solo porque es vieja y podría palmarla?».

Al final baja la escalera descalzo, se cuela en el estudio de August y saca la carta de debajo del cartapacio. La leerá. Nada más. Solo la leerá.

Luisa

—¿Quieren parar ya de una vez con el violín? ¡Esto es insoportable!

La señora Schmieder acompaña su voz chillona con unos golpes imperiosos en la puerta del piso. Luisa se sobresalta del susto y detiene la máquina de coser. Fritz, que toca con Petra en sus ejercicios de violín, se levanta de la silla.

—¿Es que ya es la una? —le pregunta a Luisa en un susurro.

No puede leer el reloj de pared ni el suyo de pulsera. Sigue viéndolo todo borroso; tiene los dos ojos infectados.

—Solo son las doce y media —contesta ella.

Fritz va a la puerta y abre. Fuera está la señora Schmieder, que se instaló en la antigua vivienda de Swetlana hace unos años.

—Buenas —dice con educación—. Siempre respetamos con puntualidad el silencio del mediodía, desde la una hasta las tres. Pero todavía no es la una, señora Schmieder.

La mujer es viuda de guerra y por las noches gusta de beberse una cerveza. Seguramente también durante el día, aunque eso nadie lo tiene claro. Va descuidada, tiene el pelo cano y todo alborotado, la bata sin mangas que lleva tiene un rasgón, y sus medias grises están llenas de carreras.

—Me importa un comino si es la una como si son las cinco —sigue renegando—. Todo el santo día con el violín... ¡Eso vuelve loco a cualquiera! Los denunciaré a la Oficina de Orden Público. ¡Por exceso de ruido!

—Lo siento mucho, señora Schmieder —replica Fritz—, pero soy músico profesional y debo ensayar con regularidad.

—¡Pues váyase al bosque, donde no moleste a nadie!

La mujer empieza a tambalearse mientras vierte toda su rabia sobre Fritz. Tiene que apoyarse en la pared y pierde una zapatilla.

—Dejaremos de tocar a la una en punto —dice él, y cierra la puerta.

—¡Menudo descaro! —se oye en el descansillo—. Eso no se lo permito a nadie. Si mi marido siguiera vivo, habría tenido usted que cuadrarse ante él.

—¡Vieja idiota! —exclama Petra elevando la voz mientras recoloca su cuaderno en el atril—. Escucha, papá. Empiezo desde el principio.

Fritz vuelve a sentarse con su hija. Por el piso se desplaza sin problemas, solo tropieza a veces, si alguien ha movido una silla o si la cartera del colegio de Marion está en medio.

—Avísame cuando sea la una, Luisa, por favor —pide, y se gira hacia su hija.

Luisa pone otra vez en marcha la máquina de coser. Es de tracción mecánica, un modelo muy fiable que Julia le regaló hace años, cuando modernizó sus tiendas con máquinas eléctricas. Se alegra de poder confeccionarles la ropa a sus dos hijas, porque el escaso presupuesto doméstico no le permite comprar demasiadas prendas nuevas. También las telas cuestan mucho dinero, por eso hoy no ha dudado en descolgar la cortina del baño. La ha lavado, la ha planchado y ahora está cosiendo dos vestidos de niña con ella. Si es hábil, conseguirá sacar también una blusa para Marion. Y Petra podrá heredarla más adelante. Con los abrigos de invierno, este año la cosa estará más complicada. Aunque para Petra podría aprovechar el viejo abrigo de Marion si le acorta las mangas y le pone una tela bonita sobre el cuello gastado. Marion, sin embargo, necesitará uno nuevo sí o sí. Luisa ya se ha pasado por todos los grandes almacenes en busca de ofertas, pero, de momento, los abrigos de invierno para niños siguen estando por las nubes.

Tal vez podría hacerle uno con la tela de la americana de cuadros de Fritz, aunque tendría que forrarlo para que calentara algo. No es una tarea sencilla. Le costaría varias tardes, y quedarse hasta entrada la noche se le hace cuesta arriba porque suele estar muy cansada. Trabaja en el Café del Ángel cuatro días a la semana, y con eso gana algo para engordar el raquítico presupuesto doméstico, pero, cuando llega a casa tras acabar su turno, está para el arrastre. Dos veces por semana va a Frankfurt con Petra, a la Escuela Superior, y espera pacientemente en el vestíbulo hasta que la niña termina su clase. Después regresan a Wiesbaden y ya solo le queda el tiempo justo para hacer la compra. Fritz contribuye con lo que puede para facilitarle las labores de la casa. Ayuda en la cocina cuando le es posible, dobla la ropa, echa una mano a Marion con los deberes y acompaña a Petra en los ejercicios de violín. Pero, desde luego, está muy desanimado y le preocupa mucho su futuro. Durante el día se contiene porque no quiere asustar a las niñas, pero por las noches, cuando están los dos en la cama, a Luisa le cuesta mucho levantarle el ánimo.

—Esto requiere su tiempo, Fritz. La infección se curará en algún momento y todo volverá a ir bien.

—El doctor Bruckner dijo que jamás había visto un caso como el mío. ¿Por qué me ha tocado justamente a mí? También es mala suerte...

—Ten un poco de paciencia, cariño. Ha conseguido que

recuperes algo de visión en el ojo izquierdo, el que te hirieron en la guerra. Nadie habría creído que algo así fuese posible.

—Por desgracia, todavía no noto nada porque está más infectado que el derecho.

—Eso pasará. Más adelante podrás ver con los dos ojos, y eso es más de lo que cabía esperar.

Él suspira en voz baja y le acaricia la mano.

—Sé lo duro que es todo esto para ti, Luisa —le susurra—. Y encima tienes que oír mis lamentos…

Ella le da un beso con ternura, se acerca a él y se acurruca contra su cuerpo.

—Saldremos juntos de esta, Fritz. Tú y yo, y nuestras niñas, tenemos que mantenernos unidos. Y, entonces, ¡que venga lo que sea!

Luisa comprende que tenga los nervios a flor de piel, que se le agote la paciencia y esté al borde de la desesperación. Hace meses que lo torturan los dolores, las gotas que le ha recetado el médico no le ayudan y no nota ninguna mejoría. Todas las mañanas se despierta con los párpados pegados. Tiene que lavárselos con agua tibia para poder abrir los ojos. Después aguarda un rato con la esperanza de que haya habido algún progreso, pero hasta ahora solo se ha llevado decepciones. Está de baja, se pasa el día metido en casa, depende constantemente de la ayuda de los demás y le preocupa que puedan quitarle su puesto en la orquesta. Ese que tanto esfuerzo le costó conseguir.

Antes de que su visión empeorara de una forma tan dramática, llevaba una libreta con las cuentas de la casa. En ella apuntaba todos los ingresos y los gastos. También cuánto apartaban cada mes para la cuenta de ahorros. Ahora le ha pedido a Luisa que lo releve en la tarea, pero ella, como tiene tanto que hacer, va retrasada con las anotaciones. En el fondo es mejor así, porque hay más gastos que ingresos. Lo que más se nota es que no han tenido el ingreso extra de los conciertos de verano porque Fritz tuvo que rechazarlos todos. A eso hay que sumarle las caras clases de Petra, los costes de desplazamiento a Frankfurt dos veces por semana, y que han tenido que comprarles zapatos de invierno a las dos niñas. Por más que lo intentan, no les alcanza para todo, así que Luisa ya ha sacado más de una vez una pequeña cantidad de la cuenta de ahorros en secreto. Por el momento no le ha dicho nada a Fritz, porque él ya tiene suficientes preocupaciones.

Termina la última costura del vestido nuevo de Petra, corta los hilos y sostiene la prenda en alto para ver si le ha quedado bien. Está muy satisfecha. Viendo el precioso vestidito de flores, nadie diría que antes era la cortina de un cuarto de baño.

—Ya es la una, Fritz —dice mirando el reloj de pared—. Tenéis que parar.

—¡Solo esta pieza entera otra vez! —pide Petra.

Sin embargo, Fritz le pide que guarde el violín en su estuche, no le apetece tener problemas con el casero ni con la Oficina de Orden Público. Petra da un pisotón en el suelo, el atril se vuelca y golpea la cómoda, las partituras se esparcen por todas partes.

—¡Es culpa tuya, papá! —grita furiosa—. ¡El señor Bünger ha dicho que debo practicar y tú no me dejas!

—Por la tarde podrás practicar más, Petra —dice su padre, conciliador.

Luisa tiene que intervenir porque Fritz siempre permite que la niña se pase de la raya. Le ordena a Petra con rotundidad que recoja las partituras y coloque el atril en un rincón.

—¡Y no vuelvas a patalear mientras hablas con tu padre!

La pequeña hace una mueca, pero obedece. Solo que, en lugar de guardar el violín en el estuche, lo deja en la mesa.

—Ahora lo guardo. ¡Tengo que ir al váter! —contesta cuando su madre se lo menciona.

Y se marcha.

Luisa suspira. Claro que es pesado tener que andar siempre recogiendo, pero eso pasa porque el piso es muy pequeño. También ella debe retirar los utensilios de costura de la mesa para poder poner el mantel y comer. Lo peor es que Petra, en las últimas semanas, se está convirtiendo en una pequeña tirana. Replica, pone sus propias reglas y reacciona con tozudez cuando la regañan. Luisa sospecha que a la niña se le han subido a la cabeza las clases en Frankfurt y los muchos elogios que recibe por sus habilidades musicales. Hace un tiempo que ha dejado de tocar el piano porque discutió con Julia Wemhöner en el piso de Addi. Julia le pidió que dejara de tocar mientras se echaba una siesta corta, pero la señorita Petra se ofendió y no ha querido practicar más en casa de Addi.

Antes, Luisa podía comentar esos problemas con Fritz, pero ahora evita sobrecargarlo y se ocupa ella sola de muchas cosas. También la inquieta Marion. Mientras Petra se transforma en una ególatra consumada, Marion parece cada vez más un ama de casa acongojada. Por mucho que Fritz y ella intentan no involucrar a sus hijas, la niña percibe la preocupación de sus padres. Marion ayuda en la cocina sin que se lo pidan, friega el pasillo, recoge la habitación infantil, está con su padre siempre que puede para alcanzarle algo, leerle o prepararle un café. Incluso ahora ha pelado las patatas y las ha puesto a cocer, ha lavado las zanahorias y las ha cortado en trocitos para que Luisa solo tenga que hervirlas. Acompañarán la verdura con huevos fritos; a final de mes ya no hay dinero para carne.

—Voy a poner la mesa, mamá —anuncia su obediente hija cuando Luisa entra en la cocina—. ¿Puedo sacar uno de los manteles bonitos del armario?

—Hoy no, Marion. El domingo.

La niña es muy perfeccionista. Pela las patatas con tanto cuidado que no deja ni un poquito de piel, y hasta las zanahorias las ha cortado con precisión milimétrica. Cuando pone la mesa, uno casi diría que está en un restaurante. Dobla las servilletas en forma de pequeñas pirámides y las coloca encima de los platos. Luisa intenta elogiarla en todo, pero la otra cara de la moneda es que sus notas han empeorado muchísimo.

Cuando están los cuatro sentados a la mesa y Luisa reparte los huevos fritos, suena el teléfono.

—No contestes —dice Fritz—. Estamos comiendo.

Pero Petra, sin autorización previa, ya ha descolgado.

—¡Petra Bogner!

Fritz le ha enseñado a contestar diciendo su nombre. La niña mantiene el auricular un momento en su oído, pone cara de no entender nada y luego mira a Luisa.

—Es un hombre… —dice—. ¿Que tiene una propiedad…?

Fritz se levanta y le quita el auricular. Luisa está preocupada; todos los días esperan la llamada del director artístico, que necesita saber cuánto tiempo tiene previsto Fritz seguir de baja. Pero, a juzgar por la cara de su marido, esta vez se trata de una buena noticia.

—¿De verdad? … Sí, eso estaría muy bien … No, no nos importa. Claro que nos interesa. Mucho … Mañana por la mañana … Muy amable por su parte … Sobre las nueve … Muchísimas gracias.

Cuando cuelga, está temblando de emoción.

—Era el señor Schober, de Schober & Walter, ¿te acuerdas, Luisa?

—¿El agente inmobiliario? Mira por dónde. Ya pensaba que no volvería a llamar.

A principios de año, Fritz recurrió a un agente inmobiliario para que les buscara una casita en el campo que se ajustara a sus necesidades. Sin embargo, tras algunas visitas, decidieron que de momento era demasiado arriesgado pedir un crédito tan elevado en el banco, y ahora ese hombre les deja caer una nueva oferta en mitad de la comida. Y, según parece, Fritz está que no cabe en sí de entusiasmo.

—Imagínate, Luisa. Una casita en Bierstadt. En las afueras. Delante solo tendríamos campos y prados. Un jardín de ochocientos metros cuadrados, superficie habitable de noventa.

Las niñas abren mucho los ojos. ¡Vivir en una casa! ¡Con una habitación para cada una! Y un jardín para jugar. ¡Puede que incluso un perro!

—Mamá, ¿podré tener un columpio?

—¡Yo quiero un piano en mi habitación!

—¿Y plantar flores?

—¿Y yo podré tocar el violín todo lo que quiera?

Luisa espera a que la exaltación de la mesa remita un poco. Fritz está radiante. «Dios mío, ¡qué iluso es este hombre!».

—¿Te ha dicho también cuánto cuesta?

—Solo ochenta mil. Está tirada de precio, Luisa —contesta él, que vuelve a sentarse en su sitio—. La casa necesita algunos arreglos, pero el señor Schober dice que podríamos encargarnos nosotros mismos.

Luisa siente vértigo. ¡Ochenta mil marcos! Es menos de lo que costaban otras propiedades que les habían enseñado, pero sigue siendo una cifra exorbitante. Tenían cuatro mil en la cuenta de ahorros, pero ya solo les quedan tres mil setecientos, porque tuvo que sacar dinero para pagar el alquiler.

—Pero, Fritz... —dice.

Entonces se detiene, porque le ve tal cara de felicidad que no se siente capaz de quitarle la ilusión.

—Ha dicho que es una oportunidad única —sigue explicando su marido—. Una ganga. El propietario ha fallecido y sus hijos quieren vender lo antes posible. He pedido que nos la reserve para ir a verla mañana. Nos recogerá a las nueve.

Al día siguiente ella tiene turno en el Café del Ángel. Tendrá que llamar para decir que no puede ir hasta la tarde. Naturalmente, con eso volverán a perder dinero. Pasado mañana debe acompañar a Petra a clase y habrá que comprar los billetes; contaba con trabajar ese turno. Pero qué se le va a hacer. Ya encontrará una solución.

—Está bien —dice—. Iremos a verla. Aunque, si es tan barata, en algún sitio tendrá que estar el fallo.

—¡Bah! —replica Fritz con una sonrisa, y hace un gesto con la mano, como si quisiera borrar todas las objeciones de un plumazo—. Ochocientos metros cuadrados de terreno, Luisa. Podríamos tener un huerto. Nos ahorraríamos un montón de dinero.

—En eso tienes razón —dice ella—. Aunque no cosecharíamos nada hasta el verano del año que viene, como muy pronto.

La comida ya se les ha enfriado, pero de todas formas se la terminan. Después Marion prepara café para sus padres y Luisa tiene que prohibirle que friegue los platos.

—¿Es que no tienes deberes que hacer?

Fritz se pasa la tarde hablando de la maravillosa oportunidad que tienen de conseguir la tan anhelada casita en el campo. Le detalla durante cuántos años y cuánto dinero tendrán que pagar mensualmente al banco, afirma que será necesario apretarse un poco el cinturón, pero que a cambio disfrutarán del aire limpio y de un precioso jardín, y que nadie más se quejará de que toquen música a cualquier hora, y muchas otras cosas.

—¿Has pensado que tendrías que ir al teatro en autobús? —pregunta ella, intentando contener la euforia de su marido.

Sin embargo, Fritz opina que podría ir en bicicleta. Aunque tal vez convendría comprar un coche.

—¿Un coche? —Ahora sí que confunde la fantasía con la realidad—. Pero si yo no tengo carnet de conducir... —objeta.

—Yo sí.

Luisa guarda silencio porque le parece que la conversación está tomando un rumbo del todo irracional. Hace nada, Fritz temía no ver bien nunca más e incluso perder su puesto, y de pronto quiere conducir un coche. «¡Ay, Fritz! Eres un soñador loco y encantador». ¿Qué puede hacer, sin que se note, para que ponga los pies en la tierra?

—Tendrás que describírmelo todo muy bien —le pide él por la noche, cuando ya están en la cama—. Cualquier pequeño detalle puede ser importante. Dentro de un par de semanas volveré a ver, pero mañana todo dependerá de ti, Luisa.

«En eso lleva razón —piensa ella—. Todo depende de mí, y yo no sé cómo voy a conseguirlo».

A la mañana siguiente, el Opel Kapitän blanco y negro del agente inmobiliario está delante de su portal a las nueve en punto. El señor Schober los saluda con un jovial apretón de manos, acaricia paternalmente la cabellera pelirroja de Petra y se muestra preocupado por los «problemas de visión temporales» de su cliente, Fritz Bogner. ¿Dónde está la otra hija? Ah, sí, en el colegio, por supuesto.

El trayecto no es largo y el señor Schober tiene un estilo de conducción muy ligero. En Bierstadt tienen que girar en varios cruces y recorrer estrechas calles residenciales hasta que por fin se detienen frente a un terreno asilvestrado.

—El jardín está algo descuidado en estos momentos, pero eso puede arreglarse sin dificultad.

Luisa le describe a Fritz lo que ve: una hierba muy crecida que habrá que cortar con guadaña; parterres abandonados donde las malas hierbas campan a sus anchas; varios árboles frutales, todos ellos nudosos y entrados en años; un estanque empantanado; setos que llevan años sin podarse. Al menos hay un pozo y una bomba. Tienen agua subterránea y podrían aprovecharla para el jardín. El pequeño cobertizo para las herramientas de jardinería está casi cubierto por enredaderas y hiedra. La casa es la típica construcción barata, de siete metros de largo por cinco de ancho. Habría que cambiar el tejado dentro de los próximos diez años, pero las ventanas todavía están bien, aunque la madera se ve un poco hinchada. Los postigos siguen intactos. Hay una terraza delimitada por un murete de ladrillo. Entre las losas crecen la hierba y los dientes de león.

—¡Uy! —exclama Petra—. Ahí hay una araña muy gorda. No quiero vivir aquí, papá.

La casa huele mucho a humedad, lo cual se explica porque hace años que no la ventilan. Las habitaciones son pequeñas. En el salón hay una gran estufa de azulejos de color marrón que, por lo visto, puede calentar la casa entera. En la planta baja están el salón y el comedor, también hay una cocina pequeña y un lavadero. La de arriba tiene las paredes torcidas, y allí están los tres dormitorios y el baño. La buhardilla es de techos bajos y solo sirve como trastero. Habría que cambiar todo el papel de las paredes, y los suelos de madera de la planta baja también están inservibles.

—¿Y el sótano?

—Bueno... —dice el señor Schober—. El sótano, por desgracia, tiene un poco de humedad. Aunque pueden usarlo para almacenar carbón, conservas y patatas.

Cuando bajan, huele a cripta. A Fritz no le parece tan terrible; en la granja de Lenzhahn donde creció, los sótanos también eran húmedos. Pero, al fin y al cabo, no se vive allí. Solo son almacenes.

—Algún día mandaremos impermeabilizarlo —comenta—. Pero eso no corre prisa. Cambiaremos el papel de las paredes y lijaremos los suelos, si tan imprescindible te parece. Así podremos mudarnos ya.

—Aquí huele mal —dice Petra—. Y mi habitación es pequeñísima. Además, no hay piano.

Al principio, Luisa no dice nada. No es exigente. La casa es pequeña pero de construcción sólida, y el jardín puede arreglarse. Salen a la puerta y contemplan los campos y los prados mientras ella le describe a Fritz la linde del bosque que se ve desde allí.

—Oigo cantar a los pájaros, Luisa —dice él sonriendo—. Y se respira aire limpio en lugar del humo de los coches. No hay ruido. Es lo que siempre he deseado.

El precio es innegociable. Hay más gente interesada y tendrán suerte si nadie supera su oferta.

—Denos un día más para contestar —pide Fritz—. Tengo que hablar con el banco y después le diré algo.

En el trayecto de vuelta solo habla el señor Schober. Les explica que hay créditos con condiciones especiales para los mutilados de guerra, elogia la agradable ubicación de la propiedad, en las afueras del pueblo, bien comunicada y con una parada de autobús a la vuelta de la esquina. Tienen varias opciones para hacer la compra, al colegio se llega a pie. Fritz le pide que los deje en Friedrichstrasse, donde se encuentra la sucursal de su banco.

Luisa preferiría ir directamente al Café del Ángel para no perder tantas horas de trabajo, pero, como teme que su marido se lleve una decepción, lo acompaña.

Los hacen pasar a un pequeño despacho, y allí le exponen sus planes al empleado del banco. El hombre saca varios documentos, comprueba su cuenta de ahorros, les pregunta por los ingresos mensuales de la familia, prepara una tabla con el cálculo de la cuota a lo largo de varios años. El tipo de interés es muy bueno, en efecto, porque Fritz es mutilado de guerra y, además, tiene un puesto de trabajo fijo y su mujer también gana algo.

—¡Me parece que no hay ningún inconveniente! —dice el empleado sonriendo con displicencia—. Su problema con la vista es solo temporal, ¿verdad?

—Desde luego. Me han hecho varias operaciones que mejorarán decisivamente mi capacidad visual.

Luisa no se lo puede creer. Están a punto de lanzarse a la catástrofe. ¿Es que el hombre del banco no lo ve? Dentro de un año, como mucho, habrán acumulado tantas deudas que tendrán que vender la casa, y entonces no contarán con un techo bajo el que refugiarse.

Por la noche regresa a casa agotada después de su turno en el Café del Ángel y se encuentra a su marido sentado a la mesa, con una libreta abierta delante de las narices y un lápiz en la mano. Lleva las gafas gruesas que le han hecho en la óptica.

—Ya puedo leer —declara—. La vista me ha vuelto de repente. ¿No te había dicho que lo que necesitaba era el aire limpio y la vegetación? Mira, he dibujado la planta de nuestra casita.

¿Será todo esto una locura, o más bien su salvación? Luisa no lo sabe. Abraza a Fritz y se alegra con él por esa mejoría que tanto tiempo llevaban esperando.

—Todo irá bien, Luisa —dice él—. Lo presiento.

Jean-Jacques

Eltville, septiembre de 1959

Ha ido a Wiesbaden con las mejores intenciones. Quería aclarar las cosas con Hilde, asegurarle que se había equivocado de medio a medio, abrazarla y demostrarle con ternura y pasión que solo la ama a ella. Pero su mujer no le ha dejado ni abrir la boca. En cuanto ha entrado en el piso, se ha abalanzado sobre él como una diosa vengativa.

—No tienes que inventar ninguna excusa, Jean-Jacques. ¡Sé lo que sé!

Al principio se ha quedado confuso, luego ha intentado aplacarla un poco.

—Pues dímelo, *mon chou.*

Ella se ha levantado, ha cerrado la puerta del cuarto de los gemelos y después se ha vuelto hacia él.

—Hace semanas que no te dejas ver por aquí, en Wiesbaden. No has hecho más que poner pretextos. Que si los clientes, que si el trabajo en el viñedo, que si las empleadas, la furgoneta... ¡Y yo he sido tan tonta que me he creído tus embustes!

A él lo invade la ira. Tiene que reprimirse para no decir nada que luego pueda lamentar.

—¿Me acusas de haberte mentido? ¿Qué te hace pensar eso?

Ella levanta la barbilla y resopla. Como una yegua desbocada.

—¿Tiene pensado la bella Simone apalancarse mucho tiempo más en tu casa? —pregunta con retintín—. Por ahora parece que os lleváis la mar de bien. Y en todos los sentidos, ¡según pude ver con mis propios ojos!

Ahora sí que está furioso. Da un puñetazo tan fuerte en la cómoda que la hace crujir. El jarrón que hay encima da un saltito y tintinea.

—¡Estás completamente loca, Hilde! —contesta a gritos—. ¿Cómo se te ocurre pensar que podría tener un *petite affaire* con Simone? Es como si yo te dijera que te acuestas con tu «tartaletero».

Ya lo ha soltado. Una palabra ha llevado a la otra. La pelea está servida, y más intensa y apasionada que nunca.

—¡Tú estás mal de la azotea! ¿Richy y yo? Eso es ridículo. Richy es un artista que nos ha evitado la ruina. Porque a él, al contrario que a ti, ¡le importa lo que pase en el Café del Ángel!

—¿Que no me importa lo que pase en el café? ¿Y a ti qué? ¿Te interesa lo que pasa en mi viñedo? Porque yo no veo nada de eso. *Absolument rien!*

—Pero Simone sí que te importa, ¿verdad?

—Eso es cierto. Porque es una persona encantadora y no lo ha tenido fácil en la vida.

—Claro, y por eso tenías que consolarla. ¡No seas ridículo!

—Aquí nadie es ridículo. *Sauf toi!* ¡Salvo tú!

Se han estado gritando como dos estibadores del puerto. Él ha dado más puñetazos sobre la cómoda y Hilde le ha tirado el jarrón. Después, de repente, se ha quedado muy callada. Se ha vuelto fría como el hielo. A veces Hilde puede ser así.

—Esto nuestro no funciona —ha dicho—. Tú eres viticultor y yo llevo un café. Son dos mundos muy diferentes. Creo que debemos poner fin a nuestra relación.

Él se la ha quedado mirando. Al principio no entendía a qué se refería, pero entonces Hilde le ha explicado que a ella le gusta hacer las cosas bien y que ya ha ido a ver a su hermano para informarse. La mejor solución, por lo visto, sería un divorcio de mutuo acuerdo.

Jean-Jacques está atónito. Ni en sueños había pensado en el divorcio. Esa no era ni mucho menos su primera discusión, pero hasta ahora siempre se habían reconciliado. Él la ama. Y ella a él.

¿O se equivoca? ¿Es que Hilde ya no lo quiere? ¿De verdad se ha enamorado de ese pastelero escuchimizado? No se lo puede creer. ¡Ese personaje lamentable! Aunque tal vez Hilde necesite a alguien como él. Alguien que la obedezca con docilidad. Un lacayo al que pueda mangonear. Jean-Jacques no es así. Él sabe lo que quiere. Es un hombre, y no un calvo montador de nata.

—¡Si eso es lo que quieres, será un placer! —ha contestado, furioso.

Después se ha marchado, se ha subido a su Goélette y ha puesto rumbo a Eltville. Al principio del trayecto estaba muy agitado, no dejaba de mascullar maldiciones, se ha saltado dos semáforos en rojo y ha puesto a la pobre furgoneta al límite, aunque no tenía culpa de nada. No se ha tranquilizado un poco hasta que ha visto el Rin. Ha aminorado la marcha y ha notado que lo invadía el desencanto. Un doloroso vacío en su interior. Una sensación angustiosa, como si estuviera enfermo. O como si alguien a quien quiere hubiese muerto.

«No lo hará —se ha dicho—. Ha sido una simple amenaza. Está celosa y quiere castigarme. Meterme miedo, eso es lo que quiere. Que vaya a ella y le pida perdón. Que envíe a Simone de vuelta a Francia y yo regrese a Wiesbaden, obediente, cada vez que ella mueva el meñique. Pues en eso se equivoca. Así no funciona un matrimonio. Con eso solo se mata el amor».

Aunque ¿no estará ya muerto el amor entre ellos?

Cuando se detiene frente a su casa de Eltville, Simone está en el patio y lo llama inquieta con la mano.

—¿Qué ocurre?

—Han venido los hombres que te ayudan con la vendimia. Les he preparado café y les he dado un tentempié. Te esperan para que les digas qué tienen que hacer.

Ahora no es momento de llorar por el amor perdido. Se acerca a los tres jornaleros, que hace más de una hora que están sentados bebiendo café a costa de su dinero, y les enseña dónde tiene los cuévanos y las podadoras. Les dice que lo carguen todo en la Goélette y se marcha con ellos a las pendientes que vendimiarán primero. Es un trabajo duro; después de estar mucho rato encorvado, es fácil sufrir un tirón o que se te duerma una pierna. Max y Simone también se apuntan a echar una mano. Soldan se queda abajo, junto a la Goélette, para ir cargando la furgoneta y, además, subirles algo de beber de vez en cuando. En el fondo, Jean-Jacques se alegra de tener una distracción. No se permite ni un momento de descanso. Está satisfecho con las uvas maduras. Él mismo vendimia un rato y luego lo deja para ayudar a transportar los cestos cargados hasta la Goélette. Puede conseguir un vino muy bueno; lo presiente. Tal vez incluso selecto, la culminación de su trabajo hasta la fecha. Todo es óptimo: el grado de maduración, la cantidad, la calidad… Y hace un tiempo estupendo para vendimiar. Es seco, el sol cae suavemente sobre sus espaldas y los calienta, pero ya no quema. Solo se ven un par de nubecillas en el oeste. Sin embargo, no han anunciado lluvias para los próximos días.

El destino es cicatero. Con una mano da y con la otra quita. Cuando a Jean-Jacques por fin le va bien con el viñedo, su mujer le habla de divorcio. ¿Es que no ha pensado en los chicos? Si Hilde va en serio con lo de divorciarse, ¿qué será de ellos? La idea lo distrae en mitad del trabajo y se corta un dedo, así que baja maldiciendo hasta la furgoneta para ponerse una tirita en la herida. Entonces lo invade el pánico. No quiere perderlos. Si Hilde tiene pensado separarlo de Frank y de Andi perderá los estribos. ¡Se volverá loco y se llevará a sus hijos a la fuerza!

—¿Qué ha pasado? —pregunta Soldan cuando lo ve llegar—. Trae una cara como si hubiera visto un fantasma.

Jean-Jacques se controla y sonríe con timidez.

—Me he cortado el dedo. Hacía veinte años que no me ocurría.

—Sí, en cuanto se despista uno... —señala el hombre, comprensivo—. Con no llevar cuidado una vez, ya te has llevado el tajo. Un día, Meta se rebanó medio dedo índice cortando un embutido muy curado. El médico volvió a cosérselo.

A Jean-Jacques esa historia le parece horrible, y se asegura de regresar enseguida arriba, a sus viñas. Busca el lugar de más difícil acceso y trabaja con gran esfuerzo de todo el cuerpo. No tiene sentido dejarse llevar por fantasías provocadas por el miedo; esta noche reflexionará con tranquilidad y tomará las decisiones necesarias. Tal vez se busque un abogado. Si de verdad Hilde quiere el divorcio, él tendrá que defender sus derechos. Quiere su viñedo y a sus hijos. Ni más ni menos. ¡Y basta!

Siguen trabajando hasta la puesta de sol, pero aun así no consiguen terminar. Si el tiempo se mantiene, y todo indica que sí, mañana se ocuparán del resto. Después tocará prensar, y eso lo alegra. No piensa dejar que nada le estropee ese momento.

Lo de reflexionar por la noche se le hace más difícil. Tiene que alojar a los tres jornaleros en su casa para que al día siguiente puedan empezar a primerísima hora. Por supuesto, se sientan juntos a cenar y a beber, charlan sobre toda clase de temas intrascendentes y les dan las diez y media. Hora de acostarse. Simone sigue en la cocina fregando los cacharros, y él se asoma un momento para desearle *bonne nuit*.

—¿A ti qué te pasa? —pregunta ella.

Ha notado que está algo raro, por supuesto. Las mujeres tienen un sexto sentido para esos asuntos.

—No, nada. Que me he cortado un dedo.

—¡Déjame ver!

Él protesta porque quiere que lo dejen en paz y no necesita ninguna enfermera, pero ella ya le ha levantado la mano y ha arrancado la tirita llena de sangre.

—Uy, no tiene buena pinta —comenta—. Te ha entrado suciedad, podría acabar en septicemia. ¡Espera!

Jean-Jacques se sienta en una silla de la cocina, resignado, y se mira el corte. Es bastante profundo. Ahora, además, le duele. Tal vez Simone tenga razón. Se descubre pensando que separarse de sus hijos sería como si le cortaran dos dedos. Peor aún. Como si perdiera ambos brazos.

Simone vuelve con el botiquín que Hilde dejó en el baño en su día. Le limpia la zona de la herida con un algodón empapado en alcohol.

—¡Ahora tienes que ser fuerte! —le dice.

Justo después, Jean-Jacques ve las estrellas y aprieta mucho los dientes porque ella acaba de echarle unas gotas de yodo en el corte.

—¿Escuece?

—Sí… —gime entre dientes.

—¡Bien!

Simone sonríe con picardía. Aplica un bálsamo en un trozo de gasa que coloca encima de la herida y le envuelve el dedo con una venda.

—¿Cómo voy a trabajar así mañana? —protesta él.

—Solo será esta noche. Mañana te pondré otro vendaje.

Él le da las gracias y quiere marcharse, pero ella lo retiene.

—¿De verdad que solo es por el corte del dedo, Jean-Jacques?

—¡Ya te lo he dicho!

Ella no lo suelta; en eso se parece a Hilde.

—Has estado en Wiesbaden, ¿verdad? ¿Qué te ha dicho?

A Jean-Jacques no le apetece confesarle la verdad. Simone tiene sus propios problemas y no son pequeños. Llamó su marido, que la está esperando, y le armó un escándalo. Le dijo que no olvidara que es su mujer y que juró ante Dios estar siempre a su lado. En los buenos tiempos y en los malos. No quería ni oír hablar de empezar de cero; nunca abandonará el bistró, porque es el legado de su padre y quiere conservarlo. Simone se echó a llorar; todas sus esperanzas se habían desvanecido y de pronto no sabía qué hacer. Él la consoló, por supuesto, le prometió que podía quedarse todo el tiempo que quisiera. ¿Cómo iba a enviarla de vuelta con un marido que es un delincuente? Le dijo que le ofrecería consejo y protección, que era de la familia y le tenía mucho cariño. Nada más. Y fue justamente ahí cuando Hilde se presentó de pronto. No podría haber salido peor.

—Estaba furiosa, pero nos hemos puesto de acuerdo —le explica a Simone—. Mañana te contaré más. Ahora voy a acostarme, que estoy cansado.

Ella le da dos besos en las mejillas y le desea buenas noches. Es agradable recibir su ternura. Después de la horrible pelea con Hilde sienta muy bien.

Sin embargo, lo de las buenas noches es un decir porque no consigue dormir. Se sienta en el borde de la cama, en pijama, y no deja de darle vueltas a la cabeza. Un abogado, sí, es buena idea. Alguien que le escriba una carta a Hilde presentándole sus exigencias. ¡Quiere a sus hijos! Conque ya puede pensarse bien eso del divorcio… Sí, así es como lo hará. No es ningún pelele.

Jean-Jacques vuelve a encenderse. Más vale que Hilde se prepare si piensa meterse con él.

¡Por fin se tranquiliza un poco! Se tumba, se tapa con la manta y busca una buena postura para dormir, pero el sueño sigue rehuyéndolo, por muy cansado que esté. En lugar de eso, le vienen a la cabeza toda clase de bobadas innecesarias.

La primera vez que la vio fue cuando él era prisionero de guerra y lo enviaron a Wiesbaden a trabajar. Estaba muy flaca, apenas había nada para comer, pero le pareció increíblemente atractiva. Esa energía. Esa voluntad férrea. Su forma rauda de moverse, de hacer las cosas. Su valor. Al principio, él ocultó su pasión; era peligroso relacionarse con los alemanes, pesaba sobre él la amenaza de duros castigos. Sin embargo, enseguida notó que también ella lo miraba con buenos ojos, por supuesto. Estuvieron un tiempo jugando al ratón y al gato, hasta que aquella noche de locos sucedió. Se abalanzaron el uno sobre el otro como dos salvajes y se abandonaron a un éxtasis maravilloso, peligroso, incontenible, que por desgracia acabó demasiado deprisa. Aun así, ambos supieron que estaban hechos el uno para el otro.

Por lo menos eso creyeron entonces.

Ella tardó años en confesarle que se había quedado embarazada y perdió al niño. Lo dejó destrozado, y lloró. Lloraron los dos, y eso los unió más todavía. Les parecía un milagro que, después de tanto sufrimiento, de tantos obstáculos, por fin hubieran conseguido estar juntos. Jean-Jacques recuerda los primeros años de su matrimonio. La alegría de tener a los gemelos. Lo orgulloso que estaba de ser padre de dos niños. Se los llevaba en el cochecito al parque de Warmer Damm y poco le importaba que la gente se riera de que un hombre paseara a sus hijos. Era feliz. Toda la familia estaba muy unida, y él formaba parte de ello. También eso le gustaba. Pero, sobre todo, estaba enamorado de Hilde. Los dos estaban enamorados. Y aun así…

Lo que hay entre ellos es una clase de amor especial. Porque las peleas forman parte de él. Fue así desde el principio. Discutían a menudo; Hilde tiene un carácter explosivo y él también es capaz de encolerizarse. Cuando reñían, se desataba el infierno y se hacían añicos. Sin embargo, tanto más bonita era después la reconciliación. Jean-Jacques se pregunta si no será esa la causa. Quizá, a la larga, el amor no puede convivir con la pelea. Tal vez un matrimonio solo puede ser duradero si es como el de Luisa y Fritz. Tan manso… Ellos siempre están de acuerdo en todo. Siempre se tratan bien. ¿Habrán discutido alguna vez? En tal caso, no se lo han contado a nadie. Hasta la fecha, él pensaba que una relación de ese tipo era aburrida, pero ¿no será también longeva?

Sus padres no discutían casi nunca. Su padre tenía la última palabra y su madre se resignaba. Muy pocas veces hacía algo a espaldas de él. Solo cuando resultaba muy importante para ella, y entonces ya estaba hecho y no podía cambiarse. Jean-Jacques nunca quiso un matrimonio así.

No hace más que dar vueltas en la cama. Desde donde duermen los jornaleros llegan fuertes ronquidos. En la habitación de Simone, que está pared con pared con la suya, no se oye nada. Ojalá se durmiera de una vez. ¡Malditas tribulaciones! Mañana tiene que levantarse temprano y quiere trabajar todo el día en las pendientes. Qué típico de Hilde escoger precisamente el otoño, cuando él tiene que ocuparse de la vendimia… ¿No podía haberle dado su ridículo arrebato de celos en verano? Pero ella es así. Todo lo que hace, lo hace a conciencia.

Se queda dormido mucho después de la medianoche y, como era de esperar, por la mañana está para el arrastre. Tiene agujetas en las piernas, el maldito corte del dedo le duele y apenas consigue mantener los párpados abiertos. Aun así, en el desayuno pone buena cara, suelta un par de chistes y deja que Simone le proteja el corte con una tirita ancha. También le cubre el dedo con una funda que ha improvisado cortando un guante. Qué lista es. De todos modos, le duele bastante cuando se pone a cosechar los racimos, pero al cabo de un rato se insensibiliza y ya no nota nada. Trabajan hasta la tarde, y consiguen terminar y regresan a la casa con las cajas llenas de uvas. Tienen que hacer varios viajes, porque la Goélette no puede transportarlo todo de una vez, pero sobre las cinco ya han acabado. Meta ha hecho un pastel de tocino que disfrutan con un poco de vino. De postre, Simone ha preparado una crema de chocolate que encuentra muy buena acogida. Poco a poco empieza a oscurecer, todos se despiden y Simone y él se quedan solos en la mesa.

—Mañana prensaremos —comenta Jean-Jacques—. Las uvas tienen mucho azúcar, puede salir un buen vino.

—Qué bien —dice ella—. Pero mañana iré a Wiesbaden a hablar con Hilde. Tendría que haberlo hecho hace tiempo. Se lo explicaré todo.

Debería haberlo imaginado. Esa chica tiene un sexto sentido, sí.

—¡No! —replica con vehemencia—. No quiero que vayas. Parecería que te he enviado yo. Y no pienso suplicarle, y tú tampoco lo harás.

Ella pone una expresión pensativa, levanta la mano y le acaricia la mejilla.

—¿Tan mal está la situación?

—¡Qué sé yo!

—¿Es irreconciliable?

Él agita la mano en el aire, molesto. ¿Por qué quiere saber eso? Es problema de él, ella no debería entrometerse.

—Ya se arreglará.

Simone calla un momento y luego suspira.

—Lo siento mucho, Jean-Jacques. No debería haberme quedado aquí todo este tiempo. No fue buena idea. En Wiesbaden hubiera sido distinto, ayudando en el Café del Ángel.

—¡Tonterías! —rezonga él—. En Wiesbaden tienen gente de sobra, pero aquí, en Eltville, yo te necesitaba.

—Aun así habría sido lo mejor. Hilde es muy maja, me cae muy bien. No quiero que piense de mí lo que no es.

Jean-Jacques hace un gesto de impaciencia y, sin querer, se golpea el dedo herido contra el canto de la mesa. Gime y maldice.

—Déjame ver eso.

—Como quieras…

Así, al menos, Simone pensará en otras cosas. Solo le faltaba que fuera a arrodillarse ante Hilde. Ellos no han hecho nada reprochable, de manera que Simone no tiene nada que explicar. Si Hilde piensa mal, es solo porque ya había algo que no funcionaba en su matrimonio y él no se había dado cuenta. Solo puede ser por eso. Ahora lo ha comprendido.

Simone regresa con el consabido botiquín y se entrega al cuidado de la herida. Jean-Jacques tiene que apretar de nuevo los dientes, pero esta vez se controla y no deja que ella note nada.

—No tiene mala pinta —comenta la chica—. Aunque tardará un tiempo en curarse, porque es un corte muy profundo.

Él maldice. Mañana hay que despalillar las uvas, y para eso necesita las dos manos. Tendrá que vendarse el dedo muy bien, no hay más remedio.

Simone empieza a llevarse la vajilla y los vasos dentro, él sopla las velas para apagarlas y mete las botellas de vino vacías en una caja para bajarlas al sótano. Cuando regresa y va a vaciar los ceniceros, oye un ruido en el patio. Suena como si se arrastrara un animal. ¿Un gato? No, son muy silenciosos. ¿Un perro callejero en busca de algo que comer? Le gustan los perros. En la cocina aún quedan sobras que podría darle al pobre animal. Pero antes debe comprobar qué es lo que se mueve por el patio, así que se acerca a la entrada y enciende la luz de fuera.

Allí hay un chico en bicicleta.

—¿Papá?

Jean-Jacques no puede creer lo que ve. Entonces corre hacia él, choca con una silla y se apoya en una mesa para no caerse.

—¡Frank! ¿Qué…? ¿Cómo es que has venido?

—Quería hablar contigo, papá. Por mamá. Porque no queremos que os divorciéis.

La voz de su hijo suena muy clara y algo lastimera. Jean-Jacques le coge la bicicleta; se le ha saltado la cadena y la rueda de atrás está pinchada.

—¿Sabe mamá que has venido hasta aquí en bici?

Frank niega con la cabeza.

—¿Dónde está Andi?

—No ha querido venir.

—Ven. Entra en casa. ¿Has tenido un accidente? Déjame ver, tienes mal la rodilla. ¿Y qué te ha pasado en el codo? Maldita sea, ¡menudas tonterías haces!

Se lo ve muy pálido bajo la luz del patio. Está agotado y camina junto a su padre con las piernas algo rígidas a causa del golpe de la rodilla. Simone sale de la cocina y suelta un grito de sorpresa.

—¡Frank! *Mon Dieu! Qu'est-ce que tu fais ici? Viens, vite.* Te sangra la rodilla.

En la cocina, sientan al chico en una silla y Simone le cura la herida y se ocupa de las raspaduras del codo mientras Jean-Jacques le prepara algo de cenar. Frank mastica con voracidad el pan con jamón y el pastel de tocino que acompaña con zumo de manzana. Entre bocado y bocado, responde las preguntas de su padre. Sí, se ha puesto en marcha sin más, que para algo se conoce el camino, pero durante el trayecto se le ha salido dos veces la dichosa cadena y ha tenido que colocarla de nuevo. Entonces se le ha clavado un clavo en la rueda de atrás y le ha provocado una caída. Después de eso, ya solo ha podido arrastrar la bicicleta.

—¡No quiero que os divorciéis! —repite—. Andi tampoco quiere. Mischa está seguro de que vais a reconciliaros, pero mamá insiste en que de eso nada. Dice que, a partir de ahora, ya no nos dejará venir más a Eltville.

Jean-Jacques se gana una mirada de reproche por parte de Simone. Bueno, ahora ya lo sabe. De todas formas, al final se hubiera enterado.

—Voy a llamar a Hilde —dice ella—. Tiene que saber dónde está Frank. Si no, se morirá de preocupación.

—Ya lo hago yo —dice Jean-Jacques, y se levanta—. Tú puedes subir al piso de arriba con él y prepararle una cama.

—Como quieras.

No le apetece nada llamar a su mujer, pero, si no lo hace, Hilde avisará a la policía. Si es que no lo ha hecho hace rato. Hilde contesta al teléfono en cuanto empieza a sonar. Él se ahorra las formalidades y va directo al grano.

—Está conmigo. Ha venido hasta aquí en bicicleta.

Ella tarda unos segundos en superar el sobresalto.

—¡Tráelo ahora mismo!

—¿En plena noche? De ninguna manera. Ya está en la cama.

—¡Mañana tiene clase!

—Lo llevaré en coche.

—¡Pues voy yo a buscarlo!

Lo que faltaba.

—¿No te das cuenta de lo que les estás haciendo a los niños? —le recrimina él.

—¡Mira quién fue a hablar! —replica ella con furia.

No tiene ningún sentido discutir por teléfono. No conduce a nada.

—Se queda conmigo, Hilde. Ya hemos cerrado y aquí ya no entra ni sale nadie. Mañana lo llevo al colegio. Puedes ir a buscarlo allí.

Dicho eso, cuelga. Durante unos minutos se siente bien. Le ha demostrado que no piensa doblegarse a sus caprichos, que también él tiene una voluntad férrea.

Sin embargo, en cuanto sube la escalera para hablar con Frank, su actitud arrogante desaparece. Debe tranquilizar a su hijo de alguna forma, pero ¿cómo? ¿Qué puede decir sin mentirle?

Tiene que ocurrírsele algo…

Mischa

Wiesbaden, septiembre de 1959

—¿Cómo se dice «buenos días»?

Mischa mastica su panecillo de mermelada y arruga la frente.

—*Dobri den*.

—Muy bien —dice Sina.

Están desayunando y su madre enseguida llevará a Sina al colegio, pero, mientras tanto, su hermana repasa palabras en ruso con él. Se lo toma muy en serio, como una pequeña profesora.

—«Me llamo Mischa» —pide que traduzca.

Él gruñe con disgusto. Aprender ruso le está costando lo suyo, y eso que hace diez años lo hablaba bien, cuando vivía con su madre en Sverdlovsk. Ahora, sin embargo, se le ha esfumado casi todo del cerebro. Es increíble lo fácil que le resulta a Sina aprender el idioma. Habla en ruso con su madre como si hubiera crecido allí.

—*Mená zovat Mischa.*

Sina niega con la cabeza y lo corrige.

—*Mená zovut Mischa.*

—Bueno, pues *zovut*… —refunfuña él—. ¡Y déjame desayunar en paz, Sina!

Su hermana no cede. Seguro que un día será profesora. Incluso de universidad. Ya tiene pinta de eso con sus gafas.

—«Vivo en Wiesbaden» —dice ahora.

Él bebe un poco de café y mira el reloj. Van a ser las siete y media, tiene que irse. Ayer, Addi le dijo que quiere dar un paseo por el parque del Balneario, porque le apetece ver el gran estanque. Por lo visto, añora el mar. A menudo sueña con la época en la que navegaba. Con los grandes barcos en medio del océano, las tormentas y las olas gigantescas.

—*Ya zhivú v Wiesbadene.*

—Muy bien.

Entonces Sina se gira y habla en ruso con su madre. Mischa no entiende ni una palabra, pero al menos lo ha dejado en paz con el vocabulario. Swetlana unta mermelada en un panecillo para Sina, le sirve batido de cacao y, según parece, le pregunta qué bocadillo quiere que le prepare para el colegio, porque se levanta y va a la nevera. Mischa bebe otro sorbo de café. Está contentísimo de que las desmesuradas atenciones de su madre se hayan volcado en Sina y él se haya librado.

—Qué bien me sienta volver a hablar mi lengua materna —comentó hace poco—. ¡Qué alegría me has dado, Sina!

La niña resplandece cuando le dice eso. Es una chica lista. Por fin ha encontrado el truco para colarse en el corazón de su mamá. Ha tardado bastante en conseguirlo, pero le ha funcionado. Qué extraño. Y eso que su madre, al principio, se negaba a hablar en ruso. A saber por qué. Sin embargo, de repente está entusiasmada e incluso ha buscado novelas en ruso para leer. Las mujeres son seres complicados. Hoy quieren una cosa, mañana lo contrario. Mischa, en realidad, no entiende mucho de mujeres. Las chicas con las que sale a veces no son lo que se dice complejas. Les gusta bailar, se ríen mucho; algunas quieren que les meta mano y las bese. También que las invite a un refresco en el bar. Nada más. Todavía no ha encontrado a ninguna con la que desee pasar más tiempo. No necesita una amiga especial. Quizá porque no hay ninguna que le guste de verdad. De hecho, nunca se ha enamorado.

—¿Quieres que te lleve a casa de Marion después del colegio, Sina? —pregunta su madre en alemán.

—No, mejor que no. Ya no puedo jugar con Marion, porque siempre tiene que fregar los platos y lavar verduras. Solo viene corriendo a verme por las mañanas, antes de clase, porque quiere que le haga los deberes.

—Pobrecilla —comenta su madre con pena—. No entiendo a Luisa. Cómo puede cargar a la niña con esas labores.

—Creo que no es cosa de Luisa. A ella le gusta hacerlo —explica Sina—. Me ha contado que pronto se mudarán a una casa de Bierstadt, que allí tendrán un jardín enorme y que entonces tendré que ir a visitarla.

Su madre ya sabe que los Bogner han comprado una casita en Bierstadt. Sin embargo, le ha comentado a August que Luisa está muy preocupada por si no les alcanza el dinero. Aun así, como Fritz ya está mejor, esperan que todo acabe bien. Mischa también lo espera, porque los Bogner le caen simpáticos. Aunque se alegra de haber dejado el violín. Para ser violinista hay que practicar como un loco durante años, y luego se gana muy poco. Julia Wemhöner, en cambio, saca muchísimo dinero con sus tres tiendas. Tener un negocio, eso sí que da pasta. A ser posible, varias tiendas, como Julia. Si se lo monta uno bien, puede hacerse rico.

Su madre le ha preparado a Sina dos bocadillos para el colegio, uno de fiambre y otro de queso emmental. También le pone una manzana y una galleta, y eso que su hermana pequeña ya está bastante regordeta. Pero para su madre es importante que todos coman mucho y bien. Él se mete otro azucarillo en la boca y se prepara para ir a casa de Addi.

—¡No vayas en bicicleta! —exclama Swetlana tras él—. Va a llover y te mojarás. ¡Te llevo yo con el coche!

—¡No hace falta, mamá! —contesta él por encima del hombro.

Sin la bicicleta se siente incompleto. Le da igual el tiempo que haga; si llueve, pues se mojará. No está hecho de azúcar. La libertad de poder ir en bici a donde quiera, en cambio, es fundamental. Se pone las pinzas en los pantalones. Aunque tenga una pinta ridícula, es importante para que las perneras no se le enreden en la cadena. Ya le ocurrió una vez y sufrió una caída tremenda. ¡Nunca más!

August se ha ido al bufete. La carta de la abuela de Mischa sigue debajo del cartapacio de su escritorio. Él no sabe que Mischa ya la ha leído y ha vuelto a dejarla allí. Tampoco dice nada relevante; en realidad, solo lo que August le había contado ya. Que la mujer lo siente mucho y que de verdad le gustaría conocerlo. La carta está escrita a máquina y lleva una firma temblorosa.

«Lieselotte Stammler».

Mischa estuvo dándole vueltas a si debía contestar o no, pero no es de los que escriben largas cartas. Sería mucho mejor llamarla. Aunque quizá le daba otro susto y volvía a escribirle a August que había estado enferma dos semanas. Como no se le ha ocurrido ninguna otra idea, le ha dado largas al asunto. Y ahí sigue la carta todavía.

¿Que iba a llover? ¡Y un cuerno! Es un soleado día de otoño, el aire está claro, unas pocas hojas amarillas salpican el follaje verde oscuro de los plátanos. Un viento suave empuja por la acera las que ya han caído, la gente lleva abrigos de verano y camina con expresión amable. Mischa tomará a Addi del brazo y paseará despacio con él. Allí hay unos bancos en los que podrá recobrar el aliento. El parque del Balneario queda muy lejos para un anciano con paso vacilante, pero, si conoce a Addi, lo conseguirá. Le pedirá a la tía Hilde que vaya a buscarlos en coche a la vuelta. Su Escarabajo ya está reparado; en el accidente que tuvo hace poco se le abollaron el guardabarros y la puerta derecha. Su tía Hilde es un poco impetuosa, pero, por lo demás, es genial. Lo que le parece una auténtica locura es eso del divorcio. Mischa espera que no lo haga.

Deja la bicicleta en el patio del Café del Ángel, como siempre. La ata y corre escalera arriba. A esa hora, el edificio está en silencio porque Frank y Andi ya se han ido al colegio y solo hay ajetreo abajo, en el café. Huele a pasteles y a café recién hecho. Convencerá a Addi para que compre un par de tartaletas, que están buenísimas. Si tiene suerte, todavía quedarán de las de compota de ciruela de ayer; las nuevas, las que Richy prepare hoy, no estarán listas hasta las diez, como muy pronto.

Arriba, frente al piso de Addi, saca la llave del bolsillo del pantalón y abre. Hoy nota algo diferente. Mucho silencio. Normalmente, Addi lo llama en cuanto cierra la puerta. ¿Seguirá dormido? Mischa se detiene en el pasillo y tiene la sensación de que algo pesado y oscuro se posa sobre él. «No entres —dice una voz en su interior—. No entres».

La puerta del dormitorio de Addi está entornada. De pronto se abre y aparece Julia. Mischa ve su rostro pétreo y lo entiende al instante. Le golpea con tal fuerza que tiene que apoyarse en la pared.

—Ven —dice Julia en voz baja.

Se acerca a él y le pasa un brazo por los hombros. Lo conduce al dormitorio con cuidado y lo sostiene mientras Mischa mira hacia la cama. Addi está tumbado boca arriba. Tiene las manos sobre el pecho; casi parece que estuviera dormido. Solo los ojos medio cerrados y el extraño tono amarillento de su piel delatan que la vida lo ha abandonado. Mischa está paralizado. Nunca había visto a un muerto. Algo le empuja a salir corriendo, lejos de allí, a algún sitio donde no exista esa horrible rigidez, esa transformación de un ser vivo en un cascarón vacío. Pero se queda inmóvil. No puede mover las extremidades, solo seguir mirando mientras nota cómo lo va calando el horror.

—Ha ocurrido durante la noche —explica Julia—. Lo he intuido. Debería haberme quedado con él, darle la mano mientras se iba. Pero estaba tan cansada...

Está llorando. Mischa nunca había visto llorar a Julia. Se siente impotente. Sigue inmóvil junto a ella y solo nota que le tiembla el cuerpo.

—Se ha pasado la noche hablando. No había forma de que parara —dice con voz ronca—. Ha hablado de todo lo imaginable. Del teatro. De la guerra. De cómo bajábamos los dos al sótano cuando caían las bombas. De cómo me agarró una vez, durante un bombardeo, y cargó conmigo porque yo quería quedarme arriba, en mi escondite. Ay, me salvó la vida tantísimas veces... Y yo no supe darle las gracias.

—Eso... no es cierto —consigue decir Mischa—. Usted ha estado todo el tiempo aquí con él.

Ella le dedica una mirada cariñosa, pero niega con la cabeza.

—En lugar de comprar esa villa, debería haberme quedado aquí con él. Pero solo pensaba en mi negocio. Quería demostrar que Julia Wemhöner, la pequeña modista del teatro, era capaz de hacer algo grande en este mundo. El dinero, el maldito dinero, eso es lo que me echó a perder. Lo abandoné, traicioné su fiel amor. Ay, si pudiera volver atrás en el tiempo... Pero ya es tarde.

Los sollozos le impiden seguir hablando y ahora, por fin, Mischa sale de su estupor. La toma entre sus brazos con un gesto torpe, la estrecha, le acaricia la espalda con manos tímidas. Ella se deja hacer, llora lágrimas amargas de arrepentimiento sobre su hombro, y su melena suelta y ondulada le hace cosquillas en la mejilla.

—Ay, Mischa —dice Julia, y pone fin al abrazo con delicadeza—. Me alegro mucho de que estés conmigo. Addi te tenía mucho cariño. Una vez me dijo que eras como un hijo para él.

Mischa asiente. Es ahora cuando lo invade la pena por la muerte de Addi. Jamás volverá a entrar en su piso por las mañanas, ni se sentará con él a charlar largo y tendido. Con su tono jovial y paternal. Era un hombre capaz de tomarse en broma a sí mismo, y siempre lo escuchaba: benévolo, alegre, comprensivo. Y era muy franco. Pero no de una forma que hiciera daño. Si Addi le soltaba: «Ahí has metido la pata pero bien, muchacho», lo decía con cariño, y Mischa contestaba con sinceridad: «Tienes razón, Addi».

—¿Quieres quedarte a solas con él para despedirte? —pregunta Julia.

—N… no. Prefiero que no.

Por mucho que quisiera al Addi vivo, el Addi muerto le da miedo y no desea quedarse solo con él por nada del mundo.

—Pues ven conmigo a mi piso. Hay que organizar algunas cosas y, sobre todo, cumplir sus últimas voluntades.

Ahora Julia vuelve a ser la de siempre. Toma las riendas y se ocupa con diligencia de todo lo necesario. Él la sigue sin mirar atrás ni una sola vez y cierra la puerta. Después se sienta con ella a la mesa y la oye hablar por teléfono. Llama al médico, le comunica que Adalbert Dobscher ha fallecido esta noche y le pide que acuda. Acto seguido le dice a Mischa que vaya a por el listín telefónico de Wiesbaden que hay en el cajón de la cómoda y ella busca una funeraria. Habla con el dueño, serena y profesional, y le explica que el señor Dobscher deseaba un sepelio en el mar. Le solicita información al respecto. Cuando cuelga, se reclina en el respaldo de la silla, exhausta, y le pregunta a Mischa cómo se encuentra.

—Más o menos... Todavía estoy bastante afectado.

—No es extraño. Voy a preparar un café y comeremos un poco. ¿Te parece bien?

Mischa no tiene hambre ni sed, pero comprende que ella aún no ha desayunado, así que asiente. Está muy contento de que Julia se ocupe de todo, de que la cosa avance, de que la vida continúe y él no tenga que seguir soportando ese silencio pesado y funesto. Addi está muerto. Lo que está tumbado en la cama no es Addi. Es un cadáver. Y él desea que desaparezca de ahí cuanto antes para que el verdadero Addi pueda seguir viviendo en su cabeza. Su mejor y único amigo, el anciano tosco y bondadoso al que quería como a un padre.

Ayuda a Julia a poner la mesa, corta el pan, saca un par de cosas de la nevera. Se sientan a beberse el café. Él come media rebanada de pan con mantequilla para hacerle compañía y nota que el café con leche caliente le sienta bien. Es bonito y extraño a la vez desayunar con Julia como si estuvieran en su casa y él fuese su hijo. Su confidente. Sí, ahora es algo parecido a eso. Un amigo en quien puede confiar. Y se siente orgulloso.

Hablan en voz baja. Comentan asuntos prácticos que hay que organizar. Julia está muy pálida, pero ya se ha calmado, ha vuelto a recogerse el pelo, se ha secado las lágrimas. En el escote de su blusa brilla el corazón de oro, el regalo de despedida de Addi.

—Dejó testamento —explica—. En él está todo estipulado con detalle. Se lo entregó a tu padre adoptivo, pero yo conozco su contenido. Por eso sé que quería ser enterrado en el mar.

—Es extraño —comenta Mischa—. Ayer insistió en que hoy fuéramos al parque del Balneario porque le apetecía mucho ver el gran estanque. Dijo que siempre soñaba con el mar. Con los barcos. Con las grandes olas.

Julia sonríe. Su gesto está lleno de amor y de tristeza, y él se queda cautivado.

—Un barco que cruza unas aguas extensas y oscuras —dice Julia en voz baja—. Es un símbolo de la muerte, Mischa. El barquero lleva a los muertos a la isla de los difuntos. O al reino de las sombras. Es una imagen muy antigua. Muchas personas sueñan que viajan por mar antes de morir.

—¿Quiere eso decir que si sueñas con el mar te mueres? —pregunta él, angustiado.

—¡Claro que no! —lo tranquiliza—. Solo si eres muy viejo y estás muy enfermo.

Ahora tiene que hacerle un encargo. Le pide que baje al Café del Ángel y, con la mayor discreción posible, informe de que Addi ha fallecido esta noche.

—Que los clientes no se enteren de nada, Mischa. ¿Serás capaz?

—¡Claro!

Está contento de ponerse en marcha otra vez, así que corre escalera abajo como si tuviera que batir un récord. En el café, el abuelo Heinz está con la abuela Else en la mesa del rincón. Los acompaña Hans Reblinger, y también el director de coro Firnhaber y Sofia Künzel. Imposible darles la noticia a sus abuelos sin que se enteren los demás. La tía Hilde está muy ocupada sirviendo el segundo desayuno a un grupo de actores; la tía Luisa corta trozos de tarta y los pone en platitos. Mischa se queda inmóvil un momento sin saber qué hacer. Después entra en la cocina, pero allí solo está Richy, que supervisa las tartaletas que tiene en el horno mientras limpia la encimera con un trapo.

—Buenos días —dice Mischa.

—Hola, Mischa —contesta Richy, que lo mira con cierta

extrañeza—. ¿Vienes a por algún pastel para Addi? Todavía queda corona de Frankfurt de ayer.

—No, gracias —dice, y tiene que tragar saliva.

«Nunca más —piensa—. Con lo mucho que disfrutaba viendo cómo me acababa la mayor parte del pastel... Creo que solo los compraba por mí. Él apenas probaba un par de bocados».

La tía Hilde entra por fin en la cocina. Lleva prisa. Carga la bandeja con platos de quesos y fiambres y pregunta:

—¿Se encuentra bien Addi, Mischa?

Él carraspea y toma aire.

—Según se mire. Ha fallecido esta noche.

Su tía se queda de piedra y vuelve a dejar el plato de queso en la mesa.

—¡Ay, Dios mío! ¿De verdad? No me lo puedo creer.

—Por desgracia, es verdad. La señora Wemhöner ya ha llamado al médico. Y a la funeraria. Me ha pedido que os lo diga, pero sin que los clientes se enteren.

Hilde asiente con la cabeza tres veces seguidas. Se ha quedado blanca. Richy se acerca y le quita la bandeja.

—Lo has hecho muy bien, Mischa —dice su tía—. Avisaré a mis padres. Ay, cómo les va a afectar esto... Y también a Sofia Künzel. Las desgracias nunca llegan solas.

Deja la bandeja en manos de Richy y sale. De pronto Mischa nota que se tambalea. Se sienta en un taburete y durante un momento lo ve todo negro.

—¿Quieres un trozo de corona de Frankfurt? —pregunta Richy, por ayudar.

—Un poco de agua me iría bien.

Bebe un vaso de agua fría y ya se encuentra mejor. Habrá sido por el susto. Se alegra de que no le haya ocurrido arriba, con Julia, porque le habría dado mucha vergüenza. Ahora entra en la cocina la abuela Else, que corre hacia él y lo abraza.

—¡Nuestro Addi! —Llora—. Presentía que ocurriría pronto, pero, aun así... ¡Ay, el querido y bueno de Addi!

Mischa siente alivio cuando su abuela lo suelta. Richy le da el pésame y a continuación entra el abuelo Heinz seguido de Sofia Künzel. Todos se lamentan y lloran, abrazan a Mischa, lo estrechan con más o menos fuerza mientras le dicen «pobre chico». La tía Luisa llega corriendo y se hace con la bandeja, la carga de platos y la saca. La tía Hilde entra con el teléfono, que tiene el cable muy largo para poder hablar desde la cocina.

—¿Wilhelm? Por fin logro dar contigo. No te lo vas a creer: Addi ha fallecido esta noche. ... Como lo oyes.

La abuela Else tira del brazo de la tía Hilde. Quiere que le diga a su hijo que tiene que asistir al entierro sí o sí.

—¡Ya voy! —protesta la tía Hilde, y da media vuelta con el auricular en la oreja—. ¿Qué? ¿Quién? ¿Qué Karin?... No, aquí no ha llamado. Oye, ¿te cuento que Addi ha muerto y a ti solo se te ocurre preguntar por esa mujer? ¡Menudo cuajo tienes, Willi!

La abuela Else vuelve a tirarle del brazo a su hija.

—¿Cómo puedes hablarle así a tu hermano?

Hilde la aparta con un gesto del brazo y se inclina hacia delante para oír mejor.

—¿Cómo? ¿Que quieres casarte con ella? ¡Pues qué bien que nos lo cuentes!... No, no sé cuándo será el entierro. Te avisaremos.

Dicho eso, cuelga y quiere marcar otro número, pero la abuela Else aprieta la horquilla del teléfono con la mano.

—¿Qué te ha dicho?

Hilde se lamenta.

—Que quiere casarse. Con una tal Karin. Una compañera de trabajo.

Ahora es la abuela Else quien necesita una silla. Se deja

caer en otro taburete junto a Mischa y se lleva las manos a las sienes.

—Es que hoy se nos viene todo encima. ¡Heinz! ¿Has oído? Quiere casarse con una actriz. ¡Que tenga que ver yo esto!

El abuelo Heinz, no obstante, poco consuelo puede ofrecerle porque está hecho un mar de lágrimas.

Luisa vuelve a entrar en la cocina.

—Tres rebanadas de centeno con jamón y huevo frito y un plato de ensalada... —Se interrumpe y añade—: Ay, Dios mío, perdón. Lo siento mucho. Pero ¿qué hacemos ahora? Están llegando los clientes del mediodía. ¿Cerramos?

—Ni hablar —decide Hilde—. Cerraremos esta noche. Ahora tenemos que resistir.

Mischa sigue ahí sentado, mientras el tumulto se extiende a su alrededor. Todo le parece irreal. ¿De verdad ha muerto Addi esta noche? ¿Está él sentado en la cocina frente a un vaso de agua vacío? Se levanta despacio y vuelve a subir por la escalera lateral sin saber muy bien qué hará allí arriba. En el descansillo se cruza con el médico, que le estrecha la mano y dice: «¡Mi más sentido pésame!», antes de dirigirse a la salida a toda velocidad. En el piso de Addi encuentra a un hombre vestido de negro y con pajarita oscura, sentado. Ha abierto varios catálogos coloridos delante de Julia y saluda a Mischa con semblante solemne. Es el empleado de la funeraria, que está comentando con ella cómo será el ataúd de Addi, qué decoración floral llevará encima y dónde tendrá lugar el sepelio. Mientras tanto, la abuela Else y el abuelo Heinz entran también, saludan a Julia, le dicen que lo sienten de todo corazón y se secan las lágrimas. Después van al dormitorio para ver a Addi de cuerpo presente. Entonces llega la tía Hilde con Sofia Künzel, y luego Luisa y Hans Reblinger, que resuella una barbaridad y tiene que dejar que Luisa lo ayude.

—¿Quieres echarte un rato a descansar, Mischa? —pregunta Julia—. Ve a mi piso, toma la llave.

—Gracias.

Agradece poder alejarse un rato de tanto ajetreo. En el piso de Julia se sienta en un sillón y lo mira todo con timidez. En la cómoda hay fotos de Addi como Don Giovanni. También otras de Julia, que Mischa observa en detalle. En ellas parece una niña. Una niña con gafas y una melena exuberante y recogida, que en las imágenes se ve oscura porque son en blanco y negro. En realidad tiene el pelo cobrizo. Se queda un rato de pie, preguntándose por qué no nacería veinte años antes, y entonces le sobresaltan unos pasos pesados en la escalera.

—Nuestro más sentido pésame —oye decir a una voz masculina.

—Pasen, por favor. Es por aquí —dice Julia.

«Han venido a llevárselo», piensa Mischa, asustado. Abre un poco la puerta del piso y ve a dos hombres de la funeraria que bajan un féretro gris por la escalera. Está tapado, así que el cadáver de Addi no se ve. Mischa se acerca a la ventana, la abre y se asoma. Abajo, frente a la puerta del patio, hay gente. Deben de ser vecinos. Algunos lloran. Los hombres se han quitado el sombrero, las mujeres sostienen pañuelos contra las mejillas. Ahora ve a los dos hombres del ataúd. Lo sacan deprisa del patio y lo meten en un coche negro. Después montan y se marchan con el cadáver.

Mischa regresa despacio al piso de Addi. La puerta del dormitorio está abierta y se atreve a mirar dentro. La cama está vacía. Todavía se nota la marca que ha dejado su cabeza en la almohada. Junto a la cama ve sus viejas zapatillas.

Addi se ha ido. Y no volverá.

Hilde

—Ah, Hilde... —dice August al verla—. Muy bien, entra también si quieres.

Hilde ha llevado a sus padres a Biebricher Landstrasse porque August va a proceder a la lectura del testamento de Addi ante todos los concernidos.

—He venido como chófer —dice ella, ofendida—, pero también puedo esperar fuera si lo prefieres.

—¡No digas tonterías! Pasa. Los demás ya están aquí.

Sus padres se han sentado en los sillones de piel del estudio de August, al lado de Julia. Para Luisa y Mischa han puesto sillas. August le acerca a Hilde la silla de su escritorio y él se queda de pie.

—¿Podríamos despachar esto rápido? —pide Else—. Swetlana y Richy están solos en el café. A las once llegan los primeros clientes del mediodía y tengo que estar en la cocina.

«Típico de mi madre», piensa Hilde. Apenas son las ocho y media, pero ella ya está preocupándose. Antes no era tan miedosa. ¿Será un síntoma de vejez? Tiene sesenta y cinco años. A esa edad, otros se jubilan.

—No tardaremos mucho —la tranquiliza August.

Toma un sobre grande del escritorio y lo abre con un abrecartas de plata. Todos miran con curiosidad mientras él saca el testamento de Addi. Está escrito a mano, con una letra grande e imperiosa.

Testamento

Yo, Adalbert Dobscher, nacido el 12 de enero de 1883 en Osnabrück, reparto mi herencia de la siguiente forma:

Mi piano y todas mis partituras se las lego a Fritz y Luisa Bogner, residentes en Wiesbaden, para su hija Petra.

Mis ahorros —descontando los costes de mi entierro— se los lego a Michael Koch, residente en Wiesbaden. Además puede quedarse cualquier cosa que le guste de mi piso.

Todo lo relacionado con mi época teatral de Wiesbaden se lo lego a Heinz Koch. Puede disponer de ello y hacer lo que considere más oportuno.

Es mi deseo que Julia Wemhöner regale los muebles y todo lo demás, o los queme. A ella le pido que se encargue de vaciar el piso para que pueda instalarse el siguiente inquilino.

Mis restos mortales deben ser incinerados y recibir sepultura en el mar.

ADALBERT DOBSCHER
28 de enero de 1959

—¿Ya está? —pregunta Else—. ¡Para esto no hacía falta que viniéramos aquí, August!

Su padre se enjuga los ojos. Le ha emocionado que Addi le haya dejado su legado artístico. Luisa agradece muchísimo el piano y las partituras; les cuenta que Petra siempre ha querido tener un piano, pero que ellos habían dejado ese gasto para más adelante, porque lo cierto es que cuestan un dineral.

—Sí, este Addi… —señala Heinz, y se suena la nariz con un pañuelo—. Tenía un corazón de oro. Y amaba el arte.

Mischa no dice nada; igual se siente abrumado ante la perspectiva de recibir los ahorros de Addi. Hilde no entiende que, a pesar de todo, ponga una cara tan larga. También Julia Wemhöner guarda silencio; le ha tocado la peor parte, ya que deberá vaciar el piso. Addi almacenaba una barbaridad de trastos ahí arriba, tendrá mucho trabajo. Aun así, Julia tiene dinero suficiente para contratar a alguien que se encargue de ello. Su madre insiste en marcharse ya. Tiene que sacar la ensalada de patata de la nevera porque, si no, después está demasiado fría y no sabe a nada. Luisa le pregunta a Julia si podría dejar el piano en el descansillo de arriba hasta que se hayan trasladado a Bierstadt. August vuelve a guardar el testamento en el sobre y lo mete en un portafolios.

—El martes que viene a las cuatro de la tarde se celebrará un funeral por Addi en la iglesia protestante de Bierstadt —informa—. Lo ha preparado Luisa.

Addi era protestante, aunque rara vez pisaba la iglesia y no pertenecía a ninguna parroquia. Hilde se pregunta qué pensaría él de ese funeral, pero seguramente lo ha pedido Julia. A Hilde no le hace gracia. Ella habría preferido que no hubiera ceremonia religiosa, ya que Addi quería un sepelio en el mar. Bueno, pues irán de funeral. Como si no tuviera ya suficientes líos.

La tarde del día que murió Addi, su padre colgó en la puerta del café un cartel: CERRADO POR DEFUNCIÓN, y se quedaron dentro un buen rato, reunidos con amigos y familiares. Mischa y Julia Wemhöner estaban allí. También Luisa, y August, y por supuesto Sofia Künzel, pálida y callada por primera vez desde que Hilde la conoce. Contaron muchas anécdotas de Addi, de su gran época en la ópera, cuando recibía flores y regalos en el camerino, y tenía a las damas de Wiesbaden de cualquier edad a sus pies. Todos tenían algo que aportar y, cuanto más tarde se hacía, más se animaba la reunión. Comieron y bebieron, soltaron vivas por el querido y bueno de Addi, y su padre hizo un brindis por él.

—Fue un gran artista, y mejor amigo y camarada. ¡Nunca lo olvidaremos!

Tras el disgusto de la noticia de su muerte, la velada le vino bien a todo el mundo.

—Ha sido como antaño, después de la guerra, cuando nos reuníamos por las noches —dijo Sofia Künzel al despedirse, mientras se abrazaban—. ¡Solo ha faltado nuestro querido Addi!

Más tarde, cuando Hilde recogía la cocina con su madre, se desató la discusión.

—¿Y tú? ¿Has llamado a tu marido? —quiso saber Else.

Típico de ella. ¡Preocuparse por cosas que no son de su incumbencia!

—¿Por qué iba a llamarlo?

Else lanzó el trapo de secar a la mesa y puso los brazos en jarras.

—¿Cómo que por qué? Porque alguien tendrá que decirle que Addi ha muerto.

Hilde, tozuda, guardó silencio, aunque sabía que su madre no lo dejaría correr, desde luego.

—O sea que no lo has llamado.

—No.

Y entonces estalló:

—Pero ¿en qué estás pensando? Sigue siendo tu marido y sería lamentable que se enterara de la muerte de Addi por el periódico. Así que, por favor, ¡llámalo mañana a primera hora!

Hilde no soporta que le den órdenes con ese tono. ¿Cómo se atrevía su madre a meterse en sus asuntos de pareja? Si llamaba a Jean-Jacques o no, no le concernía a nadie más que a ella.

—¡Pues díselo tú misma, mamá, si es tan importante!

Su madre volvió a coger el trapo de cocina y se puso a secar un plato con tanta fuerza que parecía que quería abrirle un agujero.

—¿Cómo una mujer adulta puede comportarse de una forma tan ridícula? Está bien, lo llamaré yo, porque le tengo mucho cariño a nuestro Jean-Jacques. Es el padre de tus hijos y no se merece que lo trates así. Debería darte vergüenza.

Eso ya fue demasiado para Hilde. No iba a permitir que la sermonearan de esa manera, y menos aún su madre. ¿Cómo que «nuestro Jean-Jacques»? ¡Increíble! Dejó de fregar platos y salió de la cocina con la cabeza bien alta, aunque no sin dar un buen portazo.

Por supuesto, esta mañana, su madre no ha tenido nada más urgente que hacer que llamar a Eltville. Hilde ha oído la conversación desde la cocina y le habría gustado cortar el cable del teléfono. Se han pasado veinte minutos charlando. La muerte de Addi ha quedado zanjada enseguida, luego han hablado de los gemelos y de lo preocupados que están los chicos. De si la rodilla de Frank se curará pronto y de si Andi debería ir al instituto. De que la vendimia está en marcha y él tiene mucho trabajo, de que espera conseguir un vino bueno de verdad, y de que Simone lo está ayudando mucho con la campaña.

El único que se ha mostrado algo comprensivo con ella ha sido el bueno de Richy, que la miraba de reojo con lástima mientras decoraba una tarta de merengue.

—Su señora madre debería hablar más bajo, ¿no? —ha comentado con timidez—. La está oyendo todo el café.

—Me alegro de que también usted se dé cuenta —ha contestado ella.

Después lo ha ayudado a rellenar las tartaletas de arándanos rojos. Es una labor delicada, porque los arándanos tiñen muchísimo y se necesita una mano segura para que la capa de natillas y nata del borde no se manche. El baño final que se aplica a toda la tartaleta es una auténtica maravilla. Richy ha sido una incorporación increíble para el Café del Ángel, además de un hombre muy humilde y encantador. A Hilde le invade la rabia cada vez que recuerda que Jean-Jacques pensaba que se había acaramelado con él en la cocina. Madre del amor hermoso. Richy es un genio de la repostería, pero, en lo que respecta a su virilidad, no tiene pinta de ser un fiera. Nada menos que Jean-Jacques, que hace meses que vive solo en la misma casa con Simone y es evidente que ha empezado una relación con ella, va y le reprocha algo así. Ya puede negarlo todo lo que quiera; ella sabe muy bien lo que vio. No es tan ingenua como él cree. Sabe por Chantal que la pequeña Simone, en su día, estaba perdidamente enamorada de su cuñado Jean-Jacques. Bueno, los viejos amores nunca mueren, como suele decirse. Simone, esa víbora, fue a Wiesbaden a reavivar la antigua llama. Todo el mundo sabe que su matrimonio no funciona; si no, no estaría tan a menudo en Neuville con su hermana. ¡Ay, qué humillante es que te pongan los cuernos! ¡Jamás imaginó que Jean-Jacques pudiera hacerle algo así!

—¡Pero, Hilde! —le dijo su madre hace poco—. ¡Hay que saber perdonar!

Ella pensó que no la había escuchado bien, pero su madre opinaba sinceramente que una esposa debía ocultar el desliz de su marido tras un telón de silencio y perdonar con generosidad. En eso se equivoca. Hilde no se prestará a algo así. Se niega. Se acabó lo que se daba. Con doce años ha sido suficiente. Y, además, ¿qué clase de matrimonio es el suyo? ¿Cuándo se ven? Cuatro días al mes, como mucho. Cuatro noches. ¿Y quién carga con las preocupaciones diarias de sus dos hijos? Ella, por supuesto. Si Jean-Jacques cree que, tras el divorcio, Frank y Andi irán con él a Eltville como de costumbre, está muy equivocado. Sus hijos se quedarán con ella. Tienen que estar en el Café del Ángel. Al fin y al cabo van al colegio y tienen a sus amigos en Wiesbaden.

Así que ahora habrá funeral y Hilde sabe muy bien lo que hará su madre: llamará a Jean-Jacques y lo convencerá para que vaya a despedirse de Addi.

Cuando regresan al Café del Ángel, se encuentran con el ingeniero de estructuras esperándolos. Es un hombre con una pequeña calva rodeada de pelo oscuro, ojos castaños saltones y papada. Swetlana le ha servido una cerveza y una salchicha cocida con pan, y tiene que limpiarse la mostaza de la comisura de los labios antes de estrecharles la mano y presentarse.

—Hubert Meierhoff. El señor Koch me ha llamado…

Por suerte se encarga su padre, que hace subir al hombre al piso para enseñarle los planos del edificio. Hilde se lanza al trabajo de inmediato, pone a hervir la olla de las salchichas, mezcla la salsa para la ensalada y prepara las guarniciones. Su madre remueve la ensalada a conciencia una vez más y la rectifica de sal y pimienta. Richy saca los pasteles del horno. Cuando están todos ocupados, la cocina se les queda algo estrecha. Habría que ampliarla tomando un poco de espacio del patio; esa sí que sería una inversión sensata. Y, por supuesto, cambiar los electrodomésticos. El horno, sobre todo, está muy anticuado. Es un milagro que Richy lo haga funcionar. Y la nevera está en las últimas. Ya se les ha estropeado dos veces y han tenido que mandar que la arreglen. Además es demasiado pequeña. Desde que Richy crea sus tartaletas, también meten la fruta fresca para que no se estropee antes de tiempo, y eso ocupa mucho sitio.

Hoy Swetlana vuelve a estar muy distraída. Confunde las mesas y les sirve platos equivocados a los clientes.

—Lo siento —dice en la cocina—. No hago más que darle

vueltas a la cabeza, me preocupa qué va a hacer Mischa ahora que Addi ya no está.

—Tranquila —comenta Hilde—. Mischa es un chico con recursos. Encontrará algo.

—Pero se pasa todo el día fuera, y no sé dónde.

—Tienes que confiar en él —opina Else.

La preocupada madre suspira, pero Hilde se da cuenta de que ese consejo no ha alcanzado su objetivo. Por lo menos, Swetlana ha descubierto que también tiene una hija. Antes apenas hablaba de Sina, pero ahora, cuando su madre tiene turno, la niña va al Café del Ángel después de clase y se sienta a la mesa del rincón, donde mantiene largas conversaciones con Heinz sobre libros de los que Hilde nunca ha oído hablar. Aunque, claro, ella no es muy lectora.

Sale de la cocina y ayuda a servir para que el caos no vaya a más. A las doce y media sube a su piso a preparar la comida para los gemelos y para ella. Se está esforzando mucho en ser una madre modélica, para que Jean-Jacques no pueda afirmar en el divorcio que tiene a los chicos abandonados porque trabaja demasiado en el café. Hay judías verdes con patatas y *bratwurst*. De postre ha subido varias tartaletas de Richy. También una buena madre debe ser práctica. Por desgracia, los gemelos le agradecen poco sus esfuerzos. Refunfuñan al ver lo que hay de comer, hacen tonterías en la mesa y Frank no deja de preguntar cuándo podrán ir a ver a su padre. Hilde le echó un buen sermón cuando se escapó a Eltville en bicicleta sin avisar. Le habría encantado castigarlo sin salir de casa, pero su madre se lo desaconsejó.

—Con castigos no conseguirás nada —sentenció—. Eso solo hará que piensen que Eltville es más bonito que esto.

Sin que sirviera de precedente, Hilde estuvo de acuerdo. En lugar de castigarlo se fue con los gemelos al circo. También los ha llevado varias veces en coche a casa de sus amigos de Sonnenberg, y luego ha pasado a recogerlos por la noche. Después de comer, sin embargo, tienen que hacer los deberes; en eso es estricta. Quiere que les vaya bien en el colegio. Si dieran problemas en clase, Jean-Jacques lo usaría en el juicio.

Hoy vuelve a ser un día especialmente estresante. Las salchichas, por lo visto, saben «raras», las judías tienen hebras y, en general, los dos prefieren la carne a la verdura. Solo devoran con entusiasmo las tartaletas, e incluso dicen que podrían comerse alguna más. Hilde se toma la crítica con calma y les concede un descanso. Subirá a las tres, y para entonces quiere ver los deberes hechos.

—¿Y después nos dejarás salir? —pregunta Frank.

—Solo si habéis terminado los deberes.

—¡Pero si no nos han puesto nada!

—¿Es eso verdad, Andi?

El larguirucho de Andi se detiene en la puerta de su habitación, cohibido.

—Bueno... —empieza con cautela—. No, no es mucho.

—¡Cuanto antes empecéis, antes terminaréis!

Dicho eso, los deja solos y baja a toda prisa al café para ayudar a Swetlana a servir las mesas. Entretanto ha llegado Sina, que está sentada en el rincón, delante de una ración de ensalada de patata con huevo duro sobre la que Swetlana ha puesto una capa extra de mayonesa. Y eso que la niña está bastante hermosa y le iría mejor comer ensalada verde con tomate. Pero Swetlana se empeña en empapuzar a su familia con nata y mantequilla; si no, no está contenta. Ella misma ha engordado bastante, pero hace poco dijo que a August le gusta así. A Hilde le pareció una excusa. Su hermano ama a su mujer y le aseguraría que le gusta aunque estuviera como una foca. Sin embargo, prefirió no decirle eso a Swetlana. También en la sinceridad entre cuñadas hay límites.

Hilde trabaja hasta las tres en punto y entonces sube al

piso a ver cómo van sus hijos con los deberes. Por supuesto, Frank ha vuelto a copiarse de Andi. Se da cuenta enseguida, no es tonta. A cambio tendrá que hacer un ejercicio extra de matemáticas. La semana que viene tienen que entregar un trabajo. A Hilde se le dan bien las matemáticas. Aunque en el colegio nunca dio geometría, repasando con sus hijos se ha aprendido la materia.

—Muy bien. Fuera los dos. A las seis y media estará lista la cena.

Se levantan a toda prisa, se ponen los zapatos sin hacerse la lazada, arrancan las chaquetas del perchero y bajan la escalera corriendo. La semana pasada volvieron a poner a punto la vieja bicicleta de Frank, porque la accidentada se quedó en Eltville.

Cuando Hilde regresa al café, el ingeniero de ojos saltones está hablando con su padre en la mesa del rincón. Le gustaría sentarse con ellos, pero tiene que ir al mostrador de los pasteles porque el asalto a los dulces está en pleno apogeo. En el fondo, le gusta; es maravilloso que el Café del Ángel vuelva a estar tan concurrido y que por toda la ciudad se hable de sus tartaletas. Sin embargo, ahora mismo se siente sobrepasada, todo le resulta abrumador, a veces está tan agotada que se marea un poco y tiene que sentarse un momento. Es porque no consigue dormir.

En realidad hace años que está acostumbrada a dormir sola en la cama de matrimonio, porque Jean-Jacques ha pasado épocas enteras en su viñedo de Eltville. Pero ahora es diferente. Ahora sabe que nunca volverá a tenerlo tumbado a su lado. Que nunca volverá a darle un codazo porque ronca demasiado fuerte. Que nunca volverá a disfrutar de sus tiernos y salvajes encuentros por las mañanas. Tampoco de las conversaciones en voz baja que compartían por las noches. En fin, no es que vaya a languidecer por falta de amor físico.

También sabe vivir en la abstinencia si no hay más remedio. Además, acostarse con un marido que mantiene una relación con otra no es para ella. Lo que sí echará en falta, sin embargo, es la reconfortante sensación de tener a alguien suyo. Alguien con quien no hay secretos, o casi ninguno. Un compañero con quien ha compartido una serie de años felices. Su Jean-Jacques, en suma. El hombre del que se enamoró locamente hace más de doce años y que ya no está. Se ha ido alejando de ella poco a poco, día a día. La distancia ha ido creciendo año a año y ninguno de los dos ha querido ser consciente de ello. Y entonces, de repente, él puso fin a su matrimonio. La engañó. La engañó con maldad y alevosía. Nunca podrá perdonárselo.

Tal vez esté bien así. Mejor un final de horror que un horror sin final. De todos modos, le duele. Le duele muchísimo. Sobre todo por las noches, cuando el edificio está en silencio y Hilde no tiene posibilidad de sofocar ese dolor con el trabajo. Se tumba boca arriba y mira la oscuridad, donde, como si de una película se tratara, ve formarse imágenes de días más bonitos. El día que él regresó. Cuando lo encontraron enfermo y exhausto delante del café, y ella lo cuidó, lo alimentó, lo calentó con su cuerpo. Él le demostró enseguida que se estaba recuperando. Y qué orgulloso estuvo cuando nacieron los gemelos… Ay, los primeros años juntos fueron sin duda la mejor época de su vida. Sin embargo, todo cambió cuando él compró el viñedo de Eltville. A partir de entonces no hicieron más que alejarse el uno del otro.

«Ya no es el Jean-Jacques del que me enamoré —se dice Hilde—. Se ha convertido en otro. Me ha engañado, ha roto todas las promesas que me hizo. Ahora es un extraño. ¿Cómo voy a volver a confiar en ese hombre? Lo que he decidido es lo correcto y está bien. También para nuestros hijos es mejor así. ¡No se merecen ese padre!».

Ha guardado en el armario el edredón de Jean-Jacques

porque ya no quiere tenerlo a su lado. También en el baño ha recogido sus trastos; solo la brocha de afeitar sigue en el estante de cristal, encima del lavabo. Como un signo de exclamación, de advertencia. Cualquier día la tirará a la basura. Más adelante. De momento no es capaz.

El martes tienen que cerrar el café durante dos horas por el funeral. Es un incordio, pero no hay más remedio porque nadie, ni siquiera Richy, quiere perderse la oportunidad de decirle adiós a Addi. Van al cementerio de Nordfriedhof en varios coches. Hilde lleva a sus padres y a los gemelos; Swetlana acoge a Richy y a Sofia Künzel en el suyo, y también a Wilhelm, que ha llegado de la estación justo a tiempo. August pasa a buscar a Luisa y a Fritz. Mischa dijo que quería ir en bicicleta y, en cambio, para sorpresa de todos, en el cementerio se apea del coche de Julia Wemhöner.

—Ha salido así —es su breve y concisa explicación.

La iglesia protestante de Bierstadt es un templo románico del siglo XI que sobrevivió intacto a la guerra. Le construyeron muchos añadidos, pero al final han conseguido rescatar la estructura primigenia, de modo que en la única nave, con ventanas de medio punto, uno se siente transportado a la Edad Media. El féretro de madera marrón de Addi está sobre un pedestal no muy alto, flanqueado por dos grandes candelabros y cubierto por un exuberante arreglo floral de varios colores. Los asistentes se reparten en las primeras dos filas de bancos. Los gemelos tienen que sentarse entre Hilde y su madre para estar vigilados. Julia y Mischa se han colocado al otro lado, y junto a ellos se sienta Swetlana, que ahora le susurra algo a su hijo. Huele a moho y a polvo, como en casi todas las iglesias, y a eso se le une el olor de las flores del ataúd y también el de la ropa húmeda, porque ha empezado a llover. Detrás de ellos, los bancos van llenándose poco a poco. Han acudido amigos y vecinos, compañeros del teatro que conocieron a Addi, también clientes habituales del Café del Ángel, como Hans Reblinger, Alma Knauss y Jenny Adler. El director de coro Firnhaber está arriba, sentado al órgano. Fritz Bogner ha subido con él y tocará fragmentos de una sonata para violín de Johann Sebastian Bach.

Hilde no hace más que volverse con disimulo. Cuando el órgano empieza a sonar y da comienzo la ceremonia, se siente aliviada: Jean-Jacques no ha venido. La música termina, el pastor se levanta y va al altar para pronunciar unas palabras de bienvenida. Saca una libreta negra en la que se ha anotado cuatro apuntes y abre la boca... Pero justo entonces se oye el chirrido de la puerta de la iglesia y entra un asistente que llega con retraso.

—¡Papá! —dice Frank con alegría—. Mamá, papá está ahí atrás.

—Chisss.

Todos lo han oído, por supuesto. Cuando el pastor toma la palabra, Hilde percibe susurros tras ella. A Jean-Jacques se le cae ahora el paraguas, y también el resto de la familia se vuelve hacia él. Frank lo saluda, Andi levanta una mano con timidez.

Hilde vive el resto de la ceremonia con una tensión constante. Los chicos no hacen más que mirar a su padre, la gente se da cuenta, ella oye que murmuran frases como: «Ay, pobres niños». Está impaciente por que el funeral llegue a su fin, pero no hay manera. Julia ha tenido que hablarle largo y tendido al pastor sobre el difunto Addi, porque el hombre se está extendiendo mucho en su alocución y consigue arrancar lágrimas de emoción entre los presentes. Después suena la sonata para violín, y Heinz, que está sentado detrás de ella, no para de murmurar:

—Qué maestría… Una maravilla. ¡Es extraordinario!

Hilde está tan nerviosa que apenas oye la música. No deja de pensar qué hará cuando Jean-Jacques se acerque a saludar a la familia, estreche la mano a todos los amigos y quizá incluso regrese con ellos al Café del Ángel, donde tomarán algo juntos. No le hará ningún caso, eso está claro. Aunque, por supuesto, los chicos no se separarán de él. Su padre se sentará con su yerno y le dirá cuánto lamenta la situación, su madre le servirá el mejor trozo de pastel, y los demás los observarán para tener material para chismorrear durante semanas. Será un horror, pero lo soportará. De eso no se ha muerto nadie.

El pastor vuelve a colocarse al frente y extiende los brazos para dar la bendición final. El funeral casi ha terminado. Ya solo queda una pieza de órgano, pero, mientras suena, pueden levantarse y acercarse al féretro para dejar a sus pies las flores que han traído. Hilde hace cola detrás de su madre y de los gemelos.

Cuando deja su ramo y se vuelve, ve algo que la descoloca por completo. La puerta de la iglesia se cierra despacio; alguien se ha marchado antes de tiempo. El lugar en el que estaba sentado Jean-Jacques está vacío. Solo la mancha de humedad que ha dejado su paraguas en el suelo de piedra sigue ahí.

Se ha ido. Sin saludar a nadie. Sin abochornarla. Y, por extraño que resulte, eso le provoca una tristeza infinita.

Luisa

Wiesbaden, octubre de 1959

Luisa está en la ventana de la cocina, que ya no tiene cortinas, mirando la calle. Las gotas de lluvia que resbalan por el cristal le enturbian el panorama. Abajo hay grandes charcos, los transeúntes apenas se ven bajo los paraguas. Ella suelta un hondo suspiro y se aparta de la ventana. ¡Por supuesto que hoy tenía que llover!

La cocina se le hace extraña, tan vacía. Tres cajas de cartón con vajilla esperan junto a la puerta a que vengan a llevárselas. En la mesa hay varios termos y una fuente, tapada, con los bocadillos que ha preparado. Ha tenido que meter el café con leche en termos porque ya se le han acabado los últimos trozos de carbón para los fogones.

Hoy se van para siempre de ese piso en el que han vivido trece años. Es cierto que en la casita que han comprado no se han hecho reformas desde hace mucho, pero está de acuerdo con Fritz en que deben trasladarse lo antes posible para ahorrarse el alquiler. Por suerte, su marido ha encontrado a otro inquilino: un joven compañero de la orquesta a quien se le ha quedado pequeña su buhardilla de Langgasse porque se ha casado. Así, no tendrán que cumplir con los tres meses de aviso previo. Pese a todo, Luisa tiene miedo de dar el paso de mudarse a una casa en propiedad. Es verdad que Fritz está mucho mejor. La infección se le ha curado y, aunque con el ojo operado aún no ve tan bien como antes, en el otro se le ha activado algo de visión. Ahora le dan vértigos de vez en cuando, porque no está acostumbrado a ver con ambos ojos, pero el doctor Brucker le ha asegurado que eso se resolverá por sí solo. El 15 de octubre termina su baja laboral, y entonces volverá a tocar en la orquesta.

—Por el momento, seguiré con los segundos violines —le dijo a Luisa—. Pero eso cambiará pronto.

Ella teme que se quede ahí para siempre. Los compañeros más jóvenes ya han afianzado su puesto en los primeros violines, son personas bien formadas y con ambición. ¿Qué probabilidades tiene Fritz frente a ellos? No dice nada porque no quiere desanimarlo, y menos ahora que está tan contento. Su sueño se ha hecho realidad: ¡se trasladan a su propia casa en el campo!

Mucha gente se ha ofrecido a ayudarlos. En el salón hay cajas amontonadas. Ella hace días que empaqueta, aunque no terminaron hasta ayer por la noche. Todavía tienen que desmontar las camas, pero todo lo demás está listo para la mudanza. Solo quedan cosas por recoger en la habitación de sus hijas; las niñas tienen que meter sus juguetes en una caja.

—¡Yo no quiero mudarme! —grita una voz infantil.

Es Petra, que lleva días quejándose. Luisa ha tenido que meter su ropa en una maleta sin que la niña se entere, y ahora tampoco quiere empaquetar sus juguetes.

—¡Pero si en la nueva casa tendrás tu propia habitación! —dice Marion.

—No quiero mi propia habitación. Quiero quedarme aquí.

—Dame eso. ¡Va en la caja!

—¡Nooo!

Luisa decide intervenir. Fritz está en el salón, sentado en una caja, y habla por teléfono con un compañero que quiere comprarle partituras. La herencia de Addi es tan abundante que puede vender muchas de las suyas porque las tienen por duplicado. En la casa nueva no tienen teléfono, y su marido tendrá que conformarse por el momento.

—¡Petra, mete ahora mismo tus juguetes en la caja! —la riñe Luisa.

La pequeña se echa a llorar. Se sienta en un rincón, testaruda, y se agarra a sus rodillas.

—¡Yo me quedo aquí! ¡No quiero ir a esa porquería de casa!

Luisa juega su última baza. En realidad querían que fuera una sorpresa, pero la propia Petra la ha estropeado.

—¡Pero si en tu habitación de la casa nueva hay un piano!

La niña abre mucho los ojos, incrédula.

—¿De verdad?

—Sí. Julia Wemhöner lo envió ayer con un transporte especial.

No puede ver el efecto que tienen sus palabras porque llaman a la puerta. Gracias a Dios, han llegado los ayudantes. Por fin pueden empezar. Al final del día le pondrá una vela a alguien.

Ante la puerta, sin embargo, está la señora Schmieder, la vecina. Con zapatillas de estar por casa, una bata sin mangas y la cara cubierta de lágrimas.

—Ay, señora Bogner —se lamenta—. ¡Que nos dejan ustedes! No me hago a la idea. Con lo buenos vecinos que hemos sido siempre…

¡Quién lo diría! En realidad, ellos habían supuesto que la mujer estaría tan contenta al librarse de ellos, y ahora se deshace en lágrimas.

—Tenía que ser, señora Schmieder —contesta ella con amabilidad—. Piense que ahora estará más tranquila.

—Ay, pero un poquito de música… ¡Eso nunca me ha molestado!

—Me alegro mucho. Los inquilinos que se quedan el piso son una pareja joven muy agradable. Él toca el clarinete y ella es violoncelista.

La noticia deja tan atónita a la señora Schmieder que se ha quedado sin habla. Por suerte, ahora sí llegan por la escalera los primeros ayudantes para la mudanza. El director de coro Firnhaber, a quien cuesta reconocer bajo su capa para la lluvia, ha traído consigo a dos compañeros de Fritz: Benno Olbricht, que toca el contrabajo en la orquesta, y Klaus Grünberg, el joven que dentro de unos días se trasladará al piso.

—¿A quién se le ha ocurrido encargar este asco de día? —pregunta Olbricht, y pasa con sus botas junto a la señora Schmieder para darle la mano a Luisa—. Bueno, ¡empecemos con las cajas más pesadas!

Fritz sale a saludar a sus amigos. Juntos entran en el piso y dejan a la señora Schmieder plantada en el descansillo.

—Tenemos que esperar a la camioneta —explica Luisa—. Lo ha organizado Hilde. Uno de sus proveedores nos presta el vehículo para la mudanza.

Pero ellos están impacientes por empezar, así que se ponen a desmontar las camas y por todo el piso resuenan fuertes martillazos. Luisa casi no oye el timbre; es Mischa, que llega con la cazadora empapada. Ha venido en su Vespa nueva. Justo entonces aparece Hilde con una gran caja de pasteles.

—¡Se os oye desde la calle! —exclama riendo, y deja los dulces encima de una caja de cartón—. He traído un tentempié. ¡El que trabaja también merece comer!

Mischa empieza a bajar las piezas de las camas para dejarlas en el portal.

—Que no nos roben nada… —comenta Luisa con preocupación.

—¿Quién va a robar la mitad de una cama?

—Aquí hay gente que a todo le encuentra utilidad.

Fritz le pregunta a Hilde cuándo llegará la camioneta.

—Paule ha dicho que a las nueve.

Y ya son las nueve y diez. Hilde mira por la ventana de la cocina y, salvo su Volkswagen y la Vespa plateada de Mischa, no ve nada. Está lloviendo a cántaros; el tiempo más indicado para un traslado.

—¡Dame el teléfono, Fritz!

Hilde se entera de que la camioneta llegará una hora tarde porque tiene que ir a hacer una entrega rápida al Café Blum.

—¡Justamente a esos! —exclama, molesta, antes de colgar.

—¿Y ahora qué hacemos? —pregunta Luisa.

—Desayunar —decide Hilde.

Se sientan en las cajas de cartón y se pasan la fuente de los bocadillos. Marion reparte tazas y sirve café con leche de los termos. Petra aparece por fin y se sienta al lado de Hilde. Los músicos charlan de asuntos profesionales y se preguntan si la opereta está del todo muerta o en el futuro volverán a representarse musicales. Hilde comenta que está arreglando el piso de Addi porque Richy quiere instalarse allí. Cuando llaman a la puerta, todos se sobresaltan porque estaban muy relajados, pero es Sofia Künzel, que viene a recoger a Petra.

—¡No quiero ir al Conservatorio!

Sofia está acostumbrada a las niñas rebeldes y aborda el asunto con mano izquierda.

—¿Sabes que nadie se cree que sepas tocar el *Concierto para violín* de Beethoven?

—¡Pues claro que sé!

Fritz mira a Luisa con horror. El señor Bünger le ha prohibido terminantemente a Petra que intente tocar piezas tan complicadas, pero la niña ha sacado la partitura del armario a escondidas y ha practicado cuando su padre no estaba en casa. Tendrán que arreglar la cerradura del armario de las partituras, que lleva años estropeada.

—Pues tendrás que tocárselo, Petra.

Luisa sabe que su hija solo es capaz de interpretar fragmentos de la obra, pero supone que Sofia es consciente de ello. Petra va a su habitación a por el violín; tenía la partitura escondida debajo de la mesita de noche.

—¡Feliz mudanza! —exclama Sofia con una sonrisa a modo de despedida—. Swetlana os llevará a Petra después.

El director de coro Firnhaber empieza a estar intranquilo. A las doce tiene una reunión con su pastor para hablar de los próximos conciertos.

—Podríamos ir bajando ya algunos muebles —propone.

Pero la entrada del edificio está ocupada por las piezas de las camas y no cabe nada más, porque el resto de los vecinos deben tener sitio para pasar.

—¿Le apetece a alguien un aguardiente para entrar en calor? —pregunta Fritz.

—No puede hacernos daño —opina el contrabajista Olbricht.

Antes de que Fritz saque la botella de una caja de la cocina, Hilde exclama a voz en grito:

—¡Ya está aquí! ¡La camioneta! ¡En marcha, amigos!

Abajo hay un pequeño camión bastante maltrecho con una inscripción en el lateral: PAULE MÜLLER, ARTÍCULOS DE PANADERÍA. Paule está bajando del vehículo y parece buscar algo con la mirada. Hilde lo saluda desde la ventana.

—¡Estamos aquí! Espera, que bajamos las cosas.

Mischa, Klaus Grünberg y Benno Olbricht cargan cajas y bajan por la escalera. Luisa los sigue con un ficus que ha protegido con papel de periódico para que no se estropee.

Paule Müller es un hombre de cincuenta y tantos años, corpulento, con los ojos azules y pequeños, y una gran nariz de boxeador.

—Le agradezco de todo corazón que nos haya prestado su vehículo —le dice Luisa a modo de saludo.

Paule se limita a asentir con la cabeza porque ya está retirando la lona de la parte de atrás de la camioneta y abriendo la portezuela de carga.

—¡Vayan con cuidado, señores! —advierte—. Ahí detrás hay tres sacos de harina y dos cajas de huevos. ¡Que no se rompa nada!

«Ay, Dios mío —piensa Luisa—. Como rompan los huevos, seguro que tendremos que reponerlos».

Entretanto, la carga ya va a toda máquina. Olbricht se ha quedado en la camioneta, recibiendo los bultos que le van pasando Mischa y Klaus Grünberg. Paule da órdenes de cómo almacenarlo todo y, al final, él mismo sube a recolocar las cosas.

—Primero los muebles. Las cajas de cartón podemos meterlas luego entre ellos. Ojo, muchacho, que casi me das con ese tablón en las partes nobles. Usted, el del chubasquero: deje eso en el suelo, ya lo cargaremos después. La caja pequeña de ahí, páseme esa…

El piso se vacía a una velocidad terriblemente lenta. En la habitación de las niñas ya no hay nada, pero todavía queda el mueble grande del salón y las piezas del dormitorio de matrimonio.

—Hay que bajar la nevera con mucho cuidado —advierte Luisa.

Es un electrodoméstico bueno que les costó un dineral y solo tiene cuatro años.

—¡Alto! —grita alguien en la escalera—. ¡Vuelvan a subir eso, que es del piso!

El propietario, el señor Steigerhoff. ¿Cómo es que ya está aquí? Habían quedado a las seis de la tarde para la entrega de llaves.

—¡La nevera pertenece al equipamiento del piso! —exclama, y cruza el vestíbulo sin saludar a nadie.

—Buenos días, señor Steigerhoff —dice Fritz con educación—. Lamento decirle que se equivoca. Esa nevera la compré yo hace cuatro años.

El señor Steigerhoff es un hombre robusto, y su cara tiene tantos pliegues que recuerda un poco a un bóxer. Una vez, la señora Schmieder le contó a Luisa por lo bajo que era un proxeneta y que tenía varios establecimientos de mala reputación en el casco antiguo. Pero no todo lo que dice la señora Schmieder cuando se ha tomado unas cervezas tiene por qué ser cierto. Fritz y Luisa, al menos, no quieren creerlo.

—¡Aquí había una nevera cuando entraron ustedes! —afirma Steigerhoff irrumpiendo en la cocina—. Y tendrán que reponer los fogones, porque esos parecen sacados de la basura.

—Después de doce años no es de extrañar —opina Luisa—. Hemos tenido que mandarlos reparar varias veces porque la puerta del horno ya no se aguantaba.

Steigerhoff tira de la puerta y se queda con ella en la mano.

—Esto es artesanía alemana de calidad, un buen producto de antes de la guerra. Ustedes lo han estropeado y es su deber reponerlo. También tendrán que empapelar el piso. ¿Y a ver los suelos? ¡Cuando entraron, el linóleo estaba impecable!

Luisa empieza a marearse. ¿Cómo van a sufragar todo eso?

Ese mes ya casi se han quedado sin dinero porque han tenido que pagar el plazo de la hipoteca además del alquiler.

La puerta del baño se abre y aparece Hilde.

—¿Quién grita de esa manera? —pregunta con mal genio—. Ah, seguro que usted es el propietario, ¿verdad?

394

Se dirige a Steigerhoff sin rodeos y le estrecha la mano con ímpetu. El hombre se sorprende.

—Hilde Koch. Soy la dueña del Café del Ángel, en Wilhelmstrasse.

—Steigerhoff —se presenta él, perplejo, y hace un ligero esbozo de reverencia.

La dueña de un café de renombre en Wilhelmstrasse tiene una categoría diferente a la de un pobre músico, faltaría más.

—En caso de que hubiera algún desacuerdo —dice Hilde, con simpatía pero con firmeza—, el señor Bogner estaría representado por mi hermano, el abogado August Koch. Todos queremos que esto se desarrolle ordenada y legalmente, ¿verdad?

—Desde luego —replica Steigerhoff—. El piso debe encontrarse en buen estado cuando se marchen. ¡Así lo estipula el contrato de alquiler!

—Enseguida lo aclararemos todo —sostiene Hilde.

Mischa sale del dormitorio de matrimonio con una pieza grande del armario.

—¡Eh! —le dice a Steigerhoff—. Quítese de en medio, que estamos trabajando.

El hombre se pone colorado. No piensa permitir que le hablen así.

—¡Granuja descarado! ¡En un minuto estoy contigo! —amenaza.

Mischa pasa de largo junto a él con su carga. Por suerte, Klaus Grünberg aparece para recoger la siguiente caja. Saluda a su futuro casero con un apretón de manos y afirma que sin duda llegarán a un acuerdo.

—Está bien —refunfuña el propietario—. Ya veremos. Me reservo el derecho a reclamar.

—¡Con mucho gusto, señor Steigerhoff! —contesta Hilde, impasible.

Cuando el hombre sale del piso, corre al teléfono para

llamar a August. Le pide que esté allí a las seis sin falta para acompañar a Fritz en la entrega de llaves. August accede, pero tendrá que marcharse enseguida porque luego tiene una cita con un cliente.

Entretanto, la camioneta ya está llena, pero en el piso todavía quedan cajas. También el mueble del salón y una parte del dormitorio esperan transporte, de manera que tendrán que hacer dos viajes. El director de coro Firnhaber se despide; tiene que acudir a su cita. También Klaus Grünberg debe dejarlos, porque han programado un ensayo de la orquesta. Benno Olbricht y Luisa van en la camioneta a Bierstadt. Mischa decide seguirlos con la Vespa y Fritz mantiene la posición en el piso.

—Yo me voy al Café del Ángel —dice Hilde, que abraza a Luisa—. No bajes la guardia, chica, que esta tarde ya estaréis en vuestra casita.

Hoy Hilde se turna sobre la marcha con Swetlana, que en estos momentos está atendiendo en el café. Lo han organizado todo al milímetro. Una gran familia está para ayudarse.

Luisa abraza a Fritz antes de dejar el piso para siempre.

—¿Tienes la llave? —pregunta él, preocupado—. Recuerda que hay que abrir el agua. El grifo verde del sótano, justo a la izquierda. Queda algo de carbón en el cobertizo, así que puedes encender la estufa de azulejos.

—¡Todo eso ya lo sé, cariño! Hasta la noche.

Marion prefiere quedarse con su padre. Está orgullosa de desempeñar un papel importante en la mudanza.

—¡Limpiaré un poco las habitaciones, mamá! —dice al despedirse de Luisa.

Esta niega con la cabeza, sin entenderlo. ¿Debería preocuparse por su hija? El afán de Marion es realmente insólito, pero la niña es feliz así. Tal vez lo necesita porque tiene una hermana pequeña a la que todos admiran por su gran talento.

Durante el trayecto, Luisa va sentada en la cabina entre Paule Müller y Benno Olbricht. Sigue lloviendo, el agua salpica a izquierda y derecha hasta muy arriba de la camioneta. Ella tiene frío a causa de los nervios. ¿Y si no consiguen vaciar el piso antes de la tarde? ¿A cuánto subirá el coste de las reformas? ¿Qué van a cenar hoy? La bolsa con la comida que les quedaba ha desaparecido entre el caos de la mudanza, no sabe dónde estará. De todos modos no había mucho. Un par de patatas, unas pocas zanahorias, algo de mantequilla, mermelada, un paquete de queso en lonchas, medio pan moreno. Solo hay café, pero nada de leche para hacerles un batido de cacao a las niñas. Y mañana, para colmo, es domingo. Paule habla todo el rato de los crecientes precios de la harina, de lo caros que están los huevos y de que antes de la guerra todo era mucho mejor. En Bierstadt tiene que indicarle el camino hasta su propiedad. Delante ven a Mischa, que con la Vespa ha ido más deprisa. El chico es listo y ha abierto la inestable verja para que Paule pueda entrar marcha atrás hasta la puerta de la casa.

Ahora es Luisa quien tiene toda la responsabilidad y debe ocuparse de que dejen cada cosa en su sitio. También ella arrima el hombro. Arrastra cajas hasta la cocina, abre el agua, reparte instrucciones y se alegra de que August insistiera en que había que escribir lo que hay dentro de las cajas.

—¡Ese muchacho tiene fuerza! —comenta Paule con admiración refiriéndose a Mischa—. Me iría bien alguien así.

Mischa carga como un mozo de mudanzas e incluso le da instrucciones al bonachón de Benno Olbricht. Como este se queja de que le duele la espalda, Mischa se ocupa de los bultos más pesados. Al cabo de un rato se oyen ruidos de motor; Swetlana aparca el coche delante de la valla y se apea con Petra y Sina. Después abre el maletero y les pasa bolsas a las niñas para que las lleven dentro. También ella entra cargadísima en la vacía cocina de Luisa.

—¡Luisa! —exclama—. ¡Menudo día! ¡Te deseo toda la suerte del mundo en vuestro nuevo hogar! Aquí te traigo pan y sal, que es la antigua costumbre para cuando se estrena casa.

Luisa se emociona, acepta el pan y el salero y lo deja todo en el alféizar, porque la mesa de la cocina todavía no ha llegado. Sin embargo, Swetlana no ha acabado ni mucho menos. De las bolsas saca unas ollas que llevan las tapas bien sujetas con gomas elásticas.

—Esto es gulasch de ternera. Solo tienes que calentarlo. También he preparado albóndigas de pan, para acompañar. Eso son botes de compota de manzana dulce, y además…

¡Ay, Swetlana! Con la de veces que han criticado a su cuñada, a la que tanto le gusta cocinar y siempre quiere hacer feliz a todo el mundo con su comida. Ahora, para Luisa, es la salvación en un momento de necesidad. ¡Si ha traído de todo! Café, té, dos botellas de leche, chocolate para las niñas, mantequilla y un bizcocho recién hecho. También varias botellas de Coca-Cola y de cerveza.

—Esto tienes que meterlo en la nevera —dice, y le pasa una botella de champán—. Para Fritz y para ti. Esta noche, cuando hayáis terminado con la mudanza, ¡brindáis con champán por el nuevo comienzo!

Luisa la abraza y llora de gratitud. Sina llega arrastrando una alfombra enrollada para que Luisa la ponga en el pasillo y no se les enfríen los pies.

—Me equivoqué al comprarla y ahora me alegro de que a vosotros os quepa —dice Swetlana, satisfecha.

Entonces llama a Mischa. Por si quiere comer algo. Le ha traído unos bocadillos, pero su hijo prefiere terminar antes el trabajo; ya comerá después. Solo acepta una Coca-Cola para él y una cerveza para Benno.

—¡Pero muchas gracias, mamá!

—Está muy cambiado desde que Addi nos dejó —le susurra

Swetlana a Luisa—. Ahora quiere hacerse comerciante. ¿Y sabes quién va a aceptarlo de aprendiz?

Lo cierto es que Luisa no tiene tiempo para eso porque debe organizar la mudanza, pero escucha a Swetlana por educación. Mientras tanto mete la comida en la nevera, que Mischa acaba de enchufar.

—¿No será Julia Wemhöner?

—¿Cómo lo has adivinado? —se asombra Swetlana—. Tienes poderes, ¿verdad?

—Últimamente ha estado mucho con ella, creo. Eso me ha contado Hilde.

Swetlana pasa un paño por encima de la cocina de carbón que pertenecía al mobiliario de la casa. No sirve de mucho, porque está bastante oxidada y primero habrá que cepillarla a conciencia.

—Pues no sabes lo peor —le dice a Luisa—. Quiere llevárselo de viaje de negocios, y dormirán en un hotel.

—Eso… supongo que es lo normal cuando se está de aprendiz —opina Luisa.

—Luisa es una mujer guapa —señala Swetlana con inquietud—. Tengo miedo de que pueda… corromper a mi Mischa.

—¡No lo creo! —contesta Luisa—. Perdona, tengo que salir a ver qué hace Petra.

—Pero si ya la oyes —dice Swetlana, que la sigue—. Está tocando el piano.

Escuchan un momento. La melodía de Petra queda interrumpida una y otra vez por los martillazos de Benno y Mischa, que están montando las camas. Sina ha salido al jardín; ha visto un gato.

—Mi hija quiere una mascota —comenta Swetlana con una sonrisa—. Un perro o una *koshka*, un gato. Yo también tuve uno cuando era pequeña…

En el salón ven que los hombres, por error, han dejado allí

la mesa de la cocina. Entre las dos la llevan a su sitio, y también las sillas y una estantería pequeña. Swetlana limpia los muebles, Luisa guarda la vajilla y las ollas. Crean una isla de orden en el caos que reina a su alrededor. Paule ha ido a por el segundo cargamento y vuelve enseguida; dos vecinos los han ayudado a cargar los últimos bultos. Fritz se ha quedado con Marion en el piso vacío para formalizar la entrega de llaves con el asesoramiento de August.

El segundo cargamento acaba todo revuelto y desordenado en el salón. Ya es tarde, Benno Olbricht está deshecho, les da recuerdos para Fritz y se sube al coche con Swetlana y Sina.

El terrible día casi ha llegado a su fin. Luisa va con un cesto al cobertizo a por combustible para encender la estufa de azulejos y recalentar en la cocina de carbón la comida que con tanto cariño ha preparado Swetlana. Cuando abre la puerta del cobertizo, no puede creer lo que ve allí. Hay montones de briquetas, y un enorme cargamento de trozos de carbón más grandes. Solo puede haber sido Julia, que ayer se encargó del transporte del piano y le pidió prestada la llave a Fritz.

El nuevo señor de la casa llega tarde. Ha rechazado la oferta de August de traerlo en coche y ha tomado el autobús con Marion.

—Para aprenderme el trayecto —dice desde la puerta con una sonrisa.

Entonces entra en su propia casa despacio, casi con solemnidad.

Luisa y él se quedan un rato en el vestíbulo, agarrados de la mano y mirando cómo poco a poco va cayendo la noche sobre el jardín. Arriba se oye el piano de Petra, desde la cocina llegan aromas tentadores, Marion ya está trasteando con los platos. Pronto disfrutarán de la primera cena en su nuevo hogar. Inmóviles, se imbuyen de esa atmósfera, disfrutan de ese momento que nunca olvidarán.

¿Qué es la felicidad? Un brote verde en medio de un camino polvoriento. Un hatillo lleno de esperanzas. Pero, sobre todo, esas personas a quienes te une el amor.

Hilde

Esta noche ha vuelto a soñar con él. Ha sido una pesadilla angustiante de la que se ha despertado empapada en sudor. Él estaba abajo, frente al café, y le hacía señales. Luego se marchaba. Ella lo llamaba, extendía los brazos hacia él, le suplicaba que regresara a su lado. Entonces bajaba corriendo una escalera interminable; escalones, escalones y más escalones, una escalera que no se acababa jamás. Cuando por fin llegaba a la puerta del edificio, estaba cerrada con llave. Tiraba del pomo con desesperación, daba patadas y puñetazos contra el batiente, pero no conseguía abrirla. Y, de repente, oía un aullido estremecedor: ese fortísimo sonido que llega en oleadas y que tiene metido en el oído desde la guerra. ¡La alarma antiaérea! De nuevo la invadía el pánico. Él estaba ahí fuera. ¿Qué iba a hacer? ¿Dónde encontraría refugio? Gritaba su nombre, tiraba de la puerta hasta que por fin se abría de golpe… y entonces la casa entera se derrumbaba sobre ella. Veía caer las vigas, los ladrillos que se desprendían. Mortero y arena le llovían encima. Un tumulto salvaje y terrorífico. La muerte, que quería llevársela. La desesperación, que la arrastraba. Después todo quedaba a oscuras y solo ese sonido estridente seguía aún en su oído.

¡El despertador! Son las seis y media. Tiene que levantarse y prepararles el desayuno a los chicos.

Sin embargo, cuando se incorpora deprisa en la cama, se marea y vuelve a caer sobre la almohada. Se queda tumbada, oyendo el timbre del maldito despertador además de otro sonido en el oído derecho. Un pitido. Es casi como un trino, como si tuviera un pájaro en el pabellón auricular, que luego se transforma en un sonido tenue y sostenido. Se toquetea la oreja, se da unos golpecitos, pero el pitido del demonio no desaparece. Es como si viniera de dentro.

—Sé fuerte —se ordena a sí misma—. Apaga el despertador y levántate. Hazlo despacio, tú puedes.

Aprieta los dientes y se incorpora poco a poco. El sonido del oído sube de volumen, pero ahora, por lo menos, ha apagado el despertador. Se pone la bata y se tambalea hasta el cuarto de baño, donde antes que nada tiene que sentarse. Hoy se queda sin lavarse los dientes. Se mira en el espejo y ve que está pálida y tiene ojeras oscuras.

«La tensión —piensa—. En cuanto me tome un café, estaré mejor».

En la cocina ve estrellitas de colores, pero enciende un fogón, pone agua a hervir, coloca el filtro de porcelana sobre la jarrita y echa café molido. Por suerte, todavía quedaba un poco en el cajoncito del molinillo. Y se desploma en una silla. El ruido del oído fluctúa; unas veces es agudo y otras se convierte en un zumbido ahogado.

—¡Frank! ¡Andi! ¡Arriba! —exclama.

Se fatiga al gritar, jadea, le vienen arcadas. Espera que sus hijos se levanten solos. Si no, tendrá que entrar en su cuarto y apartarles las mantas. Consigue llegar a la nevera. Saca leche, mantequilla, embutido, queso. Corta pan. Prepara la mesa del desayuno para los gemelos, saca las fiambreras metálicas de los bocadillos para el colegio. No debe quejarse; se le pasará. Hilde Koch no piensa dejarse vencer por un ligero mareo.

Por supuesto, esos dos no se levantan. Abre de golpe la puerta de su cuarto y se agarra al marco de la puerta.

—¡Arriba! ¡Venga, que ya son las siete menos diez!

Sus hijos notan que le ocurre algo. Andi la mira asustado.

—Qué mala pinta tienes, mamá —dice Frank.

—¡Daos prisa!

No dice más. Regresa como buenamente puede a la cocina, donde el agua ya está hirviendo. Salva la leche justo antes de que se salga y vierte el agua caliente en el filtro del café. La puerta del baño rechina; por fin se han levantado. ¡Gracias a Dios!

Bebe un trago de café deprisa. Está amargo, pero le sentará bien. Todavía tiene que preparar los bocadillos. Cortar pan, untar mantequilla, poner fiambre y queso, tapar. Venga, a las fiambreras. El café empieza a surtir efecto y el mareo remite un poco.

—¡Mamá, ¿dónde está mi jersey azul?! —pregunta Frank a gritos.

—Para lavar. Coge otro del armario.

Batido de cacao para los chicos. ¡Uf! No soporta el olor de la leche caliente. En la habitación de sus hijos ha estallado una pelea por una regla de plástico transparente. ¿Por qué tienen que discutir por semejante idiotez?

—¡A desayunar, por favor!

Aparecen sin peinar. Frank lleva calcetines de distinto color, la camisa de cuadros de Andi tiene una mancha en la manga. Hoy eso le da absolutamente igual.

—Mamá, se te ha olvidado la mermelada —dice Frank.

—En la nevera. Sácala tú mismo.

Andi se la queda mirando mientras da vueltas a su cacao, que derrama sobre la mesa.

—¿Estás enferma, mamá?

—Creo que he pillado un resfriado.

—¡Pues parece que te ha atropellado un camión!

De repente sus dos hijos se portan de maravilla. Dejan de pelear, meten las fiambreras en sus mochilas sin decir nada, se ponen las chaquetas y los zapatos, se acercan para despedirse y dejan que les dé un beso en la mejilla.

—¡Ponte buena, mamá!

Luego se van. En cuanto cruzan la puerta, susurran algo y bajan la escalera haciendo menos ruido que nunca.

Hilde se sienta a la mesa de la cocina y apoya la cabeza sobre los brazos cruzados. A pesar del café que se ha tomado a toda prisa, se encuentra muy débil. Es un alivio que los chicos se hayan ido ya al colegio porque así tendrá un ratito para recomponerse. Pero ¿qué le pasa hoy? Jamás se ha sentido así de mal. Igual es por esa estúpida pesadilla. Los sueños son terribles, porque no se puede hacer nada por evitarlos. Te asaltan en plena noche, hacen lo que quieren contigo y te torturan con bobadas sentimentales que, con la mente clara, jamás dejarías aflorar. ¿Acaso añora a su marido infiel? ¿Por qué iba a hacerlo? No quiere saber nada más de él. Se acabó. La ha engañado, y eso no se lo perdonará nunca. La ha dejado en ridículo delante de todo el mundo. La gente susurra sobre ella, se ríe, y lo peor es que, encima, la compadece.

«Pues conmigo no», se dice, y de pronto siente cómo se le revuelve el estómago. Tiene muchísimas ganas de vomitar y casi no le da tiempo a llegar al cuarto de baño. Se inclina sobre el lavabo. Le dan arcadas. Echa el café y, al mismo tiempo, nota que una fuerza enorme tira de ella hacia el suelo. Se le doblan las piernas, las baldosas grises se acercan a gran velocidad y todo se vuelve negro. Está muy lejos de aquí, no sabe quién es, la oscuridad se la ha tragado.

Se despierta muy despacio. Al principio oye ese sonido claro, el suave pitido de su oído, y todavía tiene que reprimir varias arcadas, aunque van remitiendo poco a poco. «Me he desmayado», se dice, e intenta levantarse con cuidado. Lo logra sin mucho esfuerzo. Su tensión se recupera. Se agarra al lavabo y se mira en el espejo. Sigue blanca como la pared, parece un fantasma, pero consigue abrir el grifo, limpiar un poco el lavabo y echarse agua fría en la cara. Media hora después está arreglada y baja por la escalera hacia el café. Se encuentra mejor, ya no está mareada, se le ha asentado el estómago y también ha desaparecido el pitido. Solo sigue notando las rodillas flojas.

«Estaba cansada, nada más —piensa—. Puede pasarle a cualquiera. Es porque cargo con mucho».

En el Café del Ángel la esperan con impaciencia. Hoy Luisa está en Frankfurt con Petra. Swetlana ha llamado diciendo que llegará tarde; tiene a un operario en casa porque se le ha atascado el desagüe de la cocina. Su madre está sirviendo el desayuno a los clientes, pero su padre todavía no se ha levantado. Solo Richy trabaja en la cocina.

—¿Dónde te habías metido, Hilde? —protesta Else—. Toma, lleva esto a la mesa cinco. Y todavía faltan panecillos con mantequilla.

Ella se pone a trabajar con ahínco. La actividad le sienta bien, la tensión le responde y las conversaciones con los clientes hacen el resto. Entretanto, ayuda a Richy en la cocina, pone nata montada encima de las tartaletas, las corona con piña de lata y se las pasa a Richy, que les da los últimos toques. Pronto superan el asalto del desayuno. Hilde recoge las mesas, vacía los ceniceros y pone flores frescas en los jarrones. Cuando está en la cocina preparando el desayuno de su padre, su madre abre un poco la puerta.

—Alguien pregunta por ti, Hilde —dice en voz baja.

—¿Quién es?

—Simone. Dice que le gustaría hablar contigo.

Deja en la mesa la jarrita de leche que estaba a punto de

llenar y tiene que respirar para calmarse. «¡Es increíble! ¡Cómo se atreve a presentarse aquí! Seguro que viene a soltarme cualquier mentira. ¡Pues prepárate, bonita! Conmigo no vas a jugar».

—Dile que suba al piso. Yo voy enseguida —pide.

Le sirve el desayuno a su padre, le da el periódico y le deja una tartaleta recién hecha como postre.

—Venga, deprisa —la apremia Else—. Te espera arriba, en la puerta. Deja que yo haga esto...

—¡No tengo ninguna prisa!

Hilde se toma su tiempo. Lleva la bandeja a la cocina, se desata el delantal, se quita las horquillas que sujetan la cofia y lo deja todo con cuidado en el armario empotrado. Luego sube la escalera. Le falta un poco el aliento, porque ahora sí que está muy exaltada. Simone aguarda ante la puerta con el abrigo y el sombrero puestos. Lleva unos zapatos marrones con los tacones gastados, y a Hilde se le ocurre pensar que Jean-Jacques podría hacerle algún regalo a su novia.

—*Bonjour*, Hilde —dice la chica con timidez, y le sonríe.

Su sonrisa no es correspondida. Hilde pasa junto a ella sin saludar y abre la puerta. No invita a Simone a pasar al salón, sino que la conduce a la mesa del comedor, donde aún están los restos del desayuno.

—Por favor —le dice, señalando una silla—. Te escucho.

Simone se sienta con el abrigo puesto. Solo se quita el sombrero, que sostiene entre las manos. Hilde constata con disgusto que su rival es muy guapa. Tiene el pelo de un rubio dorado y ahora lo lleva muy corto, lo que realza sus ojos oscuros. Su expresión no deja entrever ni rastro de culpabilidad, pero también está muy nerviosa. Le cuesta encontrar las palabras.

—*Il ne sait pas, que je te parle...* Él no sabe que estoy hablando contigo. *Il ne le veut pas...* No quiere, pero he venido de todas formas porque debo contarte la verdad.

«Ajá —piensa Hilde—. El remordimiento puede con ella y quiere confesarse conmigo. Como si eso cambiara algo».

Puesto que Hilde guarda silencio, Simone sigue hablando. Lo que le cuenta, sin embargo, no tiene nada que ver con lo que ella se esperaba. Más bien se trata de una historia del todo inverosímil sobre unos tipos peligrosos que se cuelan por las noches en el bistró de Robert. Sobre artículos de contrabando que su marido esconde, y sobre el ultimátum que ella le ha dado y que él ha dejado pasar sin hacer nada.

—¿Por qué me explicas todo esto? —pregunta Hilde, molesta.

—No quería contárselo a nadie. *Personne.* Porque esperaba que él cambiara. Pero ahora... *je sais, qu'il ne changera jamais.* Nunca cambiará. *Tu comprends? C'est fini.*

Hilde se está impacientando. No le apetece seguir escuchando esas monsergas. No le importa si se las ha inventado o son ciertas; no le interesan.

—¿Y por eso te has liado con mi marido? —suelta de repente.

Simone está desconcertada.

—¿Qué es «liar»? —pregunta.

—Te has acostado con él. ¿Vas a negarlo?

Justo eso es lo que hace. Y de una forma muy convincente, además.

—Me preocupaba que pensaras eso, Hilde. *Mais je te jure...* Te lo juro. No ha pasado nada. Jean-Jacques es un amigo. *Un ami. Un grand frère.* Un hermano mayor. Me abraza y me protege. Me dice: «No vuelvas, es peligroso». Pero yo he decidido que voy a volver. Porque quiero poner fin a mi matrimonio.

Por mucho que levante la mirada hacia ella con esos ojos sinceros, Hilde no se cree ni una palabra. Simone sigue hablando y le dice que Jean-Jacques la ha traído hoy temprano a la estación de Wiesbaden, pero que ella no se ha montado en el tren, sino que ha dejado su maleta en una consigna y se ha acercado al Café del Ángel. Porque aprecia mucho a Hilde y quería contarle la verdad. Después se mira el reloj de pulsera y añade:

—*C'est tout*, Hilde. Eso es todo lo que puedo decirte, y te juro que es la verdad. Ahora tengo que regresar a la estación, *le train part dans une demie heure…* El tren sale en media hora.

Vuelve a ponerse el sombrero y, antes de que Hilde pueda impedirlo, le ha dado un abrazo y dos besos en las mejillas.

—*Adieu*, Hilde. Debes ser valiente, porque Jean-Jacques está muy enfadado contigo. Fue a ver a un *advocat…* un abogado. Pero ahora ya sabes que no hubo nada. *Rien du tout.*

Y se marcha, baja la escalera con pasos delicados y sale a Wilhelmstrasse. Hilde sigue en su silla, completamente aturdida. «¿Que no hubo nada? —piensa—. No puede decirme eso. Yo lo vi. Vi cómo la abrazaba. La abrazó y la besó. O quizá no la besara, pero sí la abrazó».

Mientras baja la escalera, ensimismada, llega a la conclusión de que Simone ha ido a hablar con ella como parte de una estrategia de Jean-Jacques. Parece que ya ha ido a ver a un abogado, y Simone, por supuesto, declarará a su favor. Claro, él intentará quedar como un corderito inocente para que ella cargue con la culpa del divorcio. Y de ese modo le concederán los niños a él. «¡No, querido, eso no es lo que acordamos!».

En el café, Swetlana ya ha llegado. Como el lío de los desayunos casi ha pasado, se pone a limpiar el mostrador de los pasteles con agua caliente y abrillanta los cristales.

—En el Blum, ahora tienen un mostrador con vitrinas giratorias —explica—. Me lo ha contado una amiga. Yo le he dicho: «Un pastel malo no mejorará por muchas vueltas que dé».

—¡Bravo! —exclama Hilde, y le acaricia el hombro al pasar—. Ningún pastelero de Wiesbaden puede superar nuestras tartaletas.

En la mesa del rincón, Julia Wemhöner está con los padres de Hilde y, como no hay mucho que hacer, se sienta con ellos. Contesta a la mirada interrogante de su madre encogiéndose de hombros. ¿Qué pensaba? ¿Que la visita de Simone solventaría todos los problemas del mundo?

—Es una pena —dice Julia—. Ese piso es parte de mi vida. Allí pasé los peores años, pero también los más bonitos. Pero Addi ya no está y su piso ha quedado vacío, así que también yo necesito despedirme de ese lugar.

«Quiere marcharse», piensa Hilde. Es comprensible. ¿Qué va a hacer en una minúscula buhardilla cuando tiene una preciosa villa en Geisbergstrasse?

—¡Ay, sí! —exclama su padre con un suspiro melancólico—. Es el fin de una era. Cuántas personas encantadoras teníamos antes con nosotros que no viven ya... Addi, sobre todo. Pero también Marlene, la chica de los platos fríos, y Finchen. Los grandes artistas que venían al Café del Ángel. Richard Strauss, el gran compositor y director. Max Pallenberg, el genial cómico. Albert Bassermann. Käthe Dorsch... ¡Todos han pasado a mejor vida!

—¡Ya está bien, Heinz! —exclama Else, a quien no le gusta oírle hablar así—. Lo principal es que nosotros seguimos aquí.

También Julia se apresura a animarlo.

—Sí, yo todavía sigo en este mundo —dice—. Vendré a menudo al café, y con mucho gusto. No solo porque le tengo cariño, sino también porque vosotros me salvasteis la vida, y eso jamás lo olvidaré.

—Bueno, bueno... —dice Heinz, emocionado, y le acaricia el brazo—. Corrían malos tiempos, pero por suerte ya pasaron.

Su madre acaba con la atmósfera sentimental sacando su vena práctica. Le ofrece a Julia que se marche sin tener en cuenta los tres meses de previo aviso, porque de todas formas ya han empezado la reforma del piso de Addi.

—Así, no tendremos que llamar dos veces a los obreros y mataríamos dos pájaros de un tiro.

También Julia se transforma enseguida en una mujer de negocios y dice que no, e insiste en pagar esos tres meses de alquiler. No obstante, mañana mismo contratará a una empresa para que vacíe el piso.

—Así, podréis empezar con las obras y no os faltará ningún mes de alquiler —dice.

—Es todo un detalle —señala Else.

Julia sonríe y añade que es lo correcto.

—Hoy me llevaré algunos objetos personales —sigue explicando—. Del resto que se encarguen los de la mudanza. No quiero estar presente cuando vacíen el piso. Me pondría demasiado triste.

«Cuando tienes dinero te puedes ahorrar hasta las preocupaciones», piensa Hilde. Mira con cierta envidia el elegante traje de otoño de Julia y la blusa de seda de color claro que lleva. Su bolso es de piel de cocodrilo, y seguro que no fue barato. Los zapatos van a juego. ¿Cuántos años tendrá? Los cincuenta ya no los cumple, pero en su rostro no se ve ni una sola arruga, y su figura sigue siendo esbelta como antaño. Una mujer bella y sin edad. ¿Será cierto lo que teme Swetlana? ¿Que tiene algo con Mischa? Su relación con Willi parece haber terminado. Cuando su hermano estuvo en Wiesbaden por el funeral de Addi, les contó que va a casarse. No les dijo cuándo; por lo visto eso todavía no está claro. ¡Ay, este Willi! Siempre ha sido un soñador. Si de verdad sentara la cabeza, sería un auténtico milagro.

Julia Wemhöner se despide y Heinz se levanta expresamente para darle un abrazo. Else también, por obligación. Hilde le estrecha la mano.

—Si quiere que la ayude a bajar algo… —dice.

Julia le da las gracias, pero rechaza el ofrecimiento. Hilde comprende que quiere estar a solas y escoger con tranquilidad las cosas que se llevará hoy. Despedirse de treinta años de su vida. También a ella le apena que los deje, pero no lo demuestra. En lugar de eso, les comenta a sus padres lo estupendo que será tener a Richy viviendo allí. Y para el antiguo piso de Julia seguro que encuentran a un inquilino simpático. En Wiesbaden siempre hay demanda de vivienda; les quitarán el piso de las manos.

—Habrá que cambiar los suelos —reflexiona—. El papel de las paredes podría escogerlo el propio Richy, y tenemos que tapiar la puerta que conectaba los pisos de Addi y de Julia, desde luego.

Su madre suspira por lo que costará todo eso y se vuelve hacia la pila de correspondencia sin abrir que está sobre la mesa.

—Hoy, con tanto jaleo, todavía no he hecho nada —refunfuña mientras se pone las gafas.

Empiezan a llegar los primeros clientes del mediodía y Hilde releva a su madre en la cocina, por consideración, porque esta mañana ha bajado muy tarde. Richy saca las últimas tartaletas del horno. Está acalorado pero contento, porque las de piña con cobertura de mazapán le han quedado de maravilla. Ayuda a Hilde a poner al fuego la olla grande de las salchichas y comparte con ella ideas nuevas para el aliño de la ensalada. Le dice que añada al vinagre y al aceite una cucharada de mostaza y un poco de jalea de grosella. A Hilde le parece muy extravagante, pero lo prueba.

El Café del Ángel está hasta los topes. A los clientes les cuesta encontrar un sitio libre. Por desgracia, hace mucho frío y no se pueden aprovechar las mesas exteriores. Hilde sigue echando una mano en la cocina, Swetlana atiende a los clientes, trabajan muy coordinadas. Como debe ser.

A las doce y media, Hilde le pide a su madre que ocupe su sitio porque tiene que subir al piso a preparar la comida de los chicos, pero Else está petrificada en su silla y tiene que llamarla dos veces para que reaccione.

—¿Qué te ocurre, mamá? —pregunta preocupada—. ¿No te encuentras bien? ¿Quieres echarte un rato?

Su madre niega con la mano y desliza una carta hacia ella por encima de la mesa. Hilde repara en la expresión seria de su padre.

—Esto es el fin —dice su madre con voz de funeral—. El fin del Café del Ángel.

¿Y ahora qué pasa? Se hace con el papel y lo lee. Es del señor Meierhoff. Ah, vaya, el ingeniero. Una relación detallada de los daños sufridos en el edificio durante la guerra. Con un cálculo de costes. Y entonces también Hilde tiene que sentarse.

—¡Ese hombre no está bien de la azotea! ¡Cincuenta mil marcos! Para eso, más valdría tirarlo todo abajo y construir de nuevo.

—Es posible que haya alguna ayuda del Estado —apunta su padre con voz débil.

—Un grano de arena en el desierto —mascula su madre, que saca un pañuelo para secarse el sudor de la frente.

Wilhelm

Lo ha tenido en ascuas esperando su llamada. Durante días. Después de los ensayos en el teatro, Willi corría como un loco a su piso, se sentaba junto al teléfono y, si recibía una llamada, el estridente timbre lo atravesaba por completo. Pero siempre era un compañero de trabajo, o su madre. Incluso preguntó en su casa de Wiesbaden si Karin había llamado allí, porque pensó que tal vez se había equivocado de número. Después se imaginó que podía estar enferma. Un accidente. O que le había pasado algo a la pequeña Nora. Estuvo a punto de llamar a Bochum, pero se contuvo. Al cabo de tres semanas de desquiciante espera, llegó a la deprimente conclusión de que todo era mucho más sencillo: ella no lo amaba y no era capaz de confesárselo. ¿Qué otro motivo podía tener para darle largas durante tanto tiempo?

Y entonces, un domingo por la mañana, justo cuando acaba de enjabonarse la cara para afeitarse, suena el teléfono y su instinto le grita que es ella. Arranca la toalla del toallero, se limpia la espuma y va al teléfono, despacio, como un condenado de camino al cadalso.

—¿Willi? Soy Karin. ¿Te he despertado?

Su voz suena muy tenue y a él le parece oír el eco de la

mala conciencia. Tiene que aclararse la garganta porque todavía no ha hablado con nadie hoy.

—No, no. Ya estaba levantado. ¿Estás bien? ¿Todo en orden por allí?

—Sí, gracias. Todo bien. Mi madre estuvo un poco pachucha, pero ya está recuperada. ¿Cómo te encuentras tú?

Su madre estuvo enferma. Bueno. Aun así no es motivo para no llamarlo. Si hubiera querido.

—Yo también estoy bien. Con mucho lío. Estoy en cuatro obras. En dos, de protagonista; en las otras, de secundario. La semana pasada estrenamos la *Leyenda de una vida*, de Stefan Zweig.

Se interrumpe. ¿Para qué le cuenta todo eso? ¿Acaso van a charlar del tiempo? Que vaya al grano. Que ponga las cartas sobre la mesa. Por duro que resulte.

—Me alegro —dice Karin—. Te envidio. Añoro mucho el teatro.

Él vuelve a carraspear. Esta vez con insistencia. Ya basta de cháchara.

—¿Has pensado en mi proposición? ¿Vas a darme una respuesta?

—Por eso te llamo, Willi.

No suena a un «sí». Más bien a excusas y explicaciones detalladas. El ápice de esperanza que aún conservaba acaba de esfumarse. «Mantén la compostura», se dice. La felicidad no puede forzarse. Y menos aún el amor.

—Lo he pensado mucho —empieza a decir ella—. Tu proposición me sorprendió, y reconozco que me hizo ilusión. Te quiero mucho, Willi. Sé que lo decías en serio. Serías un padre maravilloso para Nora y también un marido estupendo…

Él escucha todo lo que dice aunque solo piensa en una cosa: ¿cuándo viene el pero?

—Pero el caso es que no quiero empezar una nueva relación sin haberlo reflexionado detenidamente —dice Karin—. Por varios motivos.

Se los enumera. La ruptura con el padre de Nora, que todavía no ha «superado». Su situación económica actual, con la que no quiere cargarlo.

—Y también está mi madre —dice, y suspira—. No soportaría que Nora y yo nos marcháramos. No sabe estar sola, seguro que enfermaría y yo me lo reprocharía constantemente. Me ayuda mucho, Willi. Sin mi madre, no sé cómo me las apañaría con la niña.

—Lo entiendo —murmura abatido—. ¿Y no te has planteado que tu madre se viniera a vivir con nosotros?

—Ay, Willi, eres un cielo. Pero ella está muy unida a este piso. Jamás lo abandonaría, porque aquí vivió con mi padre muchos años felices. Y también está el huerto, que es su pasión.

«Excusas —piensa él—. Si de verdad me amara, encontraríamos una solución para su madre».

—Pero, sobre todo, Willi —sigue diciendo Karin—, sobre todo me preocupa lo mucho que podría decepcionarte. Sería la peor esposa del mundo. No sé cocinar y, cuando intento llevar una casa, todo me sale del revés. Soy terca, torpe y caprichosa, y me temo que no estoy hecha para el matrimonio.

—¿Quién te ha metido eso en la cabeza? ¿Tu ex?

Ella vacila, seguramente porque ha dado en el blanco.

—Ya sé que ahora estás muy decepcionado —continúa—, y lo siento muchísimo. Porque te aprecio... Más de lo que imaginas, Willi. Pero no puede ser.

«Muy bien —piensa él—. Con eso está todo dicho. Me "aprecia". Me tiene cariño. Sabe que voy en serio. Conclusión: que soy un iluso. O, mejor dicho, soy un idiota. Un idiota redomado».

—En tal caso, Karin, debo aceptar tu respuesta —responde Willi—. Aunque te habría agradecido mucho que me lo dijeras antes.

—Lo siento mucho. Perdóname, por favor. Tenía que aclararme las ideas.

—Lo entiendo. Bueno, que pases un buen domingo —se despide con sequedad, porque no le apetece oír más disculpas.

—Podemos seguir siendo amigos, Willi. ¡Por favor! —suplica Karin.

—Yo esperaba otra cosa —replica él, y cuelga.

Se sienta en el sofá y se queda mirando fijamente al suelo. Bueno, pues ya es oficial: Karin no lo ama. La decepción lo abate, lo cubre como un velo oscuro que amenaza con asfixiar toda la luz, toda la esperanza, todo lo bonito de su vida. ¿Alguna vez se ha sentido tan deprimido? Quizá de niño, cuando no conseguía algo que deseaba muchísimo. Al final se levanta, va al cuarto de baño y vuelve a enjabonarse para terminar con el afeitado que ha dejado a medias. Se mira en el espejo y se encuentra ridículo con las mejillas enjabonadas. «Parezco un payaso —piensa—. Y puede que lo sea. Un loco que va detrás de una mujer que no lo ama. Un personaje cómico. Don Quijote arremetiendo contra los molinos de viento».

Después de desayunar se encuentra algo mejor. «Es lo que hay —se dice—. Solo un bobo corre detrás de un sueño perdido. Maldita sea, si no quiere estar conmigo, ¡pues ella se lo pierde! Hay más madres con hijas preciosas por ahí». Le sienta bien poder enfadarse con Karin, aunque su decepción no disminuye por ello.

Esa semana la pasa arrastrándose. En los ensayos no está por la labor, solo durante las representaciones se concentra del todo y se gana los aplausos.

—¿Pero a ti qué te pasa? —le pregunta una joven compañera—. Vas por ahí como un alma en pena. ¿No tendrás mal de amores?

—¿Yo? Qué va. Solo estoy algo decaído. Será porque no deja de llover.

De hecho, el clima de octubre no contribuye a levantarle el ánimo. El cielo está gris, llueve y las tormentas son tan fuertes que los agoreros advierten de que los diques podrían romperse y la mitad de Hamburgo quedaría anegada en agua. El sábado solo tiene que interpretar un papel secundario y, por suerte, en el primer acto, así que puede marcharse del teatro nada más terminar su aparición. Piensa un momento si meterse en un bar, como ha hecho ya varias veces esta semana, para charlar un rato y ahogar las penas en alcohol, pero lo deja correr. No le aporta mucho más que la resaca de la mañana siguiente. No está acostumbrado a beber tanto, y tampoco quiere tomarlo por costumbre.

Cuando sube la escalera de su piso, empapado por la lluvia, no cree lo que ven sus ojos. Bajo la titilante luz del descansillo distingue una figura que espera ante su puerta.

Sí, es ella. Es Karin.

Le hubiera sorprendido menos ver al fantasma del padre de Hamlet. Sube los últimos escalones con las rodillas temblorosas y se detiene.

—Buenas tardes, Willi —dice ella—. Puedo quedarme hasta mañana al mediodía.

—¿Quedarte? ¿Para qué? —balbucea él.

—Me gustaría hablar contigo. Y también… pero solo si tú quieres… quedarme a dormir aquí.

Él sigue inmóvil. «O yo he perdido el juicio, o lo ha perdido ella —piensa—. Primero me da calabazas y ahora quiere pasar la noche conmigo. Y yo que siempre me tuve por un gran conocedor de las mujeres…».

Sigue paralizado sin saber qué hacer. Es difícil esquivar la mirada suplicante y afectuosa de Karin. Lo atraviesa por completo, lo ablanda por dentro. La ama, al fin y al cabo. Una noche con ella sería el sumun de la felicidad. Solo que no de esta forma. No le apetece volver a montarse en esa montaña rusa de emociones.

—Será mejor que entremos —dice por fin, y abre la puerta del piso—. Puedes colgar el abrigo en el perchero. El paraguas déjalo junto a la puerta.

Es consciente de que su apuro le hace decir banalidades, pero está apabullado.

—¿Has cenado ya? —pregunta—. Queda algo de queso y mantequilla en la nevera. También hay huevos, creo.

Ella le sonríe con una timidez increíblemente encantadora. ¿Qué va a hacer? ¿Echarla? En realidad es lo que debería hacer, pero en lugar de eso se mete en la cocina y prepara unas tortillas. Le dice dónde están los platos, los cubiertos, le pide que ponga la mesa mientras él termina de cocinar. Karin encuentra una botella de vino tinto y pregunta si puede abrirla; él asiente con la cabeza. «Eres un flojo —se dice—. Ponle la botella en la mano y enséñale dónde está la puerta». Pero Karin ya ha sacado las copas y está intentando apañarse con el sacacorchos.

—Trae —dice él, y le quita el artilugio—. Mira en la panera, quizá quede algo de pan.

—¿Lo ves? —replica ella, mirándolo de lado con inquietud—. Ni siquiera soy capaz de abrir una botella de vino.

Después se sientan a la mesa de la cocina, uno frente al otro, y se comen las tortillas de queso acompañadas de un borgoña intenso que algún admirador le llevó al camerino tras una representación. De vez en cuando se miran. Ella sonríe con timidez y picardía al mismo tiempo, alaba sus artes culinarias y cuenta toda clase de bobadas.

—No he podido dejar de pensar en ti, Willi.

—Vaya...

—Sí, y he comprendido que sin ti soy muy infeliz. Te echo de menos.

—¿De verdad?

—Quiero tenerte cerca.

El vino tinto le hace efecto; su raciocinio, que ya estaba bastante tocado, se rinde por completo. Sobre todo porque ella no para de decir que lo último que quiere es perderlo. Que significa muchísimo para ella. Que lo añoraba tanto que se puso en camino sin pensarlo. Porque deseaba estar con él.

—Ya me enamoré de ti en aquella época, Willi, en Wiesbaden.

—Desde entonces han ocurrido muchas cosas.

—Y te sigo queriendo, pero hasta ahora no he sido consciente de ello.

¿Quién es capaz de resistirse cuando la mujer de su vida le dice algo así? Lo mira con sus preciosos ojos nostálgicos, brinda a su salud y luego se levanta, se coloca detrás de él y le posa las manos en los hombros.

—Dime que todavía me quieres, cielo...

¡Y de qué manera! Ha atizado su fuego y ya no hay vuelta atrás. Aun estando convencido de que va a cometer una solemne tontería, la estrecha entre sus brazos y se deja llevar. Está hambriento porque ha guardado abstinencia por ella; y ella más todavía, puesto que desde su separación no ha estado con ningún hombre. Será una larga noche de amor con encuentros impetuosos, cariñosos y maravillosos. Entre uno y otro se quedan tumbados, se abrazan con fuerza y hablan, se cuentan su vida, sus anhelos, sus derrotas, sus esperanzas. No se duermen hasta el alba, y él sigue abrazándola incluso mientras sueña.

El domingo se le hace muy corto. Es bonito abrir los ojos

y verla a su lado, despertarla con caricias anhelantes y entregarse al juego amoroso una vez más.

—¡Ay, mira qué hora es! —dice Karin señalando el reloj—. Casi mediodía.

Él se ríe y le propone que se den un baño juntos. Disfrutan como dos niños del agua caliente de la bañera, se gastan bromas, dejan el suelo empapado, se sumergen a buscar la pastilla de jabón, hacen navegar la jabonera como si fuera un barquito surcando las olas. Cuando se visten aún con el pelo mojado, aparece el hambre. La cocina es un campo de batalla, la nevera está prácticamente vacía.

—Salgamos a comer —propone él—. Si nos damos prisa, todavía habrá algo abierto.

Vagan bajo la lluvia y por fin encuentran un restaurante que sirve comidas hasta las dos y media. Tienen que aceptar lo que les ofrecen. El típico picadillo *Labskaus* de carne en conserva con patata, arenque en salmuera, cebolla y remolacha, acompañado de un huevo frito y, de postre, gelatina de frutos rojos. Comen con cerveza y, por último, se toman un café. Hablan sobre el Teatro Thalia, sobre compañeros a quienes ambos conocen, sobre las esperanzas de Karin de conseguir un contrato.

—De momento no puedo dejar Bochum —dice ella.

Claro. Su madre. El viejo dilema. Él opina que perderá todas sus oportunidades si espera mucho más. Ella asiente, pero no ve otra solución. Sobre las cuatro, la acompaña a la estación en metro. Se abrazan en el andén, prometen volver a verse pronto. Y llamarse por teléfono, desde luego. Entonces, ella sube al vagón y él llega a verla un momento de pie junto a la ventanilla mientras el tren sale de la estación.

Él tiene que tomar un taxi si no quiere llegar tarde a la función. Al terminar está agotado y al mismo tiempo lo invade un imperioso sentimiento de felicidad. Vuelve a casa, se tumba en la cama revuelta, que conserva el olor de Karin, y se queda dormido al instante. Por la mañana se despierta tarde y, antes de abrir los ojos, nota el vacío a su lado. El desencanto lo abruma. Conque ese era su plan... Una relación física sin compromisos serios, placer sin obligaciones, un amigo bien dispuesto a quien poder llamar por teléfono para abrirle su corazón, un tonto al que tener a mano para cualquier eventualidad, incluida la posibilidad de que le haga de niñera. ¡Qué falta de consideración para con él! Willi quiere compartir su vida con ella, formar una familia, estar siempre a su lado, ¡y Karin no le ofrece más que una aventura!

«Te está bien empleado, Wilhelm —dice una fea voz en su interior—. ¿No has hecho tú lo mismo durante años? ¿A cuántas pobres chicas que esperaban casarse contigo has dejado amargamente decepcionadas? Será mejor que no las contemos. En fin, ahora pagas las consecuencias».

Maldice para sí y le ordena a la voz de su conciencia que se guarde sus comentarios. Ya está bastante hecho polvo sin ese tonito burlón. Karin ha dicho que hablarán por teléfono, pero ya puede esperar sentada; él no piensa llamarla. Recoge la cocina, friega los platos, rompe una copa sin querer. «La felicidad es frágil cual cristal...», se dice. Después cambia las sábanas y mete las sucias en el cesto de la colada. Fin. Se acabó. No piensa ser un calzonazos.

Karin llama tres días después. La pequeña ha estado enferma, con fiebre alta. Ella temió que fuera el sarampión, pero por lo visto solo ha sido un virus pasajero. Willi le transmite su preocupación, pero se muestra bastante frío. Sí, él se encuentra bien. Tiene mucho que hacer, las críticas son estupendas, le ha llegado una oferta para ir a Berlín, pero todavía no sabe si aceptará o no.

—Yo tengo una gran noticia —dice ella—. La productora cinematográfica de Wiesbaden me ha llamado. Puede que tengan un papel para mí. Iré pasado mañana para hacer una audición.

«Mira por dónde —piensa Willi, molesto—. De pronto sí que puede dejar sola a su madre. Una oferta del cine es muy diferente a la proposición de matrimonio de un bobo enamorado».

—Toca madera —le dice—. Sería un nuevo comienzo profesional para ti.

—¿Por casualidad no estarás en Wiesbaden el 26 de octubre? ¿Para visitar a tus padres, quizá?

—No. Tengo función. No volveré a casa de mis padres hasta Navidad.

—También buscan a un actor para el protagonista masculino y te he recomendado.

De modo que eso es lo que ha planeado. Hacer la prueba y luego disfrutar de una noche de pasión. ¿Acaso cree que la alojaría en su casa? ¿En el piso de sus padres? Pues ya puede quitárselo de la cabeza.

—Muy amable por tu parte, pero no me interesa demasiado. Soy actor teatral y de vez en cuando hago cabaret. El cine no es lo mío.

—Qué pena —dice ella con un suspiro—. ¡Tenía muchas ganas de verte, Willi!

Él contesta con un par de fórmulas de cortesía y luego cuelga. No, por supuesto que no la verá. Aunque se muera de ganas. Pero no quiere; es mejor así. Tiene que conservar lo que le queda de amor propio. Cuando está a punto de salir, suena otra vez el teléfono. Va hacia el aparato y descuelga molesto, y casi suelta que no tiene tiempo porque cree que se trata de su madre, que quiere contarle las últimas catástrofes del Café del Ángel. Sin embargo, es una joven de la productora cinematográfica de Wiesbaden.

—Buscamos a un protagonista para un largometraje y nos

lo han recomendado. ¿Podría pasarse el lunes que viene, el 26 de octubre, sobre las diez, para hacer una prueba?

¡Maldito destino! Pues claro que le interesa ser protagonista en un largometraje. Antes ha dicho que no porque no creía que fueran a proponérselo de verdad. Podría estar allí si fuera en el tren nocturno y, al terminar, regresara directo a la estación para llegar a Hamburgo antes de la función de la noche. Pero ¿y si se la encuentra allí? ¿Con qué cara la mirará? Ay, vamos, siempre puede decir que ha cambiado de opinión...

—¿A las diez? —dice al auricular—. Está bien. Intentaré arreglarlo. Porque se trata de ustedes.

El domingo, después de la función, se sube al expreso a Frankfurt, hace transbordo al de Wiesbaden a las tantas de la noche y duerme hasta llegar a la estación principal. A las ocho de la mañana disfruta de un desayuno en un café de por allí cerca y, con energías renovadas, toma un taxi hasta los estudios, que están en Unter den Eichen.

—¿Señor Koch? —pregunta el portero—. Todo recto y luego por esa puerta de cristal, por favor. Tendrá que esperar un momento.

Una sala sin decoración que ya conoce. Un par de sillas, biombos con paisajes de montaña, carteles de cine en las paredes y, arriba, en el techo, varios focos negros. Da un par de vueltas, oye voces en la habitación contigua y comprende que hay alguien interpretando una escena. Ajá, la competencia no duerme. Se sienta en una silla, cruza las piernas y aguza los oídos. Le parece que la declamación es demasiado histriónica y se siente satisfecho. No servirá para una película.

—¡Willi!

Al oír su voz da un respingo. Por supuesto. Ella también tiene cita a las diez; tendría que haber imaginado que el destino volvería a ponerlo contra las cuerdas.

—Hola, Karin —saluda con desenfado—. Ya ves, al final me he decidido. Pero he de regresar a la estación justo después de la prueba. Esta noche tengo función.

Ella lleva un traje azul claro y se ha recogido el pelo. También se ha maquillado, aunque va muy discreta. Está dolorosamente guapa.

—Ah, qué lástima.

Se sienta a su lado y quiere darle un beso, pero él se aparta.

—Tengo que concentrarme…

Karin no dice nada. Abre el bolso y saca un espejo de bolsillo. Comprueba su peinado y se retoca el pintalabios.

—¿Estás enfadado conmigo, Willi?

Se ahorra tener que responder porque en ese instante se abre la puerta. Tres personas salen del estudio: dos hombres jóvenes y una mujer morena y delicada.

—Perfecto. Ya les llamaremos —dice alguien desde dentro—. ¿Ha llegado Langgässer? ¿Y su compañero? ¿Cómo se llamaba?

Una joven con gafas y cola de caballo asoma por la puerta y les hace una señal para que entren en el estudio.

—Wilhelm Koch —les dice a los tres hombres que están sentados en sillas plegables al fondo de la sala.

Dos son muy jóvenes; el tercero, probablemente el director, tiene ya unos cuantos años encima. Los tres van en mangas de camisa, y el director lleva un chaleco de cuadros por encima de la prenda blanca. Se saludan con las cortesías habituales. «Qué bien que hayáis podido venir». «Estamos muy emocionados». «Se trata de un gran proyecto, una película divertida con un cómico conocido. Ya os daremos los detalles más adelante».

Willi repara en que los tres se comen a Karin con los ojos. Aunque solo sea un repaso profesional, no le gusta.

—Probaremos con una improvisación. A ver: ella es la dependienta de una panadería y tú eres un cliente tímido que quiere invitarla a salir. ¿Está claro? Bueno, pues venga. Cuando queráis.

Una improvisación. Lo suponía. Menuda escena más tonta… Pero, al fin y al cabo, él es un profesional. La chica de las gafas con coleta arrastra una mesa que se supone que es el mostrador, Karin se quita la chaqueta del traje y debajo lleva una blusa blanca. Willi se abotona la americana, se aparta unos pasos de la mesa y hace como si abriera la puerta del establecimiento.

—Riiing —dice, y aclara—: El timbre de la tienda.

Los jóvenes se permiten una sonrisa divertida. El director permanece serio.

—Muy buenos días, señorita Lisbeth…

—¡Buenos días, señor Mollermann! ¿Otra vez dos panecillos en dos bolsas separadas?

—Claro, claro… Uno es para esta mañana, el otro para la noche. Es que vivo solo. Una situación muy triste…

Se acerca más a la mesa y mira a la señorita Lisbeth con ojos de enamorado. Ella sonríe y se vuelve para meter dos panecillos imaginarios en dos bolsas que no existen. Lo hace con los típicos movimientos rutinarios de una dependienta de panadería.

—Serán cuarenta peniques, señor Mollermann.

Ahora debe reaccionar para que no decaiga la escena.

—Ay, señorita Lisbeth —dice con un tono anhelante—. Verá, es que la soledad me aflige y… solo se vive una vez, ¿verdad?

Se acerca un paso a ella y se detiene con una mano en el pecho. La señorita Lisbeth levanta las bolsas imaginarias de los panecillos y sonríe, divertida. Lo hace a la perfección. Está realmente seductora.

—Eso es cierto, señor Mollermann —susurra.

Cómo interpreta con la mirada. Esa mímica que oscila entre la ironía y la pasión. Ella sabe lo que va a decirle y espera, muy ufana, mientras él sigue mirándola con anhelo. Willi accede a interpretar al tímido admirador, finge que le cuesta un mundo pronunciar la siguiente frase.

—Señorita Lisbeth —empieza con voz temblorosa—. Vengo todas las mañanas a esta panadería desde hace dos años, y cada mañana pienso en hacerle una pregunta. Hoy es el día…

Se detiene y la mira. Ella es toda expectación. Sonríe con impaciencia, deja las imaginarias bolsas de panecillos en la mesa y se inclina hacia él. Se miran a los ojos.

—¿Y qué es lo que quiere preguntarme, señor Mollermann?

De repente Willi siente que la ilusión se rompe. La que tiene delante es Karin. Sus ojos. Su sonrisa. Karin.

—¿Querrás casarte conmigo o no? —suelta sin pensarlo.

Él mismo se sobresalta al oír su frase, que ha salido de su boca en el momento menos oportuno. Karin abre mucho los ojos, se esfuerza por seguir en su papel.

—No… No entiendo —dice sin saber qué hacer.

Willi se ha cargado la escena, pero de pronto eso le importa un comino. Lo invade la ira. ¡Está harto!

—¡Me entiendes perfectamente! —grita.

Los tres espectadores están descolocados. Uno de los jóvenes suelta una risilla, pero se calla al instante.

—¡Te lo juro! —vocifera Willi, furibundo—. ¡Si no te casas conmigo no volverás a verme! ¡Desapareceré de tu vida! ¡De una vez por todas y para siempre!

Ella lo mira con la boca abierta, desesperada. Willi está desatado, aparta la mesa con brusquedad, oye un golpe metálico en algún sitio pero no hace caso. Agarra a Karin del brazo, la acerca y la zarandea.

—¡Te mereces una buena paliza! —grita—. ¡Maldita sea, por terca, egoísta e incapaz de plantearte el matrimonio!

Ella se deja zarandear, espera a que pare y luego habla en voz baja:

—Y torpe. Que no se te olvide, Willi. También soy torpe.

—Te quiero —dice él, y la besa.

—¡Corten! —exclama el director—. Gran escena. Nos han destrozado una cámara.

Él apenas lo oye porque Karin lo está besando. Le ha rodeado el cuello con los brazos y no se aparta de sus labios. El mundo ha desaparecido. Solo quedan ellos dos. Nada más.

—¡Eh, vosotros, volved a la realidad! —dice la voz del director—. Señorita Lisbeth… Ay, no. Señora Langgässer, podemos firmar el contrato. Señor Koch, muchas gracias. Una gran interpretación. También hace cabaret, ¿verdad? Lo avisaremos si lo necesitamos.

Willi la espera fuera, delante de los estudios. Llueve. Se sube el cuello del abrigo, está helado. Cuando Karin sale al fin, mira a su alrededor buscándolo. Lo ve y se acerca con paso vacilante.

—¿Lo de antes… lo has dicho en serio? —pregunta angustiada.

—Totalmente en serio.

—¡Me estás apuntando con una pistola!

—¿Con una pistola? ¡Con un cañón enorme!

Ella niega con la cabeza. No sabe si reír o llorar.

—¿De verdad crees que podríamos conseguir que funcione, Willi?

Él nota cómo le martillea el corazón.

—¡Estoy convencido!

—Entonces, ¡intentémoslo!

Swetlana

Ha llevado a Sina al colegio y luego se ha pasado por la tienda de Julia y ha preguntado por Mischa, pero lo único que ha averiguado es que ha salido con la señora Wemhöner. Una reunión de negocios, porque ahora es algo así como su secretario y tiene que levantar acta.

—¿Qué clase de reunión?

—Con Hartmann e Hijos, en Niedernhausen. Por las nuevas máquinas de coser.

Regresa a casa sin haber resuelto nada y se encuentra a la mujer de la limpieza peleándose con la aspiradora. Hace un ruido espantoso.

—Ocúpese primero de la planta de arriba, por favor, señora Wegener —le pide.

A la mujer no le entusiasma esa orden, porque sigue su propio programa para limpiar la villa y eso le desbarata el día.

—Solo hoy, como excepción —explica Swetlana—. Tengo que hacer una llamada importante.

—¡Pero entonces tardaré más en acabar! —protesta la mujer.

Swetlana se mete en el estudio de August y busca en el listín el número de Hartmann e Hijos, Niedernhausen.

—Buenos días. Tengo un mensaje para la señora Wemhöner. ¿Podría hablar con su secretario?

—¿Con el secretario... de la señora Wemhöner? —se sorprende la empleada que ha contestado al teléfono.

—El joven que ha ido con ella. Michael Koch.

—¿De parte de quién, por favor?

—Swetlana Koch.

—Un momento, voy a preguntar... No cuelgue.

La mujer tarda un rato y ella oye susurros de papeles, una silla que se arrastra, pasos. La voz de su hijo al fondo. Entonces Mischa levanta el auricular.

—¿Qué quieres, mamá? —dice.

—Tengo que hablar contigo, Mischa.

Lo oye resoplar. Debe de estar enfadado por esa llamada.

—No hay nada que hablar. Estoy de aprendiz de comerciante. ¿Qué es lo que te molesta?

—Que viajes con esa mujer. Que durmáis en un hotel.

—¿Y qué pasa?

—Que eres menor de edad, Mischa —susurra Swetlana al auricular—. No puedes viajar solo con una mujer. No puedes pasar la noche fuera de casa.

—Escúchame, mamá. Si por lo que sea piensas que hay algo entre Julia y yo, te equivocas. Es mi jefa, además de una mujer extraordinaria. Con ella puedo hablar de cualquier cosa. Es como... como una buena amiga.

—¿Y con tus padres no puedes hablar de todo?

—No.

Le duele oír eso, y al mismo tiempo siente celos. Su querido Mischa confía en esa mujer más que en ellos. Julia Wemhöner la ha expulsado del corazón de su hijo. Él le cuenta cosas que ella no debería saber. Hasta ahí ha llegado el asunto.

—¡Un día lamentarás lo que le estás haciendo a tu madre!

—le reprocha—. Y entonces te arrepentirás, Mischa, pero quizá ya sea demasiado tarde.

Él se queda callado; Swetlana casi espera que sus palabras de advertencia hayan dado resultado.

—Más tarde me pasaré por casa —contesta al fin—. Ahora no tengo tiempo. Hasta luego, mamá.

Y cuelga.

«Bien —piensa ella—. Vendrá a casa. August llegará a la una, así que hablaremos los dos con él. Tiene que obedecer a sus padres. Todavía es un niño y debemos protegerlo de esa mujer».

Algo más calmada, va a la cocina a preparar la comida. La señora Wegener baja de la planta de arriba y se queja de que hace rato que habría terminado con la cocina si hubiera seguido su programa; ahora ya no podrá limpiarla porque la señora Koch la ha ocupado.

—¡Pues pase la aspiradora por el comedor, y después por el salón!

¿Por qué es tan pesada esa mujer? La propia Swetlana trabajó de señora de la limpieza y siempre obedecía los deseos de los clientes. Saca la carne de la nevera, corta daditos de tocino, pepinillos y cebolla, luego coge los escalopes de ternera y los unta con mostaza. A August le encantan los rollitos de ternera rellenos, y Mischa también solía comérselos a gusto. Seguro que su jefa no lo alimenta como es debido; no se imagina a Julia Wemhöner en la cocina. Comerán en restaurantes y, madre mía, ya se sabe la de porquerías que sirven por ahí…

Oye que, en el salón, la aspiradora se detiene. Se hace un silencio agradable.

—Hay alguien en la puerta, señora Koch —anuncia Susanne Wegener.

Swetlana reparte daditos de tocino sobre la carne, molesta por la interrupción.

—¿Y quién es?

—Una mujer. Ha venido en un cochazo, y con chófer.

«Una clienta de August —se dice Swetlana—. La gente es cada vez más descarada. Ahora ya hasta se presentan en casa».

—Acompáñela al estudio...

—Pero es que todavía no he pasado la aspiradora por allí.

—¡Da igual!

«Que espere un rato sentada», piensa Swetlana. Sigue enrollando los escalopes de ternera, los mete en la olla con grasa caliente, deja que se doren y luego añade agua para que se cuezan. Entonces se quita el delantal y se dirige al estudio. Al menos puede ofrecerle a esa mujer un café. O un té.

Cuando abre la puerta del estudio, le entra mala conciencia porque descubre que es una anciana. Tiene el pelo blanco, está muy delgada y va vestida con ropa cara. Una de las pocas clientas adineradas de August, cosa que ya indicaba el coche con chófer.

—Siento mucho haberla hecho esperar, señora —dice—. ¿Tenía una cita con mi marido?

La mujer lleva unas gafas con una fina montura dorada. Mira a Swetlana con insistencia, la observa de arriba abajo de una forma extraña.

—¿Usted es la señora Koch? —pregunta—. ¿Swetlana Koch?

—Sí, la misma —responde ella, sorprendida.

—¿De soltera Swetlana Kovaleva?

Ella se queda de piedra. ¿Cómo sabe esa mujer su apellido de soltera? Aquí solo lo conoce la familia más cercana. August. Y Mischa...

La señora sonríe y se levanta con trabajo del sillón de piel.

—Soy Lieselotte Stammler —dice—. La abuela de Mischa.

Swetlana no podría estar más horrorizada ni teniendo delante al mismísimo demonio. ¡La madre de Gerhard! Siempre se había imaginado a esa mujer como una persona orgullosa y dura. Y algo pasó con Mischa. Ni August ni su hijo le han contado lo que le gritó al chico, pero seguro que fue muy insultante.

—Siento no haber anunciado mi visita —sigue diciendo la señora Stammler con una voz tenue y algo quebradiza—, pero tomé la decisión anoche, y hoy por la mañana no he podido localizar a nadie por teléfono. Su esposo tenía compromisos profesionales, según me han dicho. Y aquí, en la casa, tampoco ha contestado nadie.

Swetlana intenta controlarse, aunque le cuesta.

—Yo he… salido —dice—. Supongo que querrá hablar con mi hijo.

—Si es posible… Le escribí, pero no he recibido respuesta. Tal vez usted me entienda: ya tengo una edad, y no quiero que guarde una imagen equivocada de mí en su recuerdo.

Swetlana opina que Mischa se llevó una imagen muy acertada de su abuela: una anciana arrogante que los mira a él y a su madre por encima del hombro, con desprecio. Entonces baja la mirada a las manos de la mujer. Son muy delgadas y blancas, y están atravesadas por venas azuladas. Le tiemblan mucho. ¿No se tiene bien en pie?

—Tome asiento, por favor —le indica—. Mi hijo no está en casa, pero volverá. Aunque no puedo decirle exactamente cuándo.

La señora Stammler se sienta. Para ello tiene que apoyarse en el respaldo tapizado del sillón, y le cuesta, porque el asiento está muy bajo.

—Si me lo permite, me gustaría esperarlo.

A ella no le suena a petición, sino más bien a orden. Pero lo pasa por alto.

—Faltaría más. ¿Puedo ofrecerle un café? ¿O un té?

La anciana se recoloca el vestido y se pasa una mano por

433

la cabeza para comprobar su peinado. Lleva unas ondas regulares y una fina redecilla apenas visible que le sujeta el pelo.

—No se moleste —dice sonriendo.

—No es ninguna molestia.

—Entonces un café, por favor.

Swetlana va a la cocina a calentar agua y, al ver que los rollitos de ternera están a punto de quemarse, vierte más líquido. «¿Por qué le estoy preparando un café? —se pregunta—. ¿Estoy loca? ¡Insultó a Mischa y yo le preparo café!». Pero entonces vuelve a ver las manos temblorosas de la mujer y siente compasión. Piensa que está enferma. Que incluso le cuesta estar de pie. No es una buena persona, pero tampoco le sale ser cruel con ella. Intenta recordar lo que Gerhard le contó de sus padres. Fue muy poco, y ella no lo entendió todo porque por entonces apenas sabía alemán. «Son de la vieja guardia —le dijo y, como ella no acabó de entenderlo, añadió—: Anticuados. De otra época». ¿Quería Gerhard a sus padres? Los respetaba. Tal vez también los temiera. Por lo menos eso imaginó ella. Ay, si apenas pasaron unas pocas horas juntos... Dos personas que casi no se conocían y ni siquiera hablaban el mismo idioma. ¿Qué sabe ella de él, en realidad? Nada. Que está muerto. Eso es todo.

—Déjelo por hoy —le dice a Susanne Wegener, que ha sacado la aspiradora al vestíbulo—. El dinero está en la cómoda del pasillo. Nos vemos el martes que viene.

—Como quiera, pero esto no está limpio.

Swetlana sirve una taza de café y la pone en una bandeja junto al azucarero y la jarrita de la leche. Igual que en el Café del Ángel.

La señora Stammler sigue sentada en el sillón, en la misma postura rígida. Cuando Swetlana deja la bandeja en la mesita del sofá, le da las gracias.

—¿No quiere sentarse un rato conmigo? —pregunta—. Tengo algo que le pertenece.

Abre su bolso negro de piel y rebusca un poco antes de sacar un sobre azul y entregárselo. Dentro está la postal del correo militar que le escribió él. «Con amor. Gerhard».

—Mischa, con todo el revuelo, se la olvidó en mi casa —explica la señora Stammler—. Pero la postal va dirigida a usted, de modo que es suya.

La mujer guarda silencio. Tampoco Swetlana es capaz de hablar; se ha quedado mirando fijamente los renglones desvaídos. La mano de él escribió esas palabras poco antes de morir.

—Reconozco que lloré al ver esa postal —dice la anciana—. ¿Sabía que eso fue lo último que escribió? La última vez que dio señales de vida, y no se dirigió a sus padres ni a su prometida. Se la envió a usted.

«¿Y eso qué significa?», piensa Swetlana. Aun así se siente feliz. Él la amaba. Pero incluso eso es irrelevante ahora.

—No sabía que tuviera novia —dice.

—Estuvieron prometidos tres años. Él no quiso casarse mientras durara la guerra. Decía que no quería convertirla en una viuda.

«Qué considerado… A mí me hizo un hijo y luego murió. Pero yo también tuve la culpa, no fue solo suya. Son cosas del amor, cuando una es joven y tonta».

—¿De verdad no quiere sentarse un rato conmigo, señora Koch?

Esta vez ha sonado a súplica. Swetlana cede; no es de las que odia porque sí.

—Tengo que ir un momento a la cocina. Enseguida estoy con usted.

Comprueba deprisa cómo van los rollitos de ternera, baja el gas al mínimo y añade las patatas. Después se sirve un café y se lo lleva al estudio. No son más que las doce y media.

¡Ojalá August estuviera ya en casa! ¿Y Mischa? Ay, ahora desearía que Mischa no viniera. Está furioso con esa anciana y tal vez la insulte. Su hijo es joven y muy impulsivo.

La señora Stammler ya ha bebido un poco de café. La cafeína hace su efecto y le saca algo de color a las mejillas.

—¡Muy buen café! —celebra sonriente.

—Muchas gracias.

—Espero no herir sus sentimientos si le hablo de Gerhard. Pienso en él todos los días. Era nuestro único hijo y solo llegó a cumplir los veintiocho.

—Hable todo lo que quiera —dice Swetlana—. Entiendo que perder a un hijo es muy duro. Yo también soy madre.

La anciana asiente, se inclina hacia delante y levanta la taza. ¡Cómo le tiembla la mano! Swetlana empieza a temer por su porcelana y por la alfombra.

—Mi marido era un hombre estricto —explica la mujer, y vuelve a dejar la taza sin que haya pasado nada—. Era coronel y un gran adepto del Führer. Por entonces creíamos que Alemania llegaría a dominar Europa, que sería un imperio poderoso, bello y pacífico. También yo lo creía, y ese fue el ambiente en el que criamos a Gerhard.

—Un imperio poderoso para los alemanes —puntualiza Swetlana—. No para los rusos. Ni para los judíos.

La señora Stammler pasa por alto el comentario.

—Todas las personas habrían tenido cabida en él —prosigue—. Pero no pudo ser. La guerra se perdió y Alemania hubo de inclinarse ante los vencedores. Mi marido no quiso creerlo hasta el final, y después le rompió el corazón.

Swetlana no dice nada. Bajo esa apariencia de fragilidad, es una anciana obstinada que todavía cree en Adolf Hitler, ese demonio que tanta desgracia trajo al mundo. Se le tensa todo el cuerpo. Lamenta haber sentido compasión por ella. No la merece.

La señora Stammler ha reparado en que sus palabras despiertan rechazo. Su expresión se endurece un momento, las arrugas destacan más en su pálido semblante.

—Le he dicho lo que yo considero y creo. Sin duda, usted tendrá otra opinión, y está en su derecho. Solo le cuento esto porque quiero hablar de Gerhard. De la última visita que nos hizo. No la olvidaré mientras viva.

Ahora tiene lágrimas en los ojos y se quita las gafas para buscar un pañuelo en su bolso. Swetlana sigue sentada en silencio y de vez en cuando mira el reloj de la pared; ya es la una menos cuarto. Que llegue August... ¡No quiere estar sola con esa mujer!

—Estaba más callado que nunca —explica la señora Stammler en voz baja—. Apenas habló con su padre, pero, cuando se quedó a solas conmigo, me dijo: «Esta guerra ha sido una locura, madre. No habrá ninguna victoria final, solo un final espantoso». ¿Lo entiende? A mí me lo confesó; a su padre jamás habría podido decírselo. Pero después, cuando se marchó, supe que jamás regresaría. Lo supe y no pude hacer nada por evitarlo.

El mundo emocional de Swetlana está patas arriba. Hace un momento había tomado a esa mujer por una nazi vieja y terca, y de pronto le cuenta cosas que le llegan al corazón.

—¿Por qué no lo retuvo? —pregunta—. Podría haberlo escondido. La guerra estaba a punto de terminar.

La anciana la mira con una sonrisa amarga.

—Él jamás habría accedido. Esconderse como un cobarde mientras sus compañeros morían... Él no era así. Le había hecho un juramento al Führer y lo mantuvo. Hasta la muerte.

«Todavía está orgullosa de él», piensa Swetlana.

—Se lo juró al demonio, y esa clase de juramentos no hay por qué mantenerlos. Solo un loco lo hace. Me prometió que regresaría a mi lado —dice.

—Si se lo hubiera prometido de verdad, lo habría hecho —afirma la anciana—. Mi hijo no era un mentiroso.

La puerta de la casa se abre y Swetlana da un respingo de alivio.

—Disculpe, ha llegado mi marido.

Corre al vestíbulo para advertirlo, pero el que está allí es Mischa. Ha llegado furioso y estalla de ira.

—¡Por favor, no vuelvas a llamarme cuando estoy con la señora Wemhöner en una reunión de negocios! ¡Me has abochornado!

—¡No grites, Mischa! ¡Por favor!

—Tengo que irme enseguida —dice él con cara de fastidio—. Tenemos otra cita en Bad Schwalbach. Solo he venido a cambiarme de camisa y ponerme otros zapatos.

Ella está indecisa. ¿Qué debe hacer? ¿Guardar silencio sobre quién lo espera en el estudio? Aunque ¿por qué? Que insulte a esa mujer, que se lo ha ganado.

—Espera, Mischa. Ha venido alguien. Está esperándote en el estudio.

Él ya está en la escalera y da media vuelta a regañadientes.

—No tengo tiempo, mamá. Si es la tía Hilde, que quiere apelar a mi conciencia, pues…

—Es tu abuela.

Se queda quieto y la mira con desconfianza.

—¿Me tomas el pelo?

—No, Mischa. Ha venido porque quiere hablar contigo.

Él resopla y vuelve a bajar los escalones. Deja el maletín en la entrada y la mira un momento antes de abrir la puerta.

—Buenos días —lo oye saludar su madre, pero entonces Mischa entra y cierra.

Swetlana se queda en el vestíbulo con el corazón palpitante. Sabe que es de mala educación escuchar tras una puerta. En este caso, sin embargo, lo hace. Porque tal vez deba intervenir, si su hijo se muestra demasiado brusco con la anciana.

Hablan en voz muy baja y Swetlana tiene que pegar el oído para entender alguna palabra. ¿Qué está diciendo Mischa?

—La verdad es que quería llamarla, pero se me ha pasado. Lo siento.

—Bueno, la intención es lo que cuenta, Mischa. Me alegro de verte.

—Yo también me alegro. Es genial que se haya molestado en venir hasta Wiesbaden. ¿Por qué no ha llamado antes?

—Ha sido una decisión repentina… Ya ves que también tu abuela puede ser muy espontánea.

Swetlana cambia de oreja. Los dos hablan con tranquilidad. Casi está decepcionada. Ahora incluso se ríen. ¿Qué le pasa a Mischa? ¿No había dicho que esa mujer lo había insultado? ¿Que no quería volver a verla?

—Para mí sería una gran alegría, Mischa —oye que dice la señora Stammler—. Siempre tendrás mi puerta abierta. Y tu familia también. Pero no esperes mucho. Soy una vieja y no viviré para siempre.

—No, no —dice Mischa—. No habrá ningún problema, porque pronto iré a la feria de Hannover con una conocida, y seguro que puede acercarme a su casa.

Swetlana está tan absorta que se lleva un susto de muerte cuando alguien le toca el brazo.

—¿Qué haces? —pregunta August—. ¿No estarás escuchando a escondidas?

Ella le hace una señal para que hable más bajo.

—Mischa y la señora Stammler —susurra.

August comprende, asiente y espera un poco. Como no se oye ninguna voz fuerte, sonríe satisfecho.

—Leyó la carta, Swetlana. Estaba en otra posición debajo del cartapacio.

Van juntos a la cocina. El agua que estaba hirviendo se sale de la olla de las patatas y los rollitos finalmente se han quemado. August la consuela y le dice que, de todos modos, los rollitos de ternera le gustan bien dorados. La ayuda a preparar la ensalada y ella se apresura a ponerle un delantal encima del traje. Al verlo delante del fregadero, lavando hojas de lechuga con cuidado, siente un cariño increíble por su marido. La vida ha sido buena con ella; ha encontrado a un hombre maravilloso. Solo eso importa. No el pasado, con sus dolorosos recuerdos.

La señora Stammler se despide de ellos unos minutos después. El chófer, pobrecillo, la ha esperado todo el rato en el coche. Mischa ha subido a la planta de arriba y lo oyen abriendo cajones en su habitación.

—Deja que haga lo que quiera —dice August—. De todas formas, no podemos obligarlo.

Ella quiere objetar algo, pero entonces Sina llega a casa. Entra en la cocina corriendo, exaltada por lo que ha vivido en el colegio, y les cuenta en ruso y en alemán lo que le pasa. Swetlana la abraza, le pide que no se emocione tanto y le encarga poner la mesa. Fuera, Mischa arranca la Vespa.

«Debo dejarlo marchar —piensa ella, preocupada—. Pero tengo un marido que me ama y una hija pequeña maravillosa. El cielo me ha bendecido».

Jean-Jacques

¡Un gran año para su viñedo! La vendimia casi ha terminado, solo quedan racimos en algunas hileras de la zona más baja. Ha pagado a los jornaleros y los ha enviado a casa porque el resto podrá acabarlo solo con Max y Soldan. Este año quiere volver a reservar una pequeña parte de las uvas hasta que llegue la primera helada. Por ahora, lo del vino de hielo no le ha salido del todo bien, pero no pierde la esperanza. En la bodega tiene caldos con muy buenos niveles de Oechsle, el mosto que prensaron anteayer sigue fermentando y Jean-Jacques espera que también de ahí salga un tinto excepcional. Su tasca, sin embargo, se ha resentido a causa del trabajo en las viñas; casi todos los días tenía que colgar en la puerta el cartel de CERRADO y, desde que Simone se fue, el cartel está ahí permanentemente. No le apetece ponerse detrás del mostrador y tampoco quiere contratar a nadie. Además ha tenido que decirle que no a la compañía de autobuses que en estos momentos lleva a hordas enteras de turistas sedientos por toda la región del Rin porque ahora, en otoño, hace demasiado frío para sentarse fuera, y la pequeña tasca no es lugar para grandes grupos.

441

Lo cierto es que los turistas lo sacan de quicio. Detesta el ruido, las preguntas estúpidas, a los niños gritones, las colas en los servicios antes de subir de nuevo al autobús. Y también el estrés en la cocina cuando piden todos a la vez mientras escarban con las pezuñas, hambrientos, como si no hubieran comido nada desde hace meses. Y eso que la mayoría de ellos, cuando llegan a la tasca por la noche, llevan encima un menú de cuatro platos y un cafecito de media tarde con su trozo de pastel de nata. No, no le gustan los turistas, no quiere volver a ver sus caras de bobos. Prefiere mil veces estar en su viñedo y partirse la espalda trabajando. Y donde más disfruta es en la bodega, a solas con sus toneles; allí comprueba, reduce, trasvasa, y a veces se pasa la mitad de la noche entretenido.

Aunque no es feliz. Sobre todo desde que no tiene a Simone, cada vez es más consciente de que va directo a convertirse en un misántropo. Tres veces ha estado ya en el despacho de un tal señor Dreyer, su abogado de referencia en Eltville, para informarse sobre las leyes de divorcio en Alemania, y al final puso el asunto en manos del jurista. Hilde no puede quitarle el viñedo porque le pertenece a él, está a su nombre en el registro de la propiedad. Con sus hijos es otra cosa. Si ella se atreve a alegar que el matrimonio se ha roto por culpa suya, es decir, a causa de una infidelidad, Jean-Jacques perderá a sus dos hijos. Sin embargo, para ello necesita pruebas, y no las tiene. No puede tenerlas porque no ha habido ninguna infidelidad.

—¿Y su esposa? —preguntó el abogado—. ¿Habría posibilidad de probar culpa por su parte? Si, por ejemplo, hubiera empezado una relación con otro hombre…

Por supuesto, él pensó enseguida en el tonto de las tartas. Ese pardillo enclenque al que Hilde ha metido en la cocina.

—Existe también la opción de contratar a un informador profesional —dijo el abogado, sonriendo con una sonrisa pérfida.

—¿Un qué?

—Un detective privado que siga a su mujer y consiga material probatorio. Fotos incriminatorias. Testigos sólidos.

—No —replicó él indignado—. No pienso hacer eso.

—Entonces existe el peligro de que pierda a sus hijos.

Miró la cara obesa del abogado y empujó la silla de escritorio hacia atrás.

—Naturalmente, señor Perrier —añadió enseguida el hombre—, esté seguro de que yo haré todo lo que esté en mi mano.

Jean-Jacques regresó a casa invadido por la ira y se pasó toda la noche maldiciendo esas leyes idiotas, a los abogados engominados y sus jugadas repugnantes. Espiar a Hilde, ¡menuda idea! Enviarle a un detective que le saque fotos. En la cocina del café. En el piso. ¡Y hasta en el dormitorio! No, no piensa hacerle algo así a Hilde.

Pero, entonces, tal vez no vuelva a ver a Frank y a Andi.

Por las noches, cuando está solo en la casa vacía, tiene mucho tiempo para darle vueltas a todo. Y poco a poco, muy despacio, su enfado se ha ido calmando y ha comprendido que él mismo tampoco es del todo inocente en este desastre. Su gran error: la ira se apoderó de él, se encolerizó, se encabezonó y, en lugar de buscar una reconciliación, se encomendó a ese picapleitos.

—Tienes que ir a verla —no dejaba de decirle Simone.

—¿Para que crea que tengo mala conciencia? —contestaba él furioso—. Ni hablar. Es ella la que está equivocada, así que es ella la que tiene que venir aquí.

—Pero tú la amas.

—¿Y por eso tengo que postrarme ante ella? —refunfuñó.

—Entonces iré yo.

—No. ¡No lo hagas! ¡No quiero!

Ahora que Simone no está, Jean-Jacques se pregunta si no

tendría razón. La echa de menos. La casa está muy vacía sin ella, maldita sea. Su risa, su rapidez y su habilidad, su forma de ser, tan encantadora; le ha ayudado a superar muchas cosas. Es cierto que entre ellos siempre ha habido cierta tensión. Simone es una mujer joven y muy atractiva; en otras circunstancias podría haberle gustado. Pero más que nada es una buena amiga con quien podía hablar de todo, incluso de su matrimonio con Hilde. Él también la ha ayudado con sus problemas, la ha aconsejado como un «hermano mayor» y se ha preocupado por ella cuando al final decidió marcharse.

—¿Qué vas a hacer si se pone violento?

Ella se rio. Robert jamás le ha puesto la mano encima. Es demasiado cobarde.

—¿Y si te mete en sus negocios sucios?

—¡Yo no tengo nada que ver con eso!

Llamó a Neuville más de una vez porque no se quedó tranquilo. Al principio, tampoco Pierrot sabía dónde estaba Simone, pero unos días después llamó ella misma.

—No te preocupes por mí, todo va bien —le dijo—. Ahora vivo con Chantal y Pierrot. Es práctico, porque puedo ayudarles mucho.

—¿Y Robert?

—He pedido el divorcio. No saldré muy bien parada, pero me da igual. Quiero ser libre, ¿entiendes?

—Te deseo lo mejor, Simone. Si puedo ayudar de alguna forma, llámame. Sabes que puedes venir aquí cuando quieras.

Ella le dio las gracias y le preguntó por Hilde.

—Las cosas siguen su curso —repuso él con vaguedad.

—¿No ha ido a verte?

—¿Por qué habría de hacerlo? Es terca como una mula, ya la conoces.

—Esperaba que lo hiciera —dijo con tristeza.

Después tuvo una conversación con su hermano y se enteró de cosas que le pusieron los pelos de punta. Por lo visto, Robert se presentó en Neuville para llevarse a su mujer. De pronto apareció en la puerta, sin avisar, e irrumpió en la cocina, donde Simone y Chantal estaban preparando la comida. Pierrot no sabía lo que había ocurrido exactamente porque él estaba en la bodega y lo alertaron los gritos y los ladridos de los perros. Subió corriendo enseguida.

—Ese cabronazo la pegó y pretendía sacarla al patio, donde tenía el coche. Ella se resistió como una salvaje, y Chantal la ayudó. En fin, ya te imaginarás que me puse hecho una furia. Le di de lo lindo. Se pasará semanas lamiéndose las heridas. ¡Ese seguro que no vuelve!

—¡Bravo! —lo felicitó Jean-Jacques—. Bien hecho, Pierrot.

Era la primera vez que celebraba la contundencia física de su hermano. Incluso le dio un poco de envidia, porque le habría encantado estar en su lugar. Sin embargo, se quedó muy tranquilo. Parece que Simone está a salvo.

Sus propios asuntos le reportan menos alegría. El abogado ha concertado una cita con Hilde y su representante, August Koch. Según ha afirmado por teléfono, se trata de un intento de llegar a un acuerdo para tener un divorcio sin grandes complicaciones.

—Hago esto solo por usted y, en definitiva, en contra de mis propios intereses —afirmó el abogado—. Porque he visto cómo le afecta todavía el tema.

—¿Y para qué sirve una reunión así?

—Negociaremos, señor Perrier. Será mejor que me deje hablar a mí. La situación de su mujer no es ni mucho menos favorable. Que yo sepa, no existe ninguna prueba de que le haya sido usted infiel, de manera que no lo tendrá fácil en el juicio. Eso nos ofrece la posibilidad de forzarla a hacer concesiones.

No le gusta nada. Por otro lado, sigue sin verse capaz de

ir a Wiesbaden para intentar una reconciliación por su cuenta. Sugerírselo, darse por vencido, correr tras ella: todo eso le repugna en extremo.

—Está bien... Iré.

—Magnífico —se alegra el señor Dreyer—. Propondré mi bufete de aquí, de Eltville, como lugar para las negociaciones y le comunicaré cuándo quedamos. Ya verá como las cosas avanzan en la dirección deseada.

En eso tiene sus dudas. La dirección deseada es difusa. ¿De verdad quiere quitarle los niños a Hilde? No, no quiere. Pero tampoco está dispuesto a perder a sus hijos. ¿Qué clase de dirección es esa? Un molinillo que gira en círculos. Sobre todo porque, para colmo, lo que desea en realidad es recuperar también a Hilde.

Llega a la cita de mal humor. Anoche en la bodega le dio un ataque de lumbago y casi no ha podido dormir hasta la madrugada. La visita al médico, a primera hora, no le ha servido de mucho. El hombre le ha palpado la columna vertebral y ha constatado que no es nada grave. No hay hernia discal, seguramente se trate de una contractura. Las pastillas que ha ido a comprar a la farmacia no le han hecho efecto, le ha costado subirse a la Goélette y conducir no ha sido ningún placer. Tiene que concentrarse una barbaridad para no entrar en el bufete como si fuera un inválido renqueante.

—¡Ah, aquí está usted, señor Perrier! —saluda el señor Dreyer con una simpatía muy poco natural—. Los demás han llegado ya.

Hilde está pálida y tiene las mejillas hundidas. Lo mira apenas un instante y asiente para saludarlo, pero luego aparta la cara. Es evidente que a August todo este asunto le resulta desagradable. Se levanta y le estrecha la mano a Jean-Jacques. Vuelve a tomar asiento bajo la mirada de reproche de su hermana y hojea sus documentos. Jean-Jacques aprieta los dien-

446

tes porque sentarse le provoca unos dolores endemoniados en la espalda. Aun así nadie debe enterarse; no le gusta despertar compasión.

La conversación da comienzo. El señor Dreyer saluda a todos los presentes, comprueba los datos personales y expone el motivo por el que se han reunido. Jean-Jacques intenta encontrar una postura en la silla que le cause menos dolor y, mientras tanto, piensa que el abogado bien podría ahorrarse toda esa cháchara innecesaria. Hilde está muy tiesa en su asiento. Tiene el bolso en el regazo y se aferra a las asas. August sigue hojeando documentos. Cuando su colega hace una pausa, toma la palabra.

Al cabo de poco, Jean-Jacques nota que se distrae. Es posible que se deba a las pastillas, pero las peroratas de los dos abogados no le interesan. Sigue el vuelo de una mosca que zumba por la habitación, se posa en el cristal de la ventana y asciende por él. Luego vuelve a volar y rodea la lámpara en círculos. Por la ventana se ve el jardín del abogado. Está descuidado. Tiene varios frutales viejos, la hierba está llena de hojas y unas manzanas rojas que es evidente que nadie cosecha. También Hilde está callada. Mira con obstinación al frente, a la mesa, y sus manos toquetean nerviosas las asas del bolso. Jean-Jacques tiene la impresión de que de unos días a esta parte no muestra un interés en el divorcio tan vehemente como unas semanas atrás. ¿Se lo habrá pensado mejor? No lo cree. Hilde es terca. Una vez ha empezado algo, es difícil hacerla cambiar de opinión, por mucho que ella misma se haya dado cuenta de que ha metido la pata.

—Bueno, en este punto, por desgracia, tenemos opiniones encontradas —oye que dice su abogado, y no tiene ni idea de qué punto están tratando.

La secretaria llama a la puerta y pregunta si los señores querrán café. Todos asienten con alivio. La calefacción está demasiado alta, Jean-Jacques tiene la sensación de que va a quedarse dormido. Pero ¿para qué ha ido ahí? ¿Para escuchar el parloteo superfluo de los dos abogados? En absoluto. Está ahí por Hilde. Porque quería volver a verla. Porque tenía la vaga esperanza de intercambiar unas palabras con ella. Sin embargo, Hilde está inmóvil en su silla y no lo ha mirado ni una sola vez en toda la negociación.

La secretaria entra, les sirve cuatro tazas de café y se va con paso silencioso. Jean-Jacques se inclina hacia delante para levantar su taza y en ese momento le sobreviene un dolor punzante en la espalda. Se estremece, recupera la compostura y se sirve el azúcar despacio. Cree que nadie lo ha notado. Mejor así.

—Volviendo a este punto —dice August para retomar el hilo—, mi clienta opina que…

Jean-Jacques nota de repente los ojos de Hilde sobre él. Mira hacia ella, que al instante aparta la mirada, abre el bolso y busca algo dentro. Saca una libreta y un lápiz, como si quisiera tomar apuntes, pero se limita a dejarlos en la mesa. ¿Lo ha hecho solo por bochorno, porque la ha pillado mirándolo? Jean-Jacques espera. Hace como si le interesara el jardín del otro lado de la ventana, donde el viento otoñal mece los árboles y empuja las hojas amarillas sobre la hierba. Entonces, cuando cree que Hilde se siente segura, mira deprisa hacia ella. Sus ojos se encuentran de nuevo; él intenta mantener el contacto visual, pero al cabo de nada se interrumpe de nuevo. Hilde toma el lápiz, lo posa sobre el papel y vuelve a dejarlo. Su expresión es hermética, obstinada, como de quien se sabe en posesión de la razón. Él la conoce bien, se la ha visto muchas veces. Es la fase de después de una pelea, cuando quiere dejarle claro que no piensa ceder bajo ningún concepto, aunque en realidad ya está dándole vueltas a cómo salir de esa situación sin dañar su amor propio.

—Saben que esa postura tiene pocas probabilidades en un juicio —sigue exponiendo el señor Dreyer.

August no se deja impresionar. Discrepa, presenta argumentos, habla con calma y frialdad.

«Ojalá terminaran ya estos dos charlatanes», piensa Jean-Jacques, molesto. La supuesta reunión es absurda, totalmente innecesaria, no van al quid de la cuestión. No se trata de convenios jurídicos ni de jugadas maestras, sino de ellos dos: de Hilde y de él. De su amor. De los doce años que han vivido juntos. De sus dos hijos, a los que tanto ella como él quieren más que a nada en el mundo. ¿Qué tienen que ver dos abogados con todo eso? Nada. A ellos no les concierne en absoluto. El amor y el dolor, la felicidad y la desesperación no pueden regularse en un tribunal. Vuelve a mirar a Hilde y sabe que ahora su expresión es diferente. Ya no se contiene, sino que muestra lo que siente. «¿De verdad quieres destruir todo lo que ha habido entre nosotros?», preguntan sus ojos. Ella recibe el mensaje. Está insegura, aprieta los labios y aparta la mirada.

Los dos siguen sentados en su sitio, mirando al frente y esperando. Los abogados no han llegado a ningún acuerdo, no dejan de argumentar en uno y otro sentido, el señor Dreyer lanza amenazas encubiertas, August lo rehúsa con palabras concisas, no deja que le saque ninguna concesión que pudiera ser desfavorable para Hilde. Jean-Jacques se mueve con cuidado en su silla para mitigar el dolor tirante de la espalda.

—Creo que esta conversación ha sido muy provechosa para ambas partes. Hemos podido clarificar algunos puntos...

¡Por fin! El señor Dreyer da las gracias a Hilde y a August con engominada cordialidad, parlotea todavía un poco más sobre el triste clima de otoño y el molesto viento, pero, como nadie contesta, les desea a los señores que acaben de pasar un buen día. August recoge sus documentos y le dirige a Jean-Jacques una mirada pensativa e interrogante. Hilde vuelve a guardar la libreta y el lápiz en el bolso y se levanta.

—Bueno, pues ya está —le dice a August.

—De momento, sí —responde él.

Ella sale sin despedirse y August le ofrece la mano a Jean-Jacques y le dice que lamenta mucho todo esto.

—Represento a mi hermana porque me lo ha pedido —añade—, pero puedes estar seguro de que en todo lo que hago tengo siempre en mente el bienestar de ambos. Y de vuestros hijos.

—Es muy decente por tu parte, August. Gracias.

Jean-Jacques se ha quedado sentado en su silla. Le habría encantado salir corriendo detrás de Hilde, maldita sea, para alcanzarla abajo, ante la puerta del abogado. Sí, en ese punto está. Correría tras ella, hablaría con ella, incluso estaría dispuesto a explicarle cualquier cosa, todo lo que hasta ahora no le ha dicho por falso orgullo. Pero su espalda no quiere colaborar. Espera a que August haya salido y entonces se levanta despacio. Lo consigue mejor de lo que se temía, pero nota la espalda extrañamente entumecida y rígida y, cuando da el primer paso, ese dolor insidioso lo recorre de arriba abajo. Suelta un quejido, maldice su destino, sus rebeldes discos intervertebrales y, sobre todo, a ese médico inútil y su porquería de pastillas, que no hacen más que provocarle un terrible cansancio.

En la antesala lo espera el señor Dreyer, que se vanagloria de haber dado un paso decisivo y opina que el asunto podría ir como la seda.

—Eso estaría muy bien —dice Jean-Jacques, y sale de allí arrastrando el paso.

Los tres escalones de la entrada son una dura prueba. Reniega para sus adentros y tiene que apoyarse en los maceteros. El viento empuja las hojas caídas por la acera y provoca coloridos remolinos. El coche de August se pone en marcha. Su cuñado se despide de él con un gesto de la cabeza al pasar. Detrás de la Goélette está el Volkswagen de Hilde. No puede creerlo: ¡ella sigue ahí! Manda a paseo el dolor de espalda y aprieta el paso. Su mujer está junto a la puerta del conductor, rebuscando en el bolso.

—¿No encuentras la llave?

Hilde se vuelve hacia él sin sorprenderse en absoluto de que le hable. Jean-Jacques está seguro de que lo estaba esperando.

—Tiene que estar en el bolso. ¿Qué te pasa en la espalda?

—Nada serio…

—¡Eso es lumbago!

Lo mira con reproche, como si la culpa fuera suya. Antes le decía que se abrigara más la espalda y que así no tendría esos ataques.

—¿Por qué hacemos esto, Hilde? —pregunta.

—¿Te refieres… al divorcio? Bueno, porque es necesario.

Busca en los bolsillos del abrigo, saca dos pañuelos y un papel de caramelo azul claro.

—¿De verdad quieres perderme de vista para siempre?

—¡Hace mucho que nos hemos perdido, Jean-Jacques!

Sus palabras suenan más tristes que enérgicas. Una afirmación angustiosa contra la que no hay nada que hacer.

—¡Podríamos encontrar la manera, Hilde!

—No veo cómo.

Por fin ha sacado la llave del compartimento con cremallera del bolso. La sostiene en la mano. Si ahora él no dice lo que hay que decir, se marchará.

—No te fui infiel, pero me decepcionó mucho ver que me creías capaz de ello. *Je ne l'ai jamais fait.* Ni una sola vez en estos doce años. ¿Quieres que te lo jure para que me creas?

Hilde respira hondo, lo mira y luego baja la vista al suelo.

—Simone vino a verme.

Él se siente consternado. De manera que al final lo hizo.

—¿Cuándo?

—El día de su partida. Me dijo que solo sois buenos amigos.

—¿Y? ¿Me crees al fin?

Hilde se encoge de hombros y mete la llave en la cerradura.

—¿Qué cambia eso ahora? —dice con dureza.

Abre la puerta y lanza el bolso al asiento del acompañante.

—¡Espera! —exclama él—. Me... gustaría mucho ver a los niños. Hace semanas que no los veo.

—¿Qué tenías pensado? —pregunta ella por encima del hombro.

—Un fin de semana, Hilde. ¡Por favor!

Ella se debate consigo misma. Sigue de pie ante él con los ojos cerrados, callada.

—¿De verdad crees que los secuestraría y me los llevaría a Francia? Un fin de semana, Hilde. Iré a buscarlos y te los devolveré. ¿Es que no confías ni un poco en mí?

—¡Está bien! —dice ella, y expulsa el aire de golpe—. Te los traeré el sábado después de comer y los recogeré el domingo.

Jean-Jacques no es capaz de dejarlo ahí. Aunque ya ha conseguido muchísimo, tiene que seguir rascando.

—Los llevaré yo al colegio el lunes por la mañana. Así lo hemos hecho siempre, Hilde.

Conoce esa mirada molesta, esa que dice: «¿Es que siempre tienes que sacarme de quicio?».

—De acuerdo —acepta ella, y sube al coche.

En cuanto Hilde arranca y se aleja a toda velocidad, el dolor de espalda regresa. Pero ahora le da igual. Ha dado un paso. Un paso importante.

Mischa

—Has hecho bien —dice Julia.

Están sentados en su despacho del salón de moda para señoras de Langgasse. Ella ha realizado varias llamadas telefónicas y ahora disfruta de un pequeño descanso. Mischa ha preparado el café y ha comprado unos bocadillitos en la panadería de al lado. Es agradable desayunar por segunda vez con ella porque así pueden hablar de muchas cosas, y quizá también porque ambos tienen siempre a Addi en el recuerdo.

—Ha sido muy fácil —comenta Mischa—. De todas formas pensaba llamarla, pero se me adelantó, supongo.

—Al principio estabas muy enfadado con ella, ¿verdad? —comenta Julia con una sonrisa.

—Cierto, pero se disculpó. Además es una anciana. A los viejos es difícil cambiarlos, hay que aceptarlos como son.

Ahora Julia no puede evitar reírse de él. A Mischa no le molesta, le gusta cómo se ríe. Le parece que normalmente está demasiado seria.

—Has madurado, Mischa —bromea.

Él sonríe de oreja a oreja. Le sirve café y pone un segundo panecillo en su plato.

—Bueno... Mi madre dijo que era una vieja nazi, de las que no han aprendido nada.

—¿Tu madre también habló con ella?

Él mastica y asiente. Hace pasar el bocado con un trago de café con leche. Después saca un tema que lo reconcome por dentro.

—Me contó que mi padre sabía que iba a morir, pero que aun así regresó al frente. Aunque tenía claro que todo estaba perdido. Es para que te estalle el cerebro, ¿no?

Julia lo mira pensativa. En sus ojos hay tristeza.

—Tenía grado de oficial, ¿verdad? —pregunta.

—Sí, pero no era un alto rango. Teniente o algo así. ¿Lo entiendes? Ella solo tendría que haberlo escondido. La guerra apenas duró un par de meses más, y luego todo habría terminado. ¿Por qué no lo hizo? ¿Por qué lo dejó marchar?

—Fusilaban a los desertores, Mischa. Si lo hubieran descubierto...

Él sacude la cabeza, insatisfecho.

—A ti no te encontraron —señala—. Habría podido sobrevivir, ¿no lo entiendes? Y yo habría tenido un padre. En lugar de eso, corrió hacia su muerte. Porque no quería dejar a sus compañeros en la estacada. ¡Es una locura!

—En el fondo, sí —reconoce ella—. Pero así es como piensan los hombres con educación militar. De haberse escondido en casa mientras los demás arriesgaban la vida, habría quedado como un cobarde y un miserable. Es una cuestión de honor.

—Estaban todos como una cabra —comenta Mischa con desdén—. Yo jamás haría algo así. Mucho menos por un idiota como Hitler; pero, vamos, que no lo haría por nadie.

—Entonces ¿ya no quieres ser oficial del ejército? —pregunta ella con una sonrisilla.

—Qué va. Lo he borrado de mi lista. El ejército no es para mí. El pensamiento militar… ¡Menuda chorrada!

Coge el último panecillo de salami. Julia ya ha apartado su plato y se bebe el café mientras mira el reloj con disimulo. Tiene que marcharse enseguida. Hoy instruirá a un nuevo gerente en el negocio de la moda para caballeros; el tipo emperifollado que hasta ahora llevaba la tienda tenía un problema con el alcohol y se ha visto obligada a despedirlo. Mischa pasará por allí sobre las once y se marcharán juntos a Frankfurt, a una reunión de negocios. Julia quiere abrir un salón de moda de señoras en esa ciudad.

—Por cierto, también me he enterado de por qué mi abuela se presentó en casa de una forma tan repentina —dice Mischa—. No es agradable, pero qué se le va a hacer.

—Está enferma, ¿verdad?

—Sí —asiente con la cabeza—. El día antes estuvo en el médico y le dieron un diagnóstico bastante malo, así que pensó: ¡ahora o nunca!

Julia se muestra comprensiva. A Mischa le asombra que hable tan tranquila sobre esa mujer, e incluso que sienta compasión por ella. Precisamente Julia, a quien en su día esa gente estuvo a punto de matar. Una vez le dijo que no les guarda rencor. Porque el rencor solo engendra odio. Y porque alguien tiene que pararlo.

—Entonces, qué oportuno que el próximo jueves vayamos a Hannover —comenta—. Te dejaré en su casa y te recogeré por la tarde.

—No querrás entrar conmigo, ¿verdad?

—No.

Claro. Mischa lo entiende. Pero tiene otra novedad que se ha reservado para el final.

—Ayer llamó a August porque quiere incluirme en su testamento. ¿Qué te parece?

Julia se ha levantado y ya se está poniendo la chaqueta del traje. Es azul oscuro y se ciñe muy bien a su figura. Es un diseño suyo, desde luego.

—Vaya, me alegro por ti —dice.

August se lo explicó todo. Él irá a Hannover para redactar el testamento y dejarlo bien cerrado jurídicamente, porque todavía quedan familiares lejanos que esperan su herencia. No hay que olvidar que su padre nunca reconoció la paternidad de Mischa.

—¡Entonces, algún día serás rico! —añade Julia riendo.

—Eso me da igual —objeta él—. Me quedaré aquí un tiempo más, pero luego quiero hacerme a la mar. Como Addi.

Ella no comenta nada. Se acerca al escritorio para coger los papeles que necesitará en la reunión.

—Nos vemos luego —dice—. Será una negociación entretenida. No te aburrirás.

Cuando Julia sale, él camina de un lado a otro y se imagina enrolándose de grumete en un carguero. Será duro, pero él no es ningún blandengue. Entonces recuerda que tiene que ir a una fiesta. Es el cumpleaños de Fritz, y de paso aprovecharán para inaugurar la casa nueva. Julia compró ayer un regalo: un cuenco para ponche con un compartimento en el que se pueden poner cubitos de hielo. También seis vasos a juego, todo empaquetado en una caja de cartón con un gran lazo azul.

La reunión de negocios no le resulta ni mucho menos tan emocionante como aseguraba Julia. Es con un agente inmobiliario y los dos hombres que quieren venderle un local de Braubachstrasse y que no hacen más que poner por las nubes la ubicación, la clientela que frecuenta la zona, los comercios sólidos y bien establecidos de la calle. Julia no se deja impresionar. Escucha un rato en silencio y luego hace una pregunta repentina que desconcierta a los señores, pero no se distrae hasta que se la contestan. Siempre amable, encantadora a veces, Julia consigue todo lo que quiere. Mischa está convencido de que él nunca estará a su altura. No es un comerciante; no lo disfruta. Hacerse a la mar, notar el viento en el rostro igual que Addi... ¡Eso sí!

Por la tarde va él solo a casa de Luisa y Fritz, porque Julia quiere ultimar los detalles de la negociación y llegará más tarde. Transportar la caja del cuenco en su Vespa no resulta fácil, pero lo consigue. Cuando se acerca a la casa con el regalo por el camino irregular, sale a su encuentro un perro pequeño, blanco y negro, seguido de una horda de niños.

—¡Cuidado, Mischa! —le grita Frank—. ¡Que la fiera va a por ti!

Mischa se queda quieto por si acaso, porque con la caja no tiene las manos libres para espantar al animal, pero entonces se da cuenta de que le están tomando el pelo, porque su hermana Sina ya ha atrapado al pillín. Parece un chucho simpático y le lame la cara, alegre, con su lengua rosa.

—¡Yo también quiero un perro! —exclama Marion con envidia—. Pero mi madre dice que es muy caro.

Mischa pregunta de quién es el peluche blanco y negro.

—¡Mío! —dice su hermana pequeña, radiante—. Me lo ha regalado mamá. Se llama Laika. Y no es chico, sino chica.

Apenas se va uno de casa dos días y ocurren cosas insólitas. Su madre le ha comprado un perro a Sina. Era lo que más deseaba su hermana. ¡Laika! Qué simpático. ¿«Ladrar» no se decía *layats*? O sea que significa algo así como «Ladrador». No, «Ladradora», que es chica.

—¿Qué llevas en esa caja? —pregunta Andi con curiosidad.

—No te lo voy a decir. Es para Fritz y Luisa.

—Mejor no entres. Están tocando una música aburridísima —le advierte Frank—. Quédate con nosotros a jugar al fútbol. Hemos construido una portería allí.

—Luego, a lo mejor.

El jardín sigue estando bastante descuidado. Las malas hierbas se han marchitado porque ya es noviembre, pero por todas partes hay hojas caídas y, donde antes se veía césped, ahora solo hay cardos. La puerta de la casa está abierta y la música se oye desde el jardín. Proviene de la habitación de Petra, donde está el piano. Mischa entra con la caja en el salón, allí huele a comida rica. Han montado un bufet en una mesa de caballetes. Ve mucha comida; seguramente su madre ha preparado gran parte de los platos. Los blinis, sin duda. Y las bandejas de fiambres. Su madre y la cocina… Es su gran pasión, la verdad. Lo cual tampoco está nada mal.

—Hola, Mischa. Puedes dejar el regalo aquí, en esta mesa. ¡Qué lazo más bonito!

La tía Hilde sale de la cocina. No es una gran amante de la música clásica. En eso se parecen. Mischa repara en que ha adelgazado, tiene las caderas flacas y le ha desaparecido la barriga. Parece que el divorcio le ha pasado factura.

En la mesa que le ha señalado hay un montón de regalos más. Un hervidor de inmersión, un reloj de cocina, unos manteles bordados, una radio pequeña superbonita, unas ollas que se pueden apilar y que funcionan con vapor o algo así, vajilla, copas de champán nuevas y varias plantas de interior. Junto a la mesa, apoyadas en la pared, hay herramientas de jardinería, también una alfombra pequeña y una escoba de ramas. Seguro que es de la tía Hilde, que tiene una mente muy práctica. Mischa deja la caja a un lado y va directo a la cocina, donde la tía Hilde está hablando con alguien.

—¡Muy buenas, Mischa! —exclama el tío Willi—. Me alegro de verte. Cómo has cambiado, chico. Estás hecho un hombre.

Mischa bebe un sorbo de vino de la copa que le ha ofrecido Hilde y piensa que el tío Willi también ha cambiado. Está más viejo. «Antes siempre me parecía joven, pero ahora tiene arrugas en los ojos y entradas en el pelo».

—Esta es Karin —dice mientras rodea con el brazo a una mujer morena—. Nos casamos en diciembre. Nada de grandes banquetes, solo por lo civil.

—Enhorabuena —dice Mischa, y le estrecha la mano a la desconocida.

Es muy delgada y tiene la cara algo angulosa, pero parece simpática. Es tímida, no habla mucho, tal vez no se sienta muy cómoda aún. Le dicen que es actriz y que pronto actuará en una película que se rodará en Wiesbaden. ¡Atención! Una estrella de cine en la familia. ¡Cuando se lo cuente a Julia…!

—Deberíamos subir, Willi —dice Karin—. Es de mala educación no estar escuchando cuando alguien toca tan bien.

—Como quieras, cariño —responde el tío—. ¿Vienes, Mischa?

«El bueno del tío Willi se ha convertido en un calzonazos», piensa él, que no puede contener una sonrisa.

—Si no hay más remedio —dice—. ¿Y tú, tía Hilde?

La tía Hilde se excusa. Quiere quedarse allí para vigilar el bufet. Laika ya ha robado un trozo de emmental del plato de los quesos.

Mischa casi se alegra porque, cuando suben la escalera, oyen que arriba aplauden como locos. El concierto casero ha acabado. Aunque es una lástima, porque al final se había puesto marchosa la cosa. Sonaba a jazz. Seguro que era Sofia Künzel la que estaba al piano, porque ella sabe tocarlo. La habitación de Petra está abarrotada de gente; si las paredes fueran de goma, sería como un gran globo hinchado. Busca con la mirada entre los espectadores y ve que la mocosa pelirroja hace reverencias como una artista profesional. Al piano está Sofia Künzel, en efecto, y a su lado tiene a Benno Olbricht con el imponente contrabajo y a Fritz, que no ha tocado en la última pieza. Con sus gafas gruesas, a Mischa le recuerda a una rana. Aunque él parece ver muy bien con ellas, porque lo saluda con la mano.

—¡Caray! —exclama un señor mayor que está junto a Mischa en la puerta—. Esta Sofia va a echar a perder a la pobre niña. Mira que tocar con ella esa música de negros… Es una vergüenza.

A Mischa le suena su cara, y entonces recuerda que lo llaman «Hubsi» y que a veces se pasa por el Café del Ángel. Antes tocaba allí el piano. Perdió dos dedos en la guerra, pero aun así continuó interpretando sus piezas. Ya debe de estar retirado.

Como el público sale en tromba hacia ellos, vuelven a bajar. En el salón están los niños, que han entrado del jardín con la perra, y Mischa oye que Frank pregunta si pueden picar algo del bufet.

—¡No! —exclama la tía Hilde con vehemencia—. No se toca nada hasta que estemos todos. ¡Y menos con esos dedos tan sucios!

El salón se llena. Los invitados se reúnen en pequeños grupos, charlan y beben vino. Fritz se le acerca corriendo y lo abraza.

—¡Mischa! Disfruta mucho hoy, muchacho. ¡Jamás olvidaremos lo generoso que fuiste ayudándonos con el traslado! ¡Sin ti no lo habríamos conseguido!

La tía Luisa es la siguiente que le echa los brazos al cuello. Él detesta que las tías lo estrechen tanto contra sí. A fin de cuentas, ya casi es un adulto. A Frank y a Andi tampoco les gusta, pero con ellos son implacables.

—¡Mischa! ¡Qué bien que hayas venido! ¿No será tuya esa caja tan grande? Ah, de Julia. Claro, tendría que haberlo imaginado. Sírvete algo de comer. Tu madre me ha ayudado mucho y ha abastecido la mitad de la mesa.

Fritz da unas palmadas y declara abierto el bufet. Los primeros en lanzarse son Frank y Andi, después Petra y el tío Willi, que llena un plato para Karin. Sina y Marion son más discretas. La perra está debajo de la mesa, esperando que a alguien se le caiga algo al suelo. Poco a poco se va creando una ambiente agradable. Todos encuentran un sitio para sentarse con su plato y sus cubiertos. El abuelo Heinz y la abuela Else ocupan el sofá y ponen a Petra entre ambos. Los demás se reparten en sillas y sillones, y él se sienta en la alfombra con Frank y Andi. Más tarde se les unen Sina y Marion. Laika está pegada a su madre; el animal es listo y sabe que cerca de ella casi siempre hay algo de comer.

—¿No queréis un par de cojines, niños? —exclama la abuela Else—. ¡Es muy incómodo estar sentado así en el suelo!

—¡Déjalos! —señala el tío Willi riendo—. Han montado un campamento indio, ¿a que sí?

«Antes se habría sentado con nosotros. Ahora se queda con su Karin y se asegura de que no le falte nada. Está loquito por ella, el tío Willi», piensa Mischa.

Él se encuentra muy a gusto con los del suelo. Frank y Andi han estado en Eltville con su padre y no hacen más que hablar de lo genial que ha sido.

—Esta vez no nos ha hecho trabajar nada de nada —cuenta Frank—. Papá nos llevó a la feria y nos subimos a los coches de choque. ¡Fue una pasada!

Sina se ha sentado al lado de Mischa. Cuenta entusiasmada que a partir de Semana Santa irá a un instituto, porque la pasarán de curso.

—Y en Navidad iré con mamá y papá a Garmisch-Partenkirchen. De vacaciones. Dos semanas enteras.

Hay que ver. Su padre adoptivo, August, el que trabaja como una mula, por fin se ha decidido a tomarse unas vacaciones. ¡Y dos semanas nada menos! Aunque la abuela Else protestará porque ellos tres no estarán en Wiesbaden por Nochebuena.

—¿Y tú vas a esquiar? —pregunta divertido.

—No, qué va. Me llevaré mis libros. Mamá quiere dar paseos. Papá es el único que quiere esquiar.

—¡Y yo me quedaré con Laika esas dos semanas! —exclama Marion, contenta—. Vigilará nuestra casa, y así mi madre verá que necesitamos un perro. Por los ladrones y eso.

La tía Luisa les acerca una baraja de cartas, se ponen a jugar y pasan un rato divertido. Al cabo de tres rondas, Mischa empieza a aburrirse, se levanta, va a buscar un postre y se pasea entre los adultos. El abuelo Heinz y la abuela Else están sentados con Benno Olbricht y Hubsi. El director de coro Firnhaber y Sofia Künzel se han sumado a ellos. Hablan de los viejos tiempos, de cuando el Café del Ángel todavía era el punto de encuentro de grandes artistas, también de música y de algunos cantantes de ópera que a Mischa no le suenan. Es un poco lo de siempre, así que se asoma a la cocina. Allí están su madre y la tía Luisa, ocupadas en reabastecer el bufet. Junto a ellas está la novia del tío Willi, y las conversaciones giran en torno a bebés, cochecitos, chaquetitas de invierno y cómo preparar una buena papilla de plátano y sémola. A Karin se la ve algo más animada. Habla mucho e incluso se ríe. Ahora le cae mejor; tal vez el tío Willi no haya hecho tan mala elección. Las escucha un rato, se come unas natillas de chocolate y se entera de que la novia de su tío tiene una hija pequeña. No es de él, sino de otro hombre. ¡Menuda fresca! A la tía Luisa y a su madre por lo visto les resulta de lo más normal. Su madre incluso quiere regalarle a Karin el cochecito de Sina, y le dice que escoja también otras cosas que eran de la niña. Ha guardado todos esos trastos en el desván, almacenados en cajas. Mischa se termina las natillas y deja el plato en el fregadero, donde ya hay unos cuantos apilados. Después regresa al salón. Ya solo por la cantidad de gente que hay, empieza a hacer un calor sofocante, pero es que además han encendido la estufa de azulejos. Se sienta con el tío Willi, que está charlando con August y la tía Hilde. No es una conversación tranquila, como casi siempre que su tía anda cerca.

—Olvídate de eso, Willi —dice Hilde—. Si alguien va a mudarse ahí arriba, será Richy.

—Algo tendrán que decir nuestros padres al respecto, hermana —contesta su tío—, y no creo que se opongan a que me mude allí con Karin y la pequeña. Siempre, por supuesto, que me salga bien lo del contrato con el Teatro de Wiesbaden.

—Si has hecho tus cálculos pensando que no tendrás que pagarnos un alquiler, estás muy equivocado, hermanito querido —señala la tía Hilde con enfado—. No podemos permitírnoslo. Y, además, ya le he prometido el piso de Addi a Richy.

—¡Pero el de Julia Wemhöner sigue libre!

—¡Es demasiado pequeño para tres personas!

August interviene antes de que la sangre llegue al río.

—Os peleáis por la piel del oso —comenta—. Primero hay que desmontar toda la armadura del tejado e instalar soportes de hierro en todo el edificio.

—¿Y eso por qué? —pregunta el tío Willi, horrorizado.

—Imposición del ayuntamiento —refunfuña Hilde—. Aún no sabemos de dónde vamos a sacar los cincuenta mil marcos que cuesta. Tendremos que pedir un préstamo.

—¡Maldita la gracia! —exclama el tío Willi con un suspiro—. Pues el Café del Ángel quedará convertido en una zona de obras.

—Así es —confirma la tía Hilde, funesta—. Ruido y polvo, obreros maldiciendo y paredes temblorosas. Los clientes huirán y tendremos que cerrar durante semanas. ¡Al ayuntamiento le importa un comino que nos ganemos la vida con el café!

—Saldremos adelante, Hilde —la consuela August—. Si es necesario, os ayudaré un poco económicamente.

—¿Te sobran cincuenta mil marcos? —pregunta ella con burla.

August se aleja porque no tiene ganas de pelearse con su hermana. Su tía, sin embargo, no baja la guardia. Hacía mucho que no la veía tan irritada. Se levanta para servirse una copa de vino cuando un nuevo invitado entra en el salón. Es Julia. ¡Por fin! Ella le sonríe, pero Fritz enseguida está a su lado. Luisa corre hacia ellos y ambos le dan las gracias por el precioso regalo. Fritz le ofrece su silla, pero Julia quiere saludar primero a los demás y va de aquí para allá.

—Fuera hay un coche —le dice a la tía Hilde—. Y dentro hay alguien que no se atreve a entrar.

La tía Hilde se sobresalta. Mischa piensa que va a salir corriendo, pero se acerca a sus hijos y le susurra algo a Frank al oído. A este se le caen las cartas de las manos y se levanta a toda prisa. Andi lo sigue.

«Claro, el tipo del coche solo puede ser el tío Jean-Jacques», se dice Mischa. Y para no ir ella, la tía Hilde envía a sus hijos. Qué lista. En el salón, varios familiares se han enterado ya de lo que ocurre fuera, en la oscuridad, y se lo van susurrando unos a otros al tiempo que dirigen miradas temerosas hacia la puerta. La tía Luisa y su madre ya están en la ventana. Solo la abuela Else y el abuelo Heinz siguen sin percatarse de nada, y hablan con el director Firnhaber sobre no sé qué misa de Mozart.

Entonces, Frank y Andi arrastran a su padre hasta el salón acompañados de los ladridos de Laika. Jean-Jacques se muestra bastante tímido para lo que suele ser él, pero Luisa y Fritz lo reciben con mucho cariño. Todos miran con más o menos disimulo mientras saluda a los presentes, en especial cuando le toca el turno a la tía Hilde. Se hablan con formalidad; solo se dicen «buenas noches» con gesto serio. August acompaña a su cuñado al bufet, y los dos se sientan junto a la estufa, lejos de Hilde. Frank y Andi se unen a ellos, y entonces Petra busca sitio entre Sina y Marion en la alfombra. Enseguida empiezan las peleas. ¡Siempre igual, esas niñas!

Los adultos siguen a lo suyo. Mischa llena una copa de vino para Julia, que ahora está con el abuelo Heinz y la abuela Else. De repente se nota muy cansado. Será por el calor que hace en la habitación, y porque lleva un día largo a sus espaldas. En realidad podría irse a casa ya, o después de probar la gelatina de frambuesas de la abuela Else, que es una delicia. Sobre todo con nata montada.

Primero se acerca a Julia y le ofrece la copa de vino, pero ella está tan metida en la conversación que ni se da cuenta.

—¿Y por qué no me lo habéis pedido a mí? —dice exaltada—. Faltaría más. Todo lo que soy os lo debo a vosotros.

—No podemos pedirte algo así —dice el abuelo Heinz—. Semejante cantidad… No, no podemos…

—¡Pero yo dispongo de ese dinero! —insiste Julia—. Enviadme las facturas y yo las pagaré. ¡No se hable más!

—Ay, Julia —dice la abuela Else con un suspiro—. ¿Cómo vamos a devolvértelo?

—Hace mucho que me lo devolvisteis. Quiero que ese edificio siga en pie muchos años. Para mí es importante, porque mi vida misma ha dependido de él. El Café del Ángel es un lugar maravilloso. Lo daría todo por conservarlo.

Mischa sigue a su lado sosteniendo la copa de vino y piensa que Julia se ha vuelto loca. ¿De verdad pretende regalar todo ese dinero? No logra entenderlo. Esta tarde ha visto su faceta de mujer de negocios dura de roer, y ahora tira por la borda un montón de dinero solo por gratitud. Le salvaron la vida; pues muy bien. Pero eso fue sobre todo cosa de Addi.

Fue él quien se encargó de que la escondieran allí. Bah, ¿y a él qué más le da? Al fin y al cabo es su dinero. Se bebe él el vino, ya que está, y busca con la mirada a Fritz y a Luisa, quiere despedirse de ellos antes de montarse en la Vespa. Entonces cae en la cuenta de que no ve a la tía Hilde por ningún lado. ¿Se habrá metido en la cocina? No, ahí solo está su madre, que sigue hablando con Karin; las dos parecen entenderse muy bien. La tía Hilde habrá ido al baño, entonces. Se despide de Fritz y de Luisa, les da las gracias con cariño y va en busca de su chaqueta, que está en el perchero de la entrada. Le cuesta encontrarla, porque allí cuelgan muchos abrigos y chaquetas. El director de coro Firnhaber espera ante la puerta del baño y parece tener prisa, porque va cambiando el peso de una pierna a la otra. Cuando por fin se abre la puerta, sale Benno Olbricht, y el director del coro desaparece corriendo en el pequeño cubículo. Mischa se pone la chaqueta por encima, y también la gorra. Al salir de la casa, ve a la tía Hilde gracias al resplandor de la lámpara exterior. Está en el jardín, entre las malas hierbas, y parece que inspecciona el terreno en la oscuridad. Mischa piensa que igual se encuentra mal y necesita un poco de aire fresco. No le extrañaría; él mismo se nota algo cargado después de todo lo que ha comido. ¿Cuántas copas de vino han sido al final? ¿Tres? No, alguna más. Cuatro, o incluso cinco. El vino estaba riquísimo, y era el del tío Jean-Jacques, de su viñedo de Eltville. ¿Debería preguntarle a la tía Hilde si necesita ayuda? Es raro verla allí, con los brazos cruzados sobre el pecho y la cabeza gacha, pero entonces se da cuenta de que no está sola. Hay alguien más. Un hombre al que, a oscuras, no reconoce. Por supuesto, ¿quién, si no? Es el tío Jean-Jacques. Los dos han salido para poder discutir sin que los molesten. Qué considerados.

Se asoma un poco para verlos mejor a ambos y constata que su tío está ahora junto a ella. Le dice algo, mueve los brazos exaltado, la tía Hilde lo interrumpe, se lleva las manos a las caderas, se da la vuelta. Mischa piensa que así son las cosas cuando se está casado. Julia escogió un camino mejor. Se ha quedado soltera y se ha ahorrado muchos problemas. Pero ¿qué hacen ahora? Están muy cerca el uno del otro, el tío Jean-Jacques le pasa un brazo por los hombros con delicadeza y la tía Hilde no parece tener nada en contra, porque no se resiste. Mischa entorna los ojos para enfocar más. ¿No se estarán besando?

—¡Hola, Mischa! —exclama la tía Luisa desde la puerta de la casa—. ¿No encuentras el camino en la oscuridad? Espera, que te traigo una linterna.

—No, gracias —dice él—. Que no quiero ahuyentar a los espíritus nocturnos.

Wilhelm

Odia tener que despedirse de un ser querido en la estación. Esa espera desgarradora en el andén, bajo las vigas de acero y las bóvedas de cristal oscurecidas por la suciedad. Esa fluctuación entre el «¿Por qué tiene que marcharse?» y el «Si ha de ser, al menos que sea rápido». La incomodidad por no poder expresar todo aquello que querrías decir a causa del ruido y las aglomeraciones. En lugar de eso, solo se dicen tonterías.

—¿Llevas el guion?

—Sí, claro. Tengo que aprenderme el texto.

—¿Quieres que vaya a comprarte un periódico en un momento?

—No hace falta. Con el guion me sobra.

—Ah, sí, claro...

Su madre, su maravillosa madre, le ha cogido cariño a Karin.

—Es una chica encantadora —le ha dicho esta mañana, cuando él salía para acompañarla a la estación—. Aunque sea actriz. Ay, me alegro de que por fin vayas a formar una familia, hijo mío.

Como muestra de ese cariño, le ha preparado a Karin una abultada bolsa con provisiones para el viaje. Batido de cacao en un termo, varios bocadillos de jamón y de fiambre, dos manzanas, una naranja y una cajita con pastel.

—Es que esa chica está muy flaca. Tiene que comer como es debido. Si no, el viento del otoño se la llevará por delante…

Ayer, su padre abrazó a Karin en casa de los Bogner y le dio sendos besos en las mejillas como futura nuera suya. También a Hilde y a August les cayó muy bien. De momento, con la familia va todo de perlas. Por lo menos con la suya.

—Se le partirá el corazón, Willi —le dijo Karin anoche con un suspiro—. Ha hecho mucho por mí. Me siento fatal, como una desagradecida.

El problema que pende como una espada de Damocles sobre su felicidad es la madre de Karin. No le ha contado con detalle cómo se tomó su señora madre la noticia de que iba a casarse, pero lo poco que le ha insinuado hace pensar que se produjo una escena terrible. Wilhelm se ofreció a acompañarla para intentar calmar las aguas, pero Karin rechazó su ayuda dándole las gracias. De todos modos, tenía que volver a Bochum para recoger las cosas que necesitará durante el rodaje en Wiesbaden.

—Hablaré tranquilamente con ella, Willi.

Él tuvo que aceptarlo, aunque le costó lo suyo. Ahora, mientras está en el andén junto a Karin, hablando de banalidades, en realidad hay miles de miedos y preocupaciones que lo atormentan. ¿Y si su madre se opone al matrimonio? ¿Y si le plantea a su hija la disyuntiva de «o él o yo»? La madre de Karin es una mujer difícil, recurrirá a todas las tácticas de presión que se le ocurran, y él debe quedarse en Wiesbaden sin poder hacer nada, cruzando los dedos para que todo salga bien.

La gente que está esperando se pone en movimiento. El tren entra en la estación, los frenos de la locomotora chirrían con un ruido ensordecedor, los vagones verdes pasan despacio junto a ellos hasta que se detienen.

—¡Wiesbaden! ¡Wiesbaden! Parada de cinco minutos —informa el jefe de estación.

Las puertas se abren y los viajeros se apean.

—Bueno. ¡Que vaya muy bien, Karin!

—¡Confía en mí, Willi!

Cuando la abraza para despedirse, le viene un fuerte estornudo.

—¿No te habrás resfriado?

—Qué va. Es solo el polvo. ¿Me das un beso, aun así?

Los besos que se dan son apresurados. Karin está nerviosa porque los demás pasajeros ya están subiendo y teme quedarse sin asiento. Él le alcanza la bolsa de viaje y la de las provisiones por la puerta del vagón, y ella se aleja enseguida para buscar un asiento libre en algún compartimento. Wilhelm se queda en el andén, esperando; un joven choca con él porque llega al tren en el último minuto. Un vendedor de periódicos le grita al oído: «¡La revista *Bild*! ¡El *Wiesbadener Kurier*!», y luego el silbato del jefe de estación resuena por toda la terminal.

—¡Atrás! ¡Se cierran las puertas!

Una señora mayor con una maleta todavía llega a tiempo de subir. El revisor la ayuda a encaramarse a los empinados escalones metálicos y después también se cierra esa puerta. El tren empieza a moverse marcha atrás. Wiesbaden es estación término.

Cuando cree que ya no verá a Karin, la descubre en una de las ventanillas. La ha bajado y se despide de él agitando su chal de cuadros marrones. Él salta y le devuelve el gesto con ambos brazos hasta que deja de ver la ondeante tela marrón.

Y entonces Karin ya no está, y él no sabe qué será de ellos. Qué situación tan atroz. La llamará esta misma noche. ¡Achís!

¿Y eso? ¿Se habrá resfriado? Le moquea la nariz y, al tragar, nota un leve dolor en la parte izquierda de la garganta. Es solo por los nervios, y por el maldito frío de noviembre que atraviesa el abrigo y se mete bajo la piel. Se ciñe al cuello la bufanda de lana que le ha obligado a llevar su madre. Bajo ningún concepto puede ponerse enfermo, ni siquiera un poco pachucho, porque mañana mismo sale al escenario del Teatro de Wiesbaden. Y en un papel protagonista, además. *De cuándo acá nos vino*, se titula la comedia de Lope de Vega.

Cruza a paso raudo el vestíbulo de la estación, lleno de corrientes de aire, pasa por delante del puesto de flores y se dirige a la parada del autobús. También él tiene por delante un trago difícil, una despedida que le cuesta asimilar. No le ha contado nada a Karin de su larga relación con Julia. Lo hará más adelante, pero no ahora, porque tiene miedo de que no lo entienda. ¿Cómo va a explicarle que su amor por Julia está en otro nivel? Que Julia, para él, es una musa, una dama digna de veneración, una de esas elevadas figuras que un hombre puede amar o admirar, pero jamás poseer. Eso no puede explicarse, y menos aún a la mujer a quien ama en cuerpo y alma y con quien quiere compartir su vida.

Se baja del autobús en Taunusstrasse y tuerce por Geisbergstrasse porque aún tiene que pensar qué le dirá a Julia. Naturalmente, ya está al tanto de su amor por Karin. Ella misma lo ayudó a dar el paso y conoce sus planes de matrimonio, así que es consciente de que va a perderlo. Pero sería injusto y cobarde por su parte no tener una última conversación con ella para aclararlo todo. Para despedirse. Desde la amistad y el respeto que le debe a su maravillosa Julia.

La ha llamado esta mañana y han quedado para comer en su villa, así que lo estará esperando. Mientras camina, nota que está muerto de frío. Un viento gélido tira de su abrigo y, para colmo, empieza a lloviznar. La ciudad, que desde ahí arriba suele verse entera, está sumida en la niebla. Los muros y las vallas que hay a lo largo de la calle resultan oscuros y disuasorios, aquí y allá hay matorrales o ramas que cuelgan y se alargan hacia la acera. Las pocas hojas que les quedan están húmedas y dejan manchas mojadas en el abrigo de Wilhelm, que vuelve a estornudar y tiene que detenerse para buscar un pañuelo en el bolsillo y sonarse. Ahora ya le duelen ambos lados de la garganta al tragar. Qué horror. En realidad debería meterse en la cama lo antes posible, tomar infusiones calientes y chupar pastillas para el dolor de garganta. Si no, mañana por la tarde no podrá actuar.

Todavía conserva una llave de la puerta de la villa, que hoy le devolverá a Julia, pero quiere usarla una última vez. Como despedida, por así decir. Es inevitable caer en la nostalgia cuando cierra para siempre una fase larga y bella de su vida.

—¿Julia?

Su voz resuena en el vestíbulo. Cuántas veces se ha visto ahí, llamándola. Nervioso. Temblando de emoción y expectación. También cansado y deprimido. Lleno de esperanza por reencontrar en ella las ganas de vivir. Y Julia, la dama de su corazón, nunca lo ha decepcionado.

—¡Aquí arriba!

Está en la segunda planta, donde se encuentran los dormitorios. ¿Qué hace ahí? Deja el abrigo húmedo y el sombrero, y sube la escalera de madera de roble con sentimientos encontrados. Carraspea varias veces. Le duele. Maldita sea. Tiene la voz tomada.

—Ve a la habitación verde, Willi. Enseguida me reúno contigo.

Ajá, está en el vestidor, preparando una maleta.

Se sienta en uno de los sillones de terciopelo verde, cruza las piernas e intenta formular mentalmente una frase introductoria.

«Mi querida Julia, ha llegado el momento de que...».

No. ¡Demasiado sentimental!

«¡Se acabó, Julia! Separémonos en paz y como amigos…».
¡Mejor no ir tan directo al grano!

«Cómo me alegro de volver a verte, Julia. Esta casa significa mucho para mí, está llena de recuerdos maravillosos…».

Demasiado formal. Venga ya, ¿por qué le resulta tan difícil encontrar el tono adecuado?

De pronto, Julia entra en la habitación, se sienta en el sillón de al lado y empieza a hablar.

—Imagínate, Willi, mañana me voy a Londres en avión. Abriré allí una sucursal con un socio. Hemos encontrado ya la ubicación, en una buena zona y a un precio razonable…

Habla sin puntos ni comas, se la ve emocionada y completamente inmersa en su gran proyecto. Él guarda silencio, carraspea de vez en cuando y nota la garganta irritada.

—Eso es… Hummm… Me alegro por ti… —comenta cuando puede.

—¿Estás resfriado, Willi?

—Solo algo ronco.

Julia se levanta de golpe, va al baño y regresa con una caja de pastillas para el dolor de garganta. Le dice cuántas tiene que tomarse y cada cuánto, le pone la caja en la mano y se sienta de nuevo.

—Es posible que también abra una tienda en Roma —sigue contando—. Lo estamos negociando. Hasta ahora, allí he vendido mis modelos a través de un intermediario.

Entonces se detiene y lo mira. Observa su lamentable figura, ahí sentado con la caja en las manos y sin abrir.

—Perdona —dice en voz baja—. Es que estoy muy acelerada. Sé por qué has venido. No tienes que explicarme nada, Willi.

Él lo comprende y al mismo tiempo se siente profundamente conmovido. Julia, su amante espléndida, la mujer idolatrada que siempre estaba por encima de todas las cosas… se ha vuelto débil e intenta eludir con su incesante parloteo la conversación definitiva. Saltársela sin más.

—Yo creo que sí, Julia. Tengo que decirte muchas cosas. Quiero agradecerte una época maravillosa que no olvidaré en la vida. Venga lo que venga, siempre recordaré esos años como puntos luminosos de mi existencia.

Ella sonríe porque se ha puesto muy melodramático, pero es una sonrisa cansada y triste, que le parte el corazón. La está abandonando justo ahora que ella ha perdido a Addi para siempre. Que se ha quedado sola. Le queda su profesión, sus grandes planes. ¿Puede eso serlo todo para una persona?

—Hemos vivido una época feliz juntos —dice Julia con su voz suave y oscura—. Pero tenía que terminar, y siempre lo he sabido. Me alegro por ti, porque tendrás a tu lado a una persona encantadora e inteligente.

Él asiente, turbado. Quiere decir mucho más, pero no es capaz. ¡Cuántos recuerdos! Sus excitantes encuentros, las largas conversaciones, los días felices que han pasado en esa casa. También los viajes con ella, siempre demasiado cortos, en los que se daban a conocer como marido y mujer en los hoteles… Pero no es momento de hablar de eso. Es hora de despedirse.

—Todavía no le he contado a Karin nada sobre nosotros. Por eso quería pedirte que… en los próximos meses… no nos viéramos. Sería lo mejor.

Ella se reclina en el sillón y lo mira de reojo. ¿Está enfadada? No, más bien divertida. Wilhelm se siente aliviado al ver que Julia se ha recompuesto. Porque él no hubiera soportado una conmovedora escena de despedida.

—Bueno —dice Julia, pensativa—. Sospecho que ella lo ha intuido ya. Y, si no es así, alguien se lo contará. De manera que no deberías esperar mucho para hacer tu confesión.

No había pensado en eso. Claro, tiene razón. Alguien se

irá de la lengua. Incluso puede que se le escape a alguno de los niños. Tiene que tomar precauciones.

—¿Os mudaréis al edificio de vuestros padres? —se interesa ella—. Arriba, en la buhardilla, han quedado libres dos pisos que están comunicados entre sí.

Ahora vuelve a ser Julia, su amiga íntima, su heroína, su consejera. Qué extraño que nada de eso haya cambiado…

Wilhelm comparte con ella sus inquietudes: su futura suegra, que no quiere renunciar a Karin ni a la pequeña Nora, que no quiere dejar el piso de Bochum ni el huerto de su difunto marido. Julia lo escucha con mucha tranquilidad, inclina la cabeza como tiene por costumbre cuando reflexiona, y luego comenta:

—Una mujer bastante egoísta, tu futura suegra, ¿verdad?

En el fondo él piensa lo mismo, pero disimula un poco porque, al fin y al cabo, es la madre de Karin.

—Sufrió mucho con la pérdida de su marido. Creo que por eso le cuesta tanto renunciar también a su hija y a su nieta y quedarse sola.

Julia pone una expresión ambigua.

—Puede que, en efecto, no sea bueno para ella quedarse sola en Bochum —señala—. Pero ¿te imaginas tener a tu suegra más cerca? ¿O viviendo con vosotros?

A Willi, la idea de compartir el salón con la señora Langgässer no le resulta precisamente seductora, pero lo soportaría con tal de tener a Karin con él.

—Ojalá se decidiera a venir, pero insiste en quedarse en Bochum.

Julia sonríe con su gesto de mujer perspicaz e inteligente.

—No creo que lo haga, Willi. Cuando Karin se case contigo y venga a Wiesbaden, su madre no solo perderá a una hija, también a una nieta. Eso le dará el empujón necesario. Creo que vendrá con ellas.

También él lo espera. Sin embargo, es importante que Karin se mantenga firme y no haga ninguna concesión. Que no caiga en algo como: «Deja a la pequeña conmigo en Bochum, que estará bien cuidada, y podréis venir a verla siempre que queráis. Dos personas tan ocupadas como vosotros no tienen tiempo para cuidar de una niña...». La madre Langgässer es capaz de pergeñar una artimaña de ese tipo.

Julia se levanta y busca algo en un cajón.

—Ay, qué tonta —dice—. Debo de haberlo tirado.

—¿El qué?

—Un anuncio de mi agente inmobiliario. Hace tiempo busqué un piso para un empleado y me ofrecieron una casa en Biebrich. No muy lejos de la propiedad que se han comprado Fritz y Luisa.

—¿Una casa? —dice él riendo—. ¿De dónde voy a sacar el dinero para comprarme una casa ahora?

—Nada de comprar, Willi. Era de alquiler. Y les costaba encontrar inquilinos porque estaba dividida en dos viviendas. Una más pequeña, en la buhardilla, y otra más grande que ocupaba la planta baja. Además tenía un jardín muy bonito donde el inquilino anterior había plantado un huerto. Ay, qué pena no haber conservado el anuncio. Había dibujos y fotografías...

—En fin —comenta él, y se ve obligado a sacar otra vez el pañuelo. Maldita sea, tiene la garganta en carne viva y empieza a notar un ligero dolor de cabeza—. Seguramente la habrán alquilado hace tiempo.

Ella sigue buscando sin tregua y por fin encuentra una tarjeta de visita.

—Este es el agente. La inmobiliaria se llama Schober & Walter. Yo traté con un tal Albert Schober. Llama y di que vas de mi parte. Aunque la casa esté alquilada, tal vez tenga otra similar en oferta.

476

Él acepta la tarjeta de su mano, estornuda encima y enseguida saca el pañuelo.

—¡Madre mía, Willi! —exclama Julia meneando la cabeza—. Tienes que meterte en la cama. Tómate dos aspirinas y suda ese resfriado hasta mañana por la mañana.

Él asiente con preocupación y se guarda la caja de pastillas, la tarjeta de visita y el pañuelo en los bolsillos de la chaqueta.

—Muchas gracias, Julia —dice, y tiene que aclararse la garganta otra vez—. Mejor me voy ya, no quisiera contagiarte.

—Sí, será lo mejor —contesta ella sonriendo—. Los próximos días tengo mucho que hacer y no puedo permitirme caer enferma.

Él se levanta. Tiene escalofríos, aunque la habitación está caldeada.

—Quédate aquí, tranquila —dice—. Me sé el camino. Ah, sí...

¡La llave! La busca en el bolsillo de la chaqueta y no está, y ya cree que la habrá guardado en el abrigo, pero entonces la encuentra en el bolsillo izquierdo del pantalón.

—Es tuya, Julia —dice, y le entrega la pequeña llave plateada.

Ella apenas lo mira. Acepta la llave y la deja en la mesa.

—Gracias. Que te recuperes. No olvides tomarte las pastillas para la garganta.

Wilhelm está en la puerta, indeciso. Le encantaría abrazarla una vez más, pero no se atreve porque podría contagiarle el resfriado. En lugar de eso, saca una pastilla de la caja y se la mete en la boca.

—Bueno... Pues me marcho.

—Sí, Willi.

Su voz suena rara, como si se estuviera ahogando. De pronto, Wilhelm nota un calor terrible. Lo sacude un escalofrío febril, tiene que salir ya al frescor de la lluvia; no aguanta ni un minuto más en esa habitación tan caldeada.

Ya está en el vestíbulo y tiene el tirador de la puerta en la mano cuando oye su voz, cálida y embargada de tristeza.

—*Adieu, Willi. Adieu pour toujours.*

Un dolor ardiente lo atraviesa. Abre la puerta de golpe y se lanza a la lluvia.

Hilde

Ha sido silencioso al entrar, pero no lo suficiente, porque se ha oído la puerta al cerrarse. ¡Increíble! Se cuela a hurtadillas en plena noche y cree que ella no se dará cuenta. Deja algo en el suelo, será la maleta, luego tropieza con los zapatos de Andi, que vuelven a estar en mitad del pasillo. Ajá, no ha encendido la luz.

—¿Papá? —oye que pregunta Frank con voz somnolienta.

—¡Chisss!

No ha tenido suerte, los niños se despiertan al instante.

—¡Eh, Andi! ¡Papá ha vuelto!

—¡Lo sabía! Papá, creo que mamá ya no está enfadada.

—*Parbleu!* ¡Pues claro! ¿No podéis hablar más bajo?

Un encuentro en el pasillo. Los chicos se le echan al cuello, Hilde lo oye jadear, oye las risillas de los tres, la alegría con que les dice que ya basta.

—Mamá está durmiendo. Callaos. Silencio. Aparta tus *chaussures*, Andi. *Tout de suite.* ¡Ahora mismo!

—¿Nos has traído la pelota de fútbol nueva, papá?

—¡El tocadiscos se ha vuelto a estropear, papá!

—*Pas maintenant.* Mañana hablaremos. Ahora, a la cama. *Bonne nuit! Dodo!*

—*Bonne nuit, papa!*

—Y *bonne chance*. Seguro que mamá se ha despertado.

Hilde nota el corazón desbocado. Está contenta de tenerlo de vuelta. De que los niños vuelvan a contar con su padre. Ay, cómo le gustaría correr a abrazarlo, confesarle lo terriblemente sola que se ha sentido sin él. Pero no; no puede ponérselo tan fácil. ¿Qué es eso de colarse en casa cuando todo el mundo está durmiendo? ¿No habría podido llamar por teléfono? Preguntarle a su mujer con educación: «¿Puedo volver con vosotros?». Se sienta en la cama y aguza el oído. Ajá, ahora está en el baño. Usa el retrete, abre el grifo, se le cae el jabón en el lavabo, el cepillo de dientes repiquetea en el vaso. Hilde se tumba en la cama, se pone de cara a la ventana y se tapa con la manta. ¿Quiere entrar sin llamar la atención? Bueno, pues muy bien.

La puerta del dormitorio se abre. Ella cierra los ojos y se hace la dormida.

—*Ilde?*

No se mueve. Solo su estúpido corazón sigue martilleando con tanta fuerza que tiene la sensación de que tiembla toda la cama. Él enciende su lamparita y ella sabe que ahora la está mirando. «No te muevas. Ni respires».

—*Tu dors?* ¿Estás dormida? —susurra Jean-Jacques.

Hilde sigue sin moverse. Lo oye suspirar y nota cómo aparta la manta y busca su pijama. Por supuesto, ella hace tiempo que lo echó a lavar. Jean-Jacques rezonga, molesto, abre el cajón de la cómoda, rebusca y saca uno limpio. Lo lanza a la cama y empieza a desvestirse. Ella se esfuerza por respirar con regularidad, como si durmiera… ¿Ha terminado ya? Él se deja caer en la cama con torpeza, recoloca la almohada, gruñe por lo bajo, tira un par de veces de la colcha y por fin apaga la luz. ¿Qué hará ahora? ¿La abrazará? ¿La acariciará? ¿Le pasará la mano por el pelo con ternura? Nada de eso.

Jean-Jacques gruñe otro poco, suelta un profundo suspiro de satisfacción y se estira para dormir.

En fin, ya es tarde, y además ella lo prefiere así. Aunque está decepcionada. Jean-Jacques podría haberlo intentado al menos.

Tarda un rato en quedarse dormida. Él vuelve a estar a su lado y la sensación es agradable. El peso que oprimía su alma ya no la angustia, la presión que sentía en el pecho ha desaparecido. Incluso le gustan sus ronquidos, que empiezan al cabo de unos minutos. Y eso que hace unos días, cuando él se presentó en la fiesta de inauguración de Fritz y Luisa, discutieron muchísimo. En ese jardín oscuro se echaron en cara todos los reproches acumulados, en alemán y en francés. Los dos querían tener la razón, ninguno era capaz de ceder. Si Hilde lo recuerda bien, incluso lloró un poco, y él, llevado por la impotencia, le dio una patada a uno de los viejos manzanos. Y entonces, de súbito, cayeron sobre ellos muchas manzanitas y de la sorpresa dejaron de pelear. Jean-Jacques se acercó a ella, la abrazó y le dio un beso. Al principio Hilde quiso resistirse, pero no pudo porque él la retenía contra su cuerpo. Tiene mucha fuerza en los brazos, así que ella dejó que la besara. Y bastante rato, la verdad. Porque su marido besa muy bien. Y porque le gustó que lo hiciera.

Luego pasaron días sin que ocurriera nada. Ni una llamada. Ningún mensaje. Solo su madre, que la incordiaba para que fuera a Eltville y aclarara las cosas. Y que le dijera que había sospechado del pobre Jean-Jacques sin motivo. ¿Cómo se había enterado de eso? Sí, habría ido a Eltville, pero no al día siguiente, el domingo, porque tenían la gran fiesta previa a las obras. El lunes sí. El lunes habría ido a verlo sin falta… Con esa idea tranquilizadora se queda dormida.

Ha dormido profundamente, por eso se sobresalta cuando le tocan el brazo.

—¡Eh! *Ilde. Mon chou.* Despierta, que ya son las siete y media…

Levanta enseguida la cabeza de la almohada; Jean-Jacques está sentado en la cama, a su lado, y le sonríe como un granuja.

—¿Cómo…? ¿Y tú de dónde has salido? —pregunta, haciendo comedia.

—Vivo aquí, *ma petite colombe.*

—¡Me has dado un susto de muerte!

Él pone cara de incredulidad.

—Me oíste llegar anoche, ¿verdad? Sé que no estabas dormida.

Claro, se dio cuenta. Menuda tontería, hacerse la dormida. Aun así no da su brazo a torcer.

—Es de mal gusto presentarse en casa en mitad de la noche y sin avisar —refunfuña.

—Es de mala educación no saludar a tu marido cuando llega tarde a casa.

—¡Otros maridos se llevan un golpe con el rodillo por eso mismo!

—¿Qué es un «rodillo»? —pregunta él, sonriente.

Como respuesta, le lanza la almohada. Él la atrapa y se la tira de vuelta. Hilde se ríe porque le ha echado de menos, y entonces Jean-Jacques la agarra y le demuestra lo que entiende por una reconciliación. Hilde le sigue el juego, disfruta de su airada ternura y le corresponde, le da lo que él ha anhelado todo este tiempo. La reconciliación es emocionante y parece no tener fin. Intercambian un sinfín de tiernas palabras y ella constata que todavía no entiende todo lo que él le dice al oído en francés. Pero, en realidad, tampoco quiere saberlo; ya es muy excitante oír su voz profunda y notar que en ese momento la desea ardientemente.

Sobre las ocho y media, cuando yacen entrelazados en la cama y él se prepara ya para una nueva proeza amorosa, oyen unos golpes familiares en la puerta del dormitorio.

—¿Mamá? ¿Papá? La abuela ha dicho que si no bajáis pronto a desayunar recogerá la mesa.

—¡Ay, Dios mío! —exclama Hilde, sobresaltada—. Que hoy teníamos la fiesta previa a las obras. Hay que decorar el café y prepararlo todo. Y organizar el programa. Mi padre quiere dar otro discurso…

A Jean-Jacques no le apetece separarse de ella.

—¿Cómo es que montáis una fiesta antes de las obras? ¿No se celebra cuando todo ha terminado?

—Lo decidimos así porque el café se verá muy afectado. Tal vez incluso tengamos que cerrar varios días y no queremos perder a los clientes habituales.

—Qué dices… —se extraña él, y se sienta—. ¡Volverán!

Luego Jean-Jacques va a ver a los niños, les grita porque todavía no están vestidos y corre al baño a afeitarse, con lo que vuelve a quitarle el sitio a Hilde en el lavabo. ¡Ay, cómo echaba de menos las salpicaduras de espuma de afeitar en los azulejos del baño! Lo cual, evidentemente, no le impide quejarse de ello.

Cuando entran en el piso de sus padres, recién vestidos y satisfechos, acaba de estallar una discusión en la mesa del desayuno.

—¡Pero, Else, es el legado de Addi! No puedo regalarlo sin revisarlo primero. ¡Sería una falta de respeto!

—¿Y por eso hace semanas que lo tienes todo desperdigado? ¡Incluso en el dormitorio! ¡Por las noches me meto en la cama con miedo a que se me caiga encima una pila de álbumes de fotos!

—Solo será hasta que lo haya ordenado.

—¿Y cuándo será eso?

—Dentro de pocos días, cielo.

—¡No, Heinz, esos trastos tienen que desaparecer! ¡O vives conmigo o vives con el legado de Addi!

Hilde comprende que sus padres tienen la obra atravesada. Se les hace cuesta arriba saber que pronto habrá operarios por todo el edificio poniendo puntales, reforzando muros, haciendo ruido y revolviéndolo todo. Es probable que su propio piso tampoco se libre. Se quedan un rato en la mesa, sin saber qué hacer. Frank unta mermelada en un panecillo, Andi mete la nariz en su taza de batido de cacao. Al final Jean-Jacques le pone la mano en el brazo a Else con suavidad.

—No discutáis, *maman*. He vuelto y todo irá bien.

La abuela Else lo mira y su expresión se relaja al instante. Sonríe. Por supuesto, su querido yerno, «nuestro querido Jean-Jacques», solo tiene que decir dos frases y su madre se convierte en un corderito.

—Ay, Jean-Jacques —dice con un suspiro mientras le aprieta la mano—. Cómo me alegro de que vuelvas a estar con nosotros. Esa enorme bobada del divorcio no tenía ningún sentido, pero nuestra Hilde siempre tiende a pasarse de la raya.

Hilde abre la boca para defenderse, pero su añorado marido le pasa un brazo sobre los hombros.

—Hilde es igualita que yo, *maman. Nous sommes des têtes chaudes*, nos calentamos enseguida, y cuando chocamos, saltan chispas. Pero después vuelve a despejarse el ambiente. *N'est-ce pas, mon chou?*

Hilde acepta su explicación, pero se apresura a llevar la conversación por otros derroteros.

—Ya que el ambiente está despejado, podríamos despejar también el programa de la fiesta —propone.

Su madre se pone a ello al instante. Swetlana y Luisa atenderán a la gente, de la animación musical se encargará Sofia, y Hubsi también se ha ofrecido a tocar el piano.

—Fritz quiere interpretar una pieza de violín con Petra. Esperemos que no sea demasiado elevada para nuestros clientes, que no todos son tan amantes de la música. Ah, sí, el señor Olbricht vendrá con su contrabajo, y Willi ha propuesto interpretar un par de escenas cómicas. Heinz ha preparado un programa con las representaciones artísticas...

—Has olvidado decir que daré un discurso —añade su padre.

—¿Y qué habrá de comer? —quiere saber Frank—. Salchichitas no, ¿verdad? Nos las dais todas las noches, ¡ya no puedo ni verlas!

—¡Claro que no! Esta noche serviremos gulasch y fiambres. Swetlana también quiere hacer blinis rusos.

—¡Puaj! ¡Mischa dice que son asquerosos!

Hilde mira a los gemelos fijamente y anuncia que buscan voluntarios en la cocina para fregar los platos. Al oírlo, Frank guarda silencio y se centra en su tercer panecillo con mermelada de fresa.

—¿Y qué pasa con el postre? Richy quería hacer unas tartas —pregunta Hilde.

—Están abajo, en la cocina —informa su madre—. Ha hecho seis, a cuál más rica. El pobre chico se ha pasado casi toda la noche con el horno. Heinz y yo apenas hemos pegado ojo porque le oíamos trabajar.

¡El bueno de Richy! Sus padres todavía no saben que Hilde ya ha planeado con él cómo será la ampliación de la cocina. Un obrador de verdad, a la última: horno nuevo, dos neveras, varias encimeras grandes con armarios especiales debajo para conservar los alimentos. Costará un dineral, pero como Julia se hará cargo de las obras para estabilizar el edificio, ellos pueden pedir un préstamo para sufragar el nuevo obrador y, luego, podrán desgravárselo en los impuestos.

—También ha horneado otra cosa —desvela Else entre susurros—. Hay varias bandejas tapadas con paños. Les ha puesto un cartelito encima.

—¿Y qué dice el cartel? —pregunta Jean-Jacques con suspicacia.

Todavía no es un gran amigo del pastelero.

—«¡No tocar!».

Hilde se muere de curiosidad y decide desentrañar el misterio. Deja la taza de café y baja corriendo la escalera desde la cocina de sus padres hasta la cocina del café. El resto de la familia la sigue. En efecto, ahí hay cuatro bandejas de horno grandes, unas sobre otras. En la de arriba del todo hay dos paños de cocina.

—Dice: «Por favor, no tocar» —lee Andi.

—Richy es un hombre educado —señala Hilde.

Después grita de emoción; bajo los paños se atisban tonos rosados y dorados.

—¡Ha horneado ángeles! ¡Ángeles regordetes y sonrosados con rizos y alas de pan de oro! ¡Qué monada, por favor!

Saca uno de los angelitos, del tamaño de una mano, y se lo enseña a los demás. Todos se entusiasman. Los alados enviados del cielo están hechos de masa de galleta y decorados minuciosamente con cobertura de azúcar de colores. En algunos incluso se lee «Café del Ángel», escrito con delicadas letras. Hilde comprueba si en las demás bandejas también hay angelitos. ¡Pues sí!

—*Mon Dieu!* —exclama Jean-Jacques, que también está impresionado—. Todo un escuadrón de ángeles. *Les hôtes célestes.* Seguro que los ha horneado pensando en ti, *ma douce colombe.*

Hilde se resiste a su abrazo y le dice que no empiece otra vez con sus celos. Después deja el ángel en su sitio y lo tapa con el paño.

—Seguro que quiere darnos una sorpresa —comenta

sonriendo—. Hagamos como si no supiéramos nada, ¿de acuerdo?

Todos asienten, y solo Frank comenta que le gustaría probar uno. Jean-Jacques le da a su hijo una colleja paternal y lo conduce hacia la escalera para subir de nuevo a la cocina de los abuelos. Justo a tiempo, porque en ese instante llaman al timbre. Es Swetlana, con una olla enorme en las manos, y detrás está Sina, con un cuenco cuyo abultado contenido viene tapado por un paño de cocina. Detrás de ellas espera Laika con ojos relucientes porque cree que todas esas delicias serán para ella.

—Qué bien que hayas abierto enseguida, Frank —dice Swetlana, y entra para dejar la olla en los fogones—. El borsch pesa una barbaridad y casi se me cae la olla. ¿Y sabéis qué? ¡Estos blinis los ha hecho Sina! Le han salido riquísimos. Incluso August lo ha dicho.

Frank levanta un poco el trapo y mira las tortitas rusas con ojos suspicaces.

—¿Se pueden comer? —le pregunta a Sina.

—Prueba uno —responde ella—. Algunos son de carne picada, otros van rellenos de verduras.

Frank coge una tortita, la muerde, mastica y luego asiente.

—Sí que está rico. Eres una buena cocinera, Sina. Eso es muy importante para una mujer, ¿sabes?

—Yo no soy una mujer —replica Sina—. Soy tu prima.

Después se acerca a Andi, que está acariciando a Laika con cariño, y se sienta a la mesa a su lado.

Else está entusiasmada con las aportaciones de Swetlana. Escribe «Borsch ruso» y «Tortitas rusas» junto a los demás platos en las cuatro pizarras con la carta de hoy.

—¿Dónde se ha metido August? —quiere saber.

—Llegará más tarde. Tenía trabajo. Ya sabes que August siempre tiene mucho trabajo.

Su madre menea la cabeza, pero no dice nada. En lugar de eso se pone a preparar otra cafetera. Hoy tienen mucho que hacer, lo que requiere de una buena dosis de cafeína y unos nervios templados.

Vuelven a llamar al timbre; esta vez son Luisa y familia. Fritz lleva los dos violines; Petra, una cartera de piel nuevecita para las partituras. Marion corre junto a Sina y acaricia a Laika. La cocina de sus padres se ha quedado pequeña con tanta gente. Se saludan, intercambian novedades, Fritz se toma otro café a toda prisa y ya quiere bajar a ensayar con Petra.

—No os podéis imaginar la cálida bienvenida que le dieron los compañeros de la orquesta —cuenta Luisa—. Incluso los más jóvenes. Le regalaron flores. ¡Y entre todos le compraron esa cartera tan cara para las partituras!

Hilde admira la cartera y agradece que ni Swetlana ni Luisa mencionen el hecho de que Jean-Jacques vuelva a estar con ellos tras su larga ausencia. Lo saludan con cariño y actúan como si fuera de lo más normal. Solo Fritz le estrecha la mano durante varios segundos y dice que se alegra mucho, pero mucho, de verlo ahí.

—¿Todo bien con tus ojos? —pregunta Jean-Jacques.

—¡Tengo vista de lince! —afirma Fritz riendo, y se recoloca las gruesas gafas—. O casi…

Hilde se impacienta. No se trata de una reunión familiar; tienen trabajo que hacer, así que empieza a repartir tareas. Las mesas del café deben colocarse en otra disposición, pondrán los manteles granates bonitos, en los jarrones irán ramas otoñales de las que están en el patio, para que se mantengan frescas. Las tartas, en la vitrina. ¿Habrá platos y tenedores de postre suficientes? La fiesta empezará a primera hora de la tarde con café y pasteles, y entonces Sofia y Hubsi tocarán el piano. El programa no dará comienzo hasta las siete más o menos, que es cuando su padre quiere dar el discurso.

—¿Dónde se ha metido Willi? —pregunta Else, preocupada—. Y el señor Olbricht tampoco ha llegado. Ah, ya oigo un piano. Ese es Hubsi. Se nota enseguida.

Abajo, en el café, ya están desplazando mesas. Sofia Künzel, con un abrigo loden verde, un pañuelo rojo sobre los hombros y botas amarillas, está al otro lado de la puerta giratoria, dándole sacudidas porque sigue bloqueándose. En cuanto entra en el café, aparta a Hubsi del piano porque quiere ensayar el dúo de violín con Fritz y Petra. Hubsi, ofendido, se sienta en uno de los escalones del escenario y le comenta a Hilde que, por lo visto, es de la vieja guardia y ya nadie quiere oír su música.

—Eso es ridículo, señor Lindner —lo consuela ella—. Si lo hemos llamado para que después toque para nosotros. Mientras tanto podría ayudarnos con los jarrones.

Resulta que Hubsi tiene talento floral, porque coloca las ramitas otoñales con un aire muy decorativo en los pequeños jarrones. Frank y Andi reparten las fotocopias del programa de la tarde por las mesas, Luisa insiste en limpiar otra vez la vitrina de los pasteles. Por fin aparece Richy en el café, algo cansado y con ojeras a causa del trabajo nocturno.

—Tengo una sorpresa para usted, señora Koch —le dice a Hilde, y le pide que lo acompañe a la cocina.

Allí, destapa con orgullo sus angelitos alados y Hilde aplaude con fingida perplejidad.

—¡No! ¡Pero si son preciosos! ¡Richy, no lo olvidaré jamás! El hombre mira al suelo con timidez.

—Es solo un detalle, señora Hilde. Me recibieron en esta casa con los brazos abiertos y valoran mucho mi trabajo. ¡Para mí, eso es más importante que cualquier otra cosa!

Ella se emociona y le da un abrazo. Se alegra de que Jean-Jacques haya salido al patio a buscar botellas de vino con los gemelos y no pueda ver lo que ocurre en la cocina. Tenía varias cajas de Gotas de Ángel en su Goélette, pero también ha traído algunas de vino joven.

Arriba, en la cocina de sus padres, Marion, Sina y Swetlana están sentadas a la mesa preparando bocadillos para el pequeño tentempié familiar del mediodía. Desde el dormitorio se oye la voz de Heinz; está ensayando su discurso y no para de carraspear. Else sube la escalera lamentándose de que tienen pocas copas. La semana pasada se rompieron otras tres.

—Qué no pasará cuando estén por aquí los obreros, picando y taladrando... ¡Seguro que se nos caerán todas las copas y las tazas de los armarios!

—¡Hoy es hoy! —exclama Jean-Jacques, que se lanza sobre los bocadillos, seguido por los gemelos—. Las preocupaciones son para mañana, *maman*. En Eltville tengo muchas copas. Puedo traeros de allí.

Desde abajo llega ahora música de violín y, entre medias, discusiones; Petra y Sofia no están de acuerdo, Fritz intenta mediar. Entonces se añade el contrabajo. Ajá, ha llegado Benno Olbricht. Todo va según el plan. Hilde está satisfecha.

—Son casi las dos —dice su madre—. ¿Dónde se ha metido Willi? Hilde, ve y llévale a tu padre algún bocadillo al dormitorio, que con tanto discurso se olvidará de comer.

—¿Puedo ir yo? —se ofrece Marion.

—¡Claro que sí!

La niña prepara con cuidado un plato con varios bocadillos, pepino, tomate y un poco de mayonesa y se lo lleva a su abuelo. Hilde oye los exagerados elogios de su padre y no puede reprimir una sonrisa. Marion disfruta con el papel de ama de casa que se ocupa de todos. En fin, si con eso es feliz...

A las dos, su madre baja corriendo a la cocina para hacer café, Luisa y Swetlana se ponen las cofias de encaje y se atan los pequeños delantales blancos. Saben por experiencia que a esa hora llegan los primeros clientes. Marion está muy contenta porque Hilde le ha dado permiso para ayudar en el mostrador de los pasteles. Richy ya ha colocado allí sus angelitos, así que le regala uno a su sobrina.

—Pero no te lo comas aún.

—¡Es demasiado bonito para comérselo, tía Hilde! Lo dejaré en la estantería de mi habitación.

Los clientes empiezan a entrar. Traen paraguas y llegan con los abrigos mojados. Piden tartas y café, algunos quieren un té. Una nueva moda que a su madre no le hace mucha gracia. Casi todos están entusiasmados con los angelitos. Los compran para llevar. Por supuesto que se mantendrán fieles al Café del Ángel, aunque las próximas semanas vaya a haber mucho ruido y poca tranquilidad.

—No vendáis todos los ángeles —advierte Richy—. Tienen que quedar algunos para la tarde.

—La tarta de moka está muy solicitada —informa Luisa—, y la de fresas con nata ya se ha acabado.

—¡¿Tenemos zumo de frambuesa?! —exclama Swetlana en la cocina.

—¡Tres chocolates calientes con nata!

—¡Dos jarritas de café y dos ángeles!

Los clientes leen el programa de la tarde, pero algunos enseguida lo descartan; hoy, en el teatro, hay una obra de una compañía invitada, la Berliner Theater GmbH: *Torquato Tasso*, del maestro Goethe. Y en el cine dan *Grand Hotel*. Otros, en cambio, comentan: «¡Willi Koch en el Café del Ángel! Hace poco hizo un papel extraordinario en la comedia de Lope de Vega. ¿Cómo se llamaba su personaje? Bueno, da igual. Willi Koch estuvo muy intenso, con una voz diferente, algo ronca. Maduro y viril. ¿Qué interpretará esta tarde?».

Willi se presenta en el piso de sus padres sobre las cinco y media. Llega acompañado de su novia y su futura suegra, y lleva a la pequeña Nora en brazos. Hilde, que ha subido cinco minutos nada más, les estrecha la mano a todos, les ofrece asiento y escucha a la señora Langgässer, que dice que la niña está resfriada y hay que prepararle un té caliente con miel enseguida.

—Como quiera —dice con amabilidad—. Tienen nuestra cocina a su disposición. Willi, tú sabes dónde está todo. Yo he de bajar al mostrador de los pasteles.

«Arpía presuntuosa —piensa—. ¿De verdad se ha creído que voy a ponerme a hacerle un té con miel cuando abajo, en el café, estamos que no damos abasto?».

Más tarde, la señora Langgässer aparece en el café con Willi. Karin se ha quedado arriba, en la habitación de Willi, porque tiene que ocuparse de la pequeña Nora. Por suerte, casi todos los clientes se han ido ya, así que les dará tiempo de prepararse para la noche.

—Conque este es el Café del Ángel del que tanto me ha hablado… —le dice la señora Langgässer a Willi en voz bien alta—. Me lo imaginaba mucho más grande. Y el mostrador de los pasteles no está muy limpio que se diga. Mire, ahí hay una mancha en el cristal.

—Siéntese, por favor. ¿Le apetece un trozo de tarta?

Willi está abochornado porque Hilde y Luisa han oído a la mujer. Le coloca la silla a la señora Langgässer y se sienta a su lado.

—No, gracias —dice esta—. Me da acidez de estómago. Una manzanilla, a lo mejor. ¿Tienen zumo de manzana?

Luisa saca un zumo de manzana y se lo pone a la señora Langgässer delante de las narices. Al hacerlo, le lanza una mirada de compasión a Wilhelm.

—Ay, madre de Dios —exclama la mujer tras el primer sorbo—. ¡Está demasiado dulce! No hay quien se lo beba.

Hilde ya está harta. Cruza la sala y abre dos ventanas.

—Disculpe. Hay que ventilar un poco. Tenemos programa de tarde.

Da media vuelta y se mete en la cocina. Allí está su madre, con los brazos en jarras junto al gran contenedor del café, sin dar crédito. Ha oído la conversación, por supuesto.

—Esa mujer es insoportable —dice indignada—. ¡Pobre Willi! ¿De verdad tiene que aguantar eso?

—Chisss —advierte Luisa, que acaba de entrar en la cocina—. Hablad más bajo, que puede oírnos.

—Pues que me oiga, la muy criticona. Si se comporta así, que no le extrañe.

—Hoy he limpiado la vitrina a conciencia —dice Luisa con un suspiro—, pero hemos tenido tantos clientes señalando los pasteles… Y también niños.

—¡Nadie te está reprochando nada, Luisa! —la tranquiliza Hilde.

—Al menos vive muy lejos —comenta su madre—. No podría soportar a esa mujer más de dos veces al año.

—Creo que quieren alquilar esa casa antigua tan bonita de Biebrich que lleva vacía desde hace tiempo —dice Luisa—. Fritz los ha visto hoy allí. Está muy cerca de la nuestra.

—¡Por el amor de Dios!

Ahora se oye la voz de Heinz en el café.

—¡Aquí hace un frío que pela! —exclama—. Willi, cierra las ventanas. ¡Vamos a pillar un trancazo!

—Claro, papá. ¿Quieres sentarte con nosotros? Este es mi padre, querida señora Langgässer. Papá, esta es la señora Langgässer, mi futura suegra.

—Pobre Heinz —susurra Else—. Willi le está echando a la arpía al cuello. Hilde, ve a rescatar a tu padre.

A ella no le apetece, porque ya ha recibido lo suyo. ¿Por qué no va su madre, en lugar de enviar a los demás?

—Verá, dentro de un rato tengo que dar un discurso —le

dice Heinz a la señora Langgässer—, y antes siempre me pongo un poco nervioso.

—¿Ah, sí? Mi difunto marido nunca se ponía nervioso. Era un apasionado de la horticultura. Nos pasábamos todo el verano en nuestro huerto familiar. ¡Qué verdura más fresca! La lechuga, las judías... Pero los jóvenes de hoy en día, por desgracia, son demasiado vagos para cultivar verduras. Los tiempos han cambiado, ¿verdad?

Else, Hilde y Luisa se miran. De repente la mujer habla como si le hubieran dado cuerda. Hilde suelta una risilla.

—Parece que papá la ha impresionado. Cuidado, mamá, que aún coqueteará con él.

El rostro de su madre se ensombrece. Lo que le faltaba.

—Sí, los jóvenes... —comenta Heinz con su tono jovial—. Verá, yo tenía un maravilloso café de artistas, pero mi hija se empeñó en modernizarlo a toda costa, y ahora el encanto del viejo café ha desaparecido.

Hilde no se cree lo que está oyendo. Está a punto de correr hacia allí, pero Luisa la agarra de la manga.

—Es que estos jóvenes hacen lo que quieren —suelta con un suspiro la señora Langgässer—. ¡Mi hija se empecinó en ser actriz, nada menos! En lugar de escoger una profesión decente.

—Ay, querida señora Langgässer, en eso debo discrepar de usted. La profesión del cómico es un oficio decente y honorable que requiere talento y mucho trabajo. Y su hija, por lo visto, es una actriz excepcional, según me ha contado mi hijo.

—Bueno, sí, seguramente es cierto —concede la mujer, halagada—. Incluso va a interpretar un papel secundario en una película.

—¡La felicito! Entonces puede sentirse muy orgullosa de ella. ¿Ha heredado ese extraordinario talento de usted o de su difunto esposo?

La madre de Hilde pone los ojos en blanco y se va a limpiar el contenedor del café. Hilde cruza una mirada divertida con Luisa.

—Es insoportable —sisea su madre—. Cómo le dora la píldora a esa bruja... ¡Me dan ganas de vomitar!

—Déjalo —comenta Hilde riendo—. A Willi no le irá mal que papá amanse a su suegra.

—Al final se quedará aquí de verdad —augura Else—. ¿Te ha dicho Fritz si han alquilado esa casa?

Pero Luisa no lo sabe, así que a su madre aún le queda la esperanza de que la señora Langgässer se vuelva a Bochum enseguida.

Cae la tarde. Los artistas están listos para la función y, de momento, solo falta el público. Hilde está arriba, en la ventana del piso de sus padres, mirando preocupada hacia Wilhelmstrasse. Hace un rato que ha oscurecido, pero la calle está muy iluminada y los círculos de luz de las farolas dejan ver hasta el último adoquín. Una ráfaga de viento arranca las últimas hojas de los plátanos y las hace volar hacia el parque de Warmer Damm. En las ventanas del gran edificio del teatro se ve luz. A derecha e izquierda del Café del Ángel, varios carteles luminosos invitan a entrar en restaurantes, bares y hoteles. Seguro que también hay alguna función en el Balneario, porque algunos transeúntes vestidos de gala se apresuran hacia la izquierda, donde se encuentran el Balneario y las Kolonnaden. ¿Cómo estará el Blum? ¡Qué rabia! Justo ahora entran en el restaurante tres damas bien vestidas acompañadas de un caballero de avanzada edad. Hilde suspira. Por toda la ciudad se ve vida, y los cines estarán llenos de gente. ¿Es que nadie piensa ir al Café del Ángel esta tarde?

¡Alto! Ahí llega un grupo que camina directo al café. Llevan un perro con ellos. ¡Ay, no! Son los niños, que han sacado a Laika y regresan charlando y riendo. Bueno, por lo menos ellos lo están pasando bien. Incluso los acompaña Petra, aunque en realidad debería estar preparándose para la representación de después. ¡Ay, qué lástima! Tenían tantas ganas de celebrar esa velada… ¿Qué harán ahora con la sopa que ya está calentándose en los fogones? ¿Y los blinis? ¿Y el borsch?

Tendrán que comérselo todo ellos mismos.

Sin embargo, los clientes no dejan en la estacada al Café del Ángel. A las ocho y cuarto llegan los primeros: Klaus Reblinger, Ida Lenhard y la ineludible Alma Knauss. Después aparecen más grupos: la cantante Jenny Adler con el director de coro Firnhaber tras ella, Sigmar Kummer, del *Tagblatt*, con su cámara fotográfica. Incluso el maestro repetidor Alois Gimpel está ahí con su mujer. ¿No es esa Edith von Haack, con sus gastadas pieles de zorro sobre los hombros? Y aquel es el profesor de autoescuela Neumüller, con una acompañante joven y esbelta. Hay también muchos clientes a los que Hilde solo conoce de vista, e incluso algunos que no habían estado nunca en el Café del Ángel. Cierra la ventana deprisa y baja corriendo para ayudar. Su padre está en medio del gentío, saludando a sus queridos parroquianos con un apretón de manos. Su madre da vueltas al gulasch en la cocina, Swetlana y Luisa se apresuran a tomar nota de las comandas de bebidas y Jean-Jacques descorcha sus botellas de vino. Ay, Hilde se había preocupado sin necesidad; el café está a rebosar. Un par de jóvenes se han acomodado en el suelo. Son alumnos de Sofia, del Conservatorio, que no quieren perderse a Petra Bogner, la niña prodigio.

Comienza el programa. Primero, Sofia toca un poco de música de salón; luego, Heinz da su discurso. Como siempre, pierde el hilo tras las primeras frases y decide improvisar. Recuerda la hermosa tradición del Café del Ángel, según la cual el arte y los artistas allí están en su casa, hoy como siempre, y también lo estarán tras las obras, por desgracia ineludibles. Después sirven la comida. Todos quieren probar el borsch y las tortitas rusas. El gulasch no tiene tanto éxito. Los platos de fiambres, menos. En cambio, la gente pide mucho vino. Incluso el vino joven encuentra una buena acogida, y el ambiente se anima. Los clientes están en sus sillas, llenos de expectación y con las copas llenas: la parte cultural de la velada puede empezar.

Hilde se retira tras el mostrador de los pasteles, donde su madre ya ocupa un taburete. En todo el café no hay ni una silla libre. Mientras los violines, el piano y el contrabajo empiezan a sonar, su madre le susurra al oído:

—No te lo vas a creer. Sí que han alquilado esa casa, y esa mujer ha dicho que quiere quedarse. Por lo visto, ahora que ha conocido al amable padre de Willi, la decisión le ha resultado más fácil.

—Papá es irresistible incluso para las señoras más maduras —bromea Hilde con cierto humor negro.

—¡Ay, y yo que esperaba que Willi viviera con Karin aquí arriba, con nosotros! —comenta Else con un suspiro—. Ahora que quedará todo tan bonito con la reforma…

Hilde está muy satisfecha. El piso de arriba, junto al de Sofia, lo ocuparán Richy y su hermana. Hace tiempo que se lo había prometido, porque los dos disponen solo de una habitación y media, y a la larga eso es pequeño. Ahora tienen que callarse porque el cuarteto ha terminado y el público le dedica un aplauso entusiasta de varios minutos. Luisa y Swetlana se afanan de mesa en mesa tomando nota. Hilde confía en que les alcancen las botellas. El vino joven se ha acabado, pero todavía queda Gotas de Ángel y varios tipos de tinto. Y agua, claro está. Pero eso lo piden sobre todo al final. Entonces salen también más cafés y trozos de pastel.

Willi sube ahora al pequeño escenario, hace una reverencia, recibe el aplauso de bienvenida de sus admiradores e interpreta dos números cómicos de su programa de cabaret. Uno Hilde ya lo conocía, el otro es nuevo. Trata de un joven que quiere comprar un ramo de flores para una cita y la florista le da una lección sobre qué significa cada flor, cada color y, sobre todo, la combinación de ambas cosas. Al final el pobre está tan desconcertado que cancela la cita. Muy gracioso, aunque nada realista. Y entonces, de pronto, Karin sube al escenario. Juntos interpretan la escena del balcón de *Romeo y Julieta*, y ponen tanta pasión que incluso a Hilde se le saltan las lágrimas. Dios, qué horrible es la separación de los jóvenes amantes. Sobre todo porque ya se sabe cómo acaba la historia. Ay, el amor puede ser tan romántico...

—¡Tres vinos tintos y un agua! —pide Luisa, devolviendo a Hilde a la realidad.

Los beneficios de hoy ya son considerables. No suelen facturar tanto ni en una semana entera. Al final tampoco queda ya gulasch, y los clientes piden incluso los platos de fiambres. El borsch se ha acabado hace rato y solo han sobrevivido tres blinis solitarios que luego se zamparán los gemelos.

Más tarde, cuando los clientes remolonean un poco más para disfrutar del vino tras el final del programa, Hilde sale a la calle. Ahora que el gran asalto ha pasado y todo ha ido de maravilla, necesita aire fresco. Las luces del teatro ya se han apagado, también las farolas están oscuras. Solo en los bares y los restaurantes se ve aún actividad. Los extraños contornos de los viejos plátanos se adivinan vagamente entre las coloridas formas de los carteles luminosos. En el Blum, los clientes salen y se dirigen a sus coches. Sopla un viento gélido y Hilde tiene frío, pero, aun así, inspira con ganas el limpio aire otoñal. Da un par de pasos por la acera y mira hacia las ventanas iluminadas del Café del Ángel.

«Aquí hay vida —piensa—. Cómo gesticulan todos, hablando y riendo. Qué a gusto se encuentran, cómo resplandecen sus rostros. Estas personas viven horas felices con nosotros, y eso debe hacernos sentir orgullosos».

—*Allo, ma colombe* —oye la voz de su marido—. *Tu n'as pas froid?* ¿No tienes frío?

Le ha sacado el abrigo y se lo pone sobre los hombros. Ella se acurruca agradecida contra su brazo, y él le da un tierno beso en la mejilla. Se quedan en silencio, los dos muy juntos, mirando hacia las luminosas ventanas del café.

—*Voilà* —anuncia él al cabo de un rato—. Es el último. Lo he comprado para ti, *mon trésor.*

Jean-Jacques se saca del bolsillo de la chaqueta un sonrosado ángel de alas doradas. La cobertura de azúcar está un poco desconchada en los bordes, pero la inscripción aún se lee bien:

«Café del Ángel»

«Para viajar lejos no hay mejor nave que un libro».

EMILY DICKINSON

Gracias por tu lectura de este libro.

En **penguinlibros.club** encontrarás las mejores
recomendaciones de lectura.

Únete a nuestra comunidad y viaja con nosotros.

penguinlibros.club